徐
复
观
全
集

徐复观全集

中国文学论集

九州出版社

图书在版编目（CIP）数据

中国文学论集 / 徐复观著. --北京：九州出版社，
2013.12（2019.1重印）

（徐复观全集）

ISBN 978-7-5108-2561-3

Ⅰ．①中… Ⅱ．①徐… Ⅲ．①中国文学－文学评论－
文集 Ⅳ．①I206-53

中国版本图书馆CIP数据核字(2013)第304282号

中国文学论集

作　　者	徐复观　著
出版发行	九州出版社
地　　址	北京市西城区阜外大街甲 35 号（100037）
发行电话	(010)68992190/3/5/6
网　　址	www.jiuzhoupress.com
电子信箱	jiuzhou@jiuzhoupress.com
印　　刷	三河市九洲财鑫印刷有限公司
开　　本	650 毫米 ×950 毫米　16 开
插页印张	0.5
印　　张	33.75
字　　数	384 千字
版　　次	2014 年 4 月第 1 版
印　　次	2019 年 1 月第 3 次印刷
书　　号	ISBN 978-7-5108-2561-3
定　　价	78.00 元

徐复观先生，1967 年于东海大学教室

东海大学创校时照片，右二、右三、右四依次为徐复观、吴德耀、曾约农

出版前言

　　徐复观先生的著作散见于海内外多家出版社，选录文章、编辑体例不尽相同。现将他的著作重新编辑校订整理，名为《徐复观全集》出版。

　　《全集》共二十六册，书目如下：

　　一至十二册为徐复观先生译著、专著，过去已出版单行本，《全集》基本按原定稿成书时间顺序排列如下：

　　一、《中国人之思维方法》与《诗的原理》

　　二、《学术与政治之间》

　　三、《中国思想史论集》

　　四、《中国人性论史·先秦篇》

　　五、《中国艺术精神》与《石涛之一研究》

　　六、《中国文学论集》

　　七、《两汉思想史》（一）

　　八、《两汉思想史》（二）

　　九、《两汉思想史》（三）

　　十、《中国文学论集续篇》

　　十一、《中国经学史的基础》与《周官成立之时代及其思想性格》

　　十二、《中国思想史论集续篇》。编辑《全集》时，编者补入若干文章，并将原单行本《公孙龙子讲疏》一书收入其中。

　　十三至二十五册，将徐复观先生散篇文章分类拟题编辑成书：

　　十三、《儒家思想与现代社会》

　　十四、《论智识分子》

（二十一至二十三册是按《学术与政治之间》的题意，将作者关于中外时政的文论汇编成册，拟名为《学术与政治之间续篇》。）

徐复观先生的著作，以前有各种编辑版本，其中原编者加入的注释，在《全集》中依然保留的，以"原编者注"标明；编辑《全集》时，编者另外加入注释的，以"编者注"标明。

为更完整体现徐复观先生的思想脉络，编者将个别文章，在不同分类的卷中，酌情少量选取重复收入。

《全集》的编辑由徐复观先生哲嗣、台湾东海大学徐武军教授，台湾大学王晓波教授，武汉大学郭齐勇教授，台湾东海大学薛顺雄教授协力完成。

九州出版社

二〇一三年十二月

编者前言

徐复观教授，始名秉常，字佛观，于一九〇三年元月卅一日出生于湖北省浠水县徐家坳凤形塆。八岁从父执中公启蒙，续在武昌高等师范及国学馆接受中国传统经典训练。一九二八年赴日，大量接触社会主义思潮，后入日本士官学校，因九一八事件返国。授身军职，参与娘子关战役及武汉保卫战。一九四三年任军令部派驻延安联络参谋，与共产党高层多次直接接触。返重庆后，参与决策内层，同时拜入熊十力先生门下。在熊先生的开导下，重启对中国传统文化的信心，并从自身的实际经验中，体会出结合中国儒家思想及民主政治以救中国的理念。年近五十而志不遂，一九五一年转而致力于教育，择菁去芜地阐扬中国文化，并秉持理念评论时事。一九七〇年后迁居香港，诲人笔耕不辍。徐教授于一九八二年四月一日辞世。他是新儒学的大家之一，亦是台、港最具社会影响力的政论家，是二十世纪中国智识分子的典范。

我们参与《徐复观全集》的选编工作，是以诚敬的态度，完整地呈现徐复观教授对中华民族的热爱和执著，对理念的坚持，以及独特的人生轨迹。

九州出版社出版《徐复观全集》，使得徐复观教授累积的智慧，能完整地呈现给世人，我们相信徐复观教授是会感到非常欣慰的。

王晓波　郭齐勇
　　　　　　　　　谨志
薛顺雄　徐武军

《中国文学论集》由香港民主评论社一九六六年三月初版，台北学生书局一九七四年增补再版。

目 录

自 序

这里印出的八篇文章，前面七篇，都曾在刊物上发表过，此次只对文字稍加整理。最后一篇——《中国文学中的气的问题》——则系十年前已经预定要写的；可是，因偶然的机缘，在这一方面写了十多万字；但预定要写的，反一直拖了下来，拖到本书汇印的前夕，才仓促提笔写成。即此一端，也不难想见我的生命，给偶然的机缘，消耗得太多了。

从民国十五年起，受当时革命浪潮的冲激，一直到民国三十四、三十五年，我完全摒弃了线装书，尤其是摒弃了宋明理学和桐城派的古文。但当无聊的时候，还读读诗词，以资消遣；因此，也特别留心到中国文学史这方面的著作。中日有关这类出版的东西，总是尽量收集。到抗战发生为止，所收集到的，都毁于民国二十八年日机对重庆的一次轰炸。等到我认识了熊师十力，而自觉到过去对中国文化的卤莽愚妄时，在诗词及文学这一方面的兴趣，反而淡漠起来了。现在，进入到我心灵最深的，却是我过去所摒弃最力的宋明这批人格主义的思想家。并且十多年来，也慢慢地重新了解所谓桐城派古文，在中国文学史中，必然要占崇高的一席。我之所以用"重新"两个字，说来真是惶恐；原来我在二十一二岁以前，湖北的几位老先生，也是我的恩师——王季芝、刘凤章、黄翼生、李希如、孟晋祺诸位老先生，都认定我会成为此中的能手。谁知垂暮之年，却只落得一双白手呢！

友人牟宗三先生，看到我偶然写的这方面的文章，曾来信郑重地要我写一部中国文学史。并认为假定我肯写，定和我目前所写的中国艺术史——即现时付印的《中国艺术精神》——同样有价值。因为我的《中国艺术精神》中的一部分，牟先生曾经看到过。不过，目前中国文化界的趋势，和民国十五年以后的二十年间的我一样，正以卤莽愚妄的态度，对待自己的文化；但在文学这一方面，还有些人感到兴趣。只要感到兴趣，总会慢慢地弄出点头绪出来。此后的余年，倘再能写几篇文学方面有关键性的文章，便已经不错了。恐怕不容许我把写一部值得称为中国文学史的时间，安排到自己也不能完全控制的未来的日程里面。

每门学问，都有它自己的世界，这即是一般所说的学术的自律性。目前所以不能出现一部像样点的中国文学史，就我的了解，只因为大家不肯进入到中国文学的世界中去，而仅在此一世界的外面绕圈子。有的人，对于一个问题，搜集了许多周边的材料，却不肯对基本材料——作者的作品——用力。有的人，对基本材料，做了若干文献上的工作，却不肯进一步向文学自身去用力。所以在这类文章中，使人感到它只是在谈无须乎谈的文献学，而不是谈文学，不是谈文学史。在某一文献本身有问题时，谈谈文献学，当然是需要的。在没有文献问题的典籍中去大谈而特谈其文献学，便只有把文学驱逐得更远了。至于钞袭剽窃之流，又何足论。

上述情况，除了以派系霸占地盘，维持饭碗，破坏了整个学术研究风气的原因之外，切就文学史的本身而论，我想还有三个原因，会妨碍这工作的进展。第一，研究文学史的人，多缺乏"史的意识"；常常是以研究者自己的小而狭的静的观点，去看文学在历史中的动的展出。不以古人所处的时代来处理古人，不以"识大体"的方法来处理古人，也不以自己真实的生活经验去体认古人。而常是把古人拉在现代环境中来受审判；拉在强刑逼供，在鸡蛋里找骨头的场面中来受审判；拉在并不是研究者自己真实的生活经验，而只是在自己虚骄浮薄的习气中来受审判。我年来发现，有的人写文章的目的，似乎是在造成历史的冤狱，认为只有这样才可以抬高自己的地位。第二，"凡属文言的作品便是死文学，只有白话的作品，才是活文学"的口号，使文学史中，唯有俗文学才受到文学的待遇；五十年以前，每一时代的文学主流，便实际都受到"非文学"的待遇。文学史，是"文学的历史"，是通过文学作品以发现有代表性的心灵活动，及在此活动中所真切反映出的人类生活状态的历史。只有在值得称为"文学的作品"中，才显得出人类的心灵活动。文言白话的自身，都不是文学，所以文学也无间于白话与文言。不能在文言中发现文学，也绝不会在白话中发现文学。不能发现文学，如何能发现"文学的历史"。第三，进化的观念，在文学、艺术中，只能作有限度的应用。历史中，文学艺术的创造，绝对多数，只能用"变化"的观念加以解释，而不能用进化的观念加以解释。可是时下风气，多半把个人的文学观点，套上未成熟的进化观念的外衣，无限制地使用；结果，文学史中十之八九的人和作品，都在这些人的心目中，变成了过时的废料。有的朋友讽刺我的兴趣太广。也许正因为这一缺点，而使我能从各种角度去了解文学、艺术，去承认文学、艺术多方面的价值。除了是虚伪的东西。

我这本书，在性质上，若套用日本常用的名词，应当和同时印出的《中国艺术精神》，称之为"姊妹篇"。但我不愿这样说，是因为《中国艺术精神》，系计划的、有系统的一部书；而本书汇印的八篇文章，并非出于预定的计划。虽然如此，但当我因偶然机缘的触发而拿起笔来的时候，还能保持严肃的态度。假定这几篇文章，对下一代好学深思之士，在文献考证及思想把握的态度与方法上，能发生若干启发性的作用，我便非常满意了。其中错误之处，定所不免，我恳切希望能得到指教。此外我还写过不少的有关文学、艺术的短篇文章，但多以介绍西方者为主，将来预备收印到我的杂文集中去。

友人朱龙盦先生，隐于下吏，书画双绝，人品尤高；本书封面的检书，是他为我集的汉碑，至可感谢。

一九六五年十月四日徐复观自序于东海大学寓庐

把全稿交印后，又因偶然机缘的触发，写了一篇《林语堂的〈苏东坡与小二娘〉》，顺便收为附录。我希望今后能做到不看时人这类的东西，以免控制不住自己的时间而浪费笔墨。

十月十一日又志

再版补编自序

　　我对中国古典文学，有浓厚的兴趣，也有相当的理解。这些年来，所以把研究的精力倾注到中国思想史方面，完全是来自对中国文化的责任感。但因偶然的机缘，仍情不自禁地写了些有关中国文学方面的文章；这里补编的十六篇，是自己觉得比较有点意义的。

　　《西汉文学论略》，是一篇披荆斩棘性的文章，对中国文学史的研究，应当有若干贡献。但其中也犯了些错误，借此次汇印的机会，把它改了过来，好像放下了精神上所压的一块石头。

　　以"《文心雕龙》浅论"冠名的七篇文章，再加上《释诗的温柔敦厚》的一篇，都是为《华侨日报》的《中国文学双周刊》写的；因篇幅限制，不得不出之以凝缩的方式。但此次重看一遍，好像是看他人的文章一样，感到不是把精神完全沉浸下去，绝无法写出。有志研究中国古典文学的青年，也应当把精神完全沉浸下去阅读。另有两篇讲演纪录的短文，都是针对一个问题所提出的浅鲜看法，对青年也许有点帮助。谈中国文学中想象问题的两篇文章，似乎可以当"深切著明"四个字。

　　有关《红楼梦》的三篇，应当引起读者更大的感想，即是，百年来我们在文史上一片空白的最基本原因，到底在什么地方，似乎可以得到一点解答。还另有答复对我提出反诘的三篇文章，因反诘得愈来愈离谱，所以答复的也没有实质的意义，便不应再糟蹋纸张了。对《文心雕龙》和《红楼梦》，还有预定要写的文章，日暮途远，我能许下什么愿心呢？

癸丑年十月廿七日记于九龙

《文心雕龙》的文体论

文学的特性，须通过文体的观念始易表达出来。所以文体论乃文学批评鉴赏之中心课题，亦系《文心雕龙》之中心课题。顾自唐代古文运动以后，文体之观念，日趋模糊；明代则竟误以文类为文体；遂致现代中日两国研究我国文学史者，每提及《文心雕龙》之文体论时，辄踵谬承讹，与原意大相出入；此不特妨碍对原书之研究，且亦易引起一般文学批评鉴赏上之混乱。本文乃系针对此点与以澄清，一复"文体"一词含义之旧；并将原书头绪纷繁之文体论，稍加疏导条贯，使读是书者能得其统宗，且进而窥古今文学发展之迹，通中西文学理论之邮，为建立中国之文体论作一奠基尝试。惟此一问题，窔奥复杂。西方虽已有不少专著，亦未易会其指归；我国则传统久失，新著未闻；作者仅因授课余闲，偶涉及此，并非专门精力之所寄。谬误疏漏，势所难免；尚乞海内通人，赐予指正。又若干有关意见，因行文之便，记入附注，或更须待专文加以补充；并希阅者谅察。

一、文体观念的混乱与澄清

（1）《文心雕龙》，即我国的文体论

构成文学的重要因素有三：一是作为其媒材的语言文字；一是作为其内容的思想感情；一是作为其艺术表现的形相性。[①] 正如卡西勒所说："科学家是事实和法则的发见者，而艺术家则是自然之形相的发见者。"[②] 所谓自然形相的发见，乃是将自然的形相，表现于艺术作品之中，以成为艺术作品的形相，这是美学的基本规定。站在纯文学的立场来讲，它是以美学为基本原理；所以作为文学总根源的诗，是"通过形相来说话的"。[③] 固然，文学的形相，对于形相的感觉的具体性而言，乃是间接的性质，有时只是以一种气氛情调而出现。但这，我们可以看作是形相的升华；所以其基本性格，依然是艺术性的形相；也只有通过形相及形相的升华作用，而后始能对其基本性格加以把握。中国文学的传统，如后所说，实用性的意味特别浓厚；但只要在实用性中还有美的心灵的活动，则表现出来的，依然会离不开艺术性的形相。文学

---

① 莫尔顿（R. G. Moulton）：*The Modern Study of Literature*（《文学的近代研究》）日本本多显章译本页一〇六。又英文之 figure，中日多译为"形象"，但《荀子·非相》篇已屡用"形相"一词，而陆机《文赋》亦有"期穷形而尽相"之语，故本文用"形相"而不用"形象"。

② 卡西勒（E. Cassirer）：*An Essay on Man*（日宫城昔弥译称"人间"）页二〇四。

③ 歧约（J. M. Guyau, 1854—1888）：*L'Art au Point de Vue Sociologue*（《从社会学看艺术》）日大西克礼译本页一〇九。

中的形相，在英国法国，一般称之为 style，[①] 而在中国，则称之为文体。体即是形体、形相。文体虽与语言及思想感情，并列而为文学的三大要素之一；但语言和思想感情，必须表现而成为文体时，才能成为文学的作品。一切艺术，必须是复杂性的统一，多样性的均调。均调与统一，是艺术的生命，也是文学的生命；而文体正是表征一个作品的均调统一的。从作者说，是他创作的效果；从读者说，是从作品所得的印象；读者只有通过这种印象始能接触到作者，因此，文体是作者与读者互相交通的桥梁。所以文学的自觉，同时必表现而为文体的自觉。[②] 中国把文学从作为道德、政治之手段的附属地位解放出来，而承认其有独立价值的自觉，可以用曹丕的《典论·论文》作代表；而文体的观念，恐怕也是在这一篇文章中才正式提出的。虽然在此一名词观念正式提出以前，很早便经过了因事实之存在而已有长期的酝酿。自此以后，由两晋而宋、齐、梁，文学的批评鉴赏，盛极一时。深一层看，这些几乎都是以文体论为中心的。刘彦和的《文心雕龙》，实际是此一时代许多批评鉴赏著作的一大综合。他之所以取名为"雕龙"，是因为"古来文章，以雕缛成体"（《序志》）；凡此书用到雕缛乃至与此相近似的名词时，都指的是文学中的艺术性。以雕缛

---

① 最初所谓 style 的，系一端是尖的，另一端有一个小圆匙的金属小棒。罗马人用它来在着了一层薄蜡的小板上写字的。以后，把人的笔迹称为 style；再进一步，则称写作的样式、言语的特殊性、文体等为 style［以上参阅东乡正延编《文学理论》（二）页一八二］。日人有的译音；有的译为"样式"，这是为了便于与一般艺术相通用；有的译为"文体"，文体是根据中国的传统观念来使用的。

② 西方最早的文学理论批评的著作，应当推亚里士多德的《诗学》。《诗学》中虽未正式提出文体的观念，但已特别重视结构（plot）与修辞，这正是构成文体的重大因素。西方第一部文体论（Peri hěrme nēias）乃出现于作者姓名不详的第一世纪。这部书应当是对以前许多文体论的总结。

成体，用现代的话来说，即是以艺术性而得到其形相。因此，《文心雕龙》，广义地说，全书都可以称之为我国古典的文体论。《总术》篇说：

> 才之能通，必资晓术；自非圆鉴区域，大判条例，岂能控引情源，制胜文苑哉。

此处之"术"，证以后文的"文体多术"，可知即是文体的方法。"晓术"，即是了解创造文体的方法。"圆鉴区域"，即是了解文体在文章各区域中具体的要求，及其实现的情形。"大判条例"，即是分析贯通于各文体中的各种共同因素。《文心雕龙》全书五十篇，依照刘彦和的《序志》，可分为三部分。第一部分，由《原道》到《辨骚》共五篇，乃追溯文体的根源。第二部分亦称为上篇，由《明诗》到《书记》共二十篇，是说明在各类文章中对于文体的要求，及既成作品中文体的得失；这即是他说的"圆鉴区域"。第三部分，亦称为下篇，又可分为两部分。由《神思》到《总术》共二十篇，[①]是分析构成文体的内外诸因素，及学习文体的方法；这是他所说的"大判条例"。其余五篇，除《序志》为自序外，《时序》篇是说文体随时代而变迁；《才略》篇是说个人才性与文体的关系，实系《体性》篇"是以贾生俊发"段的发挥；《知音》篇是要人由文体以校阅古人文章的得失；《程器》篇是希望文人能"贵器用而兼文采"，在较广的意味上，把人和文连结起来。刘彦和认

---

① 现本《文心雕龙》自《神思》至《附会》，共十八篇。然《时序》篇后之《物色》篇，范《注》以为应在《总术》篇之上者是也。

为要有创造的才能，便须了解形成文体的方法；为能了解形成文体的方法，则须"圆鉴区域"，这便包括了上篇的二十篇；更须"大判条例"，这便包括了下篇中的二十篇。此外十篇，除《序志》系自序外，都是以文体为中心所展开的议论。所以我说《文心雕龙》一书，实际便是一部文体论，并无牵强附会之处。《梁书》谓彦和"撰《文心雕龙》五十篇，论古今文体"。① 可知古人早以全书为文体论。

（2）"文体"与"文类"的混乱

若再进一步研究，文体可分为普遍性的文体，及历史性的文体。普遍性的文体，是指构成文体的普遍性的因素。历史性的文体，指的是由不同的时代、不同的文类，所给与以限定的特殊性的因素。② 二者常是互错交流；但对普遍性文体的研究，乃是文体论的最基本工作，而历史性的文体研究，自然要受到前一研究的制约的。《文心雕龙》的上篇，正是历史性的文体研究，而下篇则正是普遍性的文体研究。因此，下篇才是文体论的基础，也是文体论的重心。文体论中最中心的问题，也是最后的问题，便是文体与人的关系；在达到完成阶段的文体论，都是环绕此一问题而展开的。所以下篇的《体性》篇，又是《文心雕龙》的文体论的核心；在它的前一篇——《神思》篇，是说文学心灵的修养，为《体性》篇立基。以下各篇，分析构成文体的各重要因素，可以说都是《体性》篇的发挥；这才是对文体论所作的直接而普遍的基

---

① 见《太平御览》卷六〇一。
② 参阅冈崎义惠著《文艺学概论》页二〇七至二一一。

本研究。上篇自《明诗》篇以下的二十篇，则不过是把文学作品分成二十类，用彦和在《总术》篇的术语说，分成二十个"区域"，来研究文体在这些不同的区域中，在历史中的具体实现或应用的情形。所以站在文体论的立场来看，下篇的重要性，远在上篇之上。但近数十年来，在中日有关中国文学史的著作中，一提到《文心雕龙》时，便说上篇是文体论，下篇是与文体论相对的什么修辞说或创造论等，这不能不算是一个奇怪的现象。例如铃木虎雄氏，在《支那诗论史》中说：

> 上篇二十五篇是概论文之体裁，下篇二十四篇是说修辞之原理方法；因之，此书可二分为文体论与修辞说。①

又如青木正儿氏在《支那文学概论》中说：

> 刘勰之《文心雕龙》，分论文体为骚、②诗、乐府、赋、颂赞、祝盟、铭箴、诔碑、哀吊、杂文、谐讔、史传、诸子、论说、诏策、檄移、封禅、章表、奏启、议对、书记二十一种。③

又说：

---

① 见《支那诗论史》页九五。
② 按刘彦和系将《辨骚》与上篇之《原道》、《征圣》、《宗经》、《正纬》等四篇并列，以为此后文学发展之总根源，故《序志》篇谓"本乎道，师乎圣，体乎经，酌乎纬，变乎骚，文之枢纽，亦云极矣"。青木氏将《辨骚》一篇与《明诗》以下二十篇并列，而视为文章之一类（青木则误为一体），与彦和自序不合，大误。
③ 见原书页一二二至一二三。

《文心雕龙》，是由五十篇构成的大著述；从《原道》到《正纬》四篇，乃是论文之起源。从《辨骚》到《书记》二十一篇，是论文之诸体，辨明其流别。从《神思》到《定势》五篇，是论作文之基础。从《情采》到《隐秀》十篇，是修辞论。从《指瑕》到《程器》九篇，是可看作论一般文章上紧要事项的总论。最后，《序志》一篇，是其自序。①

　　中国现代人士对文学史的研究，多受日人影响；所以在这一部分，也受到日人同样的错误。例如刘大杰氏在《中国文学发展史》②中说：

　　《文心雕龙》……它的篇名虽极其含混，次序虽极其混乱，然而我们只要稍稍细心，它对于文学几点重要的意见，我们还可看得清楚。为清醒眉目，将全书整理如下：

　　一、全书序言 《序志》

　　二、绪论 《原道》、《征圣》、《宗经》、《正纬》四篇

　　三、文体论 《辨骚》至《书记》二十一篇

　　四、创作论 《总术》、《附会》、《比兴》、《通变》、《定势》、《神思》、《风骨》、《情采》、《镕裁》、《章句》、《练字》、《声律》、《丽辞》、《事类》、《养气》、《夸饰》十六篇

　　五、批评论 《知音》、《才略》、《物色》、《时序》、《体性》、《程器》、《指瑕》七篇③

---

① 见青木氏著《支那文学思想史》页七七至七八。

② 此书在台湾若干大学中用作文学史课程之教材。

③ 见刘氏原著上卷页二二九。

按刘氏对《文心雕龙》随意变更其篇次的"整理"，真算是在"整理"工作中对原典一无所知的非常突出的例子。他把自己头脑的"含混"、"混乱"，说成原典的"含混"、"混乱"。《序志》篇分明说"本乎道（《原道》篇），师乎圣（《征圣》篇），体乎经（《宗经》篇），酌乎纬（《正纬》篇），变乎骚（《辨骚》篇），文之枢纽，亦云极矣"，是彦和以为一切文章，皆由上五者而出；而刘大杰和范文澜们却偏偏把《辨骚》篇割裂到彦和之所谓"上篇"中去，他们连《序志》都没有好好读过。

郭绍虞氏的《中国文学批评史》，从《典论·论文》起，和青木正儿氏一样，把所有文章的分类，都说成了文章的分体；自然也把《文心雕龙》的上篇，说成了文体论。所以他说：

> 《文心雕龙》之论文章体制，就比较精密了。……第二，以性质别体，并不拘于形貌。如《颂赞》、《祝盟》、《铭箴》、《诔碑》、《哀吊》、《谐隐》……《书记》诸篇，都是选择两种文体之性质相近者合而论之；这样，文体同异之间，可以分得更清楚。……①

以上由四家所代表的共同之点，即是他们无一人把《文心雕龙》的下篇认作是文体论。而他们所说的文体，实际只是文类，是由文章题材性质之不同所分的文"类"。"类"的名称似乎到唐

---

① 见郭氏原著一九五五年改写版页五七，并参阅原著页三七至四七，十三、十四、十五三节。

而始统一、确定；但自《典论·论文》以迄元代，除极少数的例外，都是把文类和文体分别得十分清楚的。文体虽然和文类有密切的关系，文体的观念，虽在六朝是特别显著，而文类的观念，则在六朝尚无一个固定名称，但自曹丕以迄六朝，一谈到"文体"，所指的都是文学中的艺术的形相性，它和文章中由题材不同而来的种类，完全是两回事。在同一类的文章中，可以有不同的文体；如同为奏议，而贾谊与刘向，所表现的文体，并不相同。反之，在不同类的文章中，可以有相同的文体。如议论、书刭、传记，文类不同，但若同出于某一名家，便可以发现他在不同的文类中，实流贯有共同的文体，否则不算成了家。上述各人对此的误会，似乎是从误读了《典论·论文》开始的。《典论·论文》有几句是：

　　盖奏议宜雅，书论宜理，铭诔尚实，诗赋欲丽，此四科不同，故能之者偏也；惟通才能备其体。

　　这里的奏议、书论、铭诔、诗赋，乃文章的分类。此种分类，乃来自题材的不同，用途的不同，与决定文章好坏的文体，完全是两回事。但曹丕当时则不谓之"类"，而谓之"科"，四科亦即四类；"雅"、"理"、"实"、"丽"，乃其所谓"体"，即系"文体"；此文前面所说的"文非一体"之体，正指"雅"、"理"、"实"、"丽"四者而言。而青木们把曹丕之所谓科，误解为体。此种对文句误解的情形，当然也会出现在对古人其他的著作，尤其是出现在对《文心雕龙》的了解上面。陆机《文赋》之"体有万殊"，及"其为体也屡迁"，与"混妍媸而成体"，盖皆指"期穷形而尽相"之体，即指诗之"绮靡"、赋之"浏亮"等而言。挚虞《文章流别论》，就

《全晋文》所辑录的十二条中，可知其所谓"流别"者乃文章之分类；而十二条中之四个"体"字，皆系形相性之体，如"曲折之体"、"哀辞之体，以哀痛为主"等。沈约《宋书·谢灵运传》论：

> 自汉至魏，四百余年，辞人才子，文体三变。相如工为形似之言；二班长于情理之说；子建、仲宣，以气质为体。

形似、情理、气质，皆所以构成形相性之文体的因素，与题材的性质无关。梁简文帝与湘东王萧绎书谓"比见京师文体，懦钝殊常……"刘孝绰《昭明太子集》序谓"窃以属文之体，鲜能周备……"萧子显《南齐书·文学传》论谓"今之文章，作者虽众；总而为论，略有三体……"江淹《杂体诗》序"夫楚谣汉风，既非一骨；魏制晋造，固亦二体"，庾信《赵国公集》序"自魏建安之末，晋太康以来，雕虫篆刻，其体三变"等等之所谓文体，无不相同。而钟嵘《诗品》，"文体"连词者凡十，亦无不指文学中的艺术性的形相。《文心雕龙》中所言的文体，更都是如此。与上篇的诗、乐府、赋、颂赞等由题材性质不同所分的二十类的文类，渺不相涉。彦和对于这二十类，虽然尚未用"类"的统一名称，而称之为"区界"、"囿别"、"区分"、"区囿"、"区畛"、"区品"、"区别"、"类聚"等，[1] 但绝不曾称之为体。又《颂赞》篇：

---

① 《文心雕龙·乐府》篇："故略具乐篇，以标区界。"《诠赋》篇："斯又小制之区畛。"《杂文》篇："详夫汉来杂文，名号多品……总括其名，并归杂文之一区。……类聚有贯，故不曲述。"《诸子》篇："条流殊述（术）若有区囿。"《论说》篇："八名区分，一揆宗论。"《书记》篇："草木区别，文书类聚。"《序志》篇："若乃论文叙笔，则囿别区分。"

又纪传后评，亦同其（赞）名，而仲治《流别》，谬称为述，失之远矣。

此乃指挚虞分类之谬，益可证"流别"系指文章之类而非文章之体。"类"名之建立，今日可考者，似始于萧统之《文选》序。[①] 此后对文章题材性质不同之区别，几无不曰"类"。最著者如欧阳询之《艺文类聚》序：

金箱玉印，以"类"相从，号曰"艺文类聚"。

姚铉《唐文粹》序：

得古赋乐章歌诗赞颂碑铭文论箴表传录书序，凡为一百卷，命之曰文粹，以"类"相从。

宋吕乔年《太史成公（吕祖谦）编〈皇朝文鉴〉始末》：

……一日，因王公奏事，问曰，闻吕某得末疾……向令其编《文海》，今已成否？王公对曰，吕某虽病，此书编"类"极精……

---

① 萧统《文选》序："诗赋体既不一，又以'类'分。类分之中，各以时代相次。"

元陈旅《国朝文类》序：

> 乃搜摭国（元）初至今，名人所作，若歌诗赋颂铭赞序记奏议杂著书说议论铭志碑传，皆"类"而集之。

明程敏政《皇明文衡》序：

> 走因取诸大家之梓行者，仍加博采……以"类"相次。

这都是没有把类说成体的。宋陶叔献将西汉文加以分类编辑，即称为"西汉文类"。体与类之相混淆，似已萌芽于南宋章樵之《古文苑》序，[①] 而大盛于明代鄙陋的文章选家。吴敏德有《文章辨体》，内集四十九体，外集五体。徐伯鲁有《文体明辨》，正编分一百有一目，附录分二十六目。贺仲来有《文章辨体汇选》，分一百三十二目。凡此所谓之体，实即文章之分类。明代既体与类混淆，便反映到《文心雕龙》的了解上，也把《文心雕龙》上篇所分的类认成为"体"，反而把文体的本义埋没了。一路错了下来，这便是今人误解的来源。如曹学佺《文心雕龙》序：

> 《雕龙》上廿五篇，铨次文体；下廿五篇，驱引笔术。[②]

---

① 章樵，南宋理宗时人。其《古文苑》序谓"歌诗赋颂书状箴铭碑记杂文，为体二十有一"，此系以类为体之显著错误。
② 见凌云刻本。

《四库全书总目》：

> 其书《原道》以下二十五篇论文章体制；《神思》以下
> 二十四篇，论文章工拙。

黄叔琳《文心雕龙注》例言：

> 上篇备列各体，下篇极论文术。

孙梅《四六丛话》凡例：

> 若乃辨体正名，条分缕析，则《文选》序及《文心雕
> 龙》，所列俱不下四十。而《雕龙》以《对问》、《七发》、
> 《连珠》三者入于《杂文》，虽创例，亦其宜也。

明清以来，提到《文心雕龙》的文体的，几乎是无一不错。
日本数十年来，凡是研究西洋文学的人，用到"文体"一词时，
意义皆与中国文体的本义，不谋而合。研究中国文学的人，用到
"文体"一词时，则几乎都蹈袭了明清以来的错误。此一分歧，更
影响到文学艺术的辞书上。由研究西洋文学艺术者所编的，在解
释此词时是正确的；由研究中国文学者所编的，便多是错误的。
这一原因，是因为由唐代所传到日本的文学理论（如《文镜秘府
论》之类），对"文体"一词的用法是根据它的本义；而专门研究
中国文学的人，反以明清的错误而掩其本义。这一错误不仅关系
于一个名词，而乃关系于对文学特性的了解。

(3) 对《文心雕龙》文体观念的误解

大家既把《文心雕龙》上篇中文章的类，说成了体，然则对于下篇中的《体性》篇：

> 若总其归途，则数穷八体：一曰典雅，二曰远奥，三曰精约，四曰显附，五曰繁缛，六曰壮丽，七曰新奇，八曰轻靡。

此处对于"体"字说得这样明白，他们又作何解释呢？有的人尽管写《文心雕龙》的文章，却根本不曾检阅原典，不知道还有这一层的问题；有的人则硬把眼面前的"体"字，换成另外的名词，来一套偷天换日的手段。例如青木正儿氏硬把"体"字换成"品"字，他说：

> 次论作文之基础，以文有典雅、远奥、精约、显附、繁缛、新奇、轻靡之八"品"，皆作者性格所显现，宜学适于性格之文（原注：《体性》篇）。①

郭绍虞则硬将"体"字换成"风格"；他在引用了《体性》篇"若总其归途，数穷八体……"的一段原文以后，接着说：

> 此所谓八体，不是指文章的体制，而是指文章的风格。

---

① 青木氏著《支那文学思想史》页七九。

就文章的风格而加以区分，这应当算是最早的材料了。① 后来日本《文镜秘府论》卷四《论体》篇有博雅、清典、绮艳、宏壮、要约、切至六目，就是《文心雕龙》所举八体，稍加改易，而去了新奇、轻靡二体。②

按《文心雕龙》，用了不少的"品"字，多半是作"品类"解，已如前述；则青木氏之以"品"字易"体"字之不当，不待多说。近年来许多人以"风格"作 style 之译名，则郭氏之以"风格"易"体"字，似无不可。但将"风格"译 style，这是对"风格"一词的广义用法。纵使我们承认此一广义用法，也依然不能代替传统的文体观念。因为，第一，"风格"一词过于抽象，不易表示"文体"一词中所含的艺术的形相性。而"形相性"才是此一观念的基点。第二，"风格"一词，是作为文体价值判断的结果，常指的是文体中某种特殊的文体而言，因此，"文体"一词可以包含风格，而风格不能包括文体。更重要的是，对风格的这种广义的使用，乃是近几十年来的事，并不能推到刘彦和的时代。原来"风格"一词，是用作对人的品鉴，与风节、风骨同义；而"风骨"连词，又较为后出。自"风骨"一词流行后，"风格"一词的应用，似乎大为减少。《世说新语·赏誉》篇上和峤传下注引《晋诸公赞》曰"峨然不群，时类惮其风节"，而《晋

---

① 此处若暂将文体与风格的区别，置之不论，而将二者作同一意义的名词用，则扬雄《法言》称"诗人之赋丽以则，辞人之赋丽以淫"，此岂非加以区分之始？其次则曹丕之《典论·论文》，将文体区分为"雅"、"理"、"实"、"丽"四种，尤为彰著。郭氏以一生之力治中国文学批评史，而谓《体性》篇之八体，为区分文章风格的最早材料，未免过于粗陋。
② 郭氏著《中国文学批评史》改写版页六六。

书·和峤传》谓其"少有风格"。又《晋书·庾亮传》：

> 风格峻整……随父在会稽，嶷然自守，时人皆惮其方严……元帝为镇东时，闻其名，辟西曹掾。及引见，风情都雅，过于所望。

由此可知，风即是风情、风姿，一种文雅的态度；而格则是严整方正，不随流俗的节概。又《晋书·赫连勃勃载记》论"其器识高爽，风骨魁奇"。又《南史·宋武帝纪》"风骨奇伟，不事廉隅小节"。此类记载尚多，大约与风格同义。品鉴文学乃至其他艺术（书画）的观念、名词，多是转用对人的品鉴所用的观念、名词；于是，风格和风骨，便也成为文学品鉴中的主要观念、名词。但此类名词，在开始转用期间，其意义之移动性相当地大。"风骨"一词，经《文心雕龙》转用而成为《风骨》篇。但"风格"一词，在《文心雕龙》中也曾两见：一为《夸饰》篇"虽诗书雅言，风格训世"。此处之"格"字冯本作俗，而成为"风俗训世"；风作动词用，风俗即"劝俗"之意，与训世对举，似于义为顺。另一则为《议对》篇"陆机……腴词弗剪，颇累文骨；亦各有美，风格存焉"。按此处之风格，既与上文"颇累文骨"之骨对称，可知彦和所用的"风格"一词，并不同于风骨。格可训法，[①] 则此处之风格，或即同于彦和之所谓"风矩"或"风轨"。[②]《颜氏家训》有"诗格既无此例"之语，则格实与法同义。自此以后，凡谈到

---

① 《礼记·缁衣》："言有物而行有格。"注："格，旧法也。"
② 《文心雕龙·章表》篇："章以造阙，风矩应明。"又《奏启》篇："辞有风轨。"

格的，以法的意义特别多；其次则为品格的高下；又其次，则与骨同义。若彦和之所谓风格，实与"风矩"、"风轨"同义，其不能代替文体之体，固已彰彰明甚。即使风格与风骨相同，或与后来在文学批评中占重要地位的气格一样，依然只能成为文体中的一体。例如王揆所作《王士禛神道碑》说"盖自来论诗者，或尚风格，或矜才调，或崇法律，而公则独标神韵"。按风格、才调、法律、神韵，皆包涵于"文体"一词的原义之中，此更可作风格仅为文体中之一体的明证，所以不能将其与 style 混为一谈。刘彦和在全书中用了无数的"体"字，也用了一次或两次的"风格"，这在他，分明是作两种名词使用；何以对《体性》篇之"体"，不从"体"字本身去直接了解，以求与全书的"体"字相贯通，而却要用彦和所极少用的"风格"一词去代替？若《体性》篇之体，与郭氏们所说的"上篇是文体论"之体不同，以致须用"风格"一词来代替，则彦和何以不径用他所已用过的"风格"一词，而却在此篇乃至整个下篇中用了许多的"体"字？由此可见自明代以后，不了解传统之所谓文体，因而不了解作为《文心雕龙》的中心观念的文体，而误以类为体所引起的混乱，真到了难以想象的程度。

（4）文体与文类的厘清

中国文章中之所谓"类"，有似于西方所谓 genre，这是从法国生物学中转用过来的名词。但西方也常常把 genre 与 style 混淆不清。西方在 genre 方面，首先分为韵文与散文，这有似于六朝时之文与笔。再进一步的区分，大体上是叙事诗（近代小说的母体）、抒情诗、剧诗（戏曲）及随笔四大类。西方之所以不易把 genre 与

style 分别清楚，乃在于西方的文学领域，是纯文艺性的，很少含有人生实用上的目的，因之，其种类的区分，多是根据由语言文字所构成的形式之异；而由文字语言所构成的形式，在中国称为体裁或体制，如后所说，也是 style 的一个基石；于是使他们感到，文章之类，亦即是文章之体。但即使是如此，我们在这里，也能发现 genre 与 style 有不可逾越的一条界线。因为 genre（类）是纯客观的存在；谈到文章的 genre 时，可以不涉及作者个人的因素在内；所以 genre 的形式是固定不移的。而 style（体）则是半客观半主观的产物，必须有人的因素在里面；因而它的形式也是流动的；此即刘彦和在《体性》篇中所说的"八体屡迁"，"会通合数"。尤其是中国文学，有与西方不同的传统。在中国文学中，人生实用性的文学，占极重要的地位。[①]《文心雕龙》所分的二十大类中，除了诗、乐府、赋、杂文、谐隐五类，距实用性较远，而史传及诸子两类包罗太大，不应以一语断定外；其余韵文的五大类，散文的八大类，皆系适应人生的实用目的而成立的。这便发生三个结果：第一，在中国传统文学中的类，较之西方，远为复杂，因而分类的工作，也较西方远为重要。第二，这种文章的分类，主要是根据题材在实用上的性质；至于文字语言构成的形式，只居于次要的地位，并且有许多根本与由文字构成的形式无关。这便说明西方的 genre 与 style 有时可以混淆，而中国的类与体，则绝不能混淆。第三，因有实用性的文学，在客观上都有它所要达到

---

① 近数十年来，我国学术界受西方文学的影响，以实用性文学，为我国文学传统之一大弱点，因而特注重提倡传统中之纯美文学，尤以继承乾嘉学派者为然。但若想到西方文学发展之趋向，逐渐以新闻文学为中心，则我国实用文学之传统，或竟系一大优点。

的一定目的；而这种所要达到的目的，便成为文体的重大要求，也成为构成文体的重大因素之一；于是，某类的文章，要求某种的文体，也便成为文体论的重要课题。体和类相合的，便是好文章，体与类不相合的，便不是好文章；这便是《文心雕龙》上篇"圆鉴区域"的最大任务。体与类相混淆，则由类所给与于体的要求及其制约性，亦因之不显，于是文章的法式（后来之所谓义法）亦无由建立。梅尧臣有两句诗说："君诗切体类，能照妍与媸。"切体类，即是体与类相切合。例如：

> 章表奏议，则准的乎典雅；赋颂歌诗，则羽仪乎清丽；符檄书移，则楷式于明断；史论序注，则师范于核要。……①

章表奏议等是类，典雅等是体；章表奏议而能典雅，便是类与体相切合，否则便不相切合，便是"文体解散"（《序志》）。不过，既是体与类这样地关连密切，又为什么体与类不可混淆呢？除了上述的观念上的问题以外，还有事实上的问题。即是每一类中，其所要达到的目的，虽大概相同，而所形成的形相，则并非一致。有如《议对》篇：

> 至如主父之驳挟弓，安国之辨匈奴，贾捐之之陈于朱崖，刘歆之辨于祖宗，虽质文不同，得事要矣。

---

① 《文心雕龙·定势》篇。

所谓质文不同，即有的文体是质，有的文体是文。这即是在同类的文章中，并非仅有一体的简单例证。在以下还要说到。

二、文体三个方面的意义及其达到自觉之过程

（1）文体观念的三个方面

文体之体，就《文心雕龙》上所说的，加以综合，它包含有三个方面的意义，或者也可以说有三种次元。后人对文体观念之所以陷于混乱，恐怕主要是因为没有把彦和用字的习惯，加以条理清楚。"体"，如前所说，即是形体，即是形相；所以《文心雕龙》上，常将体与形互用，《定势》篇赞谓"形生势成"，即该篇上文之所谓"即体成势"，此即体与形互用之一证，也即是文体的最基本的内容，也即前面所说的艺术的形相性。但此形体，应分为高低不同的次元。低次元的形体，是由语言文字的多少长短所排列而成的，此即《文心雕龙·神思》篇所说的"文之制体，大小殊功"。例如诗的四言体、五言体、七言体、杂言体，今体、古体，乃至赋中有大赋、小赋，有散文、有骈文等是。文体既是形相，则此种由语言文字之多少所排列而成的形相，乃人所最易把握到的，这便是一般所说的体裁或体制。但仅有这种形相，并不能代表作品中的艺术性；所以体裁之体，是低次元的，它必须升华上去，而成为高次元的形相；这在《文心雕龙》，又可分为"体要"之体，与"体貌"之体。体要之体与体貌之体，必须以体裁之体为基底；而体裁之体，则必在向体要与体貌的升华中，始有其文体中艺术性的意义。体要与体貌，如后所述，可以说是来自文学史上的两个系统。但体要仍须归结到体貌上去。所以若

将文体所含的三方面的意义排成三次元的系列，则应为：体裁→体要→体貌的升华历程。有时体裁可以不通过体要，而径升华到体貌。"体貌"，是"文体"一词所含三方面意义中彻底代表艺术性的一面。

体裁而不升华到体要上去，则只是一堆文字的排列；这种排列，便会无条理、无结构、无意义，乃至无意味。这只要想到达达主义者剪下一段报纸的每一个字，装入袋内，再将其摇出，按摇出的顺序摆成诗的形式，而即以此为诗，即可以明了这根本不能认为是诗。体要而不升华向体貌上去，则虽然有某种内容，但椎鲁朴陋，或有实用上的意义，而无文学上的意义。政府一般的文告，民间的契券，乃其极端的一例。体裁之体，常代表一种腔调；此腔调若完全顺情而发，成为抒情的性格，则有时不必经过体要的经营，也常即形成艺术性的体貌；歌谣及诗词中的短章、绝句，常属于这一类的。再就升华的内容看，升华的历程，乃是向人的性情、精神升进的历程。体裁之体，可以说未含有作者的人的因素。在体要中，而始可以看出人的智性经营之迹。至体貌而始有作者的性情，有作者的精神状貌。所以这才是文学完成的形相。

（2）体貌的最先发现

有文学即有文体。但文体的自觉，是要经过相当长的时期的。前面已经说过，文学中的艺术性的自觉，必表现为形相的自觉；所以文体虽含有三方面的意义，但文体的自觉，首先是从体貌这一方面引起的。而体貌实为文体观念的骨干。《西京杂记》：

……其（司马相如）友人盛览，尝问以作赋。相如曰："合纂组以成文，列锦绣而为质。一经一纬，一宫一商，此赋之迹也……"

按所谓赋之迹，实即赋之貌、赋之体。

扬雄《法言·吾子》篇："或曰，女有色，书亦有色乎？曰有。"此处之所谓书，实即指文学作品。扬雄以为书有色，亦即意识到文学有体貌。而他在《问神》篇谓"惟圣人得言之解，得书之体"，这可能是文体之体的最早应用。何晏《论语集解》对"夫子之文章可得而闻也"的解释是"章，明也；文彩形质著见，可以耳目循"。"形质"即"形相"；"可以耳目循"，即是其形相可用感官加以把捉；这似乎是以当时对文体的自觉观念来解释夫子的文章，自然与《论语》的原意是不合的。陆机《文赋》："信情貌之不差，故每变而在颜。"又："文徽徽以溢目，音泠泠而盈耳。""颜"即是貌；溢目的是形，盈耳的是声，这是构成体貌的两大因素。《后汉书·文苑传》赞：

情志既动，篇辞为贵。抽心呈"貌"，非雕非蔚。殊状共"体"，同声异气。

范蔚宗在这里正提出了"体貌"两字来说明文学的艺术性；在此一艺术性自觉之下，他才确定了文人独立存在的价值，而创立了《文苑传》。刘彦和在《原道》篇说明文章是出于道；而道的自身即是文，所以《原道》篇以"丽天之象"、"理地之形"的"象"与"形"为道之文。又说"形立则章成矣，声发则文生矣"。

更说"龙图献体，龟书呈貌"。而《练字》篇说：

> 夫文象列而结绳移，鸟迹明而书契作，斯乃言语之体
> 貌，而文章之宅宇也。

《时序》篇说：

> 魏武以相王之尊，雅爱诗章……并体貌英逸，故俊才
> 云蒸。

这都是特别显示文学中的形相性。但构成形相性的主要东西是声和色，所以彦和更常用"声貌"一词。[①] 声貌之貌即是色，或称为采；以"声貌"称文体，而文体之形相性乃更为具体。《文心雕龙》中，"声采"、"符采"、"金玉"、"光采"、"宫商"等词，或就声而言，或就貌而言，皆"声貌"一词之换用，亦即体貌之体的偏称；这在《文心雕龙》的文体论中，占有极重要的地位。文学特性的自觉，亦即文体的自觉，是通过文学中一系列的"体貌"、"声貌"的感受而诱发出来的。有了体貌的自觉，才回转头来有体裁、体要的自觉。

（3）体貌与感情

若从文学的内容来说明文体自觉的历程，则文学的形相，是

---

① 《文心雕龙·诠赋》篇"及灵均唱《骚》，始广声貌"，"极声貌以穷文"。《夸饰》篇"故自天地以降，豫入声貌"。

感情与感觉的结合。穷索到最后，文学的形相，其实质乃是出自感情，乃是感情的客观化、对象化。[①] 此即《诗经》的所谓比兴。所以文学的形相，是在以感情为主的作品系列中最为显现；《文心雕龙》上篇中从《明诗》到《杂文》各篇所关涉到的文章，多是以感情为主的文章；于是在这些文章中所说的体，也多半是体貌之体；而文体的自觉，也正是从这一系列的文章中导引出来的。《诗经》是以感情为主的文学重要作品，但在过去，因为将它列入到"经"里面，于是经典的教训性，压倒了文学的艺术性；所以"温柔敦厚"，实等于彦和所说的"雅润"之"润"，[②] 实际是形容诗之"体"；但汉人不说是体，而说是"教"；[③]《毛诗》的"诗有六义"，到了《正义》才把风、雅、颂说成是体。[④] 继《诗经》而起，以感情为主的大文学作品是《楚辞》。形成两汉文学主要内容的辞赋，乃是继承《楚辞》的系统，所以班固在《离骚》序中说"为辞赋宗"。[⑤] 而王逸称其：

> 自终没（屈原之终没）以来，名儒博达之士，著造辞赋，莫不拟则其仪表，祖式其模范，取其要妙，窃其华藻。[⑥]

---

① 可参阅日人冈崎义惠著《文艺学概论》页一一一至一一四。
②《文心雕龙·明诗》篇："四言正体，则雅润为本。"
③《礼记·经解》："温柔敦厚，《诗》教也。"
④《诗大序》："故诗有六义焉。"《正义》："风雅颂者，诗篇之异体；赋比兴者，诗文之异辞耳。"但此体为体裁之体。
⑤ 班固《离骚》序。
⑥ 王逸《楚辞章句》序。

彦和对《离骚》的叙述是：

　　观其骨鲠所树，肌肤所附，虽取镕经意，亦自铸伟词。
故《骚经》、《九章》，朗丽以哀志。《九歌》、《九辩》，绮靡
以伤情……故能气往轹古，辞来切今。惊采绝艳，难与并
能矣。

彦和上面的一段话，最值得注意的是，屈原所自铸的伟词，亦即
屈原所创造的语言的艺术，实较取镕经意的内容更为重要。而所
谓"朗丽"、"绮靡"、"采"、"艳"等，都是形容语言艺术的形相。
在此形相的后面，乃是"虽与日月争光可也"的屈原的芳洁的感
情。对《离骚》发生于文学上的影响，彦和亦谓：

　　虽世渐百龄，辞人九变，而大抵所归，祖述《楚辞》。①

　　魏、晋、宋、齐、梁以下逮唐初，则又是继承楚辞、汉赋而
发展演变；所以刘彦和说当时的情形是"远弃风雅，近师辞赋"。②
此一系列的文章，因为是以感情为主；而感情是朦胧无法把捉的，
故必借外物之声貌，以为感情之声貌，因此便容易引起了文体的
自觉。所以刘彦和在《诠赋》篇说：

　　及灵均唱《骚》，始广声貌。然则赋也者，受命于

---

① 《文心雕龙·时序》篇。
② 《文心雕龙·情采》篇。

诗人，拓宇于楚辞者也。……述客主以首引，极声貌以穷文。

正指出此中消息。

（4）体貌发现的另一线索——由人物品藻向文学批评

另一诱发文体自觉的重大因素，恐怕是来自东汉以来对人物的品鉴。汉世以察举取士，月旦评题，蔚成风气。刘劭《人物志》，为东汉品鉴风气之结果。其主要之点，在就人之形容、声色、情味以知其才性，即"由形所显，观心所蕴"；人体的形相，成为知人才性的户牖，这便无形中培养成重视形相的风气。但魏以前，对于人的形相的重视，是出于实用的要求；而形相的自身，不过为追求另一实用价值之手段。及汉魏、魏晋之际，政治的激变太大，士大夫多因避祸而逃避现实，于是以实用为内容的人物品鉴，一变而为艺术的欣赏态度；因之，人物形相的自身，即有其值得欣赏之价值；而人体的艺术性，于以确立。《世说新语》所载之人物品藻，正代表此一大的转向。于是《人物志》所重者为人之"才性"，而《世说新语》所重者乃人之"容止"。[1] 容止，乃人的"活的"形相，此与希腊人以雕塑来表现人体形相之美，因而想建立一种静的纯一晴朗的形相世界，恰成一对照。[2] 此种活的形相之美，不是靠几何的线条表现出来，而是靠通过形相但又不止于形相，通过感官但又超过感官的"神味"表现出来。神味，即是由一个

---

① 《世说新语》卷下之上有《容止》篇。
② 参阅日人土居光知著《文学序说》页三八二至三八三。

人的精神状态中所流出的气氛、情调。对于此种美的领受，不仅是靠"感觉"，而是靠"感触"，不仅是"认取"，而是要"领会"；此在彦和则谓之"悬识"（《附会》篇）。若以今语译之，即是美的观照的洞见。由人的活的形相所奠定的美，是把形相和由形相升华上去的神味，直接连在一起所形成的。文学的形相，则主要表现在升华作用以后的神味上，所以对形相而言，只是间接的，可以用感官去具体认取的成分相当稀薄。因此，把由人的活的形相而来的名词观念，转用到文学的鉴赏批评上面，正接上了文学形相的特性；所以对文学的品藻，几乎都是转用品藻人物的名词、观念；这便对文体的自觉，乃至文体论的建立，成为一个很大的助力。不仅文体之"体"，即从人"体"而来；且文体中最重要的"体貌"一词，也是先用在对人的品鉴方面。体貌，在东汉似乎是一个很流行的名词。《汉书·车千秋传》："千秋长八尺余，体貌甚丽。"《后汉书·吴汉传》："斤斤谨质，形于体貌。"《祭肜传》："体貌绝众。"《徐防传》："体貌矜严。"《袁阆传》："体貌枯毁。"至彦和剖析文体，尤常以人体为喻，如"观其骨鲠所树，肌肤所附"（《辨骚》篇），"故辞之待骨，如体之树骸；情之含风，犹形之包气"（《风骨》篇），"必以情志为神明，事义为骨髓，辞采为肌肤，宫商为声气"（《附会》篇），"轻采毛发，深极骨髓"（《序志》篇）。此外的例子尚多。这种由活的人体形相之美而引起文学形相之美的自觉，为了解我国文学批评的一大关键，也为了解中国艺术的一大关键。

（5）体要的提出

在彦和当时，一般人谈到文体的，多是就体貌之体而言。但刘彦和则于体貌之体以外，又提出体要之体，这是他较一般人更为完整的地方。刘彦和对陆机的批评是：

> 昔陆氏《文赋》，号为曲尽；然泛论纤悉，而实体未该。故知九变之贯匪穷，知言之选难备矣。(《总术》篇)

这几句话的意思是，陆机《文赋》，对文学各方面的研究虽然很详备，但他只是作了详细的、横断面的泛论，所以便被当时所承认的文学范围所限制，没有包括文学的全体。刘彦和则是从文学发展的观点来看文学，知道九代文学的演变是有其条贯的，因而把许多当时人排斥在文学范围以外的经、子、史等，一概视作文学的演变，而皆纳入于文学范围之中；于是，在当时一般所承认的体貌之体以外，又提出一个体要之体，以融入、充实到他的文体论里面去。若以体貌之体，是来自楚辞的系统，则站在刘彦和的观点说，体要之体是来自五经的系统。若以体貌之体是以感情为主，则体要之体是以事义为主。[①] 若以体貌之体，是来自文学的艺术性，则体要之体是出自文学的实用性。若以体貌之体是通过声采以形成其形相，则体要之体是通过法则以形成其形相。上篇中从《史传》到《书记》，多是以体要之体为主。后来古文家所主张的义法，实际是继承此一系统而发展的。法国的彪封（Buffon，

[①] 中国文化不注重纯思辨性的思想，而常是通过具体的事类以表达其思想。此即《事类》篇之所谓"据事以类义"。事义相当于西方之所谓思想，而又多是因事见义，故又与西方之所谓思想不尽相同。此等处，正可见中西文化性格之违异。事义以思想为主，但亦包含有感情在内；盖感情亦因事而发，而古人对情与义，有时混而不分也。

1707—1788）说：“所谓文体者，乃是人所给与其思想以秩序与运动之谓。”这是对当时卢骚们偏重于以“文学趣味”为文体的一种抗议，实际也是偏重在体要之体的一方面。

《文心雕龙·征圣》篇：

> 《易》称辨物正言，断辞则备；《书》云辞尚体要，弗惟好异。故知正言所以立辨，体要所以成辞……体要与微辞偕通，正言共精义并用；圣人之文章，亦可见也。

按《征圣》篇是把圣人作为文章作者的标准而言，《宗经》篇是把五经作为文章写作的标准而言；实则两篇皆系追溯我国文体，是源于五经，而以“正言”与“体要”，为五经文章的特色。正言犹正名，和体要有连带关系；体要自然会正名。所以全书谈到以事义为主的文章，多是以体要的观念贯通下去。《序志》篇说：

> 而去圣久远，文体解散；辞人爱奇，言贵浮诡；饰羽尚画，文绣鞶帨。离本弥甚，将遂讹滥。盖《周书》论辞，贵乎体要。……辞训之异，宜体于要。

观此，他之所以提出体要，正是为了矫正当时过于重视体貌所发生的流弊。伪《孔传》对体要的解释是“辞以体实为要”。《集说》引夏僎曰：“体则具于理而无不足，要则简而亦不至于有余。”观彦和“宜体于要”之言，似将此处之“体”字作动词用；体要，即法于要点，或合于要点之意。由合（法）于要点所形成的文体，对体貌之体而言，即可称为体要之体。体貌之体，系以貌而见；

而体要之体，则以要而见。体要之体，既系由以事义为主之文章而来，则《征圣》篇之所谓"明理以立体"，及《书记》篇之所谓"随事立体"，正说明体要之体，系由理或事所形成的。又《议对》篇谓"得事要矣"，"事实允当，可谓达议体矣"。由此便可知在议对这类文章中，能把握题材之要点，适应题材之要求，即系能体于要，而达到体要之体。例如论说乃说理之文，是以义（理）为主的，《论说》篇谓：

> 原夫论之为体，所以辨正然否，穷于有数，追于无形；钻坚求通，钩深取极；乃百虑之筌蹄，万事之权衡也。

此段乃说明论系以思想上之辨正为体，此即论之要求、目的，亦即论之"要"。下面接着说：

> 故其义贵圆通，辞忌枝碎。必使心与理合，弥缝莫见其隙；辞共心密，敌人不知所乘。斯其要也。

此段是说能把握"论"之要求，而加以实现，即系能体于"论"之要，所以说"此其要也"。又如檄移是以事为主的，《檄移》篇说：

> 夫兵以定乱，莫敢自专……奉辞伐罪，非唯致果为毅，亦且厉辞为武。……奋其武怒，总其罪人……摇奸宄之胆，订信顺之心……

这里所说的是檄的要求、目的，亦即檄之"要"。他接着说：

> 故其植义飏辞，务在刚健。插羽以示迅，不可使辞缓；
> 露板以宣众，不可使义隐。必事昭而理辨，气盛而辞断，
> 此其要也。

能如此，系能合于题材的要求、目的，即系能体于要，亦即系"名与实相符"的文体。而名实相符，体类相合，乃文体的重要要求之一。

（6）体裁向体貌的升进

前面已经说过，文体的最大意义，即在于表征一个作品的统一。《文心雕龙》中"文体"一词，里面虽含有体裁、体貌、体要三方面的意义，但这三方面的意义，乃是通过升华作用而互相因缘，互为表里，以形成一个统一体的。先说以字数的排列情形为主的体裁吧。《诠赋》篇：

> 夫京殿苑猎，述行叙志，并体国经野，义尚光大。……
> 至于草区禽族，庶品杂类，则触兴致情，因变取会；拟诸
> 形容，则言务纤密；象其物宜，则理贵侧附。斯又小制之
> 区畛，奇巧之机要也。

按此系由题材之大小，而决定体制之大小，由体制之大小，而决定体貌之"光大"或"纤密"。《毛诗大序》："政有小大，故有小雅焉，有大雅焉。"《正义》："诗人歌其大事，制为大体；述其小

事，制为小体……诗体既异，乐音亦殊。"按此正以题材之大小决定体制之大小；而乐音随体制大小而异，亦犹体貌随体制大小而殊。《明诗》篇：

> 四言正体，以雅润为本；五言流调，以清丽为宗。

两者虽同为言志之诗，但因其字数排列体裁之不同，而所要求的体貌亦异；这分明是指出体裁与体貌有密切的升华关系，亦说明体裁对体貌之要求。是某种体裁，即要求某种体貌。《颂赞》篇：

> 赞者，明也，助也。……必结言于四字之句，盘桓乎数韵之词；约举以尽情，昭灼以送文；此其体也。

按赞之所以以约举、昭灼为体，乃受四字之句的限制；此可说明体裁对体貌之制约。是某种体裁，只能容受某种体貌。《哀吊》篇：

> 及潘岳继作，实踵其美……促节四言，鲜有缓句；故能义直而文婉，体旧而趣新。

按潘岳哀辞之体，能义直而文婉，乃与促节四言有密切之关系；此可说明体裁对体要与体貌之效果。某种体要或体貌，以用某种体裁始为恰当。后来论古近诗体之不同要求，或诗与词之不同性，率多由此一规律发展而来。

（7）体要与体貌的关连

现在再谈到体要与体貌的关系。体要之体，以内容的事义为主；事义本身之表达，即会成为一种文体，并且会要求与事义相称之文体。《颂赞》篇："颂主告神，义必纯美。"纯美乃所以适应于告神之事，亦即颂之要。又说：

> 原夫颂惟典雅，辞必清铄。敷写似赋，而不入华侈之区；敬慎如铭，而异乎规戒之域。揄扬以发藻，汪洋以树义。惟纤巧曲致，与情而变。其大体所底，如斯而已。

按典雅者，乃由纯美之要所求之文体；此时的文体，系由文章内容的要点所形成，所以此系体要之体。清铄则系指体貌而言；清铄的体貌，乃达到典雅之方法。由此可知体要之体，有待于适当的体貌而始能完成其表现的效率。华侈与典雅相反，规戒与颂神不合，故"敷写似赋，而不入华侈之区；敬慎如铭，而异乎规戒之域"；此乃说明体要之体，对体貌之体，所发生之制约性。即是凡与体要不相合的体貌，反成为文章的赘累。《祝盟》篇：

> 凡群言发华，而降神务实……祈祷之式，必诚以敬；祭奠之楷，宜恭且哀；此其大较也。

按"诚敬"与"恭哀"，乃因祝盟之事而来的体要之体。又：

> 夫盟之大体，必序危机，奖忠孝……感激以立诚，切至以敷辞，此其所同也。

按"感激"、"切至",乃体貌之体；而此体貌之体，乃所以适应必诚必敬的体要之体的要求。《铭箴》篇：

> 箴全御过，故文资确切。铭兼褒赞，故体贵弘润。其取事也，必核以辨；其摛文也，必简而深。此其大要也。

按"御过"与"褒赞"，乃箴与铭之要；"确切"、"弘润"，乃与御过、褒赞相适应之体貌。而取事核以辨，摛辞简而深，实为能体于要之方法。取事核辨，自成确切，摛文简深，自成弘润；此乃由能体于要而自能形成与之相适应之体貌。《诔碑》篇：

> 详夫诔之为制，盖选言录行……论其人也，暖乎若可觌；道其哀也，凄焉如可伤。此其旨也。

"暖乎"、"凄焉"，非事义所能表达，必有赖乎文章之声貌。又：

> 夫属碑之体……标序盛德，必见清风之华；昭纪鸿懿，必见峻伟之烈。此碑之制也。

按"标序盛德"、"昭纪鸿懿"，乃碑之要；"清风之华"，"峻伟之烈"，乃碑之体貌。必有此体貌乃能达成体要之目的，故知体貌又可作达成体要之手段。后来有的古文家只讲义法，不讲声貌，而亦未尝无声貌，此即可见体要与体貌之不可分。并且体要之体，必以能达到适当的体貌，始能得文体之全，成制作之美。所以《铭箴》篇"魏文九宝，器利辞钝"，即非合作；而"张载

《剑阁》","其才清采","得其宜矣"。

（8）体貌向体要的依存

体貌之体，以辞的声色为主。由辞的声色所成之体貌，亦必须与题材相切合，使体貌能符合题材的要求，亦即体貌应以体要为内容。《诔碑》篇：

> 逮尼父之卒，哀公作诔，观其慭遗之切，呜呼之叹，虽非睿作，古式存焉。

盖诔之要求在表达哀情，"切"与"叹"之体貌，正与哀情相合。又"潘岳构意……巧于序悲，易入新切"。这是认为新切之体貌，适于表现悲哀。又：

> 至如崔骃诔赵，刘陶诔黄，并得宪章，工在简要。

按"简要"故能"切"，"切"乃表现之文辞与被表现的体要之要的最短距离；[1]哀者情真，情真者语自切，所以"切"的体貌是适于表现悲哀的。

---

[1] 斯宾塞（H. Spencer，1820—1903）以为文体的诸法则，不过是以最小之力，获得最大之效果的法则（歧约著《从社会学看艺术》日译本第二部下页八九）。此主张的实现，即是缩短表现与对象的距离（参阅波多野完治著《文章心理学入门》页七六），亦即此处之所谓"切"或"简要"。

陈思叨名，体实繁缓；文皇诔末，百言自陈，其乖甚矣。

按"百言自陈"，所以成为繁缓。繁缓与简要相反，故不切；此种体貌是不适于表现悲哀，故责之以"其乖甚矣"。又"观风似面，听词如泣"，此乃体貌与体要合一之理想的诔碑的文体。《哀吊》篇：

　　原夫哀辞大体，情主于痛伤。……奢体为辞，则虽丽不哀。必使情往会悲，文来引泣，乃其贵耳。

按"情往会悲"、"文来引泣"，乃说明文之体貌，应达到哀吊之要求，亦即系达到体要之目的；而奢丽之体貌，并不适于达到此种目的。又：

　　夫吊虽古义，而华辞末造；华过韵缓，则化而为赋。固宜正义以绳理，昭德而塞违。割析褒贬，哀而有正，则无夺伦矣。

按吊因经过"祢衡之吊平子，缛丽而轻清；陆机之吊魏武，词巧而文繁"；故末造有华过韵缓、化而为赋之弊；华过韵缓之赋，不足表现吊之哀，故彦和欲以体要之体，救体貌之失，使体貌能根于体要而升华上去，以得其伦序。"正义以绳理"四句，即系称述体要之体。由上所述，可知体貌之不能离乎体要。二者结合的理想状态，可用《议对》篇的两句话作代表："理不谬摇其枝，字不妄舒其藻。"按上句是理合于辞，下句是辞不过理。又谓：

> 长虞识治，而属辞枝繁。
>
> 若不达政体，而舞笔弄文……空骋其华，固为事实所
> 摈；设得其理，亦为游辞所埋矣。

此皆为辞与理不相称，亦即体要与体貌不相称之弊。惟能"标以
显义，约以正辞"，乃成为统一的文体。

但不可因此误会，以为某一类的文章，其要求与所要达到之
目的，大体相同，亦即其体要系大体相同，便认为只限于某一种
体貌始能与之相适应。假使这样，便变成每类的文章，只有一种
文体，而使文体归于僵化。实际，每一类的文章，其体要虽大体
相同，而体貌则不妨各异。《通变》篇谓：

> 凡诗赋书记，名理相因，此有常之体也。文辞气力，通
> 变则久，此无方之数也。

按名理相因之体，乃体要之体；文辞气力之数，是体貌之体。前
者不能变，而后者则常须变。此即下文之所谓"譬诸草木，根干
丽土而同性，臭味晞阳而异品"。这在《文心雕龙》上篇二十文类
中，实际每类中之作者既非一人，各人之才、性、学习各不相同，
其体貌亦自非一致。彦和对此，唯统之以体要，而示之以趋归；
凡与体要不相连触的各种体貌，即无分轩轾。例如《章表》篇"章
以造阙，风矩应明；表以致禁，骨采宜耀"。此系由体要以要求体
貌。但又谓"至于文举之荐祢衡，气扬采飞；孔明之辞后主，志

尽文畅。虽华实异旨，并表之英也"。孔融与诸葛亮两人之表，一华一实，体貌不同，而同为表中之特出；岂有一类之文，仅拘于一类之体的？又如《议对》篇"虽宪章无算，而同异足观"，又谓"虽质文不同，得事要矣"，并足为例证。

（9）文体三方面的统一

文体虽可分解为三个方面，但文体的本身系表明文章之统一性，所以三方面的文体，应当融合于一个作品之中，以形成一个完整的文体。《奏启》篇对此点而言，有较明显的叙述；今摘录如下，以作此章之结束：

> 秦始立奏，而法家少文。观王绾之奏勋德，辞质而义近；李斯之奏骊山，事略而意径。政无膏润，形于篇章矣。

按此乃一面言政治、思想，与文体之关系，一面亦表示体要与体貌之自然符合。辞质故义近，事略故意径。

> 若夫贾谊之务农……谷永之谏仙，理既切至，辞亦通畅。

按上句言能体于要，下句言体貌能与体要相符。

> 杨秉耿介于灾异，陈蕃愤懑于尺一，骨鲠得焉。张衡指摘于史职，蔡邕铨列于朝仪，博雅明焉。

按"骨鲠"、"博雅"，皆就文章之体貌言。前者来自其耿介愤懑之情，但此种情与其所言之事有关。后者则端系来自两人之学，也和两人所言之事有关。

> 夫奏之为笔，固以明允笃诚为本，辨析疏通为首。强志足以成务，博见足以穷理。酌古御今，治繁总要，此其体也。

按此乃体要之体。

> 若乃按劾之奏，所以明宪清国……必使笔端振风，简上凝霜者也。

按"振风"、"凝霜"，乃体貌之体；而此体貌之体，乃来自明宪清国之要。

> 若夫傅咸劲直，而按辞坚深；刘隗切正，而劾文阔略。各其志也。

按此言两人体貌之体，系来自两人之情性。

> 术在纠恶，势必深峭。

按此言由纠恶之体要，而自然形成深峭之体貌。

若能辟礼门以悬规，标义路以植矩，然后逾垣者折肱，
捷径者灭趾。

按此乃承上而言由人为之努力，以矫正上述自然所形成的体貌之
流弊。

是以立范运衡，宜明体要。必使理有典型，辞有风轨
（按上句为体要，下句为合于体要之体貌）。总法家之式，
秉儒家之文（按此二句为使体要与体貌相合之工夫）。不畏
强御，气流墨中；无纵诡随，声动简外（按此四句言人格
流注于文章之中）。乃称绝席之雄，直方之举耳。

按此段述由题材之要求，人为之努力，以至人格与文体之关系，
言之颇为周至。

启者开也……必敛饬入规，促其音节。辨要轻清，文而
不侈，亦启之大略也。

按"敛饬入规"、"促其音节"，系就体裁而言；"辨要轻清"、"文
而不侈"，此乃在较小之体裁内，对体貌之要求。

本来，就一个完整的文体观念而言，则所谓体裁、体要、
体貌，乃是构成文体的三个基本要素。任何作品，必定是属于
某种体裁，也必定有某程度的体要，也必定形成某种体貌。但
因此三个基本要素，它都能以其独立的形态而出现，于是在名
言上即须与以检别。加之，文章的内容不同，三者所发生的作

用便不能不有所偏至；例如言诗词者特重体裁对于体貌的关系，而叙事言理之文，体要又常居于首要的地位。所以我在本章中特加以条理。

三、文体之基型及文体与情性之关系

（1）文体的八种基型

以上所说的文体中所含的三方面的意义，或三个次元，只是因为刘彦和在使用"文体"一词时，常或偏于表现文体的某一方面，因而容易引起读者的误解，所以不得不略加分疏。其实，一谈到文体，只是读者所感到的统一的艺术性的印象，因而每一作品，常常只能表现为一种文体。文体是因人、因题材、因时代，乃至因特别临时的因素而不断地变化的；并且正赖有这种变化，而始能成就文学的创造性，永远与人以新鲜的感觉。但刘彦和为了使人对文体能作确切的把握，除了在上篇就各种文章的区域（类别）中，作实例的具体说明以外，更在下篇归纳出文体的八种基型，及其构成之一般的因素；更指出文体与情性的关系。如前所述，《文心雕龙》的上篇，为历史的文体论，而下篇正是普遍的文体论。兹略加分别疏释如下。《体性》篇主要是说明文体与情性的关系。其中有一段说：

> 若总其归途，则数穷八体。一曰典雅，二曰远奥，三曰精约，四曰显附，五曰繁缛，六曰壮丽，七曰新奇，八曰轻靡。

按这八种文体，是文体的基型。有如在中国传统中把颜色中的红黄蓝白黑的五色看作五种基本颜色，各种颜色，都是由这五种颜色互相渗和而成的一样。这八种基型，是彦和从各种文体的根源中，所分析归纳出来的结论。各种文体，也是由这八种文体渗和而出。所以他一方面说"数穷八体"，一方面又说"八体屡迁"。不仅上篇所举之各种文体，远较此八体为复杂，即本篇举出作例证之十二人的文体，亦无一人与此八体完全相同；而《定势》篇所举出的六类文章的"本采"（"各以本采为地"）内，仅有八体中之典雅没有改变；此外的"清丽"、"明断"、"核要"、"宏深"、"巧艳"，也无一与八体中之其余七体，完全相合，但都可视作是由八体融和参杂（《定势》篇："契会相参，节文互杂。"）的结果。

（2）八种基型的史的根源

再依照刘彦和的发展的文学史观来说，则基型的八体之中，内中五体是出自五经，而三体则是出自楚辞。《征圣》篇：

> 故《春秋》一字以褒贬，丧服举轻以包重，此简言以达旨也。

此应为精约体的所自出。

> 酆诗联章以积句，《儒行》缛说以繁辞，此博文以该情也。

此应为繁缛体的所自出。

书契决断以象夬，文章昭晰以象离，此明理以立体也。

此应为显附体的所自出。

四象精义以曲隐，五例微辞以婉晦，此隐义以藏用也。

此应为远奥体的所自出。

彦和在《体性》篇以远奥为"经理玄宗"，而《周易》即为三玄之一，故两处并不矛盾。又谓"正言所以立辩，体要所以成辞"（《征圣》篇），此乃总括圣人立言之标准，实即"典雅"一词之具体注脚；而彦和固明以"镕式经诰，方轨儒门"（《体性》篇）为典雅之所自出；《文心雕龙》凡说到典雅时，无不与五经有关，实可说是五经文体的总括。《辨骚》篇对《离骚》文体之叙述，亦认其包括众体，如"朗丽以哀志"，"绮靡以伤情"，"瑰诡而慧巧"，"耀艳而深华"，"枚、贾追风以入丽，马、扬沿波而得奇"等；然实可用"壮丽"二字加以概括。所谓"气往轹古，辞来切今；惊采绝艳，难与并能"及"惊才风逸，壮志云高"，都是"壮丽"两字的扩大形容。班固《汉书·艺文志·诗赋略》序："汉兴，枚乘、司马相如，下及扬子云，竞为侈丽闳衍之词。"侈丽闳衍，依然是壮丽；而他们正是属于楚辞的系统。当然壮丽与纬也有其渊源。《正纬》篇说："事丰奇伟，词富膏腴。"这正是彦和视纬为文学渊源之一的一大原因；但纬对文学的价值，主要还是在其神话色彩的"事丰奇伟"，可以扩大作者想象力的这一方面。至于"轻靡"始于晋世，^①而"新奇"始于谢灵运，^②然此皆系沿楚辞之"丽"的系统而衍变出的。

（3）理想的文体

再就刘彦和心目中的理想文体来说，则可以"雅丽"一体当之。雅丽一体，可以说是从八种基型文体中所提炼出来的精粹。《体性》篇"雅丽黼黻，淫巧朱紫"，这不是随意说的两句话，而实代表他心目中文体的理想。《征圣》篇："然则圣文之雅丽，固衔华而佩实者也。"《宗经》篇："故文能宗经，体有六义。"试将他所说的六义加以综合，依然是"雅丽"二字。《明诗》篇："若夫四言正体，则雅润为本；五言流调（当时流行之调），则清丽居宗。"二者合而言之，则仍为雅丽。且雅中渗入若干丽之成分则成雅润；而丽中渗入若干雅之气味，则成清丽。《诠赋》篇"故义必明雅……故词必巧丽"，义雅而辞丽，正是好的赋体。再推而上之，扬雄谓"诗人之赋丽以则，辞人之赋丽以淫"，^③"则"即是雅。班固《离骚》序称屈原"然其文弘博丽雅，为辞赋宗"，是扬雄、班固，在文体上早经重视雅丽，凡此皆彦和之所本。

但在彦和则更有其深意。雅是来自五经的系统，所以代表文章由内容之正大而来的品格之正大；丽是来自楚辞系统，所以代表文章形相之美，即代表文学的艺术性。他说圣文之雅丽，将丽

---

① 《明诗》篇："晋世群才，稍入轻绮。"又《时序》篇："然晋虽不文，人才实盛……并结藻清英，流韵绮靡。"
② 《明诗》篇："宋初文咏，体有因革。庄老告退，而山水方滋。俪采百字之偶，争价一句之奇；情必极貌以写物，辞必穷力而追新。"此正指谢灵运而言。
③ 扬子《法言·吾子》篇。

亦归之于圣人，归之于经，乃所以尊圣尊经；自全书言，固非其实。且丽是当时文学中流行的风气，而雅是彦和特别提出以补救当时风气之失。雅丽合在一起，即体要之体，与体貌之体，融合在一起的理想状态。穷极言之，一切好的文体，皆自雅丽中流出，并皆由雅与丽之互相渗和以成衍变之源，及补救之术。优美、崇高、悲壮、幽默，为西方所公认的美的四大范畴。而英人亚诺尔特（M. Arnold，1822—1888）在其《荷马翻译论》中以高雅体（grand style）为最高的文体；诺氏不肯对高雅体下抽象的定义，而认为只能从伟大诗人的作品中感受到。[①]我以为彦和之所谓雅丽，有近于西方美学中的优美之美。由这种文体的异尚，可推及于两方文化背景的不同，此不具论。但在彦和的八种文体基型中，缺乏悲壮这一型的形相；这是由中国文化的中庸的性格，与在专制政治长久压制下所发生的沮滞作用，所给与文学发展的一种限制。在彦和以后，每一时代，每一伟大作者，实际又创造了不少的文体，而非复此八种基型所能概括的。

（4）文体与人之一——《神思》篇

　　至于文体与人的情性的关系，彪封于一七五三年在 Academiè（学士院）入院演词中，说了"文体即是人"（Le style c'est l'homme）的一句有名的话，成为西方文体论的基本定石。此后，什来厄马赫（Schleiermacher，1768—1834）以为文体是"显现于对象中的个性的法则性"。叔本华则以为文体是"精神的相貌"。[②]

---

① 参阅土居光知《文学序说》页三三七。
② 参阅日文《世界文学辞典》页一○五六。

歧约则更进一步具体地说："真的文体，必定是从思想及感情之本身出来的。"①这都是"文体即是人"的进一步的说法。彦和则在早于彪封一千二百余年以前（《文心雕龙》约成书于西历五〇一年前后），便已很明确而具体地提出了文体与人的关系；这在他，则深入地说是文体与情性的关系；此即《神思》、《体性》、《风骨》三篇之所以成立；而三篇中，又以《体性》篇为中心。《神思》篇的"神"，指的是心灵，"思"即是心灵的活动。②此篇主旨在说明心灵活动中之艺术性（今人仅以"想象"释神思，但《神思》篇不仅包含想象），及如何培养此艺术性，以造成理想之文体。文体中之形相，常由声与色所形成；故体貌之体，如前所说，彦和常称为"声貌"。《神思》篇说：

> 吟咏之间，吐纳珠玉之声；眉睫之前，卷舒风云之色。其思理之致乎。

按此处之所谓声与色，即系构成文体的声貌。而此种艺术性的声与色，即来自"思理"的自身。所以此数句，乃说明在心灵活动中，先天即含有文体的形相性。又：

> 是以陶钧文思，贵在虚静。疏瀹五脏，澡雪精神。积学以储宝，酌理以富才，研阅以穷照，驯致以怿辞。然后使

---

① 歧约著《从社会学看艺术》日译本第二部下页九五。
②《神思》篇："古人云，形在江海之上，心存魏阙之下，神思之谓也。""心存"之心，即此处之神思；故下文将神与思分述。而后文之"亦有助乎心力"之"心力"，亦即神思。

玄解之宰，寻声律而定墨；独照之匠，窥意象而运斤。

按由虚静的心灵所发出的活动，自然即形成为美的观照。所以虚静之心，在此处说，乃是文学精神的主体。必须此主体能呈现时，文学的题材，始能以其原有之姿，进于虚静的心灵之中，主客合一，因而题材得到了主观的精神性，精神也由题材而得到了客观的形相性。所以便形成了主客融和、统一的作品的文体。"疏瀹"、"澡雪"，是人格的修养，也正是能使文学精神主体得以呈现的工夫。彦和在这种地方，更是穷究到了文体的根源之地。但仅培养得虚静之心，此虚静之心，并非即可完全落在文学上面，并且也非因此而即有表现的能力。还要进一步以学问蓄积创作的材料，以思考力充实表现的能力，以习体穷尽文体的变化，以不断的练习使驱辞遣句得到自由。此四者进入于虚静之心的里面，而将其加以塑造，这才可以创造出文学的作品；而此作品一定表现而为主客融和、统一的文体。"积学以储宝"四句，正说的是对心灵所作的塑造之功。所谓声律，即构成文体之声；所谓意象，即构成文体之貌。乃言心灵若能得到上述四者的塑造，便可以适应文体的要求，以构成适当的声貌，使先天的可能性，成为后天的实现性。

（5）文体与人之二——《体性》篇

　　《体性》篇则系进一步说明文体是出于人之情性，即所谓"吐纳英华（文体），莫非情性"。情性即《神思》篇"神"之具体化。彦和并将情性分解为才、气、学、习，以与构成文体之辞理、风趣、事义、体式四种因素相适应，以作为此四因素之主宰。《体性》篇说：

夫情动而言形，理发而文见；盖沿隐（理）以至显（文），因内（情）而符外者也。

按此总言文体系由感情（情）思想（理）而来，亦即由情性而来。感情之出于情性，这是很显而易见的。但思想是从客观之理而来，似乎与情性无涉；不过纯文学作品中的思想，应当如亚诺尔特在"Wordsworth 论"中所说，须先溶入于感情之中，成为生命之内容而活动；所以思想也是感情。[①] 即使是表现在一般文章中的思想，其客观之理，也是要通过一个人的个性（情性）来接受，因而在其表达的形式上，也便会受到其情性的影响的。

《体性》篇再接着说：

然才有庸俊，气有刚柔，学有浅深，习有雅郑；并情性所铄，陶染所凝；是以笔区云谲，文苑波诡者矣。

按才是表现的能力，气是贯注于作品中的生命力，学是《风骨》篇所说的"镕铸经典之范，翔集子史之术"，习是所谓"摹体以定习"的习。这是说明因情性之不同，而文体亦因之不同。才与气，是情性所铄，即是出自情性；这是容易明了的。但是学与习，乃是客观的追求、吸收，乃系由外力所陶染，似不可以言情性。不过因原始的情性，只含有艺术的可能性；欲将此种可能性加以实现，则原始之情性，必经过学与习之塑造，给与才及气以内容，于是仅有可能性、冲动力之情性，因学与习而加入一种构造能力

① 见土居光知著《文学序说》页三三八。

到里面去，而始成为有实现性的创造的冲动。所以刘彦和全书皆强调情性为文学之根源，但他所说的情性，必须是经过塑造的情性；因此，一说到情性，便常说到学与习。再从另一方面看，学与习虽是向客观的追求、吸收；但所吸所收者，必须如食物之经过消化而加入到人的生理中去一样，也须经过消化而加入到情性之中，则所学所习的始能真正发生作用。所以学与习一面是出自情性的要求，最后并融化到情性中去；同时，学与习，虽最后融化到情性中去，并须通过情性中之才与气而实现，但因其原系向客观的吸收，于是由客观所发生的积极而独立的作用，在文体构成中，却与才和气居于并列的地位，而各尽不同的职能。所以刘彦和便将四者加以列举。总结地说，四者可以说都是由情性所发生的四种作用。不过彦和所说的情性，还包括有志；而志又是才与气后面的统帅；此处之所以未说到志，因为志是在才与气的后面，要通过才与气而始见的；所以他接着补出"气以实志，志以定言"，这才算是完备的。他再说：

> 故辞理庸俊，莫能翻其才；风趣刚柔，宁或改其气；事义浅深，未闻乖其学；体式雅郑，鲜有反其习。各师成心，其异如面。

按此段乃将情性之四种作用，对应于构成文体之外在的四种要素，以见此四种要素，皆随此情性之四种作用为转移；因情性四种作用之各有不同，故所构成之文体亦因之而各异。至此，而文体之出于情性，乃有了更具体的说明。《情采》篇有"情者文之经，辞者理之纬"的话，所以彦和常将辞理连为一词（有时亦称文理），即文章的语言。风趣，乃文章之情调，实即《风骨》篇之所谓风骨，及《定势》篇之所谓"势"。事义兼思想与感情而言，盖感情亦有假事而见者，但以思想为主。体式，即文体的式样；文体本系语言、风趣、事义等之统一体，但仅就其为代表文学中之形相的式样而言，亦可视其为与语言、风趣、事义相并列而为构成文体之一独立因素，亦犹语言、事义等，可以不关连于文体的式样而独立加以认取处理一样。此处之习，乃"习体"之习，即摹仿古人之文体。这段话是说明构成文体的辞理、风趣、事义、体式，皆决定于性情的才、气、学、习。又《附会》篇：

> 夫才童① 学文，宜正体制。必以情志为神明，事义为骨髓，辞采为肌肤，宫商为声气。

按彦和此处以情志、事义、辞采、宫商为构成文体之四大因素，与《体性》篇似有出入；然《体性》篇系将内外之四大因素，分别对举；而《附会》篇则系将内外因素，比拟于人体，以排成一个系列。情志乃情性之异名，辞采、宫商，乃体式之分述，而辞采亦相当于《体性》篇之辞理；则是二篇所述，并无异致。

又《体性》篇在叙述了八体之后，接着说：

> 八体屡迁，功以学成。才力居中，肇自血气。气以实志，志以定言；吐纳英华，莫非情性。

---

① "才量学文"之"量"，依杨明照《文心雕龙校注》改作"童"。见原著页二七四。按彦和称初学者皆曰童，如《体性》篇之"童子雕琢"，《养气》篇之"凡童少鉴浅而志盛"皆是。

按这一段是说从情性到构造文体的过程的。八种基型的文体，是因每人的情性、学力、时代、题材，而不断变迁的，不可胶柱鼓瑟。但在变迁之中，而欲使文能成体，则全靠自己的学（此处之学包括习）的陶染。学是把外在的东西向情性里吸收，因而给与原始性的情性以塑造，这可以说是由外向内的过程。在此过程中，才力居于内外之中，向内则发而为接引、消化所学的能力，向外则发而为文体构造的能力；把内外贯通起来，故曰"才力居中"。才出于天赋，与生理有密切关系，故说"肇自血气"。人的生命力，是表现在气上；无气即无才，故才与气常连辞；"肇自血气"，是说明才之所由来。

陶染的过程是由外向内；而创作的过程，则是由内向外。在内的发动机是志；但志只是一点心灵的动向，要把此动向传达出去，以成为创造的力量，则不能不靠生命中的气，所以说"气以实志"。但气的本身是盲目的，气要落实在客观上成为表现的言辞，是要靠志与以方向的，所以说"志以定言"。这样由"志"而"气"（包括才）而"言"的过程，即是创造文体的过程；此一过程，是从内在的情性一层一层地展出的，所以说"吐纳英华，莫非情性"。彦和常用"吐纳"以比拟创造；一个人的全创造过程，实是一内一外的往复，有似于人的呼吸吐纳。"英华"即指的是文体。这两句是对文体与情性的关系加以总结。

(6) 文体与人之三——《风骨》篇

《风骨》篇实《体性》篇的"风趣刚柔，宁或改其气"的一句之发挥。文体出于情性，但若不阐明气之作用，则情性究系通过何者而落实于外在的文体之上，以与文体连为一体，仍不能明了。

气乃由内在之情性通到外在之文体的桥梁。中国文学理论中特强调气之观念，然后"文体即是人"的说法，才能在文体与人之间找出一个确实的连结的线索；此为中国文学理论中最特出的一点。我将另写一文，专加阐述。此处仅指明情性中之气，直接落实于文体之上，而形成文体中之风与骨，有如绘画中之刚与柔的两个线条；而风与骨乃由气之自身所形成，故风与骨即人之生命力在文章中之表现，使读者可通过风与骨而接触到作者的气，亦即接触到作者的生命力，于是情性与文体之关连，更为具体化了。所以我在这里也将《风骨》篇列入于文体出于情性的直接论证之一。因为气正是情性之一部分。[①]

四、文体出于情性的实例

（1）题材的内在化

兹再就具体的文体来看它与情性的关系。

首先，我们已经知道我国的文学，多带有实用性。凡实用性的文学，文体一定要适合于题材的要求，满足于题材的目的。各类的题材，都是客观的存在，则其要求与目的，亦系客观的存在。我们的情性，固然可认取此客观之存在而加以表现，因而，在此认取上是与题材发生了关系；但此时文体之构成，是以客观的东西为准、为主，而情性只居于补助的地位；这便很难说文体是出于情性。但真能成为文体，而给与读者以深刻印象的文章，对题材不仅是一般性的认取，而是要先将外在的题材，加以内在化，

---

① 黄季刚先生《文心雕龙札记》，以理释风，以辞释骨，与原义不合，未敢苟同。

化为自己的情性，再把它从情性中表现出来；此时题材的要求、目的，已经不是客观的，而实已成为作者情性的要求、目的，并通过作者的才与气而将其表达出来。此一先由外向内，再由内向外的过程，是顺着客观题材→情性→文体的径路而展开的。所以此时之文体，依然是出自情性。否则所叙述的东西，不能有生命贯注在里面，不能与人以作者的生命感，即不能成为好的文体，或不算是文体。纯科学的叙述，大概属于这一类，但不能称为文学。《哀吊》篇：

> 原夫哀辞大体，情主于痛伤，而辞穷乎爱惜。……隐心而结文，则事惬；观文而属心，则体奢。奢体为辞，则虽丽不哀。必使情往会悲，文来引泣，乃其贵耳。

按所谓隐心，是说心的悲痛之深。"痛伤"、"爱惜"，乃哀吊这种题材的客观要求。隐心者，乃系此客观之要求，已内在化于作者之心；心与题材，合而为一，使痛伤、爱惜之题材要求，成为作者之内心的要求；则此时之文，表面似系适应题材，而实则乃从作者的心中涌出，所以便"事惬"；事惬者，文与事相符之意。"观文而属心"者，乃看了题材而后用心去作的意思；看题作文，此时题乃在作者之心之外，以心去认取题，想从文辞上如何去满足题之要求；而作者之心，与题材实为二物，二者之间有一距离，下笔时仅系以客观之题材为标准，并非从内心流出，因而失去由内心真情所发生之自然制约性，而只是从文辞上去加以捉摸，所以就"体奢"。体奢者，因体与事不相凑泊所发生的游离现象。游离现象的所以发生，正因题材未经过内在化，不从真情中流出，故虽丽不衰。丽而不衰，即系虽有好的体貌，亦不能达到题材之目的。此即说明凡不自情性中来的文体，纵能夸张声貌，依然不能成为真的文体之证。一切伪体，以在应酬性质的诗文中为多，原因正在于此。

上面乃以表达感情为主的文体作例。以表达思想为主的文体，也是一样的情形。如《论说》篇：

> 原夫论之为体，所以辨正然否……必使心与理合……辞共心密……斯其要也。

按心与理合，乃心化为理；故理之秩序，即心之秩序，而心之活动，即理之活动。但从另一角度说，心化而为理，亦即理化而为心；所以此时之文从理出，实亦系文从心出；故不曰"辞共理密"，而曰"辞共心密"。因此，以思想为主之文体，仍是从心出，亦即从情性中出。并且我们应当了解，客观题材的内在化，同时也即是情性的客观化。能作为文学根源的情性，必须是在主客合一、内外交化的状态下的情性；而伟大的文体，亦正是内外、主客，得到融和、统一的文体。凡提到内在化时，应当同时领取与内在化同时存在的客观化的一面。

还有以事为主之文，其要求题材之内在化以成为真的文体，与上所述者亦无二致。《章表》篇：

> 是以章式炳贲，志在典谟；使要而非略，明而不浅。表体多包，情伪屡迁。必雅义以扇其风，清文以驰其丽。

按上面所说的，乃适应于客观题材之事所要求的文体。但接着说：

> 然恳恻者辞为心使，浮侈者情为文使。繁约得正，华实
> 相胜，唇吻不滞，则中律矣。

按文体应适合于题材之要求；然此题材之要求，必须内在化而成为作者情性之要求，亦即真正形成艺术之意欲、冲动，此即所谓"恳恻"。有此恳恻之情性要求贯注于文体之中，则文体中的辞句，皆由此情性之要求所驱遣，此即所谓"辞为心使"。"浮侈"是心未钻入于题材之中，因而题材亦未进入于心之内，只是捕风捉影地去玩弄文辞之谓。此时之文辞，非根于心之要求，而只是以文辞之自身为标准而加以缀辑，故谓为"情为文使"。辞为心使的，即辞出情性；文辞因情性之自律性，自可繁约得正，华实相胜，即成为好的文体。

（2）自然与情性

如前所述，文体之自觉，乃由体貌之体所引起；而体貌之体，又常假借于客观自然之形相以为形相。此在刘彦和，则常称自然为"物"或"物色"。此客观之自然，如何与人之情性发生关连，以形成文章中之体貌，此处将略加申述。

布克哈特（Burckhardt，1818—1897）在其名著《意大利文艺复兴期之文化》中指出自然与作品中的人物有切实的内面关系，乃文艺复兴以后之事。在古代，对人与自然的关系，只有一种漠然的感觉。到了文艺复兴期，则把外面的关系变成内面的关系，

于是开始在自然内看人生，在人生中看自然。[①]但自然与人生究竟如何发生关涉，一直要到李普士（T. Lipps，1851—1914）们的"感情移入说"，而始得到一个解决，即是人把自己的感情，移到自然中去了。不过感情移入说，自然是完全居于被动的地位。而实际上，人与自然的关系，有时景物撩人，自然并非完全是被动的。于是又有人主张"感情移出说"以为之补充。其实，如前所述，内在化与客观化是同时存在的，所以感情的移出移入，自然的拟人化，人的拟自然化，也是同时存在的。西方人与自然的结合比较迟，而且也始终不安定。但中国在《诗经》中的比兴，早将自然与人的感情结合在一起。而先秦的儒道两家，亦早已形成在自然中看人生的态度，把自然加以人格化了。《论语》："子在川上曰，逝者如斯夫，不舍昼夜。"又："天何言哉，四时行焉，百物生焉，天何言哉。"这即是在自然中领会到自己的道德生命的境界。及到了庄子，则一切自然，皆具备了人的生命，而这种人的生命，完全是艺术性的形相，而不是道德性的意味。淮南王安对屈原《离骚》的评论有谓："其志洁，故其称物芳。"所以《离骚》中所引用的许多动植物，都是某种人格的化身，某种人格的形相。前面曾经提到梁沈约《宋书·谢灵运传》论中有"相如工为形似之言"的话，所谓形似，即是对自然的描写，亦即是《诠赋》篇所说的"极声貌以穷文"。这样一来，在文学中，更大大地提高了自然的地位和分量，加强了文学中艺术的形相性，因而也助成了文体的自觉。在这一传统之下，彦和一方面扩大了《诗经》中比

---

① 参阅布克哈特著《意大利文艺复兴期之文化》，日村松恒一郎译本下卷第四篇第三章"风景美之发见"，页二八至四一。

　　　　　　　　　　　　　　　　　　中国文学论集

兴的意义，以作一般文学中结合自然事物的方法。^① 同时，早于西方感情移入说成立约一千三百余年以前，而提出了简捷明白的"情以物兴"、"物以情观"的论据。《诠赋》篇：

> 原夫登高之旨，盖睹物兴情。情以物兴，故义必明雅。物以情观，故词必巧丽。

"情以物兴"，亦即《物色》篇的所谓"物色之动，心亦摇焉"；这是内蕴之感情，因外物而引起，这是由外物之形相以通内心之情，有似于感情移出说。"物以情观"，乃通过自己之感情以观物，物亦蒙上观者之感情，物因而感情化，以进入于作者的情性之中；再由情性中之外物，发而形成作品中之文体。此时文体中的外物，实乃作者情感、情性的客观化、对象化；这即是感情移入说。如前所述，感情之移出移入是同时进行，同时存在的。而且主观的情性，与客观的自然，是不知其然而然地冥合无间的。《神思》篇把这种情形称为"故思理为妙，神与物游"，真是言简而意赅了。由此种感情之互移，而心之与物，常入于微茫而不可分的状态，以形成文章中主客交融，富有无限暗示性的气氛、情调，亦即形成包含着深情远意，尽而不尽的文体；这正是文学中的最高境界。《物色》篇所谓"写气图貌，既随物以宛转；属采附声，亦与心而徘徊"，又说"使味飘飘而轻举，情晔晔而更新"，正系此一意境。

还有以外物象征感情，在实际写作时，是通过怎样的径路？《诔碑》篇：

---

① 《文心雕龙》中的《比兴》篇，乃就一般文学而言，非仅论诗的比兴。

至于序述哀情，则触类而长。傅毅之诔北海云，"白日幽光，淮雨杳冥"。始序致感，遂为后式。

按触类而长，乃触到与感情相类之物，而将感情借此相类之物加以伸长之意。此处之"白日幽光，淮雨杳冥"，乃与哀相类，即借此白日幽光、淮雨杳冥的形相，以为哀的形相；而内心之哀情，因此而得到伸长。触类而长，实是对比兴的很深彻的说明。所以在《物色》篇也说"及《离骚》代兴，触类而长"。

（3）文学上文体的间接性

这里还应顺便一提的，即是，文体中的形相，以思想为主者，正如歧约所说，"可用线状的连锁形表现出来"。[①] 这种文体的缺乏形相的明了性，固不待论。即以感情为主的，其形相亦系由升华的结果而成为间接性的；读者只可得之于想象之中，并不能直接接纳于读者的感官之上。于是一般文体论者，遂以此为文学对其他艺术而言的一大弱点。补足的方法，或以为文学中可包含思想，以加深感情的深度，因而加强文体的深厚意味，为其他艺术所不及。或以为文学中可自由运用更多的感觉而加以混合连结，于是能以其感觉之丰富性补其暧昧性。[②] 这都是很对的。但我在这里想更提出一点补充说明。绘画的形色，音乐的声调，都是以其形色与声调，直接呈现于观赏者的目或耳，此乃直接表现艺术的形相，固可保持其形相的明朗性与完整性。但此形色与声调，一经构成

---

① 见歧约著《从社会学看艺术》日译本第二部下页一〇〇。
② 参阅冈崎义惠著《文艺学概论》页一〇四至一一四。

后，其本身即呈显一客观独立存在之美，而可将人之视听，吸引于此独立存在之美的上面。若此形色与声调的里面或后面，实蕴藏有作者的感情，则此独立存在之美，对作者的感情，无形中殆已成为一重障壁；观者听者必须有进一步之沉潜玩味，以突破此一障壁，即突破耳目之感官，然后才能接触到作者的感情，这是很不容易的事。所以这种艺术，常只能作为一客观之美而加以欣赏。当然，音乐与人之感情最易贴切，尤其是声乐，所以，它常被人称为主观的艺术，远较美术富有感动性。但音乐所给于人的感动性是朦胧而漂荡，容易飘来，也容易飘走的。文学中的形相，有如上面所说的白日幽光，不是画出的，而是用语言写出的；所以作者是通过由自己的感情所引起对白日幽光的想象，而将其写成语言，此语言乃是作者通过想象而把自己的感情伸长出来的符号；语言的自身，对具体的形相而言，则系一无所有的。正因其如此，所以读者不能停顿在语言自身上面，而须立即以自己的想象，去接触语言后面由作者的想象所象征的感情，例如接触到由作者所想象的白日幽光所象征的哀情，这便可与作者的感情直接照面，而立刻受到作者感情的感染。而这种感情的感染，常赋与以作者所提供的内容、方向，因而较音乐的感动性更为深刻而持久。所以文学所给与人的感动力，常不是其他艺术所能比拟的。因此，文学作品中形相的间接性，是它的短处，也可以说是它的长处。

日本圆赖三氏在《美的探究》一书中曾谓："美的观照中极为重要的表象……是意味表象。……意味表象，还是由对象的种类，而其呈现的情形，多有不同。在可视的自然物，或造形艺术的场合，和在文学的场合，意味表象的呈现情形也不同。自然物或美术，因其感性的性质，而有抑制意味表象之发动的倾向。反之，在文学，因想象力关与在里面，意味表象，能丰富而活泼地发动。"（页一四七至一四八）按圆赖三氏在这里所说的虽不是直接指向作品中所含蕴的感情人格，但意味表象，实系通过作者的感情人格而成立的。他在这里虽然对于意味表象，何以因对象而其发动有难易之分，说得不够透彻，但正可和我上面的话互相参证。

（4）构成文体的各种因素

再就《文心雕龙》下篇各篇的关连，来看文体各因素与情性的关系。文体论是以《体性》篇为中心而展开的。从《体性》篇而上，推其根源，则有《神思》篇；由《体性》篇而下，落到实际，则有《风骨》篇。《通变》、《定势》两篇，我以为是教人学习文体的纲领，后文另作研究。构成文体重大因素之一为语言，语言的艺术性称之为"采"；文体既出于情性，则构成文体的语言，也不能不出于情性，所以有《情采》篇。《情采》篇主要是在指出"辨丽（采）本乎情性"，而要求"心定而后结音，理正而后摛藻"。《镕裁》、《章句》、《附会》三篇，都是谈文章结构（plot）的各重要因素，以便使作品能达到"首尾圆合"、"表理一体"。这正是文体的要求；文体必待结构而后能完成其统一性、均调性。"圆合"、"一体"，正说明文体的统一性与均调性。《诔碑》篇："以传为体，以颂为文。"下文又谓："叙事如传，结言摹诗。"按此可知所谓以传为体者，即是叙事如传；叙事如传而谓之体，则此处之体，正指其结构而言。结构是统一的，故亦谓之体；由此可知结构在文体中所占的重要地位。结构是各因素的融合、统一；各因素出于情性，而结构正是情性中的构造能力的发挥。

构成文体之另一重大因素为声律。歧约说："被形相化了的文体,已经是含有一种韵律的文体。"[①] 可见声律与文体之不可分。沈约在《宋书·谢灵运传》论中论及发现声律之重要谓:"自灵均以来,多历年代;虽文体稍精,而此秘未睹。"可见沈约以文体须待声律而始入于精密;所以《文心雕龙》便有《声律》篇。而"声合宫商,肇自血气",正指出声律亦出于情性。《丽辞》篇谓"丽句与深采并流,偶意共逸韵俱发",所以它是《情采》与《声律》两篇的补充。情感要借外物的状貌以成形,语言要借外物的状貌以成采;这是使文体之所以成为文体的重大的外缘。《物色》、《比兴》、《夸饰》三篇,便是解答此一问题的。《事义》篇为《体性》篇"事义浅深,未闻乖其学"的发挥。《练字》与《指瑕》两篇,乃想矫正当时因太注重辞藻以致用字"率从简易"、"依稀其旨"的流弊,可以说是《章句》篇正反两面的补充。后来韩愈说"为文亦当略识字",也是针对此种流弊说的。许多人援韩说以作治文学必先治文字声韵之学的根据,这实在是出于附会。《隐秀》篇是说明由"源奥"、"根盛"所形成文体中最精拔和精彩的"隐"与"秀"的两种形相;此篇系从文章的效果来讲,实与《风骨》篇互相发明;骨与秀有关,乃所以引起读者的注意力,风与隐有关,乃所以与人以感动力。此篇虽不完全,但在文体论中仍居于重要的地位。《养气》篇则为《神思》篇"疏瀹五脏,澡雪精神",及"是以秉心养术,无务苦虑;含章司契,不必劳神也"的发挥和说明。以上各篇,皆系分述构成文体之各因素;而在这些因素的后面,都有情性的活跃。《总术》篇系对以上各篇的总结,所以说:

---

① 歧约《从社会学看艺术》日译本第二部下页一二三。

况文体多术，共相弥纶；一物携贰，莫不解体。所以列在一篇，备总情变。譬三十之辐，共成一毂。

辐是比譬下篇所分析的文体的各个因素，而毂则是比譬由各因素所构成的文体。所以作为一个普遍的文体论，可算是很完备，很明白的。

五、文体论的效用

（1）由修辞学到文体论

彦和著《文心雕龙》一书，实际是要教人如何学文，如何知音（鉴赏）的。并且他正是要人通过文体论去学文，去知音。

修辞学在西方有很久的传统，在大学的文学课程中，一直是占着主要的地位，以为这是教人以文学写作的必需训练。但近数十年来，始反省出用修辞学来作写作的训练，是没有结果的；要养成写作的能力，只有从文体论着手。[①] 而刘彦和远在一千四百年以前，即主张学文不应从修辞学入手，而应从文体论入手，这也是在中国文学理论批评中，较西方成熟特早之一例。他在《体性》篇说"故宜摹体以定习"，在《总术》篇批评当时的风气说，"多欲练辞，莫肯究术"。"练辞"，即是从修辞上用功，"究术"，即是从文体上用力。他这种意见是非常明显的。《文心雕龙》中，不是不注重修辞，下篇中有好几篇都是与修辞有关的。但在刘彦和看

---

① 参阅小林英夫著《文体论之建设》页一一四。波多野完治著《文章心理学入门》页一五。

来，这仅是文体多术中之一术，应当和其他的术连结在一起，作整个的认取。没有修辞，固然是"一物携贰"，使文体解散；但若仅求修辞，则携贰者更多，更不成为文体。一个生命可以分为若干元素，但不能由各个元素的再结合而造出生命；生命是一个不可分的统一体。文体可以分解为若干因素；但文体不是由 A 因素加 B 因素再加 X 因素，这样一直加上去所能形成的，而是成立于各因素凝为一体的统一体之上。同时，我们为了研究的便利，可以分析文体内的各因素，并作概念性的说明；但正如培忒（W. H. Pater，1839—1894）所说，由抽象说明艺术的形相所作的批评，绝接触不到个性的情操及纯一的气氛的统一。[①] 所以我们只能从一个作品的统一上去评价一个作品；各个因素，只能在统一均调中，也即是只能在文体中得到它的地位。彦和说"一物携贰，莫不解体"；我们应注意"莫不"两字，莫不者，乃全般之意。某一个因素没有融合好，不仅是缺少了某一个因素而已，而是全般的解体。所以要学文学，只有从它的统一性上去学，亦即是从文体上去学，而不能只去学其一枝一节；一枝一节的东西，便是离开了它的生命整体的东西。还有更重要的一点，修辞学是一个技巧，有如女人脸上的化妆品；化妆品若能增加女人的美，只有在它与女人的生命力相融合的时候，开离女人的生命力，化妆品都是死物。文体是与作者的生命力相连结的东西；作品中有人格的存在，有生命力的存在，才能成为一个文体。从修辞学入手，便是离开了人的因素而专从技巧上去学文，这便有如想仅从化妆品上去得到人形之美，那当然是白费的。从文体上去学文，便可通过技巧而接

---

① 参阅土居光知著《文学序说》页三四五至三四六。

《文心雕龙》的文体论

触到作者的生命，也即是接触到文学的生命，并且因此而可以知道文学是要从人生的本身去发掘的；所以彦和一定要扣紧情性来讲文学；这是中国的传统，也是人类整个文学的共同传统。由此，我们可以承认这种说法："创作是由方法决定的"，[①] 但"方法只是在各个艺术家个人活动之中，才可以看出其存在；方法乃表现于作家的文体之中，在各种文体以外，无所谓方法"。[②]

（2）文学心灵的培养与塑造

刘彦和主张从文体上学文，可略分下述各点：

文体是出于心灵，反映心灵，所以由文体以学文，首须有作为文学主体及文体根源的心灵（情性）的培养与塑造。《神思》篇说"是以陶钧文思，贵在虚静。疏瀹五脏，澡雪精神"，《养气》篇说"故宜从容率情，优柔适会"，又说"是以吐纳文艺，务在节宣；清和其心，调畅其气"，这都是就培养方面来说的。文体的高下，系于作者人生境界的高下。虚是无方隅之成见，静是无私欲的烦扰；疏瀹五脏，是不溺于肥甘，保持生理的均调；澡雪精神，是不染于流俗，保持精神的高洁。这两句都是达到虚静的方法。虚所以保持心灵的广大，静所以拔出于私欲污泥之中，以保持心灵的洁白。二者皆所以不断提高人生的境界，使人能以自己广大洁白的心灵，涵融万事万物的纯美洁白的本性，而将其加以表出；这自然可以形成作为物我两忘、主客合一之象征的文体。

诚如歧约所说："文体不仅是人，同时也是某时代的社会；是

---

① 东乡正延编译《文学理论》（二）页二四〇。
② 同上书页二三二。

通过个性所看到的国民、世纪。"① 在这一点上，刘彦和为时代所限制，为当时知识分子的生活意识所限制，只强调了情性，而似乎没有强调到文体中的社会性。但是，个性愈是由洗炼、沉潜而彻底下去，以达到虚静的境地时，便可发现个性与社会性之间的墙壁自然撤除了；于是广大洁白的个性，同时即是广大丰富的社会性。在虚静的心灵中，自然不能不涵摄社会，不能不涌现对社会的责任感；于是刘彦和所要求的文章，不能不是"摛文必在纬军国，负重必在任栋梁"的文章；而他心目中的文人，不能不是"贵器用而兼文采"的文人，② 对时代、社会，必须负下一份责任。几十年来我国谈文学的人，常常以为道德是与文学不相容的；为了提倡文学，便须反对道德；甚至连推尊《文心雕龙》的人，也故意抹煞《文心雕龙》中浓厚的道德意味。殊不知道德的教条、说教，固然不能成为文学；但文学中最高的动机和最大的感动力，必是来自作者内心的崇高的道德意识。道德意识与艺术精神，是同住在一个人的情性深处。许多伟大作品，常常是嘲笑、批评世俗的虚伪道德，以发掘更深更实的道德。③ 而我国所说的"文以载道"的道，实际是指的个性中所涵融的社会性，及对社会的责任感，所以这句话可以讨论的是道的具体内容问题，和表现的方式问题。若根本反对这句话所代表的原则性，则正如亚诺尔特所说"反抗于道德本能的诗，即是反抗于人性的诗"。④ 彦和《征圣》、《宗经》两篇，在这一点上，正有其深意所在。而黄季刚先

① 歧约著《从社会学看艺术》日译本第二部下页一八五。
② 皆见《程器》篇。
③ 请参阅傅东华译 Hent 著《文学概论》页三五至三六。
④ 见土居光知著《文学序说》页三三五。

《文心雕龙》的文体论

生的《文心雕龙札记》，在这种地方，故意加以曲解，不仅不了解我国文学的传统，也不了解真正文学之所以为文学，而且故意歪曲了刘彦和的极明显的本意，犯了注释家的大忌。乾嘉习气的遗毒，锢蔽了黄先生的高华特达的天资。托尔斯泰费了十五年的时间，研究西方各家的文学艺术的理论，而写出了他的《艺术是什么？》（或译作"艺术论"）一书。在此书的第三节，介绍了三十多位的文学艺术的理论。我们仔细读完之后，发现文以载道，也正是西方文学艺术的大统；此即由另一语句所表现的"为人生而艺术"。没有孤立的人生；在为人生而艺术的同时，应即涵有为社会而艺术意义在里面。把文学作为道德说教的工具，对文学固然可以发生阻抑的作用；但存心要从文学中驱除道德，则对文学可以发生灭绝的结果。二者是在其根源和归趋上，有其自然的结合。数十年来反对文以载道的意识的横行，正说明此一时代的文学何以会这样地没落。

至关于文学心灵的塑造，则《神思》篇所说的"积学以储宝，酌理以富才，研阅以穷照（此似就'习体'而言），驯致以怪辞"四语可以尽之。"积学以储宝"，指的是构成文学的各种材料。这些材料皆由前人所遗留下来的精粹，故称之为宝。才的能力，首先是表现为思考的能力及想象的能力，而其最大的关键在有条理。酌理，即可由已表现出的理，以训练自己思考想象时的条理。因为凡可称为理的，必具备条理。由思考想象的条理，即可增进思考与想象的能力，此之谓"富才"。"研阅以穷照"，研是研求，阅是检校，此系指研求检校古人的文体而言。穷照是说对文体能穷流尽变。研阅古人的文体，便可以彻底照察文体的流变。文体具体表现于语言文字（辞）之中，所以辞是形成文体的最后因素。

但"辞征实而难巧"，辞与意之间，常有一种距离不易克服。怪辞，是克服了上述距离以后，恰如意所欲言的极顺畅之辞。这必须在不断的锻炼中，渐渐地达到，此即所谓"驯致"。下篇各篇中对此更随处有发挥。这是对心灵塑造的具体方法。但须特别指出一点，对心灵的塑造和对心灵的培养，二者实际是不可分的；以同样的力量，读同样的书，或观照同样的物色，而各人所得的有精粗深浅偏全之别，这便是关系于各人的心灵状态、人生境界了。

（3）摹体

对文体的初步而具体的学习，便须模仿古人已经成功了的文体。《体性》篇说"摹体以定习"，这是当时一般学文所盛行的方法。全书中有几个地方都提到具体的例子。因此，我们可以了解钟嵘《诗品》上总是说某人之诗，"其原出于"某人，后人对这一点多觉得只是钟记室的牵强附会；但我们只要想到当时文人"摹体"的风气，而将其原出于某某的说法，解释为系某人开始作诗时，摹仿某人之诗体，即便毫不足异了。作文之摹体，有如写字和绘画的临帖、临画一样，是硬把自己提高向已经成功的作品上面去的方法；这在现在，还是一种有力的学习方法。波多野完治在《文章心理学入门》中有这样一段话：英国某文章心理学家，提出"文章的复活作业"，以作为使文章得到进步的方法。即是先选定自己所爱好的某家文章，摘录其梗概。约经过一周，以摘录的梗概为基础，而将原文复活，再将复活的文章与原文加以比较检讨。[①] 这实际即是摹体的一种具体方法。

---

① 见原书页六二。

兹更将彦和的意思加以归纳，摹体可分为三个历程：开始的历程是"必先雅制"。所谓"雅制"，乃指五经而言，所谓"先雅制"，即是先从五经下手；这是从他的《征圣》、《宗经》两篇的意思出来的。他所以主张要先从五经下手，一是因为"沿根讨叶，思转自圆"；五经是根，以后的文章是叶，顺着根下来，便能把握到文章发展之迹，亦即能把握到文章之全。二是因为"矫讹翻浅，还宗经诰"（《通变》篇）；以五经之质朴，救当时的文弊。三则因为五经是中国文学的根源，它所包含的可能性多，所发生的影响大，能给学者以深厚广大的基础，此即《宗经》篇所说的"太山遍雨，河润千里"及"仰山而铸铜，煮海而为盐"。至于经诰之所以成其为"雅"，则在其内容的道德性。而《宗经》篇所说的"文能宗经，体有六义"，亦即认为由此而可以得到"雅丽"的理想文体；这对《诗经》而言，或足以当此，对其他各经而言，恐怕是雅多而丽少。所以雅丽的理想文体，正如前所说，实是一个人在会通各体以后的总结果。

摹体的第二历程，是将各文体加以会通，而又能加以铨别。此即《体性》篇所说的"八体虽殊，会通合数"，《通变》篇所说的"古今备阅"，"先博览以精阅"，及《定势》篇所说的"渊乎文者，并总群势；[①] 奇正虽反，必兼解以俱通；刚柔虽殊，必随时而适用"。并且在会通众体之中，又须加以铨别。其理由是"若爱典

---

① 《定势》篇之"势"，黄季刚先生《札记》以"法度"释之，实与势之本义及本篇不相应。试就全篇研究，则知势有三义，而皆相资互通：（一）势即气。气之表现于文章中之部分者为风为骨；气之驱遣全篇者则为势。（二）势即体。但体以静态言，势以动态言。此处之势，即与体同义。（三）为作者所养成之一种自然的形成力量或创造力量，此为本篇之主要意义。

而恶华，则兼通之理偏。似夏人争弓矢，执一不可以独射也。若雅郑而共篇，则总一之势离，是楚人鬻矛而誉楯，两难得而俱售也。是以括囊杂体，功在铨别"（《定势》篇）。会通必须包含有"博"的工夫在里面，所以彦和在全书中，常常提到"博"字；不博则无所谓会通。会通而又能铨别，乃能取精用宏，供给创作以丰富的资料。

第三历程是摹体的内在化，把古人好的文体，消化融解在自己的精神（情性）里面。此即《通变》篇所说的"凭情以会通，负气以适变"。所谓凭情以会通者，是对于所摹的各体，要根据自己的情性，加以会通之意。摹体是向客观的摹仿。但仅摹仿一家一派的文体，固然易入于偏枯；即多习多摹各家的文体，也易流于杂乱，并成为没有灵魂的假古董。所以如上所说，贵在能加以会通。可是各体的会通，不能由各文体外在的拼凑可以作到，而只有将其融解于自己情性之中，有如甜酸苦辣，融解于自己胃液之中一样，这才是真的会通；并且这样会通以后，向外所习所摹之体，不复以其原有客观外在之体而存在，乃内在化而成为学者情性中的组成分子。此时的情性，不复是仅具有可能性之原始的情性，乃系经过塑造后具有向外实现之构造力的情性。由此所形成的文体，非复以前所摹的任何一种文体，而是由自己的情性所会通的新体。这有如蜜蜂的酿蜜；蜜是采自百花，但酿成之后，不复是百花的总和或百花中的任何一花，而只是蜜蜂自己的蜜一样。这是由摹体而达到对所摹之体的真正吸收，同时即是真正的解脱与超越。

"负气以适变"，是说凭借自己的气，以适应文体之变。文体应不断地创造，所以应不断地变。但若眼睛只望着他人，跟着他人之变而变，则在他人固然是由创作而来的真变，而在跟随的人，只能算是摹仿的假变。跟随本国人而伪变，尚有点共同的乡土气；跟随外国人而伪变，真像中国的名门闺秀，却只模仿到外国人耸背膀的表情，一样地看到令人难过。刘彦和特于此提出负气以适变，即是要凭着自己的生命力以趋向变，变是出自生命力所要求，由生命力所创造而出，这才是真正有创造性的变。当然，要变，也会要受外在之变的启发、影响。但与摹体一样，必须经过选择、会通、消化的工作。两眼只知向外看，不能用思考、不敢用思考、不肯用思考的人，一生只能玩伪变的把戏。

（4）体之常与变

彦和在《通变》篇中，将文体分为"有常"与"通变"的两部分。他在《风骨》篇说："洞晓情变，曲昭文体。"上一句是指的通变的一部分，下一句是指的是有常的一部分。文体必须不断地创造，不断地日新；但彦和之意，似乎以为在变之中，应把握住不变的因素，使文章能在法轨上变。而他之所谓有常的部分，就《风骨》篇"《周书》云，'辞尚体要，弗惟好异'。盖防文滥也"及"若能确乎正式"的话来看，乃指体要之体而言。而体貌之体，已在前面提过，是应当"通变则久"的。昭体，是昭著体要之体，使文章能适应题材的要求，因而同时受到题材的制约，以保持文体在客观上的意义；这即《风骨》篇所说的"昭体故意新而不乱"。作为文体效用之一，在它能与人以新鲜的感觉。任何辞句，在它被使用太多而成为烂熟时，便失去其新鲜感，失去文体的效用。因此，文体的创造，常必表现为语言的创造；而语言的创造，即是体貌之体的变化。所以《通变》篇说"通变无方，数必酌于新声"。①《定势》一篇的大意，即在以体要有常之体，定体貌日新之变，这即是他在结论上所说的"执正以驭奇"。昭体与变体连结在一起，乃是文学中的以常御变，在题材的客观要求、客观制约中，求得不断的创造。

文体没有不求新，不求变的。一种成功的文体，即是一种新创造的文体。《文心雕龙》的《通变》、《定势》两篇，主要是继承《体性》、《风骨》两篇来解决学文者如何由摹体以求变的问题。纪昀因《通变》篇有"矫讹翻浅，还宗经诰"的话，遂以彦和是要"挽其返而求之古"，"复古而名以通变"。②这实系一大误解。但这种误解，一直支配到现时讲《文心雕龙》的人。大家却忽略了这篇的赞说"趋时必果，乘机无怯；望今制奇，参古定法"，何尝有半点复古意味？彦和之所以主张"还宗经诰"，是因为"青生于蓝，绛生于茜；虽逾本色，不能复化"。即是说文学藻丽的这一面，在当时已发展到了尖端，在此尖端上再不能有新的变化；而一个人在此种风气中，若精神和技巧上无所凭借，便不容易从风气的束缚中解放出来；所以"还宗经诰"的用意，一是为了回到可能性最多的原始出发点，以求再出发，一是为了跳出时代风气的束缚，造成重新创造的自由。至于变的方法，彦和的意思是要以通求变的。"通变"之通，被人常常误解为"变则通"的意思。但观赞曰"变则其久，通则不乏"，及下篇的许多"通"字，实应解释作以通求变；而彦和是以"通"为求变的途径、方法的。通有两义：一是通古今。即"还宗经诰"下面所说的"斟酌乎质文之间，而

① 陆机《文赋》"信情貌之不差，故每变而在颜"似亦同此意。
② 见《文心雕龙》纪昀评。

隐括乎雅俗之际，可与言通变矣"。经诰是质，是雅，当时的风气是文，是俗；斟酌质文，隐括雅俗，即是将古今加以会通，以创出新的文体。二是通各体。从技术上将各体加以会通取舍，这即是所谓"参伍因革，通变之数也"。参伍因革，在彦和认为是技术上求变求新的重要法门，所以在《物色》篇也说"古来辞人，异代接武；莫不参伍以相变，因革以为功"。用这两种方法来以通求变，彦和认为"故能骋无穷之路，饮不竭之源"，即是有无穷的创造性。

变一定是有所变于古，所以对古而言，一定是革。但谈到革的时候，大家便容易忘记文化乃是一种积累，积累的本身，即是一种传承。无传承，即无积累；无积累，即无文化。所以"古"对今而言，乃是人类自己所积聚的一大财富。对于生命力已经僵化了的人或民族而言，他的身上容纳不上任何财富，所以古便成为包袱。对于有生命力的人或民族而言，他将古今上下去探索人类智慧的积聚；则对于古，在革之中，也必会有所因。

再从文体来说，文学之弊，常表现为文体之弊。古今无不弊的文体；因为任何伟大的文体，当其初创造出来的时候，在新的体貌中，跃动着新的生命，与人以很大的感染力量，因而此种文体，便成为某一时代的共同趋向，有如西汉人之对于楚辞。但因袭太久，则此种文体的自身，便成为一种格套，使没有真正内容的作者，容易凭借作伪；使真正有内容的东西，也局限于既成格套之中，陈腔滥调，掩盖了内容的真面目，此时的文体，便成为一种障蔽了。但每一文体之出现，都代表了文学心灵的结晶。而新文体的创造，并非是一件容易的事。由各体的参伍以创造新体，则所资者厚，而不致陷入于任何一体之中。今日有许多人只模仿外国某一未成熟的作品，以此为新为变；而对于外人已经得到承认的古典性的作品，也一概弃置不道，因为这样才少费气力，容易售其欺；其实，这只是拾他人的唾余，作自己的珠宝，只是浪费了自己的生命。

本来，从外在的因素来说，文体变化，除彦和所说的求变的途径以外，尚有四种情势：一为与不同文化系统的接触；二为文体自身的演变；三为社会及社会思想的大变革；四为民间文学的升进。但凡属于价值系统方面的文化，一切合理的变，都是出之于会通，即都是出之于斟酌、隐括、因革、参伍；而不是来自张三"打倒"李四，或李四"打倒"张三的方式。这是通过任何途径的变化所不能例外的。假定我们的新文学运动，走的是"以通求变"的路，而不是走的打倒的路，或者在文学的自身，也不致到现在还是一张白纸。当然，打倒，是非常简单；而会通则绝非一朝一夕之功所能为力，所以这不是出风头的捷径。

（5）通过文体来作批评鉴赏

文体论的另一功效，便在文学的批评鉴赏。某作家假定真正创造出了一个成功的作品，则此作品必定能形成一种文体，使读者能加以领受。研究者必通过其文体以了解此一作家的本质。[1] 所以现代在文学中对文体的研究，已进而成为根本认识文艺之存在的方法。[2] 刘彦和说：

---

[1] 参阅波多野完治著《文章心理学入门》页一一七至一一九。
[2] 参阅冈崎义惠著《文艺学概论》页二一一。

夫缀文者，情动而辞发；观文者，披文以入情。沿波
讨源，虽幽必显；世远莫见其面，觇文辄见其心。（《知
音》篇）

因为作者之文，是情动而辞发，所以辞是作者之情的形相；
读者披作者之文，可以接触到作者之情。文辞是波，情性是源。
顺着文辞之波以讨求作为文辞根源之情性，则作者内心之所酝，
亦因之而显露。文学鉴赏的目的，便在于能见作者之心，以纯化
深化读者之心的。所以上面的一段话，正是指通过文体去作文学
的批评鉴赏的。他在《知音》篇中又说：

是以将阅文情，先标六观：一观位体，二观置辞，三观
通变，四观奇正，五观事义，六观宫商。斯术既形，则优
劣见矣。

这段话是提出六种观赏的方法，以作为通过文体去鉴赏作品
时的具体准据。所谓位体，乃是视题材以决定所应采取的文体；
观位体，乃是看作者能否根据题材的要求，以"曲昭文体"，能否
以"本采为地"，这即是首先看能不能把握到体要之体。置辞即是
遣辞，这是形成体貌之体的重大因素。体貌贵能通变，贵能奇正
相生，这都是有效构成文体的重要方法。事义则是一个作品的内
容，宫商则是一个作品的音节。六者融合在一起，始构成一个完
整而统一的文体。把六观总合起来，即是从一个完整的文体去了
解、批评、鉴赏作者的文章。通观全书，乃至所有六朝人在文学
方面所作的批评、鉴赏，都是采取这种方法。如《明诗》篇，称

古诗为"直而不野"（按即雅润）；称张衡《怨诗》为"清典"；称建安诗为"慷慨以任气，磊落以使才"，不求"纤密"，惟求"昭晰"；称正始诗为"浮浅"；称嵇康诗为"清峻"；称阮籍诗为"遥深"；称晋诗为入于"轻绮"；称郭景纯可称"挺拔"等。全书之例，不胜枚举。所谓"直而不野"等等，都是指读者所把握到的作品的文体。有专指一篇之体，有概指一人之体，有总指一代之体；由体以追求其文章中的人格、思想、时代，乃至文学之技巧等；因而借各个统一印象之力，可互相比较，可溯其源流，可得其演变，可推其归趋，可指其利弊及其补救之途径。在西方很长的传统中，对文学的研究，过分夸大了一个文学家的传记文学作品中所用的语言，及对作品的注释等的作用，尤其是受了语言学的压制、歪曲；常把文学的东西变成非文学的东西。现在则将这类的研究，左迁为属于文学的"外的研究"，只能当作是补助的手段；并且应将"以为没有这些外的研究，便不能对文学作健全研究"的观念，加以排除。而且认定文学作品，其全体与各部分之总计，是两个东西；文学不是细部的积累，其全体的构造，要由全体构造所显出的统一印象（即是文体），才是解释之键，[①] 所以从文体来研究、批评文学，才是研究批评的正轨。这一新的趋向，无形是与刘彦和的观点相符合的。这是近代在文学研究上的一大进步。但是对于美的东西，不能完全加以分析，[②] 即是不能完全依赖概念性的说明，而只能直接从文学作品本身来领会作者的文体；当然是一件不容易的事。所以彦和虽对于文体，提出了许多的剖

---

① 参阅莫尔顿著《文学的近代研究》日译本序页二及页一一三至一一七。及傅东华译 Hent《文学概论》页四八至四九。
② 参阅日译莫尔顿上书页四三三。

析，并提供了许多的实例；而最后仍只能说出"凡操千曲而后晓声，观千剑而后识器；故圆照之象，务先博观"的方法。博观是要看得多，并且还要看得熟。以多读熟读，从作品的本身来认取作品的文体，这一直到现在，还没有比这更好的办法。

六、结论

总上所述，可知文体论在中国的发展，实比欧洲占先一步。这是因为儒道两家的思想，皆落实于人的心上。道德是由心而发，文学艺术也是由心而发。《尚书·尧典》已谓"诗言志"。扬雄《法言·问神》篇更明谓"故言，心声也；书，心画也"。把文学直接溯源于人之心，而又很早通过诗的比兴以使心融和于自然；于是中国的文学，很早便认为是心物交融的结晶；而文体正成立于心物交融的文学之上。但随着唐代的古文运动，而文体的观念，即开始模糊。这是因为作为古文运动的中心思想，系继承经诰的道德性的实用思想；实用性的要求，超过了艺术性的要求，以《文心雕龙》的立场来看，是体要之体的意识，压倒了体貌之体的意识；于是在文体的构成中，只重气格，而不重色泽，有似绘画中只重线条、白描，而不重渲染；恰是《风骨》篇所说的"风骨乏采"。于是在"文体"一词中，多只保持了"体裁"与"体要"这一方面的意义；体貌的观念，在古文系统中反渐渐隐没了。但这只是观念上的隐没，而并不是事实上的隐没；因为只要能成为一篇好的文章，其体要一定会升华而成为一种体貌。例如古文运动的领导者韩愈，正创造了一种与六朝不同，因而也不是刘彦和八种基型所能包括的文体，或者可以说是与轻绮流靡相反的严重奇崛的文体。并且古文系统中其他好的文章，常合于"大的艺术技巧，在隐藏其技巧"的原则。他们轻视飘浮在表面上的体貌，而实则要求并表现为更深更高的体貌。此一观念与事实上的矛盾，可用对古文用力最深的姚姬传在《古文辞类纂》序目的一段话作代表。

> 凡文之体类十三，而所以为文者八。曰神、理、气、味、格、律、声、色。神理气味者，文之精也。格律声色者，文之粗也。然苟舍其粗，则精者亦胡以寓焉。学者之于古人，必始而遇其粗，中而遇其精，终则御其精者而遗其粗者。文士之效法古人，莫善于退之，尽变古人之形貌，虽有摹拟，不可得而寻其迹也。其他虽工于学古，而迹不能忘；扬子云、柳子厚于斯，盖尤甚焉，以其形貌之过于似古人也。

按方望溪们只强调"义法"，即强调体要。但仅有义法，实不足以构成一篇好文章，故姚姬传进而谈形貌。他所举的"所以为文者八"，即是构成文章形貌的八种因素。在他看，神理气味，乃所以构成形貌之精，格律声色，乃所以构成形貌之粗；作者学古人（即摹体），要由构成形貌之粗者，以通于构成形貌之精者，最后并遗粗而御精；这正是前面所说过的升华作用。若把姚氏这段话详加解释，与刘彦和的意思并无出入。他在《海愚诗钞》序中谓"文之雄伟而劲直者，必贵于温深而徐婉"。"温深"、"徐婉"，是他所说的形貌，即彦和之所谓文体。在《答翁学士书》中谓："意与气相御而为辞，然后有声音节奏高下抗坠之度，反复进退之态，采色之华。故声色之美，因乎意与气而时变者也，是安得有定法哉。"他此处之所谓"度"、"态"、"华"，亦即他之所谓形貌，亦即彦和之所谓文体；而此处之所谓"声色"，正是彦和之所谓"声貌"，即文体中之体貌。他以声色之美，因乎意与气而时变，也与《风骨》篇及《通变》篇之大意相合。一个问题追究到底时，见解自然若合符契，此亦其一证。并且刘彦和毕竟为时代所限，他所把握到的文章的体貌，主要是在声色方面。姚氏更提出神、理、气、味，这实已更直凑单微，达到了"无体之体"的文学的极谊，此乃文体论的一大发展。彼阮元之流，徒举文章的声色以相抗，而又不能洞彻声色之源，可谓固陋之极。但姚氏不知他之所谓形貌，即六朝人之所谓文体，而袭误承讹，仍以体与类为一物，而说"凡文之体类十三"，这不能不说是他的一大错误。他这段话的正确表现，应为"凡文之类十三，而所以为文体者八。……"假使能呼起姚氏于九原，一定会得到他的首肯的。不过唐代文体之概念，虽随古文运动而渐晦，但在诗中仍加保持；释皎然《诗式》，以十九字论体，司空图《二十四诗品》，均系形容诗的体貌，实即二十四种诗体。及宋元而文体之观念，又特著于词，著于曲。由此可见文学中的纯艺术性，并不能为实用性所掩；而文学中的形相性的自觉，既因文学之艺术性而诱发，亦因文学之艺术性而保持。现在要把文学从语言、考据的深渊中，挽救出来，作正常的研究，只有复活《文心雕龙》中的文体观念，并加以充实扩大，以接上现代文学研究的大流，似乎这才是一条可走的大路。

传统文学思想中诗的个性与社会性问题

一、个性与社会性的统一

《毛诗·关雎》前面的序，世人称之为大序；其他各诗前面的序，一般称之为小序。合而称之，则为《诗》序。这里不涉及《诗》序的作者、价值等问题，而只就孔颖达的《毛诗正义》对大序"是以一国之事，系一人之本"的解释，来看在我国传统的文学理论中，如何解决一个文学作品的个性与社会性的问题。至于《正义》的解释，是否和大序那句话的原意相符合，这里也置之不问。所以我泛称之为"传统文学思想"。

没有个性的作品，一般地说，便不能算是文学的作品。尤其是文学中的诗歌，更以个性的表现为其生命；这在中国过去，称之为"志"，称之为"性情"。诗人所咏歌的，当然有其外在的对象、客观的对象。但不仅把自己对于客观对象的认识加以叙述，不会成为诗歌的作品；即使把主观对于客观对象的感想、愿望，通过诗的形式表达出来，只要主观与客观之间，存着有空间上的距离的感觉，其距离哪怕像"执柯以伐柯"那样近，依然不能成为一首好诗。真正好的诗，它所涉及的客观对象，必定是先摄取在诗人的灵魂之中，经过诗人感情的镕铸、酝酿，而构成他灵魂的一部分，然后再挟带着诗人的血肉（在过去，称之为"气"）以表达出来，于是诗的字句，都是诗人的生命；字句的节律，也是生命的节律。这才是真正的诗，亦即是所谓性情之诗，亦即是所谓有个性之诗。

大凡有性情之诗，有个性之诗，必能予读者以感动。因为有这种感动力，于是而诗的个性，同时也即是它的社会性。但诗人的个性，究系通过何种桥梁以通到社会性，因而获得读者的感动，使一个作品的个性，同时即是一个作品的社会性呢？《正义》对于这，有很明显的解释：

> 一人者，其作诗之人。其作诗者道己一人之心耳。要所言一人，心乃是一国之心。诗人揽一国之意以为己心，故一国之事，系此一人使言之也。……故谓之风。……诗人总天下之心、四方风俗，以为己意，而咏歌王政……故谓之雅。

按所谓"其作诗者道己一人之心耳"，即是发抒自己的性情，发抒自己的个性。"要所言一人，心乃是一国之心"，这是说作诗者虽系诗人之一人，但此诗人之心，乃是一国之心，即是说，诗人的个性，即是诗人的社会性。诗人的个性何以能即是诗人的社会性？因为诗人是"揽一国之意以为己心"，"总天下之心、四方风俗，以为己意"。即是诗人先经历了一个把"一国之意"、"天下之心"，内在化而形成自己的心，形成自己的个性的历程；于是诗人的心，诗人的个性，不是以个人为中心的心，不是纯主观的个性；而是经过提炼升华后的社会的心，是先由客观转为主观，因而在主观中蕴蓄着客观的，主客合一的个性。所以，一个伟大的诗人，他的精神总是笼罩着整个的天下国家，把天下国家的悲欢忧乐，凝注于诗人的心，以形成诗人的悲欢忧乐，再挟带着自己的血肉把它表达出来，于是使读者随诗人之所悲而悲，随诗人之所乐而乐；作者的感情，和读者的感情，通过作品而融合在一起；这从表面看，是诗人感动了读者，但实际，则是诗人把无数读者所蕴蓄而无法自宣的悲欢哀乐还之于读者。我们可以说，伟大诗人的个性，用矛盾的词句说出来，是忘掉了自己的个性；所以伟大诗人的个性便是社会性。

二、统一的根源——性情之正

不过，没有能从社会完全孤立起来的个人，即每个人的个性中都应当带有社会性，岂特伟大的诗人？但历史上的独裁专制者，即使凭借着伟大的权力，也难使社会一般人与他同其好恶。难道说这种人便没有性情，没有个性吗？他的性情、个性，何以会不含一点社会性，却使其孤立至此？而诗人又有什么魔术，能使社会乃至后世的人，会与他同其哀乐而受到他的作品的感动呢？这在中国传统的文学思想中，常常于强调性情之后，又接着强调"得性情之正"。所谓得性情之正，即是没有让自己的私欲熏黑了自己的心，因而保持住性情的正常状态。在中国文化中，有一个根本信念，认为凡是人性，都是善的，也大体都是相同的，因而由本性发出来的好恶，便彼此相去不远。作为一个伟大诗人的基本条件，首先在不失其赤子之心，不失去自己的人性；这便是得性情之正。能得性情之正，则性情的本身自然会与天下人的性情相感相通，因而自然会"揽一国之心以为己意"；而诗人的心，便是"一国之心"。由"一国之心"所发出来的好恶，自然是深藏在天下人心深处的好恶，这即是由性情之正而得好恶之正。人总是人，人总是可以相通相感的。诗人只要相信自己不是好人之所恶，恶人之所好的独夫，则诗人的个性中自然有社会性；个性的作品，自然同时即是社会性的作品。所以郑康成在《六艺志》[1]中除了强调诗人"莫不取众之意以为己辞"之后，接着便说：

> 假使圣哲之君，功齐区宇，设有一人独言其恶……海内之心，不同之也。无道之君，恶加万民，设有一人，独称其善……天下之意，不与之也。必是言当举世之心，动合一国之意，然后得为风雅，载在乐章。

郑康成[2]的话说明了两点：第一是说明只要是自己站得住脚，便不怕他人的批评。第二点是说明自己若太不像样子，便养再多的歌功颂德的文人，乃至勒令他人反复诵念自己所说的不三不四的话，实际也只会引起更大的唾弃。而诗人之所以能成为诗人，诗之所以能成为诗，乃至文艺之所以能成为文艺，必定不是看一二权贵的颜色，而"必是言当举世之心，动合一国之意"；其根底，乃在保持自己的人性，培养自己的人格；于是个性充实一分，社会性即增加一分。在中国传统的文学思想中，总认为作人的境界与作品的境界分不开，大家应当从这种地方去了解其真实

---

① 编者注：此处"郑康成在《六艺志》中"一句，当为"孔颖达在《毛诗正义》中"。
② 编者注："郑康成"当为"孔颖达"。

的含义。

三、性情之正与性情之真

现在还应补充说明的是，一个伟大的诗人，因其得性情之正，所以常是"取众之意以为己辞"，因而诗人有个性的作品，同时即是富于社会性的作品。这实际是由道德心的培养，以打通个性与社会性中间的障壁的。这是儒家在文学方面的基本要求。道家则要求由无私无欲，以呈现出虚静之心。他们并不强调社会性，但在虚静之心里面，也自然得到个性与社会性的统一；虽然这常是消极性的统一。但在《诗经》上，乃至后来的许多诗歌中，有的仅是劳人思妇之词，迁客离人之语，其所感所发者仅其当下的一人一事，与社会并不相干，即平时并未注意道德心的培养，也没有做致虚守静的工夫，因之，在作诗时并不曾"取众之意以为己辞"；但有的依然能予社会以感动，而成为富有社会性的作品，这又是什么缘故呢？照中国传统的看法，感情之愈近于纯粹而很少杂有特殊个人利害打算关系在内的，这便愈近于感情的"原型"，便愈能表达共同人性的某一方面，因而其本身也有其社会的共同性。所以"性情之真"，必然会近于"性情之正"。但性情之正，系从修养得来；而性情之真，即使在全无修养的人，经过感情自身不知不觉的滤过纯化作用，也有时可以当下呈现。欢娱的感情向上浮荡，悲苦的感情向下沉潜。一般人的感情，是要在向下沉潜中始能滤过、纯化其渣滓，所以悲苦之情，常易得性情之真；而劳人思妇，乃至后来许多诗人，只要能把个人当下的真感情抒写出来，因其是真的、纯粹的，所以他同时也便写出了社会在这一方面的哀乐（哀乐必相形而始能感到），与社会以感动的作用。"诗穷而后工"，正是这种道理。总结地说，人的感情，是在修养的升华中而能得其正，在自身向下沉潜中而易得其真。得其正的感情，是社会的哀乐向个人之心的集约化。得其真的感情，是个人在某一刹那间，因外部打击而向内沉潜的人生的真实化。在其真实化的一刹那间，性情之真，也即是性情之正，于是个性当下即与社会相通。所以道德与艺术，在其最根源之地，常融和而不可分。而一个人，当他在感情的某一点上，直浸到底时，便把此点感情以外的东西，自然而然地忘了，也略近于道家所要求的虚静状态。但这种性情之真，是隐现不常的，所以这种诗人常只能有一首两首、一句两句，使人感动的诗，而绝不能成为"取众之意以为己辞"的伟大诗人；因为他缺乏人性的自觉，因而没有人格的升华，没有感情的升华，不能使社会之心，约化到一己之心里面来。至于存心趋炎附势的人们，连一刹那的人生真实感也闪露不出来，所以他们的作品，只有拿去换残羹冷饭。而今日之所谓意识流的文学，乃是把"私欲"、"无明"当作人性的文学，则他们的反理性、反社会，也是必然的。但反社会、反理性的作家，能要求什么人来读他们的作品呢？

五八年七月一日《文星》第二卷第三期

释诗的比兴
——重新奠定中国诗的欣赏基础

一、比兴在传注中的纠结

《周礼》大师"教六诗，曰风、曰赋、曰比、曰兴、曰雅、曰颂"。《诗毛传·关雎》序（即所谓大序）因之而称诗有六义。孔颖达《毛诗正义》谓"赋比兴是诗之所用，风雅颂是诗之成形"，即前者是诗的作法，而后者是诗的体裁；这是一般可以承认的说法。其中最没有问题的是赋，问题最多的是兴。由对于兴的解释不同，因而对于兴在诗中的地位的看法也不同。把许多不同的解释归纳起来，不外下述二端，即是第一，兴对于诗的主题，是有意义的联结，还是无意义的联结？其次，若是有意义的联结，则它与比有何分别？若是无意义的联结，则它在诗的构成中有何价值？郑康成在《周礼》大师"教六诗"下注云：

> 赋之言铺，直铺陈今之政教善恶。比见今之失，不敢斥言，取类以言之。兴见今之美，嫌于媚谀，取善事以喻劝之。

这里，除了康成把诗和政治粘贴得太紧，暂不作讨论外，他实际是把兴和比看作相同的东西，所以他又说"兴是譬谕之名"。因此，他通常用一个"喻"字来说明兴的意义。如《葛覃》："兴者，葛延蔓于谷中，喻女在父母之家，形体浸浸日长大也。"所谓"喻"，即是"比"，其间并无分别；于是他只好在诗的内容是"见今之失"或"见今之美"上作分别，这分明和《毛传》所说的兴，乃至默认的比，不能相应的。例如紧接在二南之后的《邶风》的《柏舟》、《绿衣》，《毛传》皆以为是兴。但从《毛传》，则一是叹仁人之不遇，一是庄姜之自伤，有什么"见今之美"呢？除二南以外的兴体诗，皆以怨悱之词，占绝对多数。而《周南》的《螽斯》，分明是比，但绝非是"见今之失"的。所以孔颖达的《毛诗正义》，只好撇过郑康成的说法，单就郑司农"比者比方于物，兴者托事于物"之言，加以引申。不过比方于物，与托事于物，依然界画得不甚清楚，于是孔氏只好从"比显而兴隐"的表现程度上去加以分别。但"显"之与"隐"，乃随读者的理解能力及态度为转移，并不能成立一个客观的法式。孔氏虽可以此来解释《毛传》对各诗何以仅注明"兴"而不注明"赋"、"比"，但作为比兴的区别，还嫌有所不足。

从汉儒到孔颖达的传注家，有一个共同之点，即认为在"兴"的作法之下，诗人在兴中所歌咏的客观事物，是和诗人所要表达的主题，有其意义上的关连的。此一问题，到了朱元晦，他费了更多的玩味工夫，同时也发展到了另一个分歧点。他对比兴的定义是：

　　兴者，先言他物以引起所咏之词也。(《诗集传》卷一《关雎》)

比者，以彼物比此物也。（同上，《螽斯》）

这比汉人的说法，实在清楚得多。但是先言他物的"他物"，和引起所咏之词的"所咏"，也即是和诗人的主题，在意义上到底有无关连，他在这里没有清楚说出；不过在他的骨子里，却认为没有什么意义上的关连的。所以他说：

> 诗之兴，全无巴鼻。后人诗犹有此体。（《语类》八十）
> 振录云，多是假他物举起，全不取其义。（同上）

因此，他把《毛传》许多注明"兴也"的诗，改为"比也"，并在兴之中，更细分出"比而兴也"、"赋而兴也"两类，即是他把可以看出意义的从兴中分出去，或者在兴中加入比和赋的混合成分，以保持兴的完整性。他在《诗集传》中对于"兴也"的诗，很少作与主题有关连的解释，使人看了索然无味。著有《诗缉》的严粲，一面是继承《毛传》，一面又受了朱元晦的影响，遂将兴分为两种：

> 凡言兴也者，皆兼比。兴之不兼比者，特表之。（《诗缉》卷一《关雎》）

所谓"兴之不兼比者"，即是与诗的主题无意义上的关连的兴。这似乎是一种调和的说法。不过朱元晦一方面认兴并无意义，但他又说：

比虽是较切，然兴却义深远也。有兴而不甚深远者，比而深远者，又系人之高下，有做得好底，有拙底。（《语类》八十）

比意虽切而却浅，兴意虽阔而味长。（同上）

若是兴所假托的物事，全不取其义，则"深远"的意味，究从何而来？朱元晦留下了这一个缺口没告诉我们。而严粲之所谓兴皆兼比，然则兴比究应如何划分？而他在"兴之不兼比"的诗篇中，又分明采取和朱元晦不同的态度，把所假托之物，和所咏之词，都关连着说得津津有味。所以他对比兴问题，依然不算交代得十分清楚。

近几十年来，对《诗经》的研究，是要把它彻底从传统的经学气氛中解放出来，完全当作一部文艺作品看待。在此种倾向中，发生以现行民歌来解释《诗经》赋比兴的方法。民歌可以说是最原始的诗，而《诗经》的国风中有许多便是当时的民歌。用民歌的结构来解释《诗经》的结构，好似用现在原始部落土人的情形来解释古代社会一样，未始不是一条途径。顺着此一途径来研究《诗经》的结果之一，便是以为兴所假托的事物，与诗的主题，在意味上并无关连。这可用顾颉刚的说法作代表。顾颉刚根据他所搜集的吴歌材料，并举出"阳山头上花小蓝，新做媳妇许多难"的例子，而断定"起首的一句，和承接的一句，没有什么关系"，"只因'蓝'、'难'是同韵，若开首就唱做新媳妇许多难，觉得太突兀，站不住，于是得陪衬，有起势了"。他由对民歌的解释，便进一步推论到《诗经》上兴的问题，而认兴也只是协韵的作用，再没有其他的意义。他说：

我们懂得了这个意思，于是关关雎鸠的兴起淑女与君子，就不难解了。作这诗的人原只要说窈窕淑女，君子好逑；但嫌太单调，太直率，所以先说一句"关关雎鸠，在河之洲"。他的主要的意思，只在"洲"与"逑"的协韵。

兴是两千年来纠缠不清的问题。假使真像顾颉刚所说的，除了协韵以外，再无其他意义，倒也干脆。但我们不难想到，诗人把与主题全不相干的东西拿来协韵，这完全是才穷气尽，拉蚂蚁凑兵的方法。若兴的本质即是如此，则兴在诗中，简直是处于附赘悬疣、可有可无的地位；事实上，真正是这样简单吗？由这一简单观点，能说明"兴却义深长也"的原因吗？或者能否定"兴却义深长也"的许多诗的实例吗？这是我想提出来讨论的问题。

二、从诗的本质来区别赋比兴

赋比兴，是作诗的方法。但并不是先规定出这三种方法，诗人再按着它来写成《诗经》上的诗；而是《诗经》上的诗，辑整成书之后，研究它的人，归纳起来，有风雅颂的三种体裁，有赋比兴的三种作法。因此，假定我们承认诗中间有赋比兴这三种东西，则这三种东西只是自然而然地产生出来的，因之，是与诗的本质不可分的东西。所以要解决比兴（因为赋的问题最少）的问题，不如暂从训诂中摆脱出来，先在诗的本质上看有没有比兴，尤其是兴的根据。

就一般的情形讲，抒情诗应当发生在叙事诗的前面，并且抒情更是诗之所以成其为诗的本色；而《诗经》里，主要的正是抒情诗。因此，大家公认最早说明诗之来源的"诗言志"（《尚书·舜典》）的"志"，乃是以感情为基底的志，而非普通所说的意志的志。普通所说的意志的志，可以发而为行为，并不一定发而为诗；发而为诗的志，乃是由喜怒哀乐爱恶欲的七情，蓄积于衷，自然要求以一发为快的情的动向。情，才是诗的真正来源，才是诗的真正血脉。

情的本质，如烟如雾，是缥缈而朦胧的。它的本身无形象可见，因而不能在客观上加以捕捉的。诗人须通过语言和外在的事物，而赋予以音节与形象。并且由此而可把蕴蓄在主观里的东西倾吐出来，亦即是客观化了出来，以减轻主观中的担负，使作者能得到暂时的轻松爽朗；因为内蕴的感情，郁积得愈多，便愈成为精神上的一种重大负担。钟嵘《诗品》说"使穷贱易安，幽居靡闷"，正是这种原因。此时的语言，乃是情的语言，此时的事物，乃是情化了的事物。语言的感情化，事物的感情化，乃诗所得以成立的根本因素。感情化的程度，实际即决定了作品成功的程度。

把与内心感情有直接关连的事物说了出来，这即是所谓《诗经》上的赋。由赋所描写出的"情象"，也是直接的情象。这种直接的情象，同时即是诗的主题。譬如一个少妇思念她远离的丈夫，思念得连日常一切生活都不感兴趣，甚至把爱美的天性也放在一边，于是唱道：

自伯之东，首如飞蓬；岂无膏沐，谁适为容？（《卫风·伯兮》）

这是由她思念的情感所形成的直接形象；这里面所说的事物，

都与她的思念之情有直接关连，所以都构成主题的一部分。它之所以成其为诗，是因在这里的事物，不是纯客观的、死的、冷冰冰的事物，而是读起来感到软软的、温温的，好像有一个看不见的生命在那里蠕动着的事物；这是赋的真正本色、本领。赋中所说的事物的意义，并不在于它能把诗人的心事直接了当地说个明白；每个人都能如此做，但如此做，并不一定能成其为诗，最低限度，不一定能成为一首好的诗。由赋所叙述的事物的意义，主要还是由它所象征、所挟带的感情而来的。

赋是感情的直接的形象，则兴和比，乃是感情的间接的形象；这种间接的形象，有时会过渡到直接的形象，有时则并不直接点出，而让读者自己去想象。朱元晦以为属于前者是兴，属于后者是比；他说："上文兴而起，下文便接说实事。……及比则却不入题了……更不用说实事。"前者如《关雎》，后者如《螽斯》（见《语类》八十）。但这和《诗经》许多篇什对照，很显然是说不通的，所以他自己有时不能不自乱其例。于是又绕回到老的问题上面来了，即是比兴既都是间接的情象，则比兴的分别到底何在？或者仅如孔颖达所说，"比显而兴隐"？或者如顾颉刚所说，比有意义（与主题有关）而兴则除协韵外却无意义？我以为问题既不如孔说的含糊，也不像顾说的简单。

我想，除了赋体的直接情象以外，诗中间接的情象，是在两种情景之下发生的。一是直感的抒情诗，由感情的直感而来；一是经过反省的抒情诗，由感情的反省而来。属于前者是兴，属于后者是比。为了便利起见，试先从后者说起。

已如前述，除了情以外没有诗；而情的本性，是处于一种朦胧状态的；但情动以后，有时并不直接以情的本性直接发挥出来，却把热热的情，经过由反省而冷却后所浮出的理智，主导着情的活动。此时假定因语言技巧或环境的需要，而须从主题以外的事物说起时；此主题以外的事物与主题之间，是经过了一番理智的安排，即是经过了一番"意匠经营"，使主题以外的事物，通过一条理路而与主题互相关连起来；此时主题以外的事物，因其经过了理智所赋予的主观意识、目的，取得了与主题平行的地位，因而可以和主题相提并论，所以能拿来和主题相比。比，有如比长絜短一样，只有处于平行并列的地位，才能相比。只有经过意匠经营，即是理智的安排，才可使主题以外的事物，也赋予与主题以相同的目的性，因而可与主题处于平行并列的地位。因此，比是由感情反省中浮出的理智所安排的，使主题与客观事物发生关连的自然结果。例如：

螽斯羽，诜诜音莘兮朱《传》，和集貌。宜尔子孙，振振音真兮杜氏《左传注》曰，振振，盛也。（《周南·螽斯》）

此诗是在多妻制之下，赞叹人家因能和睦相处而子孙众多（《毛序》以螽斯为"后妃子孙众多也"），却不直接说出，于是以螽斯相比地说："螽斯呀，你们集在一块儿好和睦呵。你们的子孙，当然会这样兴盛的。"这是经过了一番意匠经营，而把螽斯拿来与因妻妾和睦而子孙众多的人家相比；所以螽斯的本身，已由理智安排上了与主题相同的目的性，它和主题是处于平行并列的地位，二者间有一条理路可通，因而可使读者能由已说出的事物去联想并没有说出的主题。其所以要这样比着说，有的是出于环境的要求，有的则出于技巧的需要，以加强主题的强度和深度。例如：

硕大鼠硕鼠，无食我黍。三岁贯事女汝，莫我肯顾。逝
朱氏曰，发语辞将去汝，适彼乐土。乐土乐土，爰得我所。
(《魏风·硕鼠》)

　　这是用硕鼠来比主题的聚敛之臣的。世人没有不讨厌老鼠，
尤其是毛茸茸的大老鼠。把聚敛之臣比作硕鼠，则聚敛者的嘴脸
更为具体，更为可恶。这是由意匠经营来加强厌恶程度的表现技
巧。凡是这一类的诗，都可谓之"反省的抒情诗"。
　　兴的发生，与上述的情形有点两样。兴所叙述的主题以外的
事物，不是情感经过了反省后所引入，而是由情感的直接活动所
引入的。人类的心灵，仅就情的这一面说，有如一个深密无限的
磁场；兴所叙述的事物，恰如由磁场所发生的磁性，直接吸住了
它所能吸住的事物。因此，兴的事物和诗的主题的关系，不是像
比样，系通过一条理路将两者连结起来，而是由感情所直接搭挂
上、沾染上，有如所谓"沾花惹草"一般；因而即以此来形成一
首诗的气氛、情调、韵味、色泽的。用作兴的事物，诗人并没有
想到在它身上找出什么明确的意义，安排上什么明确的目的，要
使它表现出什么明确的理由；而只是作者胸中先积累蕴蓄了欲吐
未吐的感情，偶然由某种事物——这种事物，可能是眼前看见的，
也可能是心中忽然浮起的——把它触发了。未触发时的感情，有
的像潜伏的冰山，尚未浮出水面，有的则像朝岚暮霭，并未凝成
定形。一经触发，则潜伏的浮了出来，未定形的因缘触发的事物
而构成某种形象。它和主题的关系，不是平行并列，而是先后相
生。先有了内蕴的感情，然后才能为外物所触发；先有了外物的
触发，然后才能引出内蕴的感情。所以兴所用的事物，因感情的

融合作用，而成为内、外、主、客的交会点。此时内、外、主、客的关系，不是经过经营、安排，而只是"触发"，只是"偶然的触发"；这便是兴在根源上和比的分水岭。例如：先有了内蕴的想找一位好小姐做太太的心情，于是为雌雄相应、在河洲相恋的雎鸠所触发；因为被雌雄相恋的雎鸠所触发，于是求偶的内蕴感情得以明朗化、形象化，这便构成了"关关雎鸠，在河之洲，窈窕淑女，君子好逑"的诗。这便是所谓兴。又如看见一位小姐嫁得一个好婆家，心中不觉有一种"名花有主"的喜悦，但这种喜悦，却似轻烟薄霭地飘浮着，并未构成形象；偶然在结婚季节中看见桃树的嫩枝上，开着娇艳的桃花，一片生机热闹，这便触发了内蕴的喜悦，而唱出了"桃之夭夭少好之貌，灼灼鲜明貌其华。之子于归，宜其室家"（《周南·桃夭》）的诗，这便是所谓兴。又如一个知识分子生当乱世，看到许多篡窃权势的人，胡作非为，胡说八道，既不可以情遣，又不可以理喻，便常常因此而感到说不出的精神痛苦；偶然看到称为"苌楚"的这种植物，枝条长得柔顺多姿而茂盛，嫩枝更是长得光泽焕发，似乎非常得意，这和性情倔僵、形容憔悴的诗人，恰好成一对照；于是便触发了诗人内心的悲愤，而感到只因为它（苌楚）没有知识，所以它便没有是非，没有廉耻，才能长得这样肥头大耳，神气十足。"忧患皆从识字始"，可见没有知识是享福的唯一条件，便不觉唱出来"隰有苌楚，猗傩有柔顺多姿及茂盛之意其枝。夭少也之沃沃润泽之意，乐子之无知"（《桧风·隰有苌楚》）。这便是所谓兴。

兴是一种"触发"，即朱《传》的所谓"引起"。其所以能触发的是因为先有了内在的潜伏感情，被它触发的还是预先储存着的内在的潜伏感情；触发与被触发之间，完全是感情的直接流注，而没有渗入理智的照射。在感情的直接流注中，客观的事物，乃随着感情而转动，其自身失掉了客观的固定性。同样的花，在欢乐的人看来是在笑，在愁苦的人看了是在哭（"感时花溅泪"）。到底是笑还是哭，不是在花的本身能求得理解，而是要从作者的感情中去从容玩味。兴所叙述的主题以外的事物，是在作者的感情中与诗的主题溶成一片；在这里，不能抽出某种概念，而只能通过他所叙述的事物，以感触到某种感情的气氛、情调、韵味、色泽。被感情融化了的事物，常与感情飘荡在一起而难解难分。杜甫的"巫山巫峡气萧森"，此"萧森"到底是秋景呢，还是秋兴呢？假定有人在此下一个两者择一的断案，那便是蠢才了。这才是兴的本色、本领。正因为如此，所以它在一首诗的构成中，成为与主题不可分的一部分；不像比所用的事物，以那比这，与主题还有一点间隙。因此，兴对于诗的意味，就诗是感情的象征的本性讲，较之于比，实更为重大。比是经过了感情的反省，由理智主导着感情所表现出来的；比的事物与主题的关系，有理路可寻，所以孔氏说"比显"，即是比的意义显明。兴是感情未经过反省，或者可以说，只经过最低限度的反省，只含有最低限度的理智，即连此最低限度的理智，也投入于感情之中，而以感情的性格、面貌出现，所以兴的事物与主题的关系，不是理路的联络，而是由感情的气氛、情调，来作不知其然而然的溶合；这种由感情所溶合的关系，正和感情自身一样，朦胧缥缈，可感受而不易具体地把捉，可领略却难加以具体的表铨；一经把捉表铨，则其原有的感情成分，已经打了折扣；所以孔氏说"兴隐"，即是兴的意味，隐微难见。郑樵下面的一段话，也正说出此中消息；虽然他未能看出此一消息的根源，但他这段话，绝不能作"兴是没有什么意义"来解释。

释诗的比兴

凡兴者，所见在此，所得在彼，不可以事类推，不可以义理求也。(《六经奥论》)

同时我们应了解，凡经过理智所构建的，不仅条理较清，并且界划也较明；因其界划较明，同时也即形成其内容的局限性。感情的触发，则其来无端，其去无迹，其形是若有若无，于是它总是慢慢消逝于渺冥茫漠之中，好像一缕轻烟袅入晴空一样，总是在尽与未尽之间，所以朱元晦会感到"比虽是较切，然兴却意较深远也"，"比意虽切而却浅，兴意虽阔而味长"。这是在从容讽诵中所得出的很亲切的体会。汉人重训诂，即是常以语言学的要素去说诗，所以他们常常为训诂所局限，因而忽视了文学的要素，便容易把《诗经》中的兴说成了比。但绝不能因此而得出凡有意义的皆是比，无意义的才是兴的结论。

如上所述，赋是就直接与感情有关的事物加以铺陈。比是经过感情的反省而投射到与感情无直接关系的事物上去，赋予此事物以作者的意识、目的，因而可以和与感情直接有关的事物相比拟。兴是内蕴的感情，偶然被某一事物所触发，因而某一事物便在感情的振荡中，与内蕴感情直接有关的事物，融和在一起，亦即是与诗之主体融和在一起。这站在纯理论的立场，通过《诗经》的作品，以探求诗的原型，是可以把它分别得清清楚楚的。在此种分别之下，可以了解兴所用的事物，必须与诗的主题协韵，乃是由感情自身的韵律以产生诗的形式，所附带产生的结果；此种结果，与赋比中的协韵，毫无分别；因而与兴的本质并不相干。假定认兴所用的事物之本身，并没有被诗人赋与以明确的意识和目的，而只由感情的气氛、情调，以与主题相融和，因而它所表现的也只是一种气氛、情调，便认定兴除了协韵以外毫无意义，这是不了解诗之所以为诗，而是站在诗的范畴以外去要求诗的意义；这便使一切诗的活句都变成死句；既扼杀了兴，扼杀了古今最好的诗，同时也会扼杀掉诗的生命。

三、概念与创作间的距离及差异

我上面所说的比和兴的分别，并不是没有前人说到，而是从前的文学批评家已经说到，却为传注家所不了解，因而把它忽略过去了。刘彦和在《文心雕龙·比兴》第三十六中说：

> 比者附也，兴者起也。附理者切类以指事。起情者依微以拟议。起情故兴体以立，附理故比例以生。

刘彦和在这里特提出"附理"和"起情"，以作比兴的分别，是值得特别注意的。附理之"理"，即我上面所说的由感情反省而来的理智主导着感情的活动。所谓依情之"情"，即是感情直接的触发、融和。但他这里将理与情对举，只是程度上的对举，并不是性质上的对举。即是，比乃感情的反省的表现，而兴乃感情的直接的表现。反省，则情带有理的性格，故称之为附理。直接，则感情将一往是情，故称之为依情。所以兴的诗，才是纯粹的抒情诗，才是较之比为更能表现诗之特色之诗。但比与兴中的事物，都是情在那里牵线；不过比是经过反省的冷却而坚实之情，兴则是未经反省的热烘烘的飘荡之情。严格地说，比中的理智，乃是以理智为面貌，而仍系以感情的心肠，并不同于一般所说的理智活动。对于这一点，刘彦和在《比兴》篇的赞里有精炼的叙述：
"诗人比兴，触物圆览。物虽胡越，合则肝胆。"纯理智的认知活
动，一是一，二是二，界划分明，无可融通，这是"方"的，故
易称"方以智"。若"物以情观"，则物无定性，将随情为转移；
故彦和称之为"圆览"。圆与方相对，方有定而圆则流转无定。故
物的本身，虽与诗人的主题，在客观上并不相干（物虽胡越），但
一经过感情的牵线作用，而物随情转，便"合则肝胆"了。

　　由上面的说明，可知比兴的分别，站在诗之所以成其为诗的
情的根源上说，只是发抒过程中的分别，而非性质上的分别。比
依然是以情为基底，故比之附理，绝不同于纯理之理。兴虽然是
纯情，但在纯情中若没含有一点理智之光，则将浮游灰暗，又如
何能凝结成一首诗呢？现代意识流的白日梦诗，因为他们着意地
把理智之光排斥得一干二净，所以使读的人倒反觉得是不知所云
的无情之物。比兴在情上的程度之分，我们在概念上，虽然可加
以清楚的区别；但在作诗的人，他根本可以没有这种概念，便根
本可以不受这种概念的限制，所以便不会按着比兴的清晰概念去
作诗，因而概念与实际创作之间，是保有相当距离的。由此，我
们不难了解，感情活动时所附随着的理智，在其多少轻重之间，
并无程准；而表达的机缘，有利有钝，表达的技术，有巧有拙；
于是赋比兴的三种基型，常会以参互变通的各种形态而出现。加
以因读诗者的态度、工夫，各有不同，便对于同一首诗，也可发
生不同的理解。弄清楚了这一点，则可知朱元晦在比兴之外，又
分出"兴而比也"、"兴而赋也"，及严粲分为"兼比之兴"与"不
兼比之兴"，乃是传注家把诗人所得的自然结果，按照赋比兴的概
念去加以区分，便不能不承认这些参互变通的形态；而对一首诗，

到底是赋是比是兴，各家常互不相同，也是事有必至，情非得已的。了解到诗之所以为诗，然后才真能了解董仲舒所说的"诗无达诂"的真意。同时，古人引诗人之诗，歌诗人之诗，在歌与引的时候，同样有赋比兴的活动在里面，所以在诗歌气氛浓厚的封建贵族之间，都能相悦以解，不嫌非类。春秋时代的歌诗，乃至先秦时代典籍中的引诗，都是这种情形。由此，应当承认名物训诂的作用，在诗的注释中，自然有其一定的限度。语言学的努力，无法尽到文学研究的真正任务。

然则在流行民歌中，有实在是除协韵以外，并发现不出什么与主题相融和的气氛、情调，有如顾颉刚所举之例，并且这种例，在《诗经》中也非绝对找不出来；则上面所有对兴的说法，是否只是我个人的理论，而不合于诗的现实呢？在这里，我应首先指出的是，凡是引民歌以证明兴除了协韵外并无意义的人，忘记了一件眼前的事实，即忘记了在创作的实际活动中，诗有巧拙，诗中的赋比有巧拙，诗中的兴，自然更有巧拙的事实。顺着诗的本性来看兴是什么，这是一回事。能否顺着诗的本性来满足兴的条件，这是另一回事。拿着一种笨拙的，不能满足兴的条件的民歌，便以为兴本来便是如此，这好像拿一首徒有诗的形式而毫无诗的内容的汤头歌诀乃至打油诗之类，便认定诗本来就是如此，犯了同样的错误。我因为手头上没有民歌集，但我相信一定找得出符合于兴的条件的民歌。并且，根据我小时放牛唱山歌的经验，知道套上一首除了协韵以外，再不管其他意味的现成架子，来作一首歌，在技巧上是最容易成功的。我六岁至八岁，在家里放牛的期间，附近各村庄放牛的孩子们，年龄都在十岁左右。不同村子的孩子们，各站在一个山头或山坡上，对唱着村野不堪的互骂的歌，称之为"对歌儿"。某一方唱得无歌可唱时，便算打了败仗。所以两方的孩子们，都有临时的创作；而创作的方法便是套架子，套那只管协韵而不管其他的架子。由此推想，像顾颉刚们所收集的民歌，恐怕多是在展转套架子的情形下所形成的。而且现代研究文学起源问题所得的结论之一是，固定地书写出来的文学，是来自浮动的口传文学。口传文学进入书写文学的阶段，将发生三种情形。一部分被某些诗人在写定时加以润色。一部分成为固定诗的题材。另一部分则仍保留于江湖诗人（吟游诗人）的吟咏之中；此一部分随书写文学之发达而亦终归于消灭。但其中有若干特殊的诗，仍保留在吟咏的阶段，在口传中不断地变更。及遇到某种机会被人纪录了下来，遂得以继续流传不绝。此种诗，可称之为"化石诗"。派西僧正（Percy Bishop）所收录的民谣，即其显著之一例［以上参阅莫尔顿（R. G. Moulton）的《文学的近代研究》（*The Modern Study of Literature*）第一章］。由此，我觉得《诗经》是由口传文学进入书写文学阶段中的产物。此一阶段的时间，经过得相当地长。把史官采诗，和孔子删诗，都解释为这是对口传诗的选择和写定工作，倒是很自然的。以后的乐府，恐怕依然是这种性质；不过乐府时代的文学，已因发达而分化，所以乐府远不及《诗经》时代的丰富和重要。而现在的民歌、民谣，只能算是化石诗，或者是从化石诗孳生出来的，即我前面所说的，由套架子而来的。《诗经》的诗，经过了采诗者的润色，经过了乐工的润色，也经过了孔门的润色。《墨子》上所引与儒家典籍里相同的诗，字句常较为拙劣，即其一证。所以《诗经》上的诗，是代表了当时文学的整体；而民歌民谣，在文学中只能算是几经淘汰后所遗留下来的渣滓或残迹。把现在的民歌民谣，拿来与《诗经》放在文学的平等地位，把民歌中的兴，拿来限定《诗经》上的兴，这是不了解文学发展的情况，犯了时代上的大错误。再就作品本身说，现在的民歌，无论如何，总赶不上《诗经》中的风雅，此一铁的事实，也因此而得到一个合理的解释。兴之为兴，本是"兴感无端"。加以诗人之表现既有巧拙，而读者之领悟力亦有浅深；或作者在其兴感的事物中，原已与其主题的感情相融注，但读者的情感，却与作者之情感不能相应，遂不能加以领悟，所以不能因此作轻率的判断。《诗经》中，完全无意味的兴，非常之少；严粲所谓兴之兼比者固然有较明显的意味，即所谓兴之不兼比者，实际上还是有感情上之意味。例如《周南·葛覃》：

　　葛之覃兮，施于中谷，维叶萋萋。黄鸟于飞，集于灌木，其鸣喈喈。

　　严注：兴之不兼比者也。述后妃之意若曰，葛生覃延，而施移于谷中，其叶萋萋然茂盛。当是之时，有黄鸟飞集于丛生之木，闻其鸣声之和喈喈然，我女工之事将兴矣。(《诗绯》卷一)

　　按此诗乃通常之所谓写景。凡"即景生情"的，尤其是"景中有情"的写景，都是兴。此诗因葛生覃延，而引起女工之思，因而有下章"是刈是获，为絺为绤"，则此章所写的景，似无意而实有意。又如《召南·殷其雷》：

　　殷其雷，在南山之阳。何斯违斯，莫敢或遑。振振君子，归哉归哉。

严注：兴之不兼比者也。召南大夫之妻，感风雨将作，而念其君子。(《诗缉》卷二)

按感风雨将作，而念其君子，即因殷殷之雷声而触发其怀远之心，此亦即景生情，为兴之正体，不可谓殷其雷与此诗"振振君子，归哉归哉"的主题，无意味上的关连。又如《邶风·旄丘》：

旄丘之葛兮，何诞之节兮。叔兮伯兮，何多日也。

严注：兴之不兼比者也。黎臣子之初至卫，见旄丘之上，有葛初生，其节甚密。及其后也，葛长而节阔，故叹云，何其节之阔也。感寄寓之久也。(《诗缉》卷四)

按此诗因节物之变迁而引起其流亡之久，待援之迫，则是兴中的事物，对于此诗的主题，正有其感情触发的意义。《诗经》中此类的诗甚多，我们只能顺着诗人的感情而玩味其"引发"、"触发"的意义。严格地说，诗中所表现的这种感情的引发触发的作用，正是表现诗之所以为诗的本色。所以兴才是诗中的最胜义。其间有看不出这种引发触发意义的，或者如朱元晦所说"系人之高下，有做得好底，有拙底"(《语类》八十)，或者因读者涵咏体会的工夫不够，尚不能把自己的感情与作者的感情连结上去。李白说"兴寄深微"，此处的深微，不是来自理论思辨，而系来自感情自身的特性，所以是诗本身所应有的深微。对兴的深微而以粗率的态度来处理，或者因在创作上的各种差别，便抓住它最低级的表现而抹煞了兴的本质，这似乎都不是研究诗所应有的态度。

四、兴的演变发展

这里，我再提出另一个问题，即是朱元晦以为兴是"先言他物，以引起所咏之词"（《诗集传》卷一），又说"兴是假彼一物以引起此事，而其事常在下句"（《语类》八十）；朱的意思，在一首诗的结构中，兴的事物在前，由兴所引起的主题在后，这可以说是一种结构上的自然顺序；《诗经》上兴体的诗，从《关雎》起，似乎都是如此。但钟嵘《诗品》说：

> 诗有三义焉。一曰兴，二曰比，三曰赋。文已尽而意有余，兴也。因物喻志，比也。直言其事，寓言写物，赋也。……

这里，对比赋的解释，是没有问题的。但《诗经》上的兴，总是在一章的开端，而钟嵘却说"文已尽而意有余"；既是"文已尽"，当然不在一章的开端，而是在一章的结尾；这岂非与《诗经》上的实例大有出入吗？我觉得这种出入，仅是形式上的问题，而不是兴的本质上的问题。并且这种形式上的出入，应当在诗的发展中来研究兴体的演变，在兴体的演变中求得钟嵘说法的解答。钟嵘在这里，并非仅针对《诗经》来作评释，而系对一般的诗来作评释。

《诗经》上，赋比兴比较明显的区别，及由比兴在一章诗中的位置所形成的形式，是在诗发展的素朴阶段中所形成的素朴的形式。在此一阶段中，作者并不一定有表现技巧上的自觉，所以出于"天籁"者为多。尤其是兴的出现，正是天籁的、直感的抒情诗的产物。但随着诗人对表现技巧的自觉加强，及学养的加深，于是素朴的形式，便会演变为复杂的形式。最显著的结果之一，即是赋比兴各以独立形态而出现的机会较少，以互相渗和融合的方式而出现的机会特多。这种渗和融合，不仅表现在一篇一章之中，更有将三种要素，凝铸于一句之内。即是最高作品中最精彩的句子，常是言在环中，意超象外，很难指明它到底是赋，是比，是兴，而实际则是赋比兴的浑合体；尤其是此时的兴，常不以自己的本来面貌出现，而是假借赋比的面貌出现，因而把赋比转化为更深更微的兴，这样，便常能在一句诗中，赋予它以无限的感叹流连的生命感。此时的兴，已升华而与诗人的生命合流，使诗人的诗句，不论以何种形貌出现，都成为怅惘不甘的活句。对一切的诗人，都应以这种作品的有无、多少，来衡量他的地位。这正是唐司空图所说的"象外之象，景外之景"，使人得味于咸酸之外。这好像由五色互相调和而出现新的色彩，此时并非是五色的消失，而乃是五色的演变、升华。因五色调和的色度不同，便会出现各种新的不同颜色；因赋比兴融合的比度不同，便会出现各种体貌不同的诗。这种比度之所以不同，又和一个人的个性、学养及其时代，有连带关系。很粗略地说，唐诗以兴的比度为大，宋诗则以赋比的比度为多。关于此一发展演变，应另以专文研究，这里不再深入地说下去。

即仅以兴体而论，其本身的形式，在《诗经》中已开始有了变例，或径直可以说是一种进一步的演变发展。而《诗经》以后的诗，若是兴以单独的形貌出现时，多半是继承《诗经》中兴体的这种变例的。

《诗经》中兴的第一变例是不出现于一章之首，而出现于一章诗的中间。如：

君子于役，不知其期。曷其至哉，鸡栖于埘。日之夕矣，
羊牛下来。君子于役，如之何勿思。（《王风·君子于役》）

按此诗首尾是赋，而中间插入"日之夕矣，羊牛下来"，以
引起"如之何勿思"，这是一章中间的兴。此种兴的发生，是因
感情所积者厚，在抒写的中途，自然形成一种顿跌，有如气急说
话时之发生哽咽一样。在顿跌中，忽触到某种客观事物，引发出
更深更曲折的内蕴感情，因而开辟出另一情境，使主题作进一步
的展开。此种用兴方法，在后来诗歌的发展中，居于很重要的地
位。一首诗中，常因此而得到跌宕、盘郁、开阖、低徊之致。例
如《古诗十九首》的《行行重行行》，说到"相去日以远，衣带日
已缓"，是游子思归之情，可谓非常迫切，这似乎应该想尽方法归
去。但此诗人之所以别离，其内心实藏有难言的隐恨隐痛；此种
隐恨隐痛，在胸中激荡，使他不能顺着原来发展的方向——即由
思归而归去的方向——说了下去，于是自然形成发展中的顿跌。
因此顿跌而跌开了内心深处的隐恨隐痛，让它飘荡出去，而偶然
沾上"浮云蔽白日"的景象，使原有的隐恨隐痛，得因此而明朗
化，遂另开出"游子不顾返"的情境。"不顾返"的情境，好像与
怀归的感情相矛盾，但实在是怀归感情在矛盾中的强化深化，所
以他的感情特别显得盘郁，而文气也特别显得跌宕。因此，"浮云
蔽白日"，正是此诗发展中在中间的兴。又如杜甫《秋兴》八首的
"信宿渔人还泛泛，清秋燕子故飞飞"，这都是极明显地在一首诗
中间的兴。这较之在一章之首的兴，已深进了一层。

但若就纯粹的兴体说，它必发展到用在一首诗的结尾地方，
才算发展完成，才算达到兴在诗的作用中的极致，因而把抒情诗

释诗的比兴

推进到了文艺的颠峰。此种兴体，对《诗经》而言，也只能算是变例；而这种变例，在《诗经》中也已经出现了。如：

> 椒聊之实，蕃衍盈升。彼其之子，硕大无朋。椒聊且沮
> 之平声，远条且。（《唐风·椒聊》）

此诗是以椒实的蕃衍，引起彼其之子的硕大无朋，朱《传》说是"比而兴"，这就前四句说是对的。但这首诗到硕大无朋，已经发展完成了。而后面又加上"椒聊且，远条且"两句，传注家遂多以此为无意义的重复。殊不知此两句实系兴的变例。因为说到"硕大无朋"，意尽而情尚未尽。于是将此未尽之情，又投射向客观的事物，使此客观事物，沾染上诗人未尽之情，以寄托诗人的咨嗟叹息之声。这种咨嗟叹息之声，并不代表某一明确的意义，而只是诗人未尽之情在那里飘荡，这便成为钟嵘所说的"文已尽而意有余"了。意有余之"意"，绝不是"意义"的"意"，而只是"意味"的"意"。"意义"的"意"，是以某种明确的意识为其内容；而"意味"的"意"，则并不包含某种明确意识，而只是流动着一片感情的朦胧缥缈的情调。此乃诗之所以为诗的更直接的表现，所以是更合于诗的本质的诗。一切艺术文学的最高境界，乃是在有限的具体事物之中，敞开一种若有若无、可意会而不可以言传的主客合一的无限境界。兴用在一章诗的结尾，恰恰发挥了此一功能。由触发主题之兴，演进而为从主题中投射出去，以构成主观感情与客观事物的交会；而这种交会，同样地不是经过意匠经营以求表达某种明确意义，而只是由内蕴的感情，至深至厚，因而于不知不觉之中，鼓荡出去，以直接凑泊于某一客观

事物之上，使感情在某一客观事物上震动于微茫渺忽之中；说是主观的感情，却分明是客观的事物，说是客观的事物，却又感到是主观的感情。在这种情调、气氛中，主客难分，因而主客合一，以直接显出作者无穷无限之情。这是感情经过主题的构造工作，因而得到自身醇化以后的发抒。用在章首的兴，感情因外物的触发而开始向主题凝敛，因而才开始其构造作用。这有如要放入熔炉而尚未放入熔炉的矿产，是一种原始的性格。在章尾的兴，则感情已尽了主题构造的作用，它在构造中被提炼升华，这恰如矿物已经过了相当的火候，要出炉而尚未出炉的状态。所以，此时的活动，是感情醇化以后的发抒。由感情自身醇化以后的发抒，便使兴的素朴形式，经过长期酝酿，始能发展为这种精炼深醇的形式，所以在结尾的兴，较之在章首的兴，其气息情味，总是特为深厚，能给读者以更强的感动力。这是兴的一大飞跃，也是诗的一大飞跃。古人常把由不知不觉而直接凑泊于客观事物上去的创作情境，说成是"神来之笔"；所谓"神来"者，系未经意匠经营，而直接来自感情醇化以后的激荡，因而不知其所以然而然的意思。这种兴体，经常出现于最好的绝句，以构成绝句的无穷韵味。如王昌龄的《从军行》：

琵琶起舞换新声，总是关山离别情。
撩乱边愁听不尽，高高秋月照长城。

上面这首诗，若说高高秋月照长城与"边愁"无关，则何以读来使人有无限寂寞荒寒怅触之感，因而自自然然地把主题中的边愁，推入到无底无边的深远中去呢？若说它与主题的边愁有关，则又在什么方面有关？而这种有关，又在表明一种具体的什么呢？这本来就是不可捉摸，也无从追问，而只是由一种醇化后的感情、气氛、情调，把高高秋月照长城的客观事物，与主观的边愁交会在一起；因而把整个的现实都化成了边愁，把整个的边愁，又都化成了山河大地，并即以眼前澄空无际的秋月所照映下的荒寒萧瑟的长城作指点。这种交会，是朦胧看不出接合的界线的，所以它是主客合一，是通过有限而具体的长城，来流荡着边愁的无限的。此时"高高秋月照长城"之所以来到诗人的口边笔下，只是一种偶然的傥来之物；他内在的感情，不知不觉地与此客观景象凑泊上了，并不能出之以意匠经营，此之谓神来之笔。这是一首最标准的绝句，也是兴体发展的最高典型。

在结尾处用兴体，自然不仅见于绝句，各体诗里，都可以发生同样的效果。至于词，因为它和绝句的性格最相近，所以兴在词中的应用上特为显著，这里不能作进一步的论述。

我们假使能把诗和其他的文学，从本质上能画出一条界线，便可以了解兴在诗中的意义，是较之赋和比，更为直接、深微，而与诗的自身为不可分。兴是把诗从原始的素朴的内容与形式，一直推向高峰的最主要的因素。抹煞了兴在诗中的地位，等于抹煞了诗自身的存在；于是对古人作品的欣赏，必然会停顿在理智主义的层次，将如莫尔顿在《文学的近代研究》序文中所说，文学的要素，被语言学的要素所牺牲了。

五八年七月六日于东大

一九五八年八月一日《民主评论》第九卷第十五期

诗词的创造过程及其表现效果

——有关诗词的隔与不隔及其他

　　唐君毅先生介绍丁雨先生《论诗词中的隔与不隔》一文到《民主评论》上发表，我拜读原稿后，觉丁雨先生的文章甚好。但也因此引起我的若干感想，便提起笔来想加上一段按语；结果，字数越写越多，只好把它改成一篇独立的文章。因为我对于词一点也没有研究，所以文中只能扣住诗方面说。这是事先没有准备的一篇文章，而关涉的内容又相当复杂；不写，恐怕将来无此兴趣，写出来，一定很多错误。希望唐先生、丁先生及读者加以教正。

　　　　　　　　　　　　　　　　五月二十九日于东海大学

一、何谓隔与不隔

　　王静安的《人间词话》，接触到文学理论上若干基本问题；但因说得太简单，未免近于笼统，使现时批评他或赞成他的人，多陷于猜想摸索。诗词的隔与不隔的问题，即其一例。

　　诗词的隔与不隔，先粗浅而概略地站在读者的立场说，作者所写的景，所言的情，能与读者直接照面，那便是不隔。若不能与读者直接照面，不仅须读者从文字上转弯抹角地去摸索，并且摸索以后，还得不到什么，那便是隔。若就作者的创作过程说，作者把他所要写的景，所要言的情，抓住观照、感动的一刹那，而当下表现出其原有之姿，不使与它无关涉的东西，渗杂到里面去，这便是不隔。若当下不能表现其原有之姿，而须经过技巧的经营，假借典故，及含有典故性的词汇，才能表达出来；此时在情与景的原有之姿的表层，蒙上了假借物的或深或浅的云雾，这便是隔。刘勰《文心雕龙·明诗》篇所说的"直而不野"的"直"，钟嵘《诗品》序所说的"皆因直寻"的"直寻"，李太白《古风》所说的"垂衣贵清真"的"真"，都指的是不隔。不隔的，表现得真而完全；隔的表现得不够真，因之也不完全。不隔的作品，可以把读者引到作者创作时同等的境界，与作者同其感动，与作者同其观照。这是文学对人生的最大效果。随其隔的程度而此种效果也与之成比例地减低。

普通常常把言情与写景对举，这只是言语上的便利。实则无景之情，便流于叫号、空漠，无情之景，便流于刻板、干枯；这都不能算是真正的诗词。真正的诗词，必须把景物融入于感情之中，使景物得其生命；感情附丽沾染于景物之上，使感情因景物而得到某种形相。所以情与景，是不可分的，而感情又是诗词的骨髓。先交代清楚这一点，以作为下面所说的根据。

二、隔与不隔和创造过程及表现能力的关系

诗词的隔与不隔，是与作者创造的过程密切相连着的。它之所以不隔，首先必须由真切的人生态度发而为真切的感情，以形成创造的冲动，有如骨梗在喉，必以一吐为快。这种无法抑制的

冲动，对客观的景物，有吸引、镕解到自己感情中来，使主观的感情，附丽在客观的景物上，以成为自己形相的力量。此时主观的感情，直接凑泊上客观的景物，以客观景物之形相为自己之形相，再不须要假借旁的东西来加以填补，即钟嵘《诗品》序所说的"多非补假"；这是形成不隔的最基本的因素。反转来说，一个人并无真的创作冲动，而只是为了应酬、应景，或为了装点作为一个诗人词人的门面，而作诗作词时，本来无话要说，只好假借些典故、词藻来填补空虚，以搭成一个空架子；在空架子里本无真正感情去吸引、镕解景物，而只有硬拿典故、词藻去搭挂上景物；于是不仅情非真情，即景也系披上了与它并不相干的云雾而非真景，这如何不隔？王静安所说的隔，主要是指表现的能力而言。但为了明了诗词中犯隔的基本性格，便须先从这种最基本的创作冲动说起。

只要有真正的创作冲动，把所感所见的，直接了当地说了出来，这便是"直"，是"真"，是"不隔"。所以从某一点说，不隔并非难事；这在民间歌谣中，是很容易得到的。正因为如此，所以民间歌谣，常常是新文学发生的摇篮。但民间歌谣的自身，并非都有很高的文学价值。普通民间歌谣的不隔，我暂称之为"原始性的不隔"。由原始性的不隔，进而为艺术性的不隔，则除了真正的创造冲动以外，再须加上伟大的表现能力，这便有待于文学的修养。《诗经》中的国风，及后来伪托为苏李赠答的古诗，和《古诗十九首》，所以能在文学史中占一崇高的地位，正因为他们原来都是出于民间的歌谣，反映着真实的生活，反映着真实的感情；又经过"太史"或"乐府"之手，得到了音乐和语言上的润饰，并且这种润饰，不是成于一旦，出于一人之手，乃系经过了长期的酝酿，所以这种润饰工作，能顺其原有之姿，以保持它原有生命的和谐与统一。例如《古诗十九首》，有的酝酿了三四百年，有的也酝酿了一二百年或几十年，由民间而乐府，再由乐府而转入文人之手，才成为今日的形式。这是由人民、音乐家及文人，长期合作所酿成的"文学之蜜"。"温柔敦厚"、"直而不野"，这两句话有相同的意义，正说明它是有高度艺术价值的不隔。

三、人、境交融型的不隔——陶渊明

若再进一步分析，则同为艺术性的不隔，但因创造的冲动不同，过程不同，于是不隔的形相、性格，也因之不同。这种不同，我姑且分作三种典型（实际不会只有三种）；并以陶渊明、李白、杜甫三个人作三种典型的代表，而对其创造过程与表现效果，作尝试性的说明。

陶渊明的伟大表现能力，是来自他的生命与环境事物的融合一致。因为他对生命、生命的价值欣赏，融合到经常与他接触，而又使他感到与他自己的性格、情调，非常适合的环境事物之中；于是他便常从环境事物中，有如东篱之菊、南山的山气和飞鸟等，感到自己生命的宁静与喜悦。他自己的生命，实已和这些环境事物，融合无间。这种内酝的主观精神状态，一经与早经融合了的客观事物相触发，便不期然而然地吟出了"采菊东篱下，悠然见南山；山气日夕佳，飞鸟相与还"这类的诗；此时他的生命已化而为他所采的东篱之菊，及在不着意间观照所得的南山；他的生命，和菊和南山的中间，明净得无半点尘埃的点染，而全般地显露了出来。此时全般所显露的是景物，但同时也是他的生命；所

以他接着说"此中有真意，欲辩已忘言"。只有景物中有自己生命的气息时，才会感到它不是死物呆物，而存有"真意"；但此时的生命与景物，已合而为一了。言辩生于有对，无对即自然忘言；"欲辩已忘言"，正说明此时主客合一的心境。此种典型之形成，有赖于性情之恬澹安和，及环境之纯一宁静。因此，属于陶渊明这一型的诗人，多带有田园诗人的气味。由此种创造冲动及过程所得的形相，乃是诗词中宁静淡远的形相。

古来陶谢（灵运）并称；王静安在不隔的论点上，也对二人相提并论。但如前所述，陶渊明的田园诗，是从他的生活与田园相融相即而流出来的。谢灵运的山水诗，并非他的生活与山水真正相融相即，而只是他奈何不下他生命中所包含的深刻矛盾，乃硬把他生活的情趣，用力扭转向山水之上。但实际，他之与山水，存有一相当大的距离；《世说新语·言语》第二："谢灵运好戴曲柄笠，孔隐士谓曰，卿欲希心高远，何不能遗曲盖之貌？谢答曰，将不畏影者，未能忘怀。"他实系未能忘怀而畏影，正说出此中消息。所以他的模山范水，不能像渊明样，出之于自然，而须出之以"追琢"。渊明的不隔，无事借重于学问、才气，而田园的真面目，自然现前；因为田园即是他自己的生命，而他自己的生命本是现前的。在谢则须挟带其学问才气以剥开山水的面目。陶的不隔，是主客间的自然融合；而谢的不隔，则系由主观的汗流浃背的辛苦而来，有点像警察侦破了一桩案件的情景。我怀疑，晚唐的姚武功（合）一派，或竟系由此开出；末流乃成为南宋之四灵。较之谢灵运，他们生活的幅度太小，才学不高，所以他们对自然所作的深刻而具体的描写，虽依然算是不隔；但他们没有以感情来融解景物的力量，也便没有以局部显现全体而示人以完全统一的形相的本领，却使人读了他们的诗，有拘促单寒之感。后人讥他们为饾饤零碎，大体系由此而来。谢灵运与陶渊明在同一境界内的不隔，要算"池塘生春草，园柳变鸣禽"一联。这是他在兄弟友爱之情中，暂时放下了生活中深刻的矛盾，使他的生命，在片刻宁静中，与环境的事物，得到自然的谐和，遂于不经意中触发出这种诗句。这在他，实在是一种新生命的闪光；所以他以惊异的心情说"此有神助，非吾语也"，正道出个中消息。后人只有《石林诗话》的一段话，稍解此意。

池塘生春草，园柳变鸣禽，世多不解此语为工，盖欲以奇求之耳。此语之工，在其无所用意，猝然与景相遇，借以成章，不假绳削，故非常情所能到。诗家妙处，当须以此为根本。而思苦言难者往往不悟。

但"无所用心"四字，只能算是此一创作过程的表面形容。若没有主客交融的精神状态，酝酿成熟，呼之欲出，则谁又能在无所用心中写得出诗来呢？

四、天才型的不隔——李白

李白的伟大表现能力，是来自他卓越的天才。由天才所表现的不隔，和上述陶渊明那种典型不同之点，是在于他对于客观景物，不在其平日的互相融合，而系内酝的感情，在一瞬的观照感动中，立刻凑泊上他所观照的景物，而赋与景物以生命，景物同时亦赋与感情以形相；诗人抓住此一刹那，而当下加以表现。这只有天才型的人物才可以作得到。另一天才型的苏东坡《腊日游孤山访惠勤惠思二僧》诗"作诗火急追亡逋，清景一失后难摹"，正是道出抓住刹那的观照、感动，而加以表现的，此种创作过程的心境。由此而来的作品，不须在情景中加上半毫作料，只把它原有之姿显了出来，便会永远给人以自然而新鲜的感觉。"山随平野尽，江入大荒流"，"梨花千树雪，杨柳万条烟"，"牛渚西江月，青天无片云"。李白这些句子，是多么自然、真切而现成；但又多么能给人以某种新鲜生命在那里跃动的感觉。他讥笑当时的诗人说："一曲斐然子，雕虫丧天真。……安得郢中质，一挥成风斤。"（《古风》）因为是雕虫，所以丧天真；丧天真，即是犯隔。庄子所说的匠人运斤成风，乃以神遇而非以目遇；正所以说明他的诗，乃得自主客凑泊的刹那之间，当下呈现，而无须另加修饰，所以能保其天真。能保其天真，亦即是不隔。

陶渊明是"主客合一"，与李白是"主客凑泊"的两种不同的典型，应在他们的性情、境界，及生活环境的种种不同中去求得解答。在表现的天真自然的这一点上，他两人是完全相同。但因生活与环境的融和而来的主客合一，只有在像陶渊明那种宁静的生活中，生活可以沉浸在一定的环境里面，才有其可能。陶渊明，也深深地有政治、社会、生死等不断变迁的感慨；但陶氏是把这些变迁向宁静的地方移转，他要在宁静的地方求得精神的安顿。李白的生活，较之陶渊明，特富于戏剧性的变迁变化。他对于这些变迁变化的感受性也特别敏锐；但他是想由自己生活情调的不断上升，因而从这些变迁变化中飞越出来，以求得人生苦闷的解脱；于是他饮酒、求仙、归隐；但结果无一样可以得到真正的解脱，因此，他只是从此一变化中飞越向彼一变化中去。他的心境，正如他在《古风》中所说的"方知黄鹤举，千里独徘徊"；黄鹤可以一举千里，但并不能一往不返，而仍在"俯视"（"俯视洛阳川"）、"徘徊"，与变化同其生命。所以他表面上是游戏人间，但在他五十九首《古风》中，实含有人生无限悲凉之感。在这种变化的生活中，不容许他和陶渊明一样，把自己的生命沉浸在某一小天地里面，而只能以其天才，吞吐一切变化；在主客凑泊的刹那中，以其飞越的精神，赋与一切变化的景物以飞越的生命。因为是飞越，所以他的形相是"高"，是"逸"（逸是在高处流动的情景）；一切景物，只要进入到他的笔下，便皆从凡俗中拔濯出来，而成为"仰望不可及"（《古风》）的绿发仙翁。这与陶渊明从人生宁静中所得出的宁静淡远的形相，恰成一对照。后来学他的人，没有他那高举而又徘徊的真正感情，所以不是成为虚枵无物，便成为玩弄聪明的所谓性灵派。

五、工力型的不隔——杜甫

（1）工力与用典

作为不隔的另一典型的杜甫，他的伟大表现能力，却来自他的工力。工力，包括两方面：一是平日读书读得多；一是作诗时用尽浑身力量来求得表现的效果。他的这种情形，即李白所讥笑的"借问因何太瘦生，总为从前作诗苦"的苦，及他自己所说的"语不惊人死不休"。诗的隔与不隔的问题，却正从此一典型中发生的。一般诗人，很难得有陶渊明那种人生修养，也难得有李白的那种天才。于是要作诗作词，便只好靠现成的词藻和典故，以作表现力的帮助。而词藻、典故的积累和运用，乃来自诗人的工力。黄山谷说杜甫的诗无一字无来历，正说明他是此一路数中的典型、巨匠。但用现成的词藻来表现情景，每因词藻的转用太多太熟而成为通套语，于是它与所要表现的情景之间，常有一种前后的距离，和可左可右的移动性。至于用典故，则问题更多，第一，每一典故的本身，总要几十字甚至几百字几千字的说明，而用在诗词里面，便常简缩成几个字；这一点，已经给与读者一道障壁。第二，典故是属于过去的，与诗人词人当下所要表达的情景，如何能一般无二？这便又可能增加一层障壁。所以王氏之所谓隔，常常是随诗人的工力而俱来。不是大天才，表现的方式，便必须假借于工力；但假借于工力，又可能减低表现的效果，以致成为江西派以下猜哑谜的诗（黄山谷的诗，在当时不经注解即多不能了解）。可是作为这一派宗师的杜甫，他之所以不隔，却正因为他工力之深，这又如何解释呢？

（2）用典在诗词中的意义

首先，从表现技术上，我们得了解典故及与典故有关连的词藻，在诗词中的作用。诗词中所使用的语言，是语言中最精最约的语言。要通过仅少的语言，表现深刻、丰富的情景，这不是一般语言可以济事的，而是要选择经过再三锻炼过，并且这种锻炼是能得到许多人承认的语言。当然，大文学家，都努力创造新的语言，以切合他所要表现的情景的特性。可是，新词的创造，还是有赖于旧词的参互错综。并且假使要完全靠自己创造出的语言来写诗写词，事实上恐怕产生不出一两个诗人词人来。蕴藏在历史中的语言世界，常是经过再三锻炼后留下来的语言世界。只有使此一世界向作者敞开，然后作者选择的范围才大，创造的凭借才厚；运用得好，自然可以增加表现的能力。至单就典故而论，诗人是要以精约的字句，表现丰富的感情——或想象，并制造出适合于感情的气氛、情调。假使用典用得好，便可成为文学上最经济的一种手段。因为一个典故的自身，即是一个小小的完整世界；诗词中的典故，乃是在少数几个字的后面，隐藏了一个小小世界；其象征作用之大，制造气氛之容易与丰富，是不难想见的。由此，可以了解典故及与典故相关的辞藻，在诗词表现的功用上，并非完全是负号，有时却可成为正号的。杜甫即是一个显明的例子。

（3）工力的两阶段——积典与化典

然则杜甫的工力，在什么地方与众不同呢？我想，工力应分为两个阶段，第一个阶段的工力，是一种"积累"。多读书，是一种积累的手段；普通人多记类书上的故事，也是一种积累的手段。积累得多，自然选择、运用的范围大。但积累的东西，虽然是记在脑筋里面，可是它并没有融解到诗人词人整个的才气中去，以与才气合为一体；只是像装在箱子里的东西，在作诗作词的时候，由自己的才气临时清检出来使用。才气大的，固然可以使故事为作者所用；但"能用"（才气）与"被用"（故事等）之间，是临时接合拢来，安放在所要表出的情景之上的，这便是以一种人工的做作，加在情景之上，很难不损伤到情景的自然之姿，使它在无形中蒙上一层薄雾。不过，这已经是难能可贵的了。一般才气小的人，便反转来为故事所使，自己变成了故事的傀儡；作品中只有故事而没有自己所要表现的情景。所以只做到第一阶段工夫的人，其作品是大抵容易犯隔的。于是第二阶段的工力，便是要把所积累下来的东西化掉，化在自己的才气之内，而给才气以塑造之功，以成为向上升华了的才气。于是在写作时，并非临时拿故事或与故事有关的词藻来使用，而只是升了华的才气自身的活动。此时固然没有"人为事使"的问题，连"事为人使"的景况亦不存在。乃是感情在升了华的才气的基础上向外涌现，以直接与外物相接合，使外物也随主观才气之升华而升华；以升华了的形相，显现其内蕴的生命。于是所表现的不仅是普通之所谓不隔，并且是透彻到内部去了的更真、更深、更完全的不隔。这用杜甫自己的话来说，即是"读书破万卷，下笔如有神"。"破"，即是我在这里所说的化掉。把所读的万卷书都化掉了；这些书，不再是以其各个独立的故事词藻而存在，而是已化为杜甫的才气，与杜甫的才气成为一个统一体而存在。杜甫的才气，才因此而真正得到了升华；作诗，只是从升华的才气中流出，自然下笔如有神了。例如他的诗"五更鼓角声悲壮，三峡星河影动摇"，后人说上句是用了祢衡挝《渔阳掺》，其声悲壮的故事，下句是用了汉武帝时，星辰影动摇，东方朔谓民劳之应的故事，便强作解事地说："先儒云，不行一万里，不读万卷书，不知老杜诗，信然。"（《唐诗纪事》十八）其实，杜甫假定是临时记起这两个故事来使用，还能用得如此自然，还能用得如此真切，还能用得如此沉厚有力吗？那两个故事，早已化在杜甫的才气之中，杜甫只把它当作自己的话来说出，并非当作典故来使用的。《西清诗话》引杜甫云："作诗用事，要如释氏语，水中着盐，饮水乃知盐味。"水中着盐，盐是化在水中去了，无另外的痕迹可见。但虽无痕迹可见，却与未着时的淡薄之味，迥然不同，只要饮水的人便可领略得到的。并且杜甫诗中的大多数，尤其是他最好的诗，很少用整个的故事，而只是把故事化成自己又精又约的语言，而加以使用。实际，他是凭借历史中的语言世界来作新词的创造。所以他所用的语言，知道它的来历固然可以了解，不知道它的来历，也一样可以了解。后人却为山谷的一句话所误，要在每个字的来历处认识杜诗的价值，而不在他化掉了来历，而以新词来表现真情真景处认取其价值；诗道荆榛，千载不悟，真可叹息。其实大家对山谷的话，只看了他上半截，却没有看下半截。《苕溪渔隐丛话前集》卷六引山谷的《大雅堂记》云："子美诗妙处，乃在无意于文。夫无意而意已至，非广之以国风、雅、颂，深之以《离骚》、《九歌》，安能咀嚼其意味，闯然入其门耶。"无意于文，是说明他的作诗，乃出于真切的创造冲动，并不是为了作诗而作诗，即不是为了文艺而文艺。并且"无意"而又能"意已至"，这便是来自他伟大的表现能力；而这种能力，便是来自广之以国风、雅、颂，深之以《离骚》、《九歌》的工力。同时，"广"、"深"、"咀嚼"，是说明把这些东西消化到自己才气里面去的情形，而绝不同于一般人记的故事材料。山谷对杜甫的了解不到此一程度，将何以为山谷。但说得最清楚的还是元好问。他说：

> 窃尝谓子美之妙，释氏所谓学至于无学者耳。今观其诗，如元气淋漓，随物赋形不隔。……及读之熟，求之深，含咀之久，则九经百氏，所以膏润其笔端者，犹可仿佛其余韵也。夫金屑、丹砂、芝术、参桂，识者例能指名之按此系未化掉以前之情形。至于合而为剂按即是已化掉了，其君臣佐使之互用，甘苦酸咸之相入，有不可复以是物名者按即不复以各个独立之典故而存在。故谓杜诗无一字无来处可也，

谓不从古人中来亦可也。(《遗山先生文集》三十六《杜诗学引》)

后来王安石用典，能做到事为我用，但未能做到化典为我。黄山谷用典选词，工力虽深，但他的诗总像一位闹别扭的小姐，有娇嗔之致，少温润之美。这便因为能积而不能化。但他和王安石，有不少的好诗，也都是化掉了工力而出之以自然的诗。不如此，他们便不能成为大家。

（4）化典与诗人的创造冲动力

但问题乃在如何能把所积累的东西化掉呢？一般恐怕只能用"酝酿"两字作说明。纪昀批评西昆体中刁衎咏汉武的诗说："此亦是装砌汉事，而神采姿泽都减。由不及杨、刘诸公酝酿之深到。"（《瀛奎律髓刊误》卷三）这里仅借此以说明"酝酿"二字的意思，不涉及西昆体的问题。酿酒是酝酿，蜂酿蜜也是酝酿。酝酿都是把原有的东西加以慢慢的变化，使几种不同的东西，化为另一种统一的新东西。酝酿不仅是记得熟，而实是因为与一个人的生命力不断地接触，受到生命力的鼓荡浸渍，而渐渐为生命力所消化，以成为新的生命力，正与蜂酝蜜及蚌养珠的情形相似。因此，生命力愈强的人，酝酿的力量便愈大。

诗人词人的生命力，是表现在创作的冲动上面。江西派诸人，多不能把工力化掉，而杜甫能把它化掉，不是他们读的书没有杜甫记得熟，而是他们的创造冲动，没有杜甫的大，没有杜甫的强，所以在他们的生命中，不能发出像杜甫那样的消化力。他们中间许多人的诗，是可作可不作，并不是真正有某种"意欲"非向外冲出不可。而杜诗的重要部分，都是出于内心迫切之感，使他只觉得要说出自己所不能不说的话。这一股创造冲动的力量，绝不容许积集在脑筋里的材料，可以不发酵而原封不动，也不容许他在和自己有间隔距离的典故上盘桓；而仅能腐心于如何才能表现得出自己所要表现的东西的分量。因为他所要表现的东西，是比寻常的深、大、厚，不是普通语言所能胜任，而只能以同样的深、大、厚的惊人语言表达出来，这便不是一件容易事。所以他的语不惊人死不休，并非如有的诗人们，"吟成五个字，捻断数根须"的，仅从外部来作字句推敲者可比。这种强大的创造冲动，才是他用了最大的工力，而又能把工力化掉，以说出自己的真情实景的基本关键所在。

（5）形成杜甫创造冲动力的根源

再具体地说明杜甫的创作冲动的内容，是因为他的一生，乃系把他整个的生命，投入于对时代无可奈何的责任感里面的人。李白对当时政治的昏乱和事变，一样地感受真切，一样地动魄伤怀。不如此，便不能成其为李白。古今中外，断乎没有与时代痛痒不关，而能成为一个像样子点的诗人词人的。这才是中国近代出不来一个真正大诗人词人的根本原因之所在。但如前所述，李白是不断地要从动魄伤怀中飞越出去，而不肯把自己闭锁在那里；他的人生基本情调，非常像"知其无可奈何，而安之若命"的庄子。庄子的生活情调是逍遥游（庄子有《逍遥游》篇），而李白则是"素手把芙蓉，虚步蹑太清"（《古风》）。东坡《李白画像赞》说"谪仙非谪乃其游"，这个"游"字即逍遥游的游。杜甫对于他的时代的痛切感受，并不是想飞越，而是想去承担下来。要承担，却又无法承担，这便形成杜甫一生的"苦难精神"，及由此苦难精神所观照的苦难世界。"许身一何愚，窃比稷与契。……穷年忧黎元，叹息肠内热。……忧端齐终南，颒洞不可掇。"（《自京赴奉先县咏怀五百字》）。"挥涕恋行在，道途犹恍惚，乾坤含疮痍，忧虞何时毕。"（《北征》）这正是他自己一生苦难精神的写照。因为他是"忧端齐终南"的悲怀，所以看到的便是"乾坤含疮痍"的世界。王安石《题少陵画赞》有云"吟哦当此时，不废朝廷忧"，"宁令吾庐独破受冻死，不忍四海赤子寒飔飔。伤屯悼屈止一身，嗟时之人我所羞"，正是此意。由此种情与景所结合的诗的形相，是"大"，因为他是担当着一个时代。是"深"，因为他不仅是观照，而是不断地向人生社会的内部去沉潜。是"厚"，是"重"，因为他经常担负着与终南山一样高的忧患。陶渊明、李白，是道家思想中的两种形态；而杜甫则主要是出自儒家精种。他之所以上继风骚，下开百代，应当在这种地方认取。王安石学富才高，又以天下为己任；但因他的悲心似乎不够，所以他可以大，可以深，但不能厚，不能重。黄山谷，好像只有一点禅机在那里簸弄，在他的诗里很难看出与时代社会的关连，于是他只有从句法的奥折中去求深，这种深是一种假象。刘辰翁说他是"与李杜争能于一辞一字之顷，其极至寡情少恩"（《简斋诗》序），不知在其根源处本已寡情少恩，非仅受句法之累。[1]陈后山对人生的感受较山谷深切，而未能突破个人的生活范围，故他的诗虽也较黄为深切，而气局窘迫。刘辰翁说他"外示枯槁"（同上），其实，他的枯槁，不仅是因为他不肯在表现上走浮泛之路，而实是因为他的生活范

---

[1] 在写此文时，对黄山谷之了解尚不深切，谨此注明。六六年一月十五日补志

围太狭，其势也不能不枯槁。陈简斋躬逢南渡惨祸，有一番真的时代感慨，所以他在堆积典故的习气中，气象反较黄山谷为阔大。此后诸公，真意不存，遂至以哑谜为诗，但还捧着杜甫的牌位，这是不了解诗的本源，也不了解杜甫的真面目。因此，我常常想，打躬作揖于权贵之间的俗人，乃至对人生社会，痛痒不关的名士，可以有好的丽句，但绝不会有一首好诗。此一观点，应用到所谓新诗方面，便连好的丽句也没有了。因为他们太缺少他们所需要的工力。

(6) 其他

以上，我约略指出了诗之所以不隔的三种典型，以见同为不隔，但它后面所根据的人生境界、创造过程，及其创造出来的形相，和其所得的效果，并非一样，不当笼统一概而论。至于犯隔的诗，可以说是车载斗量；无真正感情的诗，即言之无物的诗，这是隔的总根源，这种诗一定犯隔。天才、学力不够，表现力不够的，容易犯隔；炫学的，太好修饰的，容易犯隔；油腔滑调的江湖诗，表面上不隔，但因其率易而流于通套，不能表现情与景的特性，更是一种隔。总之，不隔，不一定便是好诗，如情歌艳歌，便很少隔。四灵们的一景一物的刻划，也不能说是隔。不隔的价值等级，是与作者人生境界的价值等级连在一起的。但隔的诗，一定不是好诗，甚至不成为诗。

六、诗词的难懂易懂与境界

在这里，必须再郑重提醒一句，隔与不隔，和易懂与不易懂，完全是两件事。不隔的诗，未必便易懂；易懂的诗，未必便是不隔。只有故意造成不易懂的诗，即所谓以艰深文浅陋的诗，才是隔与不易懂，成为一致的。由诗本身而来的不易懂，除了读者的基本欣赏能力外，一是来自读者与作者人生境界上的悬殊，一是来自有一种诗，只把他所要表现的感情，化为一种仅可感触而不能言诠的气氛；因为一落言诠，便成概念，而与他原始朦胧复杂矛盾的感情不相应，这种诗当然也不易懂。因此，若把"懂"解释为概念上的清楚明白，有的人便可以甘脆说诗的本身是不能懂的。而歌德也说"文学作品，越不可测，越难用知性去理解，便越是好的"。

上面提到"境界"两字，我也应顺便再提出一点来先讨论一下。《人间词话》一开始便标出"境界"二字，以作他论词的圭臬，并由此而成为奠定王氏文学理论地位的主要内容。但我却怀疑王氏根本不曾了解何者为文学中的境界；或者他所了解的所谓文学境界，和他所标榜的"词以境界为最上"，并不能相应。他说：

> 词以境界为最上。有境界则自成高格，自有名句。(《校注人间词话》页一)
>
> 沧浪所谓兴趣，阮亭所谓神韵，犹不过道其面目。不若鄙人拈出境界二字，为探其本源也。(同上，页五)

王氏的所谓境界，到底指的是什么？叶嘉莹女士以为指的是"一种具体而真切的意象的表达"(《文学杂志》六卷三期《由〈人间词话〉谈到诗歌的欣赏》)。从王氏所举的例子看，我认为叶女士的解释，大体是与王氏本意相合的。但是，表现一种具体而真切的意象，乃诗词之所以成为诗词的基本条件。不具备此种基本条件，固然不成为诗词，乃至不成为文学。但具备了此种基本条件，未必便是"最上"的作品。文学在此一基本条件上面，还有许多高次元的条件；等于同为不隔，但形成不隔的条件和价值，并非相等的一样；怎能说"词以境界为最上，有境界则自成高格"呢？沧浪之所谓兴趣，乃指主观与客观，自然融合的一种状态，渔洋之所谓神韵，乃指意象的一种升华的状态；何能说沧浪、渔洋，"不过道其面目"，而王氏能算"探其本源"呢？王氏在日本时，受到当时流行的自然主义的影响，所以在这一根本点上，不仅说得笼统，且因他对文学的真正本源没有弄清楚，在《人间词话》中，实多似是而非之论，遗误后人，今不暇一一列举。

若以境界为诗词的"本源"，则应回到传统的解释上去。一般人所说的"人生境界"、"道德境界"、"艺术境界"等等，应顺着《无量寿经》上"比丘白佛，斯义宏深，非我境界"的意义来了解。此处的所谓境界，乃指人的精神生活所能达到的界域而言。精神生活所能达到的界域，有各种不同的方面；并且在各种不同的方面中，有各种高低不同的层次，有各种大小不同的范围。同时，若就道德、宗教、艺术而论，对同样的客观自然的认取，常随认取者的精神所达到的境界为转移。段成式《酉阳杂俎》谓"《李白集》有《尧祠赠杜补阙》者，老杜也。诗曰，我觉秋兴逸，谁言秋兴悲……"逸是李白的精神境界，所以他所感到的秋兴也是逸；悲是杜甫的精神境界，所以他所感到的秋兴也是悲。大画家的作品与画匠作品的不同，贝多芬所作的曲，与流行歌曲的不同，主要系来自人生境界的不同。由人生境界而影响到表现的方式、技巧。境界有高下大小之殊；所以王氏说"有境界，则自成高格"，这是说不通的。应当说"有高境界，便自成高格"。因为王氏不了解境界有高低大小之不同，所以他说："境界有大小，不以是而分优劣；'细雨鱼儿出，微风燕子斜'，何遽不若'落日照大旗，马鸣风萧萧'。"按前联是杜甫《水槛遣心》二首之一中的一联，后者是杜甫《后出塞》五首之二中的一联。前者取境小，小家也可以写出，《随园诗话》中有的是这种诗。后者取境大，非大家便不能写出。因为取境的大小，和作者精神境界的大小，密切相连。作者精神境界的大小，和作者人生的修养、学力，密切相连。这如何能不分优劣呢？了解到境界的真正意义，便可知一个普通的读者，他在人生境界的高度、深度及纯洁、曲折等等上面，与一位伟大的诗人，远相悬隔，则他一下子不能读懂此一伟大诗人的作品，正有如我们一下子听不懂贝多芬的音乐一样，乃当然之事。我在参观苏州几个园亭的时候，第一次毫无印象，尤其是对于拙政园。第二次始能感到拙政园的平远疏淡的艺术意味。同看一个电影，但大人、小孩、有艺术修养的与无艺术修养的，所得的印象也全是两样。这都是相同的道理。听不懂贝多芬的音乐，只有反复地听；读不懂大作家的诗，只有反复地读。久而久之，读者于不知不觉之间，会与诗人的境界接近，而渐渐地懂了。再于不知不觉之间，进入到作者的境界里面而完全懂了。此时的完全懂，不仅是多知道了什么，而是以诗人的人生境界，提高、洗炼了读者的人生境界。这便是诗人、文学家、艺术家，对人类"不废江河万古流"的贡献。所以这种由人生境界悬隔而来的不易懂，实包含了透彻骨髓脏腑的不隔，而不止是普通所说的不隔。

　　至于由表现原始感情的朦胧、复杂、矛盾性而来的不易懂，我想用李义山的《锦瑟》一诗作例子。我认为这首诗是回忆在极端矛盾下所尝到的人生苦汁所作的诗。其意境，或有似于歌德的《少年维特的烦恼》。若仅从政治、悼亡等上去解释，似乎都不够构成此诗的魅力。此诗中所用的故事、语言，都化为悲凉怅惘，而带有紫绿中夹灰白色的气氛、情调，但并不是向人具体地指陈了什么。所以千多年来，没有人能具体而完全地了解它。但我相信凡是读过义山诗的人，没有不受过他的魅惑的。此种难懂的诗，和以艰深文陋浅的难懂之诗，其分别便在一则有一种迷人的魅力，一则只是看了便使人蹙额乏味。有的人把隔与不隔和易懂与不易懂，混淆在一起；甚至以诗中所表现的曲折，也当作是一种隔，以此来非难王氏，我觉得这未免失之过于浅薄了。

一九五九年六月十六日《民主评论》第十卷第十二期

从文学史观点及学诗方法试释杜甫
《戏为六绝句》

一、缘起

这篇文章，是由省立师范大学国文研究所考试新生时的一道试题所引起的。许多朋友在谈天中常常谈到台湾省立师范大学国文研究所历届招收研究生时，一人出题、一人阅卷的不合理。这岂不是"公开舞弊"？我首先声明，本文绝非为此而作。因为十年以来，除了梅贻琦先生的一段短短时期而外，在"只变花头"、"不务正业"的教育行政之下；在正规的学校，一天混乱一天，毫无办法，却大谈"空中学制"等类的情形之下；像"该所"化国家设立的研究机关为一人的私塾的情形，可以说是应运而生的必然现象。有一次我看到几位新锐的留学博士，向他们请教外国"空中学制"，他们不约而同地说我们只知道有"空中教学"，却未听说"空中学制"。我一想，台湾有几千青年在外留学，有谁家子弟是在"空中学制"中修学位呢？要费气力，要有健全的常识，而且又不怕得罪人，才能务正业。只有点小聪明，并想八面讨好，便只有变花头。这在今天，讲什么话也是白费。我之所以写这篇文章，是深有感于台湾年来以学术向社会、向青年行骗的风气，一天盛一天。我们这一代的人没有读好书，还要骗下一代的青年也无法读好书，这未免太伤天害理了。我们古代圣贤的用心，若不能挽救政治，便必须挽救学术。学术亡，族类将永无翻身之日。本文之作，在对于有志气治学的青年，如何拆穿他人的骗术，如何自己下手把握研究的问题，举出一个小小的例子。凡是陷身于这类研究机关的青年，要学会如何应付环境（如应师母之命送生日酒之类），如何争取自发自动的治学时间，以便自己埋头做自己的学问。而绝不可拿自己的精力、时间、前途，作人情上的奉送。做学问，能得师友之助更好，若无师友之助，但只要无师友之害，依然可以做得出来的。一切的青年皆无罪过，罪过都在我们这一代。从治学上抢救青年，这才是我写此文的根本动机之所在。因本文与杜甫《戏为六绝句》有关，先把此诗录在前面，以清眉目。

（一）

庾信文章老更成，凌云健笔意纵横。

今人嗤点流传赋，不觉前贤畏后生。

（二）

王杨卢骆当时体，轻薄为文哂未休。

尔曹身与名俱灭，不废江河万古流。

（三）

纵使卢王操翰墨，劣于汉魏近风骚。

龙文虎脊皆君驭，历块过都见尔曹。

（四）

才力应难跨^①数公，凡今谁是出群雄。

或看翡翠兰苕上，未掣鲸鱼碧海中。

（五）

不薄今人爱古人，清词丽句必为邻。

窃攀屈宋宜方驾，恐与齐梁作后尘。

（六）

未及前贤更勿疑，递相祖述复先谁。

别裁伪体亲风雅，转益多师是汝师。

　　台湾对诗有研究的先生们很多。我不仅对诗未作过专门研究，并且这几年连亲近诗的机会也很少。文中谈到诗的地方，必有许多错误，希望能得到指教。

二、试题、说明、捏造

　　一九六二年暑假中，有参加省立师范大学国文研究所（以下简称"该所"）考试完毕的学生，到我的寓所来，我随便问考些什么题目，那位学生记出了一些题目念给我听。有一道题目是问汉柏梁体对以后文学之影响（大意如此）；我当时即想到为什么把已经顾亭林《日知录》（卷二一）确切证明为伪作的东西，作出题的题材呢？即使不是伪作，它对以后的文学又有什么影响？过去有人以为七言诗始于柏梁体，现在稍有文学史常识的人，即不再说

---

① 或作夸。

这种话，所以我对这种题目已经感到稀罕。不过，当时我只说"这类题目太无意思"。那位学生又说有一题是"王杨卢骆，为唐初四杰，何以杜甫讥其为文轻薄，试述其故"。我当即说："你记错了吧。我虽无暇治文学，但杜甫这几首绝句还记得，他们不会出这种题的。你再记一记。"我说后即起身找仇兆鳌著《杜诗详注》翻给学生看，果然《详注》中所引各家的解释，恰好与"该所"试题之意相反。过了几天，那位学生又来告诉我，已经和同考的同学对过了，记得并无错误。由此我才恍然于国文研究所之所以为国文研究所，原来是如此。不过，日子一久，也就忘掉了。前几天却看到"该所"《对文思齐先生投书的说明》，兹抄在下面：

《政治评论》编辑先生：

　　读贵刊第九卷第六期读者投书栏，有文思齐先生《看师大国文研究所试题》一函，对于文先生关切本所之盛意，非常感谢。惟函中所述试题之文字，既有出入，学术上见解，亦须商榷。（一）本所今年招生，中国文学史试题，有"王杨卢骆为唐初四杰，何以有人谓杜甫讥其为文轻薄，试述其故"。文先生函中所举出者，脱落数字，想系传闻之误。（考试题均系随卷附缴，不得携出，或系考生外出口述，而误落数字。）（二）此试题答案之重心，即着重于杜甫《戏为六绝句》之解释。一般人对杜甫此诗多断章取义，割裂分离，因之认其第二首之"不废江河万古流"，乃崇仰四杰之语。顺德黄晦闻先生尝谓此诗六首，乃一气呵成，绝不可割裂分离；黄冈熊十力先生极佩黄晦闻先生之说，曾誉其为独具慧眼。盖此诗若不割裂分离，则"轻薄为文"，乃讥四杰文体；"不废江河万古流"，乃赞庾信之辞；至为明显。故本所试题，有"试述其故"之语，即以测验考生对此诗之解释，体会到何种程度，及文学史上所当了解之问题，有否正确之认识也。以上二点，乃本所对文思齐先生投书所提出问题，就事实上说明，学术上商榷。简略奉答，谨祈赐予刊布，不胜盼感。顺颂

撰祺

台湾省立师范大学国文研究所谨启

六二年十二月五日

对于上面的"说明"，我要首先点破一点，关于"说明"中的试题，"何以有人谓……"一句里面的"有人谓"三字，据参加考试的考生说，确为当时所无。而观于"说明"中的语气，也不应有此三字。因此，这三字很可能是写"说明"时加到里面去以减轻出题者的责任的。这只要检阅师大教务处所保存的当时试卷，即可得到证明。该说明中引了黄晦闻、熊十力两先生的意见，以作为他们试题的根据；但词意含糊，等于不曾说明。而我手上黄先生的五种著作，及熊先生著作的全部，皆未见有此说。于是我又托朋友找"该所"引用黄、熊两先生之说，究竟见于两先生的哪一部著作。后来承朋友送来"该所"的一份油印品，印的是"该所"某教授，剪存的民国二十一年十一月（油印品上缺日期）报纸副刊上所载杜则尧写的《黄晦闻先生论杜诗》上；原来这即是该所出题的根据。油印品原文如下：

曩在北京大学中国文学系，从黄晦闻先生习杜诗，尝闻黄先生曰："杜甫《戏为六绝句》，如仇兆鳌、杨伦诸人，说各不同；且往往断章取义，而作误解，至将其第二首'王杨卢骆当时体……'释为杜氏崇仰四杰之词者，此不明此六绝句乃一气呵成，绝不可割裂分离之故也。此诗第一首'庾信文章老更成……'实为六首之主体。杜甫平生最钦佩庾信……但以当时之人，竞尚浮靡，嗤点庾信流传之赋，故遂有'不觉前贤畏后生'之句也。其第二首正批评王杨卢骆承齐梁之余风，为文轻薄；而当时后生，效其体裁，蔚成风气，反嗤点庾信而不休。然尔曹身死而名即灭，终不能损庾信万古之令誉，故曰，不废江河万古流也。其第三首'纵使卢、王操翰墨，劣于汉魏近风骚'，即承第二首而言，意谓即使卢、王为文，亦不过步齐梁之浮靡，终不如汉魏之近风骚。何况尔等后生效其所为乎？第四首'或看翡翠兰苕上，未掣鲸鱼碧海中'，即谓当时后生，仅见王、卢文体之浮靡，如翡翠戏于兰苕之上，艳丽可观；而不知庾信凌云健笔，有如鲸鱼在于碧海之中也。第五首'窃攀屈宋宜方驾，恐与齐梁作后尘'，此杜甫自谓钦迟庾信，而欲上攀屈宋，故不愿效卢、王之体，而步齐梁之后尘也。第六首'别裁伪体亲风雅'，风雅即指庾信而上溯风骚而言。盖杜甫以生平所最钦仰之庾信，为当时效卢、王之体者横加嗤点，故有此作。若予以割裂分离，断章取义，则适反杜甫之本意矣。"

　　余日前偶检旧时笔记，见此一段，细绎再三，忽有所悟；因语之熊十力先生，熊先生亦极赞其说，曰："佛学以圆融为上乘，读书以慧眼入妙境。晦闻先生，高才卓识，慧眼独具，此其所以为一代诗宗欤！"

按杜则尧君，湖北省麻城县人。抗战胜利后，充汉口市立第一中学校长；熊先生曾在其校中借屋居住数月。大陆变色后，闻杜君已被戕害。我看完了上面的油印品，认为若不是某教授厚诬杜君，将杜君原稿随意涂改；则是杜君因程度太差，以致厚诬其师——黄晦闻及熊十力两先生。总之，此一油印品的内容，完全是捏造的。而如后所分析，则以由某教授所捏造的可能性为最大。熊先生文学天才极高，能为典雅的六朝文，及浩瀚奥折的古文。在谈天时，偶然也谈到文章，极具神解；且从不轻许人一字。他不会作诗，也很少谈到诗。纵使他与黄晦闻先生有交谊，也绝不会用"高才卓识"、"一代诗宗"这类的话去恭维他。他平生也绝不会用这类的话去恭维任何人。这是凡在他门下往还过的人，都会了解这一点的。同时，凡是他的学生，绝不敢借他的话去捧人骗人。因为他对这种学生，真会加以无情的棒喝。而杜君确实是他的学生。更奇怪的是，据该油印品，杜君的文章，是民国二十一年十一月刊出于《武汉日报》副刊；其中"余日前偶检旧时笔记……因语之熊十力先生"，这是写文章时的口气。以副刊上的文章性质来推测，此文当于刊出之前不久所写成。姑假定写成的时间为十月吧。杜君此时在武汉教书，他可能为《武汉日报》的副刊写文章。但熊先生则早在杭州养病，此时犹在杭州；其《新唯识论》文言本，即于十月在杭州刊出。两地相去数千里，可以断言杜君无从"语之熊十力先生"。杜君是熊先生的学生，也必不敢用"语之"这类不懂事的口气。假定"该所"的油印品真是杜君原来的文字，则杜君的人格，便大成问题。熊先生有一次和我说"杜则尧自出生后第一次算命起，以后还算过许多次的命，都说他的命应居九五之尊。到现在却还看不出一点名堂来"，说罢大笑，却不曾批评到他的人格。我希望保有这一份副刊的某教授，把它寄到民主评论社影印出来，为这一位已死的朋友的人格作证。

三、捏造得太无常识

尤其奇怪的是，据北大国文系毕业的先生们说，黄晦闻先生在北大国文系，只开谢康乐诗及阮步兵诗，并未开杜诗一课。则杜君"从黄晦闻先生习杜诗"的话，更从何处而来？又怎样会记有杜诗的笔记？即退一万步，假定晦闻先生曾讲到杜甫的《戏为六绝句》，我不能断定他不会作与一般人相反的解释。但我可以断定黄晦闻先生若作与一般人相反的解释，也不致说出如该油印品中所记的毫无常识的一堆话。我不认识晦闻先生，但自己手头所保存他的五种著作，却大概看了一看；[①] 我的印象是，他对诗的注解，取材颇博，选采亦精；而自己立说，也相当谨慎。这只要看过他的著作的人，大概都可以承认。"该所"油印品所记晦闻先生的话，几乎没有一句话不是打胡说；兹谨举出三点，以概其余。

（一）"该所"油印品说："仇兆鳌、杨伦诸人，说各不同，且往往断章取义而作误解，至将其第二首……释为杜氏崇仰四杰之辞者，此不明此六绝句乃一气呵成，绝不可割裂分离之故也。"按

---

① 在写此文时，我尚未看到黄晦闻先生的《诗学》；最近买到一部，内容不甚精彩，但绝看不出有如该油印品上所说的痕迹。六五年三月二日补志

仇兆鳌的《杜诗详注》和杨伦的《杜诗镜铨》，对六绝句中前二首的解释，虽有详略之殊，但两相对照，有什么"说各不同"呢？我绝不相信黄晦闻先生连这种注解都看不懂。《镜铨》分明说"六首逐章承递，意思本属一贯"，这即是"一气呵成"的明确内容。杜诗凡一题有数首的，殆无不如此；这是黄晦闻的特见吗？但是要了解，一气呵成的一篇文章，中间也各有段落，段落与段落之间，虽互有照应，但各段落之内，也自为起讫，自有主题，这才能"杂而不越"；长篇的杜诗，也无不如此。至于一气呵成的几首诗，则各首可以汇成一个总的主题，但各首又必有其特定的主题。各首合在一起，是一个完成，一个统一；但每一首的自身，也必须是一个完成，一个统一；这是一题数诗，与长诗中分成几个段落，在结构上最大不同之点。杜甫的《戏为六绝句》，有一个总的主题，但各首各有其特定的主题；这是不论怎样解释，也必须承认的，否则只是六片残肢断体。第一首是以庾信为主题，第二首是以四杰为主题。不论作何解释，对于这种结构分明的东西，怎么可以把第二首扯到第一首去？该油印品说"第二首正批评王杨卢骆承齐梁之余风，为文轻薄，而当时后生，效其体裁，蔚成风气，反嗤点庾信而不休；然尔曹身死而名亦灭，终不能损庾信之令誉，故曰不废江河万古流也"。试问：嗤点庾信而不休，这是属于第一首第三句的"今人嗤点流传赋"，而"不废江河万古流"，则是第二首的第四句；第一首的第三句，不以第一首的第四句"不觉前贤畏后生"作结论，却跳到第二首里去，拉第二首的第四句作结论，我想黄晦闻先生不至于不通至此吧！把有伦有脊的六首诗，上下横扯得不知所云，却倒转来骂仇注、杨注是"割裂分离，断章取义"，晦闻先生会这样地厚颜无耻吗？

（二）该油印品既知"杜甫平生，最钦迟庾信"，但一则曰"其第二首正批评王杨卢骆承齐梁之余风，为文轻薄"，再则曰"意谓即使卢、王为文，亦不过步齐梁之浮靡"，三则曰"即谓当时后生，仅见王、卢文体之浮靡，如翡翠戏于兰苕之上，艳丽可观，而不知庾信凌云健笔，有如鲸鱼在于碧海之中也"；这是把庾信和齐梁的文体，对立起来，以为四杰学齐梁，故受四杰影响的人必会反对庾信；这种说法，是文学史的常识所能允许的吗？《周书·庾信传》："既有盛才，文并绮艳，故世号为徐庾体焉。"又说："然则子山（庾信字子山）之文，发源于宋末，盛行于梁季。其体以淫放为本，其词以轻险为宗……"由此可以知道，若指称齐梁文体的特性，一定要数到庾信。若指称齐梁文学的流弊，也必须要数到庾信。四杰若学齐梁，便必曾学过庾信。所以王勃《滕王阁序》中有名的警句"落霞与孤鹜齐飞，秋水共长天一色"，宋王观国《学林》卷七，及宋龚颐正《芥隐笔记》，皆以为来自庾信《华林园马射赋》"落花与芝盖齐飞，杨柳共春旗一色"（《西清诗话》也引有徐陵《玉台新咏》序"金星将婺女争华，麝月与常娥竞爽"。《丹铅总录》又引有王仲宝《褚渊碑》之"风仪与秋月齐明，音徽与春云等润"等）。方虚谷《瀛奎律髓》卷四七，以四杰比沈宋；而在骆宾王《灵隐寺》诗下批谓："唐史言宋之问诗，比于沈、庾精密，又加靡丽，盖律体之祖也。"又卷三〇谓骆宾王诗"近似庾信"，皆可确证四杰与庾信的关系。若杜甫所指的"尔曹"、"时人"、"汝"，是受四杰的影响，便绝不会嗤点庾信流传之赋。这点常识，我相信黄晦闻先生是有的。至于杜甫何以称庾信为"健笔"，后面另有解释。

（三）该油印品说"第六首'别裁伪体亲风雅'，伪体即指当时风行卢、王之伪体而言……盖杜甫以平生所最钦仰之庾信，为当时效卢、王之体者横加嗤点，故有此作"。是该油印品以为杜甫作此诗时，正"风行卢、王之伪体"。按唐玄宗即位改元之开元元年为西纪七一三年。天宝之十四年为西纪七五五年；次年玄宗入蜀禅位，改元至德，为西纪的七五六年。杜甫之《戏为六绝句》，《详注》引梁氏编在上元二年，为西纪之七六一年，上距玄宗之禅位，仅有五年。那我们先看唐玄宗时文学的情形好了。《新唐书·文艺列传》：

> 唐有天下三百年，文章无虑三变。高祖太宗，大难始夷，沿江左余风，缔句绘章，揣合低昂，故王、杨为之伯。玄宗好经术，群臣稍厌雕琢，索理致，崇雅黜浮，气益雄浑，则燕、许擅其宗……

按《新唐书》因受欧阳修等古文运动之影响，对四杰的评价，并不十分恰当，此处姑置不论。燕国公张说，生于西纪六六七年，卒于七三〇年；许国公苏颋，约略与之同时。据《唐书·苏颋传》："（颋）自景龙后，与张说以文章显，称望略等，故时号'燕、许大手笔'。"景龙为中宗年号，当西纪七〇七至七一〇年，此时杜甫尚未出生；而唐代文风，已由四杰所代表之"初唐"，转为由燕、许们所代表之"盛唐"。燕、许以后，更向"崇雅黜浮，气益雄浑"方面发展。若以杜甫戏为六绝句之七六一年为准，在这前后约五六十年间，此一趋向，可谓发展到了极盛的时期。正因这种风气的大转变，所以当时才有人嗤点庾信流传之赋，而讥讽杨炯为"点鬼簿"，讥讽骆宾王为"算博士"（见《玉泉子》）。黄晦闻先生若是稍有文学史常识的人，能说得出杜甫戏为六绝句时，是"风行卢、王之体"的这种打胡说的话吗？如真像该油印品所说，则必有一二人为此一时代的代表。兹将由四杰至杜甫时代之文人生卒年代（换算西纪）简列于后：

人　名	生　年	卒年（据姜亮夫撰《历代人物年里碑传综表》）
王　勃	六四八或六五〇	六七五
杨　炯	六五〇	不详
骆宾王	不详	六八四（四杰中缺卢照邻）
陈子昂	六五六	六九五
贺知章	六五九	七四四
张九龄	六七三	七四〇
宋之问	不详	七一二
沈佺期	不详	七二九
张　说	六六七	七三〇
孟浩然	六八九	七四〇
王　维	六九九	七五九
李　白	六九九	七六二
杜　甫	七一二	七七〇
柳　浑	七一五	七八九
岑　参	七一五	七七〇
萧颖士	七一七	七六八
贾　至	七一八	七七二

由上面的简表，可以看出由这些主要作者所代表的文学发展趋向；在里面能找出半点"风行卢、王之体"的影子吗？不仅如

此，根据四杰之一的杨炯为《王勃集》所作的序，则知他们的文章，在当时确发生了很大的影响。但由四杰所发生的影响，岂特不是回头向齐梁的方向发展，而恰是向与齐梁相反的方向发展。所以杨炯才说"已逾江南之风，渐成河朔之制"（详见后）。该油印品中的话，都是像这样的打胡说。因此，所谓《武汉日报》二十一年十一月副刊中刊载的黄晦闻先生的话，百分之百，是出于捏造。捏造者可能是杜则尧，但更可能是"该所"某教授。我再一次要求，将此副刊寄交民主评论社，影印出来，以保证"该所"的起码的品格。同时，由上述简单的分析，"该所"怎么有面目说得出"即以测验考生对此诗之解释，体会到何种程度，及文学史上所当了解之问题，有否正确之认识也"这类的话？

其实，以"轻薄为文"，认为是讥四杰文体的，古人并不是没有。《四部丛刊·分门集注杜工部诗》中所引的"赵曰"，及《后村先生大全集》卷一七八页六，即以为轻薄为文，是讥笑四杰的。《分门集注杜工部诗》，乃宋宁宗朝（一一九五至一二二四年）福建省建阳所刊行的坊刻本，不知系何人所编。凡是研究杜诗的人，大概都会承认它是一部非常杂凑而鄙陋的书。但是它在字义解释上，究比"该所"的油印品高明得多。因为既以第二首第二句"轻薄为文"指的是四杰，则第三句的"尔曹身与名俱灭"的"尔曹"，顺字义讲，便也不能不指四杰，所以它便引裴行俭批评王勃们的话来为此诗的第三句作注脚。这较之"该所"的油印品，把第二首的第四句，扯到第一首的第三句下面去，在字义上要通顺得多。江湖派的诗人刘后村，对杜诗的了解，并不十分高明；他不仅误解了这里的轻薄为文，并认为"杜嘲太白句似阴铿"（卷一七六页二）；而杜甫分明自称"颇学阴、何苦用心"（《解闷》十二首之一）；则后村上面的话是误解，实无可疑。但后村虽误解了轻薄为文，却并未像"该所"油印品样，误解了四杰，而仍认四杰有可取之处。更重要的是，"该所"的试题，既已受到文思齐君的批评，则为了伸张自己的立场而找根据，舍上面两种材料不用，却去用一种报纸副刊所载的一位学生时代的笔记；而所谓笔记，一到有常识的人的手上，便立刻可以断定百分之百是出于捏造的；这充分说明了"该所"学格之低，低到连找材料的起码能力也没有。除了台湾以外，世界上还找得出像这样的培养硕士博士的研究所吗？

四、试题的常识问题

对于文义的解释，任何人平时因不留心而偶然犯了错误，是可以原谅的。"该所"之所以不可原谅，乃是这种文义的误解，是表现在"试题"之上。中国旁的东西落后，但千多年的科举制度，在出试题方面，却始终认为是一件大事，并积累了许多经验。所以许多文集里面，便收录有试题。《杜工部集》后也有。再懒惰的人，在出试题的时候，一定要费点头脑去了解应试的对象，并在当时有关的"共许"的解释范围之内去出题。如主试者要启发新意，则必须提供应试者以足供启发的条件，所以试题有长到几百字的。国文研究所的应试者，是各大学中文系毕业的学生。现时台湾各大学中文系的学生，如听杜诗的课，他们若非特别选做论文的题目，平日所接触的不外于钱牧斋的《钱注杜诗》，仇兆鳌的《杜诗详注》，杨伦的《杜诗镜铨》(《古逸丛书》里的《草堂诗笺》，则没有收录《戏为六绝句》六首)。上面三种通行本(《杜诗镜铨》最后出而最陋，学杜诗者最好不用此本)，对《戏为六绝句》

第二首的解释，可以说是一致的。因而这种解释，也可以说是"共许"的。要以此诗为题材，必须在这种共许范围之内出题目。若认为原有两种不同的解释（"该所"原并不知有两种解释），而欲应试者二者选一，则在试题上必将二者都提出来，或者一种也不提，完全听任应试者自己去解释。因为对于有两种以上的解释的东西，只能听任应试者去判断，而绝不能由主试者代作判断。这都是出试题的起码常识。"该所"以民国二十一年十一月《武汉日报》副刊上杜则尧的文章（假定有这样一篇文章的话），作出题的根据，则除了出题者自己的儿子以外，岂特应试者不能知其出处，因而说不出"其故安在"；即使教杜诗的教授，也同样没有办法。难怪许多中文系毕业的学生考不取，而财政系毕业的学生却考得取。何况连这样的副刊，我判断也是出于捏造。

然则"该所"假定是以《分门集注杜工部诗》及《刘后村先生大全集》的话作出题的依据，那又如何呢？我的答复是，若以此作为个人解释的依据，而加以坚持，这是各人的自由，他人无从干涉。但断不能以此作为出题的依据。因为这种解释，在研究杜诗的任何人（乃至讲授杜诗的人）看来，早经被淘汰了。最大的限度，也只能算是注释中的特例；特例不能作为"全般肯定"式的出题根据。所以"该所"的试题，是缺乏常识与便于舞弊的混合品。在从前，遇有这种情形，主考官是要被杀头的。

五、《戏为六绝句》的一般解释

下面试引若干古人对《戏为六绝句》（尤其是第二首）的解释作参证。在专注方面，我所看到的不多。其中最详最精的，当推钱牧斋的笺注，兹先摘录如下：

> 作诗以论文，而题曰"戏为六绝句"，盖寓言以自况也。韩退之之诗曰："李杜文章在，光焰万丈长。不知群儿愚，哪用故谤伤……"然则当公之世，群儿之谤伤者或不少矣，故借庾信、四子，以发其意。嗤点流传，轻薄为文，皆指并时之人也。一则曰尔曹，再则曰尔曹，退之所谓群儿也。卢、王之文，劣于汉魏，而能江河万古者，以其近于风骚也。况其上薄风骚，而又不劣于汉魏者乎？……兰苕翡翠，指当时研揣声病，寻章摘句之徒。鲸鱼碧海，则所谓浑涵汪洋，千汇万状，兼古人而有之者也……不薄今人以下，惜时人是古非今，不知别裁，而正告之也。齐梁以下，对屈宋言之，皆今人也。……今人但言屈宋，而转作齐梁之后尘，不亦伤乎……骚、雅有真骚、雅，汉魏有真汉魏；等而下之，至于齐梁唐初，靡有真面目焉；舍是，则皆伪体也。别者区别之谓，裁者裁而去之也。是能别裁伪体，则近于风、雅矣。自风、雅而下，至于庾信、四子，孰非我师；虽欲为嗤点轻薄之流，其可得乎？故曰"转益多师是汝师"。呼之曰汝，所谓尔曹也。哀其身与名俱灭，谆谆然呼而悟之也。……（《杜诗钱注》卷一二）

在《钱注》以后的杜注，对此六绝句的注解，大率不出上述范围。其中亦间有反驳《钱注》的，然一加考按，皆不及《钱注》。仇兆鳌的《杜诗详注》，杨伦的《杜诗镜铨》，其大体是秉承《钱注》，固不待说；五家评本《杜工部集》，邵子湘在"不废江河万古流"

句旁评谓"杜实是推服四子，非自况也"。所以在此种以"评"为主的书中，对此亦无异说。兹更选录若干零星之例证如下：

宋葛立方《韵语阳秋》卷三：

> 李太白、杜子美诗，皆掣鲸手也。……李之所得在雅……杜之所得在骚。然李不取建安七子，而杜独取垂拱四杰，何邪？……至有不废江河万古流之句，褒之岂不太甚乎？

宋洪迈《容斋四笔》卷五：

> 王勃等四子之文，皆精切有本原；其用骈俪作记序碑碣，盖一时体格如此按此即杜诗之所谓"当时体"，而后来颇议之。杜诗云，王杨卢骆当时体……正谓此耳。身名俱灭，以责轻薄子。江河万古流，指四子也。韩公韩愈《滕王阁记》云"……中丞命为记，窃喜载名其上，辞列三王之次，有荣耀焉"。则韩之所以推勃，为不浅矣……

宋方虚谷《瀛奎律髓》卷三〇《边塞类》骆宾王《在军中赠先还知己》诗下批云：

> 王杨卢骆，老杜所不敢忽，谓轻薄为文者哂之未休。然轻薄之人，身名俱灭。王杨卢骆，如江河万古，所不可废也。斯言厥有旨哉。宾王……诗多嘉句，近似庚信；时有平仄不协。此篇乃字字入律，工不可言。

明杨慎《丹铅总录》：

> ……唐王勃《滕王阁序》"紫电青霜，王将军之武库"，正用此事上引典故从略。以十四岁之童子，胸中万卷，千载之下，宿儒犹不能知其出处，岂非间世奇才？杜子美、韩退之，极其推服，良有以也。使勃与韩并世对垒，恐地上老骥，不能追及云中俊鹘；后生之嗤点流传，妄哉按"嗤点流传"，应为"哂未休"之误用。

明胡震亨《唐音癸签》卷二五：

> "当时自谓宗师妙，今日唯观对属能。"义山自咏尔时之四子。"尔曹身与名俱灭，不废江河万古流。"杜少陵自咏万古之四子。（胡氏编有《唐音统签》一千零二十七卷。清所编的《全唐诗》，实系以此为基础。）

清《四库全书总目》卷一四九，在《王子安集》下，除采用前引洪迈《容斋随笔》的一段话之外，并加以论断说：

> 夫一行僧一行、段成式，博洽贯绝古今按此文上面引有《酉阳杂俎》载张说等解王勃所作《夫子学堂碑颂》中典故之事，杜甫、韩愈，诗文亦冠绝古今，而其推勃如是。椤腹白战之徒，掇拾语录之糟粕按理学家喜论诗文者惟朱元晦。朱最为方虚谷所推崇。《朱子语类》中无菲薄四杰之事，此语亦系出于门户成见，乃沾沾焉而动其喙，殆所谓蚍蜉撼大树者欤。

又"卢升之集"条下：

> ……盖文士之极坷坎者；故平生所作，大抵欢寡愁殷，有骚人之遗响……杜甫均以江河万古许之；似难执残篇断简以强定低昂……

像上面那样的话，散见于各家诗话中的，大概还不少，未能一一缀辑；即此也可断为定论了。

六、四杰在文学史上的地位

现在要进一步追问，杜甫自称"赋料扬雄敌，诗看子建亲"（《奉赠韦左丞丈二十二韵》)，却何以非常推重庾信、四杰呢？对于此一问题的答案，还要留在后面，此处只稍谈四杰在文学史上的地位。

要对四杰作正当的评价，首先应摆脱裴行俭的影响。行俭对他们的批评是"士之致远，先器识而后文艺。勃等虽有文才，而浮躁浅露，岂享爵禄之器耶？杨子沉静，应至令长；余均令终为幸。果如其言"（《旧唐书》一百九十上《王勃传》)。裴行俭的话，从某一角度说，未尝不对。但他是以"爵禄之器"作批评的标准，不是以文学上的成就作标准。天才的文学家、艺术家，十之八九，都是"非爵禄之器"的。反驳裴行俭的话的，有王世贞的《艺苑卮言》，陆继辂的《合肥学舍札记》，其中并引有刘海峰伸张四杰的话，另外还有林昌彝的《砚桂绪录》。为避免烦琐，我下面只详引方虚谷的话。

方虚谷《瀛奎律髓》卷四七《释梵类》录王勃《游梵宇三觉寺》诗批云："四十字无一字不工，岂减沈佺期、宋之问哉。裴行俭以器识一语少王杨卢骆，彼专以富贵取人，而文之以器识之说，吾未见裴之合于四子也。宾王檄武氏，'一抔之土未干，六尺之孤安在'，气盖万古，虽败而死，何伤？或谓亡命为僧，亦未必然。"又："唐律诗之初，前六句叙景物，末后句以情致缴之。周伯弢四实四虚之说遂穷焉。"纪晓岚在此诗上批云："装点实四杰本色。然有骨有韵，故虽沿齐梁之格，而能自为唐世之音。第四句（按指'花积野坛深'句）尤有深致。"

我之所以详录上面的评语，是因为方虚谷"乃以生硬为高格，以枯槁为老境，以鄙俚粗率为雅音"，"坚持一祖三宗之说"（以上皆纪晓岚《瀛奎律髓刊误》序中语）；他对诗的见解，完全与所谓齐梁体相反；而纪晓岚又是处处与方氏抬杠的人（以我的了解，方氏诗学造诣之深，远非纪氏可比）。但方氏录及王、骆之诗时，每赞不绝口；即如在上引王诗后所录的骆宾王《酬思玄上人林泉》诗的评语中，并附以摘句，真所谓爱不忍释。最值得注意的是，方、纪两人对诗的见解不同，但对于四杰诗的评价，却完全一致。唐初文学，原承江左余风。但由政治统一所开出的新局面，使国家在各方面，皆呈现出强大的活力。于是初唐诸人，在所继承的梁陈的华靡文体之中，却注入了新的生命——风骨。江左文体的华靡，乃生命力萎缩的表现。华靡中有风骨，便由柔靡而刚健，由卑俗而高雅，由局促而阔大，由浮薄而深厚。于是江左的"华靡"，转成为唐初的"富丽"。这在文学上实已开出新的局面，使"唐代的文学"，乃得以成立。四杰与沈宋，断乎只是代表由初唐通向盛唐的文学，而绝非附庸江左，其道理即在于此。方氏以王勃比于沈宋，则他对沈宋在文学地位上的批评，即等于是对王氏乃至四杰的批评。方氏评宋之问《称心寺》诗谓"此犹未尽脱齐梁陈隋体也，庾信诗多如此"，纪在上批云，"此评确"；这是说明，他们正经历着时代的过渡性，及个人创造的过渡性。但在《登总持寺浮图》诗下批云"此即自成唐律诗，摆脱陈隋矣"，纪于其上批云"此评亦确"。方在沈佺期《游少林寺》诗下批云，"唐律诗初盛，少变梁陈；而富丽之中，稍加劲健，如此者是也"。纪批谓"气味自厚，故华而不靡"（以上皆见同书卷四七《释梵类》）。我们看上面对沈宋的批评，和前引纪晓岚对四杰的批评，在内容上不是完全相同吗？"富丽之中，稍加劲健"，实即是在华靡之中，注入了风骨。一切对四杰的了解与评价，皆应以此为基准。

其实，由四杰之一的杨炯所作的《王子安（勃）集》序来看，他们在当时，乃是根据一种文学的自觉，以作创造上的努力。换言之，他们并非在传统的风习中来写作，而是在要转移传统风习的意识中来写作。因为是如此，所以他们便一面是继承传统，但另一面便不能不超出传统。这篇序，更是了解他们在文学史上地位的关键。兹简录在下面：

尝以龙朔高宗年号，西纪六六一至六六三年初载，文场变体，争构纤微，竞为雕琢。糅之金玉龙凤，乱之朱紫青黄。影带以徇其功，假对以称其美。骨气都尽，刚健不闻按以上言初唐承江左之流弊。思革其弊，用光志业。薛令公薛收之子薛元超朝右文宗，托末契而推一变。卢照邻人间才俊，览清规而辍九攻《墨子·公输》篇，公输般九设攻城之机变，子墨子九拒之……契将往而必融融铸往古，防未来而先制创造新规。动摇文律，宫商有奔命之劳。沃荡辞源，河海无息肩之地此二语言其才力之巨。以兹伟鉴，取其雄伯。壮而不虚，刚而能润；雕而不碎，按而弥坚……积年绮碎按指江左余风，一朝清廓。翰苑豁如，辞林增峻。反诸宏博，君之力焉以上言他们改革江左旧习，创造唐代新体的成就。矫枉过正，文之权也此乃指由宏博、富丽之太过而言。后进之士，翕然景慕……妙异之徒，别为纵诞。专求怪说，争发大言。乾坤日月张其文，山河鬼神走其思此乃言时人模仿其宏博太过之流弊。长句以增其滞，客气以广其灵此言模仿者由才力不足而来之流弊。已逾江南之风，渐成河朔之制按此二句，可知四杰仍由江南脱胎而来，故以逾江南之风为非。河朔之制，指怪诞生硬而言……信指王勃等本人谲指当时之模仿者不同，非墨翟之过。重增其放指时人由模仿而太过，岂庄周之失？高唱罕属，既知之矣。以文罪我，岂可得乎此言由模仿他们之人所发生的流弊，他们不能负责？……

看了上文，可知四杰们用心之所在。而他们的成就，正在于继承了齐梁，却超过了齐梁；完成了初唐，更导引向盛唐。而"该所"的油印品，说当时效卢、王之体的人，是步齐梁作后尘，打胡说打到怎样的程度！效卢、王之体的人，是"已逾江南之风，渐成河朔之制"，怎么会步齐梁作后尘呢？难说齐梁是在"河朔"吗？

　　凡是认为杜甫所说的江河万古流，是推尊四杰的人，都是了解四杰在文学史上的地位的人。胡震亨《唐音癸签》卷五引王世贞语谓："四杰词旨华靡（按'靡'字不妥），沿陈隋之风。气骨翩翩，意象老境，故超然过之。五言遂为律家正始。"胡震亨自己（遁叟）谓："王子安虽不废藻饰，如璞含珠媚，自然发其光彩。

盈川（杨炯）视王，微加澄汰；清骨明姿，居然大雅。范阳（卢照邻）较杨微丰，喜其领韵清拔，时有一往任笔，不拘整对之意。义乌（骆宾王）富有才情，兼深组织，正以太整且丰之故，得擅长什之誉；将无风骨，有可窥乎？"郎廷槐所编《师友诗传录》"问：诗至六朝，几不可问。唐初四子，奋起而振之……阮亭（王渔洋）答，六朝各有六朝之体格，谓六朝全不及唐者，大非。王杨卢骆，衍陈隋之余波，而稍就雅正"。阮亭论诗，以淡远神韵为主，故不甚取四杰之富丽。然仍不能不承认其"稍就雅正"，此乃公论之所不得而泯的。而阮亭在《唐人万首绝句选》凡例中谓"五言初唐王勃，独为擅场"。在《古诗选》中谓"明何大复（景明）《明月篇》序，谓初唐四子之作，往往可歌，反在少陵之上，说者以为有助于风雅，韪矣。然遂以此概七言之正变，则非也"。是王氏对七言诗亦并未否定何大复对唐初四杰的评价。

文体与时代有密切的关系。而在未步入近代以前的"时代"，多由政治情势所主导。大乱之后，政治统一，天下太平，一般人的生命，因得到了新的生机，新的希望，而富于乐观的气氛，由此所酿出的文体，总是偏于富丽宏阔这一方面。西汉以司马相如为首的赋，唐初的四杰，宋初的西昆体，明初的台阁体，都说明了这一点。此类文体，和仅以流靡见称的末世纪文学，貌似而实不同。这是值得治文学史的人多加以考虑、研究的。

七、杜甫用力于诗的方法

不过杜甫的推重四杰，固然含有上述的文学史的意义在里面，但更重要的是他"读书破万卷"的用力于诗的方法问题。李杜并称，有的人说李白是复古，而杜甫是创新，我不赞成这种说法。凡是大文学家，断乎没有不是创新的。不过李白是"天才的创新"，而杜甫则是"学力的创新"。李白、韩愈的复古，乃是借"古"为超越时代风气的一种凭借。能超越时代风气，才能解脱时代的束缚，才能创造新的风气。天才的创新，即境取材，直抒胸臆的意味特重。其情境有如蜘蛛的吐丝。李白的"垂衣贵清真"的清真，似乎应从这种地方去了解。学力的创新，则有如蜜蜂之酿蜜。蜜的原汁来自百花，但经过酿后所成的蜜，本含有百花的原汁，却不是任何一花的原汁。"下笔如有神"，是从"读书破万卷"而来；但写出的作品可以有万卷的内涵或背景，却绝非万卷中的任何一卷。天才的创新，可以扫荡群雄，独成一局。李白说"自从建安来，绮丽不足珍"，六朝的东西，都被他的天才所扫荡了，以自成其清真高逸的一体。就这一点来说，当然是复乎不可尚矣。但他也只是这一体。他的变化，也只是在这一体以内的变化。学力的创新，则须兼容并蓄，采各体之菁英，以酿成一家的独创。而这种独创，却和李白不同，他是能兼善众体的。所以傅若金与砺说，"太白天才放逸，故其诗自为一体。子美学优才赡，故其诗兼备众体"（《详注》诸家论杜所引）。由此我们可以了解元稹所作的《唐故检校工部员外郎杜君墓志铭》中下面的一段话：

　　唐兴，学官大振；历世各代之文，能者互出……然而莫不好古者遗近，务华者去实。效齐梁则不逮于魏晋；工乐府，则力屈于五言。律切，则骨格不存；闲暇犹淡远之意则纤秾莫备以上言他人只学一家一派，故亦常只工一体。至于子美，盖所谓上薄风骚一作雅，下该沈宋；言夺苏李，气吞曹刘；

掩颜谢之孤高，杂徐庾之流丽。尽得古今之体势，而兼文人之所独专矣。

后来从这一方面去了解杜甫的很多。如秦少游说："……子美穷高妙之格，极豪迈之气，包冲淡之趣，兼峻洁之姿，备藻丽之态。而诸家之作，所不及焉。然不集诸家之长，亦不能独至于斯也……呜呼，子美亦集诗之大成欤。"王世懋敬美谓杜诗"有深句，有雄句，有老句，有秀句，有丽句，有险句，有拙句"。范温元实《诗眼》则曾摘句以证杜之兼备各体。兹参照《诗人玉屑》卷三《唐人句法》篇，摘录其近于六朝者以作例证。

綺丽：　绿垂风折笋，红绽雨肥梅。
　　　　岸花飞送客，樯燕语留人。
　　　　巡檐索共梅花笑，冷蕊疏枝半不禁。
刻琢：　露菊班丰镐，秋蔬影涧瀍。
清新：　细雨鱼儿出，微风燕子斜。
　　　　留连戏蝶常常舞，自在娇莺恰恰啼。
纤巧：　侵凌雪色还萱草，漏泄春光有柳条（此系《详注》
　　　　引柴绍炳论杜诗七律中所举）。
闲适：　穿花蛱蝶深深见，点水蜻蜓款款飞。
　　　　落花游丝白日静，鸣鸠乳燕青春深。

当然，杜的当行本色，还是在他的"顿挫起伏，变化不测，可骇可愕"（李东阳《怀麓堂诗话》）的这一方面。不过，即使是如此，他依然还要取材于六代。所以明茅维说"于是青莲擅其骏逸，少陵号为沉雄。而原其变幻风雅，错镂金玉，名篇秀句，往往拾之齐梁间耳"(《报梁允兆书》)。同时，一个人的生命，若遇着不同的环境，便会引起不同的感情，因而也会要求有与情境相适应的表出。假定表出的技巧，仅能适合于某一情境，则其他的情境，便对于此一诗人而言，成为无用之长物；于是生命所应有的丰富内容，也无从发挥出来了。杜诗之各体具备，正证明他生命力的涵宏光大，多彩多姿。其所以能如此，实来自他兼容并蓄的学诗的方法。

八、《戏为六绝句》试释

现在再试从上面六、七两段所说的话，对《戏为六绝句》，作新的解释。就诗的艺术观点来说，《戏为六绝句》，没有什么值得特别欣赏的。我们所应追求的是这六绝句的涵义是什么。我认为第一点，是可由此而知道杜甫对文学的了解，有很清楚的"史"的意识。第二点，是他之所以写这六绝句，是告诉时人以学诗的方法。因此，六绝句的总主题，乃在第六首的"转益多师是汝师"的结句。上述的两点，在钱牧斋的笺注中，实已经指点出；但因他太强调"寓言以自况"，便把全诗的涵义，太导向一偏了。张上若亦曾指出"六诗便为诗学指南。趋今议古，世世相同。惟大家持论极平，着眼极正"。但他似乎指的是杜甫对古今文人，能作平允的批评这一点而言；且其言又太简略。兹新释于下：

庾信文章老更成，凌云健笔意纵横。
今人嗤点流传赋，不觉前贤畏后生。

此诗意义极为明显。下面仅释明两点：一点是在杜甫当时的人，何以瞧不起庾信及四杰？因为自陈子昂以迄李白，在文学上都是反六朝的。尤其是李白的天才卓越，及身已负大名，影响力很大；李白口中的"绮丽不足珍"，在一般浅薄者看来，即成为反六朝的口号。李白是在自己的天才卓越、高蹈远举的境界上，而说"绮丽不足珍"。但当时一般空无所有之徒，循声逐响，便也随着说"绮丽不足珍"；于是庾信和四杰，便遭到白眼了。钱牧斋引韩愈"不知群儿愚，哪用故谤伤"的诗，以证明"当公之世，群儿之谤伤者或不少矣，故借四子以发其意"。但谤伤李杜的人，绝不会视二人为与庾信及四杰同科。宋杨大年说杜诗是"村夫子"的诗；凡对杜诗不满的人，几乎都是由"村夫子"这一观点而来，断无由其绮丽而来的道理。因之，杜甫拿庾信及四杰来"寓言以自况"，亦即是假借他们来发自己的牢骚的可能性是很少的。

另一点要说明的是，庾信的诗文，以华丽见称；而杜甫却说他是"清新"，是"凌云健笔"，这又是什么原故？杨慎提出了此一问题，也解答了此一问题（见《杜诗详注》引），但解答得不够真切。诗文中之"健"，是来自诗文中的"风骨"；诗文中的"风骨"，是来自作者生命力（气）的贯注。在纯艺术性的文学中，作者之气，乃融合而为作者的感情，以感情的性格而呈现。凡是从真感情中所流露出来，为真感情所贯注到，而这种感情，又经过了一番反省，并非如时下之所谓"意识流"的，则此感情贯注于作品之上，便成为作品中的风骨。有风骨，即能使辞藻附丽于风骨（亦即作者的生命力）以运行，纵横驱遣，而不为辞藻所累，这便成为"凌云健笔"了。但同为风骨，有坚苍的风骨，也有秀润的风骨。坚苍的风骨，人容易感觉其为凌云健笔。而秀润的风骨，每易为人所忽。庾信文章的风骨，是属于秀润这一型的。杜甫特从庾信作品中把它标举出来，这正说明他对文学修养之深，鉴赏力之强。

但庾信的作品，并非都是凌云健笔。而杜甫所说的，也并非概括庾信一生的作品而言。杜甫所指的，仅是庾信晚年入周以后的作品；所以他说"庾信生平最萧瑟，暮年诗赋动江关"（《怀古》五首之一）。注杜的人，常忽视了"暮年"二字。庾信入周后，极其富贵尊显；但杜甫却能了解他的心境是"萧瑟"；而他的萧瑟，是来自他的"羯胡事主终无赖，词客哀时且未还"（同上），亦即是来自他暮年深刻的故国之思，身世之感，并不能为其富贵尊显所掩抑。庾信所以会被杜甫尊重的原因，也正在于此。可以说，庾信的感情，到晚年而更深刻化了；因而他晚年的诗赋，便因风骨的完成，而愈富有感染的力量。例如他的《哀江南赋》，依然是十分华丽的。但我们可以从每一华丽的辞藻中，接触到他怅触的感情；他的每一华丽的辞藻，都呈现出他的生命正在凄凉地跃动，而不觉其有可删可厌的累辞累句，这便是杜甫所说的"凌云健笔意纵横"了。因此，此诗第一句的"老更成"，常被注释家转移为"老成"二字，以为这是说庾信的文体，如前面提到的杨慎，便是如此。我以为这是一种错误。从文义上说，把"老更成"说为"老成"，则"更"字全无着落。而从事实上讲，杜甫可以称庾信的文体为"清新"，但究不能称之为"老成"。所以"老更成"三字，只是说"老而更成功"而已。这与"暮年诗赋动江关"的"暮年"，岂不是正相映带吗？而追溯其原因，乃由暮年感情的深刻化。

王杨卢骆当时体，轻薄为文哂未休。

尔曹身与名俱灭，不废江河万古流。

杜甫在这首诗中，是告诉当时浅薄的人们（施鸿保《读杜诗说》谓轻薄系指"后生轻薄之人"而言，极是），对文学的批评，不应全以自己的好恶为中心，而要具备"史的识见"。"当时体"三字，在消极方面，是指明四杰之体，并不必要今人去强学。而积极方面，则在点明四杰之体，从现在看，好像已经过时；但在文学史的立场上，他们正代表了他们自己的时代。从文学史的立场看，凡以自己的心灵，与时代相融合，因而代表了一个时代的文学作品，便不会是"死文学"，而能永垂不朽的。"不废江河万古流"一句，只要形容其不朽，而《杜诗镜铨》说"未免过誉"云云，真是强作解事了。

不过，另一应说明的是，讥笑四杰的人，在当时是趋新之士，杜甫何以斥之为"身与名俱灭"呢？因为凡是对文学无真知，对时代无真感，因而既不肯真正用力，也不知如何真正用力，而只知在"新"、"旧"、"古"、"今"等空洞的名词下，转来转去的人，他自以为正在趋新，实际只是矮人观场，抢他人脚跟上掉下的泥土当八宝饭吃；这种人不论他扛的是什么招牌，占领有什么地盘，总会身与名俱灭的。不可因此误解杜甫是反对趋新的。

纵使卢王操翰墨，劣于汉魏近风骚。

龙文虎脊皆君驭，历块过都见尔曹。

按龙文虎脊，皆指不同颜色的马而言，以比喻各种不同的文体。王褒《圣主得贤臣颂》"过都越国，蹑若历块"，原意"蹑"字或应作"疾"字解释。但杜甫在《瘦马行》中有"当时历块误一蹑"之句，则已将原意加以转用。此处用"历块过都"四字，与上引《瘦马行》之句，其意正同。以比喻因才力薄弱，不能把握自己所处的时代，不能写出自己所遇的题材，有如过都越国，遇着了这种大场面时，便好像绊上了石块土块而跌了下去。

自此以下，皆启示时人以学诗的方法。越是真正的天才家，取资于他人者越少。此外，则必资取于他人，以充实自己的才力。取资于他人，常须由一家下手；这是因为必如此而后能用力深密，把学的人，真能带进到作品的精神血脉中去。由深入一家所得的训练，便可以深入到各家。所以由一家下手，乃是使人读书能细密而深入的一种方法上的训练，并非仅以一家为标准。许多人自己以为读了许多书，而实则未尝读懂一部书，便因为没有经过这种训练，等于乡下人上街，看到许多招牌、铺面，回去后，不仅一无所得，并且他自以为增长的识见，实际上也完全不是那么一回事。当然，开始下手精治的一部书，一生中会受到它较大的影响，所以当选择时应当特别严，那是不待说的。但由全般学习的过程来讲，则取资越广，心灵所得到的塑造的资材便愈丰富，心灵也便因此而愈弘深，表现的能力更会因此而愈充实、愈自由。"大匠之门无弃材"，所以若只作为资取的材料看，而不是作为写作的标准看，则四杰绝不应在屏弃之列。凡是心灵甘处于闭锁状态的人，和有胃病的人一样，对什么东西都不能领略，于是只好以唱高调自饰。说文言都是死文学的人，绝不会有白话文学上的成就。说中国文学是落伍的人，绝不会有西洋文学上的成就。说古典主义、浪漫主义、写实主义是不值一顾的人，绝不会有值得一读的意识流的作品。因为这种人的心灵，已由闭锁而变成干枯；除了看风色，嚷口号外，实一无所有。杜甫的这首诗，正针对当时这种浮薄子而说的。兹以白话疏释于下：

纵然四杰所写的作品（操翰墨）赶不上汉魏，但依然是成功的作品而近于风骚（此"近风骚"的"近"字，多为一般人所忽。因之许多人便以为既劣于汉魏，为什么反会近于风骚呢？于是自卢注起，便以为应将"汉魏近风骚"，连在一起以成义；实则大谬。中国的文学，皆由风骚衍变而出。所以站在传统的观点说，凡是成功的作品，都可以称之为"近风骚"。"近风骚"云者，犹言成功之作品耳。故此处应从《钱注》）。不错，他们的文体，在今日已不流行。但站在应当广资博取的学习立场来讲，他们仍应在我们采撷之列，有如马的毛色纵有不同，但其可供利用则一。像你们这种口唱高调，而心灵干枯的人，真要你们自己创作时，便像要过都国而自己的脚绊上了石块一样，眼看着你们要跌得头破血流的。

才力应难跨数公，凡今谁是出群雄。

或看翡翠兰苕上，未掣鲸鱼碧海中。

此首乃喝破当时唱高调的乃实是一些毫无成就之人，并婉言其所以无成就之故，在于其学习态度的狭隘。历来注家，皆以第二句、第四句为杜之自称自况；杜诚有自称自况的，但多系自述其作诗的工力之深之苦，或者是一种自荐的性质。若以此处之语句为自称自况，未免把他看得太浅了。兹以白话疏释之如下：

在我看，瞧不起庾信和四杰的人们的才力，大概（应）很难跨越于他们（数公）之上吧。他们都是一时出群之雄，但你们这些人，谁能算得是出群之雄呢？你们这些唱高调的人，所以不能为出群之雄，是因为心灵闭锁，气小量狭，实际只能寻章摘句于一家一派之中，单寒得有如翡翠巢于兰苕之上。根本不曾放开胸量，广资博取，有如掣鲸鱼于碧海之中（"掣鲸鱼"，比拟在才力上收获之巨；"碧海中"，比拟自风骚以迄四杰的文渊之富。掣鲸鱼必于碧海，凝巨力必于文渊，此乃必然之理）。

> 不薄今人爱古人，清辞丽句必为邻。
> 窃攀屈宋宜方驾，恐与齐梁作后尘。

此首前两句从正面说明他自己所以不菲薄江左文人之故，亦即其自述学诗的方法。后二句乃指出徒唱高调者的结果。《钱注》"齐梁以下，对屈宋言之，皆今人也"，甚确。清词丽句，正指齐梁以迄四杰而言。辞句为表现之工具；此一工具，在《昭明文选》所代表的作品中，发达到了顶点；此为作者所必须取资之渊府。杜之所以既爱古人而复不薄今人者，因必与今人之清辞丽句为邻，乃能加强自己的表现能力。杜诗句法，极富变化，实乃由融铸六代人之词句而来；此乃窥杜诗奥秘的一个途辙，所以他告诫自己的儿子要"熟精《文选》理"。时下轻薄的人，自唱高调而说应与屈宋并驾齐驱，但不能广资博取，以培养自己的心灵和表现能力，口号虽高，而凭借不厚；结果恐怕只落得做齐梁的尾巴罢了。

> 未及前贤更勿疑，递相祖述复先谁。
> 别裁伪体亲风雅，转益多师是汝师。

此首乃总结全篇，从正面教示人以学诗之法。第一句是对当时唱高调的人正面加以喝破，意思说你们瞧不起前贤，但毫无疑义地你们并赶不上前贤。第二句是指明其所以如此，乃由学诗方法的错误。凡是把自己局限于一家一派的人，便只能模仿一家一派。只模仿而不能创作，则不论所模仿的是谁，总只能算是假古董，那如何能出人头地呢？第二句的"祖述"，乃"模仿"之意。一个模仿一个，便只能落在古人之后，更能走向谁人的前面去呢？第三句是教人以学习时选材的标准。"伪体"，是没有灵魂的模仿品、装饰品，即是"假文学"。"风雅"，乃指各种真能表现心灵、时代的作品而言，即是"真文学"。这句话的意思是说，学习时并不是对材料不加以选择，但选择的标准，不是"新"、"旧"、"古"、"今"等空洞的名词，而是在能别裁其伪，以亲近真的作品——风雅。钱牧斋说"文章途辙，千途万方。符印古今，浩劫不变者，惟真与伪二者而已"（《复李叔则书》）亦是此意。第四句乃是点出《戏为六绝句》的主题。意思是说，你们应打破"古"、"今"、"新"、"旧"的拘虚之见，由"嗤点"、"哂未休"，反转来向他们受益（按"转益"亦可释为辗转受益），从多方面取师，有如孔子"三人行，必有我师焉"一样，那才真正是你们的文学之师。因为能博取兼资，贯通融合，才不为一家所限，一体所拘，因而得以创成自己一家之体。多学一家，是多吸收一家，也是多突破以前所学过的一家。这种方法，是一条很辛勤之路。但凡不是真正的大天才家，要能创作，恐怕也只能走杜甫所指出的这一条路。

《戏为六绝句》前两首的解释，在今日，是没有可争论的。后四首，则可以有若干不同的意见。所以我上面的解释，乃是以《钱注》为基底，作进一步的探索。好处是使六绝句可以一意贯通下来，并使诗的主题特别明显。但绝不敢以我的解释，为最好的解释，更不会愚妄到以自己没有经过大家共许的意见，作为考试题目的根据、标准。

环绕李义山（商隐）《锦瑟》诗的诸问题

　　东海大学中文系的同人，从去年下半年起，每月晚间有一次座谈会，轮流由一位同人报告一点自己的研究心得；这是很有意义的事情，但也是非常困难的事情。因为平时没有共同的研究题目，便不容易有共同的兴趣，因而也不易提出建设性的讨论。所以我一向希望能仿日本学术界流行的"会读"的方式。不过，当大家要我作一次报告时，实在也无法推托，只好半开玩笑地说，"我们共同欣赏《锦瑟》诗好了"。后来弄假成真，迫着我花了三天的准备时间，对《锦瑟》诗作了一次报告。在准备期间，偶然对义山的生平，有点新发现；而此一新发现，对《锦瑟》诗的解释，有密切关系，不忍弃去，便动笔写这篇文章。可是在写的过程中，随有关资料进一步的了解，而那点新发现，竟不断地扩大，可以说把传统对李义山的看法，完全推翻了，因而对他许多重要的诗，也应重新注释；换言之，须要写一部书来解决此一问题。但这便须再花上半年时间才能完成。我的研究时间，不允许这样的支配，所以只好发展成这样一篇长文章。若能因此文而有人肯做进一步的工作，可能把对义山的研究，完全开辟出新的面目，这是我最大的期待。

一九六三年五月十四日于东海大学

一、诗的好坏，不关于难懂或易懂

近三百年来，对于一个诗人的生平所做的征文考典的工作，做得很多的，李义山恐怕也要算其中之一。但这并不一定是来自大家认为他在诗史中的地位很高，而主要是来自他的诗所具有的魅力和难懂。没有魅力的难懂，大家不会去沾手，或许早已在历史之流中被人忘记了。魅力和难懂混在一起，才会引起许多人的好奇心。《锦瑟》诗正是义山诗中难懂而又加上魅力的代表作，几乎可以说，许多人对义山诗的注意，多是由《锦瑟》诗所引起的。

宋代刘贡父《中山诗话》，以锦瑟为当时贵人爱姬之名。黄朝英《缃素杂记》，假东坡答山谷之问，以此诗的中四句，为咏瑟的适、怨、清、和四调。许彦周《诗话》则谓"适怨清和，一作感怨清和，令狐楚侍人能弹此曲"。计敏夫《唐诗纪事》，则以锦瑟乃令狐楚的青衣，与义山有情。通观有宋一代，对《锦瑟》诗的胡猜乱讲，正说明他们都给《锦瑟》诗魅住了，却求其解而未得。所以金元遗山便有诗说，"望帝春心托杜鹃，佳人锦瑟怨华年。诗家总爱西昆好，独恨无人作郑笺"。遗山正以《锦瑟》诗作义山的好而难懂的诗的代表。遗山此诗一出，当然更引起许多人的注意。但一直到明季释道源，才有《义山诗注》三卷；惜书未刊行，其注现多保存于朱长孺的《义山诗笺》中。这位和尚所以注义山的诗，恐怕也是有感于《锦瑟》诗的魅力与难懂；所以王渔洋《论诗绝句》中有一首是"獭祭曾惊博奥殚，一篇《锦瑟》解人难。千年毛、郑功臣在，犹有弥天释道安"。所谓弥天释道安，即指的是释道源。自此以后，研究义山诗之专著，重见叠出。孟心史氏且有研究《锦瑟》诗的专文。但今日读《锦瑟》诗的人，恐怕很难承认某一家能解释得沃心洽理。这里面便包含有许多问题。我在这里首先提出一个问题是，为什么一千多年以来，多少人对于一首不懂的诗，懂错了的诗，却偏偏爱好它，眷念它；只要稍稍有点诗的修养的人，读了它以后，总不能不承认它是一首好诗呢？若说完全是出于好奇心，则历史上不是出了些古怪难懂的东西，例如欧阳修所呵斥的一类文章，为什么早在历史之流中淹没掉了呢？这便牵涉到诗之所以为诗的基本问题。

我应首先指出，诗的好坏，不是以易懂或难懂为标准，而是以读者读了以后，尤其是反复读了几遍以后，有没有"诗的感觉"为标准。读了没有诗的感觉，越读越觉得无味，则不论它是易懂或难懂，都不是好诗，或者干脆说，那不算是诗。所谓"有诗的感觉"，好像说得很模糊，我姑假借《论语》中孔子所说的"诗，可以兴"的"兴"字来作尝试性的说明。朱元晦对"兴"字的解释是"感发志意"；稍稍扩大一点讲，"兴"的意思，是读了一首诗后，在自己的感情上觉得受到了莫名其妙的感发、感动、感染，再通俗地说，觉得很有点味道、意思，这并不关系于对其内容的了解不了解，或了解得正确不正确。因为读者所得的是自己情绪上的"无关心的满足"，[①]而不是在知识上、在实用上，得到了一点什么，在情绪上不必追问懂不懂，和正确不正确。我的大孩子武军，四五岁时，有一次晚饭后带他散步，他一面走，一面反复高声朗诵当时《国语教科书》上"杨柳条，随风飘，东风吹来向西飘，西风吹来向东飘"的一课，我当即问他为什么很爱这一课呢，是不是觉得它的意义特别好。他的答复说："不是的，我觉得读来

---

① 康德在《判断力批判》中，认为趣味判断是"无关心的满足"。

很好玩，很有意思。"如实地说，这是在他的幼稚心灵中所得到的"诗的感觉"；这种诗的感觉，也即是对心灵的培养。而今日台湾的国语、国文的教材、教法、考法，重要的目的，便在消灭儿童心灵中这种诗的感觉，亦即是给儿童的心灵以创伤、滞塞。

二、诗的难懂原因之一——由其本质而来的难懂

现在要再进一步说明的是，诗在文学中是比较难懂的。其原因大概有三。

第一是关于诗的本质的问题。一个人把自己所遭遇的内、外问题，不诉之于理智的分析，也不诉之于意志的行动，而只是酝酿在心里面；有如把葡萄密封在罐子里，等它发了酵以后倒出来时，便不是水而是酒。酝酿在心里的东西也会发酵；这种发酵，是"问题的感情化"，把感情化了的东西，加上自己的想象力，用文字表达出来，表达得恰与原有的感情相合，这便是诗。所以诗是以感情为其生命。感情由内向外表达而成为文字的形式，当然参与有知觉的活动。但此时的知觉活动，并不是把感情冷静下去，向概念、逻辑方面推进，只是把感情、愿望与知觉融会在一起，以引发出所谓想象的活动。此时的想象，实际只是感情的扩大。感情的本身，原是一种漂荡而灰暗的东西，它流露在文字中，只呈现出一种气氛、情调，而不是构成某种知识概念。诗有时也离不开某程度的概念，但一般地说，随概念性之增加而诗的成分便成反比例的减退；所以说理的诗，总不易成为好诗。换言之，在诗的构成中，感情的成分保持得愈多，便易接近于诗的本质，便越有不易懂的可能。易懂而仍不失其为好诗，这是来自作者的感

情，由更多的反省、宁静，以回过头去，将感情融入于自己的日常生活之中，以日常生活中平淡的情景，表达自己内酝的感情；于是作者内酝的感情，可使读者通过日常平淡的生活情景去加以把握。日常生活的情景是易懂的，所以诗也便成为易懂的。但即使是如此，假定是一首成功的作品，读者所得的，并不是明晰的概念，而依然是不容易把握到的由感情而来的气氛、情调。它依然是若近而远，若有而无，若浅而深，依然可以说是难懂。《诗经》上的"昔我往矣，杨柳依依"，字句上是容易懂的，但读者究竟将由此而在概念上把握到什么呢？把这一点应用到陶潜的诗上面去，将可得到更多的启发。

语言的本身，即是概念。但人不是完全靠着语言来互相交通的。看到一个妇人哭得很惨，一般人并不待知道她哭的是什么，或者由她的哭所引起的揣测，即使完全是错误的，但也会感得难过。许多人听京剧，听西洋歌曲，并不知道唱的是什么，而即觉得有美的满足，并且也可以大体感触到歌唱者所要表达的感情；则对于一首成功而难懂的诗，纵使完全不懂，或者完全懂错了，为什么便不能加以欣赏，以得到无关心的满足呢？诗与音乐本来是一体，分化之后，诗与音乐仍最为接近。假定某一乐曲，是作者由某一具体事物所引起，也必是某一具体事物的意味，已经通过感情而化为某种气氛、情调，旋律所表达的乃是此种气氛、情调。气氛、情调，和引发它的某种具体事物的意味，有其关连；但此时已将某具体事物的胶固性、局限性打破了，而只将作者所把握到的，蕴藏在某具体事物后面或内面，为人们的眼睛所看不到的意味，融入于旋律之中，使听者可以得到由某种具体事物的意味而来的气氛、情调，但绝不是某种具体事物的本身。从贝多芬的《田园交响乐》中所感觉到的乃是田园意味的气氛、情调，而并非固定指向某一具体的田园；我称这为由个体而上升的"普涵性"，由具象而上升的"漂荡性"。因为由某一个体意味的把握，而可以涵摄许多个体的意味；由某一具象的胶固性、局限性的打破，并非是走向抽象，而是解体以后的具象，依然在若有若无，若近若远，若实若幻地，在漂荡着。这是很难用事物去指证，用概念去把握的。即使是意指某一具体事物的诗，假若所经过的是诗的创造过程，而表达得很成功，则它所表达出来的，必是某一具体事物的意味，这可以说是某具体事物的精髓；但这已经不胶固于某具体事物，而只向读者呈现出普涵的漂荡的气氛、情调。当一个读者沉浸在一首诗的普涵而漂荡的气氛、情调中的时候，站在读者的立场说，他的鉴赏，已得到了无关心的满足。至于引发创作的具体事物，至此已成为不重要；而将欣赏所得的满足，诉之于概念的分解，这就欣赏的本身而言，也已嫌其为多事了。弗尔克尔特（J. Volkelt）以"气氛是无方向的感情"，[1]似乎说得太过，但若说"气氛是离开了具体事物，而具有普涵性格的感情"，大概是相当恰当的。《锦瑟》对读者的魅力，只因为它是道道地地的一首诗，是来自它由色泽、韵律所给与于人的诗的气氛、情调；读者能读出这种气氛、情调，而引起怅惘不甘之情，则读者之情，已与作者之情，间千载而相遇相感。假定起义山于九原，问他这一句到底指的什么事，那一句到底谈的是什么情，恐怕义山也会惘然自失，期期未能出口，最后只好说"卿非解人，我眠且去"了。但《锦瑟》诗的生命，并不因此而受丝毫损失。过去

---

① 见日人圆赖三著《美之探索》页一五〇。

对《锦瑟》诗作解释的人，正犯了离开诗的本质去解诗的毛病。

不过，对于感觉有意味的事情，想诉之于理智，以求知道一个究竟，这也正是人情之常。理智与感情，性质不同，形态各异，功用互殊，不可相混；但并非如今日有些人一样，以为二者都是两条死巷，必须互相排拒到底，而认为绝对不可以相通的。感情可以诱发理智探索的动机，理智也可以当作感情真伪浅深的考验。二者既统一于一个人的生命之中，其发用固殊，但由彼到此，由此到彼，在人的生命中，常能得到自然的"换位"。只要有换位的自觉，则二者不仅互不相妨，而且也可以互相增强，互相补益。譬如看到哭得很悲的一位妇人，当下引起了同情心，这是感情的互通互感。接着便问这位妇人所以悲哭的原因，这是由感情所引起的理智的考察。考察的结果，知道她是因为"贫贱夫妻百事哀"的丈夫刚刚死去了，乃至死得很惨，这便会更加强对她的同情；这是理智加强了感情。假定考察出她是因为丈夫要求她打麻将只打到夜晚十二点钟为止，她不肯接受，因而吵了一架，所以她便在这里大哭，同情心便会立刻减低，甚至发生反感；这是理智给感情以反省的帮助，以免受欺或浪费。理智对感情的这种帮助，就诗上面来说，乃是形式与内容是否相应的考验。因此，对于一首诗的背景的了解，和艺术性的分析，只要了解这类的"外的研究"，不能代替"内的研究"，[1] 同时了解对作品的分析，虽然必须借助于既成的若干观念，但既成的观念，并不一定是金科玉律，

---

[1] 十九世纪末，欧洲流行有一种风气，以为对一个文学家的生平的考证和语言学的考证，乃是研究文学的科学方法。到了二十世纪二十年代左右，才了解二者只是一种歧途。所以莫尔顿（R. G. Moulton）在其《现代的文学的研究》一书中，特强调上面那种研究，是文学的"外的研究"，以别于就作品本身所作的"内的研究"。

随时有迎接新创造的心理准备；更要了解这种分析的工作，对作品自身言，极其究，也只能做到几分之几的效果，而且只能对他人提供以诱导性的帮助，绝不可自以为是建中立极之谈；则读者对诗所作的理智活动，不仅不致妨碍了诗的本质，而且对创作与欣赏，多少可以提供若干意义。当前流行的"意识流"的小说，和"白日梦"的诗，从他们要把生命中的原始感情，不打折扣地表达出来的这一点来说，这也可以说是更迫近到小说、诗的本质。他们的问题是，只承认原始的感情（即潜意识、意识流）是出自人的生命；但道德理性与认识理性，为什么不是出自人的生命？而一定要把两者贬斥于人性之外？艺术可以说是以感情为主，但感情之与理性，为什么在一个人的生命中是冰炭不容，一定要很用力地把它们自然而不可少的交流、换位的作用，加以隔断？并且为了达到隔断的目的，乃至求之于梦中，甚至乞怜于药剂的注射，以求自己在精神恍惚中的创造呢？[①] 这完全违反了人的生命的自然发展，是出于末世纪感的心理变态的现象。

三、诗的难懂原因之二——由其背景而来的难懂

诗虽然是感情的酝酿、升华，在酝酿、升华的过程中，渐摆脱了作者所遭遇的具体事物问题的胶固性、拘限性，而只成为某种气氛、情调；但在这种气氛、情调中，依然涵蕴有引起与创作

①大概是一九六一年，日本报纸上载有一位现代画家，为了表达现代画的创作精神及过程，出现在电视上，先注射一种药剂，使自己的精神，陷入于恍惚幻想的状态中，挥笔如飞地创作。及药性渐退，挥笔渐慢，随意识之完全恢复而完全停止。这不是一个笑话，而是现代艺术精神的集中的表现。

有关的事物和问题在里面。因此，要对某诗从理智上有确切的了解，势须掌握到此一诗的背景。有如葡萄酿成酒后，酒虽然已经不是葡萄，但酒究竟是由葡萄升华而来，所以研究酒的人，必须先知道它的原料。但酒的原料，容易知道，而一首诗的背景，却不容易知道。这便形成了诗的难懂的第二个重要原因。尤以中国的诗人，除极少数的田园诗人、隐逸诗人之外，常常是想从政治上找出路，这便使他们的交游、经历，常较西方的诗人更为复杂。而在专制政体之下，应制、歌颂的诗，固然不能算是诗，但若真正将内心所感的直说出来，或者会受到当时道德的制约，或者在政治上会随时受到窜逐杀身之祸。于是在不能不说，而又不敢直说之中，表达得特为婉曲、幽晦，如义山的许多无题诗；这固然是好诗，但其难懂的情形便更为增加了。

关于义山的生活、背景，至张采田的《玉谿生年谱会笺》（以下简称"张谱"或"张笺"），及岑仲勉的《玉谿生年谱会笺平质》出，这一方面的工作，在材料的搜集上，已经做得差不多了。但一方面因为他们对材料的批判，有了成见，一方面对诗的解释，好像找到了做酒的原料的葡萄，却忽视了酒已经不是葡萄，依然要在酒里面去指证一颗一颗的葡萄。尝见李兆元所作的《渔洋山人秋柳诗笺》，即采用此法。如谓"他日参差春燕影"，是用"建文中童谣'莫逐燕，燕自高飞，高入帝畿'。……'他日'，指靖难时……"渔洋若果每一句都横有一个具体的故事在心里，恐怕没有方法作出诗来的。当然，许多诗可以这样去解释，但这绝不是一首上品的诗；上品的诗，常常是把许多有关的事，融铸于感情之中，使感情有一种概略的方向，但很少是由一条直线所指的方向。

四、诗的难懂原因之三——由其表现形式而来的难懂

诗的第三种难懂的原因，是关系到要适合于感情艺术化的文字表现形式。每一个人都有感情，每一个人感情的表达，在其深至恳切时，也可以说这已具有诗的本质，但毕竟不能说是诗。诗是要从文字上将感情加以艺术化的。这种艺术化，可略举三点。一是韵律。感情的本身，即要求有韵律；作为一切文学母体的歌谣舞蹈，在歌谣还不能表达内心的韵律时，便须凭借舞蹈来表达，所以此时的歌谣舞蹈是不可分的。等到诗歌可以把内心的韵律，通过语言文字而表达出来时，诗歌便可以和舞蹈分开，作独自的发展。因此，形成韵律的方式，是可以改变的；但诗必须具备韵律，没有韵律即不算是诗，这是没有什么可争论的。韵律是为了符合于感情的要求，而不是出自理智的要求，便不是用理智容易加以把握的。二是叙事诗发展为小说，抒情诗才是诗的本色。本色的抒情诗，其辞句总特别精约、婉曲。三是因为诗所表现的，乃是气氛、情调，用司空表圣的话来说，乃是"味外味"；所以表现的技巧，常常要通过"感情的对象化"，以作象征的、暗示的、比喻的表现。上述三者，都互相关连，从概念的立场看，都是不易懂的。

尤其是在我国，常以用典来达到上述二、三两项的目的；而李义山更是以用典著名，这便增加了难懂的情形。由用典而来的难懂的情形，有的是可以避免，并且有的是没有价值，而应当加以避免的。但也不应一概加以抹煞。为了检别起见，把用典的作用，略分为下列四种。

一是为了选词。在典籍中选用合于诗的表现的词句，以加强表现的效能。王渔洋《自题丙申诗序》中有谓"六经、廿一史，其言有近于诗者，有远于诗者，然皆诗之渊岳也，节而取之十之七。稗官野乘，择其尤雅者十之三。虬结谩谐之习，吾知免矣"。王氏所说的，即是在典籍中的选词。这种选词，与典籍内容本身，可以说毫无关系，甚至词虽来自某典，但意义亦有转移；这不能算是真正的用典。王渔洋《论诗绝句》，"五字'清晨登陇首'，羌无故实使人思……"他是继承钟嵘、司空表圣、严沧浪这一系统而不主张用典的。但后来注释家，每不通选词之义，只注其词之所自出，而不注词在作品中的意义，便常陷于繁杂而反不得其解。

二是为了搪塞。并无真正创作的动机，并无真正非吐不可的情感，只是为了酬酢、应景，所以只好填上一些典故，装一个假门面；这是徒有诗的形式而毫无内容的骗人的诗；用典的流弊，都出在这一方面；而在流传的诗里面，这一类的诗却最多。即在大家、名家，这一类的诗，也只能表现出一点技巧，绝不能表现出诗的真生命。这只要把一首诗多读一两遍，形式的魔术，便立刻可以揭穿了；因此，我们可以相信艺术的形式与内容，有自然而然的一致性；有形式而无内容的伪艺术，遇着人认真去鉴赏时，便可发现它的形式也站不住。不过，愈是大家、名家，这类的诗便愈少；所以爱用诗去奉人情的人，很难算是诗人。诗的生命是感情；感情的艺术性，是出自人格的高洁性。中国对一切艺术都要归结到人格上面，这是无间于古今中外的究极之义。不过，自从杨文公（亿）《谈苑》上有"义山为文，多简阅书简，左右鳞次，为獭祭鱼"几句话以后，一般人便无意中联想到义山的诗上面，以为他诗中的典故，也只是作搪塞之用。义山有这类的诗，但是少而又少。他的《樊南甲集》、《乙集》中的四六文，绝对多数是代他人作的，说的不是自己的话，他不"獭祭鱼"，有何办法？不过，若以为他的诗也是来自獭祭鱼，则典故和自己的感情，不能融合在一起，他的诗还能有一点感人的力量吗？用典故而依然能把自己的感情注入到里面去，必须在很自然的情形之下来运用；所以对典故必须平日储备得非常熟，才能应情而出。若临时生凑，则作者用力所在的是典故而不是自己想说的话，这如何能作成一首像样的诗呢？所以李义山为了作应酬的四六文而獭祭鱼，这有助于他对典故的熟习，及影响其诗的表达方法，但他的诗绝不可能是由獭祭鱼出来的。

三是为了比喻。以比喻达到精约、婉曲、暗示、含蓄、雅丽的目的，这是用典的正途。例如义山《安定城楼》诗，是试鸿博未中选，回到岳丈王茂元的泾原节度使署时所作的。他此时有两种感情交织在一起，使他作出这首诗，一是他自己的抱负、前途，因鸿博落选而受到打击；另一是他来到岳丈这里，但翁婿之间，并不愉快，而不愉快的原因，和他生得不漂亮也有关系（解见后）。这两种感情若直接说了出来，便很啰嗦、唐突、粗率而没有趣味。因为正如弗尔克尔特们所说，"自身中的感情的本性，在美的态度中并不能加以保持；美的态度，要把感情加以变更，将感情的本性，转向对象方面"。① 这在义山，便转向两个典故上面去。他用"贾生年少虚垂涕"以表达前一种感情，用"王粲春来更远游"，以王粲因貌寝而见轻于刘表的故事表达后一种的感情；这在形式上，便达到精约、含蓄、雅丽，而又不犯忌讳的目的了。

---

① 见《美之探索》页一四五。

其实，这种用典，和用自然景物来表达感情的技巧，完全是相同的。此即弗尔克尔特们所说的"感情的对象化"。[1]从《诗经》一直到《古诗十九首》，及建安前后的作者，取材于自然景物的占绝对多数。自然景物的意味，是完全靠着感情投射进去的；感情没有达到某种深度时，便不会投进到自然景物中去；不似典故的自身即有其意味，作者反而可借典故中的意味以代替自己的意味，所以用典故有时可以掩饰作者的本无情感或伪装的情感。因此，作诗取材于自然景物，较之取材于典故，实在是更好的诗，这在杜甫、李义山诗中，便可以清楚看出来。但大概因为下列三种原因，而变成用典故的一天多一天了。第一是汉代的赋，特为流行，而且几乎都是大赋。作者为了夸才斗富，便把凡是可以用得上的典故都用上了。这种风气、手法，可能给作诗者以影响；尤其是发展到唐代的四六文，更完全是靠典故成篇的。第二是用自然景物表达感情，常常要靠自然与感情的两相凑泊，较之用典故更不容易。第三是有许多现实上的关连，直说即易估祸，投射于景物，景物本身并无内容，故有时又嫌于敷泛。每一典故的本身，即有一种内容，用典故以作暗示，常有"隐而切"的好处。

四是为了作象征。以典故作象征，和以典故作比喻，其差别之不易领会，也和《诗经》上比和兴的差别之不易领会一样。通过感情的移入而使某一事物、情景，成为自己感情的象征（或称为心象、意象、情象；就诗而论，以称为"情象"最为恰当），某一事物、情景，即离开其具体明确的性质，上升为意味的、气氛的、情调的存在，以与诗人所要表达的感情，于微茫荡漾中，成

---

[1] 见《美之探索》页一四五。

为主客一体。此即弗尔克尔特们所说的"由气氛象征的感情移入"，而成为"气氛象征"。[1] 用作比喻的典故，和被比喻的感情，两方的"对值性"较为明显；而用作象征的典故，其"对值性"反较为朦胧。用作比喻的典故，是比较征实的，因之，每缺乏普涵性，其形象也比较凝定，比喻者与被比喻者之间，距离也比较大。用作象征的典故，常是化实为虚，所以是比较空灵，因之多具有普涵性，其形象也比较漂荡，象征者与被象征者之间的距离也比较小，乃至没有距离。其所以如此，因为这一典故早进入并潜伏于作者的心里面，在用到它时，正与《诗经》中的"兴"一样，不是出自意匠的经营，而是出自偶然的触发，用典而不知其为用典；于是典故的具体性，已被作者深厚的感情所融解了。这是最成功的用典。但注解家常不了解这种象征的意义，而总是要站在比喻的观点，一件一件地去征实；注解中的各种穿凿附会，皆由此而来。冯浩《玉谿生诗详注》（以后简称"冯注"），对义山诗用力最深；每遇着这种地方，实在要穿凿而不可得，便说"义山用古，每有旁射者"，或说"每有旁出者"；真千载而一遇解人之不易。

五、义山平生之一——生年问题

李商隐字义山。在《旧唐书》卷一九〇下《文苑传》中及《新唐书》卷二〇三《文艺传》中，皆有传，但皆简略疏舛。冯浩在《玉谿生年谱》（以后简称"冯谱"）中，由义山诗文集的钩稽参互，以纠正新、旧《唐书》之谬，厥功甚伟。张谱根据冯谱而再加以

---

[1] 见《美之探索》页一五〇。

《永乐大典》中《樊南补编》的文二百三篇，复详加补校。今将二谱略加比较，张谱除将义山生年较冯谱提早一年外，关于其一生重要的行迹，若以年号为标准，可说十之八九是相同的。例如依冯谱，则义山结婚年龄为二十六岁，依张谱，则为二十七岁；但其定为开成三年（西纪八三八年），则皆无二致。张谱对冯谱的补充、纠正，我觉得有的是对，有的则并不十分对。但因为时间和资料的限制，不能作进一步的批评。下面仅就有关的争论，提出我的意见，并把过去的若干误解或忽视了的地方，提出来供大家的参考。

关于义山的生年问题，冯谱根据本集中开成二年《上崔华州书》（崔龟从），及会昌四年改葬姊与侄女之祭文与《骄儿诗》，推定其生于宪宗元和八年癸巳（西纪八一三年），卒于宣宗大中十二年戊寅（西纪八五八年），得年四十六岁。张谱则除上述三文献外，更增会昌三年《仲姊志状》，而推定为生于元和七年壬辰（西纪八一二年），至大中十二年义山之卒，为四十七岁。按上述四文献中，惟《仲姊志状》有"至会昌三年，商隐受选天官，正书秘阁，将谋龟兆，用释永恨。会允元同谒，又出宰获嘉；距仲姊之殂，已三十一年矣。神符宿志，卜有远期，而罪衅贯盈，再丁艰故，且兼疾瘵，遂改日时。明年冬，以潞寇凭陵，扰我河内。惧惟樊发，载轸心肝，遂泣血告灵，摄缞襄事，卜以明年正月日归我祖考之次荥阳之坛山"等语，为有确定年月可资推证。钱振伦《樊南文集补编注》，以"《旧唐书》纪泽潞之乱，在会昌三年四月，至四年八月而泽潞之乱平。此文既言会昌三年，至明年冬，刘稹（泽潞）已平，不当更云潞寇凭陵，因改会昌三年为二年。并引《曾祖姚志状》中，'曾孙商隐，以会昌二年由进士第判入等授秘书省正字'为证。由会昌二年，逆溯三十一年，仲姊当没于元和七年"（以上引张谱所节引）。据《祭仲姊文》，他的仲姊死时，义山"初解扶床，犹能记面也"，大约是周岁左右，因之，钱氏便推定义山应生于其仲姊死的前一年，即元和六年（西纪八一一年）；如此，则他死时为四十八岁。张谱不赞成钱说，是出于对《仲姊志状》的文字解释；我看完了他的解释，觉得很难成立。于是我以为义山的生年，或以钱氏的推定较为合理。今人岑仲勉《玉谿生年谱会笺平质》谓钱氏改会昌三年为二年，"实此状最正确之解释"，而斥张氏之反驳，为"强词夺理"；则岑氏亦应赞成钱氏之说。但岑氏以由会昌二年上溯三十一年，则裴氏姊应生于元和七年，与"后证断断不能相合"，遂认为"状文会昌三（二）年至'已三十一年矣'一段，系指会昌二年而暗递到三年"，所以仍应由会昌三年上推三十一年，而不应由会昌二年上推。此一"暗递"，实比张氏的反驳，更为强词夺理。他之所谓"后证"，系指义山《上崔华州书》中"愚生二十五年矣，凡为进士者五年"的一段话。冯谱谓"崔龟从为华州，纪在开成元年十二月；崔郸为宣州，在三年正月；书为其时所上。而云愚生二十五年，今自元和八年至开成二年，数乃正符，此尤其较然者，故断以是年（元和八年）为生年"。岑氏采信冯谱之说，而冯谱之说，与《仲姊志状》之文有矛盾，所以岑氏乃不得不将《仲姊志状》中最明显的文义，加以"暗递"。矫诬另一显证，以成就此一推证，而不采存疑的方法，此在采证的方法上，实陷于过分的偏执；此为岑氏所有著作中的通病。又冯浩由义山诗中得出他早年有江乡之游，张谱因之，而岑氏极不以为然。按明陈继儒《妮古录》卷二"衡山无汉碑。惟'李义山'三字在祝融峰"，则冯氏之说，岂非信而有征？我的看法，若今人对自己年龄的心理，可以推用之于古人，则当年少气盛时，常喜把自己的年龄少说一两岁，以表示自己成就之早；则义山在《上崔华州书》中的年龄是虚数，而在《仲姊志状》中的年龄才是实数。纷纷之说，应以此为定。不过，义山的生年，提前一年，或退后一年，对于义山诗的研究，并无本质上的关连，为了行文简便计，下文谈到义山的生平时，也暂以张谱为据。

六、义山平生之二——与当时党局的问题

其次，是义山与当时牛（牛僧孺）李（李德裕）党的关系问题。自从《旧唐书·文苑传》起，许多人认为义山十七岁时，受知于令狐楚（牛党）；二十六岁成进士，又得力于令狐楚的儿子令狐绹（子直）向高锴（牛党）的推荐。等到二十七岁，却和泾原节度使王茂元（李党）的小女儿结了婚，所以终身不为牛党的令狐绹所谅，以致"坎壈终身"。这里我只引张谱的一段话作此一说法的代表。张谱于"大中二年，义山三七岁"条下说："又义山一生，关系党局。新旧两传，实发其隐。朱长孺以义山之就王、郑，比诸择木涣邱，谓其党于赞皇（李德裕）。徐氏湛园，据哭杨虞卿、萧浣诸诗，及太学博士一除，则谓其党于太牢（牛僧孺）。冯氏（浩）既驳正徐说矣，又谓其无关党局。此三说皆甚辨，而不知皆非也。义山少为崔戎、令狐楚所怜……乃遭遇适然，本非为入党局，此不足深辨。惟至登第释褐，借令狐为之道地，则固不能不谓其与牛党有关矣。故成婚泾原（王茂元镇泾原），重官秘省，遂至大受党人排笮。不然，婚宦亦人恒情，子直（令狐绹）何至恶其背恩，且责其放利偷合哉？然则令狐之怨义山，实始于是时；

而义山之去牛就李，亦于是时而决。"按义山婚后之次年为开成四年，义山年二十八。是年以牛党之杭州刺史李宗闵为太子宾客，分司东都，而令狐绹仍在父丧中。义山则于是年释褐为秘书省校书郎，正九品上阶。旋调补弘农尉，为从九品上阶。开成五年，义山二十九岁。是年四月以李德裕为吏部尚书同中书门下平章事，寻兼门下侍郎。牛党之门下侍郎同平章事杨嗣复，检校吏部尚书、潭州刺史，充湖南都团练观察使，旋贬潮州刺史。令狐绹此年服阕为左补缺、史馆修撰。王茂元则自泾原入为朝官。义山是年移家关中，辞尉任，从调赴湖南杨嗣复之招，游江乡。此行张谱以为必子直荐达之力；又以舍人彭城公、河东公，亦当子直为之介绍，皆可信。是年并有《酬别令狐补缺》诗。武宗会昌元年义山三十岁。是年李党之李绅为中书侍郎同平章事。三月，再贬杨嗣复为湖州司马。王茂元为忠武军节度、陈许观察使。义山因杨嗣复的贬谪，自江乡还京。会昌二年，义山三十一岁。是年令狐绹为户部员外郎。义山居王茂元陈许幕，辟掌书记。又以书判拔萃授秘书省正字，正九品下阶。旋居母丧。是年有《赠子直花下》诗。会昌三年，义山三十二岁。是年以忠武节度使王茂元为河阳节度使。六月辛酉，李德裕为司徒。是年王茂元卒，赠司徒。会昌四年，义山三十三岁。是年淮南节度使杜悰（牛党）守尚书右仆射兼门下侍郎同平章事，仍判度支，充盐铁转运等使。李德裕守太尉进封卫国公。十二月牛党领袖牛僧儒贬循州长史。令狐绹为右司郎中。义山返故乡营葬。于杨弁平后，移家永乐县。会昌五年，义山三十四岁。是年杜悰罢知政事，出为剑南东川节度使。令狐绹出为湖州刺史。义山春赴郑州李舍人之招，归居洛阳。十月服阕，入京。（张谱谓重官秘书省正字，不确，见后。）会昌六年，义山三十五岁。三月，武宗崩。丙子，李德裕检校太尉同平章事江陵尹，荆南节度使。十月，以荆南节度使李德裕为东都留守。义山子衮师生。是年牛党白敏中入相。宣宗大中元年，义山三十六岁，二月以东都留守李德裕为太子少保，分司东都。十二月，贬为潮州司马员外置，同正员。李党之郑亚出为桂州刺史、御史中丞、桂管防御观察等使。义山弟羲叟登进士第，义山随郑亚赴桂管幕，辟奏掌书记。冬奉使如南郡。十月编定《樊南甲集》。

　　义山二十七岁（开成三年）婚于王氏之年，牛党之杨嗣复、李珏，并同平章事，而李党之郑覃、陈夷行，亦同为宰相，与之相持。自开成四年起，李党始盛，牛党日衰；由此直到会昌六年，为李党全盛时期。及武宗死，宣宗即位，李党始失势，而牛党再盛。令狐绹于开成五年始服阕为左补缺、史馆修撰，至会昌五年出为湖州刺史，此为其失意时期。至大中二年，义山三十七岁，令狐绹召拜考功郎中，寻知制诰，充翰林学士，而始得势；至大中四年（义山三十九岁）而入相。

　　综上简述，可知义山婚后十年，乃李党全盛之时，亦即义山自称"十年京师穷且饿"（《樊城甲集》序）之时。若义山果因婚王而为李党，则其妇翁王茂元稍加推掖，岂令狐绹所能排挤？开成四年，其释褐为秘书省校书郎，旋外调弘农尉，由正九品上阶降为从九品下阶，此时令狐绹正居父丧，断不可谓其出自令狐氏之排挤。且次年，即开成五年，李德裕为相，王茂元自泾原入为朝官，义山移家关中，却由令狐绹推介与牛党之杨嗣复，因而有江乡之游；则义山与李党之无缘，岂非彰彰明甚？会昌元年，义山因杨嗣复贬潮州司马而还京，是年王茂元为忠武军节度、陈许观察使；次年义山居王茂元之幕，不久，以书判拔萃授秘书省正字，正九品下阶，其地位较其初释褐时之秘书省校书郎为低。义山文采倾动一时，且其后于大中五年，义山宁愿放弃正六品上阶之太学博士，而入柳仲郢东川之幕；则义山此时何以会放弃其妇翁之幕，以就地位较低之秘书省正字？我的推测，是由于翁婿之不相得（见后），所以短期入幕后，王茂元即设法将其调走。此次内调，是出自茂元之有意疏远，而非善意的提携，是可断言的。因此，下面两首《无题》诗，张谱系于此年，是对的，但应另作解释。

无题二首
其一
昨夜星辰昨夜风，画楼西畔桂堂东。
身无彩凤双飞翼，心有灵犀一点通。
隔座送钩春酒暖，分曹射覆蜡灯红。
嗟余听鼓应官去，走马兰台类转蓬。
其二
闻道阊门萼绿华，昔年相望抵天涯。
岂知一夜秦楼客，偷看吴王苑内花。

赵臣瑗《山满楼唐诗七律笺注》以"此义山在王茂元家窃窥其闺人而为之"，冯注从赵说，固系厚诬义山，张笺驳之，是矣。然张氏以"此初官正字，歆羡内省之寓言"，又谓"萼绿华以比卫公，阊门在扬州（按《吴越春秋·阖闾内传》，'阊门者以象天门'，正指吴县城西北门，与此诗下之'吴苑'相应，不可曲解为在扬州），从前我于卫公，可望而不可亲，今何幸竟有机遇耶？观此，则秘省一除，必李党吸引无疑"。以一正九品下阶的芝麻绿豆的官，而谓"何幸竟有机遇"，这未免把义山看得太幼稚了。且若如张氏之说，此乃义山得意时之诗，则两首何以皆流露出惆怅之情？"嗟余"、"类转蓬"之语，又作何解？我以为此正义山在王茂元陈许幕，闻将被排挤以去时之作。第一首之一、二两句，可能是暗指他的太太最先透漏给他的消息。第三句言彼无法直陈衷曲于其妇翁之前。第四句是指他与他太太的爱情始终不移。第五、第六两句言其他幕僚得王茂元信任之生活情趣，或系指茂元其他子婿而言；茂元共有子婿六人。结二句的意思更明显说出"只有自己被疏隔而去；其拔萃兰台，实类转蓬而已"。第二首更明显。萼绿华，乃义山之自况。第二句言其赴泾原之求婚、就婚。第三、第四两句，一意贯下，言"哪里知道当到了女婿（秦楼客）以后，却得不到岳丈大人的一点看待，有如一个人只能偷看一点吴王苑内之花而已"。泾原之幕，未经辟奏，那是"偷看"；此次一来即被逼走，依然是"偷看"。其与李党无关，岂不更明显？

张谱为了要证明义山是李党的说法，于是在义山丧母及其母丧服阕以后的一段落寞生活中，特于会昌五年（义山三十四岁），凭空加入"十月服阕入京，重官秘书省正字"一事。盖不如此，则无以解于何以此时李党正盛，而义山却毫无着落的问题。按会昌四年，义山于杨弁平后，移家永乐县居住，并时时往来京师。他有《大卤平后，移家到永乐县居书怀十韵寄刘、韦二前辈，二公尝于此县寄居》诗，中有云"依然五柳在，况复百花残"，是其到永乐时当为春末夏初。又"昔去惊投笔，今来分挂冠"，是其此时毫无进取的希望。有《和马郎中移白菊见示》诗，是此年秋天的。又《喜闻太原同院崔侍御台拜兼寄在台三二同年之什》末二句"若问南台旧莺友，为传垂翅度春风"，这已经是移家永乐的第二年春天，所以言"度春风"；由此可知会昌五年春，义山尚居永乐。此年《寄令狐郎中》诗有句谓"休问梁园旧宾客，茂陵秋雨病相如"，则是五年秋仍在永乐。又有《永乐县所居一草一木，无非自栽，今春悉已芳茂，因书即事一章》诗，其中所叙之木，有柳、桃、枳、桐等；以手栽草木而能芳茂的情形推之，最早亦当在会昌六年始有可能。而在《春日寄怀》诗中的首两句是"世间荣落重逡巡，我独邱园坐四春"，冯注谓"当至会昌六年矣"；按义山于会昌四年春末夏初移家永乐，至会昌六年，才有三年，必至会昌六年之次年，即大中元年春，才可以说得上是"坐四春"。此诗的尾句是"欲逐风波千万里，未知何路到龙津"，可知他此时的苦闷。是年春后，义山随郑亚赴桂管幕，辟奏掌书记，始将此段之"邱园"生活，告一段落。所以不论如何，也加不进会昌五年重官秘书省正字一职。《樊南甲集》序，作于大中元年入郑亚桂南幕后之十月十二日。内有云，"后又两为秘省房中官"，此乃一指开成四年之试判释褐，一指会昌二年之以书判拔萃。若会昌五年又曾入秘省，则当为"三为"，而不能称"两为"，此乃铁案如山之事。但张谱却以《补编》会昌六年冬，《上李舍人第七状》中有"某羁官书阁，业贫京师"为根据；殊不知此二语乃总述年来行迹，上一语指会昌二年之书判拔萃，授秘书省正字而言，下一语则指居永乐后常往来京师而言。义山于大中元年入郑亚幕后，曾于是年冬如南郡，故《补编》中有《为荥阳公（郑亚）上荆南郑相公（肃）第三状》。《补编》中另有《上宣州裴尚书启》云"李处士艺术深博，议论纵横，敢曰贤于仲尼，且虑失之子羽。云于江、沔，要有淹留；便假节巡，托之好币。十一月初离此讫……"

此李处士当然系指义山而言，而"且虑失之子羽"一语，亦非义山莫属（见后）。详玩此启之语意，非仅系寻常的介状，有欲为义山作先容，预留他日地步之意，故称义山为"处士"。"云于江、沔，要有淹留"，是指义山先到荆南而言。"便假节巡，托之好币"，是指义山由荆南转赴宣、歙而言。"十一月初离此讫"，乃指十月到江、沔（荆南），由江、沔转赴宣、歙，起程之期，限定为十一月初而言。乃张谱必强谓此李处士另为一人，可谓牵附已极。尤其可笑的是，义山两入秘阁，他自称这种差事是"憔悴"（《偶成转韵七十二句赠四同舍》诗"我时憔悴在书阁"），是"画饼"（《咏怀寄秘阁旧僚二十六韵》诗"官衔同画饼"），而张谱却硬说这是清要之职，以图证明李党对义山的重视。张氏主观这样地强，如何能讲考证？大抵张谱之最大缺点，一为先抱定义山一生之不幸，系由先党牛、后党李之政治关系而来的成见，因此把义山许多诗文，均作有成见的傅会。二为欲证成义山党李之说，乃于会昌五年凭空造出义山重入秘省一案。三为于义山四十五岁（大中十年）时，张氏误信《东观奏记》"商隐以盐铁推官死"之语，谓"义山随仲郢还朝，寻仲郢奏充盐铁推官"，因而在其四十六岁时（大中十一年）添"义山游江东"一段公案，更将《江东》、两《隋宫》、《咏史》、两《南朝》、《齐宫》等诗，编入此年以实之；实为不类。义山废罢还郑州而卒，并非"以盐铁推官死"，张谱亦已承认；是《东观奏记》之语，原不足为据。按义山在东川有《上河东公（柳仲郢）启》二首，其中有云"近者财俸有余，津梁是念。适依胜绝，微复经营。伏以《妙法莲花经》者，诸经中王……特创石壁五间，金字勒上件经七卷"；这几句话里，一可以证明他因柳仲郢待之甚厚，生计已无问题，一可以证明他在晚年皈依佛教之诚，更无进取之意。宋赞宁《高僧传·悟达国师知玄传》中谓"义山以弟子礼事玄，时居永崇里，玄居兴善寺。义山苦眼疾……"张谱谓"永崇里在西京，乃东川归后事"；是义山自东川归后，至其死时，中间仅有一年，一年之间，曾留滞长安，再返郑州而卒，更又有何兴趣，作江东之游呢？

七、义山平生之三——与令狐绹的关系

冯浩以义山一生，"无关党局"，这是他的卓见。但他于《年谱》"开成三年"条下，即义山婚于王氏之年下，加按语谓："义山以娶王氏见薄于令狐，坐致坎壈终身，是为事迹之最要者。时令狐楚卒未久，得第方资绹力，而遽依其分门别户之人，此诡薄无行之讥，万难解免，而绹恶其背恩者也。"又谓义山的"宏词不中选，已因娶王氏而为人所斥"；而义山的名字，由吏部送到中书省时，被中书长者将其名字抹去，此长者冯氏认为"必令狐绹辈相厚之人"。冯氏这一说法，依然本之《旧唐书》，几乎成为留心义山诗的人的共同说法。不过，若进一步探索，则义山在《令狐八拾遗绹见招送裴十四归华州》诗的收尾两句"嗟余久抱临邛渴，便欲因君问钓矶"的诗中，已露出迫切求偶之意。并没有资料可以证明令狐绹对义山的婚事，曾为他作过安排；则在人情上，为什么因私恩而恨到义山的婚姻大事？冯氏既已承认义山一生，无关党局，而令狐氏竟以私恩忌及义山的婚事，尤属不情。况且令狐楚于开成二年十一月卒于兴元，义山承令狐楚遗命，为他撰墓志文，其《撰彭阳公志文毕有感》诗里面有"百生终莫报，九死谅难追"的话，而此志文当成篇于开成三年之春，即义山与王氏

成婚的前后。是年六月有《奠相国令狐公文》，其中有谓"愚调京下，公病梁山。绝崖飞梁，山行一千。草奏天子，镌辞墓门。临绝丁宁，托尔而存"，其追述令狐楚临死前对他的信任，可谓痛切恳至；义山作此祭文时，计已婚后数月。这中间能推出因义山婚于王氏而他与令狐家有什么嫌怨的形迹吗？令狐楚在开成二年十一月卒于兴元。义山登进士第，当在是年之三月。义山赴泾原王茂元幕，婚于王氏，及试鸿博不中，皆当在开成三年之春。此时令狐绹居丧才数月，不能问外事。而义山对故主之悼念正深，令狐绹承先君对义山的遗爱，言犹在耳，为什么会于此时促使其党抹去义山的名字？唐代科名，极关荐导。《漫成》三首，冯氏认为是开成三年初婚王氏而应鸿博时作，这正是他很得意的时候。其第三首"此时谁最赏，沈、范两尚书"，这是指周、李两学士向中书省的推举而言。周为周墀，可称之为牛党；李为李回（从张谱），可称之为李党。两学士共推义山，正可证其为无关党局。《漫成》三首，正是义山名字，尚未被中书长者抹去之时。但把第一首的"不妨何、范尽诗家"，及第二首的"沈约怜何逊，延年毁谢庄。清新俱有得，名誉底相伤"，合在一起看，可知当时已发生与同试者互竞互挤，而他希望能互相谅解的情形。但他并未因此而感到悲观，这从第三首的得意情形可以证明。因在应试时互争互挤，这是很寻常的事情；其决定乃在于谁能得到中书省的有力援助。此时令狐绹正在家居丧，义山成进士之座主高锴亦已外出。而义山初婚于王氏，能为义山出力的只有其妇翁王茂元。其妇翁不为他出力，怎能期待他人？但事实证明，与他互竞的人有了奥援，而他却没有；这没有，只关系于王氏，而绝非关系于令狐氏。

又义山《与陶进士书》（《文集》卷八）中有云："时独令狐补

阙（绹）最相厚，岁岁为写出旧文纳贡院。既得引试，会故人（绹之故人）夏口（高锴）主举人，时素重令狐贤明。一日见之于朝，揖曰，八郎之友谁最善？绹直进曰，李商隐者。三道而退，亦不为荐托之辞，故夏口与及第。然此时实于文章懈退，不复细意经营述作，乃命合为夏口门人之一数耳。"按高锴主试事，常取决于荐举者之势力，素不重视与试者的文章。义山上述数语，乃点明彼之得成进士，全得力于令狐之推荐，而不关系于自己之文章。其所不满者乃在其座主之高锴，绝不在令狐氏，并与上文所述当时无人能知其文的情形相呼应。乃冯注谓"味此数句，其感令狐者浅矣。时必已渐乖也"，更由此而转作抹去义山名字的中书长者，"必令狐绹辈相厚之人"的证据，此全由成见在心，故对极显明的字句，亦错解其意义。张谱及许多人，皆踵误承讹而不为之考实，这实太冤枉了子直和义山了。按《全唐文》七百七十四，有义山刚成进士时《上令狐楚相公状》中谓"自卵而翼，皆出于生成。碎首糜躯，莫知其报效"。这能说是"其感令狐者浅矣"的话吗？

义山婚后，与令狐氏的交谊犹密。张谱亦认为"舍人彭城公、河东公，皆子直为之介绍。九月湖南（应杨嗣复招）之行，亦必子直荐达之力"。这时牛党已开始失势，令狐绹只有这点力量。大中后，李党失势，牛党再张，令狐绹由吴兴入内署，对义山未曾积极援引、重视，则系事实。此可能与大中元年义山随郑亚赴桂管幕有关；盖郑亚系李党，李党此时之败象已成，在令狐心目中，或以义山之赴桂管幕，过于躁急而不能知机。但亦或因义山曾露骨指斥宦官，讥讽朝政之政治态度，不合时宜。尤以后者的可能性为大（见后）。郑亚于大中二年贬循州刺史，义山归自南郡，冬初还京，选为盩厔尉（冯谱属之三年。此暂从张谱。然《樊南乙集》叙谓"二月府贬，选为盩厔尉"，则定为二年之二月，为时太促，故似以属之三年为宜。而张谱以义山在南郡时，曾摄守昭平郡事，盖欲以此实义山之为李党所重，尤属凭空捏造）；三年，京兆尹留假参军事，奏署掾曹，令典章奏，此时当未得令狐绹之助。十月，卢弘正（牛党）镇徐州，奏为判官，得侍御史，这便可能得力于令狐的推介。大中四年，令狐入相。大中五年，卢弘正卒于镇，"义山徐州府罢入朝，得令狐绹之力，补太学博士（正六品二阶）。义山妻王氏卒。会河南尹柳仲郢镇东蜀，辟为节度书记，十月得见，改判上军，旋检校工部郎中（从五品上阶）"（以上张谱。冯谱将卢弘正卒，义山入朝，至随柳仲郢入蜀，皆系之大中六年）。不过冯谱、张谱，皆承《旧唐书》"令狐绹作相，商隐屡启陈情，绹不之省"，及"复以文章干绹"等说法；但这类说法，在义山诗文中，并找不出证据。以义山与令狐绹的关系，他当然会找令狐绹的。但在《诗集》中标明与令狐氏投赠，或可认为是与令狐家有关系的诗，大约共有十一首。在这些诗中，虽然对令狐氏有些怨望，但出语皆有分际，未尝失掉自己的身份，而且总还流露着彼此间的友谊。如《寄令狐学士》诗的"钧天虽许人间听，阊阖门多梦自迷"；及最后几首的《令狐舍人说昨夜西掖玩月因戏赠》诗的"几时绵竹颂，拟荐子虚名"，《子直晋昌李花》诗的"樽前见飘荡，愁极客襟分"，《宿晋昌亭闻惊禽》诗的"失群挂木知何限，远隔天涯共此心"，《晋昌晚归马上赠》诗的"人岂无端别，猿因有意哀；征南予更远，吟断望乡台"，这是义山赴柳仲郢东川幕府前所作。从这些诗看，都可为我上面的说法作证。但后人中了《旧唐书》的毒，都抱着成见去解释这些诗，再傅会上若干首无题诗，一若义山对于令狐氏，哀恳到没有一点骨气的

环绕李义山（商隐）《锦瑟》诗的诸问题

地步，这是对义山诗及其为人的最大的误解。义山与令狐氏几十年的关系，若有话和他说，用不上用无题诗的方式。义山许多无题诗，与其写在令狐名下，不如写在王家名下。因义山的政治态度，令狐氏不敢深加吸引，那是可信的。但若卢弘正的徐幕，系令狐氏所推介，则卢氏死后，义山入朝，令狐氏自然要为他安排一个位置，用不上"复以文章干绚"，才补太学博士。义山文章，还等待此时向令狐绹卖弄（干）吗？太学博士，对义山而言，不可谓非优缺。但系经筵讲席，与当时朝政无关，而不久即又推介他入柳仲郢幕，此在令狐氏皆有其苦心。既未可轻以此责令狐氏之无情，更不可以此疑义山之无操。

八、义山平生之四——婚于王氏的隐痛

我在这次座谈的准备中，首先发现义山一生的隐痛，不在于他与令狐家的关系，而是在于他和妇翁王茂元的关系。他和令狐绹的关系，自大中前后起，诚然不太密切，而使他常感到有些怅惘；但这些怅惘，他都可以在诗里用比较明显的意思表达出来。从《义山诗集》看，他和令狐家，一直维持着友谊。但他和王茂元的关系，则只能用"隐痛"两字加以形容。所谓隐痛，是痛切于心，却不能形之于口；这才是他的诗集中绝大多数的《无题》诗的来源，也是他坎壈终生的真正原因之所在。一个人，不能见谅于自己有权有势有钱的岳丈，并如后所述，对他各种不利的流言，都是由他的岳丈家里放出来的，这便不仅使其一生坎壈，而且令其千古含冤了。

据《樊南文集》卷六，会昌元年《祭张书记文》，王氏有六

个女婿，而义山居季。这六位女婿中的文采，当然以义山为第一。
但首先使我注意的是，在《义山诗集》中，有四首崇让宅（王茂
元在洛阳宅）的诗，从婚后不久的开成五年《崇让宅东亭醉后沔
然有作》的"摇落真何遽，交亲或未忘"（依朱本），"骅骝忧老大，
鸩鵊妒芬芳"的诗起，到最后归自东川（据冯注）的《正月崇让
宅》的诗止，其中不仅没有一句欢娱的话，而且每一首中，皆可
感到其含有难言之恨；而这种难言之恨，若与义山所作的令狐氏
晋昌宅的诗相比较，则崇让宅之对于义山，实更为黯淡。这到底
为了什么呢？如《临发崇让宅紫薇》诗，冯谱系之于开成五年。
是年义山有江乡之游，则所谓"临发"者，盖经洛阳转赴江乡时
之临发。是年王茂元自泾原入为朝官，而义山不得不远游异地，
此中委曲，当不难想见。诗题的紫薇是比喻他的太太的。全诗是：

> 一树浓姿独看来，秋庭暮雨类轻埃。不先摇落应为有冯
> 注意谓应为有我来看，故不先摇落耳，已欲别离休更开。桃绶含
> 情依露井按此句喻他人因得所托而特别得意，柳绵相忆隔章台按
> 柳绵乃义山自喻其漂泊。天涯地角同荣谢，岂要移根上苑栽。

纪晓岚已知"其词怨以怒"，那是对的。但他谓"此必茂元亡后而
不协于茂元诸子而去也"，则把时间完全弄错了。茂元死后的崇让
宅诗为自东川归后的《正月崇让宅》诗。一般注释家皆以此诗为
系悼亡之作，其中当然有这种意思。但"先知风起月含晕"及"蝙
拂帘旌终展转，鼠翻窗网小惊猜"，在这种气氛中所隐含的意味，
未必仅止于是悼亡吧。全诗是：

密锁重关掩绿苔，廊深阁回此徘徊。
先知风起月含晕，尚自露寒花未开。
蝙拂帘旌终展转，鼠翻窗网小惊猜。
背灯独共余香语，不觉犹歌起夜来。

义山在求婚过程中，已遇着相当的波折，所以有“先知风起月含晕”之句。而义山婚后，王茂元即疑其在令狐氏方面讲了他的坏话（见后），便开始对他疑忌疏隔，因此，前引“摇落真何遽，交亲或未忘”，乃指他与王茂元的这种微妙关系而言的。因为义山婚于王氏时，他与令狐家的私谊正浓，容易引起这种误解。蝙被传是向鸟与兽两边讨好的动物；这是王茂元加在义山身上的罪名。鼠所以象征小人，这是义山用以指当时向王茂元进谗言的“鼠辈”，亦即是前引“鹍鸩妬芬芳”的鹍鸩。义山自东川还郑经洛，他的一生，实已快到收束之时，此时重到与他一生休戚所关的崇让宅，感怀往事，觉得自己的岳丈过去所怀疑于他，以为他是向两边讨好的蝙蝠，他终始觉得无负初心，未曾给茂元以丝毫损害。所以他便用上“终展转”的“终”字。这种对王家事后明心的文字，义山不止见于一处。因而想到当时进谗言的人，却恶意引起这种“小惊猜”之可恨。他用一个“小”字，乃是他自负心的流露。这两句诗真是够深婉痛切了。《全唐文拾遗》卷三〇，收有义山《赋三怪物》一文，把他所接触的人物，分为三种妖怪类型，其中第二种妖怪类型是“……能使亲为疏，同为殊。使父脍其子，妻羹其夫……得人一恶，乃劓乃刻……得人一善，扫掠盖蔽……”可能也指的是王府上的这种鼠辈。还有《九日》的一首诗是：

曾共山翁把酒时，霜天白菊绕阶墀。

十年泉下无消息，九日樽前有所思。

不学汉臣栽苜蓿，空教楚客咏江蓠。

郎君官贵施行马，东阁无因得再窥。

《北梦琐言》谓"令狐楚没，子绹继有韦平之拜，疏义山，未尝展分。重阳日义山诣宅，于厅事留题云云，绹睹之惭怅，乃扃闭此厅，终身不处"。《唐摭言》及《唐诗纪事》，皆略承上说。冯注既引《苕溪渔隐》，及程（午桥）笺、徐（树穀）笺，以驳《北梦琐言》等的"妄撰一宗公案"，这是对的。但他却谓此诗系大中二年，义山三十七岁，由南郡还京（大中元年，义山随郑亚赴南郡；二年郑亚贬循州刺史，义山还京）的途次所作。"第六句兼志客程也。盖大中二年，绹已充内相，故异乡把盏，远有所思。恐其官已渐贵，我还京师，未得窥旧时之东阁，况敢望其援手哉。"按第五句的"不学"两字，分明是对东阁主人的遣责，第六句的"空教"两字，分明是说他自己曾受了此主人之害，而第八句的"无因得再窥"，乃述已然的事实，绝非如冯注所说"疑揣"之辞的。全首一气贯下，辞意明白；冯注的迂曲，当可不辩自明。且《史记·大宛传》"马嗜苜蓿，汉使取其实来"，种以饲马，故义山《茂陵》诗谓"苜蓿榴花遍近郊"。令狐绹此时拜考功郎中，寻知制诰，充翰林学士，义山如何会以"不学汉臣栽苜蓿"责之？又如何会以"空教楚客咏江蓠"加之？且既言"东阁无因得再窥"，何以此后还一直与令狐绹的交往不绝？这都是说不通的。照我的了解，这首诗可以说是义山与王家绝交的诗；"山翁"是指王茂元，"郎君"是指茂元的儿子王瓘们的。茂元死于会昌三年，至大中六年为十年；义山之妻，已死于大中五年；此诗乃义山随柳仲郢赴东川前往王瓘家辞行，大概王瓘们以义山此时全依令狐氏，而其妹又已死，拒不与通，故有此决绝之辞。《乙集》序"七月河东公奏为记室，十月改判上军"，冯谱"仲郢由河南尹迁转，商隐当先至东都谒谢"；则在七月与十月中间的九月九日，曾赴王瓘之宅，实属合理的推测。依冯谱，义山随柳仲郢赴东川为大中六年，而张谱认为系大中五年悼亡之后；关于这一点，似以张谱为可信。大中五年，上距王茂元之死为九年，此诗中之"十年"，乃举成数而言。王茂元"本实将家"（《文集》卷一，《代仆射濮阳公遗表》中语）；王瓘无文可见，而于其父茂元死时，官为侍御，其后当亦属武职，毫无建树，故第五句以"不学汉臣栽苜蓿"薄之鄙之。开成五年，义山二十九岁，王茂元是年入为朝官，而义山乃随牛党之杨嗣复，南游江乡，此必因王瓘等之谗言而不为茂元所容，故有"空教楚客咏江蓠"的第六句，以屈原自况。按《全唐文》七百八十二，义山《祭外舅赠司徒公文》中谓"晋霸可托，齐大宁畏（此二句言其与王氏联婚）。持匡衡乙科之选，杂梁竦徒劳之地"。《汉书》卷八一《匡衡传》"衡射策甲科，以不应令，除为太常掌故"。师古注："今不应令，是不中甲科之令。"故实为乙科。义山虽开成二年进士及第，然鸿博未能中选，故以匡衡之乙科自况。《后汉书》卷三四《梁竦传》："竦字叔敬……后坐兄松事，与弟恭俱徙九真。徂南土，历江湖，济沅湘，感悼子胥、屈原，以非辜沉身，乃作《悼骚赋》，系玄石而沉之。"义山乃以此自况随杨嗣复为江乡之游。江乡之游，在茂元入为朝官之日，且在祭文中特为提出，其系出于受王瓘等之谗言而使然，乃绝无可疑者。乃于义山辞行赴东川之日，复拒不与通，故有"郎君官贵施行马"

的第七句，及"东阁无因得再窥"的第八句。这首诗岂不完全解释顺畅了吗？

又义山的《房中曲》，诸家皆以为悼亡之作，当成定论。惟此诗末四句谓"今日涧底松，明日山头蘗。愁到天地翻，相见不相识"，诸家皆无确解。朱竹垞批谓"左思诗'郁郁涧底松'，言情至此，奇闷"。朱氏似援左诗以作解。按左思《咏史》诗"郁郁涧底松，离离山上苗。以彼（苗）径寸茎，荫此百尺条。世胄在高位，英俊沉下僚"。若《房中曲》系用左诗之义，则姑不论"世胄"为指王家，或指令狐绹，何以在悼亡中突然牵到他们身上去了呢？又和下面"愁到天地翻，相见不相识"，有何意义上的关连呢？查蘗是黄木，其味苦。唐人即常以蘗作人生辛苦的象征，如白居易诗"食蘗不易食梅难"，施肩吾《下第春游》诗"羁情含蘗复含辛"等是。义山《房中曲》末四句，盖因悼亡而总述其一生由婚姻而来的悲痛。"今日"、"明日"，乃以时间表示情景变换之速；今日为涧底之松，明日即成为山头之蘗。意谓当彼远婚王氏时，虽尚未释褐，然彼固以涧底松自许，王家亦未常不以涧底松视之。但婚后因王茂元之信谗，而被疏远，致使一生，颠连困苦，是明日而成为山头之蘗。由此而来之误解与忧愁，直至茂元已死，其妻已死，犹不能为王家所谅，所以说"愁到天地翻，相见不相识"。诸注释家因皆未曾明了义山与王家的关系，所以对于此类平实的诗句，都注释得莫名其妙。

除了就有关各诗的内容，略加分析外，其次引起我注意的是《重祭外舅司徒公（王茂元）文》中的内容，若与他《奠相国令狐（楚）公文》作一对照，便可发现义山在两祭文中，呈现出完全两种不同的心境。在祭令狐楚文中所呈现出的，完全是由知己之感而来的无限哀思；除了哀思以外，在令狐楚的灵前，没有感到自己有一点委屈，如"人誉公怜，人潛公骂。公高如天，愚卑如地"等是。在《重祭外舅司徒公文》中所呈现出的，却在哀思中含有无限的烦冤，在哀思中流露出自己许多委屈，而必须一吐于自己外舅（岳丈）之前，这是寻常祭文中所少见之例。茂元死于会昌三年九月；义山在第一次祭了茂元以后之所以"重祭"（大约在会昌四年），是因第一次祭文"意有所未尽，痛有所难忘"。他之所谓"意"、"痛"，到底指的是什么？兹略引原文分析如下：

祭文开始的一段，是说人死了以后"漠然其识"，所以"虽有忧喜悲欢，而亦勿用于其间矣"；不过"四时见代，尚动于情；岂百生莫追（死），遂可无恨？"这是说他对外舅（岳丈）之死，还是心里觉得难过。但是，这不仅与祭令狐文中的"古有从死，今无奈何"的哀思，相去甚远；而"遂可无恨"的口气，似乎并不能构成重祭的动机。第一次的《祭外舅赠司徒公文》，长约一千七百字，却费了一千四百字左右去铺排王茂元的先世与茂元的勋业，其所说的悼念的话，仅寥寥数语；更看不出有重祭的动机。重祭文又说：

以公之平生恩知，曩昔顾盼，属纩之夕，不得闻启手之言。祖庭之时，不得在执绋之列。终哀且痛，其可道耶？

据张谱，会昌二年，义山已居母丧；茂元系卒于会昌三年九月之河阳；计此时，义山正居丧家中，尚未迁居永乐，赴吊河阳甚易；而卒未前往赴吊，据第一次祭文，系因病后的"谢长度之虚羸，升车未可；沈休文之瘦瘠，执绋犹妨"。与重祭文上面的一段话相对照，则因病后不能亲去的话，可能系托词。此与由梁山奔赴兴元，"山行一千"，以承令狐楚遗命的情形，可作一强烈的对照。则所谓"终哀且痛"者，殆指此而言。

　　及移秩农卿指茂元之为朝官，分忧旧许；羁牵少暇，陪奉多违此暗示茂元之在朝在外，皆未得其引荐。……纻衣缟带，雅况或比于侨吴；荆钗布裙，高义每符于梁、孟此暗示从未得其周济。今则已矣，安可赎乎？

末尾一段是：

　　愚方遁迹邱园迁居永乐，游心坟素。前耕后馌，并食易衣。不伎不求，道诚有在。自媒自炫，病或未能。虽吕范以久贫，幸冶长之无罪。

上面这段自己宣扬、解释自己志节的文章，非寻常祭文中所应有。但从全文看，此段乃系其主题之所在，其用意盖欲借此以告诉过去在王茂元面前说他的坏话的人，对他乃是莫大的委曲。故在此祭文中，特说明自身的清白，借解内心的烦冤，说明他并未向旁人（大约是令狐家）"自媒自炫"。其意不在说给死了的人听，而是在说给活着的人听的。

　　然则王茂元到底为什么嫌恨义山呢，在第一次《祭外舅司徒公文》中可以得到两点明确的解释，一是王茂元认为他是"倾险"，另一是认为义山的样子生得不漂亮。

京西当日，辇下当时。中堂评赋，后榭言诗。品流曲借，富贵虚期。诚非国宝之倾险，终无卫玠之风姿。

义山的文采倾动一时，其为王茂元所欣赏，那是不待说的。所以泾原以后，茂元的重要文字，多出于义山之手。上面一段文章中诗赋流连的话，以及前引《九日》诗中的"与山翁把酒"，那是当然有的情景。但为什么在祭文中突然写出后面两句呢？按《晋书》卷七五《王国宝传》："国宝，少无士操，不修廉隅。妇父谢安，恶其倾侧，每抑而不用。除尚书郎，国宝以中兴膏腴之族，惟作吏部，不为余曹郎，甚怨望，固辞不拜。从妹为会稽王道子妃，由是与道子游处，遂间毁安焉。"

祭文中"诚非国宝之倾险"，是对王茂元之灵而说的；则王茂元生时，必以义山为倾险而加以疏远，以致使义山在精神上有苦难言，所以忍不住在祭文中加以申诉。这和他在祭令狐楚文中所说的"人谮公骂"的情形，又恰成一强烈的对照。其致此之由，可能出自王茂元的儿子、女婿、幕僚们的妒嫉，便将义山与令狐家的关系，加以媒孽；认为义山在令狐家之前，出卖了王家，有如王国宝在会稽王道子之前，毁谤他的岳父谢安一样。因为义山成婚的前后两年，他与令狐家的情谊，发展到高峰。再加以如后所述，义山对于当时政治，是采取严厉的批评态度。王茂元是受过宦官敲诈，死里逃生的人，对于义山这位带有危险性的东床，也不能不心存戒惧，因而加以嫌恶，至使他在岳丈的灵前，不能不说出"诚非国宝之倾险"这种悲愤的话。义山以后的坎壈，真是与他的婚事有关。但打击他的，并非如一般人所说的，出自令狐绹，而是出自他的岳丈；这真为义山始料所不到。

"终无卫玠之风姿"，这是说他自己不漂亮，倒是不可掩饰的事实。宋人写义山《无题》诗，卷首列玉谿像，明陆包山刻之砚，张谱前面，载有孙德谦的摹写。正如孙氏自己的诗所说的，"河阳书记信翩翩"；即是，自宋以来，许多人所想象的义山，都以为他是漂亮的人物，谁知事实恰与此相反。并且不漂亮的结果，也影响到王茂元对他的观感，否则他不会在祭文中发泄出来。他的不漂亮，除了前面引用过的"或恐失之子羽"一句，可与此处互证之外，在《咏怀寄秘阁旧僚二十六韵》诗中，有"官衔同画饼，面貌乏凝脂"的话，可作确证。而他在《安定城楼》诗中，以王粲自比（王粲春来更远游）；他用王粲的典故，乃在王粲貌寝，不为刘表所重的这一点上；所以他在《为举人上翰林萧侍郎启》中，特说到"陋若左思，丑同王粲"。而他在《骄儿诗》中说"衮师我骄儿，美秀乃无匹；前朝尚器貌，流品方第一……"这些话的意思，是说自己因不漂亮而吃了大亏，现在自己的儿子生得漂亮，或者可以出一口气。

因为上述两种情形，义山的婚姻，一开始便很不顺利；而成功以后，义山自己即感到了这一重大阴影的压力。

《唐摭言》谓："进士宴曲江日，公卿家倾城纵观，中东床之选者，十八九。"义山与韩瞻，同登开成二年进士第，当亦同晏曲江，同膺王家东床之选，所以义山在《韩同年新居饯韩西迎家室戏赠》诗中，才可以"禁脔"自居。按《晋书·谢混传》，已被约定好了的女婿，乃可称为禁脔。但韩瞻顺利成婚之后，义山的婚事却发生了问题，而须要旁人为他出力，所以在上面的诗里便说"南朝禁脔无人近，瘦尽琼枝咏四愁"。还有《病中早访招国李十将军遇挈家游曲江》的诗是"十顷平波溢岸清，病来惟梦此中行。

相如未是真消渴，犹放沱江过锦城"。按李十将军是王茂元的亲戚（茂元妻为李氏）。曲江为义山与王氏"目成"之地，所以"病来惟梦此中行"。第三句、第四句，是说相如的偶尔琴挑，尚终如愿，何况自己与王氏，是正式约定了的。据冯注"义山之婚，似借其力"，是义山向李十将军的求情，终于发生了效果。至于另一首中之"莫将越客千丝网，网得西施别赠人"，是他生怕李十将军把自己所追求的爱人，转介绍到他人手里去的意思，更为明显。下面几首《无题》诗，冯、张都解释到义山与令狐绹的关系方面去，但我以为皆是此时恋爱求婚之作。

无题

紫府仙人号宝灯，云浆未饮结成冰言婚事尚未到手。如何雪月交光夜，更在瑶台十二层言婚事更无消息。

又

凤尾香罗薄几重，碧文圆顶夜深缝。扇裁月魄羞难掩，车走雷声语未通此二句言曲江与王氏相遇时之情景。曾是寂寥金烬暗此句言相思之苦，断无消息石榴红此句言到了五月尚婚讯全无。唐进士试完成于三月，由此而赐宴曲江，与王氏相遇目成，则婚姻确息，当定于是年五月，故以"石榴红"为言。斑骓只系垂杨岸，何处西南待好风此二句言自己只要好消息一到，即专往就婚。

重帷深下莫愁堂，卧后清宵细细长此二句写自己忆念之情。神女生涯原是梦此句言爱情之难凭，本如梦如幻，小姑居处本无郎此句言王氏未嫁，有可成之理。风波不信菱枝弱此句希望王氏有坚定意志，能度过风波。是义山已知发生障碍，月露谁教桂叶香此句言既已失望于五月，更望有人能促成于八月。直道相思了无益，未妨惆怅是清狂此二句是在失望中的自慰。

义山成进士于开成二年（二十六岁）；上三诗皆曲江与王氏目成后而遇波折时之作。以时序推之，则后二首当在秋季。义山与王氏的正式成婚，在开成三年初春。冯注对后二首《无题》，解释为"将赴东川，往别令狐，留宿而有悲歌之作"，释"扇裁月魄"句为"自惭"，释"车走雷声"句为"令狐乍归，尚未相见"，再接着是"五、六喻心迹不明而欢会绝望……"他对义山《无题》诗的注释，大多类此。冯氏以外诸人的注解，也皆未能跳出他的范围。这不仅在文句上过于牵强，不仅不了解义山与令狐氏的关系，用不上这样的委曲，而义山也绝不致这样的卑微。更重要的是，通过这类的解释去看义山，义山在读者心目中，乃是一个非常寒酸得可怜的妾妇型的人物。其实，读《樊南甲乙集》有关的资料，义山自负得有点近于狂；而看他对王氏求婚的情形，又有些近于躁。但他虽出身穷苦，却绝无半点寒酸气。冯浩们假定真正了解诗，便应能了解，过于寒酸相的人，绝作不出有魅力的诗来。这一点，不仅应为义山大加洗刷，而且为了欣赏义山诗所必须破除的第一关。

由上所述，可以了解义山的婚事，因为有人讲义山的坏话，是发生了波折的。唐代文人结婚，一面是爱情，一面更关系于一生的出路。假定令狐府上有位小姐待字闺中，则义山的婚事，或已早有着落。以王茂元的家世、地位、资财，当然是很理想的婚姻门第。义山婚事的终于成功，合理的推测，一是得力于李十将军及韩瞻的说项；另一是王家小姐也表示了自己主动的意见，因为必如此假定，才可把婚后的夫妇情景加以解释。王氏嫁给义山以后，一直是跟着义山吃苦而无怨的。但义山的爱情成了功，而在出路方面却完全失败。一个人得不到有势力的岳丈的谅解，便不可能得到他人的谅解；这便是何以在李党得势时而义山更为落魄的真正原因之所在。义山婚后受到王家的冷遇，由冷遇所发生的牢骚，下面《与同年李定言（冯注："诸家疑李定言王茂元婿，似也。"）曲水闲话戏作》一首，说得相当清楚。他们的婚姻，既都与曲水有关，则所谓"闲话"的主体，当然是他们婚后的情形。

海燕参差沟水流，同君身世属离忧。相携花下非秦赘按此句实以两人之婚于王氏，并非秦赘，而却同受王家的冷遇，对泣春光类楚囚此言婚后所受之打击。碧草暗侵穿苑路，珠帘不卷枕江楼此二句就曲水而抚今追昔。莫惊五胜埋香骨，地下伤春亦白头此二句难得确解。王氏有七女而死其一，或指此而言。当时生活曲折，不能全知也。

九、义山平生之五——婚后的情景

义山婚后的情景不佳，在试鸿博不中，返回新婚不久的泾原岳丈处时，已在《安定城楼》及《回中牡丹为雨所败》二首的诗中，吐露了出来。因为这三首诗，是非常好的诗，但一般人却都以为是"以泾原之故，而为人所斥"（冯注）；而张笺更肯定地说，这是恨令狐党人的排斥；这样一来，便把三首好诗都糟蹋了。兹录于左，并略加疏释：

安定城楼王茂元为泾原节度使，安定城是他的治所

迢递高城百尺楼，绿杨枝外尽汀洲。贾生年少虚垂涕此
句指鸿博未中选，王粲春来更远游此句以已婿于王氏，因貌寝见薄，
有如王粲因貌寝而见薄于刘表。永忆江湖归白发，欲回天地入扁
舟按此二句乃由登楼望远所引发的对自己身世的想象。"扁舟"系活
用范蠡载西子扁舟游五湖的故事。前引《赠李十将军》诗中，即以他
所追求的王氏，比作西施，故此处即以其成婚而给政治前途以重大阴
影，比作范蠡之扁舟载西子。上句是说，虽长念江湖之乐而思远引，
但衣食劳人，真能归去时，恐已经白发；此预感其将一生劳碌。下句
是自己的本意是欲旋乾转坤（回天地），对时局有所建立；但事实上恐
只落得载西施以入扁舟而已。盖谓就结婚的结果看，恐怕只赢取得一
位漂亮太太，将更无事业可言了。不知腐鼠成滋味，猜意鹓雏竟
未休按此处之"腐鼠"既非指鸿博，更不是指婚姻，而是指王茂元那
里的一些势力。鹓雏当然是自比。这两句的意思，是说我并无心分享
岳家的一些势力，但大家一直对我挑拨攻击不休，未免太无聊了。

回中在安定**牡丹为雨所败**

下苑即曲江他年未可追首二句言回中牡丹。此句以喻去岁在
曲江，与王氏目成而尚未成功，西州今日忽相期此句以喻忽得成
婚于泾原。水亭暮雨寒犹在，罗荐春香暖不知上句写"雨"，下
句写牡丹因雨而未受春光的恩惠，以喻婚后未得王家的温暖。舞蝶
殷勤收落蕊，有人惆怅卧遥帷此二句写雨中牡丹，为蝶与人所怜
惜。上句以喻自己因冷遇而急图补救，下句言其妻因此而不断伤心。
章台街里芳菲伴，且问宫腰损几枝此二句似指与其同游曲之水
李定言，亦王之女婿而言。

浪笑榴花不及春此句以榴花陪衬牡丹，实以喻去岁五月之未能成婚，由今思之，并不可笑，先期零落更愁人此句点"为雨所败"，以喻成婚而遭冷遇，较未成婚更为可悲。玉盘迸泪伤心数，锦瑟惊弦破梦频此二句为雨所败的牡丹自身描写。上句以喻其妻之暗里伤心，下句以喻其从岳丈处而来的噩耗频传，好梦常破。万里重阴非旧圃，一年生意属流尘此二句加重对为雨所败的牡丹的叹息。言此牡丹今日所遇之万里重阴，并非当其托根于旧圃。"旧圃"以喻令狐氏，意谓今日所受的排斥，并非来自令狐，而系来自王家。下句言此牡丹一年之生意，因雨而一旦付之流尘，盖自悲因此一婚事而将终生受困。前溪舞罢君回顾，并觉今朝粉态新此二句乃指得王茂元宠爱之其他子、婿、女等而言。因寓意太露，故在全诗中稍弱。

正因为义山为茂元所嫌恶，所以义山入茂元泾原幕后，虽一切重要奏记，皆出于义山之手，但并未蒙"辟奏"，而只是当一名黑市书记。开成五年，王茂元自泾原入为朝官，据冯氏判断，"当为御史中丞、太常少卿、将作监、转司农卿，加仆射"，可谓位居显要。但义山此年不得不由令狐绹之推荐，远赴湖南杨嗣复之招，而南游江乡。义山集中真正的风情诗，多在此一时期，可能含有对王家的一种报复心理作用。尤其是王茂元因"两逾岭峤"，所以雄于财富，并且他"实慕赵窦散财之义"，"惠颇沾于宾客"（以上皆见《文集》卷二《代仆射濮阳公遗表》中语）。就可确知的材料看，同为他的女婿的韩瞻，便曾得到王茂元的周济——一栋像样的房子。但王茂元入为朝官之年，义山移家关中，在非常困顿中，只得到与令狐绹有关的人的周济，却无得到王家半点周济的丝毫痕迹。《补编·上李尚书状》："昨者伏蒙恩造，重有沾赐，兼假长行人乘等，以今月十日到上都讫。既获安居，便从常调。成兹志愿，皆自知怜。"又《上河阳李大夫状》云："卜邻上国，移贯长安；始议聚粮，俄沾厚赐。"义山的生计，一直到入柳仲郢幕时，柳先赠治装费三十五万，才开始好转。从义山的诗文中，他对茂元，尽到了作为子婿的责任，但看不出他从岳丈处得到在人情上应当有的照顾。更可注意的是，义山与令狐绹一直保持着友谊上的交往。王茂元七女五男（见《文集》卷六《为外姑陇西郡君祭张氏女文》），其长子王瓘，在茂元死时，已官侍御（见《文集》卷一《为王侍御瓘谢宣吊并赙赠表》）。但义山除为王瓘草一谢表外，在他的诗文集中，彼此毫无往还之迹。冯注于《王十二兄与畏之员外相访见招小饮，时以悼亡日近，不去因寄》诗下引朱、徐之说，以王十二、王十三，皆茂元之子；此说既无确证，且诗中亦无情谊可言。义山在令狐绹的晋昌宅中，可作悲欢的对语，而在王家崇让宅中诸诗，俱似置身于荒园废圃，孤踪独往，感不到有宾主相对的情形。即如会昌元年，自江乡还京时所作的《二十九日崇让宅谦作》（依冯注）的诗，既称为"谦"，必有王宅主人，而此时的王茂元，又正是声势煊赫，但诗中一片悲凉，同样没有露出可以对语的主人的痕迹。诗是：

露如微霰下前池，风过回塘万竹悲。浮世本来多聚散，红蕖何事亦离披上句感叹自己的奔波无定。下句是感叹己妻亦因己而受累受苦。悠扬归梦惟灯见，漂落生涯独酒知"惟灯见"、"独酒知"，以见彼之遭际，丝毫未为此宅之主人所关心。岂到白头长只尔？嵩阳松雪有心期言终有与妻白头偕隐之日，亦"永忆江湖"之意。

总结上面的情形，可知王茂元的一家，都是打击义山的人；对义山各种不利的流言，皆由此而出，可谓事据历然。乃自《旧唐书》起，却都一笔写到令狐绹身上去，这便影响到对义山及其作品的适当了解。义山小时既孤且贫，所以他与王门的婚事，对他的精神而言，有决定性的作用。但结果如此，这是他痛切于心，而又无法出之于口的一生隐痛。只有在恩怨难分，爱恨交织的心境下，才可以作出那些迷离凄艳的《无题》诗。但过去都只从他与令狐绹的关系去了解，这不仅过分地牵附，而且大大地减低了他这些作品的深度及其艺术性。集中有许多诗，都应彻底转换角度去解释，不仅《无题》诗为然。兹仅再举《无题》诗一首为例如下：

无题

相见时难别亦难，东风无力百花残。
春蚕到死丝方尽，蜡炬成灰泪始干。
晓镜但愁云鬓改，夜吟应觉月光寒。
蓬山此去无多路，青鸟殷勤为探看。

冯、张都把它解释为哀求令狐绹之作。在他们这种解释中，有一共同的特点，即是认为义山处处把自己贬成了一个无聊的婉转哀求的妾妇。试将义山带有自述性的诗文，粗读一遍，义山的人格，会是这样的吗？这完全是清代给科举磨碎了骨头的举子心理，于不知不觉之中，投射到李义山身上去，所作的解释。我以为上面的一首诗，是会昌二年义山入王茂元陈许之幕，不久即被迫离开，转入秘书省为郎时别妻之作。义山婚后为王茂元所疏远，此次入幕，当系茂元稍稍心回意转；但旋又不能见容而去，这才有头两句。义山和茂元的这种翁婿关系，有如父子之"以天合"，才有三、四两句。第五句怜别后之妻，第六句想象别后之自己，将苦吟而难入梦，故曰"月光寒"。秘书省，乃藏书之地，即汉之东观，亦称仙室，亦称芸台，亦称兰台，亦称蓬观、蓬山。华峤《汉后书》曰："学者称东观为老氏藏室，道家蓬莱山。"故义山诗中凡称书阁、兰台、蓬山，皆指秘书省而言，绝非泛泛的称谓；此种最显明之指称，自来批注家，却全不注意。把这一点改释清楚了，则七、八两句，可不解自明。另《无题》四首，注释家也说是哀求令狐绹之作；其实，这是开成五年，义山随杨嗣复远游江乡时，寄内之作。解释此诗最可靠的线索是"刘郎已恨蓬山远，更隔蓬山一万重"。全四首都从这一角度去了解，无不阴霾立消，通体朗澈。因此，义山的诗，大部分应当在年谱中重新安排，在辞句上重新解释。

十、谁诬构了义山的人格？

新、旧《唐书》，对义山之叙述，率多乖谬；冯谱根据诗文的直接材料，多所纠正，开以文集纠补正史的坦途；这是非常有意义的一件事。但新、旧《唐书》以义山与王茂元及令狐氏的三角关系，而代令狐氏给义山以"背恩"、"无行"、"诡激"等名称，却依然成为冯氏解释义山诗的根据。张采田受此影响更深，主观更强，故他虽由《樊南文补编》以补冯谱之缺失，定为新谱；然张谱似密实疏，功不掩过；其对义山诗之笺释，愈多偏激无当。法国彪封曾说"文即是人"，这是古今中外不易之论。文人的思想行为，常不合于一般常轨。但即使是在不得已而追求利禄时，亦必有其高贵性，这才会写出像样的诗文。《樊南文集》中，义山不仅在《别令狐拾遗书》、《与陶进士书》（卷八）中，皆显出此种高贵性，在卷六义山为自己所作的十一篇祭文中，亦无不流露出此种高贵性。若如新、旧《唐书》所说，则义山完全是一卑鄙无聊之人；而一般的注释家，即顺着此种预定立场去傅会他的作品。这是由对人的误解而影响及对诗文的误解的显例。

不过《旧唐书》上对义山行为的批评，也不是没有根据。柳仲郢是义山一生中最后的知己。大中五年（据张谱），时义山四十一岁，仲郢先辟为书记。《文集》卷四，有《献河东公启》二首，后一首是谢仲郢的赠遗，前一首则是谢其辟举；其中有几句话，可以当作是他简单的自述，也可以说是对自己的辩解。

　　某少而屐儒，长则艰屯。有志为文，无资就学……契阔湖岭，凄凉路岐。罕遇心知，多逢皮相。昔鲁人以仲尼为佞，淮阴以韩信为怯。圣哲且犹如此，寻常安能免乎？是以艮背却行，求心自处。罗含兰菊《晋书·罗含传》"含致仕还家，阶庭忽兰菊丛生"，仲蔚蓬蒿此二句言其永乐时的生活。见芳草则怨王孙之不归言自己过去之天涯浪迹，抚高松则叹大夫之虚位言时人之不能赏其高节。

从上面的一段话中，可知当时有人攻击他是"佞"，是"怯"的。如后所述，一个不止一次地讽刺皇帝，痛恨宦官的人，他在谁面前是佞是怯呢？所以他毫不客气地说这是"皮相"。然则他所"多逢"的"皮相"，是哪一方面的人呢？当时士人为求取科名，常袖卷奔走于名公巨室之前，此乃一时风气，义山当亦未能免此。同时，《文集》卷八《上崔华州书》里说"居五年间，未曾衣袖文章，谒人求知。必待其恐不得识其面，恐不得读其书，然后乃出。呜呼，愚之道可谓强矣，可谓穷矣"。卷三《献相国京兆公启》，封内旧诗一百首，意求知遇，但仍以颜延之、何逊自许；而集中此类文字绝少。所以义山在当时风气中，要算是铮铮皎皎的人物；当时的人，不能以此责其佞和怯。

另一方面，这种责难是不是出自与令狐有关的人？如前所述，他和令狐绹一直维持着相当的交谊。而《文集》卷八有《别令狐（绹）拾遗书》，玩书中之意，是义山有所愤激而写的。里面以"市道"为耻，以"肺肝"相期，并许令狐为同道；所以说："不知足下与仆之守，是耶非耶？首阳之二子，岂蕲盟津之八百？吾又何悔焉？"这分明是当时有人攻击他们二人的交谊，所以义山才讲这种话。令狐绹于开成元年到二年之初为左拾遗，所以此书"当属未得进士时"所写，义山时年二十五岁。就此书的内容看，义山既未佞于他人，更不能谓其佞于令狐氏。义山二十六岁得令狐绹之力成进士，二十七岁婚于王氏，令狐氏不可谓义山以子婿对妇翁之恭谨为佞为怯；何况婚后他们翁婿之间，情意非常疏淡。又《文集》卷四《上尚书范阳公启》三首之一有"荐祢衡之表，空出人间；嘲扬子之书，仅盈天下"的话；按范阳系卢弘正，属于牛党，若"嘲扬子之书"，是来自牛党乃至令狐氏，义山不会在此启中说出的。所以对义山的恶意批评，出自令狐氏的可能性很小。

指义山为佞，指义山不断向令狐氏乞怜的人，我以为是出自王家。其所以如此，我推断王茂元的子女、女婿中，有人嫉妒义山特出的文采，并害怕他对政治的态度。同时，小人的心量狭、眼孔小，又看不惯义山与王氏婚后，依然对令狐家的情谊很浓。令狐楚的墓志及《奠相国令狐公文》，都是婚后不久写的；这便可使王茂元左近的小人，说义山在感情上出卖了王茂元，而责之为"倾险"，责之为佞于令狐氏；义山对于这种出自至亲至戚的诬构，无可倾诉，所以才一再在祭外舅（王茂元）文中忍不住稍为一吐。他说"不忮不求，道诚有在；自媒自炫，病或未能"，这表面是剖白给死人听，实际则是剖白给王家活着的人听的。但王家活着的人，既是存心要借口诬构他，又有何效果？所以终有《九日》诗的绝交。而这些诬构的话，因为是出于王家之口，便容易引起社会的传播。《旧唐书》对义山的评价，绝不是根据在直接文献中可以得到证明的资料，而实是出于这种传播。王家把骂义山佞于令狐氏的话，转嫁给令狐氏的身上；后人并以此而曲解义山的许多作品。义山《崇让宅东亭醉后沔然有作》诗中"鸒鹠妬芬芳"之句，不是很清楚指出个中消息吗？

十一、义山人格的本来面目

义山的时代，正是宦官、藩镇、朋党，互结互攻，王纲解纽，变动剧烈的时代。尤其是他在二十四岁（大和九年）时，亲见到甘露之变，他都有痛切的感受。他十六岁时的两《陈后宫》及《览古》诸诗的刺敬宗。十八岁时的《隋师东》诗，伤诸将讨李同捷之无状。二十五岁时《有感》二首，痛甘露之变。《重有感》诗，寄望于刘从谏能讨平宦竖。二十六岁时哭虔州杨侍郎虞卿的无辜贬谪以死。二十八岁时的《四皓庙》诗，伤辅导庄恪太子的不得其人。

二十九岁时的《咏史》诗，痛文宗以俭德而受制家奴以没。《无愁果有愁》诗，伤杨妃、安王等的冤死；《曲江》诗痛朝局之祸变；《井泥四十韵》（作年从冯谱），伤君子小人之易位。三十一岁时，《哭刘蕡》、《哭刘司户》二首、《哭刘司户蕡》诗，哀忠愤者之被摧颓零落，兼以自伤。三十二岁时，《赋得鸡》诗，刺当时藩镇的媚敌专权，不能勤劳王室。这都表明了一个诗人之所以能成为诗人的对时代的痛切的责任感，及义山个人的志节。而他在《太仓箴》（卷八）中说"敢告君子，身可杀，道不可渝"，正是义山志节的正面表现。老实说，对时代没有这种痛切的责任感和志节，至多也只能成一个文匠、文丑，还配说是一个诗人吗？在中国社会里，把"诗人"的名称，太随便糟蹋了。此外，义山说得婉曲一点的作品还很多，此处不能尽举。在这些作品中，尤以二十六岁时《行次西郊作一百韵》的诗，历述唐代治乱的所由、民生的痛苦、吏治的黑暗，及文武官吏的任用非人；这是他青年期最有勇气热情，敢于正视现实的最大杰作，也是唐代诗歌中有数的杰作。我们应当在这种地方了解此一诗人的本来面目。但三十二岁以后，他这类的诗，便渐渐少了下来；其原因，在他四十岁《咏怀寄秘阁旧僚二十六韵》诗的"途穷方结舌，静胜但摧颐"两句诗里，吐出了他深重的叹息。他一生穷苦，要为自己和家室求生存。假定他继续二十六岁前后时期的锋芒发展下去，他自身的祸福且不说，谁人还敢给他一碗饭吃？尤其是二十七岁与王家成婚，王茂元是以赂遗宦官而保全禄位的。这位曾示意给刘从谏，要刘从谏举兵清除君侧的女婿，自然会使王茂元和他的家人感到寝馈难安的。令狐绹屡次从旁招呼他外出游幕；在自己为相时，连与政治不发生直接关系的太学博士，也不敢让他久留，而使其外赴东川，也正是这种原因。自己的灵魂，造成自己生活的陷阱，这是一切有真生命力的文人必然的运命。从他的《锦瑟》诗看，义山是安于这种运命的；而一千多年来，却没有人能真正了解他这种命运，这是可悲中的更可悲了。他对于当时一般政治人物的真正看法，可用《井泥》诗，及《行次西郊作一百韵》中"使典（即胥吏）作尚书，厮养为将军"两句话，及《赋三怪物》和《虱赋》作代表；即是在他的内心中，当时的显要，只是在私情上有厚薄，生活上有需求，认真地说，没有一个不是半文不值的坏蛋。这既不关于牛党李党，还值得他去佞而有所怯？正因为如此，任何人也不会引他为心腹，而不能仅责之于令狐绹。至于王家的一群蠢材，当然更不在他的心中眼下，认为他们连为朝廷种点马草的能力也没有（"不为汉廷栽苜蓿"），他们自然更对义山要深恶痛绝了。

义山人格的另一面，则表现在对自己的家族情谊。《文集》卷六载有义山祭自己家族的五篇祭文，这是了解义山身世及性格的重要资料，因为人在哀痛中常讲的是真话。现摘录《祭裴氏姊文》中的两段如下，以见一般：

> 四海无可归之地，九族无可仗之亲……生人穷困，闻见所无。及衣裳外除，甘旨是急。乃占数东甸，佣书贩春。日渐月将，渐立门构。清白之训，幸无辱焉。

> 傥天鉴孤茕，神听至诚，获以全兹，免负遗托。即五服之内，更无流寓之魂；一门之中，悉共归全之地。今交亲馈遗，朝暮饘糊；收合盈余，节省费耗。所望克终远事归葬，岂敢温饱微生。苟言斯不诚，亦神明诛责。

十二、义山诗文的评价

义山开始是"以古文出诸公间"(《樊南甲集》序)。十七岁后，从令狐楚学今体四六。古文在当时完全是一种新的创造，而又与科第及实用无关，所以当时只有能不顾一时利害，真有创作意欲的人，才从事于此。义山在《上崔华州书》里说："五年诵经书，七年弄笔砚。始闻长老言，学道必求古，为文必有师法，常悒悒不快。退自思曰，夫所谓道，岂古所谓周公、孔子者独能耶？盖愚与周孔，俱身之耳。以是有行道不系古今，直挥笔为文，不爱攘取经史，讳忌时世。百经万书，异品殊流，又岂能意分出其下哉。"(《文集》卷八)这是成进士前一年所写的，充分说明了他青年时期创作的欲望。现时他的《文集》中，所留下的古文不多，他所走的也是险怪晦涩的一路，这可以说是创造尚未成熟时期的作品。但他对韩愈的文章，有深刻的了解，诗集中《韩碑》一篇，首翻当时文章评价的大案，冒了干犯朝廷及权贵的大险，这是了不起的一件事。他的四六文，瑰奇宏肆，表现了他的才气与才华，但多系代人应酬之作。所以他在文学上的成就，当然是在诗上面。

义山在大中元年三十六岁的时候，曾有《献侍郎巨鹿公启》。下面一段话，是说他自己对诗的见解：

> 况属词之工，言志为最。自鲁毛兆轨，苏李扬声，代有遗音，时无绝响。虽古今异制，而律吕同归。我朝以来，此道尤盛。皆陷于偏巧，罕或兼材。枕石漱流，则尚于枯槁寂寞之句。攀鳞附翼，则先于骄奢艳佚之篇。推李杜，则讽刺居多。效沈宋，则绮靡为甚……(《文集》卷三)

从上面一段话看，可知他自己是要涵融众制（兼材），不以偏巧自甘的。实则他的古文是想追韩愈，而诗则是以杜甫自期。所以他在《樊南甲集》序中说，"十年京师穷且饿，人或目曰，韩文杜诗，彭阳（令狐楚）章檄，樊南穷冻，人或知之"（卷七）。而王荆公也认为"学杜当自义山入"（见后），所以为得了解义山的诗，不妨先与杜甫作一简单的比较。

李义山与杜甫有相同的地方：（一）出身穷苦。（二）在外流离之日为多。（三）笃于夫妇兄弟之情。（四）对现实问题有锐敏的感觉，有强烈的反映。但也有不相同的地方：（一）杜甫二十岁前后，没有义山所得到的知遇，但亦没有由婚姻而来的一生困扰。（二）杜甫遭天宝之乱，义山遇甘露之变。但安史一平，朝廷自身的问题比较单纯。而发动甘露之变的宦官，则有如附骨之疽，一直支配朝局，以迄于唐代之亡。因此，在杜甫的内心，对政治总抱有希望，所以他的《北征》诗的收句是"煌煌太宗业，树立甚宏达"。而义山的内心，对政治则只是绝望，所以他的《行次西郊作一百韵》诗的收句是"慎勿道此言，此言未忍闻"。（三）义山的才高于杜甫，姚惜抱《今体诗钞》序目谓"玉谿生虽晚出，而才力实为卓绝。七体佳者，几欲远追拾遗（杜甫），其次犹足近掩刘（禹锡）、白（居易）"。但缺乏杜甫的毅力、韧力。因此，其见之于诗的政治意识，较杜更为愤激，而无法继续发展，除非决心一死。《行次西郊作一百韵》诗中"我听此言罢，冤愤如相焚。……我愿为此事，君前剖心肝；叩额出鲜血，滂沱污紫宸。九重黯已隔，涕泗空沾唇"，正说明了他在绝望中的悲愤。（四）杜甫和义山都有作为一个诗人所必不可缺少的磊落欹奇之气。但杜甫的精神，得到儒家思想上的支持，所以较为凝敛，而创作的柢力厚。

义山则创作的柢力薄而创作的活动早衰；过了四十岁以后，他的创作生命实已走向下坡了。（五）杜甫平生，分力于赋及其它杂文者绝少；而义山则反为他的四六文所累，分了太多的精神去作四六。这一方面影响到他的诗体，另一方面也影响到他的诗之质和量。杜甫集中的坏诗，多是由矜心着意太过而来的坏；义山集中的坏诗，则多是由太不矜慎而来的坏。

冯定远《才调集评》谓"王荆公言学杜当自义山入，余初心谓不然。后读《山谷集》，粗硬槎牙，殊不耐看。始知荆公此言，正以救江西派之病也。若从义山入，便都无此病"。冯氏此意，尚为今日作同光体诗者所祖述。但冯氏仅能注意于文字之末，尚未能探其本源。因为义山不甘偏巧，与杜甫同，而心情和遭际，亦有相似之点；他虽然不模仿杜甫，但他是祈响杜甫。所以他最成功的作品，也可以与杜甫较长絜短。

据我的了解，杜甫古体诗的长处，是真挚而宏肆，尤其是他的长篇。若谓韩愈是以文为诗，则也不妨说杜甫同样是以文为长诗。义山的《韩碑》，似韩愈的《石鼓歌》，而更多波折。其《行次西郊作一百韵》，冯浩拟之杜甫的《北征》，犹为皮相；实则可谓义山将老杜的《新安吏》、《潼关吏》、《石壕吏》、《新婚别》、《垂老别》、《无家别》等七篇所刻画的现实，融铸于一篇之中，以成此巨制。其真挚而宏肆，可谓与杜相同；但在机杼上，与杜的长篇相较，却较为舒展自得，少用力的痕迹。其他长篇五古，也大体上走的是真挚而宏肆的一路。

杜诗最大的另一特色，即在他《进雕赋表》中所说的"沉郁顿挫"，尤其是他能应用到他的律诗上面，即是他能在短短的五个字、七个字的一句诗里面，沉浸下自己许多感情，使读者觉得在可以接触到的感情的下面，还起伏着有许多感情，探之不尽；这是在意境的深度中，涵融着诗人的感情世界。其所以能如此，是因为在杜甫的生命中，对人生、对社会、对政治，吞纳着有许多感情化了的问题，偶然一吐，便自然觉其吐之不尽。他在表达的技巧上，则常出之以"顿挫"，不使自己的感情，顺着字句的韵律一滑便过。在杜甫，顿挫是形成沉郁、表现沉郁，以达到感情深度的必需而自然的技巧。其基本因素，还是在其感情蕴蓄的深厚。"永夜角声悲自语，中天月色好谁看"，两句诗第五字的"悲"字和"好"字，都把上面由两件事物连贯而成的四个字，迫入于作者主观判断之中，再转出"自语"、"谁看"的作者的感情世界；因此，每一句话，都含有几个层次，一层一层地向内转；这当然是了不起的成就。杜甫之所以为杜甫，便是在他的五律、七律中，有许多这样成功的作品。但顿挫若不是由深厚的感情所逼迫出来时，便流为生涩；杜甫自己也有这种诗。江西派的诗人，不了解诗人应从人生社会上多吞纳、蕴蓄，以形成丰富的创作动力的上面着眼，而只注意到文字上避熟避俗；这是去掉杜甫之所以顿挫的源泉，而只从顿挫的表皮下手；这可以作为练习表达技巧中的一过程，而不可以此为作诗的究竟义。所以江西派大家中的好诗，反而都是韵律调畅、感情生动的诗。

义山有时代敏锐的感觉，有嫉恶忧时的热情；而个人的身世，又有难言之隐痛。所以在他的诗集中，凡是关于政治、社会，及他和王家有关的诗，都是欲吐不敢，而又不能不吐的诗；于是他的七律诗，有一部分依然是沉郁，依然是在短短的几个字中，隐涵着一个感情的世界，使读者挹之不尽。例如前面引过的"永忆江湖归白发，欲回天地入扁舟"，"万里重阴非旧圃，一年生意属流尘"者是。又如义山亲见当时的天子、太子，其生杀立废的大权，都操在宦官手上，所以在《井络》的诗里便唱出"堪叹故君成杜宇，可能先主是真龙"。这都真正是杜甫的沉郁。但他和杜诗不同之点是，他的才高才大，又生于杜甫之后；把杜甫的顿挫再加之以浑融，把一句中转折用力之迹，几乎完全化掉了；所以在沉郁之中，常透出深绿色的感伤而华丽的形象。这可以说是杜律进一步的成熟。何义门《读书记》说义山的诗，是"顿挫曲折，有声有色，有情有味"。叶横山（燮）在《原诗·外篇》中有谓"李商隐七绝，寄托深而措辞婉，实可空百代无其配也"，又谓"宋人七绝大约学杜者计六七，学李商隐者计三四"。施均父《岘佣说诗》中有谓"义山七律，得于少陵者深，故秾丽之中，时带沉郁。如《重有感》、《筹笔驿》等篇，气足神完，直登其堂，入其室矣"。这些说法，都是很对的。可惜拿手的四六文害了他，他不能完全把自己的心力凝注在诗上面，所以这样非常成功的作品并不太多。而后来的西昆体，却只领悟到义山诗的华丽的这一面，却把在华丽后面的沉郁、感伤的因素，完全丢掉了。因此，即使仅就华丽的这一点来说，义山是深绿色的，而西昆体却是绯红色的；此之谓"诚之不可掩"。我怀疑《西昆酬唱集》里的诸公，他们主要用力的是义山的四六，然后把义山四六中的排夏之气去掉，以四六用典的技巧，捕捉义山诗的声色。这是纯从文字技巧上用功的买椟还珠的做法。

杜甫律诗的另一特色，是"气象高远"。即是在简单的句子中，涵盖着广大的情境，以形成诗的"高远"的形相。这是感情向外发抒伸展的一面。如"无边落木萧萧下，不尽长江滚滚来"这类的句子者是。这必须人的心胸广大，才力宏富，方能于一瞬间抓住高大深远的意象，当下加以表现出来，才有其可能；不是仅靠想象力的扩张所能做到的。杜牧是学杜甫诗的这一面，但因感情的凝结力不够，没有沉郁作底子，所以只能成就其为"豪放"。义山的《杜工部蜀中离席》，却走的是这一路；如"雪岭未归天外使，松州犹驻殿前军"，也是意象高远，在阔大里面含有转折。但因他的人格的伸长，终不及杜甫，所以这类的诗，便比较更少，且终不及杜甫于高远中含有深厚的胎息。人格的修养，成为中国论文论艺的最后的极准，可能是千古不磨的。

十三、对过去解释《锦瑟》诗的略评

过去对《锦瑟》诗所作的解释很多，此处仅选有代表性的三家，略加批评。先将《锦瑟》诗录下：

> 锦瑟无端五十弦，一弦一柱思华年。
> 庄生晓梦迷蝴蝶，望帝春心托杜鹃。
> 沧海月明珠有泪，蓝田日暖玉生烟。
> 此情可待成追忆，只是当时已惘然。

一是冯浩，他以此诗为悼亡之作。义山妻死于大中五年，时义山四十岁；旋随柳仲郢入蜀，所以他把此诗系于大中七年入蜀以后之作，时义山四十二岁。冯氏以第一句之"五十弦"，是"言瑟之泛例"，即是无特别意义。按瑟虽有十九弦、二十三弦、二十四弦、二十五弦、二十七弦诸说，但除《史记·封禅书》"泰帝使素女鼓五十弦瑟，悲，帝禁不止，故破为二十五弦"的神话外，人间绝没有五十弦的瑟。瑟在唐时流行颇广，所以杜甫《曲江对雨》诗有"暂醉佳人锦瑟旁"之句。而唐时流行之瑟，皆为二十五弦，所以刘禹锡的《调瑟》诗说"朱弦二十五，缺一不成曲"。钱起的《归雁》诗中"二十五弦弹夜月"，也指的是瑟。由此可知冯氏以此诗中"五十弦"为"言瑟之泛例"，是错误的。

冯氏释第二句为"有弦必有柱；今者抚其弦柱，而叹年华之倏过，思旧而神伤也"。按冯氏对此句的解释，尚称平稳；惟他犯了一般注释家所犯的共同错误，即是把诗中的"华年"，倒转来作"年华"去理解。"华年"犹今日之所谓"青年"；《魏书·王睿传》"渐风训于华年，服道教于弱冠"，张协诗①"畴昔协兰房，缱绻在华年"，这都只能作青年解释。"年华"，犹今日之所谓"光阴"；庾信《枳赋》"年华未暮，容貌先秋"，这只能作光阴解释。二者含义不同，古人用此两词时，从无倒误。以义山的表达能力，断乎不会本意指的是"年华"，却因凑韵脚而改为"华年"的。这一共同的错误，对本诗的了解，却更有关系。

冯氏对第三句所用典故的解释是"取物化之义。兼用庄子妻死，惠子吊之，庄子则方箕踞鼓盆而歌"。其意以为此系指其妻之死而言，故他之所谓"物化"，乃化为异物之意，与此典故所自出的《庄子·齐物论》随物而化的"物化"的意义，完全不同；这是由冯氏不十分了解《庄子》，不足为异。最奇怪的是，此故事的原典是"昔者庄周梦为蝴蝶，栩栩然（喜悦之貌）蝴蝶也，自喻（犹云'自己觉得'）适志与！不知周也"；此一典故，若活用为义山喻自己之将死，尚可以讲得通，却与庄子妻死，庄子鼓盆而歌

---

① 编者注：当为晋张载诗。

的故事，不论在意味上及字面上，皆不能发生关连，如何能说此句是指义山的妻之死呢？此句若如此解释，更有何意境？有何情味？但作此误解的，并非仅冯氏一人。

冯氏对第四句的解释是"谓身在蜀中，托物寓哀"，尚无大毛病。对第五句的解释是"美其明眸"，六句是"美其容色"。对七、八两句谓"当时睹此美色，已觉如梦如迷，早知好物，必不坚牢耳"。像这种解释，连字句都把握不住，更谈不到由字句以探其意境；可以说把这首非常生动而富有魅力的诗，转移为残肢僵片。尤其是对后两句的说法，还像过了四十岁的人对自己亡妻所能说得出的吗？对义山诗所下功力之深，到现时为止，无有过于冯注的。冯注的失败，是说明对文学的"征文考典"的工作，与对文学自身的了解的工作，有其密切关连；但于关连之中，还隔有一道障壁，须另用一番气力去突破的。莫尔顿们主张不能把文学外的研究去代替内的研究，亦于此可得一明证。

张采田的《会笺》，是承何义门"此篇乃自伤之说"，以为这是义山在临死的那一年，总结他四十七年生活的慨叹，所以把此诗系在大中十二年，即义山四十七岁死去的一年。按张谱，义山于四十五岁时离蜀。杜鹃的故事，唐人诗中虽多泛用，但把杜鹃和望帝连在一起用，则多限于蜀地。从此诗的第四句看，其感发于川东幕府的可能性为大。并且使张氏得将此诗系于四十七岁的根据，乃来自一、二两句的"五十弦"及"思华年"的"华年"两词。但问题依然是在"华年"不可以倒作"年华"用，我找不出这种例证。因此，以五十弦喻"年将近五十"的说法，便完全失掉根据。何况第二句的"一弦一柱"，弦可承上句而释为"五十弦的每一弦"；但一弦有两柱，五十弦势必有百柱，则紧连着"一弦"下之"一柱",又作何解释？这种顾虑虽然未免太执着了一点，也不能说不算一个顾虑。张氏对三、四两句的解释是"状时局之变迁"，"叹文章之空托"；虽泛而不切，但在文字上尚勉强可以说得过去。但他解释的重点，则在五、六两句。他认为"沧海蓝田"二句，"谓卫公（李德裕）毅魂，久已与珠海同枯；令狐相业，方且与玉山不冷。卫公贬珠崖而卒，而令狐秉钧赫赫，用蓝田喻之，即节彼南山意也。结言此种遭际，思之真为可痛。而当日则为人颠倒，实惘然若堕五里雾中耳"。高步瀛氏的《唐宋诗举要》，完全采用张说。按张氏死死地将义山的政治关系，写在李党名下，其毫无根据，已如前述。则其根据义山属于李党的立场以释此诗，当然更不能成立。并且就此诗本身说，若义山作此诗时，李卫公的骸骨仍在崖州，则当义山悼念他的时候，或犹可想到他的毅魂，与"珠海同枯"。但卫公卒于大中三年，时义山三十八岁，下距张谱所定义山作《锦瑟》诗时之大中十二年，相隔约有十年之久。卫公遗骨，因令狐绹感梦奏请归葬的年月，陈寅恪氏据晚近出土李浚撰彬县李烨及烨自撰亡妻郑氏两志，断在大中六年。归葬时柳仲郢正在东川，曾令义山往荆南设奠。据张谱，义山作《锦瑟》诗之年，上距卫公归骨之年，亦已有四五年之久。是义山作此诗时，卫公"毅魂"早已离开崖州，而归葬于伊川故里；此事义山知之最悉，为什么却依然会扣紧崖州而兴感呢？况且在"沧海月明珠有泪"一句中，怎样也导不出"珠枯"、"海枯"来，何来有"与珠海同枯"的妙语？

尤其重要的是，义山和卫公的私人关系，绝无法酿成作这一首诗的感情。义山虽曾代郑亚作过一篇《太尉卫公〈会昌一品集〉序》，未为郑亚所采用，又代柳仲郢设奠卫公遗骨于荆南，拟文路祭；这都是代人作嫁，与义山本人的感情无涉。在义山诗文中，发现不出他与卫公有任何直接关系；即是，他与李卫公，从无一面之缘；《李卫公》一诗，可为明证。诗云：

> 绛纱弟子音尘绝，鸾镜佳人旧会稀。
> 今日致身歌舞地，木棉花暖鹧鸪飞。

冯氏以此诗乃"伤之，非幸之也"；姑不论是伤是幸，这首诗是卫公贬后，义山登临卫公旧日的亭馆而作，可无疑义。第三、四句的意思是说我今日致身于卫公当年歌舞之地，只见木棉花暖及鹧鸪飞而已。其言"今日致身"，则卫公未贬之前，义山未能"致身"过，不言可知。据传李卫公相信道教采补之术，颇多内宠，诗中大约即系指此而言。但可取材以象征卫公盛衰之迹的，我想总不会太少；而义山独取材于此，则要由这首诗以推断出义山对李卫公有好感，那是非常困难的。义山是王茂元的女婿；王茂元是李卫公的重要党羽，王茂元及其家人都鄙薄义山，则义山之无由晋接李卫公，乃必然之势。

据张谱，义山是大中五年冬随柳仲郢入蜀的。大中七年，义山四十二岁，是年有《五言述德抒情一首四十韵献上杜七兄仆射相公》、《复一章献上》二诗。杜七兄是牛党的杜悰，义山以前没有通候过，此时杜悰由西川节度使移镇淮南，义山奉柳仲郢之命去荐送；从后诗的"待公三入相"的口气看，义山以为杜悰此后还会入相，便以中表之亲的关系，连上诗二章，述杜家之德（述德），抒自己之情（抒情），说了自己一生的辛苦，借为自己将来留地步。前一首的收尾是"欲陈劳者曲，未唱泪先横"，由此可知两诗里面所说的，应当算是出于义山的真意。前一首中有几句是：

> 立身期济世，叩额虑兴兵。感念殽尸露，咨嗟赵卒坑。
> 傥令安隐忍，何以赞贞明以上言杜悰当时的力主和、抚。恶草
> 虽当路恶草指李卫公，寒松实挺生寒松指杜悰。人言真可畏，
> 公意本无争。

后一首中有几句是：

> 慷慨资元老杜悰，周旋值狡童李卫公。仲尼羞问阵，魏
> 绛喜和戎。款款将除蠹李党，孜孜欲达聪。所求因渭浊，安
> 肯与雷同。

大家知道，当时牛李两党在政策上的大冲突，是牛党主和、主抚，
而李党则主战、主征。从义山的两首诗看，他是非常赞成杜悰的
主和、主抚的政策，而斥李卫公的主战派为"恶草"，为"狡童"；
这便超过了私人的感情，而牵涉到义山私人的政见；从义山《行
次西郊作一百韵》诗及《汉南书事》诗中的"从古穷兵是祸胎"
看，他是深痛战争之祸的人，所以这些话不会是随便说的。否则
以他的才气，对杜悰的恭维，可从其他角度着笔。义山的《锦瑟》
诗，我以为是作于蜀中无疑。他在此一时期内，一方面骂李卫公
是"恶草"、"狡童"；一方面又痛"卫公毅魄，久已与珠海同枯"，
因而作出这样一首感情深厚的诗来，未免太可笑了。

把张氏对沧海一句的错误弄清楚了，则张氏把"蓝田"一句
傅会到令狐绹身上，其错误自不待说。此处应特别一提的，是张

氏对诗，太缺乏欣赏的能力。诗由事物所升华上去的气氛、情调，好像只是一种"虚涵"；但成功的作品，也必能在虚涵中给读者以大概的方向，因为作为气氛、情调的兴象，自然会给人以某种方向。《诗》"节彼南山"的兴象是"严峻"，而此处"蓝田日暖"的兴象是"温柔"。张氏怎么可以将二者混而同之呢？

孟心史在《东方杂志》二十三卷一期上刊出过长一万多字的《李义山〈锦瑟〉诗考证》一文，主张此诗为入蜀后悼亡之作。其解释第三句的"庄生晓梦"，谓为"正以庄生有鼓缶事"，其语意转移的错误，固不待说。他以第五句是"言离别之苦"，第六句是"会和之乐"，都浮泛不实。而最成问题的则是他所用的对"五十弦"二句的考证态度问题。

孟氏以为"瑟实为二十五弦，但古传为五十弦所破。合两二十五，成古瑟弦数。义山婚王氏，时年二十五，意其妇年正相同。夫妇各二十五，适合古瑟弦之数，因恒以锦瑟为佳偶之纪念"。按义山系在二十六岁成进士（此据张谱。冯谱为二十五岁）。他的《韩同年新居饯韩西迎家室戏赠》诗中，"南朝禁脔无人近"之句，孟氏既亦承认此为"已订婚而未娶"，却又认此"可为二十五岁结婚之人证"，其立证已甚牵强。又引《过招国李家南园》二首中"潘岳无妻客为愁，新人来坐旧妆楼"之句，以为"义山之与王缔婚，盖假馆于招国李氏，则牓下选婿，乃托舅氏为之；是则合卺亦必在登第之年。此更为二十五岁结婚之二证"。按上诗可以证明"义山成婚必借居南园"（冯注），并无一字可作成婚时间上之证明。但孟氏即以作为二十五岁成婚之证，这可以说是以无为有。而义山《祭外舅文》中有谓"往在泾川，始受殊遇。绸缪之迹，岂无他人"。则义山的成婚，乃在泾原而不在长安；李氏南园，仅曾婚后借住；是孟氏之说，根本不能成立。若义山在曲江目成后，婚姻顺利，则如前所述，义山何必一再恳求于李十将军？《漫成》三首之三，"雾夕咏芙蕖，何郎得意初。此时谁最赏，沈、范两尚书"。前两句指自己初婚之乐而言，下两句乃谓成婚之同时，得周墀、李回两学士（据张谱）鸿博之推荐。《翰苑群书·重修学士壁记》载周墀于开成二年十二月二十五日自考功员外郎知制诰，则其以"学士"推荐义山，必在开成三年。义山鸿博之试，虽始于开成二年之冬，但由吏部上之中书，此为决定阶段，则须在次年春的二、三月。义山《与陶进士书》，谓彼之应举鸿博，系被一裴生者"挽拽不得已而入"，则所谓"周、李二学士，以大法加我"，乃指吏部上之中书省的阶段而言，故此事必在开成三年的二、三月间；则成婚的"此时"，亦必在开成三年的二、三月。依冯谱义山此时为二十六岁，依张谱为二十七岁。孟氏以义山为二十五岁成婚之说，可谓毫无根据。更谓"意其妇年正相同"，以纯属想象之辞，凑成五十弦之数；我认为孟氏治学的态度、方法，太不可靠了。

十四、尝试之一——对文义的解释

以下，再说我对此诗所作的文义解释上的尝试。

为了确定此诗的意义，首先应确定义山用"锦瑟"一词，到底有何意义。按义山诗中，除《锦瑟》诗外，大约有十处用到"瑟"字，兹简表如下：

（一）《送从翁从东川弘农尚书幕》："素女悲清瑟。"

（二）《回中牡丹为雨所败》："锦瑟惊弦破梦频。"

（三）《送千牛李将军（亦王氏婿）赴阙五十韵》："弦危中妇瑟，甲冷想夫筝。"冯注："自谓离其家室也。"

（四）《七月二十八日夜与王、郑二秀才听雨后梦作》："逡巡又遇潇湘雨，雨打湘灵五十弦。"冯注："假梦境之变幻，喻身世之遭逢也。"按此联乃指其因婚姻之悲剧，而有潇湘之游。

（五）《寓目》："新知他日好，锦瑟傍朱栊。"冯注："客中思家之作。"按据此，则锦瑟乃其妻之象征。

（六）《晓坐》："泪续浅深绠，肠危高下弦。红颜无定所，得失在当年。"冯注："应茂元之辟，致令狐之怨，莫保红颜，有自来矣。"按冯注非是。但此处之"肠危高下弦"，与（三）之"弦危中妇瑟"正同，亦有象征其家室之意。

（七）《和郑愚赠汝阳王孙家筝妓二十韵》："秦人昔富家，绿窗闻妙旨。鸿惊雁背飞，象床殊故里。因令五十丝，中道分宫徵。"冯注："五十丝，瑟也。谓夫妇分离。"按此数句正谓其不得王茂元的欢心，以致其夫妇不能常聚。

（八）《房中曲》："忆得前年春，未语含悲辛。归来已不见，锦瑟长于人。"按此为悼亡之作。

（九）《西溪》："素女弹瑶瑟，龙孙撼玉珂。"冯注："素女龙珂，并非泛设，谓昔年客中，忆在京妻子，尚得好好一寄消息。今则妻亡子幼，梦亦多愁矣。"

（十）《今月二日，不自量度，辄以诗一首四十韵干渎尊严，辄复五言四十韵诗一章献上，亦诗人咏叹不足之义也》："宝瑟和神农。"

把上面十个例子加以统计，除（一）、（十）两例外，可以得出两个结论：第一个结论是义山常以瑟或锦瑟作其婚姻、家室的象征；合理的推测，锦瑟为其妻陪嫁之物（此点已经有人说过），大概是可信的。第二个结论是，凡义山把瑟说成五十弦时，都是作为"悲"的象征；因《封禅书》中五十弦的神话，本是作为"悲"的象征的。把上面两点弄清楚了，则可知《锦瑟》诗之作，乃义山在东川时，睹物（锦瑟）思人，引起了他青年时期的深刻回忆；在此回忆中，把婚姻问题和知遇问题凝结成为一片感伤的情绪，因而写出来的。而义山入蜀后，"三年以来，丧失家道，平居忽忽不乐，始克意佛事"（卷七《樊南乙集》序，作于大中七年十一月十日）；以"梧桐半死"（《上河东公启》）之身，有梦幻浮生之感；此一精神状态，也成为作出此诗的思想背景。下面顺着这观点，试作逐句的解释：

锦瑟无端五十弦：锦瑟本为二十五弦，乃素女所弹者，竟无端为满含悲意的五十弦。以喻自己美满的婚姻，竟化为一生的悲剧。

一弦一柱思华年：此锦瑟的一切（一弦一柱），皆引起我对青年时代的深刻回忆。

庄生晓梦迷蝴蝶：庄生梦为蝴蝶时，竟真以为自己是蝴蝶，而不知（迷）这不过是梦中的蝴蝶。以喻青年时所热心追求的功名、婚姻等等，由今日想来，只是一场梦幻；但在当时并不觉（迷）其为梦幻，而投下了自己全部的生命。

望帝春心托杜鹃：望帝是无可奈何地死去了；但望帝对春的待望之心，却寄托于夜半啼血的杜鹃身上，而永恒不绝。以喻自己虽受了许多打击，但对人世的悲愿，则虽九死其犹未悔。正是"春蚕到死丝方尽，蜡炬成灰泪始干"的更精约的表现。

按此句可能是对王茂元的感情而言。他是一个无父无母，而又是笃于骨肉之情的人，所以他对王茂元的精神依恃，非寻常可比；一旦受到王茂元的嫌忌，其心理上的烦冤蕴结，也非寻常可比。意思是说，他希望求得王茂元的谅解，及敬爱王茂元之心，是始终不二的。正犹《重祭外舅文》之所谓"得仲尼三尺之喙，论意无穷。尽文通五色之毫，书情莫尽"。更可能指的是他青年时期对政治的激烈批评，乃是出于对君国无穷的悲愿。不过，这种深厚的感情，常常是由许多情境汇积酝酿而成，而不必固执着某一情景。

沧海月明珠有泪：沧海月明，正采珠之时，但所采得之珠，竟然有泪，而成为一不幸之"泪珠"。以喻自己当时深受令狐楚之知遇、期许，乃今日竟成为生涯寥落，百无一成之人。

蓝田日暖玉生烟：蓝田日暖，景象清妍；而在此景象清妍中之良玉，却浮为烟霭，可望而不可即，令人把捉无从。以喻自己一生的温暖，惟在己妻所给与的爱情，有如蓝田的日暖；而妻则已死矣。这一副爱情，在今日也只能在想象中领受。

此情可待成追忆，只是当时已惘然：按此两句的解释，似易而实难。上句"可待"的意义，须在与下句"只是"的相对中去了解。上句"追忆"的意义，须在与下句"惘然"的相对中去了解。二句是一开一阖，中间有一意境的转换，而不是直滚下来的。因此，"可待"乃"可值得"的反问口气。意思是说，年轻时的这些情境，如梦如幻，还值得（可待）去追忆吗？不过（只是）在当时却不知其为梦幻（已惘然），而投下了我青年时期的全部生命了。

以上我所作的解释，很难说已经达到了"追体验"的目的；但比过去的解释，似乎与此诗的气氛、情调，稍稍切贴一点。

十五、尝试之二——艺术性的分析

最后，我要稍稍分析一下，为什么这首难懂的诗，却有这样的魅力。

最初引人注意的是这首诗所给与于人的美丽的形相，及与此形相相融和的流动而婉曼的韵律。"锦瑟"、"华年"、"晓梦"、"蝴蝶"、"春心"、"杜鹃"、"沧海"、"月明"、"珠"、"蓝田"、"日暖"、"玉"，都是美丽的形相。而这些美丽形相，放在一起，分量是相称的；所以容易作有机体的连结，以形成一个统一的美丽形相。律诗的韵律，不仅靠平仄的谐和，更要求每一组（一句）乃至全组字句的音色音量，有自然的谐和、配合。它的变动，乃是在谐和中的变动。我们读这首诗的时候，纵然对于它的意义不十分了解，对于故事的色彩有点稀奇；但在读的音调中却不会感到有某一字音来得太硬或太软，太促或太滞，这即是音色音量的配合调和的效果。韵律不流动便呆板；流动，在技巧上是由每一句内各字的飞沉轻重的互相错落，及上下联的虚实字互相错落而来。更重要的是在文字后面有一股生命力在跃动，这便牵涉到最根本的意境问题。而形相与韵律之间，也应当有自然而然的配合。杜甫"落日照大旗，马鸣风萧萧"，其景象大，韵律便自然严重。"细雨鱼儿出，风轻燕子斜"，其景象小，韵律便自然轻灵。《锦瑟》诗的景象是美丽中的悲哀，所以它的韵律是婉转而妙曼。

把《锦瑟》诗读熟了以后，在缓步低吟中，也会感到在它的美丽、婉曼的形相、韵律中，却浮出一缕淡淡的哀愁；并且这种哀愁的气氛，越挖越深，最后好像看到有一个被由爱憎怨慕交织而成的万缕情丝所捆缚着，正力求解脱，却尚未能完全解脱，甚至也不想完全解脱的诗人，站在与读者若即若离的处所。这种魅力，不一定关于特定内容的了解的。

诗由典故景物所呈现出的形相，是客观的。《锦瑟》诗里的"华年"，乃属于过去，依然是客观的。从创作的精神过程讲，是这些客观的东西，先沉浸于自己的主观感情之中，与感情融和在一起，经过酝酿成熟后而始将其表达出来；此时的典故、景物，本是由感情所涌出，因之，它是与感情同在；所以客观中有主观，主观中有客观，主客观是融合而为一的。但要将它表达于文字之上，却需要有很大的功力、技巧。《锦瑟》诗的兴象深微，正表现了这种功力、技巧。客观的景物、典故，略加转折，即达到主客合一的境界。第一句的"锦瑟"、"五十弦"，第二句的"一弦一柱"、"华年"，都是客观的。但第一句只介入"无端"两字，第二句只介入一个"思"字，便把两句所咏叹的客观景象，完全染上了主观的——作者的感情了。第三、第四两句，更进一步在客观典故中，用一个字作转折，如第三句用一"迷"字，第四句用一"托"字作转折。第五、第六句则不见有转折之迹，而仅用"有泪"、"生烟"的点染，以达到每句的下三字，实承上四字而作了意境的转换。这种转折、转换，一方面使每一句中的典故，陈述得很完整，例如第四句所述的望帝杜鹃的故事，几乎没有看到他人能在七个字里，陈述得这样完整的。而第五、第六两句，实际每句是把两个以上的有关故事，融铸为一个故事；这中间都须要很大的想象与凝缩的力量。另一方面，经过转折转换后，把每一故事本身中所潜伏着的意味，显发了出来，如第四句中的"托"字。甚至不一定为故事本身所固有，但为作者所要求于故事中的意味，也"生发"出来，如第三、第五、第六三句。这样便使每一句中的故事，能深化为一完整而带感伤的感情世界。第二句中的"思"字，便在中四句的四个感情世界中飘荡；读者的想象力，也在这四个感情世界中飘荡。而四句相互间也是层层展开，层层转折；在展开、转折中，得到自然的谐和统一；这种功力深，却看不出用力之迹的技巧，乃是天才与功力结合在一起的大技巧。

还有第五、第六两句，把两个以上的典故融合在一起，例如第五句便把采珠、遗珠、泪珠等故事融合在一起，以构成他所要求的完整景象，却使人不感到有半丝半毫的拼凑之迹，这固然是大的功力、技巧的表现。而在第三句的庄生故事中，原故事只说到了"梦"，并没有说是"晓梦"，他却轻轻添入一"晓"字，以与第二句的"华年"相应。第四句的故事，只是望帝化为杜鹃，或蜀人见杜鹃而思望帝，其中并没有"春心"两字，但义山轻轻添入"春心"两字，这便把此一故事完全点活，而使其得到了作者所要求的新生命。这说明一个伟大作者，不仅是假借客观以象征自己的主观感情，同时在假借中，也对客观注入了新的因素；使此一故事，虽然是客观的，但也和中国的山水画一样，并非由模仿而来的客观。因为有这一道功力在里面，便更使主客观融合得浑沦一体。但这类新因素的注入，若才力不够，使人看来便感到是附赘悬瘤，甚至于变成非驴非马，那便失掉了表现的效果，失掉了艺术所必不可少的谐和性。

此诗第七、第八句，是前六句的收束，看来好似寻常。但第七句，义山是以他作诗时向佛教求解脱的心情，对上六句所说的加以否定；"可待成追忆"，犹言这些如梦如幻的事情，还值得追忆吗？这对全诗而言，是一大转折、一大跌宕。而第八句的"已惘然"，与第二句的"思"字呼应，又对前六句所说的，肯定过来；对第七句而言，却又是一个转折，一种跌宕。必如此去领会，"只是"两字，才有着落。全首从第一句到第八句，每句都有转折、跌宕；句与句之间，又都有转折、跌宕；而转折、跌宕得不费气力，以形成拥有丰富内容的谐和统一；这当然要算非常成功的作品。义山诗集中的七律，能达到此一境界的，大约也只有十几首。

以上对《锦瑟》诗的解释、分析，并不是先拿一个什么格套，硬把这种格套用上去。我的解释分析，更不能说是对诗作解释或鉴赏时的范例。不过，我愿向对诗有欣赏兴趣的人，指出下面一点：即是读者与作者之间，不论在感情与理解方面，都有其可以相通的平面，因此，我们对每一作品，一经读过、看过后，立刻可以成立一种解释。但读者与一个伟大作者所生活的世界，并不是平面的，而实是立体的世界。于是，读者在此立体世界中只会占到某一平面；而伟大的作者，却会从平面中层层上透，透到我们平日所不曾到达的立体中的上层去了。因此，我们对一个伟大诗人的成功作品，最初成立的解释，若不怀成见，而肯再反复读下去，便会感到有所不足，即是越读越感到作品对自己所呈现出的气氛、情调，不断地溢出于自己原来所作的解释之外、之上。在不断的体会、欣赏中，作品会把我们导入向更广更深的意境里面去，这便是读者与作者，在立体世界中的距离，不断地在缩小，最后可能站在与作者相同的水平，相同的情境，以创作此诗时的心来读它，此之谓"追体验"。在"追体验"中所作的解释，才是能把握住诗之所以为诗的解释。或者，没有一个读者真能做到"追体验"，但破除一时知解的成见，不断地作"追体验"的努力，总是解释诗、欣赏诗的一条道路。

韩偓诗与《香奁集》论考

一、文学史中的一个悬案

韩偓，字致尧，^①小名冬郎，又自号玉山樵人。籍京兆万年。《唐书》一八三有传。他生于唐会昌四年（西纪八四四年）。父亲韩瞻（畏之），与李义山是同年进士，并同为王茂元之婿。李义山随柳仲郢入川东时，韩偓时年十岁，他曾即席为诗相送，义山谓其"有老成之风"。但一直到龙纪元年（八八九年）始成进士，时年四十五岁。后因助昭宗反正之功，于天复元年（九○一年）拜翰林学士承旨，知制诰，时年五十七岁。昭宗此时对他非常信任，而他在恶竖强藩，交相挟迫之中，也尽了最大的忠诚与智慧；并曾让宰相而不为。在昭宗天复三年（九○三年），他年五十九岁，终因朱全忠之逼而外贬濮州司马，再贬荣懿尉，徙邓州司马。他大概即由邓州转汉口、湖南、江西，而避难于福建，当时

①《唐书》谓韩偓字致光。胡仔《渔隐丛话前编》谓字致元。计有功《唐诗纪事》谓"字致尧。今曰致光，误矣"。《唐才子传》亦作致尧。余所见三旧钞本，所出皆不同（见后），其署衔均作致尧。《四库简明目录标注续录》中著录之涵芬楼所藏宋本《翰林院集》，其署衔亦作致尧。由此可知《四库全书总目》卷一五一"韩内翰别集"条下谓"刘向《列仙传》称偓佺，尧时仙人，尧从而问道；则偓字致尧，于义为合"之言为可信。

福建的藩主为王审知。从他到福建后所作的诗看，他在福建，一直是受到许多猜疑，生活得并不顺畅。但因他的恬退自甘，与人无竞，卒能远祸自全。到福建后在福州大约住了一年，旋隐居沙县、尤溪，最后隐居南安县以卒。时为后唐庄宗同光元年，即西纪九二三年，得年八十岁。这中间唐室曾两次要他复职，他见大局已无可为，都没有接受。但眷怀故君故国，而不屑与当时奔走于各僭主间的士大夫同流合污，其志节远非当时士大夫所能及。下面两首诗，大概可以代表他入闽以后的心境，兹录于下：

> 余卧疾深村，闻一二郎官今相（一作称）继使闽越，笑余迂古，潜于异乡，闻之因成此篇
> 枕流方采北山薇，驿骑交迎市道儿。
> 雾豹只忧无石室，泥鳅唯要有污池。
> 不羞荜卓黄金印，却笑羲皇白接䍦。
> 莫负美名书信史，清风扫地更无遗。

> 安贫
> 手风慵展八行书，眼暗休寻九局图。
> 窗里日光飞野马，案头筠管长蒲卢①。
> 谋身拙为安蛇足，报国危曾捋虎须。
> 满世可能无默识，未知谁拟试齐竽。

韩偓留下的诗，《唐书·艺文志》著录有"《韩偓诗》一卷，

---

① 果蠃。

《香奁集》一卷"。就现行集中可信为韩偓的作品来看，写景较姚合为自然，言情较许浑为真切。近体诗于温婉之中，有深厚之致，非晚唐一般靡靡之音可比。顾百年来同光体大行，清苍、奥衍两派，各有源流，言及韩偓诗的特少。此固为一代风气所限。但南宋以来，无形中以《香奁集》为韩偓诗的代表作；其中有一部分风怀诗，软熟鄙俗，为带有严肃心情的同光作者所不喜，因而便很少留心到他，也是必然之势。①

但《香奁集》到底是否出于韩偓，迄今是文学史中的一个悬案。今日如要进一步论定韩偓的诗，首须对此悬案作一解决。本文即系对此问题，提出一种答案。

首先对《香奁集》提出问题的，是沈括的《梦溪笔谈》，兹抄录在下面：

> 和鲁公凝有艳词一编名"香奁集"。凝后贵，乃嫁其名为韩偓，今世传韩偓《香奁集》，乃凝所为也。凝生平著述，分为《演纶》、《游艺》、《孝悌》、《疑狱》、《香奁》、《籝金》六集。自为《游艺集》序云："予有《香奁》、《籝金》二集，不行于世。"凝在政府，避议论，讳其名；又欲后人知，故于《游艺集》序述之，此凝之意也。予在秀州，其曾孙和惇家藏诸书，皆鲁公旧物，末有印记甚完。（卷一六）

按沈括（一〇三一至一〇九五年）的《笔谈》，撰述于元祐年间

---

① 关于同光诗之两派及其源流所自，陈衍《石遗诗话》卷三页二，言之颇详。而同光诗人中之大家，无不对人生、对时局，怀有严肃的心情，故在表现上自然走向清苍奥衍之路，非仅诗的技巧流变使然。

（一〇八六至一〇九三年）。他以博洽著闻，特究心当代掌故及天文算法钟律之学。在政治主张上他是站在王安石变法的一边，与当时道学诸公，略无关系。他说《香奁集》是和凝嫁名，乃因他曾亲见和凝《游艺集》的自叙，与他自己对诗的态度毫不相关。和凝（八九八至九五五年）新、旧《五代史》皆有传。《旧五代史》卷二二七《和传》谓其"平生为文章，长于短歌艳曲"。《旧五代史》注引《宋朝类苑》记其有《香奁集》嫁名于韩偓事，实取材于《梦溪笔谈》。新、旧《五代史》皆说他有集百余卷，自镂板以行于世。郑樵《通志·艺文略》尚著录有和凝《演纶》篇五十卷，又《游艺集》五十卷，今已不传。《宋史·文苑传》中，有和凝之子和岘、和嵘传。嵘传中谓"凝尝取古今所传听讼、断狱、辩冤、雪枉等事，著有《疑狱集》，嵘因增益事类，分为三卷，表上之"。又谓嵘"并补注凝所撰《古今孝悌集成》十卷以献"。由此可证《笔谈》所举和凝著作之可信，因而他所看到《游艺集》自序也是可信的。晁公武《郡斋读书志》引沈括之说，而结之以"或谓括之言妄"，则晁氏对此一公案，实持两可之见。

另一提出问题的是叶梦得。他说：

　　偓在闽所为诗皆手自写成卷。嘉祐间，裔孙奕出其数卷示人。庞颍公为漕，取奏之，因得官。诗文气格不甚高。吾家仅有其诗百余篇。世传别本有名"香奁集"者，《唐书·艺文志》亦载，其辞皆闺房不雅纯。或谓江南韩熙载所为，误以为偓；若然，何为录于《唐志》乎？熙载固当有之。然吾所藏诗中，亦有一二篇绝相类，岂其流落无聊中，姑以为戏。然不可以为训矣。

又：

> 吾家所藏偓诗虽不多，然自贬后，皆以甲子历历自记其
> 所在……其大节与司空表圣略相等；惜乎唐史不能少发明之
> 也。（上见《四部要籍序跋大全·集部》甲辑所引页七二）

谓《香奁集》出于韩熙载，不出于叶梦得本人，而出于身份不明
的"或谓"，叶梦得并不十分相信。但韩偓裔孙所出之诗卷，及梦
得自己所藏者，皆非《香奁集》；而《香奁集》乃"世传别本"，
则是说得非常明白的。按韩熙载（九〇二至九七〇年），《宋史》
卷四七八的《南唐世家》，及马令《南唐书》，和陆游《南唐书》，
皆有传。《宋史》言其"畜妓妾四十余人，多善音乐，不加防闲，
恣其出入外斋，与宾客生徒杂处"。马令《南唐书》所载略同。宋
郑文宝《南唐近事》谓其"放旷不羁，所得俸钱，即为诸姬分去。
乃着衲衣负筐，令门生舒雅执手板，于诸姬院乞食，以为笑乐"。
他是公开地帏薄不修的人，所以有客赋诗谓"最是五更留不住，
向人枕畔着衣裳"。但他"才高气逸，无所卑屈，举朝未尝拜一人"
（本传）。善碑记文字，而不肯因货贿滥著一语。徐铉尝为之作《唐
故中书侍郎光政殿学士承旨昌黎韩公墓志铭》，谓其"美秀而文，
中立不倚。率性而动，不虞悔吝。闻善若惊，不屑毁誉；提奖后
进，为之声名……俯视权幸，终不降心……风流儒雅，远近式瞻。
向使检以法度，加以慎重，则古之贤相无以过也"。所以他是一位
很难得的大名士。俞正燮《癸巳类稿》卷一五有《韩文靖公事辑》，
征引文献近三十种；由其故事流传之广，可知其在当时的声名，
远在和凝之上。

上面两种说法，以沈括的说法影响最大；其中最著者除前引之《宋朝类苑》外，尚有尤袤的《全唐诗话》，亦信其说。此后则有明代之胡应麟。他说：

> 《香奁集》，沈存中（括）、尤延之（袤）并以为和凝作；凝少日为此诗，故嫁名韩偓。又不欲自没，故于他文（按《游艺集》自序）中见之。今其词与韩不类，盖或然也。方氏《律髓》（按指方虚谷之《瀛奎律髓》），以偓同时吴融有此题（按指集中之《无题》诗，见后）为证，不知此正凝假托之故。不然，胡以弗托之温、韦诸人，而托之偓（按胡氏意谓正因吴融有和韩偓《无题》诗，故和凝即缘以假托于韩偓而使人不疑）？叶少蕴（梦得）以为韩熙载，则姓与事皆近之。总之，俱五代耳。叶以不当见（于）《唐志》为疑，此不然；《唐志》如罗隐、韦庄、刘昭禹辈，皆五代人也。（《少室山房笔丛》卷三二《四部正讹》下）

又谓：

> 和凝字成绩，生平撰述共分六种，《香奁集》其一也，今独此传。其句多浮艳，如"仙树有花难问种，御香闻气不知名"，"鬓鬅香颈云遮藕，粉着兰胸雪压梅"，"静中楼阁春深雨，远处帘栊夜半灯"（按上各诗皆见《瀛奎律髓》）。方氏以为韩偓，叶少蕴以为韩熙载。大概晚唐五代，调率相似。第偓当乱离之际，以忠鲠几杀身，其诗气骨有足取

者，与《香奁集》不类。谓凝及熙载，则意颇近之。《诗话总龟》又载凝"桃花脸薄难成醉，柳叶眉长易搅愁"之句，可证云。（《诗薮·杂编》卷四《闰余》上）

按胡氏信《香奁集》非出于韩偓，系由诗的"类"或"不类"着眼。而他所引以证为和凝的两句诗，今见于《香奁集·复偶见三绝》中之第二首，诗为"桃花脸薄难藏泪，柳叶眉长易觉愁"，字句稍有异同，然两者本为一诗，则是无可疑的。但我遍查《诗话总龟》，只卷四八下引《王直方诗话》一则中有谓"德麟（赵德麟）小词，有'脸薄难藏泪，眉长易觉愁'之句，人多称之，乃全用《香奁集》'桃花脸薄难藏泪，柳叶眉长易觉愁'一联诗，但去其上四字耳"。据此，则胡氏谓此系和凝的诗，当系误记。

反对沈括说法的也很多，但最有力的要算宋葛立方的《韵语阳秋》上的一段话；其他反对沈括之说的，皆援此以立论。他说：

> 韩偓《香奁集》百篇，皆艳词也。沈存中《笔谈》云"乃和凝所作……"今《香奁集》有《无题》诗序云"余辛酉年（九〇一年）戏作《无题》诗十四韵，故奉常王公、内翰吴融、舍人令狐涣，相次属和。是岁十月，一旦兵起，随驾西狩，文稿咸弃。丙寅岁（九〇六年）在福州，有苏昈以稿见授，得《无题》诗，因追咏旧诗，阙忘甚多"。予按《唐书·韩偓传》……以《纪运图》考之，辛酉乃昭宗天复元年，丙寅乃哀帝天祐三年。其序所谓"丙寅岁，在福州，有苏昈授其稿"，则正依王审知之时也。稽之于传与序，无一不合者，则此集韩偓所作无疑。而《笔谈》以为和凝嫁

名于偓，特未考其详耳。《笔谈》云"偓又有诗百篇，在其四世孙奕处见之"。岂非所谓旧诗之缺忘者乎。（《韵语阳秋》卷五）

    按上面葛氏的话，可谓言之有物。再加上吴融的《唐英集》中，确有《和韩致光（致尧）侍郎〈无题〉三首十四韵》的诗（《苕溪渔隐丛话前集》卷二三引《遁斋闲览》，即强调此点），更加上《香奁集》前面有韩偓的自序（今人胡道静在《梦溪笔谈校证》卷一六中，即强调此点），则沈括《笔谈》之说，可谓无成立之余地。但沈括是一个富有征实精神的人；和凝的《游艺集》自序，是他亲眼所见，非展转传说可比，这又如何解释呢？于是有人便认为沈括所看到的和凝自序中所说的，乃是另一《香奁集》。所以《苕溪渔隐丛话前集》二十三引《遁斋闲览》谓："……然凝之《香奁集》，乃浮艳小词。所谓不行于世，欲自掩耳。安得便以今《香奁集》为凝作也？"按韩偓在当时的诗名相当大，而和凝生年又与之相去不远。若和凝知韩偓有《香奁集》，他当不致故意与之雷同，因为他自己是有地位的人。若和凝不知韩偓有《香奁集》，而将自己的浮艳小辞编为《香奁集》，那未免太巧合了。且今《全唐诗》中收有和凝《宫词》百首及杂诗八首。在附逸诗中，又收有他的"浮艳小词"二十四首，皆未闻有"香奁集"之名。而今日《香奁集》中，也正录有些浮艳小词，所以认为有两《香奁集》之说，亦很难成立。然则在这两相矛盾又各有根据的不同说法中，如何能找出一条解答的途径呢？

二、在韩集著录及版本的情况中找问题的线索

为得解答上述问题，我想先从韩集著录的情形着手。

韩偓集著录最早的当为《唐书·艺文志》的"《韩偓诗》一卷"，又"《香奁诗》一卷"；《唐书》成于宋嘉祐五年，即一〇六〇年。其次为晁公武的《郡斋读书志》的"《韩偓诗》二卷，《香奁集》不载卷数"。其次当为陈振孙《书录解题》的"《香奁集》二卷，《入内庭后诗集》一卷，《别集》三卷"。又其次当为马端临《文献通考·经籍考》七十的"《韩偓诗》二卷，《香奁集》一卷"。又其次则为《宋史·艺文志》七的"韩偓《香奁小集》一卷，又《别集》三卷"。《全唐诗》则谓"《翰林集》一卷，《香奁集》三卷，今合编四卷"。而在合编四卷中，《翰林集》实为三卷，《香奁集》实为一卷，与它序录中所说的卷数恰恰相反。由此可以推知序录所说的卷数，是出于它所根据的底本的分卷；而在它合编中的卷数，则系按照诗实际的分量分的卷。《四库全书总目》未收《香奁集》而仅著录《韩内翰别集》一卷。《增订四库简明目录标注》中有"《韩内翰别集》一卷，汲古阁刊本。又刊《香奁集》一卷"。《续录》中有"涵芬楼藏《翰林院集》一卷，十行十八字，次行题全衔'翰林学士承旨行尚书户部侍郎知制诰上柱国万年韩偓字致尧'，缪艺风云，是宋本。元刊《香奁集》三卷。汲古本《香奁集》别刊"。《四部丛刊》影印有旧钞本《玉山樵人集》附《香奁集》不分卷（以后简称"影印旧钞本"）。所谓《玉山樵人集》，即是《韩翰林集》或《韩内翰别集》。《关中丛书》收有《吴评韩翰林集》，内分《翰林集》三卷，《香奁集》三卷，及《补遗》

（从《全唐文》中录出），其中有吴汝纶、吴闿生父子的少数评注；而雠校编定，盖出于吴闿生之手（以后简称"吴校本"）。其所收数量与《全唐诗》相同，并将《全唐诗》附逸诗所收韩偓的《生查子》一首，《浣溪沙》二首，一并编入。但《全唐诗·香奁集》，原编为一卷，而吴校本则割裂为三卷，乃将《全唐文》中韩偓之《黄蜀葵赋》、《红芭蕉赋》收入，以足成三卷之数。周昂《十国春秋拾遗》在"闽"下有一条谓"滔（黄滔）以词赋名家，有《红芭蕉》、《黄蜀葵》杂赋，皆脍炙人口"（《十国春秋》卷一一五页八六）。周氏未注明所出，但《拾遗》全从各种文献中辑集而成，可以断言其必有所出。韩偓的声名比黄滔大，两人晚年又同时在闽。以常情推之，声名大者的作品，误传为声名较小者的作品，其可能性较小。则此两赋之出于黄滔，或更为可信。由此亦可窥见韩偓诗文由后人加以附益的情况。

此外，中央图书馆善本书中藏有《翰林集》钞本一册（以后简称"甲旧钞本"），其中收有《翰林集》及《香奁集》，皆不分卷。而两集首之次行，皆各署全衔"翰林学士承旨行尚书户部侍郎知制诰韩偓字致尧"，由此亦可知两集之原为别行。又藏有钞本二册（以后简称"乙旧钞本"），署全衔与甲旧钞本同；其《翰林集》之内容，与吴校本同，但未收《香奁集》。

由上面的叙述，可以了解下面三种情况：

（一）《香奁集》早有定名，惟《宋史·艺文志》加一"小"字。而《香奁集》以外之韩偓诗，其名称则颇有变迁。二者不仅很早便已分别成集，而且很早已经分别流行。

（二）《香奁集》以外之诗，最早称为"韩偓诗"，以后乃有"翰林集"、"韩内翰别集"、"玉山樵人集"等名称（本文中以后统称为"翰林集")。其中变迁最大者,则为自陈振孙《书录解题》起,加上"别集"两字。

(三)卷数皆由一卷而演变为二卷乃至三卷。

由上述的三种情况,更可以推出如下的三种情况:

(一)韩偓有一部分诗,很早便预定有"香奁集"的名称。并据韩偓《香奁集》自序,这名称是韩偓自己所定的。此外的诗,因韩偓自己未取上名称,故久无定名。

(二)"别集"名称之出现,可能是《香奁集》里的诗,特别引起了人们的注意,而即以之为韩偓的代表作,所以把《香奁集》以外的诗,便称之为"别集"。若按照《唐书·艺文志》著录的情形来看,则《香奁集》应称之为"别集",因"韩偓诗"才是他的诗的全称。所以叶梦得便将《香奁集》称之为"世传别本";这代表了北宋时代对两种诗的看法,和南宋以后的看法的不同。

(三)卷数的增加,可能出于编校者随意的离合,亦可能是出于后来的人,对诗的数量有所增加。

现在我首先要研究的是,按照韩偓诗的性质而编成两种集子,到底哪一种集子与韩偓本人的关系最为密切呢?粗略地看,《香奁集》有韩偓的自序,当然"香奁集"是韩偓自定的名称,也即是由他生前所编定,所以它和韩偓本人的关系最为密切。假定是如此,《香奁集》便不会发生应当谁属的问题。但据我的考察,情形恰恰相反。先看看下面几种材料。

沈括《梦溪笔谈》卷一七:

> 唐韩偓为诗极清丽。有手写诗百余篇,在其四世孙奕处。偓天复中避地泉州之南安县,子孙遂家焉。庆历中,

予过南安，见奕出其手集，字极淳劲可爱。数年后，奕诣阙献之，以忠臣之后，得司士参军，终于殿中丞。又予在京师，见偓《送譻光上人》诗，亦墨迹也，与此无异。

《文献通考·经籍考》：

> 石林叶氏曰："偓在闽所为诗，皆手写成卷。嘉祐间，裔孙奕出其数卷示人……吾家仅有其诗百余篇。世传别本有《香奁集》者，《唐艺文志》亦载，其辞皆闺房不雅……"
>
> 又曰："……吾家所藏偓诗虽不多，然自贬后皆以甲子历历自记其所在……"

《苕溪渔隐丛话前集》二三引陈正叔《遁斋闲览》云：

> 《笔谈》（按指《梦溪笔谈》）谓《香奁集》乃和凝所为，后人嫁其名于韩偓，误矣。唐吴融集中有《和韩致元侍郎〈无题〉》两首，与《香奁集》中《无题》韵正同。偓叙中（按此指《无题》诗之序），亦具载其事。又尝见偓亲书诗一卷，其《裛（裹）娜》、《多情》、《春尽》等诗，多在卷中（按指偓亲书诗一卷而言）。偓词致婉丽，非凝言"余有《香奁集》不行于世"。……

我们先不问上面各人对《香奁集》的看法如何，而只注意下列三点：

（一）沈括所看到的手写诗百余篇，最为确实可靠，这百余篇当然不是《香奁集》，否则他便应修正《笔谈》卷一六《香奁集》出于和凝的记载。而此一手写诗，又曾被《遁斋闲览》的作者陈正叔所亲见过。叶梦得因未亲见此手写卷，所以他对此手写诗的情形，说得有点含混。第一，此手写卷乃在闽时写定，其中有许多是在闽所作，但并非全系在闽所作。他仅提到"在闽所为诗"，是不妥当的。亲眼看到的沈括，并不曾说他所看到的是"在闽所为诗"。第二，叶氏所谓"出其数卷示人"的"数卷"，只是手写的数纸，不一定与编集成卷之卷，同其意义。

（二）叶梦得自己保有韩偓的诗百余篇，这百余篇是经过韩偓自己"皆以甲子历历自记其所在"的。他只说其中有一二篇与《香奁集》中的诗相类，可知这分明不是《香奁集》。《遁斋闲览》的作者所亲看到的偓亲书诗卷中，内有《多情》、《裊娜》、《春尽》三诗。《春尽》诗未在《香奁集》中重见，《裊娜》、《多情》两诗，则皆在《香奁集》中重见。《裊娜》诗的原注是"丁卯年作"，这是唐亡的九〇七年；韩偓于上一年丙寅秋到福州，此时大概还在福州。《多情》诗的原注是"庚午年在桃林场作"，这是唐亡后的第三年，即九一〇年。这都是他晚年的诗。而《春尽》一首，若按在前第十三首《驿步》诗的原注"癸酉年在南安县"，及在前第十首的原注"南安寓止"来推测，则此诗也应当是他在南安县时之作，时间当仍为癸酉年，即九一三年，更是晚年之作。而这首诗正是他最高的代表作，因为这是他把亡国之恨，及一去不返的难尽春情，融化在一起的作品，我顺便录在下面：

惜春连日醉昏昏，醒后衣裳见酒痕。细水浮花归别涧（一作浦），断云含雨入孤村。人闲易得（一作有）芳时恨，

地迥（一作胜）难招自古魂。惭愧流莺相厚意，清晨犹为
到西园。

若如《香奁集》自序所说，里面的诗都是少作（见后），则此三诗
只能归入《翰林集》，而不能归入《香奁集》。但事实上，此三诗
正在韩偓手写本中，其中有两诗在《香奁集》中，乃是"重见"
的性质。

（三）叶梦得因为没有看见韩偓手写本，不知道手写本的诗
数有多少。但曾亲见过的沈括，则明说是"有诗百余篇"，此与叶
氏自己所保有的百余篇，实为暗合。而叶氏所保有的皆由偓注有
甲子，则与手写本实系同出一源。于是我不妨假定，韩氏在晚年
自己编写自己的诗，除他的四世孙韩奕所保有的手写本外，当时
还另有副本流通印刻行世。今日如把《全唐诗》所收的韩偓诗中，
将其诗题记有甲子的诗，原注注有甲子的诗，及由原注"此后
○○年作"可推得出甲子来的诗，加以统计，亦约略为百余篇之
数，与叶氏所保有的数字相符。将此数字编成诗集，亦只能编成
一卷。所以《遁斋闲览》作者所见的手写诗，恰是一卷。由此再
加推测，《唐书·艺文志》所著录的《韩偓诗》一卷，亦正与上述
的情况相符，它与叶氏所保有的韩偓诗，都是出于韩偓的手写本。
这即是今日《翰林集》的底本。奇怪的是，韩偓手写本的诗不是
《香奁集》，叶梦得所保有的诗，也不是《香奁集》。这不仅可以说
明在北宋的《韩偓诗》与《香奁集》，完全是各成系统，各别流通，
而且可得一结论是，《翰林集》与韩偓的关系，远较《香奁集》为
亲切，因为它是出自韩偓本人的手写本。

三、《香奁集》的一篇假序

现在我要进一步说明《香奁集》的自序，不是韩偓的作品，甚至也不是和凝的作品，乃是和凝以后的人的冒名伪作。先根据吴校本把原序抄在下面：

> 余溺于章句，信有年矣。诚知非士大夫所为，不能忘情，天所赋也。自庚辰辛巳之际，迄己亥庚子之间，所著歌诗，不啻千首。其间以绮丽得意者亦数百篇，往往在士大夫口，或乐官配入声律。粉墙椒壁，斜行小字，窃咏者不可胜纪。大盗入关，缃帙都坠。迁徙流转，不常厥居。求生草莽之中，岂复以吟咏（一作讽）为意。或天涯逢旧识，或避地遇故人，醉咏之暇，时及拙唱。自尔鸠集，复得百篇；不忍弃捐，随即编录。遐思宫体，未降（一作解）称庾信攻（《全唐文》作工）文。却诮《玉台》，何必使徐陵作序。粗得捧心之态，幸无折齿之惭。柳巷青楼，未尝糠秕。金闺绣户，始预风流。咀五色之灵芝，香生九窍。咽三危之瑞露，美动七情。若有责其不经，亦望以功掩过。玉山樵人（按吴校本倒误作玉樵山人）韩致尧序

按上面序中所说，则《香奁集》里的诗，是韩偓自己所追录编集的。不仅从北宋人所看到的韩偓手写本及其原注，可以证明韩偓到福建后，曾追录自己的篇什，而篇什大约为百余篇。且现时《香奁集》中，即有《思录旧诗于卷上，凄然有感，因成一章》的诗，兹录于下：

缉缀小诗钞卷里，寻思闲事到（一作动）心头。自吟自泣（一作泪）无人会，肠断巫山第一流。

同时，在他所缉缀的诗中，本有由他人以旧稿见授，因而加以纪录的；现《香奁集》中有《无题》四首者即是。兹将此诗前面小序简录如下：

> 余辛酉戏作《无题》十四韵，故奉常王公相国，首予继和；故内翰吴侍郎融、令狐舍人涣、阁下刘舍人崇誉、吏部王员外涣，相次属和。是岁十月末，余在内直，一旦兵起，随驾西狩，文稿咸弃，更无孑遗。丙寅年九月，在福建寓止，有前东都度支院苏昈端公，挈余沦落诗稿见授，中得《无题》诗一首。因追味旧作，缺忘甚多；惟第二、第四首髣髴可记，其第三首才得数句而已；今亦依次编之，以俟他时偶获全本。余五人所和，不复忆省矣。

从上面的短序看，除《无题》诗外，见授的当然还有其他的诗。这都与《香奁集》自序所说的追录编集的情形相合。不过，韩偓在暮年把由追忆、见授，及当时所作的诗，手写成集的时候，是否除了他四世孙所保存的手写卷，及叶梦得所保有的，也即是《唐书·艺文志》上所著录，而未确定一个特定名称的"《韩偓诗》一卷"以外，还另外亲自编了一部集子，并特给以一个"香奁集"的名称呢？若是如此，则北宋人所看到的手写本，何以皆不是《香奁集》呢？同时，假定他把自己的诗分成两种性质，编成两个集子，但是否只为《香奁集》作序，而不为另一真正代表他晚年生活的集作序呢？我想，在常情上，已经是不大可能的。

再把这篇自序略加分析，《全唐诗》无自序，《全唐文》所录者首尾不全。吴校本自序之尾款与甲旧钞本同。而影印旧钞本的自序，尾款则署为"翰林学士承旨行尚书户部侍郎知制诰韩偓叙"，与吴校本及甲旧钞本皆不同。若此序为韩偓所自作，则其所自署的尾款自无不同；而钞者、印者，亦当因之而不得有异。现就我所能看到的，分明是两种不同的自署的尾款，这当然首先引起我的注意。

其次，若此序系韩偓自作，则此序究作于入闽以前，抑作于入闽以后呢？就序文中"或天涯逢旧识，或避地遇故人"的情境，及尾款的情形说，并就集中有许多诗又可断定为入闽以后的诗来说；则《香奁集》的编定，及自序的制作年代，当在韩偓入闽以后的暮年。现根据此一假定，将序文作进一步的考察，则发现：第一，《全唐文》八二九收有韩偓六篇文章，及十一则手简。在六篇文章中，除两篇赋可能是出于黄滔者外，另有《谏夺制还位疏》及《论宦官不必尽诛》两文是散文，《御试缴状》是骈文。惟有《香奁集》自序，则前半段是散文，后半段是骈文；骈散兼行，于韩偓的文体为不类。第二，他一开始便"余溺于章句，信有年矣，诚知非士大夫所为"；"章句"何以非士大夫所为？已不合当时情实。而下面又说自己的诗是"往往在士大夫口"，这岂不是自相矛盾？第三，序中说"庚辰辛巳之际，迄己亥庚子之间，所著诗歌不啻千首，其间以绮丽得意者亦数百篇"，则是在千首诗中，两种性质的诗都有。但何以他从"旧识"、"故人"所得的百篇，只是属于绮丽性质的诗呢？从他的《无题》诗的短序看，苏�端公所授给他的沦落了的诗，《无题》仅其中之一。而他在此序中所说的"旧识"、"故人",却只授他以"绮丽得意"的诗,岂不可怪?第四,若如序中所说,这类的诗,被人以"斜行小字",写在"粉墙椒壁"之上,所以他的"旧识"、"故人",偏偏只记得这一类的诗。但"粉墙椒壁"题诗,乃唐代比较太平时的景象,与韩偓公私板荡残破的时代背景不合。第五,序中说"求生草莽之中,岂复以吟咏为意?"按韩偓自天复三年贬谪,便经汉口转湖南经江西而入福建,皆在求生草莽之中。不仅在今日可证明为韩偓自己手写的百余篇的诗中,多是求生草莽之中的作品;而尤以在福州、沙县、南安县、桃花场者为多。且在《香奁集》中,可断定为韩偓的作品里面,亦多为求生草莽之中的作品。此序若假定是韩偓暮年所作,当然也是在福建时求生草莽之中所作的。在求生草莽之中作序,却忘记了自己在求生草莽之中也在作诗,这如何加以解释呢?第六,由前面所录的韩偓《思录旧诗于卷上……》的一首绝句,可知他追录旧诗时的精神状态是"凄然有感",是"自吟自泣",这与他所经历的平生,及当时的心境,是很恰合的。此绝句今日正在《香奁集》中。但他在为《香奁集》作序时,却是"咀五色之灵芝,香生九窍。咽三危之瑞露,美动七情"的轻薄色情状态,这不仅与上引绝句中所流露出的感情相矛盾,并且像这种老色情狂,实有点近于毫无心肝了。第七,最引起我注意的是,序中"自庚辰辛巳之际,迄己亥庚子之间,所著诗歌不啻千首"的几句话。庚辰是唐懿宗咸通元年,即西纪八六〇年,时韩偓十七岁。辛巳是其次年,时韩偓为十八岁。己亥是唐僖宗乾符六年,即西纪八七九年,时韩偓三十六岁。己亥之次年为庚子,时韩偓为三十七岁。上面序中两句话的意思是说,他自十七岁时起,到三十七岁时止,二十年间,有诗千首。并照序中"大盗入关（按当指黄巢于僖宗乾符七年庚子入长安而言，时西纪八八〇年，韩偓三十八岁）……岂复以吟咏为意"的一段文气来看，韩偓自三十七岁以后，便没有作诗；最低限度，也是极少作诗。这不仅与情实不合，并且在《香奁集》中，除了一部分可以推定是少年之作以外，其中可断定为韩偓的诗里面，有的分明是五十七岁以后之作，乃至是到了福建以后之作。为什么他在自序中，却肯定地说都是十七八岁到三十七岁时的作品呢？若把现时《翰林集》中的诗，及《香奁集》中的诗，加以统计，则凡有明白年月可考的，最早是始于昭宗乾宁二年乙卯，即西纪八九五年，时韩偓五十二岁。最晚为癸酉，即西纪九一三年，时韩偓七十岁。照其原注"已后〇〇年作"之例推之，自七十岁到八十岁的十年间（他死时八十岁），当然还有若干诗在里面；而在五十二岁以前，也会有若干诗在里面。但韩偓手写诗的重点，却是五十二岁至七十岁的这一段时间里的诗，是毫无可疑的。为什么当他编定《香奁集》而作序时，却止说到十七岁到三十七岁时的诗呢？

以上所提出的问题，若单独地看，则其中第一、第二两问题，或可归之于偶然的因素。但合在一起看，便绝不能解释为偶然的因素。尤其是尾款的互歧，及第三到第七所分析出的矛盾，乃铁案如山；而只好认为这篇序是由对韩偓的情形并不十分清楚的人所伪托的。并且这个伪托的人，我认为如后面所说的理由，不是出于编定《香奁集》的和凝，因为他无伪托此序的必要，而是出于和凝以外以后的人。

但这里，又发生由版本不同所引起的问题。我把我所能看到的三种不同的版本的序文，曾详加对照，发现有两个差异。一是吴校本的"迄已亥庚子之间"，在影印旧钞本则是"迄辛丑庚子之间"；

"辛丑"乃庚子之次年，时间较吴校本拉后一年。但按干支顺序，庚子应在辛丑之前，而序文中却把辛丑放在庚子的前面，不很合理，故似以吴校本所根据的底本为优。甲旧钞本则作"迄己丑庚子之间"，按己丑为唐懿宗咸通十年，即西纪八六九年，时韩偓二十六岁，下距庚子，尚有十一年；则此两干支之连用，更无意义。故甲旧钞本的"己丑"的"丑"，可能是"己亥"的"亥"字之讹。另一是吴校本的尾款为"玉樵山人韩致尧序"（应为玉山樵人），与甲旧钞本相同。但唐人为书作序，常以其官其名，署款在标题之下或其次行。其署款于末尾者，除元稹为白居易的《长庆集》作序，不署己"名"而署己"字"称"微之序"，以示亲昵外，则多只署名而不署字。至宋始多先名而后字。《全唐文》所载韩偓的手简十一帖，便皆称"偓状"。所以从吴校本及甲旧钞本的尾款看，只称别号及字，而不称名，与常规不合；益信此序出于妄人之手。

影印旧钞本此序的尾款是"翰林学士承旨行尚书户部侍郎知制诰韩偓叙"，这便与当时的正常款式及韩氏的职位，完全相合。但若照此尾款推测，则作此序的时间当是昭宗天复元年辛酉（西纪九〇一年），韩偓此时五十七岁。因为他作翰林学士，正是此年；而是年十一月，即仓促"随驾幸岐"，旋即"随驾在凤翔"。到了"天复三年二月二十二日"，已被谪"出官经硖石县"（以上皆见原注）。从天复元年十一月到被谪时，仓皇转徙，不可能有闲心情编《香奁集》，并为之作序。若此序真如尾款所示，乃韩偓在天复元年所作，则此时正是韩偓一生中的黄金时代；不仅从现时诗集所保留的诗篇中，有许多都是此时以后所作，而序中所说的"或天涯逢旧识，或避地遇故人"的这类话，更是荒谬不经了。从收录诗篇的情形看，影印旧钞本所根据的底本，在吴校本及甲旧钞本所根据的底本之前（见后），所以可能是后人看到影印旧钞本"辛丑"与"庚子"的倒置，及自序尾款与自序内容的过分矛盾，所以才改成吴校本及甲旧钞本的底本的样子。但其露出了作伪马脚，已如前述。

综上所述，我现在可以先作如下的三点结论：

（一）韩偓在福建时自编而且手写的诗，只有《唐书·艺文志》著录的《韩偓诗》一卷，但他自己并不曾定下名称。这是今日流行的《韩翰林集》的底子。但今时所流行的《翰林集》里面，则由后人补入了社会上所流传的韩偓的诗，并渗入了非韩偓的作品。

（二）在上述的韩偓自编里，收了一部分较为绮丽的诗，但并未另编一集。现行《香奁集》中虽然有他的诗，但《香奁集》的本身，非韩偓自己所曾与知的。

（三）沈括亲自看到和凝《游艺集》序中自称余有《香奁集》的话，是可信的。但这句话并非一定说明集里所收的诗都是和凝自己的。前面提到和凝的《孝悌》、《疑狱》两集，是由编集而成。《通志·艺文略》著录的《演纶集》五十卷、《游艺集》五十卷，从书名及卷数之多来看，亦可推其由编集而成。唐人照自己的好尚而选他人之诗以成诗集的，据《唐音癸签》卷三一所载，有十九种之多。五代人选的也有十三种，并且多是小集。则和凝选集韩偓一部分较为绮丽之诗，再加上自己的一些少作，以成《香奁集》，这从当时选诗的风气看，从和凝个人著作的体例看，从现有《香奁集》的内容（见后）看，是相当合理的。在这种情形下，他无嫁名于韩偓的必要，更不必伪造这样一篇不够水准的序。现《全唐文》八五九收有他的四篇文章，比这篇自序高明得多。不过，和凝因为当时自己的政治地位很高，对于自己少年的风怀诗，不好意思写上自己的名字；而韩偓的诗名，在当时已很大，当《香奁集》渐渐行世以后，他人看到其中有韩偓的诗，便认定此集是全属于韩偓的；和凝及其后人，也不好出来加以否认。至于有人认为是韩熙载的，是因为其中收有韩熙载的诗，或类似韩熙载的诗，而引起的猜测。但自有人伪造出一篇韩偓的自序后，《香奁集》与韩偓便结下了不解之缘；渐至自南宋起，一般人以《香奁集》来代表韩偓的诗，这真是千古的冤案。

上面三点结论中所应进一步加以说明的，留在下面补充。

四、《翰林集》中的伪诗

对有唐一代之诗，下过很大工夫的明胡震亨，在他所著《唐音癸签》卷三〇至三二中，记有唐诗集录的情形。其中有下面几句话："唐人诗既多出后人补辑，以故篇什淆错，一诗至三四见他集中，是正为难。"（卷三二）此条下面夹注中，并以行踪、官阶等作标准，举了两条辨正之例。李白集中之多伪作，苏东坡已言之。杜诗在宋宝元初为一千四百五篇，皇祐中王介甫一举而增入《洗兵马》等二百余篇（同上）。胡说虽未可全信，但《韩翰林集》中之杂有他人的诗，乃系寻常之事。韩集编成演变的情形，《唐才子传》说"各家著录皆不同，疑为后人裒集成书"；这两句话里面，实含有在各不同的著录中，所收诗篇，亦有多少出入之别。但《四库全书总目》一五一"《韩内翰别集》一卷"条下谓"各家著录，互有不同。今钞本既曰别集，又注曰入内廷后诗，而集中所载，又不尽在内廷所作，疑为后人裒集成书，按年编次，实非偓之全集也"。这里说得反有点模糊不清，因为它忽略了韩偓原有手写本，而现行本乃出于后人所哀集增益，另无所谓"全集"。日本东方文化研究所《汉籍分类目录》中有"《韩内翰别集》一卷，《补遗》一卷"，是明毛晋辑《唐人六集》中所收，经汲古阁据宋本校刊，可惜我无法看到此书，不知道"补遗"了哪些诗；但据此可知道宋本《翰林集》是有"补遗"，则是无可置疑的。而凡"补遗"的诗，最易杂入他人之作。即如影印旧钞本，较《全唐诗》吴校本及甲旧钞本少《大庆堂赐宴元玙而有诗呈吴越王》共七律四首。又少《御制春游长句》排律一首。按吴越王是指钱镠，韩偓不可能与钱镠发生过交往；而钱镠之封吴越王，乃天祐四年丁卯（西纪九〇七年）五月之事，是年唐亡；此为韩偓到福州之次年，旋不久往汀州沙县。则《呈吴越王》四首七律，必然是假。至《御制春游长句》的所谓"御制"，对韩偓而言，当然只有唐室的僖、昭两帝。但此诗的收联是"全吴霸越千年后，独此升平显万方"，这依然是"吴越王"下面臣工的口气，也是必假无疑。由此可以推知《全唐诗》所根据的底本，乃在影印旧钞本^①的底本之后，所以便不知由何人以"补遗"的心理添进了这样很明显的几首假诗。

另有《寄禅师》七绝一首，《访明公大德》七律一首，《大酺乐》、《思归乐》五绝二首，影印旧钞本、《全唐诗》、吴校本皆有，而甲旧钞本、乙旧钞本，皆缺此四首。吴校本在《寄禅师》标题下注"以下四首，本集不载"；《全唐诗》及影印旧钞本，皆无"本集不载"之语，则吴校本所用作底本的"本集"，当与甲、乙旧钞

---

① 按中央图书馆所藏甲旧钞本前有"槜李曹溶"方印。曹溶系明末清初人，则此钞本可能是明钞本。但此钞本中亦录有上述几首假诗，由此可知《四部丛刊》影印旧钞本的底本，在时代上是相当的早。不过，此本是按诗体分类，而将诗题上的甲子及原注，完全去掉，所以钞此本的人，乃是一个不学之人。

本同出一源，故甲、乙旧钞本所无者，吴校本根据《全唐诗》补入，而加"本集不载"四字。四首中《寄禅师》的七绝，诗体及由收句"世间闲口谩嚣嚣"所反映出的心境，与韩偓入闽后的心境相合，当是出于韩偓。集中有《永明禅师房》五律一首，则《访明公大德》之"明公"，可能即是永明禅师；因此，这一首可能也出于韩偓。《翰林集》中有《锡宴日作》七古一首，据原注，这是天复元年"岁大稔，出金币赐百官充观稼，宴学士院……"这有点大酺的意味。是年十一月昭宗奔岐，以后再无大酺的机会，所以《大酺乐》一首，不当出于韩偓。《思归乐》的五绝是"泪滴珠难尽，容殊玉易销。傥随明月去，莫道梦魂遥"。乃张文收诗，见《全唐诗》第一函第八册。

　　然则在目前我所能看到的四种本子所共有的诗中，是否便都是真的呢？绝不是如此。首先我觉得应先解决韩偓在未中进士以前，曾否有江南之游的问题。唐代文人外游，第一目的地为长安，因为这里可以接纳声气，求取进士及第的出身。韩偓家居万年（长安），又有他外祖公所赠的住宅，断无舍首善之区的故乡，而远游江南之理。其次，唐代文人另一远游的目的是为了谋衣食。但韩偓的父亲韩瞻，晚年久居"员外"，生活安定，无远游江南的必要。而韩瞻平生宦迹，亦与江南无缘。何况当时维扬江浙一带，正变乱剧烈，一直到南唐和吴越建国，才暂得到苟安之局。在这以前，不是游子可以随便前去的地方。韩偓于天复三年被谪，即远为避世避祸之计。他之所以经汉水、湖南、醴陵、万滩、抚州以入福建，正因为这一条通路，较江南一带为安全。而福建自王潮（王审知的兄）起，即采保境安民的政策。他并不是在闽有什么人事因缘才去逃难。从他暮年在闽所作的《安贫》、《味道》、《此翁》、

《息虑》、《失鹤》、《卜隐》、《闲居》等诗看，他到闽以后的生活是非常寂寞，而且不断受到猜嫌，所以他才入山惟恐不深的。假使他在未成进士以前，曾游过江南，则他在江南必有若干瓜葛，他晚年避地，便可能往江南而不远赴福建。至于他中进士以后的宦迹，本传犹约略可考，其未曾至江南，更不待论。先把这一点确定了，则各本所共有的《江南送别》、《过临淮故里》、《吴郡怀古》、《游江南水陆院》这一类的诗，可断言其皆非出于韩偓。《江南送别》诗有"大抵多情容易老"之句，亦可证此诗绝非少年之作。又按马令《南唐书·韩熙载传》谓他曾为南唐奉使中原，作《感怀》诗二章，署于馆壁云，"未到故乡时，将谓故乡好。及至亲得归，争如身不到。目前相识无一人，出入空伤我怀抱……"他是北人，故以中原为故乡；诗中凄怆之情，跃然纸上。《翰林集》中《过临淮故里》的诗是：

> 交游昔岁已凋零，第宅今来亦变更。
> 旧庙荒凉时缋绝，诸孙饥冻一官成。
> 五湖竟负他年志，百战空垂异代名。
> 荣盛几何流落久，遣人襟袍薄浮生。

韩偓的"故里"，不可能在临淮，"诸孙饥冻一官成"的情景，尤与韩偓不合；则此诗之不出于韩偓，实甚为明显。临淮为由金陵赴中原（洛阳）必经之路，这首诗及江南诸诗，或出于韩熙载。然韩之故里亦非临淮，所以只好存疑了。此外《夏课成感怀》中有"未到潘年有二毛"之句，潘安仁《秋兴赋》"余春秋三十有二，始见二毛"，则此诗是三十二岁以前所作的。但起首两句"别离终日思忉忉，五湖烟波归梦劳"，这绝非籍居万年（长安）人的口气，则这首诗也不是韩偓的。《秋郊闲望》诗有"碧云秋色满吴乡"之句，闽不可以称"吴乡"。又有"可怜广武山前语，楚汉虚教作战场"，这是当时江浙一带群雄斗争的形势，所以此诗也不是韩偓的。《南浦》诗有"应是石城艇子来"之句，与韩偓情况不合，而诗的气体较粗，极似韩熙载。《早起探春》及《闺怨》，杂在韩偓的居闽各诗中，与偓心境不合，故《闺怨》诗虽好，亦有问题。大抵将偓诗分为三卷，其第三卷中除极少数外，我认为多属可疑。若细加搜讨体会，《翰林集》中必尚可辨出与韩偓无关之作。最重要的是，希望尽可能找到出于宋代，尤其是出于北宋而定为"一卷"的《翰林集》的底本，详加校核，必可重新整理出真属于韩偓自己的《翰林集》。这才是今后做进一步研究工作的要点。最有意义的工作是能清理出各版本先后次序，以考察出它逐渐增加之迹，由此以探索出韩偓手写本之原。收罗得最完备的本子，对韩偓的诗集而言，绝不即是最好的本子。

五、《香奁集》内容的分析

谈到《香奁集》，我们首先应注意到，在《翰林集》中有若干诗如《早起探春》、《褭娜》、《闺怨》、《别锦儿》这类言情婉丽的诗，在性质上可以列入到《香奁集》中的，至少有十多首；但为什么其中有的未曾列入呢？而《香奁集》中有许多诗，如《无题》、《见花》、《宫词》、《寄远》（原注在岐山下）、《妬媒》、《不见》、《惆怅》、《闺恨》（原注壬申年在南安）、《多情》（原注庚午年在桃林场作）、《荔枝》三首（在福州作）等不下二十首，不仅寄托遥深，非一般风怀之作，且多作于避居闽中的暮年，当然在性质上也可以编入《翰林集》中；但为什么又未编入到《翰林集》中呢？并且既见于《翰林集》，又见于《香奁集》的，大约又有九首之多。而《旧馆》、《中春忆赠》，在《全唐诗》及吴校本均列入《香奁集》，但影印旧钞本却列入《玉山樵人集》；这是说明原列入《翰林集》中的诗，后来却转入到《香奁集》中去了。由此我们可以得出两点结论：

（一）当韩偓在晚年编写他自己的诗集时，绝没有认为他有两种性质不同的诗，而须另定"香奁集"的特定名称，以收集他的特别言情之作。

（二）《香奁集》的一部分，是由割裂了韩偓编写的《翰林集》中的一部分而成；两集的诗，在开始时并无明显不同的界限。并且将两集中可信为出于韩偓自己的诗合起来，也不过"百余篇"。同时因版本的不同，属于两集的诗，互有出入，还可以看出这种分割，在开始时并无一定标准。

其次，《香奁集》中的诗，大体上可分为三部分。一部分可推断不是出于韩偓的，一部分可信其是出于韩偓的，另一部分是不易作断定而至为可疑的。《咏灯》、《自负》、《天凉》为影印旧钞本所无，而《咏灯》中有"远随渔艇泊烟江"之句，《自负》诗很粗率，不似偓诗；这都可以推断其由后人所增补，其出于韩偓的可能性甚少。《全唐诗》后面增加的集外诗三首，更不可靠。金陵、横塘，非韩偓所曾经历之地，当然不是韩偓的。《江楼》二首中有"江静帆飞日亭午"之句，《别绪》中有"此生终独宿，到死誓相寻"之句，都与韩偓的情景不合，出于韩偓的可能性也很小。其次，《香奁集》中有几首杂体诗，乃《翰林集》中所无之体，如

《春尽》是四言，《三忆》、《玉合》、《金陵》、《厌花落》，都是不合词律的长短句，另有六言三首。这些杂言诗有一共同的特点，即是粗率而不温婉，有似韩熙载。连上面《横塘》的诗，不妨推测这是韩熙载的大作。

又甲钞本在两《五更》诗中，少七律一首，其诗甚为粗恶，这也可以证明有的底本收有此诗，有的底本却未收录此诗，因而此诗可断言其不出于韩偓。兹录于下：

> 往年（一作来）曾约郁金床，半夜潜身入洞房。怀里不知金钿落，暗中唯（一作空）觉绣鞋（一作衣）香。此时欲别魂俱断，自后相逢眼更狂。光景旋消（一作暗添）惆怅在，一生赢得是凄凉。

由此诗之可证明为伪，则对集中凡属这一类的诗，皆可提供一个判断的线索。又甲旧钞本少《咏柳》的第二首，又少《自负》、《天凉》、《日高》、《夕阳》、《旧馆》、《中春忆赠》、《春恨》、《秋千》、《长信宫词》。而较《全唐诗》及吴校本多《夜深》一绝（两集中另有《夜深》一绝，与此不同），兹录于后：

> 清江碧草两悠悠，各自风流一段愁。正是落花寒食夜，夜深无伴倚南（本作空）楼。

又较影印旧钞本多出《浣溪沙》二首及两赋。这说明各本《香奁集》的参差性，远大于各本《翰林集》的参差性。即是说明，香奁集虽很早便有一个固定名称，但其内容的流动性远较没有一个固定名称的《翰林集》为大。若采用公约数的原则，则这些参差别出的诗，都是可疑的。惟其中《夜深》一绝，为蜀韦縠《才调集》中所选韩偓五首之一，当可证明其出于韩偓。

第二部分可信为出于韩偓的约为：《见花》、《已凉》、《重游曲江》、《遥见》、《宫词》、《倚醉》、《寄远》（原注在岐山下作）、《踪迹》、《妬媒》、《不见》、《惆怅》、《闺恨》（原注壬申年在南安县作）、《咏柳》（重见）、《深院》（重见）、《袅娜》（原注丁卯年作。重见）、《多情》（原注庚午年在桃林场作。重见）、《偶见》、《个侬》、《荔枝》三首（原注福州作。重见）、《无题》四首（有序）等诗都是婉约深厚，绝非一般所说的风怀诗；而又与韩偓平生的情景相合，所以可信为出于韩偓。又《新上头》诗"学梳蝉鬓试新裙，消息佳期在此春。为要好多心转惑，遍将宜称问旁人"，与韩偓少负才名，而历久不第的应试以前的心情相合，所以此诗也大致可断其出于韩偓。

第三部分可以说是代表《香奁集》的本色，但作者是不易断定的诗。这其中又大概可分为两类。第一类是事关男女，而遣词用意，比较含蓄的诗。这其中可能有的是韩偓的，有的是和凝的，有的是他两人以外的，只有采取保留的态度。第二类，则可以干脆称之为色情诗，也是后人无形中以此为《香奁集》中的代表作，但数量并不太多。如《幽窗》、《屐子》、《懒起》、《五更》、《半睡》、《咏浴》、《席上有赠》、《咏手》、《昼寝》、《意绪》、《偶见背面是夕兼梦》、《想得》，及前面提到的《五更》等是，其中多是非常俗恶的，如《半睡》："抬镜仍嫌重，更衣又怕寒。宵分未归帐，半睡待郎看。"这类的诗，才是《香奁集》序所说的"咀五色之灵芝，香生九窍。咽三危之瑞露，春动七情"的作品。

对于上述第二类的诗，我先不要说以韩偓的品格，不至有这类诗的话；因为若如此，便可能有人以为我是假装道学气。也不必说这一部分的诗体，与可以断定是出于韩偓所作的诗体，有显明的差异；因为若如此说，也可能有人说我不了解一个人的诗会有若干变迁。我这里只追问，假定韩偓在他的裙屐少年的时候，的确作了这些诗；但他晚年在怀乡去国、忧谗畏讥的心境下，还会把这种诗加以最录，那未免太不长进了吧。因为《香奁集》中有许多韩偓晚年的作品，若此集出于韩偓，只好认为这是他晚年所最录。《一瓢诗话》谓"少年辈酷爱情词艳体，盖未谙诗道故也"。谙不谙诗道是一问题，而人生因年龄经历的变迁，心境亦常随之而异，又是一问题。我小的时候，看到家里的一个钞本里面，钞有像上述这一类的诗，我真的偷偷地读得回肠荡气，所以一直到现在，还记得"两个鸳鸯新睡稳，采花人到不抬头"的两句，据说那些诗是本县状元陈沆的少作。但在他的《简学斋诗》里，半句也找不到；这是说明人生自然会有此一意境；但自然也不会停止在这一意境，何况以韩偓晚年的身世呢？假定韩偓自己晚年不会最录这一类的诗，而真系由旁人采自乐工、椒壁之余，则又凭什么能判断一定是出于韩偓呢？

综上所述，《香奁集》作为一个"集"而言，与韩偓本人毫无关系。而《香奁集》的本身，乃是由杂凑了韩偓、和凝、韩熙载，乃至不知姓名的人的作品编集而成。编集的人，没有理由可以不信沈括所看到的和凝《游艺集》自序中的话。上面所指出的第三部分中第二类的诗，也以出于和凝少作的可能性为最大。《凝本传》称他著书自镂版行世，所以他所说的《香奁集》"未行于世"，乃是指他自己不曾印行而言。但这类的诗，在充满了"末世纪感"的五代，对社会是一种魅力，所以旁人便把它行世了。不过他编集的时候，数量未必便有百首，更未必会把江南名士韩熙载的作品，或者是不知名的江南的作品，编到里面去。何况他卒于九五五年，而韩卒于九七○年，韩是较他稍后的。现在的《香奁集》，恰如伪序所说的百余篇，我的推断，这是有人受了韩偓手写诗约百余篇的暗示，便把韩熙载或其他不知姓名的人的作品一起钞进去，以凑成百余篇之数，并伪造一篇序出来以实之。因此，今日所看到的《香奁集》，又不是和凝之旧了。

六、韩偓晚年的畸恋

另外我要提出一点的是，韩偓一直到晚年，对女性还保留有一副深厚的感情，这是在他的诗里可以分明认取出来的。这一副深厚的感情，照我的看法，既不可能是少年时的旧梦，也不可能是到福建后有什么新欢，而是出于一种当翰林学士时的一段"畸恋"。正因畸恋是富有神秘性，便常是一种刻骨铭心、缠绵到死之恋。何况韩偓的畸恋，又是与故君故国之思，紧密地连在一起，怎能使他不唱出"应有妖魂随暮雨，岂无香迹在苍苔"（《太平谷中玩水上花》）的凄艳彻骨的句子呢（细玩上两句，韩偓所恋者可能已惨死）？把此一秘密揭开了，便对他许多言情之作，打通了一道了解的关卡，而不至与那些粗率浅薄的作品相混。

《南唐近事》有下面一段记载：

> 韩寅亮，偓之子也。尝为予言，偓捐馆之日，温帅闻其家藏箱笥颇多，而缄扃甚密，人罕见者。意其必有珍玩，使亲信发观，惟得烧残龙凤烛，金缕红巾百余条。蜡泪尚

新，巾香犹郁。有老仆泫然而言曰，公为学士日，常视草
金銮殿，深夜方还。翰苑当时，皆宫妓秉烛以送，公悉藏
之。自西京之乱，得罪南迁，十不存一二矣。余卅岁，延
平家有老尼，常说斯事，与寅亮之言颇同，尼即偓之妾
云尔。

上面这段记载，没有理由可以不相信它是真实的。韩偓是让宰相
而不为的人，他不会以残烛来作唐昭宗对他恩眷的纪念。而他因
职务上的关系，可以取得宫人送他归翰苑时所剩下的残烛；所以
这一点就不足为奇。但百余条金缕红巾，若不是宫妃们对他有两
心胶结之情，即不会不断地送给他的。此一故事，实透出了韩偓
平生最深刻的、到死难忘的畸恋。本来皇帝的后宫，是最被抑压
的成千成万的女性所在之地。到了唐代，便特别成为诗人的同情
与想象的对象，而作出了许多感人的"宫词"这类的诗。但皇室
的威严，使一般诗人，永远对后宫是可望而不可即。不过，到了
唐代末叶，王纲解纽，朝廷、宫禁中的威严，经过几次播迁变乱，
可以想象到是所余无几了。所以平日受到抑压的后宫春色，也得
到了比较可以流露出来的机会；而有机缘接近的人臣，也容易得
到这种感情的沾润。何况唐末因宦竖横逆，天子左右无可信使之
人，乃常使宫人传达秘旨。到天复三年正月，因宦官全被诛戮，
于是宣传诏命，皆令宫人出入（见《通鉴》卷二六三），更是宫禁
大开了。韩偓以参与昭宗反正之功，天复元年、二年，特别得到
昭宗的亲信，并与昭宗共机密，共患难。他与后宫佳丽相接触的
机会特多，因而与现在不能完全断定的某一位宫妃，发生了爱情
的关系，这应当是在常情上所能允许的推测。否则对上引的《南

唐近事》中的故事，无法加以解释。前面提过的《思录旧诗于卷上……》的绝句中所谓"肠断巫山第一流"的"第一流"，恐怕指的正是这类故事。而下面几首诗，也可以作此推测的印证：

锡宴日作（天复元年）
……清商适自梨园降，妙妓新行峡雨回。

侍宴（天复元年）
……密旨不教江令醉，丽华微笑认皇慈。（按由此处及《遥见》之以丽华及杨妃作喻，可知韩偓所恋者非寻常宫女。）

感事三十四韵（原注丁卯以后作。按是年四月唐亡，此为念往伤今之作）
……江总参文会，陈暄侍狎筵。腐儒亲帝座，太史认星躔。侧弁聆神算，濡毫俟密宣。宫司持玉砚，书省掣香笺（原注：宫司、书省，皆宫人职名……）。

倚醉
倚醉无端寻旧约，却怜惆怅转难胜。静中楼阁春深雨，远处帘栊半夜灯。抱柱立时风细细，绕廊行处思腾腾。分明窗下闻裁剪，敲遍阑干唤不应。（按"抱柱"、"绕廊"及三、四两句，只能于宫中想象得之。）（《香奁集》）

遥见

悲歌泪湿澹胭脂，闲立风吹金缕衣。白玉堂东遥见后，令人斗（一作陡）薄（斗薄一作评泊）画杨妃。（同上）

偶见

千金莫惜旱莲生，一笑从教下蔡倾。仙树有花难问种，御香闻气不知名（按"仙树"、"御香"，不是人间凡物）。愁来自觉歌喉咽，瘦去谁怜舞掌轻。小叠红笺书恨字，与奴方便送卿卿。（同上）

个侬

甚感殷勤意，其如阻碍何？隔帘窥绿齿，映柱送横波。老大逢知少，襟怀暗喜多。因倾一樽酒，聊以慰蹉跎。（同上）

下面的诗，我疑为是怀忆宫中之恋的作品：

梦仙

紫霄宫阙五灵芝，九级坛前再拜时。鹤舞鹿眠春草远，山高水阔夕阳迟。每嗟阮肇归何及，深羡张骞去不疑。澡练纯阳功力在，此心唯有玉皇知（按末联乃自明心迹）。

袅娜（原注丁卯年作）

袅娜腰肢淡薄妆，六朝宫样窄衣裳。著词暂见（一作近）樱桃破，飞盏微闻豆蔻香（按此联只有宫中才有此情景）。春恼情怀身觉瘦，酒添颜色粉生光。此时不敢分明道，风月应知暗断肠。

若许我作进一步的推测，韩偓畸恋的对象，可能是我未及详考的赵国夫人，也可能是宫人宋柔。《通鉴》卷二六三，天复二年十一月"甲辰，上使赵国夫人诇学士院，二使皆不在（胡注：二使，二中使之直学士院……以防上密召对学士）。亟召韩偓、姚洎，窃见之于土门外……"又三年春正月"己酉，遣韩偓及赵国夫人诣全忠营……"又"丙辰……上遣赵国夫人、冯翊夫人诣全忠营，诘其故（擒凤翔将李继钦之故）……"从上面简单的材料看，可以看出那位赵国夫人，不仅是唐昭宗左右的重要亲信人物，而且和韩偓又有共机密之雅；他们过往的机会必多，因而很可能发生畸恋的关系。

为什么我又推测到宫人宋柔身上呢？因为从韩偓这类诗的情调气氛体玩，他所畸恋的恋人，是悲惨的结局。《通鉴》卷二六四，天复三年二月甲戌"宫人宋柔等十一人，皆韩全诲（宦官）所献……并送京兆杖杀"。韩偓下面《见花》的诗，我认为是为此事而作。

> 褰裳拥鼻正吟诗，日午墙头独见时。
> 血染蜀罗山踯躅，肉红宫锦海棠梨。
> 因狂得病真闲事，欲咏无才是所悲。
> 却看东风归去也，争教判得最繁枝。

再过几天癸未，韩偓便被贬外出。从有关的诗中所透出的身份看，他的恋人，以赵国夫人的可能性最大；而此位夫人，也可能以惨死终局。但宫人宋柔们的惨死，必给韩偓以很大的刺激，而她也会是执烛送韩偓归院的宫人之一。在韩偓晚年凄凉的回忆中，必会把她和赵国夫人，融织在一起，以咏叹出哀感顽艳的音调，这是绝无可疑的。

七、抒情诗与色情诗

最后，我想稍稍谈一点抒情诗与色情诗的问题。因为关于韩偓与《香奁集》的纠结，在文献的后面，实际还潜伏着一种文学观念上的问题。色情诗在我国称为"风怀诗"，叙事诗在中国文学的传统中不发达，所以抒情诗才是中国诗歌中的主流。并且当其他民族还在以英雄、神话为主题的时代，我们《诗经》中的"劳人思妇"之辞，便占了重要的地位。抒情诗并非仅限于男女的爱情。即使把抒情诗仅限定在男女爱情之上，但男女爱情的抒情诗，并非与"风怀诗"同一性质。方虚谷在其《瀛奎律髓》"风怀类"，对风怀诗的历史和内容，有下面一段话：

> 晏元献《类要》，有左风怀、右风怀二类。男为左，女为右。今取此义以类。凡倡情冶思之事，止于妓妾者流。或托辞寓讽而有正焉，不皆邪也。其或邪也，亦以为戒而不践可也。

按方虚谷上面"或托辞寓讽而有正焉"的话，完全是为他列这一类诗撑门面的话，这倒是他受了道学的影响。严格地说，托辞寓讽，在本质上即不属于男女言情之内，更何有于风怀？他所说的风怀诗，实指"倡情冶思"的诗而言。

男女关系的诗，把托辞寄讽的诗除外，我以为大概可分作三种类型。一是有情而无色的抒情诗。二是色中有情，所以表达得较为含蓄婉约，这是属于抒情与风怀之间的诗。三是有色而实无情，此即中国传统之所谓风怀诗，亦即今日之所谓色情诗。若借用弗洛伊德的"艺术是性欲的升华与变形"的观念，则前者是升华了的作品，而后者则是未曾升华上去的作品。方虚谷所选的这一类的诗，力求此类中之上乘，然实仍以第二种为主。但他所选的韩偓的《倚醉》，则已浸浸乎第一种。他所选的李商隐的《无题》三首，则系来自方氏对义山诗的误解误选。

何谓有情而无色？女性有女性的人格。最高最深的美，是由女性人格所透出的美。女性的色，仅构成女性美的一部分，而绝非女性人格美的全体。当一个人，由爱女性之色而升华到爱女性整个的人格之美时，便会于不知不觉间，把女性之色，融解于女性整个人格之中，使色之美感，变为整个人格的美感。对于人格的美感，只会是以情相煦，而忘其以色相媒。若在以情相煦中有了某种波折，因而发为诗歌，便常常表现为怅惘难胜的诗人对于人生的叹息。谁能沉浸在无边无底的女性人格之美的海洋中，而不会感到自己有永难偿还的欠负呢？这是人格对人格所迸出的真正爱情，如何容得下评头评脚，乃至色情享受的渣滓？好的"忆内诗"，好的真挚而纯洁的恋情诗，多属于这一类型。因为对自己的妻，对于当作自己的人生理想而加以追求的女性，自然对之有人格美的陶醉与尊重，而不会停留在"色"的阶段。孔子说《关雎》乐而不淫"，应从这种地方领会。对于妓妾的关系，若由真挚深刻的爱情而达到人格的升华时，便也可以出现这类的诗。因为感情的深浅纯杂，决定于对象者少，决定于用感情的人的自身者多。所以像《秦淮闻见录》这类的风月集中，也未尝没有可以称为抒情诗的作品。《翰林集》、《香奁集》中当然更有此类的作品。这才是抒情诗的正体。藏在真正抒情诗的骨子里的，多是诗人在女性面前的感激、哀愁、忏悔，而绝不是色情的享受、占领。

有色无情的诗，是只有"对物"的"爱好"，而没有"对人的感情"的诗。此时只把女性的色，当作好吃好玩的物品一样的而加以爱好，并不曾把对方真正当作"人"来看待。一个人，很爱吃某样食品，并不等于是对某样食品有了感情。能了解"爱好"并非即是等于"感情"，便可以了解这类的诗，并没有真正的感情在里面。中国的士大夫，对于妓妾，本来就带有玩弄的性质，所以风怀诗中，多为这一类的诗。这类诗的特点，常常是描写女性某一形体、形态之美，以近于矜夸的心情来表示自己的欣赏、享受。它绝不像第一类的抒情诗一样，在形体形态之美的后面、上面，漂荡着有超越了形体形态之美的气氛情调，因而使读者所感受到的乃是这种怅惘不甘的气氛、情调，而不是那种形体形态的具体之美。所以在一首好的抒情诗中，假定也描写到了女性的具体形体形态之美的时候，这种具体之美，只不过是通向诗人对女性所酝蕴的真正感情的象征、媒介，而绝不会停顿在女性的形体形态之美的本身上面。停顿在形体形态之美的本身上的诗，这是爱好而没有感情在里面的诗，这是风怀诗的正体。这种诗，并非如一般人所想象的，必然是反映青年时代的作品；而常关系于一个人在气质上的厚薄。气质厚的青少年的作品，虽然表现得有时不免于率直，也依然会是好的抒情诗。浮薄的人，假使他小有才而不曾进德修业，则老年虽然技巧成熟，但他所作的这一类的诗，在本质上依然是属于风怀诗。此类的诗，首先受不起读者的作为文学艺术核心的感情的考验，并非仅受不住道学的考验。纪晓岚在《阅微草堂笔记》中所反映出的反道学的心理，可以说比现代许多以反道学为进步的人，反得还要厉害。但他对方虚谷所选的风怀诗，在评语上皆出以不屑不洁的态度，这是因为他有若干感情的反省，所以懂得抒情诗与风怀诗在文学价值上的差别。因此，《香奁集》中像《幽窗》、《屐子》、《五更》、《咏浴》这类的色情诗，作者即使是韩偓，也是一无足取，而不值得提倡的。不过人类感情的活动，并非常常是两极化，而有时是动荡于"感情"与"爱好"的二者之间，所以便常出现"色中有情"的诗。它的地位，常介乎抒情与风怀之间。这是最常见的诗，不必多作解释。

　　以韩偓志节之纯，性情之真，及其遭遇之富有戏剧性，便形成了他的温厚凄婉的诗体，当然在诗史中应占一重要地位。但大约自南宋起，便常以《香奁集》中不可能是出于韩偓的若干风怀诗，作为《香奁集》的特色；更无形中以《香奁集》中的这种特色，代表韩偓诗的特色；连对唐诗很有研究的胡震亨，也说"韩致尧冶游情篇，艳夺温李，自是少年时笔。翰林及南窜后，顿趋浅率矣"（《唐音癸签》卷八）。胡震亨这种莫名其妙的话，大概是因为弗洛伊德所说的潜意识的力量太大，致使他的老色情狂不能不借此一发罢了。我认为今日应当由考证韩诗的真伪，以重估韩诗的评价；并打破两集的界线，把可确信为韩偓的诗编在一起，再把可疑及确非韩偓的诗附在后面，这或许可以了结文学上的一桩悬案。可惜我在本文中所下的工夫太少，能看到的版本有限，恐怕此文还有很多疏漏错误的地方。

六四年元月四日

韩偓诗与《香奁集》论考

中国文学中的气的问题
——《文心雕龙·风骨》篇疏补

一、血气与辞气

我在《〈孟子〉"知言养气"章试释》一文中，指出气是生理的综合作用。养气，乃是以道德理性，涵养生命中的生理作用。浩然之气，乃道德理性与生理作用合而为一以后，生理作用向精神升华的精神现象。中国言道德而落实于生理作用之上，通过"养"的功夫，而将生理作用加以升华、转化，所以这种道德，乃真实而非观想或思辨的性格。

中国文学、艺术中，也特别重视气的问题，这是很早便自觉到作者的生理作用，会给作品以影响，与作品以生命力的感觉，因而能由此以把握到文学、艺术中的个性与艺术性，使文学、艺术与人的根源的关系，得以彻底明了。

但自阴阳五行之说盛行以后，有的人往往在形而上的意味上去摸索气的问题。殊不知中国很早便流行"血气"一词，如《左传·昭公十年》齐晏子谓"凡有血气，皆有争心"，《论语·季氏》"君子有三戒。少之时，血气未定，戒之在色。……"《中庸》"凡有血气者，莫不尊亲"，《礼记·玉藻》"凡有血气之类，弗身践也"。又《乐记》"夫民有血气心知之性……"以上的所谓血气，皆指动物的生理的生命，或人的生理的生命而言，是毫无疑问的。文学上凡提到气的问题时，皆指的是此种血气；所以《文心雕龙·体性》篇说"才力居中，肇自血气"。血气原系指血液与气息两者而言。但很早便常单以一个"气"字为生理的生命，及由生理的生命所发生的作用。说一个"气"字时，实等于说的是血气。《左传·昭公十一年》叔向断定单子将死，因其"无守气矣"。此气即指的是血气的气。

说出文与气的关系，通常认为始于曹丕的《典论·论文》。但文与辞（语言），在本质上是一个东西。我国在战国中期以前，人要表达自己的意志，还是以言、辞为主。《论语·卫灵公》孔子的"辞达而已矣"一语，后来成为论文的主要典据之一；实则此处之所谓辞，乃指语言而言。先秦对语言的要求、规定，实等于对文学的要求、规定。所以《周书》"辞尚体要"一语，常为《文心雕龙》所援用。《论语·泰伯》篇曾子曾说"出辞气，斯远鄙倍矣"。"辞气"连词，即系已注意到语言与气之不可分；亦可引申为文学与气之不可分；所以"辞气"便成为后来论文中的成语；《文心雕龙》中，也常用到此一成语。

二、文以气为主

辞与气的关系，虽提出得很早，但由气以反省到文学的个性、艺术性，则毕竟始于曹丕。曹丕之所以有此自觉，大约有三种原因。第一，是因为文学作品的质与量，到了建安前后，已有丰富的积累，可以引起理论上的反省。第二，这与曹氏父子对儒家名教的反叛，也有其密切的关连。顾亭林《日知录》卷一三"两汉风俗"条谓"而孟德（曹操）既有冀州，崇奖跅弛之士。观其下令再三，至于求负污辱之名、见笑之行、不仁不孝，而有治国用兵之术者"。晋傅玄《掌谏职上疏》中谓"近者魏武（曹操）好法术，而天下贵刑名。魏文（曹丕）慕通远一作达，而天下贱守节"（《全晋文》卷四六）。这种对儒家名教的反叛，从某一意义来说，乃是对现实生活及具体生命力的解放。被解放的生命力，透入于文学之中，这种生命力的作用便特为显著。第三，在曹氏父子时代，以大赋为文学主流的趋向，已被乐府及新兴的五言诗所取代。于是在写作上由过去繁缛的铺张，一变而为短章的抒写；由过去政治的讽谏，一变而为现实人生的哀乐。此种文体的解放、变更，更有利于生命力在作品中的发挥抒展。综合上述三种原因，所以以曹氏父子为中心的建安诗体，特能予人以激励刚劲的生命力的感觉，亦即是"骨气"或"风力"的感觉。钟嵘《诗品》谓晋永嘉诸人之诗，"皆平典似道德论，建安风力尽矣"，是他以"风力"二字，概括建安的诗体。沈约《宋书·谢灵运传》论谓"子建、仲宣，以气质为体"。气质与骨气、风力，是相同的东西。《文心雕龙·明诗》篇谓"暨建安之初，五言腾踊。文帝（曹丕）、陈思（曹植），纵辔以骋节。王、徐、应、刘，望路而争驱。并怜风月，狎池苑，述恩荣，叙酣晏。慷慨以任气，磊落以使才。造怀指事，不求纤密之巧；驱辞逐貌，唯取昭晰之能"。正因为此时作者的"慷慨以任气"，则曹丕在文学上对气有进一步的自觉，可以说是当然之事。他的《典论·论文》关于气的陈述是：

文以气为主。气之清浊有体，不可力强而致。譬诸音

乐，曲度虽均，节奏同检法度也，至于引气不齐，巧拙有素，
虽在父兄，不能以移子弟。

按"文以气为主"的"文"，实指"文体"而言；"文以气为主"，
是说文章的体貌，乃由作者的生理的生命力所决定。这句话，直
接触发到了文学的最根本问题。从文学的立场来说，文体是生命
力的直接表现，因而文体决定于生命力，这可以说是论文的第一
义。范蔚宗《狱中与诸甥侄书》中有谓"当以意为主，以文传意"
(《宋书》卷六九《范晔传》)。此说虽亦甚的当，而犹不免于第二
义。但曹丕最大的贡献，乃在"气之清浊有体，不可力强而致"
的两句话。成功的文学作品，必成为某种"文体"。若追索到文体
根源之地，则文体的不同，实由作者个性的不同。必个性之自身，
有不同之形体、体貌，然后才通过文字的媒介以形成各种不同的
文体。文学、艺术的个性，不应仅由理性的立场加以规定，因为
理性一定是有普遍性的；所以不同的个性，只能认为是来自生理
的生命力，也即是来自这里之所谓气。气之或清或浊，各有其形
体。故气由文字的媒介以表现为文学，也各有其形体。气的生理
构造，每一个人，一生下来，便决定了的；因此，由气所形成的
文体，乃出于自然而然，所以说"不可力强而致"。这样，便把人
与文体的根源的关系，确切地指陈出来了。

不过，上引的曹丕的几句话，虽极有意义，但对问题的陈述，
尚在很素朴的阶段。第一，作者生理的作用，对作品虽有赋予以
特性的决定性的影响；但孤立的生理作用，不能创造出文学、艺
术。"文以气为主"的话，在把人的个性与文体的关系，很确切地
指陈出来的这一点上，固然是一新的发现；但这种陈述，容易使

人误解只凭气即可创造文学，这便与文学创造的能力与历程，并不相符合。所以这种陈述，并不完全。

第二，曹丕以音乐喻"气之清浊有体，不可力强而致"，当然是非常地亲切。由这一比喻，说明了假定有两个以上的人，根据一个题目、一种内容（"曲度虽均"），及共同承认的方法（"节奏同检"），写出一篇文章来，依然因为各人的生理作用不同（"引气不齐"），而文章的体貌亦因之各异（"巧拙有素"）。这与卡西勒（E. Cassirer，1874—1945）在《原人》（*An Essay on Man*）第九章"艺术"所引的下面一个故事，完全相合。

> 画家李特（Adrian Ludwig Richter，1803—1884）在其回忆录中说，当他青年住在特渥里的时候，他曾约同三位朋友去画同一个风景的画。他们都决心要画出自然的原有之姿。他们决心尽可能地不离开自然。他们认为尽可能地把自己所见的自然，作正确的再现。然而，结果却是四张完全不同的画；随画家人格的互异而互异。李特由此一种经验，而得出"没有客观的视觉；形态与色彩，常常是由个人的气质去加以把握"的结论。（日译本页二○六）

曹丕对文气的自觉，就他个人说，恐怕是由音乐触发出来的，像繁休伯《与魏文帝笺》，陈述薛访车子能喉转与笳同音的情形中有"潜气内转，哀音外激"（《文选》卷四○）的话；这类的体会，可能予曹丕以影响。《左传·昭公二十年》齐晏子论"和"与"同"之异的一段话中有谓"声（音乐）亦如味。一气杜《注》：须气以动、二体按指音乐之舞的体貌、三类按指配乐之诗歌、四物按指乐器、五声、六律、七音、八风、九歌，以相成也。清浊、小大、短长、疾徐、哀乐、刚柔、迟速、高下、出入、周疏，以相济也"。这里已提到音乐与气的关系，及以清浊言音乐的体貌。但晏子形容音乐的体貌，举出了二十种，清浊乃二十种体貌中的两种；这正反映出乐教依然盛行时，对音乐把握的精密。后人常仅以清浊言音乐，已感到不很完全。而曹丕把气在音乐方面所表现的清浊，完全转用在文气方面，这未免陈述得太不便巧。因为音乐中的所谓清浊，实指的是声音的轻重。而一般人对清浊的印象，不期然而然地是喜清而厌浊，于是曹丕所举出的气的清浊二体，无形中使人感到只有清的一体才有意义；这与曹丕想陈述"气有不同之体"的原意，不太相适合。综合上述二端，所以我说曹丕对文气的陈述，还在素朴的、不完全的阶段。由此向前发展到比较完全的阶段，则有刘彦和的《文心雕龙》。

三、文体论的发展

曹丕以气来说明文体的根源，到了刘彦和，则以情性来说明文体的根源，所以《文心雕龙》便有《体性》篇；这是文学理论走向完成的发展。《体性》篇有如下的一段话：

> 若夫八体屡迁，功以学成。才力居中，肇自血气。气以实志，志以定言。吐纳英华，莫非情性。

上面的话是说文体的八种基型，是不断变化的。文而能收成体之功，是靠学习、学力而始成。才力（表现能力）居于体与学之中，运用所学的以成为文体；而才力的根源，是始于人的血气。气是充实人的意志，意志决定人所要表现的语言文字的内容。创作（吐纳）文学作品（英华），无非出于人的情性。由此可知，刘彦和所说的"情性"，是包括才、气、志三种因素。文学所表现的是情性，与文体以决定作用的也是情性。"情性"不仅指的是生理的生命力，同时也包括了心智、理性的生命力。彦和的说法，若套用曹丕的口气，应当是"文以情性为主"；这便比"文以气为主"说得完全得多了。

刘彦和的分解而又综合的说法，解答了仅凭气并不能创造文学的问题，所以除气以外，更提出了作为是理性或照明作用的"志"，以及由内向外的表出能力的"才"。但志不能离开气，所以彦和便不断地说到"志气"，如《神思》篇"神居胸臆，而志气统其关键"。才更不能离开气，所以又不断地说到"才气"，如《体性》篇说"岂非自然之恒资，才气之大略哉"。气之动，不仅出于志，又出于情；而才之动则成为辞。所以当彦和说"万趣会文，不离辞情"（《镕裁》篇）时，实等于说"不离才气"。把情性作分解性的陈述，是为了对情性的内容、差别，及由内容、差别对文学所发生的影响，把握得更清楚。在实际活动时，虽有所偏向，但绝不能偏废。因此，说到情性中的某一因素时，必以其他因素的相应活动为背景。尤其是《文心雕龙》，实以"情性"的观念贯穿全书。在一提到情性时，当然也含有气的因素在里面。同时，《体性》篇说"然才有庸俊，气有刚柔"，是彦和以刚柔言气，较之曹丕以清浊言气，更能说明气的差别性，为后来古文家以阴阳刚柔论文之所本。而《风骨》篇乃刘彦和顺着气有刚柔，专论气所给予于文体的两种效果的。

四、《风骨》篇辨误

纪昀评《风骨》篇，先谓"气是风骨之本"。后又谓"气即风骨，更无本末；此评未是"。我年来对许多纪评的东西，多嫌其率易浅陋。惟此处前后两评，从不同的层次说，实皆可以成立。黄季刚（侃）先生《文心雕龙札记》，今日奉为讲读此书之圭臬者，尚繁有徒。但此书系黄先生的少作，而其对此篇之解释，尤特别值得商讨。兹引其主要的一段如下：

> 风骨二者皆假于物以为喻。文之有意，所以宣达思理，纲维全篇。譬之于物，则犹风也。文之有辞，所以摅写中怀，显明条贯。譬之于物，则犹骨也。必知风即文意，骨即文辞，然后不蹈空虚之弊。或者舍辞意而别求风骨，言之愈高，即之愈渺，彦和本意不如此也。

按《风骨》篇谓"瘠义肥辞，繁杂失统，则无骨之征也"。"瘠义肥辞"，辞掩其义，即为无骨；这已经是强调了骨由义而来。辞是统于义的；"繁杂失统"，乃上句瘠义肥辞的必然现象；因此而无骨，这句依然是强调骨由义而来。文之"义"，即文之"意"。彦和分明将文骨与文意密切地关连在一起，何得偏指"风即文意"。且本篇有谓"昔潘勖锡魏，思摹经典，群才韬笔，乃其骨髓峻也"。是骨即骨髓。《体性》篇"志实骨髓"，《附会》篇"事义为骨髓"，更可知骨与义、与志之不可分，亦即与文意之不可分。彦和以义由经典而来，潘勖之所以骨髓峻，正因其"思摹经典"。所以《封禅》篇谓"树骨于典训之区";"典训"即经典。凡《文心雕龙》全书言及骨、骨梗、^①骨髓，无不与文之义，亦即与文之意，有密切的关系，实即形成骨之第一因素。

至黄先生谓"骨即文辞"，骨当然由文辞而见，但风又何尝不由文辞而见？《风骨》篇有谓"若骨采未圆，风辞未练……""采"与"辞"同一意义；此二语分明说骨与风，皆凭辞而见。但骨与采，既有时而可以未圆，则不可谓"骨即文辞"。因为若"骨即文辞"，则骨与采不会发生"圆"或"未圆"的问题。"风辞未练"的问题，与"骨采未圆"的问题，完全相同；亦即辞与风的关系，与辞和骨的关系，完全相同。文章任何一部分，皆不能离辞而独见；风、骨同为文章构成中的主要部分，自亦皆不能离辞而独见；又何得仅谓"骨即文辞"？黄先生由此所引申出的解释，殆皆成问题。黄先生本人的文章，清劲流丽；但因其反理学、反古文之成见甚深，故其《札记》除《总术》篇论证文笔问题，能突破阮元以来之谬说，特可见其卓识外，凡对有关键处的解释，多未能与原义相应；尤以《原道》、《风骨》、《定势》诸篇为甚。至刘永济《文心雕龙校释》之肤浅混乱，更不足论。

五、《风骨》篇构成的各层次与各方面

刘彦和的《文心雕龙》，总结过去文学发展的成效，更欲救当时由过重藻饰而来的文体卑靡之穷；在许多重要地方，实开唐代古文运动的先河。加以他深切地把握到了文与人的不可分的关系，

---

①《风骨》篇"严此骨梗"，是"骨"亦称"骨梗"。

所以他较之当时论文的人，特重视气的问题，这也是为唐代古文运动开路的显例之一。其直接提到"气"字的如"气往轹古"（《辨骚》），"慷慨以任气"（《明诗》），"气变金石"（《乐府》），"撮齐楚之气"（同上），"气爽才丽"（同上），"气盛而辞断"（《檄移》），"气实使之"（《杂文》），"气伟而采奇"（《诸子》），"而辞气文按'文'字疑衍之大略也"（同上），"则气含风雨之润"（《诏策》），"法家辞气"（《封禅》），"气扬采飞"（《章表》），"砥砺其气"（《奏启》），"而志气统其关键"（《神思》），"气有刚柔"（《体性》），"宁或改其气"（同上），"肇自血气"，"气以实志"（同上），"公干气褊"（同上），"才气之大略"（同上），"文辞气力"（《通变》），"风味一作末气衰"（同上），"负气以适变"（同上），"肇自血气"（《声律》），"气力穷于和韵"（同上），"韵气一定"（同上），"所以节文辞气"（《章句》），"若气无奇类"（《丽辞》），"奖气挟声"（《夸饰》），"气靡鸿渐"（同上），"宫商为声气"（《附会》），"辞气丛杂而至"（《总术》），"英华秀其清气"（《物色》），"气形于言矣"（《才略》），"孔融气盛于为笔"（同上），"阮籍使气以命诗"。其他间接提到气的地方，这里不及胪举。《定势》篇的势，也含有气的重大因素在里面。他既如此重视气，所以特设有《养气》一章。而其专题论气的，则为《风骨》篇。

《风骨》篇之所以容易引起误解，是因为彦和的文章的自身，把问题的层次与方面，说得不够清楚。要确切把握它的内容，须先将构成《风骨》篇所含的层次与方面加以清理。

首先应指出的是，所谓风骨，乃是气在文章中的两种不同的作用，及由这两种不同的作用所形成的文章中两种不同的艺术的形相，亦即是所谓文体。《体性》篇曾举出文体有八种基型；而风骨实八种基型中皆不能缺少的共同因素；故以《风骨》篇次《体性》篇之后。但文章的形相，与文章的内容不可分，所以在《风骨》篇中，彦和指出了内容与风骨的关系，亦即是就文章的内容以分别风与骨；这是一个层次。在此一层次中，气与志是连在一起。内容必表达而为辞采；内容的风骨，必通过辞采的技巧以形成与内容相适应的"形相的风骨"。这是就文章辞采上以分别风与骨，这是另一个层次。在此一层次中，气与才是连在一起。再就一篇文章而言，必有风有骨，而风与骨总不免于偏胜，这是一个方面。若就各个人的禀赋而言，亦有由不同的禀赋而来的不同的风骨，且亦各有所偏胜，这是另一个方面。同时，彦和虽重视情性，但绝不以素朴的情性，即能作成功的创作，故一贯地主张以学来塑造情性。所以在本篇中，也主张以学来塑造生理的生命力之气，使其能与学结合而有形成风骨的能力（才），这又是一个方面。彦和主张文章是不断地变，也应当不断地变。但他主张变而不应失其宗；其关键，一在能体其要，一在作者的生命力能贯注于文字之中。本篇最后说到了变而不能离开风骨的问题，这又是一个方面。以下试略加以疏释，并把风骨之义所应有，但未经彦和说到的，也随文加以补充。

六、风骨与气

我曾再三说过，由魏晋玄学所引起的对艺术的自觉，先表现于人物品藻之上。由玄学的"人生艺术化"，对人物的品藻，也自然而然地是艺术性的品藻。于是人物品藻上所用的名词、观念，也转用到文学、艺术批评之上。《文心雕龙》一书，因扣紧人的情性以言文学，所以这种情形，也特为显著。

　　风骨，是当时人伦品鉴上所常用的名词。《世说新语》卷中之下《赏誉》第八下"王右军……道祖士少'风领毛骨，恐没世不复见此人'"。"殷中军道右军'清鉴贵要'"条下注："《晋帝纪》曰，羲之风骨清举也。"卷下之下《排调》第二十五"旧目韩康伯将肘无风骨"。[①] 此皆就人之仪态而言。而此种仪态，实皆为人的气的表现，所以风则称为"风气"。《世说新语》卷上之上《言语》第二注引"《桓温别传》曰……温少有豪迈风气"。卷中之上《识鉴》第七注引"《续晋阳秋》曰，爽（褚）……俊迈有风气"。又卷中之下《赏誉》第八下"王平子与人书，称其儿风气日上，足散人怀"。又注引"《文章志》曰，羲之高爽，有风气，不类常流也"。卷下之上《简傲》第二十四注引"《晋阳秋》曰安（吕）……志量开旷，有拔俗风气"。大抵当时称"风神"、"风韵"，则指的是一种飘逸雅淡的仪态；称"风气"，则指的是一种豪迈俊爽，生命力充溢丰满的仪态。骨在当时也称为"骨气"，《世说新语》卷中之下《品藻》第九"时人道阮思旷'骨气不及右军'"。所谓骨气或骨，指的是一种坚严难犯的仪态。风骨的后面，当然有其精神的根据，但表现而为仪态，则必由气而见；所以风、骨皆是气的两种不同仪态。

　　当时把风骨的观念，也转用到书画上。梁武帝《古今书人优劣评》谓蔡邕书"骨气洞达，奕奕如有神力"，谓王僧虔书"纵书不端正，奕奕皆有一种风流气骨"。这皆指人的生命力（气）流贯于书法之中，所给予于书法的两种不同的形相，即"风流"与"气

---

① 编者注：此句当出自《轻诋》第二十六。

骨"的两种形相。"风流"、"骨气",简称为风骨。谢赫"画有六
法"中的"一曰气韵生动"的"气韵",实同于《风骨》篇的风
骨;已另有专文阐述,此不赘。

《风骨》篇之所谓风骨,依然指的是作者的两种不同的生理的
生命力——气,贯注于作品之上,所形成的两种不同的形相。所
以就两种不同的生理的生命力的自身而言,便可以说"气即风骨"。
就文章的两种不同形相而言,也可以说"气是风骨之本"。所以
我说纪昀的两句评语,皆可以成立。本篇第一段从正反两面分述
风与骨的重要以后,便用"是以缀虑裁篇,务盈守气务必充实所守
之气。刚健既实,辉光乃新。其为文用,譬征鸟之使翼也"作结,
以见文章的风骨,皆由气来。

气之所以能形成风骨,实由气自身之有刚有柔。彦和言气之
刚柔,有就一人之禀赋而言,有就创作时,精神状态与技巧之转
换而言。创造文学艺术时的气,与平时的气,如果说有不同之点,
乃在于平时之气,不会凝注在某一种对象之上,而只是生命自然
的呼吸。创作时,正如后所述,气是承载着作者的感情与理智,
以凝注于某一对象之上,而将其加以塑造,于是生命的律动,便
因得到升华而显著;由气的刚与柔的律动而成为作品的风与骨的
形相。以下再分别加以陈述。

七、风的问题

就彦和"气有刚柔"之意推之,则刚者为骨,柔者为风;这
可以说是风骨的通义。但彦和之所以强调气,强调风骨,其用意
之一,在于矫正当时文体卑靡之弊,所以柔是风的本色;但彦和

之所谓风，不同于当时流行的"风神"、"风韵"、"风致"，而相当于当时之所谓"风气"。"风"是一种流动的形相，"风流"一词的原意，即在形容一个人仪态飘逸，有如风的流动。但这种"流动"，乃是力的作用；而彦和所要求的，则更是豪迈俊爽的流动。若以刚为文章中的男性，风为文章中的女性，则彦和因矫弊所选的女性，是《红楼梦》中史湘云型的女性，而不是林黛玉型的女性。在前面引的"务盈守气"之下，接着他不说"刚柔既实"，而说"刚健既实"，以"健"易"柔"，即是这种原因。所以他为风骨举例的时候，以"潘勖锡魏"为骨的代表作，而称之为"乃其骨髓峻也"；以"相如赋仙"为风的代表作，而称之为"乃其风力遒也"。本篇的赞又说"蔚彼风力，严此骨鲠"。一般多以骨为力的表现，而彦和特把风和力连在一起，以强调风之力，亦即所谓刚健之"健"，正是为了矫当时文弊而特强调风的另一面。不过风力虽遒健，但就风的流动性，对骨的坚凝性而言，则依然是柔的；否则失掉了以流动性的风作比喻的本意。刚固然是力的表现，但能流动的柔，依然是力的表现。而且正因为是力的柔，才可以有由鼓动而给人以感动、感染的效果。这正是刘彦和所说的风。但就全般的文学情况而言，风也可以分为两大类型。一是彦和所强调的豪迈俊爽型的风，另一是轻灵澹远型的风。诗中的神韵派，多是属于后一型的。

《风骨》篇一开始是"《诗》总六义，风冠其首。斯乃化感之本源，志气之符契也"。彦和《序志》篇自述著文之例为"原始以表末，释名以章义"。他引六义之风，乃其"原始"之例。仅原风之始而未原骨之始，是因为以骨论文，于经典无据，所以便把它略过去了。这种写法，并不是以风来包括骨；而从《文心雕龙》

全般情形看，也不是认为风重于骨；这是彦和在写作的时候，陷于形式主义，反引起形式不完备的结果。《毛诗·诗大序》"风以动之，教以化之"，所以他便说"斯乃化感之本源"。风之所以能有化感的力量，是因为风乃出于作者的志气，所以说是"志气之符契"。由此可以了解，"化感"是风在文学中所发生的效用。

风是由志与气而来，但骨亦系由志与气而来。不过志气的内容非一。然则系由何种志气的性格，而能形成风的内容呢？彦和在本篇中一则曰"是以怊怅述情，必始乎风"，再则曰"情之含风，犹形之包气"，三则曰"深乎风者，述情必显"，四则曰"情与气偕"。是知成为风的内容的是作者的感情。由感情的鼓荡，便成为文章中的鼓荡；更由文章中的鼓荡，可以影响读者感情的鼓荡。其所以能发生化感——感动、感染的原因在此。因此，彦和在这里所说的志气，乃是以情为主的志气。而风即是以情为其内容。他说"述情必显"，绝不是要把胸中的喜怒哀乐，直截了当地说了出来的意思；若是这样，便很容易把感情加以概念化，因而失掉了感情原有之姿。述情必显的"显"，是把感情原有活动之姿，在文字上表现了出来，使读其文者，即能与作者原有感情活动之姿相照面；于是读者所接触的不是文字，而是文字后面的感情；这才有受感动、感染的可能。但因为感情的本身，是一种朦胧混沌的状态；在朦胧混沌的状态下，不会写出使他人能了解而得到感动、感染效果的文章。所以述情的文章，常须于感情发露以后，回头加以反省时，始能表达出来。因反省而将自己的感情照明得愈透愈深愈切，则见之于文字者，愈易近于其原有之姿。彦和说"意气骏爽，则文风清焉"。此处之"意气"，指的是经过反省以后的感情（意），结合着生理的生命力（气），亦即彦和所说的"情与气偕"。"骏爽"是由反省所得到的照明，与感情自身鼓荡的状态；将这种状态表达出来，这便形成文章中的风了。"则文风清焉"的"清"字，校释家一作"生"，"生"即是生发、形成的意思。但只应当了解此处的"清"字含有"生"的意义，而不必改"清"为"生"；因为彦和认为风应当是清的，所以他曾说"必见清风之华"（《诔碑》篇），他不说"风生"而说"风清"，是提出他对风的要求来说的。

述情必显的效果，必有赖于文字的技巧。彦和在本篇中，对此提出了正反两面的意见。正面的意见是"结响凝而不滞"，反面的意见是"思不环周，索莫乏气，则无风之验也"。

"响"是文章的声调。"结"是联缀的意思。"结响"，即是联缀文章中的声调。"凝"是顿挫、盘旋。"滞"是钝滞、停滞。"凝而不滞"，是说声调有顿挫、盘旋，但并不钝滞、停滞。这即是一般所说的"跌宕"，或"宕漾"。声调于顿挫盘旋之中，含有一股流动鼓荡之力在跃动，这即是凝而不滞。酝酿深厚的感情活动，其自身正是凝而不滞。若能成功地把它表现在文字之上，则文字的声调，也便凝而不滞。

凝而不滞，在修辞的技巧上，常关系于虚字的使用。韩退之《杂说》第四首是痛愤于当时执政者无知人之明，无养士之心而作的。其收尾是"策之（马）不以其道，食之不能尽其材，鸣之而不能通其意，执策而临之曰，天下无马。呜呼，其真无马耶？其真不知马也！"写至此，便把他平日所酝酿的痛愤之情，借这种叹息的声调，完全表达出来了。善读的人，总会感到"呜呼"以下的结尾的声调，正是凝而不滞。所以沈归愚的评语是"宕漾作结"。其所以能得到宕漾的效果，全得力于"呜呼"、"其"此处不作代名辞用、"耶"、"也"等虚字运用得神妙。虚字在文章中的艺术性，是表达作者的口气，几乎都关系到感情、情绪，因而形成文章中某程度之风的。刘海峰《论文偶记》谓"文必虚字备而后神态出"。"神态"即是"风"。王季芗师《古文辞通义》卷一一《识涂》篇七引黄本骥《痴学》曰"《左》、《史》之文，风神跌宕，开阖抑扬，入神入妙，全在一二虚字中"。又引严悔庵《与汪汉郊书》中谓欧阳修写《昼锦堂记》，"已送韩公（琦）矣。既而又取去，云欲重定。其重定本初无大改易，唯于首二句略增一'而'字耳"，即首二句原为"仕宦至将相，富贵归故乡"，后在"仕宦"、"富贵"下各增一"而"字，而成为"仕宦而至将相，富贵而归故乡"。这样一来，两句的情态便不同了。严书又谓"韵短而节促，其病近乎窒"。欧阳修之所以必于上述首二句各增一"而"字，正因原文的韵短而节促。而虚字乃所以永其韵而疏其节。《书·舜典》"歌永言"，"永言"是拖长了语气之言。感情之言，常系如此。而虚字正与"永言"之"永"相适应。此意为刘彦和所未曾说到，故特为补出。

"思不环周"的"思"，和"意气骏爽"的"意"同义。真正地说，是指感情的活动而言，有如"情思"的思。情思，是由感情而来之思，与一般所谓思考、思辨之思，不同其性格。"环周"乃圆满周遍之义。此句是说感情的酝酿不圆满、周遍。"索莫"是疲乏之貌。气因情而动；所以"思不环周"，当然就"索莫乏气"。风是气的流动，乏气便无风。所以文章的无风，乃是"思不环周，索莫乏气"的证明（验）。现引王子渊《四子讲德论》中的一段话，可以帮助此处的了解：

《传》曰，诗人感而后思，思而后积，积而后满，满而后作。言之不足，故嗟叹之。嗟叹之不足，故咏歌之。咏歌之不厌，不知手之舞之，足之蹈之也。

上面一段话之所谓"感而后思"，即由感情的感发而来的思，即上述"情思"之思。所谓"积"，即今日一般之所谓酝酿。所谓"满"，即彦和之所谓"环周"。感情的反省活动曰意、曰思。感情不仅由反省（思）而得到照明，并且也由反省而得到澄汰以后的酝酿、充满。充满到"必以一吐为快"时，作者的生命也完全感情化了。由感情化了的生命所吐出的文字，也就完全成为感情化了的文字。感情化了的文字，正是"言之不足，故嗟叹之。嗟叹之不足，故咏歌之"的文字。这种文字即是风。前引韩愈结尾的几句文章，汪武曹评谓"总上文意，以咏叹结之"。"咏叹"可以说是风的本来面目。风的形成，有如前所述，有赖于虚字运用的技巧；但这种技巧，一定要与由感情所鼓荡而充实不可以已的气融合在一起；这只要读前引的韩愈的几句文章，便立刻可以领会到。否则只有增加文章的卑靡拖蹋。更重要的是，也有的诗文，在内容上应当是风，但在形相上却是骨；这是感情的事义化，即是作者的感情不以感情本来的面貌表出，却以事义的面貌表出，以此加强感情的严肃性，加强感情的深度与力感。如杜甫《丽人行》结尾的"炙手可热势绝伦，慎莫近前丞相嗔"。痛愤之情，化作一个客观事实的叙述；并在造句上，赋与以坚凝的形相（骨的形相），而使痛愤的感情更深刻化了。此时便可不借助于虚字，也可得到感人的力量。

八、骨的问题

"骨气"连辞，在魏晋时亦数见不鲜。彦和以建安诸人的诗是"慷慨以任气"；而李白《宣州谢朓楼饯校书叔云》诗有"蓬莱文章建安骨"之句，可知"骨"即是气。钟嵘《诗品》说曹植的诗是"骨气奇高"，说刘桢的诗是"仗气爱奇，动多振绝；真骨凌霜，高风跨俗"。因为是"仗气"，所以便有"真骨"。骨的方严坚挺的形相，会给人以冷峻巉削的压力感觉；"真骨凌霜"的"凌霜"，即是象征这种感觉。梁武帝《答陶弘景论书书》中以"棱棱凛凛"来形容书法中的骨，这对骨的艺术形相的形容，甚为亲切。彦和说"蔚彼风力，严此骨梗"（《风骨》篇赞），以"蔚"字形容风，以"严"字形容骨，也是这种意思。彦和爱用"骨梗"二字。《宋琐语》："《宋书·孔觊传》，'觊少骨梗，有风力'。按梗，直也。骨梗言强治。诸书假借作骨鲠。"所以"骨梗"一词，便含有严的气氛。这种艺术形相的形成，就一个人来说，是来自气质的刚。就一篇文章说，则在行文时，是出之以凝敛矜肃之气。

由上所述，也不难推想，情可以形成风，情也同样可以形成骨。因为气质刚方的人，并不一定是无情；而如前所述，情的表现，也可出之以凝敛矜肃之气。但彦和谈到形成骨的内容时，如前所述，都是以事、义为主。这有两种原因：第一是为了矫正当时辞胜于理的流弊。当时因为藻饰太过，以致许多文章是废话连篇，毫无内容。这种无内容的文章，并没有内心真正要说的话，亦即是没有作为写作动机的志。气顺志而行，无志即无气，亦即是没有作为承载文字的生理的生命力的气；则其雕文绘句，只是从外面襞积堆垛上去的；这种文章，冗沓芜杂，当然无骨可言。

彦和为救此病，所以特强调"体要"之体，亦即强调文章应有内容。文章有内容，则辞句皆附于此内容之上，内容成为辞句的骨干，辞句成为内容的肌肤。所以《附会》篇说"必以情志为神明，事义为骨髓，辞采为肌肤，宫商为声气"。本篇说"辞之待骨，如体按指人之身体而言之树骸"。内容是支撑辞句，以成为统一的作品；好像人身中的骸骨，是支撑肌肉，以成为能站立起来的完整的人。本篇的赞，对风骨的根源，更简明地指出"情与气偕"为风，而"辞共体并"为骨。辞共体并之体，乃体要之体。而体要之要，即是文章中的事义；辞共体并，是说辞句与内容——事义——密切地融和在一起。他说"沉吟铺辞，莫先于骨"，等于是说"莫先于内容——事义"。因此，他以事义为骨的内容，是就事义对辞句所发生的作用来说的。从这一方面来说，他之所谓骨，实同于《附会》篇之所谓"纲领"。而《附会》篇所述，几乎就是"沉吟铺辞，莫先于骨"一语的较详细的陈述。但他除了用"辞尚体要"的"要"，及"务总纲领"的"纲领"等观念以强调文章要有内容之外，更把文章中的事义称之为骨，是因为"要"与"纲领"，仅能说明文章的内容；而骨则更兼包括有文章艺术性的形相。在以事义为内容的文章中，若表现得成功，它便应得到骨的艺术形相。《风骨》篇与《附会》篇之不同，是一偏重于文章艺术的形相，一偏重于文章的结构内容。

第二个原因，据我的推测，由内容以言风骨，则情是主观的、热的、流动的，所以抒情之文，多偏于风；事义是客观的、冷的、静的，所以叙事言理之文，多偏于骨。即以诗而论，大概地说，唐诗风胜于骨，宋诗骨胜于风，也未尝不可由此去加以领会。彦和以事义为形成骨的内容，正可从这里窥测其原因之所在，虽然他尚未能明显地说出，但前面也稍稍提到，千万不可以为情便没有骨的艺术形相。尤其是慷慨高爽之情，即不用事义化的技巧，也常会表现得既有风而又有骨。《明诗》篇说建安时的诗是"慷慨以任气"，《乐府》篇说"至于魏之三祖，气爽才丽"；这里的气，是与情融和在一起；但因为是慷慨，因为是爽，所以便特别显得有风，尤其是显得有骨了。这一点，对李白而言，也完全恰当。还有，就一个作品的通篇而言，固然常在切贴事义、纲领的地方，多表现为骨（也有表现为风的）；但就文体而论，因文章自身所要求的变化，也有仅凭文字技巧上表现而为骨，但与一篇中的纲领，只是遥相映带、衬托，并非直接扣紧纲领的。例如杜牧《阿房宫赋》起首是"六王毕，四海一。蜀山兀，阿房出"，这完全是仅凭文字技巧以形成骨的形相。不过，若仅在文字技巧上用力，而无真实的内容加以撑支，势将流为虚杞之气，有如明代前后七子，倡导格律的流弊。所以刘彦和以文章内容的骨，是由文章的内容的事义而来，这是非常正确的，但不可过于拘泥。

形成文学中艺术性的骨的文字技巧，刘彦和在本篇中也从正反两面提出了他的意见。正面的意见是"结言端直，则文骨成焉"，"故练于骨者析辞必精"及"捶字坚而难移"的三句话。彦和认为形成骨的内容的是一篇文章中的事、义，所以要求对事义能作最有效的表达。歧约（J. M. Guyau，1854—1888）在其《社会学的艺术论》第五章中曾提到斯宾塞（H. Spencer，1820—1903）对文体法则的规定，是"以最小的力，获得最大的效果"，即是"以最小量的注意力，能使对方理解，或使对方感受"。所以斯宾塞说"文章艺术的最大秘诀，是把媒介物（文字）的摩擦，减少到可能的最小限度"（见日译本第二部下页八九至九〇）。文字是表达内容的，但文字并不即是内容；所以文字与内容之间，常有一种距离，由距离而发为摩擦，亦即是钟嵘《诗品》之所谓"假补"，或是王国维《人间词话》中之所谓"隔"。"结言端直"，便是为了要把这种摩擦减到最小限度的技巧。端直是把文章的内容，很严正（端）简捷（直）地表达了出来；这种表达的方式，可以把文字与内容的距离，缩得最短；使内容取得了文章中的主导地位，使文辞皆为内容所统率、所撑持；文章的骨干、骨力，便得以显了出来。

为了达到端直的目的，则当然应"析辞必精"。彦和在《体性》篇中对精约体的规定是"核字省句，剖析毫厘者也"。这也可以作"析辞必精"的较具体的解说。上一句是对字句作最经济的使用。下一句是对字句作最精确的使用。"捶字坚而难移"，乃"析辞必精"的成效。"坚"乃坚实、坚定之意。正因捶字坚实、坚定而不可移动，与人以"棱棱凛凛"的感觉，这便形成骨的艺术形相。由此我们不难推论，骨的形成，从文字技巧上说，在于实字的锻炼。王季芗师《古文辞通义》卷一一引耒阳谢视侯（鼎卿）《论用虚字》的一段话中有谓"实字求义理，虚字审精神"，对虚字实字在文学中的效用，说得很贴切。庄子《逍遥游》，全篇皆以风胜。但在"若夫乘天地之正，而御六气之辩，以游无穷者，彼且恶乎待哉"的后面，接着便是"故曰，至人无己，神人无功，圣人无名"。这三句是全篇乃至《庄子》全书思想的纲领，其中无一虚字，无一可移易转换之字，这恰可作彦和对骨的要求的范例。明代前后七子的"文必秦汉"的复古运动，"必欲节去语助，不可句读，以为奥"（前引黄本骥语）。他们之所谓奥，实际只是骨；他们节去语助，并尽量用"减字法"，流弊是一在内容的不相称，二在忽视了风与骨之相待性；更重要的是并非出于内发之气，而只出于外在的摹仿。但在文字技巧上对骨的形成，乃在实字的锻炼，也可于此得一证明。

在上述的形成骨的条件中，好像只是文章的内容——事义，与文章的字句，直接发生关连，并未像风样，直接显出气的作用。实则作为文章内容的事义，乃裁决于作者之志。"气以实志"，志赖气与才相结合，乃能表现而为文章。所以一篇文章创作的程序是志→才→辞；而气则一直贯注于三者之中；在《文心雕龙》一书中，既称"志气"，又称"才气"，又称"辞气"，于此可知志、才、辞之不离乎气。尤其是先有气的凝敛，然后才有文字的凝敛。先有气的棱棱凛凛，才有文字的棱棱凛凛。在"坚而难移"的字句中，即可见出"坚而难移"之气；"析辞"、"捶字"是才力。但彦和已经指出才力是"肇自血气"，才力的活动，也即是血气的活动。所以骨同样地必源于气；进一步说，骨即是气。

彦和从反面来说明骨的是"若瘠义肥辞，繁杂失统，则无骨之征也"。这几句话，正指出了由汉赋以来的流弊。所以他几次提到这一点。《诠赋》篇"然逐末之俦，蔑弃其本。虽读千赋，愈惑体要。遂使繁华损枝，膏腴害骨。无贵风轨，莫益劝戒"。《议对》篇"及陆机断议，亦有锋颖。而腴辞弗剪，颇累文骨"。他对"议"的要求是"故其大体所资，必枢纽经典。采故实于前代，观通变于当今。理不谬摇其枝，字不妄舒其藻。……然后标以显义，约以正辞。文以辨洁为能，不以繁缛为巧；事以明核为美，不以深隐为奇；此纲领之大要也。若不达政体，而舞笔弄文……空骋其华，固为事实所摈。设得其理，亦为游辞所埋矣。……若文浮于理，末胜其本，则秦女楚珠，复在于兹矣"。膏腴所以害骨的情形，可用韩康伯的情形来作一比喻。《世说新语》卷下之下《轻诋》第二十六"旧目韩康伯将肘无风骨"注"《说林》曰，范启云，韩康伯似肉鸭"。韩康伯似肉鸭，大概他是一个矮胖子。矮胖子的人，因肉多而掩其骨，所以没有棱棱凛凛的气象。辞藻太多，意为辞掩，这种文章，便像一个矮胖子的人了。

在有的文章中，从内容说，应当是一篇文章的骨；但从文字的形相看，却又是一篇文章中的风；这是事义的感情化，即是作者对客观性的事义，不顺其客观的冷静性表达出来，而将其涂上主观的感情气氛，以感情的姿态表达了出来，由此使事义也可以发生感动的力量，或增加事义的分量和趣味性，使他人更易接受。前面引过的杜牧《阿房宫赋》，假定没有后面"呜呼，灭六国者六国也，非秦也。族秦者，秦也，非天下也……秦人不暇自哀而后人哀之；后人哀之而不鉴之，亦使后人复哀后人也"的一段，则全篇皆成无意义的废话。因有了这一段，全篇便皆得到了生命；所以从内容说，这一段是全篇的"义"，是全篇的"骨"。但文字的声调，却是如闻叹息之声的风。此即系将"义"加以感情化，因而把义的分量也增重了。庄子《齐物论》开始一大段思想的纲领、指归，乃在说明天籁。但庄子点出天籁的方式是"夫吹万不同，而使其自己也。咸其自取，怒者其谁耶？"这岂非由虚字的运用，将"端直"之辞，化为飘逸流动的风韵，而依然达到言简意赅的目的吗？司马迁一部《史记》，常于事义之中，抒其宕漾顿挫之笔，遂为后来古文家不祧之宗。但这都是来自事义纯熟，而又气盛情深，才可以作得到。所以《庄子》和《史记》，几成为千秋的绝唱。同时，这更不可能要求于今日的科学性的文章。刘彦和在《封禅》篇评邯郸淳的《魏受命述》"虽文理顺序，而不能奋飞"。由此可以了解，并不是有事义的内容，便一定会有风及骨；而仍须要气与才的结合、升华，以完成文字上的艺术性。

九、风与骨的相待性

尽管就人来说，因气禀的不同，有的偏于风，有的偏于骨。就文章的体裁来说，也有的宜乎风，有的宜乎骨。但断乎没有有骨而无风的文章，更断乎没有有风而无骨的文章。气是活的，是动的，因此，也是变的。不过在统一的生命体中，气是顺着某种自然规律而变。这种变，便形成生命自身的节奏。于是在一个较长的创作过程中，便也会顺着生命的节奏而形成文章的有风有骨。风骨交互出现于一篇文章之中，这便形成一篇文章中的节奏。所以有风有骨的作品，才是有生命力的作品。

并且风骨在一篇文章中，因相待而成，更因相待而显。前引韩愈《杂说》四收尾的一段文章，李刚己在"呜呼，其真无马耶"一句下的评语是"前文语势过于峻急，想用宕漾之笔以疏其气"。实则所谓"峻急"，乃崚崚凛凛之骨。正因为有由悲愤之气而来的"策之不以其道"数语的骨，再转而为"呜呼"以下数语的如闻叹息之声的风，一骨一风，两相对待，而都得到了力量；遂使整篇文章，也都有了力量。最成功的文章，都是如此。兹引《史记·秦楚之际月表》序，以作例证：

太史公曰，初作乱，发于陈涉。暴戾灭秦自项氏。拨乱诛暴，平定海内，卒践帝祚，成于汉家以上骨。五年之间，号令三嬗，自生民以来，未始有受命若斯之亟也以上风。昔虞、夏之兴，积善累功数十年，德洽百姓，摄行政事，考之于天，然后在位。汤、武之王，乃由契、后稷，修仁行义十余世，不期而会孟津八百诸侯，犹以为未可，其后乃放弑。秦起襄公，章于文、穆；献、孝之后，稍以蚕食六国，百有余载，至始皇乃能并冠带之伦以上骨。以德若彼，用力如此，盖一统若斯之难也以上风。秦既称帝，患兵革不休，以有诸侯也文气稍顿。于是无尺土之封，隳坏名城，销锋镝，钼豪杰，维万世之安以上骨。然王迹之兴，起于闾巷；合从讨伐，轶于三代；乡读为向秦之禁，适足以资贤者为驱除难耳风。故愤发其所为天下雄，安在无土不王骨。此乃传之所谓大圣乎。岂非天哉，岂非天哉。非大圣，孰能当此受命而帝者乎以上风。

"捶字坚而难移"，不仅是针对其内容而难移；更重要的是，每一句皆峻峻凛凛，予人以难犯的感觉。上文凡是我指为属于骨的，皆是刚性硬性的句子；而在其作收束时，壁立千仞，陡峻险绝，再转而为盘旋震荡感叹之风；互相起伏，使人感到这篇文章好像是在那里作旋律的飞动。所以在一篇短文中，真有"气往轹古"之概。秦楚之际，平民起而夺取政权，乃历史之大变。司马迁把握到此一历史的大关键，面临有许多不容易解释的大问题，以酝酿于其感情之中，喷薄而出，所以才有这样一篇雄奇万变的短文；而风骨之由相待而显，应当借此可以给读者以清楚明白的印象。《史记》中的序赞，皆当由此一角度去加以领会。吴德旋（仲伦）《初月楼古文绪论》二六谓"《史记》诸表序，笔笔有唱叹，笔笔是竖的"。唱叹即是风，竖的即是骨。后来惟韩愈、王安石的短篇文字，能仿佛其一二，然终无此文气息之厚，此盖由胸中所酝酿者不同之故。至司马迁《报任少卿书》，长篇而风骨迭见，通篇不懈，后世便更难有追踪的人了。

王季芗师《古文辞通义》卷一一引李穆堂《秋山论文》中有谓"凡题中板实者，当运化得飞舞。题中散漫者，当排比得整齐"。这话虽然不是对风骨而言，但由此可以对照出风与骨相待为用的意义。并且也可以说，有骨无风，便易流于板实；有风无骨，便易流于散漫。

诗中的风骨相待为用，与文无异。最容易了解的，无如长篇换韵的诗。此种诗，大抵用仄韵者多骨，用平韵者多风。白居易的《长恨歌》"黄埃散漫风萧索，云栈萦纡登剑阁。峨眉山下少人行，旌旗无光日色薄"四句叙事用仄韵，正予人以骨的感觉。接着便是"蜀江水碧蜀山青，圣主朝朝暮暮情。行宫见月伤心色，夜雨闻铃肠断声"四句抒情用平韵，正予人以风的感觉。又"西宫南内多秋草，落叶满阶红不扫。梨园弟子白发新，椒房阿监青娥老"。这是骨的感觉。接着便是"夕殿萤飞思悄然，孤灯挑尽未成眠。迟迟钟鼓初长夜，耿耿星河欲曙天"。正是如闻叹息之声的风的感觉。一骨一风，相待而成为歌中的抑扬顿挫，这是很浅显的例子。大抵律诗各联，虚实相错，虚多风，而实多骨。绝句则起承两句多为骨，而结句则为风。否则没有余韵余味。

十、风与骨的艺术性

风骨都是由气所形成，风骨在文学中的作用，即是气在文学中的作用。气是活的生命，所以又常称为"生气"。而在创作时的

　　　　　　　　　　　　　中国文学论集

气，如前所述，是承载着感情的磁性，及理智之光，以向主题及主题的媒介物（文字）塑造，所以此时所流露出的生命的节律，乃是升了华的生命的节律；文章中的风骨，正是把这种活的、升了华的生命的节律，注入于字句之中，使字句也带有活的、升了华的生命及其节律。带有活的、升了华的生命节律的文字，才可以把文章中其他的构成因素，一齐带活，一齐升华，这才可以发挥出它的美感，以形成一篇的艺术性格。彦和对于这点，体认得最深刻。他说"若丰藻克赡，风骨不飞，则振采失鲜，负声无力"。构成文字之美的因素，一则表现为文采，一则表现为声调。文采须要藻饰的辞句，声调须要谐和的声律。藻饰的词句，谐和的声律，都是客观性的存在，与人的情性，实保有一种距离。此时的词藻声律，都是无情的死物，没有美的意味。所以彦和在《情采》篇说"夫铅黛所以饰容，而盼倩生于淑姿。文采所以饰言，而辩丽本于情性。故情者文之经，辞者理之纬。经正而后纬成，理定而后辞畅"。这是说明真正的文采，必须是来自与情性相融合的辞藻。彦和的这一观点，也可转用到声律方面。不过当时对声韵的运用，尚系新的发现，所以《声律》篇只重在谈技巧，不曾追到此种根本的处所。但他说"声萌我心"，又说"内听之难，声与心纷"，实际也指明了声律与情性的关系。总之，要发之于情性的采与声，才有其艺术上的意义。否则是在死人脸上涂脂粉，及未经人作艺术性安排过的机械声音，不可能形成有美的意味的艺术。不过，问题乃在于情性是经过一条什么通路，而使其与采、声融合在一起呢？前引的彦和两句话，说明了是由风骨，亦即是由气的承载力量，而把主观的情性与客观的采、声连接在一起。气一方面把情性承载向文字，同时也把文字承载向情性。这样一来，情性由气而能向外表达，文字由气而得到活的生命。于是文字中的美——采、声，便得以发挥出来了。有生命的采，即能鲜。有生命的声，才有力。彦和用一个"振"（举起之意）字，"负"（承载之意）字，把气在文学中最根源的作用，完全表达出来了。扬雄《法言·修身》卷第三有谓"人之性也善恶混。修其善，则为善人；修其恶，则为恶人。气也者，所以适善恶之马也与"。以马来说明气的承载作用，非常亲切。更参阅韩愈下面的一段话，对于这种意义，当更易明了。

气，水也。言，浮物也。水大，而物之浮者，大小毕浮。气之与言，犹是也。气盛，则言之短长高下者皆宜。（《昌黎先生集》卷一六《答李翊书》）

韩愈此处之所谓"言"，即彦和之所谓采、声。"大小毕浮"之"浮"，即彦和之所谓"振"、"负"。"气盛则言之短长高下者无不宜"，是因为生命的节奏，直接形成文字的节奏。如此，则文采之鲜，声调之力，都显发出来了。曾国藩日记中有谓"奇辞大句，须得瑰玮飞腾之气，驱之以行。……否则气不能举其体矣"。与彦和此处之意，亦相符合。

十一、气与声

气贯注于文字之中，如何能给人以是风或是骨的感受呢？先简单地说一句，人的气发而为声。文章中的气不可见，气要由贯注于文字中所形成的声而见。"坚而难移"、"凝而不滞"，这都是见之于声的。所以，凡是论文而论到声或韵的时候，实际便等于论到气。王季芗师《古文辞通义》卷一一引舒白香《论诗》谓"感人之深在乎声，不在乎义"。这是很深刻的体认。声何以能感人，因为由声而可接触到作者的感情。而作者感情活动的情态，形成作者生理的生命力——气的活动情态。简言之，即是由文字之声，可以感到作者之气。由作者之气，可以感到作者的感情。声与气既如此密切，则文字中不合节律的芜杂之声，非由气所贯注而来，势必反而干扰到气的发抒。沈约《宋书·谢灵运传》论谓"自兹以降，情志愈广。王褒、刘向、扬、班、崔、蔡之徒，异轨同奔，递相师祖。虽清辞丽曲，时发乎篇；而芜音累气，盖亦多矣"。这从反面说明了声与气的关系。刘彦和说"辞韵沉腴"（《哀吊》篇），等于说"辞气沉腴"。又说"华过韵缓"（同上），等于说"华过气缓"，也等于说"膏腴害骨"。《声律》篇说"声含宫商，肇自血气"。这指明声律是来自人的气，亦即来自生命自身所含的韵律。又说"是以声画妍蚩，寄在吟咏。滋味流于字句，气力穷于和韵。①异音相从谓之和，同声相应谓之韵。韵气一定，故余声易遣"。所谓"气力穷于和韵"，是说气力完全表现于和与韵之中，所以又有"韵气"的连辞。《夸饰》篇"于是后进之才，奖气挟声"。奖气即同时挟声，以见声与气的不可分。《附会》篇"宫商为声气"，这也说明宫商（韵律）与声气的不可分。指明文章之气，乃表现于

---

① 上引《声律》篇原文是"声画妍蚩，寄在吟咏。吟咏滋味，流于字句，气力穷于和韵"。此段文字，不是少了两个字，便是多了两个字，所以句读不易。孙诒让《札迻》卷一二谓"气力上当复有'字句'二字"。流行各本《文心雕龙》多从之。但我以为是"吟咏"二字下，重出了"吟咏"二字。日僧空海《文镜秘府论·四声论》篇引此数语时，正少"吟咏"二字，惟"字句"为"下句"，"下"字当系"文"字之误。

文章的声调、音节之上，于是所谓气者，乃始有了着落，气始可以为人所把握。

宋谢枋得《与刘秀岩论诗书》中谓"人之气成声，声之精成言"。这对声与气的关系，说得很清楚。明陈宏绪《寒夜录》卷上："戴忠甫尝与龚㴑溪论文，欲以一字括之。忠甫曰，其惟'声'字乎。凡文之抑扬高下，轻重疾徐，吞吐浮沉，起伏顿挫，谁非声者？能于此际转换得清，则无之而不清。于此际调剂得妙，则无之而不妙。沈约云，若前有浮声，则后须切响。陆机云，审殿最于锱铢，定去留于毫芒。皆在'声'字上致意耳。"这段话对声在文学中的艺术性的意义，说得很透彻。可惜他没有指出声的艺术性的根源却在气。

气与声的关系，刘海峰《论文偶记》中，说得最为精切。他说：

> 神气者，文之最精处也。音节者，文之稍粗处也。字句者，文之最粗处也。然论文而至于字句，则文之能事尽矣。盖音节者神气之迹也，字句者音节之矩也。神气不可见，于音节见之。音节无可准，以字句准之。

又说：

> 音节高，则神气必高。音节下，则神气必下。故音节为神气之迹。

文之个性、艺术性，由气而见，气则由声而显；所以为了鉴赏、学习古人之文，应当用因声以求气的方法。王季芗师《古文辞通义》卷一五引曾国藩谓："古人文章所以与天地不朽者，实赖气以昌之，声以永之。故读书不能求之声气二者，徒糟粕耳。"又曾国藩《复陈右铭太守书》："深求韩公所谓与相如、子云同工者，熟读而强探，长吟而反复。使其气若翔翥于虚无之表，其辞跌宕（风）俊迈（骨），而不可以方物。盖论其本，则循戒律之说，辞愈简，而道愈进。论其末，则抗吾气以与古人之气相翕，有欲求太简而不得者。"所谓抗吾气以与古人之气相翕，实则由长吟熟读之声，以与古人之气相翕。王师又引张廉卿（裕钊）《与吴挚甫论文》亦谓"欲学古人之文，其始在因声以求其气，则意与词，往往因而并显，而法亦不外是矣"。

十二、气与学

如前所述，气是生理的生命力。仅此一生理的生命力，并不能成就文学、艺术；所以一面必与由心所发的志结合在一起，受志的统率，一面又须与聪明智慧的才结合在一起，以成为表现的能力。但才必资乎学，而后始能充实扩充。气要能完成其在文学、艺术中的作用，既须与才相合，亦即必须与学相合。一个人，即使蓄积有深厚之气，但在创作时，若表现的能力，不能与内酝的深厚之气相适应，则在表现时的艰窘，即成为气向外发抒时的挫折；有如一个口吃的人与人发生争执时，再有很大的气在鼓荡，也没有方法有力地说出自己的理由。解决表现时的艰窘状态，只有靠学的力量。这是学与气不可分之一种原因。其次，气求其盛，求其厚。气之盛与厚，乃决定于人之志，并非可以仅靠原始的生理构造。而人之志对气的统率力，要直接得力于学的充实。孟子指出聚义的工夫，可以使生理之气，升华而成为至大至刚的浩然之气。此时之气与志为一体。同样的，对于相同的题材，学深者因其志有把握而气自盛，学浅者因其志没有把握而气亦自馁。志由学而充实，气为志所统率，故气随志为盛衰，这是学与气不可分的另一种的原因。学气相资，则气与志与才融为一体，亦即可与辞融为一体。《风骨》篇下面的一段话，正说明这种关系。

　　若夫镕铸经典之范，翔集子史之术，洞晓情变，曲昭文体，然后能莩甲新意，雕画奇辞。昭体故意新而不乱，晓变故辞奇而不黩。若骨采未圆，风辞未练，而跨略旧规，驰骛新作，虽获巧意，危败亦多。

按就文学以言学，应当分为两方面。一方面是关系于文学内容的，包括思想与资料，亦即彦和之所谓事、义。镕铸经典，翔集子史，是指这一方面的学而言。另一方面是关系于文学的艺术形式的，包括《序志》篇所说的"剖文析采，笼圈条贯"，以得出文体的指归。"洞晓情变，曲昭文体"，是指这一方面的学而言。文体本乎情性，情性不同，文体亦异；故须能洞晓情性之变，然后能把握到文体的指归。在文学的内容与形式两方面皆学有本源根柢，始能作有意义的创造。"然后能莩甲新意"，至"故辞奇而不黩"，皆指有意义的创造而言。有意义的创造，一定是骨与采相圆融，风与辞相熟练。何以故？因为气得学而与才相融，以成为"才气"，而可以直接贯注于文字之中，与作为媒介物的文字融为一体。凡成功的文体，皆情性之所出，亦即气之所贯注，而皆能骨与采圆，风与辞练。以此求变，这便是在人的精神正常状态中的变。《通变》篇说"凭情以会通，负气以适变"，也是这种意思。彦和说"若骨采未圆，风辞未练"，这是就结果而言。若就原因而言，则这两句话的真意指的是未曾得到学的工力的气，有气无才，便与文字离而为二，所以便"未圆"、"未练"。这是因为事义既无根柢，形式的艺术性亦未能把握，所以气只是一团原始的生理的生命力。仅凭一团原始的生理的生命力而言创造，或者也有创新之力（"虽获巧意"），但其中常含有很大的危机（"危败亦多"）。现代文学、艺术的走向野蛮主义，或者可在这种地方得到一种说明。

后来古文家①非常重视气，也无不非常重视学。前引韩愈《答李翊书》中，有如下的一段：

> ……虽然，学之二十余年矣。始者非三代两汉之书不敢观，非圣人之志不敢存。处若忘，行若遗；俨乎其若思，茫乎其若迷。当其取于心而注于手也，惟陈言之务去，戛戛乎其难哉。其观于人，不知非笑之为非笑也。如是者亦有年，犹不改，然后识古书之正伪。虽正而不至焉者，昭昭然白黑分矣，而务去之，乃徐有得也。当其取于心而注于手也，汩汩然来矣。其观于人也，笑之则以为喜，誉之则以为忧。如是者亦有年，然后浩乎其沛然矣。吾又惧其杂也，迎而拒之，平心而察之；其皆醇也，然后肆焉。虽然，不可以不养也。行之乎仁义之途，游之乎诗书之源，无迷其途，无绝其源，终吾身而已矣。

---

① 本文所谓之古文家，乃广义的古文家，凡以散文为主者皆入之。

上面是韩愈自述他学与养交相进的历程，亦即是自述他的志、才、气由学而交相充实、融合，以至于盛大的历程，较彦和所说的更为亲切笃实。其中"戞戞乎难哉"，是说表现之难；亦即是气与才尚未融未充时的写作状态。"汨汨然来矣"，是说表现之易；亦即是气已因学而得与才相融合而能充实时的写作状态。"然后浩乎其沛然矣"，系就其精神意境（志）而言，亦即是就其气之盛大而言。这段话实际是说气因学与养而盛，所以在"终吾身而已矣"一句的下面，便接着是前面所引过的"气，水也"一段。清吴汝纶《与杨伯衡论方、刘二集书》中有谓"夫文章以气为主，才由气见者也。而要必由其学之浅深，以觇其才之厚薄"。吴氏之说，也可与刘彦和之意，互相发明。王季芗师《古文辞通义》卷一五引宋魏鹤山谓"词根于气，气命于志，志立于学"。他是从志与学的关系，以言气与学的关系；这和由才与学的关系以言气与学的关系，正互相发明。

十三、气与养

孟子因由心善以言性善，则性善的善，实即在人的具体生命之内，与具体的生命不可分，所以他便提出了养气的工夫，使生命中的道德理性（集义之义），与生命中的生理作用（气），得以融合为一；生理作用之气，由道德理性之力而升华为浩然之气；浩然之气，实同于庄子之所谓"精神"。所以养气，乃生理作用的精神化。同时，生命中的道德理性，得到生理作用的充实，不仅克服了生命中所含的矛盾，并使道德理性落实于生理作用之上，同时也即落实于生活行为之上，以完成道德的实践性。后来董仲舒在《春秋繁露》卷一六的"循天之道"中，也曾援引孟子养气之说，主张以中和养气。但是，第一，董氏把中和附会到他的阴阳系统中去，与《中庸》就人之自身以言中和者，大有出入。第二，他所说的养气的目的只在"养身"。虽同为儒家，但与孟子的原意，距离颇远。

庄子从正面提出了养生的思想。《庄子》内七篇中，即有《养生主》一篇。不过庄子的养生，虽其工夫与孟子不同，但他在要转化生理的生命以开辟精神境界的这一点上，却是相同的。所以他所说的养生，也同于孟子所说的养气。只不过，孟子所得的是道德的精神境界，而庄子所得的则是艺术的精神境界。到了战国末期，养生便由精神的意义，下坠而为具体生命的意义，并成为尔后道家思想的主要内容之一。此由《吕氏春秋》中所涉及的道家思想，及司马谈《论六家要旨》中所推重的道家，可以得到证明。《淮南鸿烈解》中的《精神训》，正是承此种养生思想之流，而更加详尽。其中最值得注意的是，它把生命的血气官能与精神，作分解的陈述。下面一段话，特提出了血气对精神的影响，虽未说出"养气"之名，但实际所说的是养气：

> 是故血气者，人之华也。而五藏者，人之精也。夫血气能专于五藏而不外越，则胸腹充而嗜欲省矣按上句似系说明守气于内，下句乃说明守气之功效。胸腹充而嗜欲省，则耳目清而视听达矣。耳目清，视听达，谓之明……夫孔窍者，精神之户牖也。而血气原文作志气，据王念孙校改者，五藏之使候也。耳目淫于声色之乐，则五藏摇动而不定矣。五藏摇动而不定，则血气滔荡而不休矣。血气滔荡而不休，则精神驰骋于外而不守矣。(《淮南鸿烈解》第七)

《精神训》在上面分解性的陈述中，特提出血气的问题，这是道家养生思想的更具体化。王充《论衡·自纪》篇谓："历数冉冉，庚辛域际刘盼遂谓'此为和帝永元十二年庚子、十三年辛丑；时王君年七十四五'，虽惧终徂，愚犹沛沛。乃作养性（生）之书，凡十六篇。养气自守，适时则刘盼遂以'则'为'节'之声误。然实不必改字为训。盖此句乃表示生活闲适之意酒。闭明塞聪，爱精自保。"王氏的《养生论》不可见，但就"养气自守"之言观之，养气在养生中，实居于重要的地位。

刘彦和既认为气对文学有决定性的作用，则他继承早经形成了的养气思想，而提出养气的要求，倒是当然之事。同时，精神与血气，既密切关连而不可分，则养气即以养神，养神亦以养气。所以在《养气》篇中，将神与气关连在一起说。

彦和在《养气》篇中所提出的养气的理由，可分为两点，而两点实是互相关连的。一是认为作文用力太过，超过了自己的能力，则足以伤生。所以他说："若夫器分有限，智用无涯。或惭凫企鹤，沥辞镌思。于是精气内销，有似尾闾之波。神志外伤，同乎牛山之木……是以曹公惧为文之伤命，陆云叹用思之伤神。"彦和又认为求学与作文的目的及态度，并不相同。他说："夫学业在勤，功庸弗怠。故有锥股自厉，和熊自苦之人。志于文也，则申写郁滞。故宜从容率情，优柔适会。"为了作文而伤生，实不合于为文的"申写郁滞"的目的及态度，所以便说"若销铄精胆，蹙迫和气；秉牍以驱龄，洒翰以伐性。岂圣贤之素心，会文之直理哉"。彦和在这里，是把"耳目淫于声色之乐"等情形，置之于议论范围之外。但在本质上，依然是承一般养生的思想而来。

另一是认为作文应由养气以酝酿文机的成熟。力苦气促，反使文机壅滞。他说：

且夫思有利钝，时有通塞按此二语皆指文机而言。沐则心覆，且或反常。神之方昏，再三愈默。是以吐纳文艺，务在节宣。清和其心，调畅其气。烦而即舍，勿使壅滞。意得则舒怀以命笔，理伏则投笔以卷怀。逍遥以针劳，谈笑以药倦。常弄闲于才锋，贾余于文勇。使刃发如新，腠理无滞。虽非胎息之迈术，斯亦卫（养）气之一方也。

按上面所说的养气，乃为文时之养气。这是由彦和的体认而来。"文机"有如战机。昔人谓曹操每临阵用兵，意态从容，如不欲战；但他实际是在从容之中去捕捉战机的。文机尚未酝酿成熟，亦即文之情尚未被照明，文之理尚未能精密，尚未能内在化，以与精神相融合；则气缩才萎，愈用力，愈成钝滞。本篇首段曾说"率志委和，则理融而情畅"。理融情畅，文机自会成熟。"钻虑过分，则神疲而气衰。"神疲气衰，则文机自然窘缩。彦和在《神思》篇中说"是以秉心养术，无务苦虑。含章司契，不必劳情也"，也是这种意思。"清和其心，调畅其气"，也同于《神思》篇所说的"疏瀹五藏，澡雪精神"。但《神思》篇指出"陶钧文思，贵在虚静"，较之此篇所说的，更能探到文学心灵的本源，推到养气工夫的极致。而在其背后，实含有由"清谈余风"而来的庄子思想。

十四、气与养气在古文家中的演进

这里应首先解答一个问题，即是刘彦和提出气的风骨及养气以后，这种思想，为什么不曾在重视韵律的骈文家中得到发展，却主要是在古文文学家的这一派中得到发展呢？因为古文运动的兴起，本在救由骈文而来的文体卑弱之弊，使其能挺拔飞动，这便会特别重视气。而最重要的是，所谓古文，即是一种典雅的散文。骈文的艺术性，主要表现于文词的色泽。古文家为矫骈文的藻饰太过，势必以声调的变化，代替色泽的华美。于是气的艺术性，对古文家而言，较骈文家更为重要。加以气之行于散文中者，较之行于骈文中者，实容易而显著。骈文不是不重声调，并且沈约们四声的提出，正是代表骈文声调的完成。但骈文是由"浮声"、"切响"等的配合运用而来的声调之和，以表达文气之和。气是生命，它本身是活的，它在活动中是不断地在变。骈文的固定格局，可以表现气之和，而不能表现气之变，及由气之变而来的高次元的和。于是对一般的骈文作者而言，不是由气的节奏以规定文字的节奏，而是由既成的文字节奏的格式去限定了气的发抒。骈文的卑弱、虚伪，皆由此而来。气由变而易见，气以变中之节奏而易奇、易高。古文之兴起，在这种地方也可以看出它的重大意义。王季芗师《古文辞通义》卷一一《识涂》篇七引舒白香《古南余话》的一段话，正说明这一点。"仲实问《史》、《汉》文得失。余曰，《史》气盛而声奇，故当胜。……试取《汉书》前《史记》原文之间有增减数字者，对观而咏味之，其奇声必偶，盛气斯衰。气何由盛？多读而穷理以培之则盛。气盛则声必奇。然奇不徒奇，必有偶以行其奇，而奇乃得势。……奇偶属声。偶则滞，奇则行一足之夔，通身之神力注焉。"偶是两句或四句相对称，奇是各句不相对称。各句不相对称，则句的构成可以自由变化，以顺应气向外发抒时的情态。"气盛则声必奇"，是因为气盛时自然要求顺着气自身的流动变化，以为字句的流动变化，而不愿受骈偶的拘束。奇则"通身之神力注焉"，是因为气在变化自由的字句中，无所阻滞；所以作者的生命力，可以全注入于文字之中。在前举的司马迁及韩愈的文章中，应注意到他们每句都在变化，并在变化中形成一种节奏。若说骈文的节奏，多是外铄的，则散文的节奏多是内发的，是直接由气而来。古文家之所以特别重视气的原因，盖在于此。既特别重视气，当然会特别重视养气。

韩愈的"行之乎仁义之途，游之乎诗书之源"，这是由儒家人格的修养，以言养气，当然比刘彦和所说的养气内容更为扩大、充实。仁义是儒家对人自身所发现的本质。若"文即是人"的这句话可以成立，则文向人的本质的迫进，也自然是向仁义的迫进。由人的本质所发出的文，也自然是仁义之文。人为了把握到自己的本质，以提高自己创作的根源力量，则以仁义为养气之工夫，亦系必然之事。刘彦和已经接触到这一点；但他落实在工夫上时，依然是庄学、玄学的意味较重。唐宋明清各代的古文运动，常连带到某程度的儒家复兴的意味，由韩愈所提出的养气工夫，可以看出其必然的归趋。刘禹锡《答柳子厚书》，谓子厚新文二篇"其辞甚约，而味渊然以长。气为干，文为枝。跨踔古今，鼓行乘空。附离不以凿枘，咀嚼不有文字。端而曼，苦而腴。佶然以生，癯然以清"（《全唐文》卷六〇四）。子厚论文，以求道读书为主，似未尝直接提到气；禹锡是能深知子厚之文的人，由禹锡"气为干"之言，可知子厚由求道所得者，仍在于其文学上的养气。其文章有风有骨按端乃其骨，曼乃其风，而其风骨的佶倔清癯，一如其为人，足与韩愈的"猖狂恣睢"（柳宗元《答韦珩示韩愈相推以文墨事书》）之气相上下。李翱《答朱载言书》（《李文公集》卷第六）中谓："故义深则意远，意远则理辩，理辩则气直，气直则辞盛，辞盛则文工。"这是以义理来养气。唐杜牧《答庄充书》："凡为文以意为主，以气为辅，以辞彩章句为之兵卫。未有主强盛而气不飘逸者。"（《全唐文》卷七五一）杜牧之说，殆综合曹丕、范蔚宗两家之论，颇为平实。至唐元稹《叙诗寄乐天书》："丈夫心力壮时，常在闲处，无所役用；性不近道，未能淡然忘怀；又复懒于他欲。全盛之气，注射语言，杂糅精粗，遂成多大。"（《元氏长庆集》卷第三〇）这是由生命力无他寄托，而只好寄托之于诗，以此言"全盛之气"；这是偏于原始生命力的气，其意境至为浅薄。《新唐书》卷一七四谓元"浮躁"、"辩给"，正因其平日无养气之功。

宋苏子瞻《韩文公庙碑》引孟子"我善养吾浩然之气"，以推尊韩愈之人与其文（《经进东坡文集事略》卷第五五）。他对韩愈的向往，实际也是因为他自己在养气上能有所得。苏子由《上枢密韩太尉书》谓："文者气之所形。然文不可以学而能，气可以养而致。"（《栾城集》卷第二二）子由此时年十九，故此文言养气之道，颇为肤泛。然上面引的几句话，则又甚为切至；可知这是出自苏氏的家学。陆游《上辛给事书》："贤者之所养，动天地，开金石。其胸中之妙，充实浑溢，而后发见于外，气全力余，中正闳博，是岂可容一毫之伪于其间哉。某束发好文……然知文之不容伪，故务重其身而养其气。贫贱流落，无所不有。而自信愈笃，自守愈坚，每以其全自养，以其余见之于文。"（《渭南文集》卷第一三）这是以人格的向上为养气。陆氏忠义奋发，其诗为南宋一大家，植基盖在于此。

明宋濂《文原》下篇谓："为文必在养气。气与天地同，苟能充之，则可配序三灵，管摄万汇。不然则一介之小夫耳。君子所以攻内不攻外，图大不图小也。"又谓："人能养气，则情深而文明，气盛而化神，当与天地同功也。"（《宋学士文集》卷第五五）按宋氏以攻内不攻外，图大不图小，为养气之工夫，或系受孟子养气思想之影响。清侯方域《与任王谷论文书》："大约秦以前之文主骨，汉以后之文主气……秦以前之文，如《老》、《韩》、诸子、《左传》、《战国策》、《国语》，皆敛气于骨者也。汉以后之文，若《史》若《汉》，若八家，最擅其胜；皆运骨于气者也。"侯氏不知文之骨，亦即文之气的一形相，而将两者对立起来，这是错误的。而"敛气于骨"，实即气之凝者为骨。"运骨于气"，实即气之盛者风中有骨。侯氏于文，未尝无所见；但表诠而为名言，犹稍嫌含混。清邵长蘅《与魏叔子论文书》："学文者必先浚文之源……在读书，在养气……韩愈氏有言，气，水也，言，浮物也。……是故其气盛者，其文畅以醇。其气舒者，其文疏以达。其气矜者，其文厉以纰。其气恶者，其文诐以刉。其气挠者，其文剽以瑕。是故涵养道德之涂，蓄畬六艺之圃，以充吾气也。泊乎寡营，浩乎自得，以舒吾气也。植声气，急标榜，矜吾气者也。投赘干谒，蝇附蚁营，恶吾气者也。应酬缪辂，谀墓攫金，挠吾气者也。此养气之说也。"邵氏由正反两面，以言气之得其养与不得其养所及于文章之影响，虽系发挥韩愈已有之意，而特为详密。

清刘大櫆（海峰）的《论文偶记》，对文学颇多体验精到之言。他说："行文之道，神为主，气辅之。曹子桓（丕）、苏子由论文，以气为主，是矣。然气随神转，神浑则气灏，神远则气逸，神伟则气高，神变则气奇，神深则气静，故神为气之主。至专心以理为主者，则犹未尽其妙也。"按他所说的神，实同于《文心雕龙·神思》篇之所谓神，指文学心灵的活动而言。文学心灵的活动是志、情、理，已经得到融和，而又酝酿成熟时的活动状态。在此种活动状态中，实赖气在其中的鼓荡之力，所以神与气常绵邈而难分。彦和在《杂文》篇中说宋玉"放怀寥廓，气实使之"。此处所说的气，与《神思》篇所说的神，毫无分别。而刘海峰在《论文偶记》中又说"神只是气之精处"。海峰分举神与气以为言，在本质上有同于"意为主，气为辅"之说；但意的含义较神为粗；神气兼举，立说较为周衍。由海峰之意推之，则须以养神者为养气。究其极，养神养气，只是一事。理是客观性的；专以理为主，以现时的语言说，乃科学性之文，非艺术性之文。所以海峰说"犹未尽其妙"。

桐城派的古文，至姚姬传（鼐）而始大。他在《海愚诗钞》序（《惜抱轩文集》四），及《复鲁絜非书》（《惜抱轩文集》六）中，由天地阴阳刚柔之气以论文。《海愚诗钞》序中说："吾尝以谓文章之原，本乎天地。天地之道，阴阳刚柔而已。苟有得乎阴阳刚柔之精，皆可以为文章之美。阴阳刚柔，并行而不容偏废。有其一端而绝亡其一，刚者至于偾强而拂戾，柔者至于颓废而闇幽，则必无与于文者矣。然古君子称为文章之至，虽秉具二者之用，亦不能无所偏优于其间。"阴阳是气，刚柔是气的属性。此一说法，实质上，只是风骨说法的扩大。把由气的刚柔所形成风骨，扩大到天地的阴阳上去；在文学的体验中，套上形而上的架子，这在说明人之气有刚柔，注贯到作品上也有刚柔的这一点上，有其比拟性的意义；但此种形而上的架子，没有实质上的意义。所以姚氏在这一方面的意见，还是以《古文辞类纂》序目中所说的为精，以在《答翁学士书》（同上）中所说的为切。序目中说："凡文之体类十三，而所以为文者八，曰神理气味，格律声色。神理气味者，文之精也。格律声色者，文之粗也。然苟舍其粗，则精者亦胡以寓焉。"《答翁学士书》说：

> 诗文皆技也。技之精者必近道。故诗文美者，命意必善。文学者，犹人之言语也。有气以充之，则观其文也，虽百世而后，如立其人而与言于此。无气，则积字焉而已。意与气相御而为辞，然后有声音节奏，高下抗坠之度，返复进退之态，采色之华。故声色之美，因乎意与气而时变者也。是安得有定法哉。

按姚氏这段话，与刘彦和的意思，是相通的。彦和因为特立有《神思》篇，所以在《风骨》篇中，未强调神，未强调意。

尔后在文学方面，谈到气和养的人很多，我这里想再提出一个比较特出的意见，即是章实斋（学诚）的敬以养气的意见。《文史通义》三《文德》篇说：

> 凡为古文辞者，必敬以恕。临文必敬，非修德之谓也。论古必恕，非宽容之谓也。敬非修德之谓者，气摄而不纵；纵必不能中节也。恕非宽容之谓者，能为古人设身而处地也。
> 临文主敬，一言以蔽之矣。主敬则心平而气有所摄，自能变化从容以合度也。

章氏就文学的立场以言敬、恕，而使敬、恕在理学家与文学家之间，画一条分界线，这是由很深刻的体认而来。敬与静通，而较静为"有所存"。就纯文学创作的观点言，敬以养气，或稍偏向于严肃的一方面；但章氏所说的，实指带有史学性质这一方面的文章而言，所以他说"古文辞而不由史出，是饮食不本于稼穑也"。敬所以克制矜慢昏堕之气。在主观上多一分敬意，便多浮出一分客观事实，多接触到一分客观事实。百十年来，大家喜言考据，喜讥评古人；但愈考据愈糊涂；凡所以讥评古人者，实足以讥评自己；这不仅关系于学力的深浅，而更有关于治学写文时态度的敬与堕。章氏之言，盖针对当时浮嚣标榜的所谓考据家而发；这在今日，更有其特别意义。

十五、总结

综上所述，应当可以得到三点结论。（一）由气在文学、艺术中的提出，而人与文学艺术互相连结的通路，得以具体地把握到。每一个人，当拿起工具以从事创作时，都可以体认到自己的气，正在对创作中的作品，发生作用。（二）由气的把握，对文学艺术中的个性问题，才可彻底加以说明。思想、生活环境，可以说明作品的大的方向；但并不能说明每一作品的个性，因为在相同的思想与生活背景中，因作者生理构造的作用（气）及创作时的身体状态，互不相同，依然可以发现个性的互不相同；否则不能算是成功的文学、艺术作品。（三）因为自觉到气在文学、艺术中的作用，于是为了提高作品的境界和创作时的力量，便提出了养气的观念。养气，实际是通过一种修养的功夫，突破气对于人的局限性，使其向精神上升华，并给精神以向外实现的力量。这是以提高作者自身的人的存在，来提高创作能力和作品。在养气的工夫中，当然含有知识的重大因素；但知识必须融入于情性，必须成为人格中的一成分，才可达到养的目的。假定承认人与文学艺术，有不可分的关系，则由提高人，以提高作品的养气工夫，必然地，是每一伟大文学家乃至艺术家的最根源的工夫。在过去所说的养气工夫中，社会性的意义，不够明显。但养气效验的重大证验之一，即是在作者个性中所能涵摄的社会性。衡量作者的水准，应当以他个性中的社会性为重要的尺度。"先天下之忧而忧，后天下之乐而乐"的气，这即是浩然之气，即是文学艺术创造的无穷动力。

还有，文气之说，得古文家而大明。但古文家言气，很少直接受到刘彦和《风骨》篇的影响。他们中间，有提到《文心雕龙》其他各篇内容的，但几乎没有提过《风骨》篇。杨明照《文心雕龙校注》附录四"群书袭用"项可证。有与《风骨》篇暗合的；但从整体看，几乎可以说没有一个人能应用到完整的风骨的观念。而完整的风骨观念的应用，对文学的艺术性的把握，是有很大的帮助的。这说明千余年来，很少有人能理解、因而注意到这篇文章。还有《神思》、《体性》、《通变》、《定势》、《附会》、《总术》各篇，皆彦和论文精神之所寄；除《神思》篇过去还有提到的以外，其余各篇，似乎也都没有得到解人，发生过影响。所以彦和以后，我国在文学理论方面，不仅不曾前进，而且有萎缩的现象。

文气之说，大昌于古文家们之手。然则他们之论文气，和彦和的论文气，在什么地方并不相同呢？简单地说，后世古文家言文气，以气势为主。所谓气势，乃气在文章全篇中的贯注之力。

李德裕《文章论》谓："气不可以不贯。不贯则虽有英辞丽藻，如编珠缀玉，不得为全璞之宝矣。"（《全唐文》卷七〇九）李德裕的话，无形中代表了唐以后言文气的主流。刘海峰《论文偶记》："今粗示学者，古人行文至不可阻处，便是他气盛。"这也是就气的贯注之力而言。于是古文家言文气，常指的是"行气"。曾国藩日记中有谓"古文之法，全在'气'字上用功夫"。又谓"古人之不可及，全在行气"。行气，正是气的贯注之力。他们所说的，是由贯注之力，而形成文章的文势。林纾《春觉斋论文·气势》篇谓"文之雄健，全在气势"，正指此而言。但刘彦和言文气，则注重气在文章中对体貌的形成之力。由形成之力而形成文章的艺术性的体貌。体貌中有静的因素，也有动的因素。风骨即是动的因素。但对气势而言，则体貌是静的形相，而气势是动的形相。

贯注之力，也一定会发生体貌形成的作用；但究系以文势为主。所以古文家便常常于无形中忽视色泽在文章中的效用。形成之力，也一定会含有文势贯注的作用；但究系以体貌为主。所以彦和言风骨，处处和色泽扣在一起。气以贯注之力而显，但气以形成之力而其功用始全。二者之有所偏重，这和文体的骈、散，有其密切的关连。将骈散两相对待而言，则骈文多为静态之美，而散文多为动态之美。这当然不是绝对的，也有例外的。古文家于不知不觉中，忽视了气的形成作用，于是在体貌的艺术性上，多少会发生若干缺憾。所以对刘彦和的风骨观念的重新提出，在加强文学的艺术性这一方面，或尚有其意义。

六五年十月三日夜于东海大学

西汉文学^①论略

一、《汉书·艺文志·诗赋略》的问题

研究西汉文学，首先应在西汉人之所谓文学的范围内探索。西汉人的所谓文学，姑且以《汉书·艺文志》的《诗赋略》为基点。《诗赋略》把赋分为四类。计以屈原赋二十五篇为首的共二十家三百六十一篇，内七家已亡。^②以陆贾赋三篇为首的共二十一家，二百七十四篇；内除司马迁《悲士不遇赋》及扬雄赋十二篇尚存外，余皆亡。以孙卿赋十篇为首的共二十五家，百三十六篇，除孙卿赋因附于《荀子》一书而尚存外，余皆亡。以《客主赋》十八篇为首的杂赋十二家二百三十二篇，皆亡。赋后录歌诗二十八家三百一十四篇。^③

《汉书·艺文志》乃由班固将刘歆之《七略》"删其要"而成；刘歆何以分赋之属为四类，后人虽有解说，然率多臆测之辞，无

① 西汉人的所谓"文学"，乃指一般由典籍来的学问而言。本文所用"文学"一词，乃近代一般所谓文学的意义。
② 据顾实《〈汉书·艺文志〉讲疏》在"太常蓼侯孔臧赋二十篇"下注谓"亡"；但《孔丛子》末附《连丛》载有赋四篇，经考察，不可遽谓为伪。此将另有考证。故仿顾氏《讲疏》之例，只可谓之"残"，不应遽断其亡。
③ 应为三百一十六篇。

可证验。且其分类亦未必恰当；如班固入扬雄赋之八篇共为十二篇，其中有《反离骚》、《广骚》、《畔牢愁》等，何以不列入屈赋之类？但由此可以作关键性之四点了解：

（一）《汉志》中后世应列为乙部之书，如《议奏》三十九篇、《国语》二十一篇、《新国语》五十四篇、《世本》十五篇、《战国策》三十三篇、《奏事》二十篇、《楚汉春秋》九篇、《太史公》百三十篇、冯商所续《太史公》七篇、《太古以来年纪》二篇、《汉著记》百九十卷、《汉大年纪》五篇，皆附入于《六艺略》中《春秋》之后。仿此，则诗赋等亦应附入于《六艺略》中《诗经》之后。乃《议奏》以下十二家共五百二十五篇，刘歆未尝为之别立一略，是尚未承认史学在学术中之独立地位。《诗》以后之诗赋，在性质上既与诗相同，其流变亦彰彰可考。顾独为之另立《诗赋略》，由此可知刘歆们对诗赋之重视，较史学更早赋与以学术中的独立地位。故欲由西汉知识分子之心灵以窥测反映于其心灵中之时代真相，文学乃一关键性之材料。①

（二）由《诗赋略》而可以了解西汉人所承认的文学范围，不仅后世之所谓古文（散文）未包括在内，且诔、谥、箴、铭等有韵之文，亦未包括在内；其范围较东汉及其以后之所谓文学为狭。

（三）由四类之赋的存亡情形而论，屈原系统的赋，占绝对优势；刘向更编《楚辞》一书，为总集之祖。由此可了解屈赋影响之深且巨。此为把握西汉乃至东汉文学之重要线索。但自《文选》盛行，而此重要线索，反为之隐晦不彰，以至今人写文学史

---

① 请参阅拙著《两汉知识分子的时代压力感》一文。

者，辄斥汉代文学为宫廷文学，[①]实未窥见汉代文学之精神面目。

（四）歌诗类中，除帝王、贵族所作者八家，共四十二篇外，余二十家共二百七十四篇，皆辑自各地民谣，此实直继国风，保持国风以后之民间文学，与赋所代表的文人文学，恰可成一明显的对照。可惜这批民间文学作品，早经亡失，今日无从加以研究。但他们对民间文学的重视，实有极大的意义。《诗赋略》序，正可代表刘歆们的文学观点，兹录之于下：

> 《传》曰，"不歌而诵谓之赋，登高能赋，可以为大夫"。言感物造端，材知深美，可与图事，故可以为列大夫也。古者诸侯卿大夫交接邻国，以微言相感，当揖让之时，必称《诗》以谕其志，盖以别贤不肖而观盛衰焉。故孔子曰"不学《诗》，无以言"也。春秋之后，周道浸坏。聘问歌咏，不行于列国。学诗之士，逸在布衣，而贤人失志之赋作矣。大儒孙卿及楚臣屈原，离谗忧国，皆作赋以风，咸有恻隐古诗之义。其后宋玉、唐勒，汉兴，枚乘、司马相如下及扬子云，竞为侈丽闳衍之词，没其风谕之义。是以扬子悔之曰："诗人之赋丽以则，辞人之赋丽以淫。如孔氏之门人用赋也，则贾谊登堂，相如入室矣。如其不用何？"自孝武立乐府而采歌谣，于是有代赵之讴，秦楚之风，皆感于哀乐，缘事而发。亦可以观风俗，知薄厚云。序诗赋为五种。

---

① 其中最著者如刘大杰之《中国文学发展史》。由此而以剿袭成书者，率皆本刘氏之说。

上述的序，包含了许多问题。例如他引的"《传》曰"，应当是《毛诗传》。①但"登高能赋，可以为大夫"，在春秋末期以前，大夫皆世袭；战国时代，也找不出这种事实，并找不出这种观念。我以为这是由楚襄王与宋玉们经常游处在一起，下逮汉景帝削平七国前后，辞人活跃于诸侯王间，毛公因缘傅会起来的。因此，"不歌而诵谓之赋"的赋，所反映的也只是汉赋。不仅《毛诗》中凡被称为赋的，在周代固然皆可弦而歌之。即《诗赋略》中所列屈原之赋，亦皆系歌以楚声。②荀卿赋中之《成相》，其目的、其体制，皆在便于歌唱以悟在位之人，亦彰彰明甚。③先了解序中起首的"《传》曰"一段，所反映的实际是西汉的情形，这在以后的研究进程中，可以斩断许多纠葛。

二、赋的起源问题

为了解决赋的起源问题，我想首先应当指出，《毛诗·关雎》序"诗有六义"中之赋比兴，乃由《毛传》将三百篇之作法，加以分析整理所归纳出的结论，并把三者组成一个完整序列，以概括三百篇的作法，似为《毛传》一家之言。《淮南子·泰族训》中

---

① 见《毛诗·卫风·定之方中》传。

②《汉书》六十四下《王褒传》"宣帝时修武帝故事……征能为楚辞，九江被公召见诵读"。又《隋志》序"隋时有释道骞，善读楚辞，能为楚声，音律清切"。

③ 荀子所用"成相"一词，虽解者颇有异说，然要以朱子《楚辞后语》"相者助也。举重劝力之歌。史所谓五羖大夫死，而舂者不相杵是也"为通说。准此，则荀子以"成相"名篇，其意在于用歌以悟统治者之意甚明。

引用《毛传》，则《毛传》实传承有自。^① 但《毛传》中的所谓赋，内容上几乎可以说与汉赋是两种性质。例如汉赋重铺陈，于是训赋为铺，^② 但《毛传》中之所谓赋，并非出之以特别的铺陈。《毛传》中的赋，乃对比兴而言，指的是"直陈其事不譬喻者"。^③ 而汉赋则体兼比兴。虽同名为赋，而性质各殊。先弄清这一点，对于解决汉赋的起源问题，便可减少许多纠葛。《诗赋略》序，实以赋出于荀卿、屈原，^④ 固未探及本源。班固谓"赋者古诗之流也"，已探及其本源，^⑤ 而尚欠分疏。且班氏犹系据六义之赋以立论。我以为把"赋"字应用到文学范围之内，是经过了一段语义的演变；但与辞赋之赋，并无直接关系。辞赋之赋的正式出现，当始于荀子、屈原。但我怀疑荀卿、屈原所作的只有"成相"、"佹诗"、"离骚"、"九章"等的个别名称，并没有"赋"或"辞"的通名。赋与辞的通名的成立，可能出于秦汉之际。

《国语·周语上》"召公曰，故天子听政，使公卿至于列士献诗……瞍赋"。韦《注》："赋公卿列士所献诗也。"是韦氏以诵释赋。但赋何以有诵义，及此处赋是否可训为诵，尚有研究之余地。按《说文》六下："赋，敛也。"敛是收敛，赋税是收敛来的。民间歌谣，是由采集而来，也是一种收敛。公卿列士，献自作之诗，

---

①《淮南子·泰族训》"《关雎》兴于鸟，而君子美之，为其雌雄之不乖居也。《鹿鸣》兴于兽，君子大之，取其见食而相呼也"，此确出于《毛传》。为河间献王博士之毛公，与《淮南》成书时代，约略相同，不相承袭，故知《毛传》实有所承受。

②《周礼·大师》："大师……教六诗，曰风，曰赋，曰比，曰兴，曰雅，曰颂。"郑《注》："赋之言铺。言铺陈今之政教善恶。"

③《毛诗正义·关雎序》。

④《诗赋略》序"大儒孙卿及楚臣屈原，离谗忧国，皆作赋以风"。

⑤ 见班固《两都赋》序。

瞍则献由采集而来之诗，故称为赋。但献诗是以口头歌诵给王听的，所以赋便同时含有歌诵之义。《左传·隐公元年》记郑伯克段于鄢，"公入而赋'大隧之中，其乐也融融'。姜出而赋'大隧之外，其乐也泄泄'"，《正义》："赋诗，谓所自作诗。"《左传·僖公五年》："士芮退而赋曰，狐裘龙茸，一国三公，吾谁适从。"杜《注》："此士芮自作诗也。"按赋并无"自作"之义；历来对此"赋"字亦从无确诂。我以为这是用的"瞍赋"之赋中的歌诵的一部分意义。此一部分的意义，随诗在应用时的反复使用，于是一说到赋诗便是歌诗。郑庄公，及其母姜氏，与晋士芮，是歌自作之诗，因此而赋遂亦含有"作"的意义。由春秋"诸侯卿大夫交接邻国，以微言相感，必称诗以谕其志"，[①] 此即当时之所谓"赋诗"，如秦穆公享晋公子重耳赋《六月》，晋襄公享鲁文公赋《菁菁者莪》，其例甚多。此乃歌诵当时已得到公认的三百篇的诗。故此"赋"字仅有歌诵之义。因三百篇之诗，流行于贵族之间，得到大家的公认，把它歌诵出来，易于得到对方的了解，所以便成为"微言相感"的共同桥梁。并不是因为他们不会作诗，而不歌自作之诗。此风沿袭下来，便不知不觉地以歌诵公认的三百篇之诗，代替自作的诗，而形成诗的创作因之中绝的现象。总结一句，春秋时代的所谓赋，皆作"歌诵"的动词用；在歌诵自作的诗时，始含有"作"义，亦系作动词用。既与六义中之赋义不合，亦无《周礼》郑《注》"赋之为言铺也"的意思。以铺释赋，尽管在训诂上有根据，但最低限度，对先秦与诗相关连的"赋"字的解释，不仅没有贡献，而且容易引起混乱。

---

①《汉书·艺文志·诗赋略》序。

刘向整理《荀子》为三十二篇，其中有《成相》篇第八、《赋篇》第三十二。① 《汉志·诗赋略》列有荀子赋十篇，② 乃合《成相》篇与《赋篇》而统名之曰赋。按朱元晦《楚辞后语》卷第一谓"相者助也，举重劝力之歌。史所谓五羖大夫死而舂者不相杵是也"。其基本句型为以五句为一组，各句字数为三—三—七—四—七，此乃荀子取当时某地民间此类歌谣之体为之，本不与一般所谓诗赋者同类，故刘向将其与《赋篇》另编为一篇。而《赋篇》中的《礼》、《知》、《云》、《蚕》、《箴》五篇及《佹诗》一篇，其语型大体相同，即在四字一句之外，中间杂以散文的句法，自三字至七字不等。我以为荀子"天下不治，请陈佹诗"，乃概括他所作的《礼》、《知》各篇，不仅指今日之所谓《佹诗》一篇而言。佹诗者，指其体裁佹异于三百篇之诗；其异处即在整齐之四字一句中，加入了句型富于变化的散文体在里面。因内容的丰富，文字上不能不突破三百篇中的篇幅。但四字句型的篇幅太长，便堆积沉闷，只好掺入散文以资调剂，使其能流畅而有活力。这是文学创造中所加入进去的新技巧。但通篇有韵，则无二致。因此，我推测荀子仅自名其作品为成相，为佹诗，而未尝自称为赋。佹诗是一种新体诗，是诗体从三百篇的解放。

在《楚辞》中，有两个"赋"字，一是《悲回风》"介眇志之所惑（感）③ 兮，窃赋诗之所明"。此处王《注》迂曲，应以朱元晦"而遂赋诗以明之"的解释为得其正。由此可知屈原之所谓赋，

---

① 唐杨倞注《荀子》，始易刘氏之《孙卿新书》为《荀卿子》，而列《成相》篇第二十五，《赋篇》第二十六。
② 实应为十一篇。
③ 朱子《楚辞集注》："惑应作感。"按作感者是也，此因形近而误。

依然是应为"作"字解的动词用；且他的作品，并不称为辞或赋，而只称为诗。另一是宋玉《招魂》"人有所极，同心赋些"，此恐亦为赋诗之赋，与辞赋之赋无关。但屈原所作的诗，不仅篇幅较三百篇中之诗为大，且在语句文字结构上，有了更多的变化；实际也可称为另一系统的偈诗。

综上所述，一般虽认汉赋出于荀卿、屈原，在事实上固然是如此，但荀卿、屈原并未将其作品自称为赋。由先秦作动词用的赋，变而作名词用之赋，并将荀卿、屈原的作品，皆以赋的名称加以概括，我以为这是在秦汉之际，对于这些在本质上是诗，乃至作者自称所作的只是诗，但在体裁上又与三百篇中之诗大有出入，于是加上一个"赋"的特定名称。赋的名称的成立，除了作动词用的赋诗之赋的意义外，又演变出了赋的假借义，即是敷陈之义。[①]战国末期出现的这批新作品，在篇幅上较之三百篇中的诗是敷陈得多了。由赋的敷陈之义，再关连上春秋时代的赋诗之义，更把它由动词变为名词，以称这些掺入了散文因素及地方歌谣体裁的新作品。由散文因素及地方歌腔调的掺入，便可以装入更多的内容，及适应随时代激动而来的丰富而奔放的情感。

由上面的分析，对于赋，便不能承认《诗赋略》序"不歌而诵谓之赋"的说法；因为荀子的《成相》即是歌，《礼》、《知》等偈诗，其目的也在通过歌以发挥感悟的作用。而屈原作品之为歌，之可歌，一直到隋还是如此。[②]班固《两都赋》序"赋者古诗之流也"的说法，本可以承认。但班氏及孳乳于班氏的这类说法，皆

---

① 《说文通训定声》"赋"下："假借为敷。《书·舜典》敷奏以言，《传》云，敷陈也。"由此而赋有敷陈之义。

② 请参阅注七（编者注：现为本书页三二二注②）。

以诗有六义中的赋为其立说的根据。但我以为辞赋之赋，与赋比兴之赋，是属于两种不同的意义及两种不同的作品，并无直接的关连。《左传·文公七年》乐豫有"葛藟犹能庇其本根，故君子以为比"的话，此处之所谓比，与赋比兴的比，性质完全相同。但不仅在春秋时代未曾将比与赋和兴组织在一起，而且《毛传》以《葛藟》之诗为兴；由此亦可以了解毛公这一系统之所谓比，乃直接由三百篇中所用的广泛譬喻中归纳而得，并非先秦言诗者的通说。《论语》"诗可以兴"，兴乃引发之义，《毛传》便把三百篇中由他物引发作者之情之事的诗，称之为兴。把赋比兴组织在一起，以解释三百篇中各诗的作法，这是由《毛传》这一系统的人，深入于三百篇之中，苦心孤诣所归纳整理出来的结论。不能以先秦与诗有关的"赋"字的解释，来作赋比兴的"赋"字的解释。而赋比兴中之赋，与将荀卿、屈原作品通称为赋之赋，只是名称上的一种偶合。汉儒对赋比兴的"赋"字解释，因受荀、屈的赋的影响，皆与三百篇之所谓赋的诗不相应。赋比兴之赋的解释，至《毛诗正义》而始告确定。

三、辞与赋

"辞"是语言。但"楚辞"之"辞"，则不仅指的是语言，而指的是楚地流行的民歌所唱的腔调，有时亦称为"楚声"。民歌的形式是自由的，所以楚地流行的民歌腔调，其结体当然有多种多样。但就现时可以看到的材料来说，其中有一个共同的特点，即是在语句构成中的"兮"字的使用，及字句结构的富于变化。把歌谣中腔调的变化，特别加以敷陈的运用，我认为还是由融合当时纵横驰骋的口头、笔下的散文而来的。融散文于韵语之中，这是时代的要求，更是由感情丰富中的顿折奔放而来的要求。荀卿把它融入于三百篇系统的诗里面，屈原把它融入于当地歌谣的腔调里面。

在《诗经》中只间或用有"兮"字。有的"兮"字用在一句中间，如《郑风·蘀兮》"叔兮伯兮，倡予和女"。有的用在一句之末，如《邶风·日月》"乃如之人兮，逝不古处"，及《齐风·还》"子之还兮，遭我乎峱之间兮，并驱从两肩兮，揖我谓我儇兮"。皆所以加强感情的表现。有的是表现缠绵温厚之情，如上引的《郑风》、《邶风》；有的是表现从容暇豫之情，如上引的《齐风》的《还》。但楚人之辞，不仅普遍应用"兮"字，而且由"兮"字所表达的感情，更为苍凉沉郁或激昂慷慨，以宣泄英雄志士郁抑难平之气。屈原生于"兮"字腔调普遍流行的楚国，他的奇特郁勃的感情，只有用"兮"字的楚调才易于发挥，于是便用楚调写出他的悲怀苦志，乃自然之理。此种楚调，当时可能不仅流行于楚地。情感所激，不是楚人，也自然喜欢用上。《史记·刺客列传》"荆轲者卫人……卫人谓之庆卿。而之燕，燕之人谓之荆卿"，《索隐》以"荆、庆声相近，故随在国而异其号耳"作解释，我以为荆轲本有名而无姓，燕人谓荆卿，或以其好为楚声而云然。故易水之歌，遂与骚音同其声貌。盖由其悲凉慷慨的感情，激之使然。乃今日有人说"楚辞里的'兮'字，乃是一个纯粹句逗上的作用"，而没有表情的意义，[①] 说这种话的人，还有对文学的感受力吗？

但由《悲回风》的"窃赋诗之所明"，及《招魂》"同心赋些"

---

① 见林庚《楚辞里兮字的性质》一文（《楚辞集释》）。

这些句子来推测，屈原、宋玉们，可能以他们所作的依然是诗，不过是依照楚国的腔调所作的诗。他们对自己的作品，除了个别的名称以外，不会有赋乃至楚辞的通称；这些名称乃秦汉之际或汉初的人们，在整理中所加上去的。

《史记·屈原列传》谓"屈原既死之后，楚有宋玉、唐勒、景差之徒者，皆好辞而以赋见称"。详此句之意，辞与赋有关连，但并非一事。所谓"好辞"的辞，指的是楚人歌谣腔调的辞。"以赋见称"的赋，指的是带铺陈性的作品。上句的意义，是宋玉们喜欢楚人歌谣的腔调，并使用这种腔调写出了铺陈性的赋。即使用楚人腔调写出来的作品，若无铺陈之义，亦不能称之为赋；所以项羽的《垓下诗》，刘邦的《大风歌》，刘彻（武帝）的《秋风辞》，皆系用的楚人腔调，但俱未曾称之为赋。屈原们的作品，就其所用的腔调言，刘向便称之为"楚辞"；就其铺陈的体制言，刘歆便概括之为赋。实则赋可以范围辞，辞不能范围赋。为了便于区别起见，荀卿的赋，可以称为新体诗的赋，而屈原的赋，可以称为楚辞体的赋。

四、汉赋形式的两个系列

从汉赋的形式说，可以说走的是两条道路。一条道路是新体诗的赋，另一条道路是楚辞体的赋。新体诗的赋出于荀卿，楚辞体的赋出于屈原。新体诗的赋发展在先，楚辞体的赋则出现较后。新体诗的赋，其渊源出于《诗》，但并非仅出于《诗》的赋比兴中的赋。《文心雕龙·诠赋》篇"赋也者，受命于诗人，拓宇于楚辞者也"，这两句话，大体上是对的。但他下面却说"六义附庸，蔚成大国"，则他仍以为赋乃受命于六义中赋比兴中的赋，这依然是"明而未融"的说法。至宋祁谓"《离骚》为辞赋之祖"，① 更未足为探原之论。

《汉志·诗赋略》在屈赋之属② 二十家的后面，列有陆（陆贾）赋之属二十一家。其中除司马迁赋八篇尚存《悲士不遇赋》一篇，扬雄赋十二篇皆存外，其余各家皆亡佚。而所存的司马迁及扬雄之赋，实皆应入屈赋之属。陆贾赋三篇，为汉赋之首。此三赋虽亡，但今日所存的残缺不全的《新语》，因其系分篇奏陈给不学无文的刘邦听的，中间杂有韵语，亦即杂有赋体，以便易于使刘邦入耳。由此以推测陆贾之赋，当系新体诗之赋，即在诗的体制中加入散文因素的赋。如《道基》第一：

> 《传》曰，天生万物，以地长之，圣人成之（韵）。功德参合，而道生焉。故曰，张日月，列星辰，序四时，调阴阳（韵）。布气治性，次置五行。春生夏长，秋收冬藏。阳生雷电，阴成雪霜。长育群生，一藏一亡。润之以风雨，曝之以日光。温之以节气，降之以殒霜。位之以众星，制之以斗衡。苞之以六合，维之以纪纲。改之以灾变，告之以祯祥。动之以生杀，悟之以文章。故在天者可见，在地者可量。在物者可纪，在人者可相。

《诗赋略》别赋为四类，首屈赋之属，次陆赋之属，再次荀赋之属，

---

① 吴讷《文章辨体序说》"古赋"条，及徐师曾《文体明辨序说》"楚辞"条均引此说。
② 此处方便用顾实《〈汉书·艺文志〉讲疏》的称谓。

而以杂赋殿之；由此可知刘氏对陆赋之重视。由《新语》以推论陆赋的形式，可能出自荀赋。

由此再探索进去，汉初的赋，似皆走的是新体诗的一条路，即是以四字一句为基本句型，而加入若干散文因素到里面去。《全汉文》卷一三有孔臧赋四首，《谏格虎赋》及《杨柳赋》，皆四字一句，中间夹杂有六字一句者两句或四句，以为疏荡文气之用。《鹖赋》、《蓼虫赋》亦皆四字一句；但《蓼虫赋》中夹有"于是"二字以为承转，乃诗体所无。《全汉文》卷一九羊胜《屏风赋》及公孙诡《文鹿赋》，皆四字一句，此仍汉初之赋的典型。此种情形，至公孙乘的《月赋》，四字、六字句参用，邹阳《酒赋》，则三字、四字、五字、六字等句参用，而情形为之一变，即是由诗体所出之赋，开始在形式上离诗体而独立。这可以说是自然的发展。此一发展，到司马相如的《子虚赋》而达到最高峰。《子虚赋》散起散结。骈体则由三字一句到十三字一句，把各种句型间杂使用，在极度变化中，开阖跌荡，而又前后匀称谐和，形成浑然一气的统一体。其中更用有六个"于是"，八个"于是乎"，很技巧地把散文结构的关节，融合到骈文之中，遂使这样巨制的骈文，如长江大河，浩瀚澎湃，极巨丽之壮观。李调元《赋话》谓："扬、马之赋，语皆单行。班、张则间有俪句……永明、天监之际，吴均、沈约诸人，音节和谐，属对精切，而古意渐远。庾子山沿其习，开隋唐之先躅，古变为律，子山实开其先。"李氏未能了解语皆单行，乃来自散文向诗体的渗入。其根柢则在西汉赋家多能作雄杰之散文。散文衰而赋亦不得不由单行变为律体。且"单行"二字，更未足以尽相如之能。惟相如自谓"赋家之心，苞括宇宙，统览人物，斯乃得之于内，不可得而传"，乃能自举其实。若在他的天才、工力之外，另求外缘，则恐其得统绪于宋玉者居多。而王芑孙《读赋卮言》中谓其"乃从荀出"，实不可信。宋玉《风赋》，骈散兼行。以散文疏荡其气，以骈句整齐其体。《高唐赋》序是散文，赋则前段是楚辞中的骚体，后段为新诗体，间杂以三言、七言，中用两"于是"为承转。《神女赋》序以四字句为主，中杂以三言、七言、十一言，赋文前段为楚辞中骚体，后段为四言诗体，中用两"于是"以为承转。一篇之中，变化迭出，至相如始成为壮阔的波澜。

将新体诗之赋，过渡到楚辞体的形式，以开出汉赋的另一形式系列的，则始于贾谊。汉室好楚声，高祖的《大风歌》、武帝的《秋风辞》，皆用的是楚声，但不足以言赋，汉人亦未尝以赋目之。至贾谊《鵩鸟赋》，皆四字一句，仅在两句一组的下句之末，加一"兮"字，中有八句皆四字句型而未加"兮"字。《吊屈原文》，亦是如此。屈赋中实无此体。故此两赋，本为新体诗之赋。特以贾氏忧思感愤之情，必加以楚声中的"兮"字，而感到始能发其郁抑难平之气。于是便不知不觉地将新体诗的赋，过渡到楚辞体的赋。至于他的《旱云赋》与《惜誓》，则都是楚辞中的骚体。这可以说是他自身的一种演进。贾氏以后，楚辞体的赋，渐成汉赋的主流，这和内容有不可分的关系，下面还要说到。

五、汉赋内容的两条路线

从汉赋的内容说，首先应摒除由章实斋而来的似是而非之论。章氏《文史通义》卷一《诗教下》"赋家者流，纵横之派别，而兼诸子之余风，此其所以异于后世辞章之士也"。又《校雠通义》卷三《汉志诗赋》第十五"古之赋家者流，原本《诗》、《骚》，出入战国诸子。假设问对，庄、列寓言之遗也。恢廓声势，苏、张纵横之体也。排比谐隐，韩非《储说》之属也。征材集事，《吕览》类辑之义也。……深探本原，实能自成一子之学"。按章氏两说，实互有歧异。《诗教下》直谓赋家乃纵横家之派别，等于说赋家出自纵横家。而《汉志诗赋》第十五，则仍本赋出于《诗》、《骚》之成说，特以其内容出入于战国诸子；纵横家在赋中之地位，仅为出入于诸子中之一子，在渊源上并未较其他诸子为特深。而其两说有一共同出发点及目的，乃在尊诸子而抑文集，尊汉代赋家而抑后世辞章之士。据胡适《章实斋年谱》，"实斋年三十五"下："作《文史通义》，实始于是年。"五十九岁又作有《丙辰山中草》十六篇，亦成为《文史通义》的一部分，但皆系杂文性质；其"六经皆史"的基本部分，当最先成篇。到了四十二岁，著有《校雠通义》四卷。《诗教下》当成篇在《校雠通义》之前，是他在《诗教下》对汉赋出于纵横家之说，到写《校雠通义》时已有修正，特未及将《诗教下》的说法，加以修改。及章太炎《国故论衡·辨诗》篇则谓"陆贾赋不可见，其属有朱建、严助、朱买臣诸家，盖纵横之变也"。又谓"纵横家者赋之本"，"武帝以后，宗室削弱，藩臣无邦交之礼，纵横既黜，然后退为赋家"。今人刘大白《中国文学史》，也随着说"辞赋和诗歌，本来都是跟纵横家有关的；而辞赋家的关系更深"。①

　　首先应承认西汉在武帝以前的学术情形，是承先秦余绪，诸子尚保留其若干遗响，因而也影响到辞赋家的观点和表现中所凭

----

① 见该书页八三。

借的材料。但这是辞赋的时代学术背景问题，而不是辞赋的渊源问题。所以章实斋在《校雠通义》中的观点可以承认；而《文史通义》中的观点，则误以背景为渊源，实值得考虑。且《校雠通义》中所作诸子对辞赋影响的具体陈述，亦泛拟之辞，非精切之论。恢廓声势，拟比谐隐，《庄子》一书所能发出的影响，实较纵横家及韩非《储说》更为切近。

其次，在武帝实行主父偃令诸侯得推恩分封子弟的政策以前，当时才知之士，做客寄食于各诸侯王间，实多习纵横之术。《汉志·纵横家》，汉代自蒯子五篇以下，录有邹阳七篇，主父偃二十八篇，徐乐一篇，庄安一篇，待诏金马聊苍三篇凡六家。《诗赋略》中录有严助、朱买臣诸人之赋，其人实亦纵横之士，所以武帝赐书严助，令其"具以《春秋》对，勿以苏秦纵横"。[1]但不可由此以证明辞赋出于纵横。因为以纵横之术游说诸侯是一回事，缘情因境而创造辞赋，是另一回事。不能从纵横之术中导出辞赋创作的必然性。所以先秦的纵横家，无一人作赋。荀卿、屈原不是纵横家而作赋。西汉有操纵横之术者作赋，有操儒术如孔臧、董仲舒、刘德、刘向等[2]亦作赋。纵横之士的赋中有纵横气，儒家道家的赋中有儒道家的内容，此亦属于文学的学术背景问题而不属于文学渊源问题。

章太炎谓"武帝以后，宗室削弱，藩臣无邦交之礼，纵横既黜然后退为赋家"，尤为臆说。西汉辞赋，始兴盛于文景之时，武帝特承其余绪。贾谊、严忌、羊胜、公孙诡、邹阳、枚乘、淮南小

----

① 见《汉书》六十四上《严助传》。
② 具见《汉志·诗赋略》所著录。

山，皆活动于文景时代。即相如的主要作品——《子虚赋》，亦景帝时游梁所作，以后乃加以修改。[①] 至刘大白引《汉志·纵横家》序及《诗赋略》序，以证明辞赋之出于纵横家，尤为误解文义。《纵横家》序引孔子"诵诗三百，使于四方，不能专对，虽多亦奚以为"之语，意在说明"行人权事制宜，受命而不受辞"的重要，亦即在说明行人能由诗的语言训练以达到"专对"的重要。《诗赋略》序谓"古者诸侯卿大夫交接邻国，以微言相感。当揖让之时，必称《诗》以谕其志"，乃在说明春秋时代，聘会之时，常歌诗以托微言，而不必把自己的目的，明白地说了出来；与纵横家驰骋言辞的情形，恰恰相反。并且若由两序以附会纵横与诗赋的渊源，则只能说纵横家源出于诗赋，何能倒转来说诗赋出于纵横家？

《汉志·诗赋略》序开始的一段话，若把它当作辞赋的起源来看，则相当地混乱。但若把它当作辞赋内容的两条路线来看，则有相当的意义。即是西汉辞赋，从内容上可分为两条路线。一为"感物造耑，材知深美"之赋，即一般所谓体物之赋。一为"咸有恻隐古诗之义"的"贤人失志之赋"，即一般所谓抒情之赋。其实这两种不同的赋，既不能如《诗赋略》序的因人而分，因为一个人可以写体物之赋，也可以写抒情的赋；甚至也不能由体物与抒情而分，因为在体物中也可以抒情，而在抒情中更可以体物。两者最大的分别，我以为体物之赋，多在游观之际，系应他人的要求——人主或贵族的要求而作。后来有的并不是出于应他人的要求，写的动机，仅在表现自己的才智深美。由自己才智深美的表现，依然希望可以得到名誉与地位生活上的报酬。这种作品，不

---

① 见《汉书补注》五十七上《相如传》"著《子虚之赋》"下引顾炎武说。

是出自作者感情的内在要求，而是来自才智对客观事物的构画，以供他人的观赏。所以在这种作品中，除向外经营的才智外，并没有作者自己人格的存在。或者这一类的赋可以称为供奉性的赋。这里附带解答一个问题，为什么自《子虚赋》以下，总是尽量搜罗珍秘故实，并运用奇文异字，使阅者望而生畏？乃是因为作者要炫耀自己才智的深美，首先便要由这些奇闻奇字，把被供奉的人吓倒。以后便成为一种特殊文体，而不管文与人的关系，反因此而更为隔阂。但遇着特出之士，在不得作这一类的赋时，常援当时诗义的政治性，把若干讽谕的意义加到那里面去，除给要求的人以娱乐性的满足外，还提供一点政治上的意义，尤其是由此而在作品中除了自己的才智外，还表现出一点作者自己人格的意义。一般推荀卿为体物赋之祖，荀卿之赋，在其以冷静的心灵描写《云》、《蚕》等篇时，可称为体物；但荀卿本是偏于知性的人，他的作赋，乃是出于政治教训的动机，其目的并不在于体物。尤其是他是主动发挥自己的思想，并非应他人的要求，供他人的观赏的。所以即使说他所作的赋，体物的成分很重，但断然不能称为供奉性的赋。所以汉人这一流派的赋的内容，并非出于荀卿，而系出于宋玉、唐勒。《诗赋略》序中有关这一点的叙述，即"其后宋玉、唐勒，汉兴，枚乘、司马相如，下及扬子云，竞为侈丽闳衍之词"的叙述，从这一观点上，是可加以肯定的。

宋玉的《风赋》，是他侍"楚襄王游于兰台之宫"而引起的。《高唐赋》是宋玉与楚襄王"游于云梦之台"而引起的。《神女赋》是他与楚襄王"游于云梦之浦"而引起的。景差、唐勒的赋，除《大招》外无可考。《西京杂记》谓："梁孝王游忘忧之馆，集游士，各使为赋。枚乘为《柳赋》，路乔如为《鹤赋》，公孙诡为《文鹿赋》，邹阳为《酒赋》，公孙乘为《月赋》，羊胜为《屏风赋》，韩安国作《几赋》不成，邹阳代作。韩安国罚酒三升。赐枚胜、路乔如绢五匹。"这仅是对一次集体分赋的盛会的纪录；平日梁王因游乐而命他的宾客作赋，当属数见不鲜之事。汉武帝慕梁园之风，收罗文士，使其承命作赋。如枚乘的孽子枚皋，上书北阙，召入见待诏，诏使赋平乐馆，又与东方朔同奉命赋皇太子生。"上有所感，辄使赋之。为文疾，受诏辄成。……司马相如善为文而迟，故所作少而善于皋……其（枚皋）文骩骳，曲随其事，皆得其意。"[1]《御览》八十八引《汉武故事》曰"上好词赋，每行幸，及奇兽异物，辄命相如等赋之"，与上所记者正合。到汉宣帝，此风未改。《汉书》六十四下《王褒传》："上令褒与张子侨等并待诏，数从褒等放猎。所幸宫馆，辄为歌诵，第其高下，以差赐帛。议者多以为淫靡不急。上曰……辞赋大者与古诗同义，小者辩丽可喜。辟如女工有绮縠，音乐有郑卫。今世俗犹皆以此虞（娱）说耳目。辞赋比之，尚有仁义风谕鸟兽草木多闻之观，贤于倡优博弈远矣。"在上者既以此为其游观之一助，便更可引生另一种发展，即是虽未被诏命写这类的辞赋，但或者为了投君上之所好，或作赋以表达自己才智的深美，因而得以取声誉于朝廷与时流。京都大赋，率由此而来。

上述这种由统治者的燕幸游观而来的被动创作的供奉性的赋，内容当然贫乏，体格当然不高。连枚皋这种人，也感到"为赋乃俳，见视如倡，自悔类倡也。故其赋有诋娸东方朔，又自诋娸"。[2]

---

① 皆见《汉书》五十一《枚乘传》。
② 《汉书》五十一《枚乘传》。

扬雄把赋比作雕虫篆刻，壮夫不为；讥"辞人之赋丽以淫"，又讥其"讽一而劝百"，[①] 都是指这一系列的作品内容说的。今人有的视汉代文学为"宫廷文学"，[②] 也未尝没有点道理。但我这里应当指出的是，凡值得称为大文学家的，也一定在这种文学中除了发挥才智深美的艺术性以外，也必然会很技巧地注入自己所要讲的话，因而在他的作品中还保有他们人格的活生生的面影。最显著的例子可以求之于宋玉、司马相如、扬雄的作品之中。

我们研究汉代文学史的人，应注意到汉代除了上述供奉性系列的文学以外，更有抒情这一系列的文学。这即是"咸有恻隐古诗之义"的"贤人失志之赋"的文学。若以供奉性系列的作品，是出于由生存欲望而来的适应环境的作品；则抒情系列的作品，乃出于由生活理想所要求的突破环境的作品。或者不妨称这一系列的文学，是由批评精神所写的批评性的文学。有人以为"汉初的赋，以楚辞体为主，内容上偏于抒情。汉武帝以后，赋有了很大的变化。不仅形式上变楚辞体为变体，而且内容上变抒情为体物"。[③] 其实，抒情体物，在汉代不仅是并行，而且一个作家，在应付环境上写体物的供奉性的文学，这是他的生活浮在表层的一面；在发抒感愤上又写抒情的批评性的文学，这是他的生活沉浸在里层的一面。宋玉有《风赋》、《高唐赋》等供奉作品，但另有《九辩》、《招魂》等批评性作品。宋玉作为一个文学家所必具有的伟大心灵，只能从《九辩》、《招魂》这种作品中去加以把握。这一点，可以通于西汉乃至东汉的一切伟大文学家。

---

① 俱见《法言·吾子》篇。
② 如刘大杰的《中国文学发展史》，即以此一简单论断，处理汉代文学。
③ 见周祖谟、陈尽忠合著《中国文学史》页二五。

贾谊是以批评性为主的。严忌有《哀时命》，淮南小山有《招隐士》，司马相如除《子虚赋》、《美人赋》外，有《哀秦二世赋》、《长门赋》，董仲舒有《士不遇赋》。东方朔为赋不及枚皋，必曾作过不少的供奉性的赋，[①] 未能传后。汉武以俳优畜他，世亦视他为滑稽之士；但他除了《非有先生论》、《答客难》，以自伸其志趣外，更有《七谏》。王褒除《洞箫赋》、《圣主得贤臣颂》等以外，尚有《九怀》，刘向有《九叹》，扬雄除有《蜀都赋》、《甘泉赋》、《河东赋》、《羽猎赋》、《长杨赋》等以外，尚有《反离骚》。朱元晦锢蔽于专制的成局，不能了解扬雄，多方訾议。在《楚辞后语》中，以扬雄的《反离骚》"为屈原之罪人，而此文（《反离骚》）乃《离骚》的谗贼"，此乃成见蔽其评鉴之明。晁补之谓："盖原死，知原惟雄。'怪原文过相如，至不容而死，悲其文，未尝不流涕也。'以谓'君子得时则大行，不得则龙蛇。遇不遇命也，何必湛身哉。乃作书，往往摭其文而反之'，虽然，非反其纯洁不改此度也，反其不足死而死也。是则《离骚》之义，待《反离骚》而益明。"[②] 扬雄对君臣关系的看法，犹是孔子"用之则行，舍之则藏"的态度。对屈原哀痛之极，姑为此文以相宽解。凡能善读《反离骚》的人，不能不承认晁氏之言，至为精确。刘向编集屈、宋、景差、贾谊、淮南小山、东方朔、严忌、王褒以迄他自己的这类批评性的文章，为《楚辞》十六卷，盖在刘向的心目中，实以这一类批评性系列的文章为西汉文章的骨干。欲由文学以把握西汉知识分子潜伏在里层的心灵，欲由他们的心灵以把握西汉历史的真正动态及问题，

---

① 见《汉书》五十一《枚乘传》。
② 宋晁补之《变离骚》序。

即欲如史公的"具见其表里",^① 只能从这一系列的文章着眼。并且凡属供奉性这一系列的作品,除《洞箫赋》、《甘泉赋》,因迎合汉廷爱楚声而偶用骚体外,则自宋玉下以迄扬雄,无不用由新体诗演变而来的形式。而凡系批评性这一系列的文章,自宋玉以下,殆无不用楚辞体的赋,这在司马相如表现得更是分明。此乃文学的形式与内容的自然符应。这不是说新体诗的赋,便不能写批评性的文学;而是批评性的文学动力,乃出于作者郁勃悲愤的感情,而楚声则较之新体诗的赋,更适宜于表达郁勃悲愤的感情,汉代的文学家,便自然而然地采用了这一形式。今人在这种地方还要作翻案文章,心灵的麻木锢蔽,真达到"盲者无与于文章之观"的程度。^②

六、司马相如的再发现

这里虽然不暇对各作家一一论列,但对司马相如应当再略加申说。由《史记·司马相如列传》所纪录的司马相如的生活形态,是一个典型的伟大文学家的生活形态。伟大的文学家,常有一颗高贵的追求自由之心,突破世俗拘虚之见,以舒展他所追求的事物。相如的弃朝廷的郎职而游梁,与故人安排虚伪场面以追求美丽的寡妇,当生活发生问题时便着犊鼻裤与文君卖酒,发现汉武残暴的真面目后便托病家居,都说明上面的意义。《文心雕龙·体性》篇说他的性格是"傲诞",他看透了世俗,他对世俗加以卑

---

① 《史记·封禅书》赞。
② 此借用庄子《逍遥游》之语,而"文章"一词的意义自别。

视，他的态度便不期傲诞而自然傲诞，傲诞是出自他不能抑制的一颗自由之心。以相如的文采，在文学上实系当时的领袖。观其慕蔺相如之为人，《喻巴蜀父老》，亦未尝不以功名自喜。复以中郎将略定西南夷，亦颇能以功名自见。但他亲见武帝的愚妄严酷，自公孙弘以后，凡为相者辄被诛灭；而对于可以了解他的私生活的文学侍从之臣，亦无不借口杀戮以尽。司马相如，当更受到汉武心目中的疑忌。但相如见机敏而意志能不为功名所汩没，很早便为洁身避祸之计。"其仕宦，未尝肯与公卿国家之事。常称疾闲居，不慕官爵。"连文园令这样的小官，也"病免家居"。① 相如的病，与张良的病，同为避祸全身的妙诀。但武帝尚想到"司马相如病甚，可往从悉取其书，若不然，后失之矣。使所忠往而相如已死，家无遗书。问其妻。对曰，长卿未尝有书也。时时著书，人又取去，即空居。长卿未死时，为一卷书曰，有使者来求书，奏之。无他书。其遗札尽言封禅事，奏所忠，忠奏其书"。② 以一个家居之人，汉武何以知道他"病甚"，由此可见汉武对相如伺察之严。而相如在未死之前，已知道汉武会派人来求书，由此可知相如对汉武了解之深。他的妻答所忠的话，我以为也是相如预先安排好的。"时时著书，人又取去，即空居"的意思，是说"若是常常著书，恐被人取去，以致流传在外面，所以就完全空闲地住着"。用这种话来释汉武之疑。班固将"即空居"三字删去，便语意全失。他了解汉武意在封禅，便写好"言封禅事"；不上之于生前，说明他对汉武早已一无希求。出之于他的死后，所以保全他

---

① 俱见《汉书》五十七下本传。
② 此处本《史记》一百十七《司马相如列传》。《汉书》此处作"若后之矣"，省"不然"、"失"三字，使语意不明。又删去"即空居"三字，全失原语的用意。

的家族。由此稍可了解一个伟大的文学家"游于羿之彀中"的苦境；更由此而可以推见作为一代文学宗师的司马相如，正因为他的盖代才华的突出，所受的疑忌特深，应当还有许多感受，并没有表达出来。

但后人多误于扬雄"讽一而劝百"的话，便仅从"侈丽闳衍之词"去了解司马相如，以为在他所留下的作品中，仅有艺术形式的价值，而没有艺术内容的价值，这是千古以来，对他的最大误解，也是对文学自身最大的误解。文学的形式与内容是不可分的，而文学的内容，必然要来自对时代与人生，互相关连的感受，及由感受所写出的批评。岂有毫无内容，而能创造出有特色的文学形式之理。相如的表现形式，是创造性的形式。但我们要了解他游于羿之彀中的"操心危，虑患深"，便应想到他表达自己对时代问题的感受、批评，所采的迂曲的方式。如后所述，千载以来，真正了解他的人只有司马迁。这是因为他两人的处境同、用心同的关系。司马迁的《史记》，是用由《春秋》而来的一个"微"字，以表现他对时代的认识与批评。但相如没有由司马迁承袭父职的机会，所以要由文学创作以为进身之阶。司马迁的著书是准备藏之名山，而相如的作品是要写给皇帝看的，他便采用欲擒先纵的方法，即是先给皇帝以满足，希望皇帝在满足之中，能接受他的结论。《上林赋》自"于是酒中乐酣，天子芒然而思，似若有亡，曰嗟呼，此大奢侈"以下，直到末尾，都是针对当时汉武帝圈民田为苑囿，穷奢极欲，不顾人民死活的情形所讲的。并且以"务在独乐，不顾众庶，忘国家之政，而贪雉兔之获，则仁者不由也"的几句话，把前面给汉武以满足的许多侈丽闳衍的铺陈，一下子扫荡掉了，反转来给汉武以一种切合现实的教训；却不说这是他自己的意思，而说是出于皇帝"似若有亡"的乐极之后所发生的憬悟之言，这与孟子对于齐宣王所用的"是心足以王矣"的手法，实相暗合。如实地说，他的"侈丽闳衍"之辞，实即《史记·孟荀列传》中所说的邹衍五德运转等说法，乃出于"牛鼎之意"。

相如的《大人赋》，系箴砭汉武的好仙求仙，其表现的方法，尤为奇特。一开始是"世有大人兮，在乎中州。宅弥万里兮曾不足以少留。悲世俗之迫隘兮，朅轻举而远游"，这分明是指着武帝不满于君临天下，还要去求虚无缥缈之仙而说的。以下便用侈丽闳衍之词，满足武帝的幻想。最后"低徊阴山翔以纡曲兮，吾乃今日睹西王母"，这便达到汉帝的最高愿望。但司马相如笔下的西王母的情形是怎样的呢？

> 皓然白首戴胜而穴处兮，亦幸有三足乌为之使。必长生若此而不死兮，虽济万世不足以喜。

他对王母所作的尖刻的形容，即是对汉武求仙所浇的冷水。而收尾是"下峥嵘而无地兮，上寥廓而无天。视眩泯而无见兮，听惝恍而无闻。乘虚无而上遐兮，超无友而独存"。求仙的结果，是无天无地，无见无闻，成为孤绝于万物之外的独夫，这种教训还不深切吗？我以为司马相如的《大人赋》，与司马迁的《封禅书》，精神和技巧，是一脉相通的。他特以骚体写出，一方面是继承楚辞中《远游》的遗规，一方面恐怕是出于一种悲悯汉武过分愚蠢的心境。汉武看了"飘飘有陵云气，游天地之间意"，只说明他的愚蠢，较之齐宣王听了孟子的话的反应，更有过之而无不及。

《长门赋》与历史事实有出入，可能这是《士不遇赋》的更为深秘的写法。^①最奇的是他"尝从上至长杨猎",除了上书谏劝外,"还过宜春宫,相如奏赋以哀二世行失"。^②朱元晦《楚辞后语》卷二在《哀二世赋》下:"盖相如之文,能侈而不能约,能谲而不能谅……特此二篇(另一篇指《长门赋》),为有讽谏之意。而此篇所为作者,正当时之商监,尤当倾意极言,以寤主听。顾乃低徊局促,而不敢尽其辞焉,亦足以知其阿意取容之可贱也。"按朱元晦对文学艺术,皆有修养。特常横一理学的硬壳子于胸中,论人遂不能委曲以尽人之意。他自己曾因卜得遁卦,遂易号元晦,中止了他想对朝廷所讲的话。他却不了解相如若"倾意极谏",便会自取族灭之祸。不能深原古人之处境与用心,而轻以僵硬的"理"的观念,责人以不死,此理学家之所以难通于史学。

其次,朱元晦更没有发现《哀二世赋》是一篇残缺不全的文章。其所以残缺不全,我的推测,是相如感到若全文奏上,武帝便会意识到相如是把秦二世来比他的,由此所生的惨祸,不言可喻。但相如又不愿抹煞他自己这一番苦心哀志,便不惜以残篇奏上,并以残篇面世,所以司马迁在《司马相如列传》中所录的便是残篇。

何以见得这是残篇呢?这篇是楚辞体的赋,与《离骚》字句的结构略同,而颇有变化。《离骚》以两句为一组,上句末字用"兮"字,下句末字不用"兮"字。《哀二世赋》正是如此。但据《史记》"登陂陁之长阪兮,坌入曾宫之嵯峨……弭节容与兮,历吊二世,持身不谨兮,亡国失势。信谗不寤兮,宗庙灭绝。呜呼

---

① 与司马相如约略同时的董仲舒有《士不遇赋》。时代稍后的司马迁有《悲士不遇赋》。
②《汉书》五七《司马相如传》。

哀哉，操行之不得兮，坟墓芜秽而不修兮，魂无归而不食。夐邈绝而不齐兮，弥久远而愈休。精罔阆而飞扬兮，拾九天而永逝。呜呼哀哉"。在"呜呼哀哉，操行之不得兮"后，径接"坟墓芜秽而不修兮"，中间缺少不用"兮"字收尾的一句。班固的《汉书》，则减去"哀哉"二字，又减去"操行之不得兮"句的"兮"字，似乎他意识到了此句若有"兮"字，则缺少了下句之迹甚明，故以此法来弥补。但若如此，则此句上又分明缺少了应用"兮"字收尾的一句。所以班氏还未能弥补到家。但由他的弥补，可以推知此一组中的短缺一句，盖出于《史记》原文，否则班氏不会作此破坏两句一组的删节。就史公对相如了解之深，绝不会对这样一篇文章轻作此种"破体"①而不合韵律的删改。由此可推知必系出于他所得的原文。相如文句最富变化；但其变化无不有自然的韵律而自成一体，断不会作此种破体而且破坏韵律的变化。由此更进一步可以推知相如因武帝骄纵侈靡所酝酿的危机之深，故以哀痛迫切之情，②以哀二世者哀武帝。但这样一来，所引起的后果，是可以想见的。所以相如既不愿因此而得族诛之祸，而文人习性，也不肯抹煞自己此一段真实的感受及自己真正的用心，便不惜以残缺之迹奏上，并流布出来，希望后人由此一种很明显的残缺之迹，而可以了解其全文所残缺者绝不止此。相如在作《哀二世赋》后，由侍从性质之郎转为孝文园令，由亲而调疏；相如对汉武的心理，真能计算得尺寸分明。并继续献《大人赋》以缓和汉武由此文所引起的嫌隙。可惜不仅千载并无一人能发此覆，而班固且

---

① 骚体以两句为一组，一句有"兮"字，一句无"兮"字，此为骚体的基本形式。两句一组而仅留一句，故谓之"破体"。
② 文中用两"呜呼哀哉"，此在相如作品中为特例。

进一步删掉自"敻邈绝而不齐兮"以下的五句。朱元晦的《后语》，不知抄《史记》而抄班氏点金成铁之文，由此以发抒其理学家的高论，又何怪相如不能得一知己于千载之后？在汉武鼎盛之时，把他与秦二世相比，西汉之世，除两司马外，更无此种豪杰之士。而就《史记》的《平准书》、《酷吏列传》中所述山东群盗并起的情形，正与秦二世的结果相合。若非汉武所凭借的立国基础远较二世为厚，又安知汉武不为二世之续。我们不仅应通过伟大的史学家以把握历史的真实，更应通过伟大的文学家以把握历史的真实。这是很明显的一例。司马迁与相如的环境相同，而心灵又能相接，所以在《相如列传》的赞中说：

> 太史公曰，《春秋》推见至隐。《易》本隐以之显。大雅言王公大人，而德逮黎庶。小雅讥小己之得失，其流及上。所以言虽外殊，其合一也。相如虽多虚辞滥说，然其要归引之节俭，以与诗之讽谏何异。[①] 余采其语可论者著于篇。

史公此赞，一是为读《春秋》、《易》、《诗》者发其凡例；一是阐明相如作品的真正用心，推崇其"与诗之讽谏何异"，其所以尊相如者至矣。后人应以此赞为导引去了解一位伟大文学家的作品。

[①] 此处删节"扬雄以为"以下二十八字。《困学纪闻》谓此二十八字"盖后人以《汉书》赞附益之"。

七、《文选》对西汉文学把握的障蔽

对西汉文学的误解，实始于《昭明文选》。萧统以统治者的地位，主持文章铨衡，他会不知不觉地以统治者对文章的要求，作铨衡的尺度，而偏向于汉赋两大系列中表现"材知深美"的系列，即他所标举的"义归乎翰藻"。同时，他把赋与骚完全分开，一开始是由"赋甲"到"赋癸"，分赋为十类。接着便是由"诗甲"到"诗庚"，分诗为七类。再接着才是"骚上"与"骚下"。这样一来，不仅时代错乱，文章发展的流变不明；并且很显明地是重赋而轻骚，贬损了楚辞对西汉文学家所发生的感召作用，因而隐没了楚辞这一系列在汉代文学中的实质的意义。再加以在十类之赋中，首列京都赋，这在统治者的立场，可说是很自然的。但京都赋，可以说是纯技巧的、不反映人生政治社会的作品，可以说是"非人间化的文学"。这样一来，便容易使人感到文学中是以赋为首，而赋中又系以京都赋为首。在京都赋中一开始便是班固的《两都赋》，接着是张平子的《二京赋》，更容易使人误会这类的赋，最有汉代文学的代表性。明徐师曾《文体明辨》，在其赋的序说中谓"至于班固，辞理俱失"，可谓知言。所以两汉中最不能了解《离骚》的便是班固。两汉思想、文学的转盛为衰，班氏父子，实为关键人物，此当别为论述。要之班氏好贡腴而缺乏时代批评精神，故其文章之胸怀气象，远不足与西汉诸公相比。但《文选》中所录两汉人文字，独以班氏一人为最多，更足以增加后人对班氏在两汉文学真正地位之误解。凡此，乃就《文选》一书之大体言之。

若就对各个人选文的情形说，便更成问题。不选严忌的《哀时命》，何以能了解梁园宾客的"身既不容于浊世兮，不知进退之宜当"，"外迫胁于机臂兮，上牵连于缯弋"。但他还是"上同凿枘于伏戏兮，下合矩矱于虞唐。愿尊节而式高兮，志犹卑夫禹汤"。而终叹息于"愿壹见阳春之白日兮，恐不终乎永年"。这绝不是魏晋以后的门客清客的胸襟气象。不选司马相如的《哀二世赋》，何以能了解他对汉武帝因侈泰之心所造成的危机之大，能烛照如此之明，忧虑如此之深。不选董仲舒的《士不遇赋》，何以能了解他对当时的评价是"生不丁三代之隆盛兮，而丁三季之末俗"，"鬼神不能正人事之变戾兮，圣贤亦不能开愚夫之违惑"。不选东方朔的《七谏》，何以能了解这位以俳谐滑稽自容者的内心，实以屈原自况；而对于当时朝廷用人行政的看法，只不过是"橘柚萎枯兮，苦李旖旎。甂瓯登于明堂兮，周鼎潜乎深渊"。不选刘向的《九叹》，何以能了解他为什么编集《楚辞》，要在当代多面发展的文学中，特标举属于楚辞的这一系列。不选王褒的《九怀》，何以能了解他对当时"瓦砾进宝兮，损弃随和"的愤懑。而仅从他的《四子讲德论》及《圣主得贤臣颂》看，以为他只不过是歌功颂德的文人。一直到东汉王逸注《楚辞》，可以说两汉伟大文学家的心灵，大多是由屈原的遭际和巨制所感动，所启发的。同时，因西汉去战国未远，一人专制，对心灵之毒害未深，所以西汉文学家，常想突破政治的网罗，举头天外；由此而对政治、社会人生的感愤特深，涵融特富，气象特宏；不是一人专制完全成熟以后的文学作家，可比拟于万一。但因《文选》出而把两汉尤其是西汉的这一方面文学精神、面貌，完全隐没了。

再从另一方面看，从东汉初年，已把文学的范围，扩大到散文这一方面，而王充《论衡》中对刘向、匡衡、谷永这些人的奏议，从文学观点，再三加以推重。曹丕《典论·论文》，分文学作品为四科，四科中首推奏议。尔后陆机的《文赋》、刘彦和的《文心雕龙》，无不以奏议在文学中占有重要的地位。萧统《文选》中，收集了许多散文作品。但因统治者厌恶谏诤，可谓出于天性，他的父亲梁武晚年尤为显著，所以萧统竟然把奏议这一重要的文学作品，完全隐没，而仅在上书这一类中，稍作点缀。于是西汉在这一方面许多涵盖时代、剖析历史的大文章，又一起隐没掉了。这可以说是以一人统治欲望之私，推类极于千载之上。

我们也可以用另一角度去原谅《文选》的选者；即是古今选家，各有选文的目的，各有选文的权衡，因此只能"各照隅隙，鲜观衢路"，乃必然之势。对《文选》不应责其能包举无遗。但因唐代以诗赋取士，《文选》成为一般士人发策决科的重要工具，于是把《文选》的地位，不知不觉地提得特别高。清代乾嘉学派，因反桐城古文运动，亦特以《文选》为宗极。于是在民初以来，造成一种观念，认为《文选》是代表中国的"纯文学"，也即是代表了中国汉魏晋宋齐梁的真正文学。但清人所标榜的"选学"的著作，① 连萧统所宗尚的文学艺术形式的这一方面，也全无理解，更何能深入到文学的核心问题。所以通过《文选》去看西汉文学，而说它是宫廷文学，这是捕风捉影、好为傅会之谈的人们的自然结论。

---

① 此类著作，由台北市广文书局汇印，余曾购入一部，旋即弃去，因其略无价值。

自然与文学的根源问题
——《文心雕龙》浅论之一

刘彦和《文心雕龙》一开始便是《原道》篇，认为文学是"本乎道"。黄先生季刚《文心雕龙札记》以为"文章本由自然生"，以"自然"来解释道。此说多为今日讲授《文心雕龙》者所信守。今欲明黄先生之说，乃出于其排斥古文之成见，及对《原道》篇文字的误解，与刘氏之原意，大相径庭，应先说明文学与自然之关系。

欲了解文学与自然之关系，须先了解何谓自然。

"自然"一词，首见于《老子》。现行《老子》一书，出现有五个"自然"。其基本意义，皆为不受他力所影响、所决定，而系"自己如此"。在此一基本意义之上，老子把它用到四个方面。

（一）以自然说明道自身的形成。现象界的一切，皆在因果系列之中。故每一事物既可影响于其他事物，同时又受其他事物的影响，而没有一个事物能完全"自己如此"。只有推到"第一因"时，才能成为他物之所因，而不因于他物。这在老子，便是创造天地万物的道。《老子》二十五章：

> 有物混成，先天地生。寂兮寥兮，独立而不改，周行而

不殆，可以为天下母。……人法地，地法天，天法道，道法自然。

按凡因他物而生者，即系由他物所分化而生。只有道，不由任何他物所分化而生，故曰"混成"，"混"对"分"而言，"成"即是生成。因此，道是自己生自己，即是"自己如此"，即是"自然"。正因为如此，所以道才能"独立而不改"。"道法自然"有两义。一是道更无所法，而只是"顺其自己如此"。王弼将此处的"法"字释为"顺"，是很有道理的。二是道系自己如此，它创造万物，也让万物能"自己如此"。

以自然说明道的所以形成，在《庄子·大宗师》中说得更清楚。

夫道有情有信（按此本于《老子》二十一章，"窈兮冥兮，其中有精，其精甚真，其中有信"。故"情"字乃"精"字之因形近而误），无为无形。可传而不可受，可得而不可见。自本自根。未有天地，自古以固存。

现象界中的事物，皆以另种事物为其本，为其根；只有道才是"自本自根"，才是"自古以固存"，亦即是自然。站在此一分位来说，可以用自然来说明道，可在道与自然之间划一等号。然则《原道》篇的所谓"道"，是不是如上所说的"自然之道"呢？我看是不可能的。首先应注意的是，《原道》篇所说的道，很明显的是"天地之道"。而刘彦和对天地之道的说明，乃"日月叠璧，以垂丽天之象。山川焕绮，以铺理地之形"，与（一）项所述之情形，全不相干。而他所说的"自然之道也"一句，乃就人而言，并非就道的形成而言。所以此处的"自然之道"，与（一）项所说的不相应，应另作解释。最重要的是（一）项的自然，只说明道的形成的情形，尚未赋予道以性格。既未赋予道以性格，则以文学是本于"自己如此的道"，试思在文学与"自己如此"的道之间，如何能安下一条理路以将两者关连起来呢？

（二）老子以自然说明道创造万物的情形。万物乃道所创造，则万物并非自己如此，亦即并非自然。但道乃以柔弱之力创造万物（"弱者道之用"），弱到"绵绵若存"（六章），弱到使万物虽被创造，而不感觉到是被创造。并且又是"生而不有，为而不恃，长而不宰"（十章、五十一章），让生出来的万物，都感到"夫莫之命，而常自然"（五十一章），都能自己掌握自己的命运。此一意义，在《庄子》一书，有更多的发挥。

然则《原道》篇的道，是否由（二）项创造万物的自然，以此为文学的根源呢？黄先生《札记》引了韩非子《解老》篇"道者万物之所然也"、"道者万物之所以成也"的话，是想以道创造万物的自然来解释《原道》篇的道的。他又引有《庄子·天下》篇"古之所谓道术者果恶乎在？曰，无乎不在"的话。《解老》篇之所谓道，是就创造万物之道的自身而言，而上引《天下》篇之所谓道，乃就道表现为万事万物而言；黄先生不了解这两处的所谓道，是属于两个不同的层次。他接着说"案老庄之言道，犹言万物之所由然。文章之成，亦由自然"。"所由然"，是说万物由道而如此，"由自然"，是由自己如此。所以这两句话不是等同的意思，二者之间，实在是连接不起来的。何况韩非止言道创造万物，绝不言道创造万物是让万物感到是自然。因为他的专制独裁的政治思想，不容许他承受老子的自然思想。黄先生又谓"故韩子又言圣人得之以成文章。韩子之言，正彦和所祖也"；不知韩非此处之所谓"文章"，乃指典章制度等而言，犹《论语》上说尧的"焕乎其有文章"，与《文心雕龙》上之所谓文章，风马牛不相及。《原道》篇亦有"唐虞文章"之语，此可能由于当时的误解，何晏《论语集解》似已以汉人之所谓文章，释先秦之所谓文章；亦可能由于彦和行文时之附会。由此可以了解黄先生这段文字，实在是非常混乱的。

（三）老子由政治的要求以言人民的自然。此乃老子言自然的本旨。老子为了想解放由政治所加于人民的束缚、压迫，而要求统治者体道的创生万物的情形，实行无为之治，使人民虽生活于政治之中，而忘掉政治的强制性，感到是"自己如此"，即是一切是由自己所决定，而非出于政治的干涉。十七章的"功成事遂，百姓皆谓我自然"。五十七章的"我无为而民自化。我好静而民自正。我无事而民自富。我无欲而民自朴"。自化、自正、自富、自朴，即是自然。能自然即能自由。上举（一）、（二）两项所言之自然，皆系为此项政治上的自然作根据。但此项政治上之自然，与文学无关，至为明显。

（四）老子以人所得于道之德，为人生的自然。此种自然的意义，有同于"生而即有"的性，亦有同于后来禅宗的所谓"本来面目"。老子以虚静为人得以生之德，虚静即人的自然。此处的自然，系对过分的欲望乃至一般的人文活动而言。老子心目中的人文活动，乃是"益生"，即增益了生而即有的东西，即违反了人得以生的德，会丧失了人生的价值，且因此而陷于灾祸。所以他主张"致虚极，守静笃"，主张"归根"、"返朴"，即是守住人生的自然，或从人文世界中返回到人生的自然。但《老子》一书，除二十三章有"希言自然"一语外，他处未曾更明确地以归根的"根"、返朴的"朴"说成自然。"希言自然"的"希言"，据王《注》乃"视之不足见，听之不足闻"之言，王《注》以为此种"无味不足听之言，乃是自然之至言"。准此，则老子仅就"言"的一端以指出人生自然之一端。但把虚静根朴等说为自然，是不会错的。

《庄子》书盛言人生自然之义，但常称之为"德"，为"性"，为"性命之情"，为"常然"，而少用"自然"一词；仅在《德充符》说"常因自然不益生也"，《应帝王》说"顺物自然而无容私焉"。他之所谓自然，即是"德"、"性"、"性命之情"。魏晋玄学，则以"自然"一词，概括老庄这一方面的思想。所以郭象注《庄》，于《逍遥游》篇内一则曰"今言小大之辩，各有自然之素"，再则曰"天地以万物为体，而万物必以自然为正。自然者，不为而自然者也"。天道当然是"不为而自然"。若以《原道》篇的道，即指此不为而自然的天道，第一步是可以成立的。可惜《原道》篇的"自然之道也"一语，很明白地是就人而言。"盖自然耳"一语，很明显地是就龙凤虎豹云霞草木等而言，不是就道的自身而言。若以《原道》篇的自然为文之所本，等于是说本乎人，本乎龙凤虎豹等，而不能说"本乎道"。

上述自然的四种用法，皆系源于老子的哲学的用法。但皆与黄先生以"文章本由自然生"，因而以《原道》之道，为"自然之道"的说法不相合。然则彦和所用"自然"一词，到底是何意义呢？

由上述（四）项的与人文相对的人生的"自然"，渐渐演变而将山川草木花鸟虫鱼风云月露等称为自然，此即一般之所谓"自然界"。并且魏晋以来，因玄学之助，而特别发现了山川草木等自然之美，影响于文学艺术者至大。但不能以《原道》篇的道，即指的是此类自然。因为第一，若以此篇所用的自然，即指的是自然界，则"自然之道"一词，不能成立。因为只能说自然界系由道所创造，但不能说自然界即是道。第二，将"自然"一词转用为自然界的意义，彦和当时尚未出现。在《文心雕龙》，特称之为"物色"，而特设有《物色》一篇。第三，当时虽流行有山水诗等自然文学，但此等山水的自然，只能说它们是文学中新的题材、新的对象，而不能说是文学之所本。

"自然"一词的另一演变用法，乃是作形容词或作副词用，或作由形容词、副词而来的名词用。凡具有某种条件，即会产生某种作用，出现某种现象或结果的，在寻常语言中，便常以"自然"一词加以形容；与"当然"、"固然"的用法，约略相近。其意义指的是"自自然然地如此"。与前举四种用法不同之点，在前四种用法中，"自然"一词的本身，即代表一特定的思想内容。而常语中所用"自然"一词，只说明前件与后件的密切关系，密切到后件乃前件的"自己如此"，不代表任何特定思想内容。晋人已流行此用法，如《世说新语》卷上之上《言语》"谢太傅语王右军曰，中年伤于哀乐，与亲友别，辄作数日恶。王曰，年在桑榆，自然至此"。《原道》篇所用的两"自然"，及《明诗》篇的"莫非自然"，细按上文的相关文句，皆只能作如此解释，别无深意可寻。因此，黄先生对原道之道的说法，及由黄先生的说法所孳生出来的，皆不能成立。至《原道》篇的道究竟应作何解释，当另为文稍加疏释。

《原道》篇通释

——《文心雕龙》浅论之二

一

在疏释之前，应先明二事。

（一）古人使用文字之惯例，同为一字，其范围有广狭之殊，层次有上下之别。《论语》"博学于文"之"文"，在范围上远较"吾犹及史之缺文也"之"文"为广；"朝闻道，夕死可矣"之"道"，在层次上远较"斯道也何足以臧"之"道"为高。准此，《文心雕龙》上所用"文"之一字，有的是指广义的艺术性，有的系指六经乃至一般典籍，有的系指今日之所谓文学作品，有的系指作品中所含的艺术性，有的仅指艺术性的修辞。而《原道》篇"乃道之文也"的"文"，不仅指广义的艺术性，且含摄一切的人文在里面，而为形而上的性质。至此篇所用"道"字，有上下层次之别，亦可随文附见。

（二）凡属形而上性质的名词，其所表征的意义，可以由人作多方面的发现与规定，此乃与征表经验界事物的名词的最大不同之点。同一形而上的"道"，其性格当然有各种不同的规定。

先了解上述二端，即可进一步追问《原道》篇的道，到底是什么性格的道。

《原道》篇的所谓道，不是老子"先天地生"之道，而指的是天道。但刘彦和因为便于作对称性的叙述，却将天地并称，便成为天地之道。这一点大概可以不发生争论。问题是在此天地之道，究系何内容？系何性格呢？彦和说得很清楚，即是他所说的"盖道之文也"的"文"。此语可与后言"言之文也，天地之心哉"互见。春秋时代的天道是礼，故天道所表现的也是礼；天所生的人，也具有礼的本性。由孔子起，儒家的天道是仁，故天道所表现的也是仁，天所生的人，也具有仁的本性。道家的天道是虚静，故天道所表现的是虚静，天所生的人，也具有虚静的本性。彦和以六经为文学的总根源，六经是圣人的"文"。更由圣人之文上推，而认为天道的内容即是"文"，天道直接所表现的是"文"，由天所生的人，当然也具有文的本性。由是而说文乃"与天地并生"，有天地即有文。接着便以"玄黄色杂，方圆体分"等六句，证明此"盖道之文也"，即是说"这是道直接所表现的文"；道何以会直接表现为文，因为道的内容、性格即是文。彦和这种说法，一面固然是想从哲学上穷究文学的根源，而其内心实系以六经根于天道，文学出于六经，以尊圣尊经者尊文学，并端正文学的方向。

二

如承认上述的概括看法，则对此篇全文，即可作顺理成章的了解。彦和各篇的结构，大体分为三大段。此篇自"文之为德也大矣"起，至"有心之器，其无文欤"止，为第一大段，乃说明天道是文，人乃天生万物中之最灵者，故人之本性亦必是文。第一大段又分为三小段。自"文之为德也大矣"起，至"此盖道之文也"止，为第一小段，系说明道的内容、性格是文，此由"日月叠璧"、"山川焕绮"等可加以证明。但此仅其直接表现之文，其所含摄者，绝不止此。自"仰观吐曜"起，至"心生而言立，言立而文明，自然之道也"止，为第二小段。说明人不仅为天所生，并且是"乃五行之秀，实天地之心"，当然具有文的本性。所以说这是自自然然的道理（"自然之道也"）。自"傍及万品，动植皆文"起，至"有心之器，其无文欤"止，为第三小段。此小段盖以低一层的垫法，垫出人既有心，更必有文，以加张人必具有文的本性的论点。其中"夫岂外饰，盖自然耳"，说明动植等物，皆由天道所生；因天道的内容性格是文，所以它所生的动植等物，便自然而然地有文。

三

第一大段的说法，是对文学的根源，作哲学性的推论。这一大段的所谓文，皆系形而上性格的文，以及是广义的文，皆是不通过语言文字来表现的文。但《文心雕龙》所欲研究的，为主是用语言文字所表现出的文。由"人文之元，肇自太极"起，至"写天地之辉光，晓生民之耳目矣"止，为第二大段，系以历史发展的观点与事实，以说明如何由形上之文、广义之文，发展而为用语言文字所表现之文，并达到文的最高成就与准则。换言之，即如何由道的形而上的文，落实而为现实中用语言文字所表现出的文。必有此种说明，文之"本乎道"乃有着落，乃可以把现实中的文，一直贯通到道，将形上形下，构成一个体系。

　　第二大段又分为两小段。自"人文之元，肇自太极"起，至"谁其尸之，亦神理而已"止，为第一小段，乃说明由太极而《河图》，由《河图》而八卦，乃道之文逐渐向人文落实的历程，此依然说的是文字尚未出现以前的情形。其中提到《洛书》九畴、玉版丹文等，我以为这是为了避免这一段文字的单寒而拉进来作《河图》、八卦的陪衬的；因为九畴若即是《洪范》，则已有文字，而玉版丹文，出自纬书，固为彦和所不信。"谁其尸之，亦神理而已"，是说明《河图》、《洛书》这些东西，非人力所造，乃由道所演化出的条理。化而不测之谓神，故以"神"形容道的演化。《原道》一篇，以这一小段最为牵强。彦和何以写出这段牵强的文章呢？因为他是有强烈的历史意识，而又富有思辨能力的人。觉得"道之文"向"人文"上落实，应当是在历史中一步一步地实现的。这一小段，乃作为由形上之文，落实而为语言文字之文的一个桥梁。而这一桥梁，在历史上实际是架设不起来的。

　　由"鸟迹代绳，文字始炳"起，至"晓生民之耳目矣"止，为第二小段。此段乃说明文字出现以后的"文"的演进情形。演进至周公而六经已经大体形成，演进至孔子，则"镕钧六经"，"道之文"由此而完全实现于人文之中，以成为尔后文学的总根源，及最高的准则。所以他便用"木铎起而千里应，席珍流而万世响；写天地之辉光，晓生民之耳目矣"四句，对孔子"镕钧六经"来加以赞叹。此一小段乃全篇的纲领。由此可知"道之文"在内容上并不止于是儒家之文，因为它把自然界的文也包括在内。但道之文，向人文落实，便成为儒家的周、孔之文。于是道的更落实、更具体的内容性格，没有方法不承认是孔子"镕钧六经"之道，亦即是儒家之道。全篇文字脉络分明，我不知道今人何以在这种地方能曲生异说。

四

自"爰自风姓，暨于孔氏"起，至"辞之所以能鼓天下之动者，乃道之文也"止，为第三大段，乃总结全篇，并标示文学发展应遵循的大方向，以挽救当时的文弊。其中总揭全篇脉络与趣旨的，为"故知道沿圣以垂文，圣因文而明道"。所谓圣，指的是由庖牺以下迄孔子，尤以孔子是"独秀前哲，镕钧六经"，而集文之大成。此二句的两"文"字，指的即是由孔子所镕钧的六经。因为孔子集庖牺以来的大成而镕钧了六经，所以说"道沿（因）圣以垂文"。六经皆出于道，明六经，即所以明道；所以说"圣因文而明道"。在彦和心目中，文的功用，应当对国家社会发生导引的作用，此即本篇之所谓"晓生民之耳目"，"鼓天下之动"，及《序志》篇之所谓"五礼资之以成，六典因之致用"。这种文不是当时文人之所谓文，而是此处所说的"乃道之文也"的文。此处所说的"乃道之文"，与第一大段中所说的"此盖道之文也"，在层次上不同。第一大段中"盖道之文也"，指的是天地直接现显的文，而此处"乃道之文"，指的是"圣因文而明道"的六经。这只要把相关文字，作顺理成章的了解，而不故意歪曲纠缠，即可承认这种解释。

五

　　因为彦和以六经之文，为道之文，为文应以道之文为准极，所以他在《原道》篇的后面便是《征圣》；征圣之圣，指的是周公、孔子，《征圣》篇的纲领，即在"征之周、孔，则文有师矣"两句。周、孔之文，即是六经，所以继《征圣》篇之后的便是《宗经》。他在《宗经》篇里以经为"象天地，效鬼神，参物序，制人纪；洞性灵之奥区，极文章之骨髓者也"，此数句即是《原道》篇"乃道之文也"一句的发挥。他在"故论说辞序，则《易》统其首"一小段里，认为当时流行的各种文章，皆自六经出，并且以六经为各种文章的最高准则。因此他便接着说"并穷高以树表，极远以启疆。所以百家腾跃，终入环内者也。若稟经以制式，酌雅以富言，是仰山而铸铜，煮海而为盐也"。所以"还宗经诰"的意思，贯穿于《文心雕龙》全书之中，而形成全书中的大脉络。他在《序志》篇中说他写此书的动机，乃因孔子垂梦所引起的感激之情，而其论文乃因文系"经典枝条"，"详其（文）本源，莫非经典"；则彦和以宗经之经，为载道之文，与唐代古文家并无异致。《原道》篇赞"光采元圣，炳耀仁孝"；何处可以找到黄先生之所谓"自然之道"呢？

　　世界文学，可分为两大流派，一为"为文学而文学"的流派，专讲形式之美而不重视内容，此正有似于刘彦和所遭遇到的"言贵浮诡，饰羽尚画"的文学。另一为"为人生而文学"的流派，注重内容，注重人性的发掘，人生、社会的批评，以为人生教养的资具。用中国的方式来表达，即是文必载有人生之道的"文以载道"。此一流派，始终为西方文学的主流。文以载道的道，可以有各种内容。古文家的文以载道，指的是儒家的道，乃传统的文化历史事实使然，因为在中国文化中，只有儒家对现实人生社会，有正面的担当性。自清末以来，我国新旧两派的中坚人物，皆反对儒家，因而反对古文家的文以载道。胡适是如此，鲁迅是如此，黄季刚先生也是如此。殊不知即使反对儒家，并不必反对文以载道；因为若不赞成儒家之道，不赞成儒家对人生社会的态度，但若对人生社会，依然有真实的责任感，也应以自己所作之文，载自己所信之道。文不载道，便只有流于俳优的笑语，娼妓的色情了。胡适提倡新文学，并不了解新文学，黄先生保持旧文学，就他的《文心雕龙札记》看，也并不了解旧文学。鲁迅提倡"为人生而文学"，倒是一条正路；但他初年的环境，及在东京短期所受的章太炎先生的教说，限制了他对中国文化的了解。并且退一步说，自己反对文以载道，何可用歪曲刘彦和的文以载道的主张，以作为达到自己反对的目的呢。

不过，刘彦和为了提倡文应宗经，因而将经推向形而上之道，认为文乃本于形而上之道，这种哲学性的文学起源说，在今天看来，并无多大意义。今日研究文学史的结论，大概都可以承认文学起于集体创作的歌谣舞蹈，远在文字出现之前。这倒是谈我国文学起源的一条新路。

能否解开《文心雕龙》的死结?

——《文心雕龙》浅论之三

一

《文心雕龙》,是我国一部文学理论、批评的古典。它的内容,虽然有些地方受到时代的限制,但就全体说,表现了四大特点。一是在刘彦和那个时代,把文学各方面的问题、因素,都全面地提到。二是他所提出的全面性的问题,都组织成一个严密的系统。三是因为他把握到了人与文学之间的最基本关系,所以他全书几乎都是由此最基本关系所贯通,而使他所建立的系统,不仅是形式的依序敷陈,而且是由内在关连所形成的有机体。四是他对有关的历史知识非常渊博,对每一问题,都能从历史的发展,加以综贯,以观其流变与归趋。后来论文之作,代不乏人;但一直到现在为止,能像《文心雕龙》这样体大思精的,可说一部也找不出来。由中国文学的理论批评,以把握中国文学的特性,更进而讨论其利弊得失,必须从《文心雕龙》着手。

中国、日本、香港、新加坡,各有中国文学课程的大学,重视《文心雕龙》,已非一日。关于《文心雕龙》的校勘、注解的工作,也做得相当地完备。但从我所能接触到的讲授与研究的情形来说，可以断定，大家对刘彦和到底在说些甚么，他说的在文学上到底有何意义，多是些望文生义、随意枝蔓之谈。《文心雕龙》，并非过于难解之书，且已经有人在研究上做了些基本工作，为甚么一直到现在，讲授它的人，以它作研究题目来写文章的人，几乎不能接触到它的真正内容呢？也算是学术中的一件奇事。我曾经写过一篇《〈文心雕龙〉的文体论》，写过一篇《中国文学中的气的问题——〈文心雕龙·风骨〉篇疏补》，对《文心雕龙》的了解，应当有点帮助。但因为我在学术界中没有地位，饭吃得太饱的人不能虚心去看，饭吃得不够饱的人又没有时间去看，所以未能发生影响。今日肯以独立自主的精神，对一部书作深思熟玩，分析综合的人太少了。大家只随着风气转来转去。百年来的风气，封闭了理解《文心雕龙》之路。

二

首先我应指出，有清一代，真正对文学下了一番苦功，真正能了解文学的，只有桐城派及其旁支的这一序列；这是就事论事，不关系于对他们作品的好恶。非常可惜的是，在这一古文家的序列中，并没有真正留心到《文心雕龙》的人。他们对文学的体认、感受，略见于王师季芗的《古文辞通义》及姚永朴的《文学研究法》，其中有许多与《文心雕龙》的某些地方暗合；但他们没有接上《文心雕龙》所已经提出的许多明确概念和系统；这便一面使这些古文家的文学理论，停留在片断而捉摸拟议的阶段，一面使《文心雕龙》失掉了重新发现的机会。其原因，大概是因《文心雕龙》的文章，不为古文家（散文家）所喜，便把他们之间隔着了。

清代乾嘉学派，喜为六朝骈俪之文；站在骈俪之文的立场，《文心雕龙》的文章，易合于这一派的脾胃。所以《文心雕龙》，实际是在这一派中重新提出的。但这一派，反宋明理学，反桐城派古文；而其自身对文学的了解，多是隔靴搔痒。因此，他们提出了《文心雕龙》，并不能了解《文心雕龙》。

目前发生影响最大的，还是黄季刚先生的《文心雕龙札记》。因为范文澜的《文心雕龙注》，实际是以《文心雕龙札记》为骨干，再加上许多参考材料所形成的。范《注》的影响，即黄先生《札记》的影响。黄先生在文学方面，天才卓绝，其诗词文章的成就，过于其他学术上的成就。但创作是一回事，理论批评，是另一回事。黄先生在理论批评方面，理解得不多；加以《札记》出于早年，而其偏执来自乾嘉学派。黄先生当时，新旧文学之争正剧，黄先生是旧文学的巨擘；但在反对"文以载道"的这一点上，他是与新文学合辙的。所以他对《文心雕龙》第一篇《原道》的解释，不顺着篇中重要字句的文理，及《原道》、《征圣》、《宗经》三篇的脉络，而另生妙解，说刘彦和所说之道，不是儒家之道，而是道家之道；这样一来，便把《文心雕龙》全书的重要纲维，及刘彦和用心之所在，完全搅乱了。刘彦和并不排斥道家；并且他站在文学的立场，对诸子百家，乃至明知其为伪的纬书，都承认他们在文学上某方面的意义。但全书在思想上是以儒家为归宿，以矫正当时过重形式而忽略内容之弊，随处可见。黄先生在这种地方错了，大家只有跟着错。所以今人谈《文心雕龙》，是从第一篇错起。我实在看不过去，便在去年写了《自然与文学的根源问题》，及《〈文心雕龙·原道〉篇释略》两篇文章加以澄清。看了我这两篇文章，而依然要固守黄先生的谬说，那是轶出于学问范围以外的问题了。

能否解开《文心雕龙》的死结？

三

另一个必须打开的死结，便是从南宋起，有人把文体说成是文章分类，明代吴讷的《文章辨体》，和徐师曾的《文体明辨》，都是两部分量很重的书，他们所做的分明是分类的工作，但却误以为是辨别文体的工作。他们根本没有了解，六朝以来之所谓文体，和他们之所谓文体，完全是两件事。这我在《〈文心雕龙〉的文体论》一文中，曾有详细的解释。但今人依然以明人之所谓文体（实际是文类）去了解《文心雕龙》的所谓文体，便无往而不引起混乱。我在这里，试再作一简单说明。

《文心雕龙·征圣》篇首出现"体要"一词，实际等于桐城派所标"义法"的"义"，指的是文章的内容，此处的"体"字，可能是作动词用，体要，是合于题材所应包涵的要点。此处言文体，先把"体要"的观念略过。

"体"就是人的形体。大概在魏晋时代，开始以一篇完整的作品，比拟为人的形体之体。人的有生命的形体，包含有神明（精神），有骨髓，有肌肤，有声气。《附会》篇说"夫才量（童）学文，宜正体制。必以情志为神明，事义为骨髓，辞采为肌肤，宫商为声气"，这即以一篇文章，比拟为人的形体的显证。人的形体，是由各部分所构成的有机的统一体。一篇文章，也是由各部分所构成的有机的统一体。形体的各部分没有得到有机的统一，必系残废之人。文章的各部分、各因素，没有得到有机的统一，必定系杂乱无章，不配称为一篇文章。所以凡说到文体时，首先要了解，这指的是由各部分所构成的一篇完整而统一的文章，不是指文章的某一部分或某一因素而言。

其次，人的形体有大小、肥瘦之不同。做衣服时，须与形体的大小肥瘦相称。文章的大小肥瘦，由语言文字的多少及排列的形式表现出来。这些有的是因题材而决定，例如《诠赋》篇认为"京殿苑猎"，应属于"鸿裁（等于一件大衣服）之寰域"，而"庶品杂类"，则应属于"小制（等于一件小衣服）之区畛"。《神思》篇说"文之制体，大小殊功"，正指此类而言。但有的只是在历史中所出现、传承，与题材并无关系，如诗的五言、七言等。这种体，在彦和称之为"体制"（有时他将此词宽用），或简称之为"体"，一般即称之为"体裁"。譬如诗的"五言体"、"七言体"、"古体"、"今体"等，都指的是体裁之体。这种体裁之体，都由文字的排列而来，与创作能力没有太大的关系，所以它包含于"文体论"的范围之内，但在理论与批评上，一般地说，不居于重要地位。

有生命的形体，必定有各种各样的仪态，有各种各样的风神。文章也是一样。一篇完整而统一的文学作品，也必定有各种各样的仪态，有各种各样的风神；这是文学之美、文学之艺术性的流露表现，也即是文学之所以成其为文学的基本条件。文学的这种仪态、风神，彦和称之为"体貌"、"声貌"，或简称之为"体"，这是文体的本来意义，也可以说是体要与体裁所必须达到的成果，否则只是一篇普通的文字，而不能算是文章（当时使用的名词），不能算是文学作品（今日使用的名词）。六朝及唐人之所谓"文体"或"体"或"式"，主要是这种意思。《文心雕龙》，即是以文体为核心而展开的一部文学理论、批评的大著。此处之体，同于西方文学艺术中的所谓 style。日本研究西洋文学的人在文学上即以"文体"译 style，在文学以外的艺术上则译为"样式"、"流仪"。以"文体"译 style，他们是承继由唐代引渡到日本的中国文学统绪，这种译法使两边都不扞格。所以日本研究西方文学的人，并不知道《文心雕龙》，但谈到文体时，自然冥符默契。而日本研究中国文学的人因受了中国明清的影响，一谈到文体，便陷入于歧途迷乱之中。中国以"风格"译 style，也不算错，但不能由西方在这方面的大量著作以上悟我国六朝及唐代文学理论中的文体，可以与西方的比较融合，是非常可惜的。

再回头说"文类"。文章分类，是以体裁和题材的不同来分的。《文心雕龙》中的诗（《明诗》）、乐府、赋（《诠赋》），这是以体裁为标准来分类的。由"颂赞"以至"书记"，这是以题材为标准来分类的。类与体，有关连而不可混淆。类是纯客观的存在，类的自身无美恶可言。体则是由人的创作而来，离开了作者主观的各种因素，便无所谓体。不论张三、李四乃至任何人只要他们作的合于诗的体裁，便都可划入诗这一类中去。不论张三、李四或任何人只要都是以奏议为题材，他们所写的便都可划入"奏议"这一类中去。所以"类"的自身与特定的个人，是没有关系的。但若说，此诗很有"风骨"，这篇奏议写得非常"典雅"，便和作此诗的人，写此奏议的人，有不可分的关系。"风骨"、"典雅"这是文体作品的好坏，不是由类而见，而是由体而见。我希望弄《文心雕龙》的先生们，能先把文体混淆为文类的死结打开，再作进一步的疏导。（此处对文体文类说得不够详尽的地方，希望有意于此的人，细看《〈文心雕龙〉的文体论》拙文。）

文体的构成与实现

——《文心雕龙》浅论之四

一

　　一篇完整文章的文体，是由许多因素所构成的。先概括地说，是由创作者"主体"的因素，和技巧上客体的因素，两相融合所构成的。在理论上说，主体的因素完备，自然可以驱遣客体的因素。但事实上，有的主体的条件充足，但客体的因素不成熟，例如有一副真挚深厚的感情，但没有诗的表现技巧，这样作出来的诗，只能算是未经剖琢的一块璞玉。有的客体的因素纯熟，而主体的因素缺乏，例如试帖诗、应酬诗与应酬性的四六文，声调谐畅，色泽鲜丽，但既无内容，更无作者的生命力流注在里面，这种文章，只好称之为"伪体"。我国诗文集中，这类作品要占十分之七八。刘彦和的一贯要求，便在由主体以贯通客体，使二者水乳交融，成为内容与形式，得到完全统一的作品。在这种作品中，才有真正的文体可言。这是了解《文心雕龙》全书的大关键。

二

所谓创作主体的因素，即是"文心雕龙"的"心"。《神思》篇的"神"，正指的是心；所谓神思，指的是创作时心的活动。这一篇主要是描述心（神）的活动（思）的情态，及对心的培养与塑造的工夫。《体性》篇的"情性"，实际还是心；这一篇才进一步说明文体乃出自人的情性，以发挥文体构成的主体的因素，也是发挥文体得以成立的最基本的因素。所以他说"吐纳（创作）英华（文体），莫非情性"。文体由人的情性所出，文体是人的情性的表现，在西方要到十八世纪的七十年代，才由法国的彪封说了出来。中国到了战国中期的孟子、庄子，都发现了"万化根源只在心"（借用王阳明诗），所以文与人的心不可分的关系，便较西方早了一千多年提了出来。而范文澜在《序志》篇注引释慧远《阿毗昙心》序，以为《文心雕龙》之心，出于释典，然则陆机《文赋》"予每观才士所作，有以见其用心"的心，也是出自佛典吗？不了解中国学术的本源，便不能了解文艺理论的背景。

但，原始的心，原始的情性，不能创造文学。所以《神思》篇对心的培养，在"陶钧文思，贵在虚静，疏瀹五藏，澡雪精神"后，接着说"积学以储宝，酌理以富才，研阅以穷照，驯致以怿辞"。必须经过这种学问的工夫，以塑造成"文学的心"、"文学的情性"，才可作文学创造的主体，否则便只成为一句空话。《体性》篇更把人的创造文学的情性，分解为才（表现的能力）、气（作品中的生命力）、学（作品的事与义）、习（由摹拟所形成的惯性），把文体分解为辞理（辞所以说理，故称辞理，实以辞为主）、风趣（风神趣味）、事义（文的内容）、体式（此处仅就文章的面貌法式言）。彦和说"故辞理庸俊，莫能翻其才；风趣刚柔，宁或改其气。事义浅深，未闻乖其学；体式雅郑，鲜有反其习。各师成心，其异如面"。总括地说是心，是情性。分解地说，是才、气、学、习。总括地说是文体，是体。分解地说是辞理、风趣、事义、体式。辞理决定于才，风趣决定于气，事义决定于学，体式决定于习，即是文体决定于心，决定于情性。心、情性，有先天的禀赋，有后天的塑造。禀赋不同，塑造不同，即成为创造主体的心的情性自身的多样性。由创造主体的多样性，便发而为多彩多姿的文体。彦和由此以说"是以笔区云诡，文苑波谲"。

《风骨》篇是发挥气的两种基本性格、形相；文学的主体与客体的融合，是靠情性中的气的作用。此点我已有专文研究，这里暂时提到为止。

三

《文心雕龙》中的《情采》、《镕裁》、《声律》、《章句》、《丽辞》、《比兴》、《夸饰》、《事类》、《练字》、《隐秀》各篇，都说的是文章技巧所凭借的客体因素。这些客体因素的研究，大体上是包括在历史悠久的修辞学的范围里面。但这些客体因素，刘彦和特别要求能由主体所融和所贯通。如《情采》篇的采，是指由辞藻而来的文采，情是情性。文采是由辞藻的客体因素而来。文采从情性中出，即是要求客体的因素，要由主体中流出，实际是由主体所贯通融和。所以他说"夫铅黛（客体因素）所以饰容，而盼倩生于淑姿（主体因素）。文采（客体因素）所以饰言，而辩丽本于情性。故情者文之经，辞者理之纬。经（情）正而后纬（文采）成，理（心中之理）定而后辞畅，此立文之本源也"。由主体融和客体，一方面是主体的客体化，同时也即是客体的主体化；主体是本，而客体为主体所用，以作表达主体的工具，这即是所谓"文章之本源"。这种意思，他用另一语言表达，即是"文章述志为本"。亦即是文章以人的心、情性为本源。《声律》篇"滋味（感情的感受）流于字句，气力穷于和韵（此按杨明照校读）"。滋味、气力是主体，字句、和韵是客体。余可类推。

　　构成文体的客体因素，都是个别的存在。个别的存在，便不能构成文体。《附会》篇、《镕裁》篇是说明如何可以把各个客体因素，融合在一起，以成为一个完整的统一体；完整的统一体，才有文体可言。所以一开始便说"何谓附会？谓总文理（内容），统首尾（结构），定与夺，合涯际，弥纶一篇，使杂（各种因素在一起）而不越（形成统一的秩序）者也"。凭什么能达到此一目的呢？在于"务总纲领"。此意极关重要，将另文阐释。《总术》篇的术，指的是形成文体之术。刘彦和叹惜当时学文的人"多欲练辞，莫肯研术"，即是多从修辞学上着手，而不知从文体论上着手。修辞是局部的，文体是统一的。局部的辞，也即是局部的客体因素，严格地说，不能判定它的好坏。局部的好坏，必须镶进统一的文体中才可加以决定。此一道理，西方在近数十年来才能领悟到，因而主张以文体论代替修辞学，而彦和在千余年之前已经很明确地提了出来，真是一件了不起的事情。

　　四

　　上述构成文体的主体客体各因素，在《文心雕龙》中，则称

　　　　　　　　　　　　　　　　　　　中国文学论集

之为"条例"(《总术》篇)。这些因素，是包含各种作品，贯通各种作品的普遍性的因素；因为一切作品，假定它含有艺术的性格而成为文体，都不能离开这些因素。这在《序志》篇便称为"笼圈条贯"。笼圈是包含，条贯是贯通。这些因素（条例），包含各种作品，贯通于各种作品之中，所以我称这是由普遍性的文体因素，以构成普遍性的文体。这种说法，是理论上的说法。但把普遍性的文体，由写作而加以实现时，则必实现于某种特定动机、某种特定对象之上；换言之，普遍性的因素，必实现于某特殊文类之上。这种特别的文类，在《文心雕龙》，不是用"文类"的名词，而是称为"区域"(《总术》篇)，称为"囿别区分"(《序志》篇)。从《明诗》第六起，一直到《书记》第二十五止，这是刘彦和为文章所定出来的二十个区域，也即是他把一切文章分为二十类。一个人的创作，必定将普遍性的文体因素，实现于二十类中的某一特殊的类，而成为具体而特殊的文体。因为每一特殊的文类，根据其体裁与题材，都对文体有其特殊的要求；作者必须满足这种特殊的文体的要求，才可与其体裁或题材相适应。文章分类，在中国所以特别视为重要，即在把每一类文章对文体的特别要求表示出来，使学文的人有个准据。例如《明诗》篇"若夫四言正体（由《诗经》来之体，故称正体），则雅润为本。五言流调（当时流行之调），则清丽居宗"。四言、五言，因体裁不同，所以要求的文体有别，一是"雅润"，一是"清丽"。又如《诏策》篇："故授官选贤，则义炳重离之辉。优文封策，则气含风雨之润。敕戒恒诰，则笔吐星汉之华。治戎燮伐，则声有洊雷之威。眚灾肆赦，则文有春露之滋。明罚敕法，则辞有秋霜之烈。此诏策之大略也。"这是在一类之中，因对象不同，对文体的要求也各异。余可类推。

文体的构成与实现

这里有两点特须说明的是，文体都是实现于特殊的文类之中而成为特殊的文体。但特殊的文体，必由普遍性的文体的修养而来。由特殊向上推便是普通，由普遍向下落便是特殊，每一特殊是以普遍为根据；所以二者实是一体。其次，某一特殊文类要求某种特殊文体，这是客观的要求，作者首先要适应这一客观要求。但实现客观要求之中，同样有主体的决定性，因而在同样特殊的文体之中，必然各有各人的面貌。例如《诗品》以张协为"文体华净"，以张华为"其体华艳"。二人在"华"的这一点上相同，但在"净"与"艳"上则各不相同。这便关连到各人主体上的差异。尤其是成就愈高的，便会各以其主体之力，创造各人的文体，而不为文类的要求所拘限。所以刘彦和对每一类的文章，都指出其特殊的文体的要求，只是由他能归纳到的既成作品而来。其中有的制约性较大，例如颂赞、祝盟、诔碑、哀吊等。有的则制约性甚小，如杂文、史传、诸子、论说、章奏、书记等。制约性大的，主体性须活动于客观要求之中。制约性小的，则主体性可以驱遣客观的要求而自创新体。但刘彦和对每一类所提出的特殊的文体要求，都是这一类中最基本的要求，也是当时评论的一般标准，对于初学文章的人，有诱导启发的作用。他本是为教人如何学文而著书，所以在他看得是非常重要的。

《知音》篇释略
——《文心雕龙》浅论之五

一

刘彦和著《文心雕龙》的目的有三，一是发挥"文章之用"以羽翼六经，挽救文蔽，此视其《序志》所述著作之动机而可见。二在由文体以指示学文之途径，故在《神思》、《体性》、《风骨》以迄《附会》各篇，对学者无不叮咛郑重，多方启发，而以《总术》篇为其总结。三在由上述文体之分析、敷陈，而自然导向对文章的鉴赏，此《知音》篇之所以成立。三者互相关连，而实以"才童学文"为中心。我因一时的特殊原因，对《知音》篇先略加解释。

知音，是借伯牙、钟子期的故事，以喻对文章的真正鉴赏。彦和的每篇文章，大底分为三段，此篇亦不例外。自开始的"知音其难哉"起，到"文情难鉴，谁曰易分"止，为第一大段，述"音实难知，知实难逢"的事实与原因。不能知音的原因有三，一是"鉴照洞明，而贵古贱今"。这与前面所说的"日进前而不御，遥闻声而相思"是同样的心理。二是"才实鸿懿，而崇己抑人"，这系由前引的"文人相轻"的心理而来。上面两种人，本有鉴赏能力，但为成见及自私所遮蔽。三是"学不逮文，而信伪迷真"，这种人因学识水准不够，根本没有鉴赏能力，却好鼓弄唇舌，附庸风雅。

第一大段后面"夫麟凤与麏雉悬绝"，至"文情难鉴，谁曰易分"的一小段，乃进一步指明对文章的鉴赏，本来是很困难的事情，戒学者不可掉以轻心。凡是教国文的人，应当有一共同经验，即是把一篇的文字训诂弄清楚，是容易做到的。进而把它的背景思想、写作动机与目的（假定有的话）弄清楚，也容易做到。但要把它当作一篇文学作品，从文学的观点去加以把握，以达到鉴赏的目的，却非常困难。而教国文、学国文的最重要目的，便在使学生能由文学欣赏以得到心灵的熏陶、启发与扩充。所以刘彦和陈述鉴赏的困难，除了鉴赏者自身的三种原因以外，必须指出文学鉴赏，本非易事的这一点。

二

自"夫篇章杂沓，质文交加"起，到"斯术既形，则优劣见矣"止，为第二大段。此第二大段中，更分三小段。每一小段，都有特别的用意。自"夫篇章杂沓，质文交加"起，至"所谓东向而望，不见西墙也"止，是第一小段。在开始一大段所提出"知实难逢"，是对他人之文，一概采取拒斥的态度。此一小段，指的则并非一概加以拒斥，而仅就自己气性（个性）之偏，以为爱憎去取。合于自己气性者爱之取之，与自己气性不合的恶之去之。正如彦和所说，"会（合）己则嗟讽，异我则沮弃"。这种"知多偏好，人莫圆该"的情形是很难避免的。并且在学文的初步，顺着自己气性之所近，以采之于他人，充之于自己，还不失为一条可走之路。但应注意到两点：第一，就个人学文来说，吸收与自己气性相合的作品以发挥自己的特性，达到某一阶段，也应吸收与自己气性相反的作品，以救自己的偏弊。第二，就文章鉴赏说，当时时自觉到个人识力的限制，对自己所不喜的文章，最低限度，要采取保留的态度。最糟的是如彦和在此小段中所说，"各执一隅之解，欲拟万端之变"，即是把合于自己气性之偏的"一隅之解"，当作唯一的文章尺度，以此去建立文学的理论批评，便自然把大部分有价值的文学作品抹煞了。这种文学理论批评，便会如彦和所说的"东向而望，不见西墙"，为论文所大戒。中国自唐开始的诗话词话，凡以标举宗风，树立门户为目的者，其中好的可以有独至之境，且对他派有指瑕之功；但读者首先应了解他识力所及的范围，细加拣别，而不为其一隅之解，遮蔽了广大的视野。其中坏的，有如《江西宗派图》这类的东西，今日只有文学史上的点滴价值，对于文学的理论批评，可以说是无缘之物。近来出版的章行严氏的《柳文指要》，正因为他过于"执一隅之解"，"拟万端之变"，所以用力虽勤，而所得甚少，是非常可惜的。

三

自"凡操千曲而后晓声"起，到"然后才能平理若衡，照辞如镜矣"止，是第二小段。此一小段是说明如何培养鉴赏的识力。没有鉴赏的识力，而徒然谈鉴赏的方法，则所谓方法也者，会完全是空谈，甚至成为梗塞心灵的死物。

文学艺术的鉴赏，首须诉之"直感"，然后继之以分析。所谓直感，是看一篇文章或一幅画，当下所得的直接感觉。因为是直接感觉，同时对作品也是就其全体所得的统一的感觉。文学艺术的好坏，只能从其全体的统一中得出来。以直感为基础，再进一步去分析，以充实、条理、矫正、确定第一步的直感。凡是分析，都须把全体分解为各个部分；所以若先从分析着手，反容易把作品由统一所呈现的艺术意味埋没了。鉴赏家的本领，便在于他的直感能力在一般人士之上。

直感能力，只能得之于实物经验的积累，理论仅能处于补助的地位。因为实物经验，虽然中间也有分析过程，但它是始于统一，终于统一的经验；只有这种统一的经验，才会培养出必须由统一感觉而出的直感；一切理论，都是分析的。所以我对中国画论的理解，稍有自信，但对画迹的鉴赏，却尚未入门的原因在此。彦和在这里所说的"凡操千曲而后晓声，观千剑而后识器。故圆照之象（匠），务先博览"这几句话，看来好似寻常，实际是培养直感能力的究极的话；古今中外，除此以外，更无其他简便方法。不过我想在"博览"两字中还加上一点意思，即是在博览中应当选定最重要的加以精思、熟读之功，否则如谚语所说，"鸭背上泼水"，一滑而过，没有一个入处，反茫然杂乱，一无所得。

彦和在"务先博览"一句下，接着说"阅乔岳以形培塿，酌沧波以喻畎浍"，是指出博览的要点，意义更为重大。"乔岳"、"沧波"，说的是最有价值的作品。"培塿"、"畎浍"，说的是一般平常的作品。从上向下看，看得比较清楚。从下向上窥，窥得比较模糊。所以鉴赏能力，可用"高下"两字加以描述。培养鉴赏能力，即是要把鉴赏力向上提，提到高的境界。前面已经说过，鉴赏的直觉，必须由实物经验的积累而得。经验积累，即是习染熏陶。

习染熏陶，对人的心灵所发出的直感，有塑造的力量。假定所博览的只是些流俗平庸的作品，便不知不觉地把心灵及其作用向低下的地方坠下，鉴赏自然处于低级状态，对于价值高的作品，常因与其心灵的习惯性不合，因不能了解而发生拒斥的作用，则这种博览反而妨碍了鉴赏力的培养。所以彦和特提出"阅乔岳以形培塿，酌沧波以喻畎浍"意义深切的一句话。

然则初学的人，有什么方法可以判断哪是"乔岳"，哪是"培塿"，哪是"沧波"，哪是"畎浍"呢？这本是一道难题。简捷明了的方法，是从古典作品下手。每一个有历史文化的民族，都有历代相传，而为大家所公认的古典性格的作品。古典之所以为古典，乃是在长久时间之流中不知不觉地所提拔出来的作品，亦即是受到时间考验而仍被人所承认的作品。许多一时流行的作品，随时间之经过，自然被淘汰了。剩下来的便成为古典，便是"乔岳"、"沧波"。所以我经常劝告有志于中外文学的青年，不要急于趁热，不要急于趋时，而应先在古典中沉潜往复，就是这种道理。至于彦和在上面两句话后面接着说"无私于轻重，不偏于憎爱"，这是要人由自我反省而能自我抑制。人必有个性，所以在博览中也必然有所轻重，有所憎爱。但要自觉到这种轻重爱憎，是个人主观上的。只有自觉到这是个人的主观，而努力加以抑制，使能从主观中挣扎出来，则培养成的鉴赏力，才可发挥效用，而"能平理若衡，照辞如镜"了。

四

自"是以将阅文情，先标六观"起，到"斯术既形，则优劣见矣"止，是第三小段。第三小段是讲鉴赏的方法的。

"先标六观"是先标举六种"观"的方法，亦即是六种鉴别的方法。观的意义，本自我国的传统；而"六观"的辞式，则可能沿自佛典。

"一观位体"，是首先鉴别作者对于他的作品所安置的文体，是否适当。我在《文体的构成与实现》一文中，已经指出普遍性的文体，必实现于特定的文类之中。《文心雕龙》把一切文章分为二十类，即是每一作品，必属于二十类中的某一类。每一类根据其体裁与题材，都对文体有特别的要求，如《定势》篇"章表奏议，则准的乎典雅"，即是这类的作品，要求典雅的文体；假定我们鉴赏的是属于这类作品，便应首先判别他们所位置的文体，是否合于典雅的要求。"赋颂歌诗，则羽仪乎清丽。符檄书移，则楷式于明断。史论序注，则师范于核要。箴铭碑诔，则体制于宏深。连珠七辞，则从事于巧艳"，都应照上面所引的第一句来加以解释。彦和所以把一切文章分为二十类，对每一类，都归纳出特殊的合于体裁或题材的文体，其目的即在使作者知道所以位体；鉴赏者即应首先鉴别他合不合于二十类中所归纳出的详细要求，及《定势》篇中所概括出的简要要求。同时，文体必由作品全体的统一而见，所以一观位体的另一暗示，文学的鉴赏，必由统一的直观开始。

"二观置辞"，置辞即一般所说的"遣辞"。体是由辞所构成，就全体而言谓之体，就一字一句而言谓之辞。二观置辞，是第二要鉴别某一作品的遣辞是否合乎要求。遣辞的最基本要求见于《情采》篇。简言之，是否"辩丽本乎情性"，"为情而造文"，是否能"使文不灭质，博不溺心"，"正采耀乎朱蓝，间色屏于红紫"。技巧上的要求，则分别见于《章句》、《丽辞》、《比兴》、《夸饰》、《事类》、《练字》、《隐秀》、《指瑕》诸篇，不一一详列。

"三观通变"，第三观察是否能由古今雅俗之会通以得到变化。因为，"文辞气力，通变则久"，所以通变是文学得以继续创造的基本条件。彦和所提出的通变的途径与要求，具见于《通变》篇，此不详述。

"四观奇正"，指的是能否适合于《定势》篇"以意新为巧（奇）"及"执正驭奇"，而不至"以失体成怪"，"逐奇而失正"的要求。《定势》篇是《文心雕龙》中最难了解的一篇，我将另作尝试性的解释。此处只简单指出，彦和认为每类文章对文体的基本要求，是不应变动的，这是正。表现的辞句则可力求新异，这是奇。当时的文人，力求新奇，而"效奇之法，必颠倒文句；上字而抑下，中辞而出外，回互不常，则新色耳"。彦和并不反对奇，但第一，奇应来自"新意"，而不专求之于文字。第二，文字之奇，应与文体相称，而不可"苟异以失体"。"苟异以失体"，乃是怪而不是奇。总括地说，以文体之正，驭辞句之奇，有如"五色之锦，各以本采为地"，这是他对于奇正的基本要求。

"五观事义"，是指叙事述理之文的内容而言。叙事所包甚广，姑以史传之文为代表，应观察其是否能如《史传》篇所要求的"立义选言，宜依经以树则；劝戒与夺，必附圣以居宗。然后诠评昭整，苟滥不作"。在文字叙述上，能否"务信弃奇之要，明白头讫之序。品著事例之条，晓其大纲，则众理可贯"，而不致"俗皆爱奇，莫顾实理"或"勋荣之家，虽庸夫而尽饰。屯败之士，虽令德而常嗤"。说理之文，所涉亦广，姑以论说为代表，观察其能否如《论说》篇所要求的，"论则义贵圆通，辞忌枝碎。

必使心与理合，弥缝莫见其隙。辞共心密，敌人不知所乘"，"说之枢要，必使时利而义贞；进有契于成务，退无阻于荣身"。凡与叙事说理有关之文，各因其类以求其事与义之当否。余皆可类推。

"六观宫商"，指的是文字的声调，能否合于《声律》篇所要求的韵的圆转，如"辘轳交往"，声的飞（平）沉（仄），如"逆鳞相比"，而不至"往蹇来连"，成为"文家之吃"。刘彦和所把握到的声律问题，大体是这种程度。若漫加附益，则等于诬诳古人。

彦和所提出的六观，当然系综括《文心雕龙》全书以为言，亦当综括《文心雕龙》全书以为解。但站在鉴赏上，他是否真正综括了他的全书，我觉得还有研究的余地。在鉴赏上，必须着眼到一个作品的结构；亚里士多德《诗学》中所提出的 plot（情节）问题，实际是谈的结构问题。《文心雕龙》中的《镕裁》、《附会》、《总术》三篇，也是谈的结构问题，而且谈得相当地精彩。结构是融合各种因素以构成文体的大关键，也是作者读者的大眼目。像这样的大眼目，不论安放到六观中的哪一观里面去，都觉得勉强；这不能不说是彦和的重大遗漏。而奇正可并入通变，事义可并入位体，不必分而强分，徒成纠结；这不能不说是彦和的过于繁复。而"文体"观念，本即可涵摄一切；此外皆系将构成文体的重要因素，加以分析，以便对某一作品的文体，把握得更为确实。因此，六观的相互关系，不是平列的，而是由"位体"所综贯的。

五

自"夫缀文者情动而辞发，见文者披文以入情"起，到"知音君子，其垂意焉"止，这是第三大段。在第三大段中，包括三个意思。第一个意思是说鉴赏的目的，是要能见到作者在创作时活动的心灵。创作时活动的心灵，表现于他所写出的文字。"缀文者情动而辞发"，鉴赏者顺着文字深入进去，可以与作者创作时的心灵相接触，相融合。"见文者披文以入情"，这在今日，称为"追体验"，在彦和则是"沿波（文字）讨源（心），虽幽必显。世远莫见其面，觇文辄见其心"。能见作者之心，才算真正读懂了那篇作品。"见其心"的"见"，不是用眼去见，而是以鉴赏者之心去见，亦即是读者之心，迎上了作者的心，而成为以心见心。有此可能吗？彦和说"故心之照理，譬目之照形"，是有此可能的。然则一般人何以不能做到呢？这便引出此段中的第二个意思。第二个意思是说因为"俗鉴之迷者，深废浅售"，所以便不能以心见心。有价值的作品，在意境与艺术表现上，自然是"深"，流俗庸凡的作品，自然是"浅"。对深的作品，加以废弃，而只买些廉价的浅的作品，于是自己的心灵，亦陷于浅陋之中，与一位伟大作者的心灵，远相悬隔，没有一条路可以追上去，并且也不知道在自己浅陋的心灵上面，还有伟大的心灵活动而感到须要追上去。说到这里，便应当回头去玩味前面所说的"阅乔岳"、"酌沧波"的意义。

第三个意思是说明文章的意味，因鉴赏而始见。彦和说"书亦国华，玩怿方美"，他这里用"玩怿"两字，非常有意思。玩是玩味，怿或当作绎，绎是从容地寻绎。玩味寻绎，正是鉴赏时的心灵状态。因为对文学艺术，不仅是要理解它，而是要在理解的过程中去消化它，消化到自己生命里去，所以便不能用强探力索的方式，而只好是从容玩味寻绎。这样才会"深识（疑当作'识深'）鉴奥，必欢然内怿"。每一位伟大的作者，都是以创作开辟自己的心，发现艺术的美。能由鉴赏以上追到与作者同位的层次，则作者开辟的心，即是自己的心，作者发现的美，即是自己的美，自己的生命，随伟大的作品而升华，怎能不"欢然内怿"呢？

文之枢纽

——《文心雕龙》浅论之六

一

《序志》篇说："盖文心之作也，本乎道，师乎圣，体乎经，酌乎纬，变乎骚。文之枢纽，亦云极矣。"枢是户扉得以开闭的枢轴，纽是束带得以连结的纽带。刘彦和以道、圣、经、纬、骚是当时他所能概括的一切文学作品之所自出，也是一切作品所共同的纽带，所以他便先写下《原道》、《征圣》、《宗经》、《正纬》、《辨骚》五篇，以标明中国文学发展的根源，因而得以把握中国文学在发展中的统贯与其趋归及其大的规律。

彦和虽以道、圣、经、纬、骚五者为文之枢纽；但《原道》、《征圣》，实皆归结于《宗经》，所以这三篇实际应当作一篇来看。彦和认为文出于经，经出于圣，而圣人系将天道表现于人间，以成就人文世界；所以他由此而认为文之大原出于天道，便先写《原道》篇。《原道》篇最重要的两句话是"故知道沿圣以垂文，圣因文而明道"。由《征圣》篇"征之周、孔，则文有师矣"的话，可知《原道》篇之圣，主要指的是周、孔，而文则指的是五经。圣与经是实，而天道是虚。不可在这种地方多生枝节，以为刘彦和有什么"文学的形上学"。

《征圣》篇第一大段从"夫作者曰圣"起，到"乃含章之玉牒，秉文之金科矣"止，乃引古典中的相关语言，以证明圣人在"政化"、"事绩"、"修身"三方面皆有"贵文之征"，并顺便点出圣人所贵之文，乃"志足而言文"，"情信而辞巧"。这是他凭圣人以标出论文的宗旨。

但圣人之文，具见于五经。所以从"夫鉴周日月"起，到"征之周、孔，则文有师矣"止的第二大段，乃从五经中归纳出"或简言以达旨，或博文以该情，或明理（按此指纲领而言）以立体，或隐义以藏用"的四种"繁略殊形，隐显异术"的文体，以见圣人不仅贵文，而且圣人的制作，在文体上有多方面的成就。"殊形"、"异术"，是指五经中包含有各种性格不同之体。因包含有各种性格不同之体，便随时代的要求，而可以引发出各种文体的变化，成为后来各种文体的母体、基型。所以紧接上引两句便说"抑引随时，变动会适"。

从"是以子政论文，必征于圣；稚圭劝学，必宗于经"起，到"征圣立言，则文其庶矣"止，是此篇的第三大段。彦和著书的重要目的之一，在矫正当时重形式而忽视内容的文弊。矫正文弊的大方针，即是此段所说的"体要与微辞偕通，正言共精义并用"，及"然则圣文之雅丽，固衔华而佩实者也"。这与前引第一段两句话的意思是相通的。

细勘《征圣》、《宗经》两篇，皆环绕五经以立论；虽内容有彼详此略之殊，实多辞异意同之处。未尝不可稍加陶铸，以凝成一篇，在结构上或更为明白简当。彦和所以分作两篇，意者彦和论文，以人为本。仅宗经而不特标征圣，则仅显出文的宗极，而未显出人的宗极，在彦和的立场看，犹未为能探及文章的本原；所以便将同一内容，从人与文的两个重点来加以分述，而不嫌其近于重复。

二

前面已经指出过，《原道》、《征圣》、《宗经》三篇，实以《宗经》为主体。彦和写此篇时，实以庄严之笔，尽赞诵之能。在全书中，系一篇非常典雅的文章。五经的意义，正如彦和在本篇所述，"自夫子删述，而大宝咸耀"，是由孔子或孔门所赋予的。这是孔子对在他以前的文献的大整理，同时也是在孔子以前古代文化的总结与发扬。五经在中国文化史中的地位，正如一个大蓄水库，即为众流所归，亦为众流所出。中国文化的"基型"、"基线"，是由五经所奠定的。五经的性格，概略地说，是由宗教走向人文主义，由神秘走向合理主义，由天上的空想走向实用主义。中国文学，是以这种文化的基型、基线为背景而逐渐发展的。所以中国文学，弥纶于人伦日用的各个方面，以平正质实为其本色，用彦和的词汇，即是以"典雅"为其本色。我们应从此一角度，去看源远流长的"古文运动"。但文学本身是含有艺术性的，在某些因素之下，文学发展到以其艺术性为主时，便会脱离文化的基型基线，而另辟疆宇。楚辞汉赋的系统，便是这种情形。其流弊，则文字远离健康的人生，远离现实的社会，在这种情形之下，便常会由文化的基型基线，在某种形式之下，发出反省规整的作用。《宗经》篇的收尾是"是以楚艳汉侈，流弊不还。正末归本（经），不其懿欤"，正说明《宗经》篇之所以作，也说明了文化基型基线此时所发生的规整作用。

从"三极彝训，其书言经"起，到"譬万钧之洪钟，无铮铮之细响矣"止，是此篇的第一大段，在概括地说明五经由孔子删述以后的崇高价值。但他与一般经生不同的地方，在于他不仅说明五经有"象天地，效鬼神，参物序，制人纪"的价值；而尤侧重于"洞性灵之奥区，极文章之骨髓"，及"义既极乎性情，辞亦匠于文理"，即是他主要是站在文学的立场来说明五经的崇高价值。文章出自性灵，而五经则"洞性灵之奥区"，深彻到性灵的深微之地。性灵即是性情，五经所敷陈之义，皆极性情之真，极性情之正（"义既极乎性情"）；性情即是文章的骨髓，所以五经的文章，能极文章的骨髓。文章的表现，必须合于艺术性的要求；而五经表现之辞，也非常技巧地（匠）合于其内容的文理，即是其表现也富于艺术性。因此，五经之文，乃天地间之至文。一般人所以不知道从文学上加以推崇，乃是因"道心惟微，圣谟卓绝。墙宇重峻，而吐纳自深"，不易为人所把握的原故。彦和的推崇六经，不仅与经生有同中之异，且亦与后来古文家，有同中之异。古文家宗经，多拘陷于道德的一方面；彦和当时亦有此意。但道德与文学之间，无必然的关系。彦和则直追入道德文章所同出的性灵，并注意到五经表现的艺术性；以此言宗经，对文学而言，始不至于腐，不至于迂，不至于硬将道德与文章，从外面来加以拼凑。

从"夫《易》惟谈天"起，到"可谓太山遍雨，河润千里者也"止，为第二大段，其中又分为两小段。自"夫《易》惟谈天"起，到"表里之异体者也"止，是分述五经在文体方面的成就；因而五经具备了各种不同的文体。这更是站在文学的立场来看五经。自"至根柢盘深"，到"河润千里者也"止，是总结五经之文，乃"辞约而旨丰，事近而喻远"，所以它对文学包含了无限的可能性，只待后人去发现；发现，再发现，是可以"余味日新"的。形成每一民族文化的基型、基线，皆有这种性格，皆有这种无限的可能性，有如《吠陀》、《新旧约》、史诗等。只怕后人在生命力快蹶竭时，失掉了发现的能力。所以彦和这段话，并无夸张之处。

从"故论说辞序，则《易》统其首"起，到"正末归本，不其懿欤"止，为第三大段，其中又分为三小段。从"故论说辞序"，到"仰山而铸铜，煮海而为盐也"止，是说明各类文章皆出于五经；而五经对各类文章，"并穷高以树表，极远以启疆"，是最高而永恒的典型。因为如此，"所以百家腾跃，终入环内"，正说明了一个文化基型于不知不觉中所发生的意义。各民族的文化基型，正是各民族文化的无尽宝藏。

从"文能宗经，体有六义"起，到"谓五经之含文也"止，为第二小段，言宗经在文学创作时所能发生的六种理想文体的实效。古文家言宗经，多仅说到经对文学所规定之方向与内容，而彦和则就统一内容与形式之文体以立言。"一曰情深而不诡"，此体玩十五国的国风而可见。希腊悲剧，必以奇诡的情节表现其情深，正来自文化背景之异。"二曰风清而不杂"，风是指文章的风神意味，清是由水无杂物，而引申为文章通体匀称，无不调和的部分而言，清自然不杂。五经皆"因情而造文"。宗经，则作文时皆由情所流注贯通，故能清而不杂。至因宗经而"三则事信而不诞"，"四则义直而不回（邪）"，"五则体约而不芜"，这都是不待解说的。"六则文丽而不淫"；五经之文，惟《诗》可称为丽；"《关雎》乐而不淫，哀而不伤"；故深得于《诗》者当亦丽而不淫。彦和所举六种文体之效，皆含有矫正当时文弊之意。

从"夫文以行立"起，到"正末归本，不其懿欤"止，点明宗经所以矫正当时文章流弊之意。

这里还要提破一点，即是刘彦和以五经为文章之所自出，文学并应以五经为楷模，但他并不是以五经为文学的起源。近代文学史研究出的共同结论，认为文学是起源于远古时文字还未出现以前的歌谣。彦和在《明诗》、《乐府》两篇中，都曾追溯到了远古歌谣的问题，应当算是他的特识。

三

但表现彦和最大特识的，莫如《正纬》一篇，指出纬的"无益经典，而有助文章"，此尤为后来论文者所不及。

汉代纬的兴起，我的推测，先由于自战国末期，以迄秦汉之际，有一部分知识分子是儒家与方士不分。自董仲舒建立天人合一的哲学大系统，对孔子及公羊《春秋》，作了神秘性的解释，便促成儒家与方技不分的这一系列的人，凭借董氏所用出的新途径，更将经加以神化，遂对经而言，自称为纬。王莽托神话以图篡汉，对由经的神化所成的纬，加以利用，所以哀平之世，凭政治阴谋而得到大发展。《正纬》篇第一大段列四端以证明纬书之为伪造。第二大段说明纬的兴起历程，指其"乖道谬典"，而以桓谭、尹敏、张衡、荀悦四人对纬的批难为"四贤博练，论之精矣"。所以站在宗经的立场，纬是不值一顾的。但彦和却将明知为虚伪杂乱的东西，也列为"文之枢纽"之一，这不是深于文学的人，绝不敢这样做。

《正纬》篇说得很清楚，纬是"神教"、"神理"，即是属于神话的性质。纬与文学的关系，即是神话与文学的关系。神话多出于感情的要求。五经之文，是"情深而不诡"。但彦和了解到，情深有时而不知不觉地会入于诡；因而在文学史中，有的作者，常由诡（神话）而得到启发，常将无可奈何之情，不托之于诡，即无以尽其深，即无以尽其量；且此情不能求解答于人的世界，只有求解答于"诡"的世界，以给同类相感的人心以满足。彦和论文的构成内容，虽将情与事义并列，但实则对情在文学中的分量，较之事义为更重。从情的方面以把握文学的形成与发展，他便不能不突破以现实而合理为基本性格的五经，而把握到神话与文学的密切关系，这是古文家所万万不能想到的。他看出纬对文学的意义，亦即是神话对文学的意义，这意义，他只用两句话表达出来，"事丰（多）奇伟，辞富膏腴"。因为是神话，便不受现实的限制，而可尽量发挥为感情所要求的想象力，所以便"事丰奇伟"。作者可由这种事丰奇伟以开扩自己的想象力，以扩大的想象力，驰骋自己的感情，恢宏了创作的天地。奇伟的情节，势必表现为寻常所不用，所少用，而须重新铸造的语言，所以神话中的语言，与寻常语言相较，而为"辞富膏腴"。每一从事文学创作的人，都会感到语言媒介的重要性。由神话故事中而得到了"膏腴"的语言，即增加了作者表现的能力。由上述二端，彦和便认为纬是"无益经典，而有助文章"，希望能"芟夷谲诡，糅（采）其雕蔚"了。

但彦和所托望之纬，并不能达到彦和所要求的目的。如前所说，原始性的神话，乃是适应感情所产生的，神话的本身，即含有质朴而丰富的感情在里面。感情是真，所以当某种神话出现时，也被人不觉其为伪。神话之能发生启发力、感动力，因而能成为文学艺术源泉的原因在此。中国的原始神话，经儒家的人文的合理精神而大部分被淘汰了。作为漏网之鱼的《穆天子传》中，便承载有"落叶"、"哀蝉"、"虫沙"、"猿鹤"的深不可测的感情，一直为文人取之不尽的资料。战国中期以后，是燕齐方士重新制造以"神仙"为中心的神话的时代。这些神话，只表现一种超越（出世）而长生的要求，只是人生感情中的奢侈品，其意味不深不厚。由方士演变出来的纬，则是存心作伪，着意造奇，成为一种"无情的神话"；无情的神话，既不能为人的理智所接受，也不能为人的感情所需要；纬既为经所摒除，亦为文学所遗弃。而彦和的希望，便因此而落空了。

因佛教传入中国，以生死轮回为中心，我国开始进入到输入及创造新的神话时代。这些神话，与宗教连结在一起，一般认为是真的，而且神话中很多含有人生胶固而不可解的感情在里面；于是根源于佛教的神话，在中国文学艺术中，尽到了它可以尽的责任。刘彦和深于佛典，而且正处于佛教道教思想为中心，而开始产生新出现的小说的时代，彦和有感于此，遂托之于历史较久的纬书以发其意，亦未可知。

四

彦和以《离骚》为"文之枢纽"之一，首先是从"史"的观点来讲，"爰自汉室，迄至成哀，虽世渐百龄，辞人九变，而大抵所归，祖述楚辞；灵均余影，于是乎在"（《时序》篇）；是汉赋出自楚辞，在文学上占有主导的地位。即在彦和当时，还是"楚艳汉侈，流弊不还"（《宗经》篇），即是在彦和当时，楚辞汉赋，还在发生重大影响；所以事实上，《离骚》是文学枢纽之一。乃范文澜在他的《文心雕龙注》的《原道》注中，将全书篇目，列为一表，而将《辨骚》平列于彦和所分文类之中，未免太奇怪了。

其次，从文学自身的立场看，彦和论文，固然重视人品、内容，以矫当时之弊；但他同样重视文章形式的艺术性，他特别提出一个"丽"字，将丽与雅并称，而说"然则圣文之雅丽，固衔华而佩实者也"（《征圣》），即是他以雅与丽为文章的两大要求。雅是实而丽是华，在他认为，丽是文章里艺术性的成就。他说五经之文，是"丽而不淫"，我已指出过，五经中只有《诗经》可以当一个"丽"字。而《诗经》之丽，乃素朴平淡之丽；在彦和心目中，这尚非丽的极至。他说楚辞"乃雅颂之博徒，而辞赋之英杰也"，好像他以楚辞较雅颂要低一级，这是由宗经而来的门面语，非其本旨所在。因此，彦和实际是以五经为雅的典型，以《离骚》为丽的典型。所以《辨骚》一篇，先辨别《骚》与经的异同，这是受时代的限制，辨其所不必辨；而通篇主旨，乃在发挥楚辞之丽及其丽的重大意义与其重大影响。而他写这篇文章，也极力发挥他丽的表现能力，以求与题材相称。

彦和对楚辞的描述是：

> 观骨梗所树（指内容），肌肤（指文辞）所附，虽取镕经意，亦自铸伟辞。故《骚经》、《九章》，朗丽以哀志。《九歌》、《九辩》，绮靡以伤情。《远游》、《天问》，瑰诡而惠（慧）巧。《招魂》、《招隐》，耀艳而深华。《卜居》标放言之致，《渔父》寄独往之才。故能气往轹古，辞来切今。惊采绝艳，难与并能矣。

将上面的话，稍加分析，则（一）楚辞的朗丽、绮靡，都由其可哀之志、可伤之情，喷薄而出。楚辞的内容（主要是感情）与形式，得到完全的融和统一。（二）屈原之才，是多方面的，所以他的艺术性的表现，也是多方面。（三）因屈原烦冤郁结的感情，贯注于他的作品之中，所以在他作品中所显出的生命力（气），特为坚强凌厉；推之过去，可以凌越古人。而运用的生动的语言，验之来今，又可与各时代的语言相切合。由强烈生命力所照射出之采，非寻常之采，而为可惊异之采。由醇厚纯白之情所渲染出之艳，非寻常之艳，而为卓绝之艳。所以他是丽的极致、典型，而能为各种之丽所自出。

　　因楚辞之丽，乃由情所涌出，丽与情融合而为一，故其丽可以直接表现出各种之情，赋各种之情以原有之姿的形相、面貌、气氛，而毫无障隔，对读者发挥最高的效果。第三段"故其叙情怨，则郁伊而易感；述离居，则怆怏而难怀；论山水，则循声而得貌；言节候，则披文而见时"这几句话，是指屈原的作品，对读者所发生的深切感染与客体重现的效果而言的。因为这些原因，所以对后世的文人，都能因其个性之所近，才力之所及，而收到各样的效果。"是以枚、贾追风以入丽，马、扬沿波而得奇。其衣被词人，非一代也。故才高者菀（采）其鸿裁（规模气象之大）；中巧（中人之才）者猎（取）其艳辞；吟讽者（不能制作而仅事吟讽之人）衔（衔接、领会）其山川（由描写山川之重现而开扩心胸）；童蒙者拾其香草（由其中所描述的各种香草而得到美感）。若能凭轼以倚雅颂（以雅颂为基础），悬舆以驭楚篇（而以楚辞充实发皇之），酌奇而不失其真，玩华而不坠其实，则顾盼可以驱辞力，欬唾可以穷文致，亦不复乞灵于长卿，假宠于子渊矣。"这段话，正说明这种意思。此中提到雅颂，雅颂本是与楚辞相通的。若将上面一段加以总结，即可发现与《宗经》篇说五经是"可谓太山遍雨，河润千里者也"的推赞，是辞异而实同的。其可为"文之枢纽"，至为显然。

彦和所归纳出的文的枢纽，总括地说，是以五经为文体之雅的枢纽，为事义之文的枢纽；其中的《诗经》，不妨下与楚辞连在一起。以楚辞为文体之丽的枢纽，为抒情写境之文的枢纽。再加以神话（《正纬》之纬）的丰富想象力与特异的表现语言。其眼光之巨，用心之周，衡断之精，持论之平，实非后人论文所能企及。

文之纲领

——《文心雕龙》浅论之七

一

《序志》篇继"文之枢纽，亦云极矣"之后，紧接着说："若乃论文叙笔，则囿别区分。原始以表末，释名以彰义，选文以定篇，敷理以举统，上篇以上，纲领明矣。"

这一段是说明自《明诗》第六起，到《书记》第二十五止，凡二十篇，他所作的文章的分类，及在分类中对各类文章所抽出的若干基本原则、法式，使文章的纲领，由此可得而明。

中国文学与西方文学不同点之一，在于西方文学，只顺着纯文学的线索发展，而中国则伸展向人生实际生活中的各个方面。所以西方文学的种类少，而中国文学的种类繁。因此，在作品的整理与把握上，中国文学分类的重要性，过于西方文学。

《诗经》是中国古代文学的总集。在编定这总集时，编者按照诗的来源、作用，乃至所配合的音乐，而分为风、雅、颂三大类。在三大类中又分为十五国国风、大雅、小雅及周颂、鲁颂、商颂等小类。这可能是中国文学分类之始。但这都是在诗的范围以内所作的分类。

赋实际是在战国末期所兴起的新体诗，与"诗有六义"中的赋比兴的赋，并无关系。刘彦和在《诠赋》篇中说"六义附庸，蔚成大国"，这是自汉以来的误解，我在《西汉文学论略》一文中已有辩正。赋是西汉文学的主流。《汉书·艺文志·诗赋略》，可以说是把西汉的文学，分为诗与赋两大类，较之《诗经》，扩充了赋的这一类。

　　自西汉之末，以迄东汉之初，已经有人注意到奏议书论等的文学价值。铭、箴、诔、碑，也自西汉之末，以迄东汉之末，皆有发展。曹丕《典论·论文》谓"盖奏议宜雅，书论宜理，铭诔尚实，诗赋欲丽；此四科不同，故能之者偏也"。"四科"即是四类；他是把当时所承认为文学的范围，分为奏议、书论、铭诔、诗赋四大类。这较之《汉书·艺文志》的《诗赋略》，有了进一步的扩充。

　　晋陆机《文赋》谓"诗缘情而绮靡，赋体物而浏亮，碑披文以相质，诔缠绵而凄怆，铭博约而温润，箴顿挫而清壮，颂优游以彬蔚，论精微而朗畅，奏平彻以闲雅，说炜晔而谲诳。虽区分之在兹，亦禁邪而制放"。陆机是把当时的文学作品，分为十类；在分类上较曹丕为精密，但所包含的文章范围，与《典论·论文》，无大出入。到了刘彦和的《文心雕龙》，对文章的分类，更有进一步的发展。

　　这里应附带一提的是，曹丕、陆机们，对文学都是作横断面的把握，而刘彦和则是作综贯性的把握。同时，曹丕、陆机们所重视的是文章的形式，即是形式中的艺术性，而刘彦和则除形式的艺术性以外，更注意到形式与内容的统一，更注意到文与人的关系，以及文在人生各方面的意义。因此，刘彦和心目中的文，

文之纲领

实较他以前及其同时人之所谓文，范围远为广泛，文章所分的类，自然也较为繁复。

二

在刘彦和以前，对分类的意义，似乎很少说到。上面引的《序志》的一段话，则应算是刘彦和所陈述的分类的用心及其意义。以下略加解释。

他在《总术》篇中，虽然批评了当时有韵为文、无韵为笔的说法，与文学历史事实不符；但他在这里，依然顺随时风，用文与笔两个名词，概括一切文学的作品，再按作品的内容、形式，作进一步的分类；此即所谓"若乃论文叙笔，则囿别区分"。囿与区，都是人按某种目的，在地面上所画的各种界限、范围。彦和即借用以作文章分类的名称。在刘彦和，还不曾用到"类"的这一名词。

刘彦和最大特长之一，是能从发展的观点上去把握文学。从发展上去把握文学，自然要追溯到文学的根源。《原道》、《征圣》、《宗经》、《正纬》、《辨骚》，这是说明文学总的根源。总的根源，对各作品而言，是广泛而带点抽象性的。要进一步把各种作品具体的根源说清楚，使其不至互相淆乱，则只有先把作品按其内容、形式，分成若干类，再就一类一类的文学作品去追其根源（原始），更顺着他们的根源以观其流变（"以表末"）；则文学在发展中的情形，更具体而清晰。所以彦和说明分类的第一意义是"原始以表末"。例如《明诗》篇先述"昔葛天乐辞，《玄鸟》在曲；黄帝《云门》，理不空弦"，再述尧、舜、禹及五子等作歌的情形，一直到

《诗经》，这都是"原始"。从"暨建安之初，五言腾踊"起，到"此近世之所竞也"的一大段，这都是"表末"。在"原始"与"表末"之间，用一"以"字，便把由"始"到"末"的发展关系说明白了。

每一类的作品，都有其基本动机与目的或要求（效用），也就是某类文章所应具备的基本内容。"彰义"，是把某类文章所应具备的基本内容彰显出来，以作为衡量某一作品的基准。这也只有把文章加以分类后才可以做到。"释名以彰义"，是由解释某类文章之名，以彰显某类文章应具备的基本内容。例如《明诗》篇："诗者持也；持人情性。"这即是由释诗之名以彰诗之义。此乃分类的第二个意义。刘彦和这里所用的，是以训诂的方法，来界定某类文章内容的方法。必须假定作为某类文学的专名，是先经过某一文学家把某类文学内容，加以分析、综合，从分析综合中，找出与其内容相应的名称来，有如希腊文化系统中，先由"定义"以决定某一学术名词，或与名词同时即界定了它所含的定义，才可使此一方法有效。但文学中所用的各类名称，不可能是在上述情形之下出现的。纵然和内容有若干关系，例如"赋者铺也"；但这仅是局部的，甚至是无关紧要的关系。用训诂的方法来彰某类文学之义，不是失之拘碍，便会失之牵附。例如"诗者持也"之"持"，是否系"诗"字的本训，或由本训所引申之训，已成问题。由"持"而到"持人情性"，更是一种牵附。所以用这种方法来治文学批评史和思想史，都是非常危险的。好在彦和在释名之后，便用引申乃至附会的方法，以扣紧某类文学的基本性格，补救这种方法的弊害。但究竟不是好的方法。

早经指出过，刘彦和著书的目的，是在由文学的批评以导向文学的学习。并且在学习的初阶，特重视"摹体"，即是摹仿古人成功的文体。所以彦和在各类文章中，特举出他认为在这类中有代表性的作品，以资学文者的摹习，这即是他所说的"选文以定篇"。《文心雕龙》中有的"篇"字即等于"文体"之体。"定篇"即是"定体"。尔后凡是标榜文章宗旨的诗文选集，都可以说是"选文以定篇"。

"敷理以举统"，更是分类的重要意义。"统"是"统贯"，即是某类文章，是由某些理（原理原则）所统一，所贯通。敷陈某类文章之理，以阐明某类文章，是由这理所贯通，则鉴赏学习，皆有确切途径可循。但这里应注意的是，"敷理"和"释名以彰义"的"彰义"，在甚么地方，有同中之异，刘彦和是以"彰义"之义表明某类文学的根源及其所要达到的目的，多是偏重内容上讲的。而"敷理"之"理"，则多是指明某类文章在文体上的要求，艺术性的要求，多是偏重在形式上讲的。当然彦和紧紧把握着内容与形式的统一性，但表达时总不能不有所偏重。例如《明诗》篇"诗者持也，持人情性"，这是彰义。而"持人情性"，这是对诗之内容上的要求。"若夫四言正体，则雅润为本，五言流调，则清丽居宗。"这是以雅润的艺术性统贯四言，以清丽的艺术性统贯五言，这是形式的、文体的要求。彰义之义，多由释名的训诂演绎而得。敷理之理，则多由成功作品中的分析归纳而得。

作品纷繁，因分类而得其统贯。各类作品皆创新不已，因每类中的"彰义"与"敷理"而得其指归，所以便说"上篇以上，纲领明矣"。以类为纲，以义与理为领。

三

现在再看彦和实际分类的情形。

从《明诗》第六到《书记》第二十五，彦和将作品分为二十类。每一类中，又分为若干小类。

文章分类，在中国文学的传统研究中，是一件大事。古今选集的分类不同，有的是来自对文学的观点不同，有的是来自对文体的认定不同，有的是来自时代的废兴殊方，有的是来自选文的目的各异。现在把较刘彦和略后的萧统及其宾客，在《文选》中的分类，试与《文心雕龙》稍作比较。

萧统选文的目的，乃在"入耳之娱"，"悦目之玩"（《文选》序），这与彦和以"文章之用，实经典支条。五礼资之以成，六典因之致用，君臣所以彪炳，军国所以昭明"（《序志》）很显明地不同。而萧统对文体的认取，在"义归乎翰藻"（《文选》序），彦和则"辞训之异，宜体于要"。这也是很显明的区别。简言之，萧统顺着当时风气，仅注重文学的艺术性，排斥文学的实用性。彦和则想补救当时风气，把实用性也包括在文学范围之内。彦和心目中的文学范围甚广，而萧统心目中的范围较狭，这自然引起分类上的出入。在《文选》序中，已明白说明经、史、子，不包括在他所选的范围之内。至于把"贤人之美辞，忠臣之抗直，谋夫之话，辩士之端"，也不肯"略其芜秽，集其精英"，这大概和萧统所处的"太子"的地位有关。因他的父亲萧衍，是很拒言绝谏的。但他立了三十八类，较《文心雕龙》的二十类为繁。《文心雕龙》较《文选》多出史传、诸子两大类，《文心雕龙》的章表、奏启两类，略相当于《文选》的表、上书、启、弹事、奏记五类，但内容多不同。又《文选》缺议对一类，这都与对文学的观点及萧统的政治地位有关。《文选》将乐府入诗类，这是对的。彦和在《明诗》后另立乐府一类，其用意在标榜乐的功用。他说"诗为乐心，声为乐体"，都是偏在乐的方面。意者彦和或欲以此补《乐经》的亡缺。但《文选》把应归入乐府的"辞"，另立一类，这就未免于烦琐了。此外《文选》将颂、赞各分一类，将箴、铭各分一类，将诔、碑各分一类，而又另立墓志一类。《文心雕龙》之哀吊类，在《文选》分为哀、吊、祭三类，又另立行状一类。《文心雕龙》之杂文类包括了《文选》的七、对问、设论、连珠四类。《文心雕龙》之论说类，包括了《文选》之论、史论、史述赞、序四类。而论说之"说"，系指游说而言，为《文选》所无。《文心雕龙》之诏策类，包括了《文选》的诏、册、令、教四类。《文心雕龙》之檄移类，《文选》有檄而无移，反将孔德璋《北山移文》归入书类。此在《文选》实为特例。《文心雕龙》之封禅类，与《文选》之符命类相合。《文心雕龙》之章表类，与《文选》之表类相合。《文心雕龙》之书记类，书是书札，与《文选》之书类相合；记是杂记，包罗广泛，为《文选》所无，而《文选》之行状类，在《文心雕龙》则入于此处之记中。《文心雕龙》中的谐隐一类，有近似于西方之所谓幽默文学，彦和立此一类，意味深长，此不仅为《文选》所无，亦且为尔后选家所未及，以致中国此一方面之文学心灵，未能得到应有之发展，我觉得这是非常可惜的。

将《文心雕龙》与《文选》的分类略加比较后，可以了解《文心雕龙》所包括的文学范围，远较《文选》为广；而在分类上，则较《文选》为简。盖彦和分类，重在性质上的相关；而文选楼诸公，则重在因名而立目。彦和又特设杂文及书记之记，以统括繁杂，此一技巧，实可解决分类上所遇到的实际困难。我觉得因彦和对文学之把握，实较文选楼诸公为深切周遍，所以在分类的着眼上，不仅较《文选》为得其体要，且也为后来选家所不及。

释诗的温柔敦厚

一

《礼记·经解》：

孔子曰，入其国，其教可知也。其为人也，温柔敦厚，
《诗》教也。

其为人也，温柔敦厚，是《诗》教的效果。《诗》教之所以有
此效果，是因为诗的性格是温柔敦厚。《经解》大概是成篇于汉初。
《经解》所说的六经之教的效果，是否出于孔子，当然可疑。但对
各经性格的陈述，都深切精要，与西汉经生说经，多流于蔓衍的
情形，颇异其趣；大概这是由先秦儒家遗说所积累提炼而成。尤
其是对诗所提出的"温柔敦厚"四字，成为尔后说诗的最高圭臬，
影响至为重大。但此四字的确切内容到底是什么，前人只把它当
作自明之理，很少深论。我在这里想稍加追索。
《礼记正义》的解释是：

温谓颜色温润，柔谓性情柔和。《诗》依违讽谏，不

指切事情，故云温柔敦厚，是《诗》教也。

按"颜色温润"，对诗的性格而言，无确切意义。而国风中浮出的许多是憔悴愁苦的面孔。在诗的性格上既无确义，则在教化上，又如何能发生"颜色温润"的效果？"依违讽谏，不指切事情"，因此而称为温柔敦厚，则国风中许多只是劳人思妇，自写其悲欢，与讽谏并无关系，这一类数量大而品质很高的诗，算不算温柔敦厚？而大小雅中凡是讽谏的诗，又多指切事情，如"妇有长舌，维厉之阶"之类，一点也不依违，这又如何解释？并且从《论语》看，孔子对子路的勇气，总是加以抑制。独对于他问事君时，特别鼓励他说"勿欺也，而犯之"。孔子答时君及卿大夫之问，总是一针见血，指切事情，何取于这种乡愿性格的诗教？所以《正义》的解释，乃由长期专制淫威下形成的苟全心理所逼出的无可奈何的解释。

二

诗是"情动于中"的产物。照我的看法，温柔敦厚，都是指诗人流注于诗中的感情来说的。诗人将其温柔敦厚的感情，发而为温柔敦厚的语言及语言的韵律，这便形成诗的温柔敦厚的性格。要由此作更进一步的具体把握，关键还在一个"温"字。

不太冷，也不太热，这便是"温"。当诗人感奋于某种事物以形成创作的冲动时，感情总是很热烈的。但感情正像火样燃烧的时候，绝作不出像样的诗来。诗乃在某种事物发生之后的适当时间中所产生的。所谓适当时间，是指不能距离得太近，太近则因热度的燃烧而作不出诗来；也不能距离得太远，太远则因完全冷却而失掉作诗的动力。当然，这里是暂时不把创作前的想象力的因素加到里面去。不远不近的适当时间距离的感情，是不太热不太冷的温的感情，这正是创作诗的基盘感情。因为此时可把太热的感情，加以意识的，或不意识的反省，在反省中把握住自己的感情，条理着自己的感情。诗便是在感情的把握、条理中创造出来的。

不仅是如此，一任感情的特性激荡下去，对于事物总是向极端方面去发展。稍稍后退到适当的时间距离而发生反省作用时，理智之光，常从感情中冒了出来，给感情以照察，于是在激情以外的因素，也照察了出来，可由此以中和一往直前的感情，使其由热而温，由温而厚；这在仅关涉到个人的人伦之际时，尤其是如此。所以国风中这类的诗特别多。但若在反省中，把原先尚未曾触发到的感愤或感奋，更触发出来了，此时的理智，便支持着愈烧愈热的感情，便不知不觉地作出辛辣痛烈的表现，有如《巷伯》中对谮人所表现的，这依然是发于人情的自然，而形成诗的另一性格。但这种诗若感到是有如《巷伯》这一类的好诗，一定是关涉到政治社会上共同的大利大害的问题。对于这类大利大害的问题，而依然假温柔敦厚之名，依违苟且，诗道之衰，正由于此。

三

了解到"温"，便可了解到"柔"。太热的感情是刚烈的性格，太冷的感情是僵冻的性格。这都是没有弹性、没有吸引力，不易使人亲近的感情。在太热与太冷之间的温的感情，自然是有弹性、有吸引力，容易使人亲近的"柔和"的感情。由温而柔，本是自成一套的。

若把"敦厚"与"浅薄"相对，便容易了解敦厚指的是富于深度、富有远意的感情。也可以说是有多层次，乃至是有无限层次的感情。太热与太冷的情感，不管多么强硬，常常只有一个层次。突破了这一层次，便空无所有。既温且柔的感情，其所以会由热与硬转化过来，乃是如前所说，在反省中发现了无数难以解脱的牵连，乃至含有人伦中难言的隐痛。感情在牵连与隐痛中挣扎，在挣扎中融合凝集，便使它热不得，冷不掉，而自然归于温柔。由此可以了解温柔的感情，是千层万叠起来的敦厚的感情。这种敦厚的感情，有如一个广大的磁场，它含有永恒的感染力。因此，温柔敦厚的诗，是抒情诗的极诣；而国风中正有这类不少的诗。

后来的诗人，缺少由醇朴资质而来的温柔敦厚的自然感情，便只好从表现技巧上去加以追攀，于是隐喻和含蓄，便成为重要的表现形式；这当然较之发乎感情之自然而来的温柔敦厚，已降下好几等了。至于在专制政治之下所逼出的乡愿诗人，亦常援此四字为借口，可以说诗道由此而绝。近人又不能深求其故，以被歪曲之义为其本义，遂连此四字而欲毁弃之，这还谈什么文学呢？

中国文学中的想象问题

一

亚里士多德在他的《诗学》中，对历史与诗的界定是，历史是叙述已经实现的事物，而诗则是叙述尚未实现的事物。文学中的许多分野，大体上是诗发展出来的。所以亚氏对诗的界定，也可适于其他重要的文学分野。由亚氏的界定，立即可使人明了，文学乃生活于想象（imagination）世界之中的。

我们今日可以批评亚氏对诗的界定，实际失之于太偏；站在中国传统文学的立场，尤其是如此。但想象在文学创造中所占的重要地位，是无可争论的。

对"想象"的内容，在西方文学理论中，有不少的陈述。其中概括性较大的，应当为文捷斯特（T. C. Winchester），在其《文学批评原理》（*Some Principles of Literary Criticism*）中所提出的三种想象。第一种是创造的想象（creative imagination），这是"从经验所得的各种要素中，自动地选择某些要素，加以概括综合，以创造出某种新事物的作用"。第二是联想的想象（associative imagination），这是"对于某种事物、观念，或情绪与情绪上的相类似的心像，加以连结的作用"。第三种是解释的想象（interpretative imagination），这是"认知对象的价值或意义，把价值或意义之所在的部分或性质，加以阐明，由此以描写其印象的作用"。此种想象作用，借瓦兹瓦斯（William Wordsworth）的话来说，这是"沉浸于对象的生命之中"，以阐明对象中最深奥的价值的想象。[①] 这里应附带说明一句，在概念上可以很清楚地把想象分为三种，但在实际活动时，则常是互相渗和而不容易指出仅属于三种中之某一种。

在中国文学的理论、批评中，没有把想象的作用特别凸显出来以成立"想象"这一概念，而是把文学中的想象作用，分隶于"感"与"思"的两个概念之中。但感与思，包涵了想象的作用，而不止是想象的作用；这里不进一步去解明此一问题；但在中国文学创作中，想象一样是居于重要的地位，也是无可怀疑的。

二

想象，不仅应用到文学里面，有时也应用到科学，尤其是史学里面。应用到文学中的想象，与应用到史学中的想象，除了应用的程度，有多与少的"量的不同"以外，是否还有"质"的分别？假定有，此一质的分别是什么？

其次，西方的文学理论批评家，非常重视想象；但同时为了想象与空想易于混淆，又常努力要在想象与空想之间，划出一条分界线；但就我所看到的材料来说，此种努力，依然是收效甚微。

---

① 此段系取材于日人本间久雄改稿《文学概论》页六七，东京堂昭和三十二年（西纪一九五七年）二二版。

然则有没有方法，在上述二者之间，能划一简明的分界线呢？

在文学与史学的想象中，假定要作质的区别，我可简单说一句，挟带着感情的想象，是文学的想象，不挟带着感情的想象，是史学的想象。文学的想象，可以说想象的自身便构成文学。史学的想象，则只能作为搜罗与解释史实的导引，想象的自身绝不能构成史学。

当我们要求把想象与空想加以区分时，乃是因为"文学所以表现人生的真实"；因此，对"科学之真"而言，也应当强调文学之真。而空想则不是真的。若想象与空想混而不分，则所谓文学之真便不容易成立。但就三种想象的自身来说，怎样也不容易把它与空想加以区别。我的看法，由感情所推动的想象，与感情融和在一起的想象，这才值得称为文学的想象。不是由感情所推动，不是与感情融和在一起的，这便不是想象而是空想。文学之真，指的是在想象中的感情，及由想象所赋予于感情的力量；感情是人生之真，所以与感情融合在一起，并对感情的表出给与以莫大助力的想象，便也是真的。若从想象中抽掉了感情，也就等于从想象中抽掉了真实，于是我们便应当称之为空想。由空想所构成的作品，可以满足人的好奇心，有如推理小说、武侠小说之类，或者也可以称为文学；但写得再好，也不过是三流以下的文学。

三

现在再就想象与感情的关系，稍作进一步的考察。

首先，有了某种感情，便常自然而然地要求某种想象来与以满足。因为感情的郁勃，只有在想象中方可加以发抒，而发抒即是满足。例如杜甫《闻官军收河南河北》诗"剑外忽闻收蓟北，初闻涕泪满衣裳。却看妻子愁何在，漫卷诗书喜欲狂。白日放歌须纵酒，青春作伴好还乡。即从巴峡穿巫峡，便下襄阳向洛阳"。后面四句，全系想象。但后面四句的想象，乃是由"初闻涕泪满衣裳"的感情所推荡出来；而初闻涕泪满衣裳的感情，只有在后面四句的想象中才可得到满足。

感情是幽暗漂荡、无从把握的东西。感情的发抒，即是感情由幽暗而趋于明朗，由漂荡而归于凝定。要达到这一步，最好是不要诉之于概念性的陈述；因为若是如此，便可能进入到哲学或其他学问的范围，而渐脱离了感情的本质。感情发抒的艺术性，常常是感情的形象化。而感情的形象化，只有凭想象之力而不能凭概念之力。在凭想象之力而赋予某种感情以适当的形象时，此时的感情即随形象而明朗，而凝定，而得到发抒的效果。例如白居易的《长恨歌》，是以唐明皇与杨贵妃的悲剧为主题而作的。"长恨"即是此一主题的"题眼"。此诗从"蜀江水碧蜀山青，圣主朝朝暮暮情"起，一直到"梨园弟子白发新，椒房阿监青娥老"止，凡二十句，都是长恨的"恨"的发展。但上面的发展，主要是用景物来烘托，而没有直接从明皇自身加以描写，则恨的高举还没有表现出来；于是白居易便通过自己的想象，写出"夕殿萤飞思悄然，孤灯挑尽未成眠，迟迟钟鼓初长夜，耿耿星河欲曙天"的四句，把一个因长恨而彻夜不眠的明皇的形象，显露出来了，这便成为"恨"的发展的高峰。

这里也引起了一个插话。宋邵博《闻见后录》卷一九，对"孤灯挑尽"的想象，不以为然，而谓"宁有兴庆宫中夜，不烧蜡油，明皇亲自挑灯者乎？书生之见可笑"。以后许多人便附和邵博的这一说法，陈寅恪在《元白诗笺证》第一章中就说这是因为《长恨歌》系在白居易未任翰林学士以前所写的，不明白宫禁夜晚是烧烛的情状。殊不知当时的富贵人家及游乐之地，已多是烧蜡油，杜牧"蜡烛有心还惜别，替人垂泪到天明"，即其证明。白居易作《长恨歌》时，早成进士，岂有连宫禁中烧烛的情形，也不知道。问题是在，明皇到底是烧烛或挑灯，不是考证上的问题，而是何者适于反映出明皇凄凉寂寞的情景问题。李白心中的愁，要求他说出"白发三千丈"，他便说出"白发三千丈"。在白居易对明皇因长恨而不能入睡的想象中，要求的是挑灯，他便说是挑灯。想象的合理性，不应当用推理、考证的眼光来加以衡量，而是要由想象中所含融的感情，与想象出来的情景，是否能够匀称得天衣无缝，来加以衡量的。何况今人在上床睡觉时，常将光线强的电灯转换为红绿色的微弱灯光。何以见得明皇睡在床上时，不会不愿用强光的烧烛，而偏要用光线较弱的油灯呢？

四

由感情的积郁太深太厚，不是日常生活范围中的想象可以表达出来，便常于不知不觉之中，伸入到神话中去了。因为屈原是"忧心烦乱，不知所愬"，所以《离骚》中的想象，便常和神话连结在一起。他不知所愬的感情，便和由想象所连结的神话，共飞扬上下而驰骋。并且可以说，只有经过作者涂上了感情的神话，才能成为文学取材的一种重大要素；否则神话是神话，文学是文学。羿妻偷药，奔入月宫，这即是月中的嫦娥，此种简单神话，有什么文学意味呢？但李商隐却唱叹出"嫦娥应悔偷灵药，碧海青天夜夜心"的诗句，把他与妻结婚，因为得不到有权有势的丈人的欢心，以致他和妻，一生潦倒凄凉的情景，随嫦娥的孤寂，而同样漂荡于碧海青天之中的感情发抒出来了，嫦娥偷药的故事在此处也因感情化而文学化了。

由感情逼出想象所构成的文学，这常是第一等的文学。《红楼梦》所以能成为第一流的文学作品，是因为《红楼梦》中的想象，主要是由曹雪芹"字字看来皆是血"的感情所逼出来的。这是感情在先，想象在后。但更多的情形，则是想象在先，感情在后；感情是由想象所引出的。于是作品的高下，便常由想象所能引出的感情的程度作衡量。蒲留仙的《聊斋志异》，纪晓岚的《阅微草堂笔记》，都是说狐说鬼，都有很丰富的想象。并且纪晓岚的文笔精洁，各篇的结构富于变化，表现了他高度的文学技巧。但凡是看过这两部书的人，应当有一种共同印象，即是，在《聊斋志异》的若干故事中，我们的感情，常常受到故事内容的感染；而看完《阅微草堂笔记》后，只是冷冰冰地，读者与故事，乃两不相干之物。因此，尽管纪氏的学问比蒲氏大，但两书在文学的价值上，纪氏的作品，却远不及《聊斋志异》。为什么？蒲氏能由想象而引出深厚的感情，纪氏则没有用上这一套工夫，于是其他的文学技巧，也只是一种文学技巧而已。至于袁子才的《子不语》，其所以成为东施效颦，原因也正在此。这一点，或者可以适用于各种小说的批评上去。

五

想象是文学表现的重要手段，但并非是唯一的手段。想象以外，还有推理、体认、观察、观照等等。但想象经常或多或少地与上述那些手段，亲和在一起，使其得互相发挥的效用。

想象与观照，似乎是立于对蹠的地位，最不容易发生亲和的关系；因为观照是"现前"的事物，而想象则不是现前的事物。在中国的诗里面，写景占很重要的地位，亦即是观照占很重要的地位。但把想象与观照作关连的表现时，却反而可以增加表现的效果。杜甫《秋兴》八首中的一、二两首，即是运用这种手段。《秋兴》一、二两首在表现上最大的特点，是它在一联的诗句中，作远与近、今与昔，两相对照的表出，由此以增加感情活动的往复跌宕，使诗的体势，随远近今昔的对照，而得到开阔顿挫之妙。例如：

> 江间波浪兼天涌（近），塞上风云接地阴（远）。
> 丛菊两开他日泪（昔），孤舟一系故园心（今）。
>
> 听猿实下三声泪（今），奉使虚随八月槎（昔）。
> 画省香炉违伏枕（昔），山楼粉堞隐悲笳（今）。

远的昔日，是来自想象。近的今朝，是来自观照。诗里这种例子很多。有名的王渔洋《秋柳》诗"他日差池春燕影（对春柳的想象），只今憔悴晚烟痕（对当前秋柳的观照）"，正是相同的手法。

还有在一句之中，观照与想象并用，一则由此以穷观照之量，二则由此以使被观照的事物，得以观照出它的精神。杜甫"浮云连海岱，平野入青徐"。"浮云"、"平野"，都是当前的观照；浮云而连海岱，平野而入青徐，这便在观照中加入了想象，必如此而始能穷尽观照之量。常建"山光悦鸟性，潭影空人心"。"山光"、"潭影"，是当前的观照；至于山光而能悦鸟性，潭影而能空人心，则是得之于想象。然必加入此种想象，才能把山光之美，潭影之清，完全写出。这更是在中国诗中所常用的手法。而就想象来说，可以说这是解释的想象。

在观照中的想象，它所含的感情，多是淡泊虚和的感情，所以感情的气氛不够浓厚，常常是隐而不显。但不能因此忽视了文学的想象，必然会和感情连结在一起的这一事实。

中国文学中的想象与真实
——《中国文学中的想象问题》补义

一

我在《中国文学中的想象问题》一文中，说明由感情所逼出的想象，与感情融和在一起的想象，才是文学的想象，也即是文学的真实。这一观点，可以解释文学中与想象有关的许多问题，大概是可以成立的。但若仅以想象中的感情来说明想象的真实性，还不够周衍，我应当补出下面的两种情况。

我在上文中，曾引用过文捷斯特（T. C. Winchester）所概括出的三种想象。在三种想象中的第二种想象是"联想的想象"，这是文学家应用得最多的想象。所谓联想的想象，是"依类引申"出来的想象。我国《诗经》中的比和兴，都可以说是这种联想的应用。"关关（雌雄相应之和声）雎鸠，在河之洲"，这是真实的情景，"窈窕淑女，君子好逑"，这是真实而合理的愿望。诗人通过自己联想的想象，将两个本不相干的事物，融合在一起，因而能把淑女与君子的结合，烘托出一番欣慰的气氛；此时的想象，自然而然地不发生真实不真实的问题。由此种想象所烘托出的欣慰的气氛，乃人情所应有，这便是文学的真实。

联想的想象的尽量发挥，常表现于小说创作之上。我的看法，一部成功的小说，都是通过联想的想象，把散见于社会中的某些现象，以凝缩成一篇小说中的情节，把散见于各种人群中的某些生活，凝缩为小说中的人物；联想力愈大，凝缩力愈强的，小说中的情节和人物的典型性也愈大愈强。被联想到的"原始资料"固然是真实的；被凝缩而集中为主题的人物与情节，假定凝缩、集中得成功，则在联想过程中必然会渗入进"体认"与"洞察"的工夫和能力，以发现出散于社会上、人生中的某些现象与生活，不仅是可以凝缩、集中的，并且只有加以凝缩、集中后，其本来的特性，其本来的意味，始能较完整地表现出来，始能为人所感受到。一部《儒林外史》，是把绵亘千百年，散布全社会的知识分子在科举下，由中毒而来的丑态，凝缩、集中在几个人物、几个情节上，表现出来；使模糊闪烁的这些丑态，得因此而明朗起来，确定起来，于是科举下的知识分子的真实，便容易为人所把握到了。这是文学家通过创造的心灵，所创造出"原始资料"无法表现得出来的真实。科学的真实是由科学家的发明而见，文学的真实，是由文学家的"发见"而得。而发见的最大工具便是想象。

二

文捷斯特所说的第三种想象是"解释的想象"。所谓解释，主要是指向两个方面。一是对于某种情境所含有的意味的解释。哲学家对意味的解释是通过思辨，文学家则常常是通过描写，以使某种意味成为人们容易感受到的具体形相。科举的意味，是由《儒林外史》所描写的具体形相而得以表现出来的。把不易捉摸的意味加以形相化，只有通过想象才有其可能。所要表现的意味若是真实，则为了解释这种意味所成立的想象也是真实的。

解释的想象所指向的另一方面，是人的行为动机；由动机而衔接到心理状态。为了深入去把握某人何以会有某种行为，尤其是何以会有与某外在的条件不相符应的行为，这便自然而然地要求在行为的动机上、心理上，作一番解释；而这种解释，通常只能通过文学家的想象得之；文学家之所以成为文学家，便是在他不走科学的调查、实验之路，而只凭自己由经验、体认所积累的想象之力，以得到目前心理学家所无法得到的解释。下面的故事，或者在我国是一个最早出现的例子。《左传·宣公二年》：

> 宣子骤谏，公（晋灵公）患之，使鉏麑贼之（暗行刺杀）。晨往，寝门辟矣。盛服将朝（指宣子），尚早，坐而假寐。麑退而叹，而言曰，不忘恭敬，民之主也。贼民之主不忠，弃君之命不信。有一于此，不如死也。触槐而死。

后来有人对上面叙述发生了怀疑。因为鉏麑行刺时所说的话，是谁人能听到，而为史臣所记载呢？在古代希腊的史籍中，也曾出现这种情形。卡西勒在其《原人》的"历史"一章中曾加以解释，我这里不深涉到此一问题，而只指出，鉏麑受君命去刺杀赵宣子，何以有刺杀的机会，却自己触槐而死呢？当时的史学家感到对此应加以心理上的解释，便通过自己的想象而加以解释了。这种由想象而来的解释，在史学中是特例，但在文学中则是常例；此种解释的真实性，决定于所能解释的程度。如果解释得天衣无缝，使读者所挟的疑团，涣然冰释于不知不觉之中，这也是发现了一般人所不能发现的真实。

还有，一般人的心理状态，并不表现于行为之上（语言也是一种行为）；而"深层心理"，也不表现于一般意识活动之上。未表现为行为的心理，未浮上到意识层的深层心理，可能是人生中最真实的一部分。对于上述的心理状态，若通过想象的手段表达出来，这便近于一般所说的心理小说。不通过想象的手段，而要当下就深层心理的原有状态表达出来，这便是意识流的小说和白日梦的诗。我在此处，不深入到这种问题的内部去；而仅指出，西方有人把意识流、白日梦的文学，称为"新写实主义"，则通过想象以描写这种心理的想象，也不能抹煞其真实性。

三

最后，我要顺便一提的是，有的研究西方文学的人，曾倡言"中西文学之不同，在于中国文学中的想象力的贫乏"。这一点，应分两方面来了解。一方面是，在中国传统文学中，实用性的文学——序传、论说、书奏等等，占有很重要的地位；在这类文学中，当然不容许有丰富的想象活动。民初以来，因受西方文学的影响，许多人把这一类的文学评价得很低，而另标出"美文学"或"纯文学"，以资与西方文学较一日的长短。但西方因报纸杂志等的发达，实用性的散文，在文学中已日居于重要的地位，这已被西方的文学史家，文学理论、批评家所注意到了。所以中国文学保有实用性的文学传统，并不是坏事。凡是拿西方文化中一时的现象、趋向，以定中国文化的是非得失，我愿借此机会指证出来，这是相当危险的方法。

问题的另一方面，即是就中国文学中的所谓纯文学而言，若说它的想象力贫乏，等于是说中国文学的贫乏。因为没有想象，便没有文学。过去普及于社会大众的《千家诗》的第一首程明道的"时人不识余心乐，将谓偷闲学少年"，时人对于程明道"傍花随柳过前川"的看法，程明道只能在想象中得到。《长恨歌》的"回眸一笑百媚生，六宫粉黛无颜色"，杨贵妃初入宫时的倾动，白居易只能于想象中得到。说中国文学中的想象力贫乏，这是出于对文学自身的无知。但中国从西周初年起，已开始摆脱原始宗教而走向"人文"之路。印度佛教进入到中国后，也只发挥其无神论的一方面；并将印度的各种"大地震动"这类的奇特表现，逐渐转变而为"平常心是道"的平常的表现。人文的世界，是现世的，是中庸的，是与日常生活紧切关连在一起的世界。在此种文化背景、民族性格之下，文学家自然地不要作超现世的想象，不要作惨绝人寰，有如希腊悲剧的走向极端的想象。中国文学家生活于人文世界之中，只在人文世界中发现人生，安顿人生，所以也只在人文世界中发挥他们的想象力。中国不发展史诗（《诗经》中便有不少史诗），是因为中国的史学发展得太早。中国不出现悲剧，是因为中国民族的性格，文化的性格，不愿接受走向极端的悲剧。这其中没有能不能的问题。我们乡下流行一个故事，在演汉剧中的"司马师逼宫"的一出戏时，演司马师的大花脸，演得非常逼真，把皇后逼得走投无路，有个看戏的农夫，捡起一块石头投上去，把大花脸的头打破一个洞，这个农夫和许多乡下人由此而消了一口气。因为"太过火了"。这个故事，未尝不是一个意味深长的反映。假定说中国文学的发展受到了限制，乃是受到长期大一统的专制政治上的限制。我们不要把问题弄错了方向。

赵冈《〈红楼梦〉新探》的突破点

一

笔者在十六七岁时看过一遍《红楼梦》以后，便再不曾亲近过它。但对时贤讨论它的文章，我以如下的两种心情，在容易入手的情形下，倒很留心阅读。

第一，是为了"看热闹"的心情。得胡适的提倡，几十年来，以这样多的人力来讨论《红楼梦》这一部书，其热闹的情形，几乎可说是史无前例。尤其是在文化大革命以前的大陆。

第二，由胡适提出《红楼梦》是曹雪芹自传的说法后，除王国维外，所有的讨论，都集中在曹雪芹的家世、生年及脂评等考证上面。时贤在这方面的考证，引起笔者的兴趣，想看看胡适的大胆假设是否能加以证明。

《红楼梦》是曹雪芹所作，本不需要甚么考证。任何文学作品总会融入作者个人的若干身世背景，也是理所必然，不需要甚么特别考证的。问题却是，《红楼梦》到底是不是曹雪芹的自传？也就是说，《红楼梦》是不是曹雪芹身世的自述纪录？或者如赵冈先生在《〈红楼梦〉新探》中所提出的，是否为雪芹、脂砚两人的合传？笔者站在文学创作的观点上，对此类说法，始终有所怀疑。

但文学创作的观点，敌不过考证出来的事实。我既没有时间，也没有资料，投入到此一考证的旋涡里面去浮沉一番，便只好注视这批红学专家们所提出的资料，所投下的工夫，所得到的结论，自己却没有直接发言的资格。

赵冈先生《〈红楼梦〉新探》后出，能看到的资料，他都看到了；各种不同的说法，几乎都批评到了。他本人也具有相当锐敏的考证能力，修正了此派中的许多说法。所以我便以他这部带有总结性的大著为对象，检讨此派在《红楼梦》的研究上，到底有何成就。

赵先生此书的出发点是：

> 自从胡适《〈红楼梦〉考证》，认为此书是写曹家真实事迹以来，此一原则性的断定，已是坚立不移。以后虽有两次小翻案，都未发生任何作用。（页一八〇）

在"写曹家真实事迹"的前提之下，进一步还要认定《红楼梦》中所述的情节，皆系作者所亲历，否则不能算是文学的写实主义。他们为了证实这一点，便在"脂批"上下了很大的工夫。所以赵冈先生在提出上述"原则性的断定"以后，便引用了八条较简短的批语，作为例证（页一八〇至一八一）。赵先生对有脂砚、畸笏之名的批语，固然特别重视。对带有感情性的批语，尽管无姓名、无年月，也尽可能地安排到脂砚、畸笏的名下。甚至于署着"松斋"名字的批语，有如"语语见到，字字伤心。读此一段，几不知此身为何物矣"的一条，吴恩裕、吴世昌都认松斋是敦诚《四松堂集》中所提到的白筠，因为白筠的号是松斋，赵冈先生则以为"这种深切的感叹，不似出诸白筍之口……其（白筍）盛衰之变，远不及雪芹一家的程度"，所以不承认松斋即是白筍，而是曹家的脂砚斋或畸笏叟。在赵先生心目中，只有曹雪芹的亲属，因经历相同，才有与雪芹相同的情感。在这里我可以首先提醒一句，以"脂批"来证明《红楼梦》是曹雪芹的自传或合传，是根本不能成立的。因为《红楼梦》一书，经纬万端，人物及人物的活动繁密；脂砚与畸笏，在批书时拈出与自己有关的若干条，即使完全加以信赖（并不能完全信赖），也只能证明曹雪芹在创作的动机与过程中，取入了曹家的若干情节，以作为创作素材的一部分。但脂砚、畸笏两人所拈出与自己有关的部分，较之未拈出的部分，可以说是微细得不成比例。这即足说明，构成《红楼梦》的最大部分，是与曹家无关的。并且若因为脂砚、畸笏有一两处的感情深厚的批语，而即断定《红楼梦》里所写的都是他们所经历过的家庭事实，则为甚么不可以说《红楼梦》里所写的，都是永忠的家庭事实呢？因为永忠在曹雪芹死了的第五年有《因墨香得观〈红楼梦〉小说吊雪芹三绝句》中的第三首，分明说"都来眼底复心头，辛苦才人用意搜"。这是说《红楼梦》中所说的，与永忠自己所经历、所看到的，是两相符合。为甚么人们不能因此而把《红楼梦》本事附会到永忠家世身上呢？说穿了非常简单，伟大的文学作品，它的人物和情节，有高度的典型性、概括性，可以引起许多读者的共鸣共感。这种共鸣共感的根源，不关作者写的是某一二人的具体事实。所以我们可以大胆地说一句，凡是以脂批来证明《红楼梦》是雪芹的自传或合传，根本是不能成立的。即是，这一派在这一方面所下的工夫，大体上都是白费的。

二

周汝昌为了证明《红楼梦》是曹雪芹的自传，但在年龄上又有矛盾，便只好在曹家于南京被抄家后，安上一段回北京以后的中兴；《红楼梦》所写的是曹家中兴的局面，中兴后再抄了一次家，于是曹家前后被抄家两次。曹家在北京中兴，而且中兴到有如《红楼梦》中所描写的气势；并且书中人物，把曾被及身抄过一次家的事，淡忘到没有丝毫痕迹，这在考证上，在情理上，都不可能成立。于是许多人便从曹雪芹的年龄上想办法，即是根据张宜泉《伤芹溪居士》诗的"年未五旬而卒"的自注，把雪芹的年龄提大到四十七八岁，乃至四十九岁。这样一来，雪芹在南京抄家时，是十三四岁，于是雪芹便能经历到一段"风月繁华"的生活，而把它写了出来。赵冈先生走的是这一条路。据赵先生的说法，曹家抄家时，雪芹十三岁。但赵先生为了加强自己的立场，又把他所考订的脂砚即是曹寅的嫡孙曹天佑加到里面去，而认为"与其说《红楼梦》是雪芹的自传，倒无宁说是雪芹、脂砚两人的合传"。但即使如此，也不能解决由年龄而来的矛盾。

周汝昌从敦诚《挽曹雪芹》诗"四十年华付杳冥"之句，而断定曹雪芹死时年三十九岁，固然未免太拘。但因张宜泉的"年未五旬而卒"，即断定雪芹死时年四十七八岁，乃至肯定地说成四十九岁，我认为也很难成立。

敦诚《四松堂诗钞》中《挽曹雪芹》诗只有一首，第一句是"四十年华付杳冥"。但他的《鹪鹩庵杂记》钞本，则有二首，第一首的第一句是"四十萧然太瘦生"。《四松堂集》的一首，即是由此第一首改写而来，而把第二首删去（谓合并二首为一首者非是）。问题是在敦诚为甚么要把"四十萧然太瘦生"，改为意义完全不同的"四十年华付杳冥"呢？赵先生的解释是"敦诚原来在挽诗中要说'你这一生中吃了将近四十年的苦'。可是，事隔多年以后，敦诚为了出版诗集，而将此诗加以修润。可是他已经记不清原来的用意和雪芹卒时的年龄。他只是从字面上修饰一番，将'萧然'二字，换成了'年华'，这样一来，意义便大变。从原来的'吃了四十年苦'的意思，变成了'享寿四十'……竟害得多少红学家走了许多冤枉路"。我看，赵先生的解释太站不住脚了。第一，不是把"萧然"两字改成"年华"两字，便意义大变，而是把"太瘦生"三字改为"付杳冥"三字，意义才大变。这点可以原谅赵先生是出于一时文义的疏忽。但更重要的是，敦诚对自己"四十萧然太瘦生"这句诗，指的是曹雪芹吃了四十年苦，他自己应当懂得。由这句诗，只能引起他对雪芹"太瘦生"的生活的回忆，怎么会反而"他已经记不清原来的用意"呢？赵先生今日读这句诗，尚知道作者原来的用意，怎么作者看到这句诗时反而会忘掉了写这句诗时的用意，这未免太说不过去。赵先生又说是敦诚在修润时忘记了曹雪芹"卒时的年龄"，为甚么又偏偏写上"四十年华付杳冥"的确实年龄呢？忘记了雪芹卒时的年龄，而又写上卒时的"四十年华"的年龄，敦诚不至糊涂至此吧。

笔者也请教过潘重规先生，潘先生说是因为原作八庚九青的韵互用，为近体诗所忌，经修改后，在押韵上便没有这种毛病。潘先生的解释，较赵先生合理。但依然难使我接受。因为调整韵脚，而不得不把原来说的是四十岁还辛苦活着的人（太瘦生），改为四十岁便死掉了的人（付杳冥），古今恐怕没有这样低能的诗人。假定敦诚真是这样低能的人，则他的诗只是胡诌，根本没有引来作甚么证据的资格。何况互用改过的诗，依然是八庚九青的韵。

我可提出另外一种解释。一般友朋来往，若非在某种情形下特别问及，恒不能互相知道彼此的年龄，尤以过去士大夫的来往，不论如何交好，总带几分矜持，更不容易知道彼此确实的年龄，而只能作约略的估计。就搜集到有关曹雪芹的资料看，他贫而好酒，生计一天窘迫一天，所以他的外貌，看起来比他实际的年龄为苍老。因此，当他初死，敦诚第一次写挽诗时，心里估计他的年龄一定有了四十好几，而叹息他过了四十年的苦生活，这便有"四十萧然太瘦生"之句。等到雪芹死后，再加打听，才知道他死的这一年，正好是四十岁，原来的一句，便不能不改了，这样才改为"四十年华付杳冥"。四十一二，当然也可以说成四十。但雪芹若是四十一二死的，则原来的一句，仍然可以成立，而不须要改，或者作其他的改法，因为第二句已说的是死。敦诚可以不改而改，我们便只好接受吴恩裕、周汝昌的说法，曹雪芹是活到四十岁死的。即是曹家被抄没时，他只有四岁或五岁。明义《题〈红楼梦〉》二十首绝句，据吴恩裕在《有关曹雪芹八种》的《明义及其〈绿烟琐窗集〉诗选》一文中考证是写于雪芹死前一二年的。最末一首，说到雪芹自己。开首两句是"馔玉炊金未几春，王孙瘦损骨嶙峋"，下一句说雪芹的身体情况，与敦诚诗的"太瘦生"正合，可知裕瑞《枣窗闲笔》中说雪芹是"身胖、额广、面色黑"，全出传闻之误。上一句是说雪芹享受繁华生活，并没有几年。"未几春"三字，与抄家时雪芹只有四五岁，亦完全相合。这句诗对雪芹的年龄的推论非常重要。但他毕竟过了四岁或五岁的繁华生活，于是敦诚赠他的诗还可以说"废馆颓楼梦旧家"，敦敏赠他的诗，还可以说"秦淮风月忆繁华"。有如我五六岁时在家里放牛，假定有老朋友送我的诗说"三月春山忆放牛"，当然没有甚么不可。但《红楼梦》中所描写的贾宝玉的生活，便不能因此而一笔写在曹雪芹身上。

性急的朋友当然会追问，"难说你可以抹煞张宜泉的'年未五旬而卒'的自注吗？"是的，笔者没有忘记。我认为张宜泉并不知道曹雪芹的真正年龄，只从他憔悴的面容，估计他死时有四十多岁。古人以五十为下寿，他记下"年未五旬而卒"，其意乃在伤其不寿。并且同是曹雪芹的朋友，但对雪芹的年龄，有两种不同的估计，我们便应考察谁与雪芹的交谊最密切，谁的估计便较为可靠。张宜泉《春柳堂诗稿》，有《怀曹芹溪》、《和曹雪芹〈西郊信步憩废寺〉原韵》、《题芹溪居士》、《伤芹溪居士》共四首七律。四首诗里面，不仅不曾涉及雪芹的家庭生活，也未曾涉及雪芹自身困苦的生活及其个性。而从《伤芹溪居士》的诗中，也看不出他曾参加过丧事或上过坟。换言之，从张宜泉的诗看，只钦佩曹雪芹的诗（"君诗曾未等闲吟"）和画（"门外山川供画稿"），并未进入到雪芹的私人生活圈子里面。但敦诚、敦敏和雪芹的关系便完全不同。在他两人的诗中，描写出了雪芹狂傲的个性和艰苦的生活，及盛衰剧变的家世。敦诚《寄怀曹雪芹》诗"接䍦倒著容君傲，高谈雄辩虱手扪"。《赠曹雪芹》诗"举家食粥酒常赊"，"步兵白眼向人斜"，"何人肯与猪肝食，日望西山餐暮霞"。《佩刀质酒歌》里"……曹子大笑称快哉，击石作歌声琅琅……君才抑塞倘欲拔，不妨斫地歌王郎"。《荇庄过草堂命酒联句》中"诗追李昌谷"注"曹芹圃"，"狂于阮步兵"注"亦谓芹圃"。并且在《寄怀曹雪芹》诗里劝告雪芹"劝君莫弹食客铗，劝君莫叩富儿门。残杯冷炙有德色，不如著书黄叶村"。敦敏《芹圃曹君别来已一载余矣……感成长句》中"秦淮旧梦人犹在，燕市悲歌酒易醨"。《题芹圃画石》诗"傲骨如君世已奇，嶙峋更见此支离"。《赠芹圃》诗"燕市哭歌悲遇合，秦淮风月忆繁华"。而且在敦诚挽雪芹诗中，对雪芹的家庭生活，也知道得清清楚楚。在原作挽诗中"肠回故垄孤儿泣（原注：前数月伊子殇，因感伤成疾），泪迸荒天寡妇声"，修改的挽诗中是"孤儿渺漠魂应逐（原注同上），新妇飘零目岂瞑"。并且"故人惟有青山泪，絮酒生刍上旧垧"，是曾经亲身去上过雪芹的墓，这样便会认识曹雪芹的遗孀。由此可知敦诚、敦敏与雪芹的关系，不是张宜泉与曹雪芹的关系可以比拟；从敦诚口里所说的雪芹的卒年，当然比张宜泉可靠。尤其是张宜泉在《伤芹溪居士》一诗后，《春柳堂诗稿》中便没有再提到曹雪芹；而敦诚在《挽曹雪芹》诗后，还提到雪芹五次，即是在雪芹死后，敦诚还深情蕴结，历久不忘，这便有打听到雪芹确实的年龄，而将原挽诗加以修改的机会。

即使退一万步，接受赵冈先生的曹家抄没时，雪芹年十三岁的说法，并接受赵先生《红楼梦》是雪芹、脂砚合传的说法，我认为由胡适断定此书是写曹家真实事迹的原则性的断定，依然是"坚立"不起来的。若曹家抄没时曹雪芹是十三岁，则"雪芹最可能生于一七一五或一七一六"（页二八），经赵先生的考证，脂砚即是曹颙的遗腹子曹天佑，生于一七一五年（页二六）。是雪芹和脂砚，可以说是同年生的，或者可以说"隔年同"。笔者在这点上应提破的原因，是在于说明他们两人的年龄，在与《红楼梦》的情节关连上，可以说是"二而一"；凡脂砚的年龄可以关连得上的，雪芹也关连得上。雪芹关连不上的，脂砚也关连不上。所以尔后在讨论的进行中，只以雪芹一人为对象。

三

曹家抄家是雍正六年（一七二八年）正月的事，依赵先生的说法，此时雪芹十三岁。也即是在雪芹十三岁时，大观园的风光已经结束。雍正元年（一七二三年）审查各织造府帐目，查出雪芹的父亲曹頫，尚有亏欠，雍正交怡亲王处理，怡亲王奏请令曹頫以三年为限，清偿亏欠。雍正二年正月初七，曹頫有奏折谢恩说：

> 今蒙天恩如此保全，实出望外……只知清补钱粮为重，其余家口妻孥，虽至饥寒迫切，奴才一切置之度外，在所不顾；凡有可以省得一分，即补一分亏欠。

但三年限满，曹頫并不能偿清，结果在雍正五年（一七二七年）十二月二十四日下谕抄家，雍正六年正月初实行。抄的结果"止银数两，钱数千，质票值千金而已"（以上皆见赵著页三〇至三五），这说明曹雪芹十岁左右，曹家已入窘境。若与《红楼梦》关连起来，这应是属于八十回以后的情景。也即是说，曹雪芹在十岁时，已进入到《红楼梦》的八十回以后了。

关于前八十回的时间，周汝昌《〈红楼梦〉新证》第五章列有《雪芹生卒与〈红楼梦〉年表》。该表从贾宝玉一岁列起。第九年贾宝玉遇上了秦可卿的弟弟秦钟，第十年秦氏便死了。我们姑且以这个第九年为贾宝玉开始登场活跃之年。在第九年后，周汝昌一直排到第十四年，他认为恰合八十回的情节，即是贾宝玉由初试云雨情，开始活跃起来，到八十回完结，共有七年时间。把这七年时间，换算到曹雪芹身上，由十岁上推，他应当是三岁乃至两岁时已初试云雨情了，这简直是大笑话。所以《红楼梦》是自传或合传之说，从雪芹兄弟二人的年龄来说，压根儿是不能成立的。

四

我对小说是完全没有研究的人。但就常识说，假定一部小说值得称为文学作品，应当具备两个条件：一是由"移感"而来的"共感"，一是由想象而来的构成。前者是创作者与欣赏者所同，后者是创作者所独有。

"移感"是把自己的感情移向本来与自己不相干的对象上去，因而把自己化为对象。同时也把对象的感情移向自己身上来，因而把对象化为自己。这种感情的移出移入，大体是同时活动的。最显明的例子是唐人的宫词。例如有名的王昌龄的《长信秋词》：

> 金井梧桐秋叶黄，珠帘不卷夜来霜。
> 薰笼玉枕无颜色，卧听南宫清漏长。
>
> 奉扫平明金殿开，且将团扇暂徘徊。
> 玉颜不及寒鸦色，犹带朝阳日影来。

真成薄命久寻思，梦见君王觉后疑。

火照西宫知夜饮，分明复道奉恩时。

　　写这种宫词的人，当然是由作者自己身世所感而引起的。例如王昌龄的宫词多而且好，和他贬为龙标尉的遇合有关系。但倘若他仅凭遇合的直感写诗，便范围狭小而气象寒伧。他把自己的感情移向不幸的女子乃至其他不幸的对象身上去，便开辟了写作的天地，深化了作品的意境。诗是如此，小说更是如此。在小说中所流注的感情，并非必须由作者亲身经历过的事情才可以发生。不过成功的小说中，一定有作者个人的背景，及由此种背景所引起的深厚感情。但若作者只能顺着自己个人的背景感情写成一部作品，这种作品，日本有一个特定名词，称为"私小说"。写得再好的私小说，在文学上的地位也不高。

　　移情的扩大，便成为"共感"。所谓共感，是作者于不知不觉之间，以社会上某一方面的共同感情，成为自己的感情。正如《毛诗正义》所说"诗人揽一国之意以为己心"，"诗人总天下之心，四方风俗，以为己意"。作者的共感愈深愈广，则他的作品所引起的感染力愈大。所以共感是测度一部作品价值的基本条件。

　　移情共感的历程，即是发挥想象力的历程。移情共感的程度，即是想象力发挥的程度。没有想象力便不能构成任何纯文学的作品。白居易《长恨歌》说鸿都道士在海外神山上找到了杨贵妃的住处，而叩门求见时，描写杨贵妃的反应是"闻道汉家天子使，九华帐里梦魂惊。揽衣推枕起徘徊，珠箔银屏逦迤开，云鬓半偏新睡觉，花冠不整下堂来"。这只是把由一副凄艳的共感所引起的凄艳的想象描写出来，使读者感到是真实的场面。

作者的背景，只能成为创作中的"引子"，绝不能成为作品中的构成骨干。作品的构成骨干，主要是凭想象力而来的。

这里，对于小说的取材，还应当稍作原则性的说明。西方的文学批评家中，有一句很有名的话，即是"小说是人生的实验"。这里的所谓"实验"，乃指科学的实验而言。在自然界中出现的某种现象（如天空闪电），并非经常出现。因为这种现象，只能出现在某些条件之下；而某些条件，并不经常存在，且有其他的条件相混淆，相抵消。科学家在实验室中，安排好可以使某种现象出现的条件，而将不需要的，乃至相抵消的条件排除掉，便可将自然界中出现的某种现象，在实验室中使其随时出现，于是这种现象，便成为科学家所控制。假使在实验室中实验失灵，这是说明应有的条件未能具备，不应有的条件未能排除，只好从这方面着眼重新装置。

没有"人生观"的作者，不能成为有文学价值的文学作家。人生观的形成，是由作者的各种因素所凝聚。作者的人生观，常即形成一部小说的主题。小说的结构，即是主题的发展。作者的人生观，在现实人生中有其实现的可能，但并非作集中的出现，更不能实现到作者所要求的深度。作者在一部小说中，把现实人生中可能实现、分散实现、敷泛实现的人生某一部面，凭想象、构成之力，使其以集中、具体而深刻的形式实现出来，也等于把某种现象，在实验室中实验出来，是一样的。所以人生的实验，同时可以了解，这即是所谓"文学是人性的发掘、发现"。其对人类文化的贡献在此。因为如此，所以这类小说的取材，绝大部分，并不离开现实，但可说没有一个现实的材料，能完全合于作者的要求，而可以原封不动地使用。作者须凭观察与想象之力，把许多现实材料加以分解、拣择、增删，而重新加以融合，以适合于他所要求的人生实验的目的。

所谓文学艺术的写实主义，指的是把现实的人生、社会，深刻地描写出来，而不随便把它的黑暗面加以美化，并不是指的作者应作"自传"、"合传"的描写，否则是属于历史而不属于小说。不过苏联的革命初期，把写实主义与浪漫主义，严格地对立起来。但不久以后，便承认一部伟大的小说，必定在写实中有浪漫的理想成分，在浪漫中有写实的能力。《红楼梦》正说明了此一点。

上面所说的，都是文学上的常识。但自胡适起，《〈红楼梦〉考证》这一巨大的派系在《红楼梦》的研究上，似乎都忽视了上述的常识；挂出"科学考证"的招牌，非把《红楼梦》贬成私小说不可。并且把由阅者所引起的移情、共感而来的批语，一概认为非批者亲身经历过，便不能写出，而加以夸大，以作为自传或合传的证明，这便把《红楼梦》的感染力也抹煞了。以这样大的人力，费了几十年之久的红学家的工作，站在文学的立场，几可称为《红楼梦》的一劫。其实，赵先生因用力勤而目光锐，也摸到了这一点。他说"雪芹的另一秘法是张冠李戴，书中人物的亲属关系，与实际曹家上世的亲属，大都吻合。但是书中人的事迹，与真实人物的事迹又不符"（页一九六至一九七）。赵先生不能从此处更进一步，以接上一位伟大文学家在创造历程中所发挥的因想象而来的构成技巧，而只认为是传记的一种秘法。这些年来，西方对莎士比亚的有无其人，及其人的身份、创作经过，引起了热烈的讨论与追寻。为了揭开底牌，不惜把被怀疑的坟墓也掘开来考察一番。但有谁人从他的作品上去证明他的身世呢？

五

对《红楼梦》的背景的研究，属于史学的范围，此一工作，也有它的重要意义。但因为胡适一开始便把小说作品当作自传的史学作品，于是从这一错误前提出发的考证，根本不了解中国"疑以传疑，信以传信"的伟大史学传统，在追求历史真实上的伟大意义。不仅在材料的处理上生吞活剥，牵强附会，并且为了预定前提的要求，不惜凭空捏造曹家的历史，暴露出在"科学考证"招牌下的最不科学的考证。赵先生的《新探》，对此类情形，倒矫正了不少。但他自己依然保留或新加上不少的错误。下面大体上按照原书的顺序，把与《红楼梦》直接有关的若干部分，约略提出来讨论一下。

赵先生说：

> 康熙在位时一共南巡六次……但以后四次南巡，都是曹寅在南京接驾，康熙皇帝，住在江宁的织造府时，为了筹备接驾及布置行宫，曹寅曾化了大量金钱，极尽奢侈之能事。这时，南京的行宫，只是临时暂设的。皇帝南巡事毕，曹家的家眷就住进这规模相当于行宫的宏丽府第。其中的许多设备器用，还都是供奉皇室应用的那套。曹寅本人也培养出一种很高的胃口，日常饮食都是极考究的。（赵著页一四至一五）

赵先生上面的话，对曹寅四次迎驾，极尽奢华的叙述，是可信的。说皇帝南巡事毕，便把自己的家眷住进去，继承皇帝的享受，是凭空造出，而且造得非常不合理。

按曹𫖯抄家后，把他的住宅赏给了隋赫德，共接受了十三处房屋。并且赵先生也承认隋赫德所建筑的隋园，是"就曹家的某一处较大的住房改建而成，后来为袁枚买得"（页一八四）。这十三处房屋，是私人住宅，当然不能把织造府包括在内，因为是一公一私。这十三处房屋，应当是曹寅传下来的。曹𫖯短期任职，债务累累，不可能新造房屋。曹寅本有私人住宅，为甚么要把家眷搬进属于公家性质的织造府居住？

更重要的是，曹家在皇帝面前的地位，不过是家奴。皇帝住过的地方，用过的器物，不仅家奴的眷属不敢沾边，地位再高的臣僚，非得皇帝的赏赐，又敢沾边吗？赵先生此一捏造，太违反皇朝的礼数了。

但赵先生为甚么有此种特异的说法呢？是为了支持他认为大观园乃是江南织造署的主张。曹寅在织造署的办公与游宴的地方是西堂，并且还有个西园，都不能支持大观园即是织造署的说法，因为这是曹寅活动的天地，按照此派的说法，即是贾政活动的天地，而不是贾宝玉们活动的天地。尤其是它的规模气象与大观园不相称。只有把供应康熙皇帝南巡起居饮食的地方，说成曹家眷属的住宅，才可以支持织造署即是大观园的说法。

现在又进一步追问赵先生何以主张织造署即是大观园呢？因为大观园是为了元妃省亲而造，而有一句批语是"假省亲写南巡"；因省亲而造大观园，因南巡而大造织造署，自然推想到织造署便是大观园了。红学家们中毒最深的，便是把批书人估计得过高，因而对批语信赖太过。其实，与曹雪芹有关的批书人，多乃穷极无聊，程度幼稚，并不能了解曹雪芹写书的真意所在。康熙六次南巡，其中有曹寅迎驾四次，已借甄家口里说出了。皇帝的身份、气派，是一个妃子可以相比的吗？元春是贾政的女儿，省亲是回娘家看自己的祖母、父母和诸昆弟妹，曹雪芹能把康熙比作祖父的女儿、自己的姑妈，因而把南巡与省亲，等量齐观吗？尤其是曹雪芹写元春省亲的深意，亦即是此一段情节的主眼，乃在元春回到家中，受了父母及家人的朝拜以后，却放声一哭。在元春放声一哭中，把当时沉迷的天恩、富贵等愚昧卑劣的心理，都消散到九天云外，立刻显出一副悲凉凄怆的景象。这不是文学的大天才，绝不能达到此种境界，运用到这种幻化而真实的技巧。大家试把十八回平心静气地玩索一番，应当可以承认批者的幼稚无知。我这里只举此一例。

赵先生对大观园却有一段有意义的叙述。赵先生说："俞平伯、顾颉刚当年讨论《红楼梦》时，已经指出书中所写房屋构造、纸窗糊裱的方式、砖坑的位置等，都是北方房屋的特征。北京有花枝衚衕，书中也有花枝巷。周汝昌相信书中大观园的榆荫堂、嘉荫堂，及怡红院中的蕉棠两馆，都是敦诚家中的景色。稻香村之命名，则来自傅霖的稻香草堂。天香楼一名，在雪芹朋友张宜泉的《春柳堂诗稿》中就曾二度出现……"这些说法，都可以承认。但应进一步指出，大观园的取材，可以取自南北各大宫室庭园，但它绝不是专模写南北某一宫室庭园，而是出于曹雪芹的重新构造。道理说穿了很简单，大观园是专门为一群儿女嬉游之地而构想出来的。这是以少女为中心，与少女的情怀、情调相适应而构想出来的。试问北京的恭王府，南京的随园乃至行宫，以及任何豪华的宫室庭园，会出于此种动机，合于此种要求吗？雪芹为甚么要说是为了元春省亲而造呢？不设定这样的前提，而造出这种专以少女活动为中心的天地，即使再有钱的人家，也有点近于神经病了。曹雪芹需要这样的一个以少女为中心的活动天地，需要这样的一个大观园，便设定这样一个前提，才不至过分突出以致脱离了现实。他的取材，以北京的宫室庭园为多。但周汝昌们要在恭王府故址建立曹雪芹的纪念亭，真可谓其愚不可及了。

六

敦敏《赠芹圃》诗中有一联是"燕市哭歌悲遇合，秦淮风月忆繁华"，上句的所谓"哭歌"的"歌"，乃"慷慨悲歌"之歌。"悲遇合"，乃是悲其可悲的遇合，即是现在之所谓"到处碰壁"的遇合。所以上一句是指雪芹回到北京以后的生活潦倒，下一句是指雪芹幼时尚赶上了他家世的一段繁华生活；两相对比，以加深感叹的气氛，本不指某一件特定事情。但赵冈先生把"燕市哭歌悲遇合"的一句诗，完全理会错误了，而凭空造出"他（雪芹）大概结婚较晚，他的原配也许是南京时期的一门老亲戚。后来同遭败落。过了十几年，雪芹与这门亲戚在北京偶然重逢，便娶了他的女儿……（引上一联诗）这一定是一次非常戏剧性的'遇合'，碰到的是当年南京的故旧，也就是'秦淮旧梦人犹在'的'人'，我们猜想这就是雪芹的岳家。婚后不久，雪芹就失了业，于是寄居于岳家。这大约是乾隆十四年的事。雪芹已经有三十五岁左右了。此时雪芹一来是失业后闲居无事，二来是这次的'遇合'，又勾起他无限感慨，新愁旧恨，齐集心头，于是便开始撰写《红楼梦》……"这从赵先生大著六十八页到七十页约一千三四百字的情节，完全是建基于一句诗的误解所臆造出来的。至于敦敏另一首诗的"秦淮旧梦人犹在，燕市悲歌酒易醨"，意境与前引一联相同，只不过把次序颠倒了一下。上句的意思是说，"曾经历过秦淮旧日繁华之梦的人，依然还活着"，这个"人"当然指的是曹雪芹，怎么可以扯到雪芹的岳家里去呢？并且前引敦诚《寄怀曹雪芹》诗谓"劝君莫弹食客铗，劝君莫叩富儿门。残杯冷炙有德色，不如著书黄叶村"，由此可知雪芹是在北京当过人家的食客，但绝不是他的岳家。"黄叶村"指的是他在西郊外的荒寒的住宅；这说明雪芹只有住在自己家里才好著书，和赵先生为他所安排的恰恰相反。至于赵先生把《红楼梦》第一回中所写甄士隐寄居岳家的情形，硬塞在雪芹和雪芹的岳父身上，未免太大胆了。还有赵先生费了很大的篇幅，考订上诗中的另两句"当时虎门数晨夕，西窗剪烛风雨昏"，而断言由这两句诗，知道雪芹和敦诚兄弟是在考试的时候认识的，等于说在美国博士口试的前几天，和另外两位要应口试的人士，还彼此朝夕谈天，因而成为好朋友，大概是不可能的吧。这也是由误解诗意而想出来的说法。

这里顺便提到雪芹的著作年代问题。赵先生在上述情节中说"《红楼梦》之创作，始于一七四九（乾隆十四年），到一七五九（乾隆二十四年）为止，前后共历十年。一七五九以后，则全部停顿"（页六九）。又说"雪芹一共增删五次，脂砚也评阅五次，这不是偶合。最后一次的增删与评阅，都是在己卯年（一七五九年）。该年初，雪芹第五次也是最后一次增删完毕"（页一〇一）。赵先生是最信任脂批的。甲戌本《石头记》第一回中的第二条眉批中有谓"……壬午（一七六二年）除夕，书未成，芹为泪尽而逝……"赵先生以此批为根据而相信曹雪芹是死于壬午除夕；但为甚么又不相信"芹为泪尽而逝",却断定在死以前的三年时间,雪芹对此书未曾做增删饰润的工作呢?总缘赵先生喜欢把不能确定的事情,一定要凭臆想来确定,确定雪芹这中间到蔚县去教书去了。

这里顺便把书名的问题也提出来谈谈。原来庚辰(一七六○年)本的第一回中对于书名只说到"石头记"、"情僧录"、"风月宝鉴"、"金陵十二钗"等四个名称,而无"红楼梦"的名称(各本略同)。据赵先生说"畸笏在新定本此处,又加上两句'至吴玉峰题曰红楼梦。至脂砚斋甲戌(一七五四年)钞阅再评,仍用石头记'。吴玉峰就是畸笏自己。……他的建议,在甲戌年(一七五四年)以前曾被接受,这就是'至吴玉峰题曰红楼梦'的那一段历史……己卯(一七五九年)本第三十四回尾有'《红楼梦》第三十四回终'。又前引第二十一回首总评所提及曾有《客题〈红楼梦〉》之律诗一首……这些都可证明己卯前确曾一度用'红楼梦'作为此书的正式题名。这个名称在甲戌年(一七五四年)被'石头记'一名所取代。到了丁亥年(一七六七年)后,畸笏决定重新将书名正式改为红楼梦"。

这里我想指出的是,畸笏叟绝不是如赵先生所说的是曹雪芹的父亲曹頫,此处只题破,不深入细论。而吴玉峰是畸笏叟的说法,也毫无证验。若如赵先生之说,则批语应为"至老朽题曰红楼梦",何必忽用此一见不再见的"吴玉峰"的化名?赵先生在本书中认为八十回的钞本,皆是从畸笏叟手上流通出来的。何以可以看到的八十回本,皆称石头记而不称红楼梦?我的看法,雪芹对自己的作品,本拟有几个名称,如石头记、情僧录等,红楼梦也是原拟名称之一,有正本第五回说贾宝玉梦游太虚仙境,中有"又有十二个舞女上来,请问演何词曲。警幻道,就将新制《红楼梦》十二支演上来……说毕，命小环取了《红楼梦》原稿来递过"。由此可知"红楼梦"一名，乃雪芹原书所固有，并且出现在暗指金陵十二钗的紧要地方，则可见曹雪芹很重"红楼梦"的名称。"红楼"是象征人世繁华生活，"红楼梦"乃点醒繁华不过是一个梦，乃指一百二十回的全书而言。但因后四十回的"碍语"太多，所以到了甲戌，脂砚斋为了避祸，主张将后四十回隐秘起来，仅准备将前八十回问世，便建议将书名定为石头记。己卯本尚有红楼梦一名的痕迹，乃改而未尽的原故。但一七六一年明义所看到及一七六八年永忠所看到的（页一三四至一三五），却是全书，故其题诗皆称红楼梦。总之，就全书言，则称红楼梦，因为此梦至全书收尾处始见。仅就八十回言，则梦境尚未点穿，故只称石头记。但此亦系推测之辞，提出以备一说。

七

这里再提出一个问题来讨论。

赵冈先生说"在庚辰本第十七、十八回说宝玉'三四岁时已得贾妃（元春）手引口传'。这一句造成《红楼梦》上的两大疑案。第一，在第二回中，冷子兴说贾元春只大宝玉一岁。到了此处，贾元春又变成了宝玉的启蒙老师……"赵先生为了解决此一年龄上的矛盾，便费很大的气力与篇幅，证明贾妃指的是嫁给平郡王纳尔苏的曹寅的长女；而比她小一岁的不是曹颙便是曹頫，曹寅的长女对他两人都没有当启蒙老师的资格。至于当启蒙老师的则是曹頫的妻在一七〇九年所生的一个女儿，未嫁而卒，她比脂砚（曹颙的儿子）大六岁。所以贾妃（贾元春）的故事，乃是曹寅的长女，与曹颙的未出嫁即死去的女儿的合传。比宝玉大一岁的贾妃，指的是曹寅的长女与曹颙或曹頫的关系。当宝玉启蒙老师的贾妃，指的是曹颙的未嫁而死的女儿与曹頫的遗腹子曹天佑（脂砚斋）的关系。曹寅的长女与曹颙的女儿，是姑侄的关系。曹颙或曹頫与曹天佑，是父子或叔侄的关系。所以贾妃是姑与侄的合传；而此处的宝玉，则是父子或叔侄的合传。这样，赵先生便算把年龄的矛盾解决了（以上皆见原著页一六六至一七三）。

但令我大惑不解的是，曹颙未嫁而死、未死前曾当她弟弟曹天佑的老师的女儿，完全是赵先生为了解决贾妃年龄上的矛盾问题所凭空想象出来的。文学可以想象为事实，史学则绝对不许可。还有，小说中的人物典型，可以融合许多人的因素、条件以构成一个人，但融合的因素，乃是从现实而具体的人中间分解了出来，抽象了出来，再构造成为统一而有血有肉的具体的一个人；所以作家在写的时候，每一个人，只作为一个人的单元去写。把具体的两个人揉合写成具体的一个人，尤其是把上下两辈的两个具体的人写成具体的一个人，曹雪芹恐怕不是这种粗劣的小说家吧。因此，赵先生合传之说，很难成立。

八

其实，此处贾元春与贾宝玉的年龄的矛盾的问题，乃是一个版本上的问题。一般的钞本，在第二回冷子兴的口中说贾政"第二胎生了位小姐，生在大年初一（指元春），这就奇了。不想次年又生了一位公子（指宝玉）……"贾元春比宝玉大一岁之说，由此而来，这便与十八回说宝玉"三四岁时，已得贾妃（元春）手引口传"，发生了年龄上的矛盾。但与曹雪芹原著最接近的有正本，冷子兴的话却是这样说的："第二胎生了一位小姐，生在大年初一日，就奇了。不想后来又生了一位公子。"一般钞本上的"次年"，这里却是"后来"；"次年"是有定限的，"后来"是无定限的。这便怎会有年龄上的矛盾？不知甚么缺德的人，随手把"后来"两字改为"次年"，以致害得我们的红学家们绞了不少脑汁去解答此一问题；逼得赵先生凭空为曹頫添一位未嫁先死的贤淑小姐，真是太冤枉了。一般红学家，都非常重视版本，却是为了在不十分可靠的批语上去钻牛角尖，把正文反置之不问，这种研究方向上的偏差，还不值得反省吗？

红学家因认定《红楼梦》是曹雪芹的传记或家传，便拼命在脂批中找证据；于是脂砚斋、畸笏叟到底是甚么人，更成为要解决的前提条件。《新探》的第二章第二节"脂砚斋与畸笏叟"，便是赵先生所提出的答案。赵先生在这一节中，以犀利的眼光与手法，破除了许多争论不休的怪论。但赵先生所立的新说，也包含有许多问题，尤其是赵先生对许多批语作了牵强附会的解释等问题。我这里只提出两点来讨论。赵先生首先从确定曹家的人数着手。他说"现在我们再数南京曹家在乾隆二十几年尚能在世的几个正生子。从宗谱和脂批来看，只能有四个人：曹頫、曹天佑、曹雪芹和雪芹之弟棠村"；赵先生在此一基础上，用数学的消纳法，而确定脂砚斋是曹天佑，畸笏是曹頫。但我要指出，由宗谱不能确定曹家此时的人数。因为曹雪芹及其弟棠村，皆不在宗谱之内，则由此可以推测到，可能还有不得意的人，也未列入宗谱之内。由批语更不能确定曹家的人数，因为曹家并非每人皆非与批书一事发生关系不可。把两个不能确定人数的资料加在一起，乃是"不确定数"加"不确定数"，依然还是"不确定数"。这样一来，赵先生所用的消纳法，乃是在不确定数的不确定的范围之内所用的消纳法；由此所得出的脂砚是甚么人，畸笏叟是甚么人，其根据是非常薄弱的。我们只能从相关的批语看，批书的脂砚斋，与畸笏叟，是与雪芹关系密切，而且系非常潦倒的"废人"。但凭甚么可以断定脂砚斋即是曹颙的遗腹子曹天佑呢？《氏族通谱》记得清清楚楚的"曹天佑，现任州同"（页五）。曹天佑任州同任了多久，尔后还是升迁或罢黜，皆无可考。但他曾实任过州同，是无可怀疑的。这与脂砚斋在批语中所流露出的寒酸气，能符合无间，而可断定其为一人吗？

将畸笏叟说是曹雪芹的父亲曹頫，尤不合情理。中国过去的习惯，一个人到五十岁左右，便可以称叟称老，所以在"叟"字上、"老"字上没有甚么特别文章好作。就常情言，曹頫对于自己的儿子的小说，若是有兴趣加以批阅，应当畸笏叟的批语，出现在他的侄儿曹天佑（脂砚）批语之前。但据赵先生的考证，为甚么在一七六二年以前的是脂批，而在一七六二年以后，才出显畸笏叟的批呢（见页一四七至一四八）？其次，若雪芹死后，其父活了很久，且为之批书、流通书，则何以在有关雪芹的资料中，没有他父亲生存的丝毫痕迹？而敦诚在挽雪芹的诗中，提到他死去的孤儿，生存的新妇，却没有提到老年丧子的曹頫，未免太不近情理。

赵冈先生就批语中举出畸笏即是曹頫的第一个证据，是甲戌本第一回有"其弟棠村……"一条批语。赵先生认定："如果把雪芹算成曹頫之子，脂砚算成曹天佑，脂砚有资格说这句话。此是雪芹和棠村都是他的堂弟，他可以说'其弟棠村'，而不说'吾弟棠村'。此时曹頫也有说这句话的资格。雪芹与棠村，都是曹頫之子……说'其弟棠村'，就如像说，'芹儿他弟弟'、'芹儿他妈'，是同样方式。"对于赵先生的解释，我觉得有点奇怪。"其弟棠村"，翻成俗体，即是"他的弟弟棠村"，除雪芹本人以外，任何人皆可以这样说，我们今日也可以这样说。若认为只有曹天佑和曹頫两人才可这样地说，在情谊上便很不自然，因为这句话，是与雪芹没有骨肉关系的第三者的口气。赵先生翻成"芹儿他弟弟"，未免太牵强了。赵先生另引的其他几条批语，曹家任何年长的人，乃至曾为曹家管过事的老人，都可以派用得上，只有派不上曹頫。并且有的批语，只是在精神不太正常的情形下，胡乱向自己的脸上贴金的。例如赵先生所引"甲戌本第三回，写黛玉被领着去见贾赦，贾赦让人告诉她'老爷说了，连日身子不好，见了姑娘彼此倒伤心'。其上有眉批'余久不作此语矣。见此语未免一醒'"，是批者以贾赦自居。贾赦是贾政的哥哥，赵先生们把小说中的贾政，说成是曹雪芹的祖父曹寅；所以批者是以曹寅的哥哥、雪芹的祖父辈自居。不论曹寅有无此哥哥，但若如赵先生所断定，此批者是畸笏叟，即是曹頫，他是曹寅的过继子，突然以曹寅的哥哥自居，岂不奇怪？我以为这条批语，可能是看入了迷的"移情"作用，有如男读者自己认为是贾宝玉，女读者认为自己是林黛玉一样。但考证者不应对这种批语着迷。

又如赵先生引"甲戌本第二回，'身后有余忘缩手，眼前无路想回头'，句旁夹批云'先为宁荣诸人当头一喝，却是为余一喝，完全是一派家长口气，引咎自责'"。按此批中之"余"，分明是宁荣诸人以外之一人；则此批语并非出于曹家任何人之手。

若是"家长"，不能说是曹家的家长，更不能说是曹雪芹的父亲。

　　总之，从有关的批语看，只能证明脂砚斋、畸笏叟，是与曹雪芹有关的两个穷愁潦倒的本家，只能证明《红楼梦》中确实有若干曹家的背景，只能断定对脂砚们所作的某些推想是错误。但不能确指这两人是曹家的甚么人，这是研究历史者所常遇到的无可奈何之事，除非更有新材料的发现，断不可凭空捏造材料来填补空缺。并且从他们的批语看，绝对多数是酸腐无聊的话，绝不能了解雪芹创造的心灵与技巧于万一。雪芹只是在孤寂的感情中，虚与委迤，绝不会把他们的意见放在心里，除了秦可卿的特殊一幕外。但由胡适到赵冈先生，都认为曹雪芹不是创作，而是自传，是回忆录；雪芹个人回忆不完全，便要拉着他们来共忆，于是《红楼梦》变成了他们四个人的共同作品，未免太委屈了曹雪芹和他的作品了。并且曹雪芹的《红楼梦》，一定对满清的统治及在统治下的满清贵族生活的黑暗面，有所暴露。从他的"白眼向人斜"的性格，及他家世的遭遇和他自己的遭遇看，从一颗伟大的文学心灵在时代的活动中看，必然要推论到这一点。他生当文字狱异常剧烈的时代，他的增删五次，不一定是如赵先生所说的，先写成情节简单的底稿，再逐渐增加情节；这是以现时写论文的方式去推论他的写作情况。就他把"纂成目录，分出章回"的工作，放在最后一步来看，他很可能是像司马温公著《资治通鉴》一样，先把要写的写成"长编"，再一次一次地做增删的工作。在五次的增删工作中，除了技巧性的要求以外，如何以更深更秘的方式避免文字之祸，我想是一个重大的要求。我十五年前写政论文章的时候，也常经历到这种心境。但曹雪芹绝不能放弃他这出自心灵深处的严肃要求，而忍心抹煞自己写作的意义，乃至自己存在的

赵冈《〈红楼梦〉新探》的突破点

445

意义。但若如赵冈先生的考证所得，批书的人，只以利害之心，并无痛痒相关之感，却在这方面大加手脚；尤其是畸笏叟着手于雪芹已死之后，推销开始之时，对其中"碍语"的删除，恐怕更尽了一番力量。《红楼梦》传开后，多在满洲贵族及大官僚圈子中流转，他们对它是又爱又怕，可能又随手做了不少的删除"碍语"的工作。有正本第一回中的"再细阅一遍，因见上面虽有指奸责佞，贬恶诛邪之语，亦非骂世之旨"，在《乾隆抄本百廿回红楼梦稿》中却成为"想这《石头记》亦非伤时骂世之旨"（我手头无其他版本可资比较），由此我们不难推想，《红楼梦》经过脂砚诸人之手，以致遍体鳞伤的情形。有人生怕把《红楼梦》说成政治小说，以为一说成政治小说，便低估了它一样。人生的遇合，男女的悲欢，深入到专制时代里面去，谁能逃脱政治的羁网而无所动心呢？《红楼梦》一书，是由刻骨铭心的爱情，与刺骨伤肝的世网（包括政治），交织在一起而成，所以它才有这么大的感染力量。但世网的一面，却被剥蚀殆尽，这才是我们今后探索的方向。世少积学真知之士，大家只能随着风气流转。我也不赞成蔡元培的《〈红楼梦〉索隐》，但他因此事写给胡适的一封信，对文学的见地，比胡适高明得太多，今人又有谁敢去提起呢？

九

现在谈到赵先生的"《红楼梦》的素材与创作"一章中的若干问题。这章是赵先生研究前八十回的结论。

赵先生承认"《红楼梦》是以曹家史实及雪芹个人经历为骨干和蓝本，然后加以穿插、折合"的说法，并认为雪芹为达此目的，运用了南北互调等六种手法和技巧。这比胡适、俞平伯、周汝昌们，已大大地前进了一步。里面关于大观园的问题，前面已经谈到。赵先生认为书中谈到甄家的事，都是真的。在我的印象中并不是如此，这只要把甄宝玉的一帆风顺的情形稍作对照即可明了。并且说真便是真，说假便是假，世间亦少见此类笨人。赵先生认为贾府的故事，是曹家故事的伪装。"伪装手法之一就是将曹家的政治地位，在书中加以升格"，由家奴升为开国功臣，将曹寅的长女嫁为郡王的福晋，升格为皇妃等。但赵先生也承认书中的宁荣二府，在江南曹家却怎样也找不出宁国府来。赵先生的基本看法，乃是来自曹雪芹的创造动机与对象，只限定在自己家世之内；对他在北京所目击的许多满洲贵族的升沉兴废，却毫不动心，不会凝注到自己的心灵，重新加以构造。所以只有玩弄这类的伪装的手法，为自己的祖先、姑母吹大炮。并且伪装得行辈错乱，姑母又可以当作姐姐等等。我不知道赵先生何以如此低估曹雪芹的创作范围，是这样的狭隘？而伪装的手法，又是这样的拙劣？在两百年以前，把自己的前辈说成晚辈，把晚辈说成前辈，不是一个心理正常的人所能安心的。尤其是曹雪芹，若是按照赵先生所说的六种手法来写他与脂砚的合传，及对家世的回忆录，可以说这是颠倒错乱到无可原恕的合传、回忆录。既不是文学，也不是史学。曹雪芹会是这样的一块废料吗？

　　赵先生认为王熙凤的家庭背景是李煦，而贾琏带着王熙凤到荣国府管理家务，即是曹頫被曹寅带到江南长大，随后过继给曹寅为子。曹雪芹可能用了李煦的情形作引子，但若以为贾琏就是曹頫，王熙凤便是曹頫的太太，亦即是曹雪芹的母亲；不仅辈派排不下来，而且雪芹对自己的母亲，作那种狠毒淫荡的描写，是可能的吗？所

赵冈《〈红楼梦〉新探》的突破点

447

以王熙凤的人物，是以许多素材为背景所创造出来的人物。

赵先生对薛姨妈、薛宝钗家世的"皇商"、"行商"，考证得甚为正确详明。我承认曹雪芹是吸收了"皇商"、"行商"的素材。并且赵先生此处的考证非常重要。即由此考证，而更可认清《红楼梦》成书时的一种背景，也更确定了《红楼梦》成书的年代，是不可以随便上下移动的。但薛姨妈、薛宝钗这一批人，依然是创造出来的。所有的重要人物，都是吸收了许多素材而重新创造为一个典型。若必指实为现实中的某人，便是痴人说梦了。赵先生说《红楼梦》是曹雪芹、脂砚兄弟两人的合传，这样一来，由初试云雨情，与秦钟的同性恋，一直到与薛宝钗的结婚、生子，都是这对难兄难弟的合作，未免太可笑了。赵先生并以雪芹"身胖、额广、面色黑"，与书中贾宝玉的相貌完全相反。书中第三回写宝玉的面貌是"面若中秋之月，色若春晓之花"，因旁边有"少年色嫩不坚牢，以及非夭即贫之语，余犹在心，今阅至此，放声一哭"的批语，赵先生认为"此处明白表示宝玉乃批者之写照"，亦即是脂砚的写照。"色嫩不坚牢"就合于"面若中秋之月，色若春晓之花"的条件吗？曹雪芹何以把宝玉写得这样漂亮，因为他是通灵宝玉的化身。有正本第一回叙一僧一道"席地而坐长谈，见一块鲜明莹洁美玉"（现通行本改成"石头"）。这样的美玉，下凡历劫为人，怎能写得不漂亮。这完全是出于"人生实验"上的要求，与脂砚有何关系？但这位因穷愁潦倒，神经兮兮的批者，拼命向自己脸上贴金而"放声一哭"，只好让他去哭吧，何劳我们为他作注解。

赵先生承认在曹家里并找不到女主角林黛玉，这种态度是对的。但引了廿二回庚辰本"将薛、林作甄玉、贾玉看书，则不失执笔人本旨矣。丁亥夏畸笏叟"的批语，及四十二回"钗、玉名虽二个，人却一身，此幻笔也"的批语，以作黛玉并无此人的证明，则值得怀疑了。这两条批语，只能称为糟蹋《红楼梦》的胡说八道。若按照这两条批语去看《红楼梦》，我不知如何看得下去。至于赵先生说"雪芹根据薛宝钗所缺乏的气质，创造了林黛玉这样一个虚构的人物。因为《石头记》主要还是一部写实小说，所以贾宝玉只能与真实人物结婚"，这真是怪论。赵先生曾否考证出曹府上的那位少奶奶，是与书中所叙的宝钗相合？小说中用了真实的背景，小说在此背景下的人物，便是真人真事吗？世界上有这种小说吗？若如赵先生之说，则薛宝钗是主角，林黛玉是陪衬，我不知道赵先生是怎样地去读这部文学作品。

在"参与创作之人"的一节里，赵先生说"《红楼梦》多少有些集体创作的意味，大家合力完成了一部回忆录"。大概在赵先生心目中，创作与回忆录，没有甚么分别。赵先生更说"值得注意的是雪芹一贯用口语写书，尤其是人物对话。但有几处全是书中人说话，而非叙事，竟然用起文言文"，接着引了"六十八回中凤姐骗尤二姐搬入大观园时的一段说词为例"，而断定"这几处很可能是脂砚代笔"。我不知道雪芹写到此处，何以突然江郎才尽，要脂砚代笔。更不知道赵先生何以能断定脂砚代笔，一定是用文言文。我在二十岁以前，受的是文言文的训练，中年甚么文言也没有写。这二十年来拿起笔写白话文时，常在不知觉的中间写出了文言文，只好全文写成后再改成语体。雪芹所受的文言文的熏陶，当然会超我很远。《红楼梦》中间有文白夹杂的情形，只能说是修润上的遗漏。

赵先生更引庚辰二十二回"凤姐点戏，脂砚执笔事，今知此聊聊（寥寥）矣"的畸笏叟批，而认为是书中点戏一段文字，是由脂砚执笔写的，这更不成话说了。在此章第二节中，十分之九都成问题，不必一一提到。关于后四十回的问题，也只有留待将来有机会再谈。

十

赵先生也有考证的能力。只缘"自传"、"合传"、"回忆录"的大前提把他迷住了，又信任脂批太过，便和许多红学家一样，变成不信《红楼梦》的本文而只信脂批的怪现象。所以全书的漏洞到处都是，越到后来越不成话说。但赵先生的力作，毕竟已出现了不少的突破点。例如"自传"走向"合传"，这说明自传说怎样也不能成立。他说雪芹为了伪装而使用了六种手法技巧，把家世特加夸大，但找不出宁国府；把辈派也加以颠倒，但找不出林黛玉。又说"书中人的事迹，与真实人的事迹又不符"。这都是一种突破。所谓突破，是突破由胡适以来自己张设的自传说的网罗，非逼得把《红楼梦》从虚伪的科学考证中解放出来，重新把它当作文学作品来加以处理，以开辟出一条活路来不可。至于赵先生说曹雪芹的著作本已完成，只因为政治上的顾虑而把八十回以后的，不使其流传。又谓程甲本、程乙本的后四十回，高鹗只曾尽修补之力，实另有底本，这都是卓见。但他断定此底本一定不是曹雪芹的，我则暂时采取保留的态度。我现正收拾行装，急于返台，临时到新亚书院图书馆借了有正本的第一册，及乾隆钞本的第一册，和《古典文学研究资料汇编》中的《红楼梦卷》，来写这篇文章，当然有很多疏漏。就此次临时翻阅资料的印象，从版本上说，从文学欣赏上说，有正本《石头记》，较任何其他钞本为有价值，但我始终没有方法入手一部。我希望将来我有两三个月的空闲时间，以有正本为底本，再参照其他版本，把《红楼梦》重新细读一遍，届时或可多提出一点正面的看法。

我希望不要造出无意味的考证问题
——敬答赵冈先生

我写《赵冈〈红楼梦新探〉的突破点》一文时，已预计到赵先生必会答复，也非常希望赵先生答复。但绝没有想到赵先生所提出的是《明报月刊》七一期上所刊出的这种答复。我首先交代一句，赵先生"很反对"我的"表达方式"，我得承认二十多年来执笔为文，常犯落笔太重、涵养不够的毛病，许多朋友常以此相规劝。例如在我的原文中，假定不用"捏造"而用"编造"两字，赵先生可能生气要生得小一点。这是我应当引以为疚，常常想改而没有改掉的。但我在讨论学术上的问题时，从来不曲解他人的文字，也绝不抹煞他人的成就。所以我在原文中一开始便说"赵冈先生《〈红楼梦〉新探》后出，能看到的资料，他都看到了，各种不同的说法，几乎都批评到了。他本人也具有相当锐敏的考证能力，修正了此派中的许多说法"。这是像赵先生所责备我的"昧着良心说话"，违反了"最起码学术道德"吗？但我一向反对在学问上的乡愿态度，这是造成混乱、落后的主要原因之一。老实说，我瞧得起赵先生的大著，才拿来作批评的对象，借此发表我对此一问题多年积在心里的意见。批评，便应当把是非说个清楚明白。我说错了，他人来纠正。我可以这样说：赵先生的大著只有因为篇幅时间的限制（是自我限制），应当批评而尚未批评的；已经批评过的，都是出于"良心"的照察，道德的要求。当然，这并不是说因此而我的批评，就没有错误。

赵先生会继续对我提出论难的。但是我首先向赵先生提出一点，我两人的文字，都已经刊出了，在两人的文字的本身，不要造成无意味的考证问题。即是赵先生是如何说法，我的文章如何说法，彼此当叙述的时候，不可互相歪曲隐蔽，免得要重新对自己的文章再考证一番。并且这样便无从讨论起。赵先生的大文，便犯了此一毛病。以后假定再是如此，我已经老了，就恕不奉陪了。

赵先生责备我"昧着良心说话"的第一点，是认为我"在文章中再三强调红学考证，一无是处，毫无贡献"。但我的文章中分明说"文学创作的观点，敌不过考证出来的事实。我既没有时间，也没有资料，投入到此一考证的旋涡里面去浮沉一番，便只好注视这批红学专家们所提出的资料，所投下的工夫，所得到的结论，自己却没有发言的资格"，又说"对《红楼梦》背景的研究，属于史学的范围；此一工作，也有它的重要意义"。这是像赵先生文章中所说的"强调红学考证，一无是处"吗？我所反对的是"但因胡适一开始便把小说作品当作自传的作品，于是从这一错误前提出发的考证，根本不了解中国'疑以传疑，信以传信'的史学传统，在追求历史真实上的伟大意义；不仅在材料的处理上生吞活剥，牵强附会，并且为了预定前提的要求，不惜凭空捏造曹家的历史，暴露出在科学考证招牌下的最不科学的考证"。这说得很清楚，我所反对的是从错误前提出发，以至凭空捏造曹家历史，有如周汝昌的曹家被抄家后的中兴说等的错误考证。周汝昌何以要凭空捏造这段历史，因为在曹雪芹的年龄上不能解答"自传"的前提。从错误前提出发所犯的考证上的错误，比仅仅在考证过程中所犯的错误，要严重得多，因为由此而把《红楼梦》是一部小说的文学作品的本质掩没了。但我并没有抹煞赵先生的贡献，所以接着说"赵先生对此类情形，倒矫正了不少。但他自己依然保留或新加上不少的错误"。我清楚地说明，我所反对的是从错误前提出发的错误考证；但在赵先生的笔下，变成了我是反对《红楼梦》的考证，这是对我的原文的歪曲、隐蔽。

赵先生责备我的第二点，认为我没有起码学术道德的，是"徐先生认为我们不应该作推论"，"徐先生把推论的工作一概骂为捏造"，"更令人不服的是，徐先生在文中随处也在作推论"。我除了几本杂文外，每一本学术著作中，都有考证工作，每一考证工作，都有推论；难道我连这点常识都没有。但推论必建立在相关的条件之下，即必须在同类的材料之下去推，必须在已知材料的涵蕴中去推。同时要考校到与条件相反的其他材料因素。并且推得一定要有限制，否则不是推论而只好称为捏造。赵先生因"燕市哭歌悲遇合"这一句诗，而推出曹雪芹如何结婚，结婚后住在岳家如何如何；不要说赵先生误解了这句诗的意思，即使没有误解，这能算是正常的推论吗？赵先生从曹寅曾"化了大量金钱，修饰南京的织造署（以作康熙南行的住处），皇帝走后，曹家人就享受这些设备"，所以织造署就是大观园。赵先生如何能从康熙南巡，在南京是住在织造署的"条件"中推论而得出"皇帝走后，曹家人就享受这些设备"的结论？曹家在南京有十三处住宅，他们以奴才的身份，他的女眷却要享受为皇帝所设备的享受；我说太不合理，说得过分吗？日本什么"太子"到过台湾，住过的房子，有的到现在还没有开放（如阿里山）。赵先生反问我，"此礼数见于《大清会典》第几页"；赵先生在《大清会典》第几页能找出皇帝的享受，可以由奴才的女眷享受的规定，而作为曹家这样做的准据。江南织造署在乾隆十六年以前无行宫之名，而有行宫之实。因为康熙在这里住了四次。帝王的离宫别院，许多只住过一次两次便永远关闭着，有如《连昌宫词》的连昌宫。何况住过四次。赵先生反驳说，"康熙……还常到口外去。沿途的臣僚，很多都办过接驾的事。康熙自己也常临幸大臣家，这些大臣也就得接驾……如果像徐先生所捏造，皇帝临幸过的房屋，用过的器物，别人就不准沾边，谁家吃得消"。赵先生把皇帝在路途上的"打尖"，及临时到大臣家里坐一坐的情景，看作和专为皇帝花了大量金钱所准备的住食之地的情景，认为可以同类相推，我看是很困难的。只有口外的热河行宫，才可以说是相类。不知热河大臣的女眷，曾否住进去享受一番没有。并且曹雪芹在二十三回，对此一问题，已有间接的交代。二十三回中说："如今且说那元妃在宫中……忽然想起那园中的景致，自从幸过之后，贾政必定敬谨封锁，不叫人进去……命太监夏忠到荣府下一道谕，不可封锢，命宝玉也随（姊妹）进去读书。"贾政为自己的女儿元春返家省亲造了一个大观园，元妃回宫后，还要封锁起来，必待元妃派人下谕，才敢叫眷属进去住，何况是特为皇帝所准备的住处，皇帝一走，就可让女眷住进去，太离谱了。

赵先生提出了"曹玺死后五个月，康熙皇帝亲临其署，抚慰诸孤"及曹寅在织造署西堂、栋亭中的各种活动，以作为他的"推论（他俏皮地说'捏造'）的根据"。赵先生有没有想到，康熙莅署吊丧时，曹寅还没有大花金钱修饰织造署。并且皇帝不便到他家里吊丧，只好在他办公的地方吊丧。而曹寅的西堂、栋亭，若如赵先生之说，即是康熙驻跸的房屋，这些房屋，即是大观园，因为康熙一走，他的眷属便搬进去，这就是《红楼梦》中所描写的一群儿女活动的景象，所以《红楼梦》即是曹雪芹、脂砚斋的合传；则大观园的实体，早经存在，为什么曹雪芹在书中硬写成是从新设计建造的呢？即算这一群儿女是在康熙最末的一次巡幸过后搬进去的，也应当是在一七〇七年才搬进去，下距曹雪芹、曹天佑们的出世，尚有八九年；一大群儿女，只好在未投胎到曹府之前，以"前世"的各种各样的身份，享受皇帝已经享受过的设备了。至于赵先生主张大观园在南京，而内部则多为北京房屋才有的事物，赵先生并没有解释过。把我反对不合理的"推论"，说成我完全反对推论，似乎不大妥当。

赵先生用歪曲隐蔽我的原文的方法来责备我的另一突出之例，是有关林黛玉的叙述。我的原文是：

赵先生承认书中女主角在曹家里并找不到林黛玉，这种态度是对的。但引了二十二回庚辰本"将薛、林作甄玉、贾玉看书，则不失执笔人本旨矣。丁亥夏畸笏叟"的批语，及四十二回"钗、玉名虽二个，人却一身，此幻笔也"的批语，以作黛玉并无此人的证明，则值得怀疑了。这两条批语，只能称为胡说八道。若按照这两条批语去看《红楼梦》，我不知如何看得下去？至于赵先生说"雪芹根据薛宝钗所缺乏的气质，创造了林黛玉这样一个虚构的人物。因为《石头记》主要还是一部写实小说，所以贾宝玉只能与真实人物结婚"，这真是怪论。

我在原文中说得很清楚，从小说创作的过程说，每一人物典型，都是出于作者所创造，尽管其中含有现实人物作引子。从小说创造完成以后说，则各个人物，都是"小说中的"真实人物。每一个人是一个单元。何况绛珠仙子要以"所有的眼泪"，报答神瑛侍者"日以甘露灌溉绛珠草"，使绛珠草久而"得换人形"之恩（第一回）；这正是影射着林黛玉与贾宝玉的关系及林黛玉的结局。这是《红楼梦》一书的大纲维之一。她与薛宝钗，怎么是"名为二人，实是一身"？又怎么是"根据薛宝钗所缺乏的气质，创造了林黛玉这样一个虚幻人物"？但赵先生把我上面的话转说成："徐先生提到我们认为林黛玉是虚构的人物，徐先生骂这真是怪论。又说'则薛宝钗是主角，林黛玉是陪衬。我不知道赵先生是怎样地去读这部文学作品'。我不免也说这是怪论。"读者两相比较，赵先生对我的原文所动的手术太大了，这是学术讨论吗？

赵先生除了歪曲隐藏我的原文之外，用的另一手法是只引我原文中的若干结论，而加以责难。赵先生应当承认，任何结论的本身，没有对或错可言。对或错的判断，是来自得出结论的根据及其推论的过程。赵先生不批评我的结论根据及推论过程，而仅提出结论，甚至是"行文的笔调"来责难，这大概不是讨论学术问题的办法。我对这类责难若要答复，又得再考证自己原文，把它再抄些出来，实在太不经济了。下面稍稍答复几点有若干内容的论难。

一、我曾以十五年前写批评性的政论文章的心境，推论曹雪芹在文字狱最严酷的专制时代，写有许多"碍语"（此点我将来会专写一文）的《红楼梦》时的心境。但赵先生说"万一有人也中了这种毒，以子之矛，攻子之盾，徐先生就要惨了"，"但是万一有人要怀疑徐先生的精神状态，由写政论所受的压迫移情到《红楼梦》，岂不糟糕"。我告诉赵先生，克罗齐曾说过，史学家不通过自己所把握的现代经验，便不能了解古代史。所以他说了一句稍稍过火的话，"只有现代史"。他的观点虽然经人作了修正，但到现在为止，史学家们依然承认这是了解历史的重要钥匙之一。我写政论受压迫的经验，不是私人起居饮食等类的经验，而是一种"时代的"经验。我以这种经验去推论曹雪芹写有"碍语"时的"时代的"经验，只要有人肯多读点有关的典籍，大概不会怀疑我的精神状态。

赵先生这段责难，是因为我说了一句"不是心理正常的人所能安心的"这句话，我何以说这句话呢？因为按照赵先生的意见，《红楼梦》是曹雪芹兄弟两人的合传。而根据赵先生的考证，在《红楼梦》中有的是把姑妈和姐姐写成一个人，有的是把父亲和兄弟写成一个人；还有许多辈派上的颠倒。一个写传记的人，作这样的写法，是一个心理正常的人所能安心的吗？这又成什么传记！并且这又与我以自己写文章的经验推论曹雪芹写文章的经验，有何关连？矛和盾怎能针对在一起来互攻呢？

赵先生在自己的大著中，认为"有正本"的底本"看来像是一位曹家人在己卯年从脂砚手中的定本过录而得"。因为"缺少己卯冬的脂砚斋批，及壬午、甲申、丁亥各年畸笏批"。又说"我们怀疑这个有正本的原主是曹棠村"（页一一二至一一三）。所以赵先生所列八种版本中，把有正本列为第一。因此我说有正本"更接近雪芹原著"，并先后举了几个例证，虽然举得不完全；但应当与赵先生的看法是相合的。但因为赵先生及许多人对贾元春、贾宝玉年龄之差，忽视了有正本的"后来"两字，而只从一般抄本上的"次年"两字着眼，认为年龄上有一个矛盾而大做文章，赵先生便因此而编造了曹寅的另一女儿的一大段故事；经我把有正本的"后来"两字提出，以证明元春、宝玉的年龄，并无矛盾，所谓矛盾，不过是大家在版本上失察。这样简单明白的事，赵先生还要纠结一番；在版本问题上，等于自己打自己的嘴巴，大可不必了。

至于赵先生"根据比较版本内容的结果"而说曹雪芹最后三年未曾做增删饰润的工作，这是认为当时的抄本，都留传到现在而没有一本遗失。我无此胆量相信。赵先生说我认为曹雪芹是增删润饰到死，没有证据，我不是引了"壬午除夕，书未成，芹为泪尽而逝"的脂批吗？

还有赵先生所建立的曹雪芹的父亲曹頫批书、抄书一套完整系统，并提出了笔迹的证明。笔迹的证明已经我破除了，这一套完整系统的考证也应当告一段落。不过我得补充一条材料，赵先生指为曹頫书法特征之一的"熙"字，在《隶释》卷七"泰山都尉孔宙碑"上已经有了。此碑立于延熹六年，即西纪一六三年。这里影印出来的即是孔宙碑上的。（略去）

还附带说明一点，赵先生大文中以为我不喜欢胡适之先生，所以凡是他的我都会反驳。这误解我的用心了。现在郢书燕说的文章，十占八九，从何驳起。但胡先生在许多人心目中是一个偶像，他犯的错误比一般人所犯的错误，影响特别大；所以一遇到我写和他有关的项目时，便常常参考他的说法，错了便提出来反驳。凡我主动去挑起的学术上的笔墨官司，多少是在学术上有点关键性。至于应战的文章，便没有抽样的选择了。

我希望不要造出无意味的考证问题

我的文学创作观[*]

——二答赵冈先生

一

当我读完赵冈先生《与徐复观先生论红学考证》一文（《明报月刊》七十一期）后，深感赵冈先生的气焰太高，情绪太烈，所以写成《我希望不要造出无意味的考证问题——答赵冈先生》（《明报月刊》七十二期）一文（以后简称"答文"）后，决心要从这一阵热风中逃避出来，不再和他争论什么。二月十八日，我由台湾返港，热心的朋友，把一本《南北极》第二十期送给我，要我看赵先生的《〈红楼梦〉考证与文学创作》的大文，是批评我的"文学创作观"的。我看了一段，对赵先生说的一些装腔作势的话，发生反感，便在谈曹頫笔迹的文章（大概《明报月刊》七十七期可以刊出）后面，加了一段"补记"，没有看完他的文章。承《南北极》的主编要我写篇稿子，一时没有适当题目，便重新读完赵先生的文章，并略加答复。

---

* 编者注：原单行本无此文，现由《全集》编者收入。

赵先生说：

　　有一批人是从文学欣赏的角度来批评《〈红楼梦〉考证》，他们认为从文学欣赏的角度来研究《红楼梦》是正途，而搞考证是歧途。这种论调常有所闻，但是从来没有产生过笔战。搞红学考证的朋友们觉得两者之间没有可值得争辩的。大家抱持两种不同的目的：文学欣赏是欣赏美，而考证则是知识欲中的"求真"这一部门。两者可以互相加强，也可以互相独立，但绝不互相冲突。

赵先生这几句话我很赞成。但赵先生又说：

　　徐复观先生最近提出的新看法，是对红学考证的第三类批评。徐先生是介乎前述二者之间。徐先生也从文学欣赏出发，并且在这方面建立一套文学创作的理论。然后这一套文学创作理论就变成了他的证据，用以反驳红学考证的各项结论。所以徐先生的看法与红学考证也有正面的冲突。争辩在所难免。

　　赵先生这段话，或者是真没有看懂我《赵冈〈红楼梦新探〉的突破点》（以后简称"原文"）的文章；或者是故意来一个语意大转换，以便声罪致讨。在我的原文中清楚说："文学创作的观点，敌不过考证出来的事实。我既没有时间，也没有资料，投入到此一考证漩涡里面去浮沉一番，便只好注视这批红学专家们所提出的资料，所投下的工夫，所得到的结论；自己却没有发言的资格。"我这段话，在答文中又抄出了一次，希望赵先生垂察。怎么赵先生还要说我是"然后这一套文学创作理论就变成了他（指我）的证据，用以反驳红学考证的各项结论"？赵先生简括的意思，是说我以文学创造的观点来反驳（不仅是反对）考证的结论；这与我的意思不是恰恰相反吗？并且在我的原文中，都是站在考证的立场，来反驳赵先生考证上的错误，以及赵先生以编造事实当作考证的错误，有如编造曹雪芹的结婚过程及其婚后生活，编造出贾元妃是由曹家姑侄两人所和合而成等等。赵先生有的考据写得很好；何以越写到后来，越轶出了考据的范围，误以为小说时的想象当作考证呢？我在原文中指得清清楚楚，这是来自从胡适先生起，不认《红楼梦》为小说，而认它是曹雪芹的自传。一人的自传说不通，赵先生便来一个"合传说"，以致曹雪芹兄弟二人共一个老婆。假定在考据上能证明这不是小说而确是传记，我又有何话可说？但即使把赵先生以想象为考据的也一起计算在内，还不能解答自传或合传的要求。例如贾宝玉含一块通灵宝玉而生，偶一失掉，便昏迷不省人事，这在全书中应当是主题之一。考证出来吗？曹雪芹嗜酒如命，《红楼梦》的贾氏兄弟中，考证得出一点面影吗？宝玉是曹天佑、曹雪芹的两位一体，则贾政、贾敬、贾赦，究是曹家何人？考证出来吗？曹寅有个女儿做了郡王的太太，是雪芹的姑妈；传记中可以把她的地位升为皇帝的妃子，辈分降成雪芹的姐姐吗？诸如此类，不胜枚举。先建立一个"传记说"的前提，再按着此一前提去追求证据，结果便只有陷于以编造为证据，但依然解答不了问题。我于是指出，赵先生的考证所以陷入于此一窘境，不关系于赵先生的考证能力，而是误以小说为传记。作为《红楼梦》的素材乃至创作的动机，有若干曹雪芹身世的面影在里面；但决不止于他一人的身世，而是吸收到他所能接触到的许多素材，再加以想象之功，构造之力，才创造出来这部《红楼梦》。把雪芹的身世考证出来，对《红楼梦》的欣赏，当然有重要的意义。并且我以为今后应扩大考证的范围，推及于当时满洲贵族的生活形态，这对《红楼梦》的把握，当更有帮助。但小说是小说，传记是传记。把小说硬要说成传记，则既不成其为文学，更不成其为史学。我动笔写原文的目的，是要把《红楼梦》从自传说、合传说的死巷中解救出来，使考据的正常功能，与小说的正常意义，可相得益彰。我反对的是自传说、合传说及由此而来的牵强附会乃至以编造事实为考据的考据。原文具在，是在什么地方以我的文学观点来反对正常考据的结论呢？赵先生似乎有种雅好，喜欢面对当事人把与当事人相反的意见，硬派到当事人身上去。赵先生大著的结论，乃证明自传说、合传说之穷，这是我所说的"突破点"。我可以套用雅斯巴斯（Jaspers）"科学之所穷，乃哲学之所自始"的话，说"《红楼梦》传记说之所穷，乃文学观之所自始"。

至于赵先生说我所提出的有关小说创作的常识，乃是我私人的意见；赵先生为什么不走进图书馆去翻翻这一方面的目录乃至较为完备的辞典，便不至"见骆驼认为是马肿背"了。

二

赵先生接着说我违反了逻辑；又来一大段说中国人写文章，如何不及西方人写文章的谨严等等。在赵先生心目中，文章的性质只有一种。谁不懂逻辑，谁的语法不谨严，后面随文附见，不必空谈。现在看他言归正传的话。

赵先生说：

> 言归正传，让我先来研究徐先生的文学创作观。徐先生的看法并没有用很有层次的方式表达出来，但我们可把分散的理论重新组织如下。徐先生说：

> "我对小说是完全没有研究的人。但就常识说，假定一部小说值得称为文学作品，应该具备两个条件：一是由'移感'而来的'共感'，一是由'想象'而来的'构成'。"（第四节）

> 我要附带一提：谦虚是美德，但不合逻辑的客套则不必要。徐先生全文主要就是以小说创造的理论为根据，来推翻考证的若干结论。但一上手先就说自己对小说"完全没有研究"。如果徐先生以专家的身份被邀请出庭作证，而第一句话就说自己对此专业完全没有研究，双方之一的辩护律师就会请庭上立刻阻止徐先生发言。这一句话是自己先否定自己的资格。在此，我们且不去计较这些。不过徐先生这段话确是说得不够清楚。徐先生所谓"值得称为文学作品"的第一要件，就是说它必须是典型性、概括性的描写，这样才能产生"共感"。

我在原文第四节中说了上面赵先生引的几句话后，接着便解释"移感"，接着便解释"共感"，再接着解释"想象"及想象在小说创作中的意义；赵先生说我的"看法并没有用很有层次的方式表达出来"，而有劳赵先生把我"分散的理论重新组织"，这未免太奇怪了。

我因为知道稍有常识的律师，把对于一个问题"是有研究"，和"是有常识"，会分得清清楚楚，所以我上面的写法，没有考虑到被人取消资格。

一个问题，可以从不同的角度来解释。我在原文第四节，完全是按照一部伟大小说创造的历程来讲的。"共感"，是读者把作者在作品中所注入的感情当作自己的感情。读者所以会把作者的感情当作自己的感情，是因为作者先将自己的感情移向对象，更把对象的感情移向自己。我在原文分明说"由'移感'而来的'共感'"；下面又说"移情的扩大，便成为共感"。这是从作为文学生命的情感的根源之地，说明共感的来源。这在原文的上下文句中，已说得够清楚了。赵先生于此全不理解，却横杀一枪，引用我原文第一节下面的话，来横接前面所引的第四节的话，这是把破坏我文章的组织当作重新组织。赵先生引的原文第一节的话是：

> 伟大的文学作品，它的人物和情节，有高度的典型性、概括性，可以引起许多读者的共鸣共感。（第一节）

上面的话，是从创作完成以后的效果来说明共感的。典型性、概括性能发生共感，还是以移情移感为前提；否则只能发生"相干"的作用。我原来的话说得太简单，不够周衍。这在后面再补充说明。

赵先生抄了上引原文第一节的几句话后，接着说：

> 徐先生心中的第二要件是说，这种典型性的描写，必须靠作者的想象力，而不能靠对一两个模特儿进行描绘而成。靠模特儿摹写，就不可能产生作品的典型性。徐先生说：

"没有想象力，便不能构成任何纯文学的作品……作者的背景，只能成为创作中的'引子'，决不能成为作品中构成骨干。作品的构成骨干，主要是凭想象力而来的。"（第四节）

根据这两个对文学作品的评判标准，徐先生对自传小说的文学价值加以评定如下：

"但若作者只能顺着自己个人的背景感情写成一部作品，这种作品，日本有一特定名词，称为'私小说'。写得再好的私小说，在文学上的地位也不高。"（第四节）

徐先生因此认定自传小说文学价值不高。严格地按徐先生理论推衍，自传或自传小说都不"值得称为文学作品"，因为它们完全缺乏徐先生所举出的"文学作品"的两个条件。从这里徐先生就总结了红学考证一派的过失：

"上面所说的，都是文学上的常识。但自胡适起，《〈红楼梦〉考证》这一巨大的派系在《红楼梦》的研究上，似乎都忽视了上述的常识；挂出'科学考证'的招牌，非把《红楼梦》贬成私小说不可。"（第四节）

在上面除引用我的话以外，对赵先生的话，有三点值得注意。第一，赵先生创造了"自传小说"的名词，此乃古今中外所未有。写得好的传记，可称为传记文学。但传记与小说，虽然同属于文学的大范围，可是传记中容纳不下小说。所以赵先生创造的名词，完全是没有事实作根据的。而"私小说"还是小说，不是传记，不可望文生义。第二，我说的是"在文学上的地位也不高"；赵先生一转口便说成"不'值得称为文学作品'"。赵先生似乎没有真正受到语法谨严的训练。第三，为了《红楼梦》而创造了"自传小说"的新名词，却说"完全缺乏徐先生所举出的'文学作品'的两个要件"，即是说完全缺乏移感与想象。假定《红楼梦》真是曹雪芹的自传，写时感情从内心中涌出，用不着移情；情节都是回忆，用不着想象。但他对一群儿女的心理，有深刻的描写，不诉之于移情、想象，怎样写得出？一开始由女娲氏炼石补天的一大段，更从何而来？

三

下面再看赵先生指出我的观点的错处。
赵先生说：

在前引徐先生的第一段话中，徐先生是为文学作品下定义，"值得称为文学作品"的必须具备这两个条件。不具备这两条件者，就不值得称为"文学作品"。其实，这两个条件不一定是文学作品的要件，只可用做文学作品分类的标准。有的文学作品是典型性描写，有的就不是。有的文学作品以想象构成骨干，有的不以想象为骨干。这可以算是徐先生的基本观念上的错误之一。

赵先生讲究句法谨严。赵先生最先所引用我原文第四节的几句话，是扣住小说而言；所以第一句便说"我对小说完全没有研究"。另引的一段，我是说"没有想象力，便不能构成任何纯文学的作品"。我所说的"纯文学"，乃对应用性的文学而言，指的是诗词、戏剧、小说。我用的句法是相当谨严的。但赵先生把我界定得很严的话，去掉"小说"，去掉"纯"，而说成没有界定的一般文学，这便把实用性的文学，也以走私的方法带进来了。拿本是在我界定之外的东西，来攻击我在界定之内的设准，而认为是我的错误之一，在语意和逻辑上，恐怕不很妥当吧！至于说移情、想象，是"文学作品分类的标准"，然则诗词、戏剧、小说，可以分作一类吗？这是在任何文学理论、批评中所找不出来的高见。

赵先生说：

> 充其量，这两个条件只是文学作品的评价标准。合乎这两个条件的文学作品，可以给予较高评价。不符合者，则评价较低。即令当做评价标准，这也只是一家之言，一派文学理论，而不是徐先生所设想的文学"常识"。这是徐先生基本错误之二。其实，很多人都知道这一派的文学理论，但并不全然接受它。不但在文学理论上如此，在美学上也有同样的分歧意见。例如蔡仪当年所写的《新美学》，就是反对朱光潜的美学理论。蔡仪认为"美"的标准是"典型性"，美就是典型美。如果按照徐先生那样极端的推衍，典型美不但是审美的标准，根本是艺术品的定义。依同理，任何自画像及为他人所画的像，都不得被视为艺术品。像画得愈唯妙唯肖，愈不是艺术品。如果画得四不像，既像张三，又肖李四，具有一切人像的典型性，才可以被称为艺术品，接受这种理论的人恐怕不多吧！

文学、美学的理论，诚然是最分歧的。但我所说的是"低调的理论"；在我所界定的文学范围之内，是通说而不是一派之言。赵先生引用蔡仪的一段文字，有些混乱不清。我不知蔡仪其人，更未看到他的原著；但我推测，大概他是说"美就是形象美"，而不是说"美就是典型美"吧！赵先生又拿出"画像"来比拟，美术与文学，有艺术的共性，也各有艺术的特性。只能在某一层次上可以并论，在某一层次上不可以并论。而且同为画像，有各派别的不同，不可一概而论。学术的谨严，便表现在这些分际上面。中国画像重在"传神"，神何以能传？顾恺之已经说过，是"迁想妙得"，迁想即是想象。而西方文艺复兴时代的画像，一般的说法，它象征了由中世纪开始进入近代的精神，即是成为一个时代精神的典型。赵先生"既像张三，又肖李四"的这些话，是由于对问题完全没有理解所说的一些话。

四

赵先生在上面指出了我"在基本观念上的错误"之外，更抄我如下的一段文章，作为我"在逻辑上所犯的严重错误"的例证。

> "脂砚与畸笏，在批书时拈出自己有关的若干条，即使完全加以信赖（并不能完全信赖），也只能证明曹雪芹在创作的动机与过程中，取入了曹家的若干情节，以作为创作素材的一部分。但脂砚、畸笏两人所拈出与自己有关的部分，较之未拈出的部分，可以说是微细得不成比例。这即是说明，构成《红楼梦》的最大部分，是与曹家无关的。"（第一节）

引文中前面的几句话与最后一句话的结论，其间需要极艰巨的求证工作，也就是说脂砚与畸笏所未拈出者，究竟是否俱与曹家无关？以目前的条件而论，这项求证工作恐怕要化上十年八年，要写出几十万字来说明。但是徐先生竟然用"这即是说明"五个字，把这些求证工作轻轻推诿过去。我不知道徐先生是否真的完全不了解这点严重的逻辑错误。让我姑且举一个简单的例子来说明。假设一个口袋里装了一百个小球，我伸手进去掏出二十个小球，而这二十个小球都是白的。于是我告诉徐先生："我推论袋中绝大多数是白球。"徐先生反驳说："不然。你拿出了二十个白球，'这即是说明'，袋中剩下的八十个小球都不是白的。"这个错误该够明显了吧！

其实，徐先生举证的责任远比上述情形所要求者为重。如果徐先生伸手到袋中去掏，掏出二十个黑球，我的推论立即动摇。如果徐先生把袋中小球全部倒出一看，八十个全不是白的，我的推论彻底破产。但是即令如此，徐先生的理论也还无法自动成立。如果倒出来的八十个球全是黑的，我的理论固然破产，但徐先生的理论也破产了。因为徐先生还要证明"典型性"。徐先生必须让我看到这里有各种各样的颜色球。绝大多数是白球，与绝大多数是黑球，都不符合徐先生的要求。曹雪芹如果不是按曹家事迹写的小说，而是按敦诚或白筠家的经历写的，则《红楼梦》还是徐先生所谓的"私小说"，它的人物和情节，还是没有"高度的典型性、概括性"。

赵先生上面的话，我要负责答复两个问题，一是逻辑问题，一是典型性问题。

思维逻辑的推理，不能随便建立在"模拟"的基础之上。何况赵先生的"模拟"，是非常成问题的模拟。我说"脂砚、畸笏（以下简称脂评）两人所拈出与自己有关的部分，较之未拈出的部分，可以说是微细得不成比例"；但在赵先生的模拟中，已明确地有百分之二十与百分之八十的比例。赵先生怎能在与我所说的大有出入的模拟上，来断定我犯了逻辑上的错误呢？更重要的是，假使所有的脂评都说的是与曹家有关的，则赵先生从口袋中掏出百分之二十都是白的，这种比拟，除在数字上大有出入外，还勉强可以说去。但问题是《红楼梦》八十回，有大部分是未经评过的。在评过之中，有绝大部分是与曹家无关的；只有少得不成比例的几条，是与曹家有关的。照赵先生的模拟，完全没有评到的，应当是口袋里未被掏出的八十个球。极少数与曹家有关的评语，应当是掏出的二十个白色球。还有绝对多数的与曹家无关的评语，还是算未掏出的呢？还是算已掏出的呢？若是算未掏出的，则为什么可以把这绝对占多数的评语抹煞？若是算已掏出的，则情形变成掏出的二十个球中间，只有一个半个是白色的，其余都不是白色的。由此而我推论未掏出的都不是白色的，总比赵先生由此而推论都是白色的，我所占的可能性总要多得多吧！赵先生作为推理前提所建立的"模拟"，是在中间加了手脚的类比。

退一万步，赵先生也只能说未被拈出的部分，是不可知的，我不能由此以断定是与曹家无关的；赵先生也不能由此以断定是与曹家有关的。若果如此，则自传说、合传说完全是空中楼阁。因为不可知的部分大概要占百分之九十九，能否在不可知的百分之九十九的基础上来建立自传说、合传说呢？

我要更进一步指出，我们讨论的问题，不是纯思维逻辑的问题，而是经验逻辑的问题。一定要扣紧许多经验事实，在经验事实的基础上，才能作判断。脂砚斋评了四次；把与他或曹家有关而在全书构成中却无关宏旨的地方拈了出来，为什么把重要关键而又不犯时忌的地方不拈出来呢？元妃省亲，由此而有大观园，由此而开始展开了大观园的活动，总算是全书的大关键吧！却批一句"以省亲写南巡"。我在原文中，已指出此批的无理。但从另一角度看，写这一批的脂砚或畸笏，分明认为省亲这一幕，完全是虚构的，否则他不会把它推想到完全是另一件事情的南巡上面去。省亲是虚构的，是创造的，则关键到大观园等等，也是虚构的、创造的。当然，在批语中未拈出，可由今人的考证来拈出。赵先生做的就是这种工作。可惜到现在为止，一个真正白的也拈不出来，而且恰得其反；例如赵先生也承认女主角林黛玉便是虚构的。从《红楼梦》第一回以神话开始的经验事实（指《红楼梦》的原著而言），以及上面所说的许多经验事实，关连在一起，而确定《红楼梦》是小说，里面有曹雪芹身世的引子及感情；但具体的人物、情节，都是出于曹雪芹的创造，我想，这是合于经验法则的。至于赵先生说要再花十年八年考证，写数十万字的文章等等；我的看法，这是材料的问题，不是时间和字数的问题。以后可能还有新材料发现，但可断言与传记说无关。小说就是小说。

我不了解赵先生对于自己完全不了解的问题，有如小说中的典型问题，却要作很有信心的辩论。事与人，是由许多因素构成；许多因素混杂在一起，一般看不出某事与某人的特性。文学家便从许多事与人所具有的相类的特性，凝铸在一起，以创造可以表现某种特性的事与人；经此创造，而某种特性通过形象化，以建立某种典型，这样便易为人所把握。所谓特性，乃对其他诸因素来说的。典型与特性，不是如赵先生所想象的互相对立。特性典型化以后，凡具有此特性的，便都觉得与此典型"相干"，甚至认为这典型就是自己或某人。其实，各人的特性在具体生活中实现，又在许多其他因素中实现；所以某事某人与典型的相干，只是某程度的相干，此典型并不能完全代表现实世界中的某一事某一人。鲁迅创造出一个阿Q典型，当《阿Q正传》分期刊出时，有的人以为指的是张三，有的人以为指的是李四；其实，凡是有阿Q特性的人都有份，却并不是指的某一个现实的人。所以典型创造得愈成功，它便愈有社会性。《红楼梦》了不起的地方，便是它创造了许多典型。多少读它的人，男的自以为是贾宝玉，女的自以为是林黛玉。或者说某小姐像林黛玉，某小姐像史湘云，某少奶奶像王熙凤，此之谓典型。同理，永忠读了感到与永忠有关，白筠读了以为与白筠有关；有的说是明珠家的事，有的说是张勇家的事，有的说是傅恒家的事，有的说是和珅家的事，还有位满洲大官说这是专为骂满洲贵族而写的。这不是证明它是私小说，而是证明曹雪芹所写的贾家，乃是吸收了他当时耳闻目见的许多情形，而创造成了一个封建贵族的生活与没落的典型，其中当然有曹家、李家的影子在里面。但他是拿这些素材来创造，因此才可以成为典型，才有它的社会性、时代性；而不是写回忆录。

关于私小说与典型的问题的答复，至此为止。至于私小说的评价问题，赵先生最好找点日本人士这方面的东西看看，没有什么可争论的。

赵先生又指出我的一个逻辑错误：

　　　徐先生另一个逻辑上的错误使用paradox语句，为自己挖陷阱。《新探》书中提到"甄真贾假"的问题。徐先生在文中第九节中反驳此说。徐先生所持的理由是：

　　"说真便是真，说假便是假，世间亦少见此类笨人。"

　　这是几个有名的 paradox 之一。二十几年前，金岳霖先生在逻辑堂上给我们举过这样的一个例子。此后我再也没有碰见过，廿几年以后才在徐先生的文中重见这种语句。这种语句难得看见，是因为大家不敢用它，谁用谁就倒霉。这句话包含下面这样的推理：

　　第一，假设徐先生不是笨人，所以徐先生说真不是真，说假不是假。徐先生这篇文章的观点与结论，大家可以不必相信。

　　第二，假设徐先生是笨人，所以徐先生写的文章不值得读。

　　读者不论采取哪种假设，对徐先生都是不利的。

我真不了解金先生的逻辑是怎样教的。我的话是以构造小说中的情节为对象而说的。赵先生却一转而以我的日常生活为对象，向我提出论难。在甲、乙两个完全不同的前提下，却以乙的推论去作甲的推论，金先生教逻辑的成绩太差了。

　　赵先生又说：

　　　　徐先生另外一个错误是采取不一致的假设，而为自己的举证工作增加无限的困难。我们可以先设立假设，然后设法求证。假设如果过分大胆，求证的工作也许会很困难。如果假设不但大胆，而且不一致，在求证工作上便发生双重困难。徐先生在文中假设脂批的作者是神经病患者，有些脂批是这位仁兄"神经兮兮，向自己脸上贴金"，所以不可采信。可是有的时候，徐先生又接受某些脂批，认为可以采信。两种情形不是不可以共存并立，但徐先生有责任证明下列三点：

第一，要证明此批者神经状况确有病态。

第二，要证明此人神经病是间歇性，而非持续性。

第三，要证明徐先生不愿采信的脂批是此人神经病发作时所写，而徐先生所采信的脂批是此人神经状况恢复常态时所写。

这三点缺一不可。譬如说，万一徐先生所采信的脂批都是这位神经病患者的疯话，而徐先生所拒绝采信的又都是此人在常态下所说之话，则徐先生的推论，就要被颠倒过来。

我觉得赵先生住在美国，应当有点医学常识。住在现代都市过紧张生活的人，神经完全正常的似乎不太多。曹家的人，因为环境的激变而神经有些不正常，在感情激动时便表现为"神经兮兮"，这从现有的批语中是可以看得出来的。但"神经兮兮"，便可以称为"神经病患者"吗？我是在什么地方说他们是神经病患者呢？因精神抑压，受到某种激刺而神经兮兮的人，激刺减少，便和正常人的生活一样。脂批的可信不可信，是根据《红楼梦》前八十回的结构与情节；谁说要采取信则全信，不信便全不信的态度吗？赵先生一贯地对我的话，先作语意转换，再由转换后的语意来向我提出责难，这种情形，我应当下什么断语呢？

一九七二年七月十六日、八月十六日《南北极》第二十六、二十七期

由潘重规先生《〈红楼梦〉的发端》略论学问的研究态度

一

《红楼梦》的研究，是近几十年来的热门学问。但正式列入大学课程，并在大学里成立"研究小组"，以集体的力量从事研究工作的，则只有香港中文大学里的新亚书院。这应当算是课程的担任者及小组的领导者潘重规先生的一大贡献。

也有人批评这些年来，该小组尚停顿在猜谜的阶段，我想，恐怕是因为潘先生自有其苦衷。因为潘先生早出有一本《〈红楼梦〉新解》，认《红楼梦》为以明末清初的某遗民所作，目的在宣扬反清复明的民族大义。潘先生立意甚佳，但论证缺乏；所以此书出后，潘先生挨了胡适的一顿骂，且亦未被红学界所注意。潘先生既得学校之力，正式领导集体研究工作，当然第一件心事，希望在学生的猜谜中能导向他的大著的结论。最近《新亚学术年刊》十三期刊有潘先生《〈红楼梦〉的发端》的大文，主要在证明《红楼梦》乃在曹雪芹以前的"石头"所作，曹雪芹只不过是加以整理。这正是为他的《新解》求证据。并且他正根据他这一观点，编校一部《红楼梦》新本以"恢复它的本来面目",^① 以建立他的红学系统。由此可知他的这篇文章，就是他领导研究小组的纲领。

关于《红楼梦》，尚有许多待解决的问题，研究者可以从各个角度发挥特异的见解。结论尽管各有不同，但研究的态度及导向结论的方法，不能不要求客观而严谨。尤其是研究态度的诚实不诚实，对资料的搜集、整理、解释，有决定性的作用。要求研究者抱着一个诚实的态度，这是保证研究工作在学术的轨道上正常进行的起码的要求。我读完潘先生的大文以后，最先引起我这样的感想。

对材料的断章取义，如果是偶一为之，这可能是一时的疏忽，或关系于对材料的了解程度，不能遽然认定这是由于态度的不诚实。但若大量地断章取义，大量地曲解文意，这便是态度的不诚实。假使更进一步，抹煞重要的、与自己的预定意见相反的材料，而只在并不足以支持自己的预定意见，却用附会歪曲的方法强为自己的预定结论作证明，这便是欺瞒，便是不诚实。

潘先生大文的第一个主要论点，是建立在"甲戌本"系最接近《红楼梦》原稿的基础之上的。当胡适之在民国十六年买进这只剩下十六回的残钞本时，即认为这是甲戌年脂砚斋重评时的钞本，而断定为"海内最古的《石头记》钞本"。^② 此即世间所称的甲戌本。因为曹雪芹死于乾隆二十七年壬午（一七六二年）除夕，^③而甲戌是乾隆十九年（一七五四年），是曹雪芹死前八年。现在可以看到的钞本，除有正书局影印本的底本（以后称有正本），未明

---

① 见潘先生大文（以后简称"原文"）页一六。
② 见胡适跋《乾隆甲戌脂砚斋重评石头记》影印本。此跋即载在影印本的后面。
③ 曹雪芹的卒年，有壬午、癸未两说。我相信壬午说。

记年份以外，尚有己卯本，乃乾隆二十四年（一七五九年）钞本，是曹雪芹死前三年。庚辰本乃乾隆二十五年（一七六〇年）钞本，是曹雪芹死前二年（此本有丁亥批语，应系雪芹死后的钞本）。甲辰本乃乾隆四十九年（一七八四年）钞本，在雪芹死后二十二年。还有其他钞本，外间无由看到。假使此十六回残钞本，是出于乾隆甲戌年，亦即是出于曹雪芹的死前八年，当然可以称为最古的钞本。但在此钞本十页跨十一页的地方，有朱墨眉批如下：

> 能解者方有辛酸之泪，哭成此书。壬午除夕书未成，芹为泪尽而逝……甲午八月泪笔

甲午是乾隆三十九年（一七七四年），此时雪芹已死去十二年，上距甲戌二十年。在十一页尚有如下的朱墨夹批：

> 若从头逐个写去，成何文字。《石头记》得力处在此。丁亥春

丁亥是乾隆三十二年（一七六七年），此时雪芹亦已死去五年，上距甲戌十三年。此十六回残钞本的批语中记有明确年份的大概只有这两条；而从这两条所证明的年份看，都远在甲戌年之后。假使正文与朱墨批语的钞写，出于两人之手，便可解释为这两条批语是由后人加上去的。难就难在批语与正文的笔迹，不仅毫无疑问地是出于同一个人之手；并且正文的字钞得比较草率的，批语的字钞得也比较草率。尤其是自第六回以后，把许多批语，写作正文下的双行批，有如双行夹注的情形，这都可证明每一回的

正文与批语是同时钞写的。因此，吴世昌们 [1] 指出把十六回残钞本指为甲戌本是一种错误，实际它是远出于甲戌年之后（以后为行文方便，仍假称之为甲戌本），这是不可动摇的论证。胡适之所以称它为甲戌本，是出自对下文的误解，第一回：

> ……方从头至尾，抄录回来……遂易名为情僧，改"石头记"为"情僧录"。至吴玉峰题曰"红楼梦"。东鲁孔梅溪则题曰"风月宝鉴"。后因曹雪芹于悼红轩中披阅十载，增删五次，纂成目录，分出章回，则题曰"金陵十二钗"，并题诗曰："满纸荒唐言，一把辛酸泪。都云作者痴，谁解其中味。"至脂砚斋甲戌钞阅再评，仍用"石头记"。

按上面一段话中的"至吴玉峰题曰'红楼梦'"九字，及"至脂砚斋甲戌钞阅再评仍用'石头记'"十五字，为有正本、庚辰本、《乾隆抄本百廿回红楼梦稿》及程甲本、乙本所无。己卯本恐亦无此两句。这两句是钞此十六回残钞本凡例的人特别加进去，以说明书名演变的经过，并不是说此钞本即出于脂砚斋在甲戌年所钞。胡适遽断为是甲戌年钞本，这是出于他一时的粗疏。但潘先生是一个《红楼梦》集体研究的领导人，对于后出的纠正胡适的重要意见，断没有不会看到之理。即使潘先生认为吴、赵们所提出的意见不能成立，也应当提出来加以检讨；因为他们的纠正

---

[1] 吴世昌有《我怎样写〈红楼梦探源〉》一文，收入香港建文书局印行《散论〈红楼梦〉》，评甲戌本见页六七。赵冈《〈红楼梦〉新探》上篇第二章第一节脂评《石头记》五"甲戌本"，专谈此一问题。

意见，是有如前所述的根据而不是猜谜，怎么可以只字不提，便径在他人所已指明为错误的结论上来建立自己立论的基础呢？

二

潘先生在抹煞与自己相反的材料，以建立自己立说的基础，不仅表现在版本问题上面，在他的全文中随处可以指出，尤其是在他证明《红楼梦》不是曹雪芹所作的这一论点上，表现得特别突出。

潘先生在他大作的第十四到十七页，引了下面的材料，证明曹雪芹不是《红楼梦》的作者。

（一）乾隆四十九年甲辰菊月梦觉主人抄本八十回《红楼梦》序，潘先生认为"抄本的主人不但没有说曹雪芹是作者，而且传说中的作者彼此无定"。

（二）未记年月的戚蓼生序，乾隆五十四年己酉的舒元炜序"都没有提到曹雪芹是作者"。

（三）最早刻《红楼梦》的程伟元在序中说"作者相传不一"，潘先生由此断言"可见《红楼梦》自开始流传时，都不说曹雪芹是此书的作者"。

（四）与曹雪芹关系最深的敦敏、敦诚，"都没有只字提到曹雪芹作《红楼梦》的事实"。

先且不批评潘先生对自己所引的材料的解释，对与不对。最奇怪的是《古典文学研究资料汇编》的《红楼梦卷》里面，说《红楼梦》是曹雪芹所作的资料有数十条之多。其中有的可以说是第一手资料，有如明义《题〈红楼梦〉》二十绝句，从最后一首的语气看，是在曹雪芹未死以前所作的；此诗小序的第一句是"曹子雪芹出所撰《红楼梦》一部……"永忠的《因墨香得观〈红楼梦〉小说吊雪芹三绝句》，并有原注"姓曹"。这是雪芹死后五年所作的。此诗第一首的后两句是"可恨同时不相识，几回掩卷哭曹侯"。潘先生对这样重要的资料，竟可以闭目不睹，一语不提，这是一种甚么研究学问的态度呢？这些资料之所以可贵，因为中国传统中的小说作者，都是以"先生不知何许人也，亦不详其姓字"的方式出现。所以《红楼梦》一天普及一天，而《红楼梦》的作者的姓名，反一天模糊一天。袁枚知道《红楼梦》作者曹雪芹的家世，但雪芹本为曹寅之孙，而误以为其子。与袁枚同时的西清，则谓"《红楼梦》始出，家置一编，皆曰此曹雪芹书；而雪芹何许人，不尽知也"。西清是知道雪芹的，但又误以为是曹寅的曾孙。裕瑞谓"雪芹二字，想系其字与号耳，其名不得知"。[①] 而一般读小说的人，只读小说，从不问作者是谁。连对某一小说，下过一番工夫，为它作了序，写了评语，也多半连自己的真姓名不说出来，更怎会问及其真正作者的姓名历史。认真追问一部小说的作者，是在"文学史"这门学问出现以后之事。所以胡适的《〈红楼梦〉考证》提出作者曹雪芹及其家世等等，一时惊为创获。但经此后数十年来许多人士在资料搜集方面的努力，尤以吴恩裕的工作，做得绵密而平实。[②] 再加以《红楼梦卷》两册的刊行，即使不是研究《红楼梦》的人，只要把《红楼梦卷》概略地翻阅一下，《红楼梦》是曹雪芹所作，早已成为定论，《红楼梦》是谁所作，

---

① 以上皆见《红楼梦卷》卷一。
② 吴恩裕著有《有关曹雪芹十种》。

早不应构成一个研究的题目。潘先生当然有翻案的权利。但潘先生是《红楼梦》研究小组的指导人，潘先生的高见，当然是出于研究的结论。说到研究，怎么可以把摆在潘先生眼面前的有力而占绝对优势的资料，一字不提，这是对资料的抹煞呢，还是对资料的欺瞒呢？潘先生已经是六十多岁的人了，功成名就，今日不论抱任何研究态度，对潘先生的学术成绩，大概也无所增损。但以这种不诚实的态度，指导一批天真无邪的学生，跟在自己屁股后面走，未免太残酷了。

并且潘先生举出来为自己作证的资料，就可以真正为潘先生作证吗？梦觉主人，只是从一个"梦"字去欣赏《红楼梦》；他站在这一立场，不要去考证什么人是《红楼梦》的作者，他连他自己的真名实姓，也没有留下来。他的"说梦者谁，或言彼，或言此。既云梦者，宜乎虚无缥缈中出是书也"，这只能说他不能（甚至是不愿）断定作者是谁，并没有否定作者是谁。他所以这样写，也许是他真不能断定，也许是故意在"梦"字上耍花头，所以他接着说"宜乎虚无缥缈中出是书也"。这与潘先生断然否定曹雪芹是《红楼梦》的作者，有何关系？

潘先生所提戚蓼生及舒元炜的序没有提到曹雪芹是作者；难说潘先生一生只研究《红楼梦》，而没有看过其他传统的小说吗？我在前面已经提到，小说前面的序，不提到作者姓名的，不可胜数。难说由此而可断定序中没有姓名的小说，都是出自石头吗？戚蓼生们不提曹雪芹是作者，因为他们不是研究小说史，且也没有想到今日有这一段研究小说史的风气，所以只说出他自己对《红楼梦》的文学观点；难说由此可以推定他是否定了曹雪芹是《红楼梦》的作者吗？没有提到曹雪芹是作者，潘先生便引来作曹雪芹不是作者的证据，为什么《红楼梦卷》上说曹雪芹是《红楼梦》的作者的材料这样地多，潘先生又一字不提呢。

刻《红楼梦》的程伟元在序中说"作者相传不一，究未知出自何人。惟书内记曹雪芹先生删改过数次"；程虽系书贾，但态度倒还忠实谨慎。《金瓶梅》的作者是谁，到今日还不能断定，则《红楼梦》的作者在当时有许多传说，乃传统小说在流传中的常态。程伟元若生于今日，能看到这样多的资料，他大概不会说那种不确定的话吧！但他特别把曹雪芹删改过数次的事特别标举出来，假定把"相传不一"的作者的有关说法都摆了出来，程伟元断乎不会丢开书中的确证，而像潘先生那样，断然否定曹雪芹的作者地位吧！为程伟元负实际整理责任的高鹗也没有提到曹雪芹。但杨钟羲《雪桥诗话》三集卷五"兰墅名鹗，乾隆乙卯进士。世所传曹雪芹小说，兰墅实卒成之"。可见高鹗所卒成的是曹雪芹的作品，未尝没有人明白说出来。

潘先生提到与曹雪芹关系最深的敦敏、敦诚兄弟，"没有只字提雪芹《红楼梦》的事实。虽然有人指敦诚在乾隆二十七年秋天《寄怀曹雪芹》诗末句'不如著书黄叶村'，是著作《红楼梦》，这是太缺乏证据的幻想"。因为潘先生认定曹雪芹曾作诗，只留下有遗诗。这一纠结，应分几点来加以说明。

（一）前面提到永忠《因墨香得观〈红楼梦〉小说吊雪芹三绝句》的墨香，是敦敏、敦诚兄弟的叔父。[①] 不论永忠"因墨香"的"因"，是何种性质，但墨香必为爱好《红楼梦》之一人，则无可

---

① 有关永忠的材料，系取自吴恩裕所著上书中之《永忠的〈延芬室集〉底稿残本》。惟吴氏以永忠所见者为八十回本，显属错误。

疑。敦敏、敦诚的叔父爱好《红楼梦》，知道《红楼梦》是曹雪芹所作（假使不知道，永忠便无由知道），敦敏、敦诚断无不知之理。即使如潘先生所说，雪芹不是作者而只是整理者，但以四十岁便死了的人，花了十年时间整理《红楼梦》，也是雪芹一生中的大事。敦氏兄弟，也一字未正面提到，此必另有原因。

（二）永忠的三首绝句上面，有永忠的堂叔弘旿在诗上批了这样几句话："此三章诗极妙。第《红楼梦》非传世小说，[①] 余闻之久矣，而终不欲一见，恐其中有碍语也。"《红楼梦》所以经过多次的字句修改，并仅将前八十回钞出流传，直至雪芹死后二十九年始由程伟元刊行问世，正因为其中有碍语。敦诚《赠雪芹》诗有句谓"步兵白眼向人斜"，可见雪芹是何性格，是以何种心情来写《红楼梦》，他两人当知之最深。正因为他两人和雪芹的关系密切，知雪芹书中的"碍语"最清楚；所以只管非常佩服、叹惜曹雪芹，却不敢从正面提到《红楼梦》。

（三）敦敏写《怀曹雪芹》诗中的"不如著书黄叶村"的"著书"，吴恩裕他们推定为是指写《红楼梦》而言，潘先生则斥这是"太缺乏证据的幻想"。因为潘先生只承认雪芹有遗诗。但潘先生却没有想到，自古以来，尤其是自汉以来，有把"作诗"称为"著书"的吗？潘先生若不能证明曹雪芹另有甚么著作，则只好推定"不如著书黄叶村"的"著书"指的是写《红楼梦》了。潘先生对自己有关《红楼梦》的说法，不觉得是"太缺乏证据的幻想"，却把这句话加在有证据的作推论者之上，这完全是从潘先生的研究态度而来的。

---

① 我对此句话的解释是"《红楼梦》不是公开流传于世的小说"，指其未正式刊行而言。

至于潘先生还说到程伟元搜罗版本时，敦氏兄弟岂有不风闻之理。等到乾隆五十六年辛亥，程的序文出来，说《红楼梦》"究未知出于何人"，敦氏兄弟"岂有不挺身出来为他们的好友曹雪芹争取《红楼梦》的著作权"之理？潘先生大概以为当时报纸杂志盛行，而又正值《红楼梦》在考证上发生许多争论的时代，所以发此奇想。据程序，当他印行《红楼梦》时，"好事者每传钞一部，置庙市中"；敦氏既没有版权，何能一一过问？且敦氏兄弟既因"碍语"的顾忌而不正面提及于雪芹的生前及他刚死之后，为甚么却要于雪芹死后二十余年之时再来多事？何况程伟元的序，如前所述，并没有抹煞曹雪芹。第百二十回的收尾，又特别归结到曹雪芹身上。[①] 他们都是很诚实的人，用不到甚么人出来为曹雪芹打抱不平的。还有一点应顺便告诉潘先生一下，从敦敏、敦诚有关的诗文看，敦诚与曹雪芹的交情，较敦敏为厚。程伟元刊行《红楼梦》时，敦诚已经死掉数月了。[②]

三

以后，就潘先生所涉及的《红楼梦》的实质问题稍稍清理一下。可惜潘先生的文章，没有多大条理，并且无一句没有问题，所以清理时很麻烦。

[①]《红楼梦》后四十回，多主张为高鹗所续。或系如程乙本引言中所说，本有若干残稿，由高鹗所补修。我相信是补修的。第一百二十回的收尾，又特别把曹雪芹提出来，从文字看，这是高鹗补修的手笔。

[②] 据吴恩裕《考稗小记》，敦诚死于乾隆五十六年辛亥十一月十六日丑时。高鹗的程甲本序是写于是年冬至后五日。计由写序付刊而刊成，敦诚已死数月了。

由潘重规先生《〈红楼梦〉的发端》略论学问的研究态度

先从十六回残钞本（即所谓甲戌本）独有的五条凡例说起。从胡适开始便误以此残钞本真是甲戌年的钞本，也即是今日可以看到的最早钞本，于是潘先生大文中所引的陈毓罴（页一）、陈仲篪（页七）诸人，便都误以为有五条凡例，是《石头记》原来的形式。其他各本，乃将此五条凡例加以删并而成为现时的形式（其中仅小有出入）。潘先生则更进一步以此凡例总评"为《红楼梦》隐名的原作者或其同志好友的手笔"（页一六）。所谓"隐名的原作者"，即潘先生在《〈红楼梦〉新解》中所说的明末清初的反清复明的民族志士，并引有甲戌本的两条评语作证。潘先生有时说"凡例五条"，有时又把第五条说成总评。因为总是一回事，也没有大关系。下面分几点来清理这一问题。

（一）首先要指出，中国只有由编纂、整理（包括选、评、注解研究等）而成书的，前面才有凡例。自著之书，很少自立凡例的。孔子作《春秋》，至公羊而始有三科九旨，至杜预而始有释例。写小说的人，可能先有一个情节的大纲，但断乎没有先立下凡例来写小说之理。

（二）若是明末清初的那位隐名作者亲作凡例，或者是出自他的同志好友之手，则此凡例应发明《红楼梦》写作的方针与要领；《红楼梦》的全书，都由此凡例而可加以点醒。潘先生认为"普通一般读者看（指凡例）起来，委实是空空洞洞，不能解答读者的问题，满足读者的愿望"（页九）。但像潘先生这种特殊读者，又能看出这五条凡例，能解答甚么问题，满足甚么愿望呢？潘先生说"如果此条凡例能说明书中故事的地点，是大清朝的京师，自然可以解除一切读者的迷惑。现在书中写的是长安，凡例说的也是长安"（同上）。大概潘先生认为这就是隐名的作者所藏的奥秘。但是第一，我不相信有读者曾对用的"长安"一词发生过甚么疑惑。第二，我曾因旁的问题，翻过不少清代乾隆以前的诗文集，发现清初不少人称当时的北京为长安。潘先生不妨请小组的学生翻阅一次。第三，大清朝的京师是北京，明朝自成祖以后还不是北京吗？第四，《红楼梦》中分明说"把真事隐去"，曹雪芹及其批者，为甚么要明说"大清朝的京师"。潘先生指点的奥旨，实难令人领略。

（三）潘先生认为"红楼梦"是隐名作者所定的此书的原名。"风月宝鉴"是出自孔梅溪，"金陵十二钗"是出自曹雪芹，"石头记"一名，在潘先生则认为是脂砚斋在重评时所定的。若凡例是在曹雪芹以前的隐名作者或其同志友好所作，何以第一条凡例，全是解释"红楼梦"、"风月宝鉴"、"石头记"、"金陵十二钗"等命名之所由来。凡例第五条又分明说"故将真事隐去，而撰此《石头记》一书也"。在明末清初的隐名作者或他的同志，何以能预知曹雪芹们新起的名称，尤其是何以能预知脂砚斋所取的"石头记"的名称？

（四）若批语中引用了凡例的话，只能证明批者与凡例有关系，并不能证明写凡例者的时代。何况潘先生引的两条批语，与书首的凡例，并无关系。所引夹批"可谓此书不敢干涉庙廊者，即此等处也"，潘先生谓即系援引凡例第四条的"此书不敢干涉朝廷"。批者并未指出凡例，我以为这是为第一回"空空道人……将这《石头记》再检阅一遍……因毫不干涉时世"的话作印证。潘先生引的第二条批语是第五回眉批"按此书凡例，本无赞赋闲文……"书首五条凡例中，是在甚么地方有"本无赞赋闲文"的话呢？所以此批的"凡例"两字，乃"一般情形"之意，扯不到书首的五条凡例中去。

（五）庚辰本第十七、十八两回尚未分开，一般的了解，曹雪芹是先写成长篇，再"纂成目录，分出章回"。因为《红楼梦》与其他小说不同之一，在于其他小说的情节多是描写比较大的人物活动，每一活动的起落分明。但《红楼梦》则主要是描写一群儿女的日常活动，活动的本身，没有甚么显明的起落，所以分章回、纂目录，比较困难。潘先生对于第一回中"曹雪芹于悼红轩中披阅十载，增删五次，纂成目录，分出章回，则题曰'金陵十二钗'"的这几句话，别有会心，认为隐名的原作者所作的《红楼梦》，未分章回。章回是经过曹雪芹十年整理的工夫所整理出来的（页七），并即以庚辰本第十七、十八两回尚未分开为证。由此我们可以了解潘先生所说的隐名氏的原著的面貌，是以所谓甲戌本开首的五条凡例发端，没有章回，文字的多少与经曹雪芹整理后有些出入。但第五条凡例这样说：

> 此书开卷"第一回"也。作者自云，因曾历过一番梦幻之后，故将其真事隐去，而撰此《石头记》一书也。故曰"甄士隐梦幻识通灵"……自云，今风尘碌碌，一事无成，忽念及当日所有之女子，一一细推了处，觉其行止见识皆出于我之上，何为不用假语村言，敷衍出一段故事来，以悦人之耳目哉。故曰"风尘怀闺秀"，乃是"第一回"提纲正义也……

在上面这段话中，分明两次提到"第一回"；而"故曰甄士隐梦幻识通灵"，及故曰"风尘怀闺秀"，这分明即是第一回的回目。怎么潘先生对这种字句，皆采视而不见的态度？

我这里顺便说一说所谓甲戌本的性质。各钞本时间先后的次序大体是有正本、己卯本、庚辰本、甲戌本、甲辰本。

以上各本，不是删节所谓甲戌本的五条凡例以成今日第一回开首的面貌，而是甲戌本的钞者，抽出第一回开首的一段，再编出第一至第四条，以构成这五条凡例。并且在其他文字中也加了些手脚，这便影响到甲本，由甲辰本而影响到程甲本。但他写的凡例及在第一回中所加的一大段文章，实在不高明，故为甲辰本所删，而大体上依然保持庚辰本的面貌。

何以见得不太高明呢，即如前引的凡例第五条，各本皆作"故曰甄士隐云云"、"故曰贾雨村云云"，皆系概括指全书的内容及所用的语言而言。甲戌本却变成"故曰甄士隐梦幻识通灵"、"故曰风尘怀闺秀"。这便成仅指第一回的内容而言。第一回只不过是一个楔子，如何说得通呢？并且"贾雨村云云"，乃承"何妨用俚话村言"一句而来，重在说明写《红楼梦》时系用的通俗文字。甲戌本变为"故曰风尘怀闺秀"，便把说明使用语言的意义完全抹煞掉了。同时，已经胡适指明过，第一回"坐于石边，高谈快论"以下"四百二十四字，戚本作'席地而坐长谈，见'七个字"。①而这多出的四百多字，实庸俗不堪，且与前后文矛盾。这分明是甲戌本的钞者自己附会上去的。

做这次手脚的人，我推测以为即是此本（第一回）独有的"至吴玉峰题曰红楼梦"的吴玉峰。吴玉峰是与曹雪芹有关系的某一族人的假名，等于"孔梅溪"是曹雪芹弟弟曹棠村的假名一样。他之

---

① 戚本即有正本。按胡在甲戌本上两处与戚本作比较，可以推想此时已极重视戚本，修正了他写《〈红楼梦〉考证》时的态度。

所以要写这不成凡例的五条凡例，其目的有三，（一）因为《红楼梦》更加流行，且遭到物议，所以他把第一回中为了避祸而写的"毫不干涉时世"，特别凸显了出来。（二）是为了保存"红楼梦"的名称。此"红楼梦"的名称，大概是写此凡例的人所取，而为曹雪芹最先接受，并已经流传出去，所以永忠、明义们皆称之"红楼梦"。但后来因避祸而只流通八十回，红楼之梦，尚未显出，并经脂砚斋第二次重评时（我以为不一定是甲戌年而可能更后），重行主张用"石头记"一名，"红楼梦"一名，为之隐没。所以他在凡例下面又写出《红楼梦》旨义，并说明"'红楼梦'是总其全部之名也"。"总其全部"，是包括八十回以后的四十回或三十回的结局而言。结局即是"梦"。此结局的部分虽未传出，但取此名称的人，不愿见他代曹雪芹所取的这一名称因之泯没。所以只有此本的正文，才出现有"红楼梦"这一名称。其他各钞本的正文都未曾出现。（三）是为了保存凡例第五的结尾处的一首七律诗。这首诗当然是作凡例的人写的。诗写得并不好，但"字字看来都是血，十年辛苦不寻常"的两句，的确把曹雪芹"披阅十载"的写作时的精神状态写出来了。这只有与雪芹有直接关系的人才看得出，写得出。胡适很受这两句诗的感动，可以说是应当的。潘先生认为这都是曹雪芹以前的隐名人士所写，我不知道他对"十年辛苦不寻常"，与曹雪芹"披阅十载"的话，两相对照，作何解释。

四

前面把版本和凡例的问题弄清楚了，潘先生立论的基础已全部推翻。但不妨再讨论潘先生所提出的《红楼梦》的作者的问题。

潘先生钞了所谓甲戌本下面的一段话：

此石听了，不觉打动凡心，也想要到人间去享一享这荣华富贵，但自恨粗蠢，不得已便口吐人言，向那僧道：大师！弟子蠢物不能见礼了。……如蒙发一点慈心，携带弟子得入红尘，在那富贵场中，温柔乡里，受享几年，自当永佩洪恩，万劫不忘也。二仙师听毕齐憨笑道：善哉！善哉！……我如今大施佛法，助你助，待劫终之日，须还本质，以了此案，你道好否？石头听了，感谢不尽。……后来又过了几世几劫，因有个空空道人，访道求仙，忽从这大荒山无稽崖青埂峰下经过，忽见一大石上字迹分明，编述历历。……空空道人遂向石头说道：石兄！你这一段故事，据你自己说有些趣味，故编写在此，意欲问世传奇。据我看来，第一件，无朝代年纪可考，第二件，并无大贤大忠理朝廷治风俗的善政。其中只不过几个异样的女子，或情或痴，或小才微善，亦无班姑蔡女之德能，我总抄去，恐世人不爱呢？石头笑答道：我师何太痴也。……空空道人听如此说，思忖半晌，将这《石头记》再检阅一遍……因毫不干涉时世，方从头至尾，抄录回来，问世传奇，因空见色，由色生情，传情入色，自色悟空，遂易名为情僧，改"石头记"为"情僧录"。

潘先生由上一段话得出结论说"可见此书是由石头所记，故名'石头记'。而作者即是石头。全书中也屡屡点明石头便是作者"（页四），这里姑且不讲这段话中有一大段文字，为各钞本所无，而在道理上亦为文字所不应有。但"石头听了感谢不尽"以下，是各钞本所同有，我不知道潘先生到底是以这段话是"寓言"还是"实话"。若潘先生以为是实话，则上面的一段话中，分明说"后来又不知过了几世几劫"，石上所记的才被空空道人发现，"方从头至尾，抄录回来，传奇问世……后因曹雪芹于悼红轩中，披阅十载，增删五次，纂成目录，分出章回"。这其中便有两个问题：第一，从"不知过了几世几劫"的口气看来，则石头著书时，比被空空道人发现的时候，应当早几千年；可能石头老兄是用甲骨文写的。第二，照上面所说的《红楼梦》出现的程序应当是这样的：著者石头——钞者空空道人——整理者曹雪芹。石头既然是真，空空道人便也应不是假。潘先生大文中，只提到著者石头，及整理者曹雪芹，却对空空道人，全无交代，则是"传承无绪，来历不明"；只好让疑古派断定它是一部伪书了。

从潘先生大文开首的一段中说"接着巧妙地构造这一个神话故事"（页一）的话看来，潘先生大概也认为这是寓言吧。所以他大文的四条结论中说"陈毓罴认为凡例总批是脂砚斋的手笔。我认为是《红楼梦》隐名的原作者或其同志好友的手笔"。潘先生前面说作者即是石头，此处又说出"隐名的原作者"，推测潘先生的本意（因潘先生自己未说明）应当是以石头的一段故事是隐名作者的寓言，而石头即是隐名作者的化身。若是如此，潘先生也太不注重语意学了。庄周梦为蝴蝶，谁人曾说蝴蝶著了一部《庄子》。隐名氏化为石头，又如何可说石头著了《红楼梦》呢？这还不重要，重要的是，寓言是任何人可以作的。潘先生认为隐名氏的原作者可以作这段寓言，为甚么曹雪芹又不可以作这段寓言呢？所以就寓言的本身说，不能推断谁是作者。潘先生论断，等于是说"寓言的作者即是寓言","神话的作者即是神话",这是甚么论断! 潘先生说"全书中也屡屡点明石头便是作者"（页四），并由此而引了三条正文、四条批语（页四至五）以为证明，都只能算是废话。

其实，《红楼梦》一书，并非以寓言开始。第一回从"此开卷第一回也。作者自云"，一直到"故曰贾雨村云云"，这既不是凡例，更不是回前的总批，而是曹雪芹写的一段自序。"作者自云"，等于《史记》的"太史公曰"。在自序之后，才接上"石头"的一段神话。所以甲戌本在发端地方的格式是错的。有正本以下，各钞本的格式则不错。由"故曰贾雨村云云"到"列位看官，你道此书从何而来"，庚辰本中间夹上"此回中凡用'梦'用'幻'等字，是提醒阅者眼目，亦是此书立意本旨"二十五字，乃是把批语写成了正文。后来诸本，都随着错了下来。仅有正本无此数句，正证明有正本是最接近原著的本子。

潘先生因主张《红楼梦》是隐名的石头作的，自然主张曹雪芹是《红楼梦》整理者而不是作者。主要的根据，即在第一回中下面几句话：

> 后因曹雪芹于悼红轩中，披阅十载，增删五次，纂成目录，分出章回，则题曰"金陵十二钗"。

潘先生认为这里分明只说的是整理工作而没有说他是作者。潘先生大概没有想到（一）曹雪芹的整理工作是把《红楼梦》从神话世界整理到人间世界。把想象出的神话世界，移到现实的人间世界，只能是创作而不会是整理。（二）曹雪芹既不从事校刊，也非加以注释，对原有的著作，还要加十年的整理工夫，并且整理得"一把辛酸泪"，整理得"字字看来皆是血，十年辛苦不寻常"，针对着高鹗整理后四十回的情形看，这是说得通的吗？（三）中国许多小说的作者，根本不说出自己的姓名。潘先生认为《红楼梦》的原作者是一位隐名的石头；照当时的风气，曹雪芹也不应冒着政治的风险与社会的讥评而把自己的姓名摆出来。但他以十年血泪写出的作品，不忍把自己的姓名埋没掉，所以便在小说由神话世界移向人间世界的接缝处，把自己写作的经过，用上那几句话摆了出来。他写这几句话的心境，和太史公在自序中写"余所谓述故事，整齐其世传，非所谓作也。而君比之于作《春秋》，谬矣"的心境，完全是一样的。所不同者，太史公的"世传"是自己的父亲，而曹雪芹则是来自空空道人的神话。（四）潘先生引了好几条批语以证明曹雪芹不是作者。但在前引曹雪芹几句话的上面，甲戌本有如下的批语，潘先生都装作没有看见，这是潘先生一贯的态度。

> 若云雪芹披阅增删，然后（应为"则"）开卷至此这一篇楔子，又系谁撰？足见作者文笔，狡猾之甚。后文如此处者不少。这正是作者用画家烟云模糊处。观者万不可被作者瞒弊（应作"蔽"）了去，方是巨眼。

最奇特的是，许多研究者认为足以证明《红楼梦》是曹雪芹的自传或合传的评语（因为现时除潘先生外，《红楼梦》是雪芹所作，无俟评语的证明），潘先生引来却认为足以证明曹雪芹不是《红楼梦》的作者的证据（页五至七）。

第一回：满纸荒唐言。甲戌眉批：能解者方有辛酸之泪，哭成此书。壬午除夕，书未成，芹为泪尽而逝。余尝哭芹，泪亦待尽。每意觅青埂峰再问石兄，余不遇癞头和尚何！怅怅！今而后惟愿造化主再出一芹一脂，是书何本，余二人亦大快遂心于九泉矣！甲午八日泪笔

又第二十二回庚辰总批云：此回未成而芹逝矣，叹叹。丁亥夏，畸笏叟。

又第十三回庚辰总批云：通回将可卿如何死故隐去，是大发慈悲也。叹叹。壬午春。甲戌总批：秦可卿淫丧天香楼，作者用史笔也。老朽因有魂托凤姐贾家后事二件，嫡是安富尊荣坐享人能想得到处，其事虽未漏，其言其意则令人悲切感服，姑赦之。因命芹溪删去。甲戌眉批：此回只十页，因删去天香楼一节，少却四五页也。

前两条批语，这样清楚地表露了《红楼梦》是曹雪芹所作，不知道潘先生用何方法可以作相反的解释。而潘先生也没有加上一个字的解释。第三条评语，潘先生是这样解释的：

由这节批语，知道脂砚斋认为秦可卿托梦之词，极有价值；以言重人，就建议把他淫荡的事实加以隐讳，故删去四五页之后，第十三回便只剩十页了。这是删除原本的明证。

潘先生认为批书之人，看到隐名人士所作的《红楼梦》，写到秦可

卿淫丧天香楼，把秦可卿淫荡的事实写出来了，但因秦可卿托梦给王熙凤，讲了极有价值之话，所以便建议给曹雪芹，在整理隐名氏的原著时，把淫荡的情节删掉了，以此证明《红楼梦》是经隐名氏人士先作好了的，曹雪芹只做整理工作。在秦可卿托梦的极有价值的一段话中，有如下的几句：

> ……倘或乐极悲生，若应了那句树倒猢狲散的俗语，岂不虚耽了一世的诗书旧族了。

庚辰、甲戌两本在上面有一眉批说：

> 树倒猢狲散之语，今犹在耳，屈指三十五年矣。哀哉伤哉。宁不痛杀。

我认为"树倒猢狲散之语"，是指雍正六年正月，曹家被抄家之事而言。庚辰回后总批有"通回将可卿如何死故隐去，是大发慈悲也。叹叹。壬午春"。前后两条批，应是同时批的。前一条也可推定是壬午春所批。壬午是乾隆二十七年（一七六二年）。上推至雍正六年戊申（一七二八年），正是三十五年，与此批所说的"屈指三十五年矣"正合，又上面两条批，可推断为脂砚斋批。[①] 秦可卿托梦的收场语是"三春去后诸芳尽，各自须寻各自门"，庚辰、甲戌的眉批是"不必看完，见此二句，即欲堕泪。梅溪"。这是曹雪

[①] 有人以"因命芹溪删去"的"命"字，而推定为畸笏叟，但畸笏叟此时似尚未着手批书。若脂砚斋的年龄较雪芹为长，亦可用"命"字。

芹的弟弟曹棠村批的。更有一夹批"此句（'各自须寻各自门'）令批书人哭死"，这当也是脂砚斋批的。将上述诸批，作综合的判断，可知曹雪芹，用作写秦可卿故事的模特儿与背景，必系与批书人有密切的关系，才会出现上述的那些批语。这正足以证明《红楼梦》必出于曹雪芹之手。若如潘先生之说，明末清初的隐名氏写的秦氏的故事，在百多年后，却给批书者以这大的刺激，要雪芹在整理时删去，真是怪事。潘先生还引了"缺中秋诗，俟雪芹"，"此句遗失"两批来证明他的主张，更扯到曹雪芹为甚么不像袁枚发表随园女弟子诗选等等，更不必多费笔墨去批评了。

潘先生在香港中文大学的中文系中，应当算是一位佼佼者。但居然以《红楼梦》研究小组领导者的地位，写出这样的文章，难怪有人发出"丧乱流离之中，人怀苟且之志，在大学里千万不可轻言学术"的叹息。

附记：恳切希望潘先生对于我所作的批评，明切赐教。但若以写《〈红楼梦〉的发端》的态度赐教，则恕不答复。

中国文学欣赏的一个基点
——一九七〇年三月十七日中国语文学会演讲会讲辞

今天所讲的是文学欣赏的一个基点问题。

在大学里的同学，都会读大一国文。大一国文所教的教材，多半是取自古典作品。假若学生要能了解这些教材，一定会受到训诂的训练。但教大一国文的目的，并不在训诂，甚至也不在思想，而系把教材当作文学作品来欣赏，使学生读了以后，能感到这是文学作品。在此一目的下，大一国文起码含有三种意义：

（一）训练学生的思想有条理，并培养其表达能力。

（二）启发学生的想象能力。

（三）使学生能因此而得到人生的感发，此即孔子所说的"兴于诗"。不过，今日的所谓文学，不仅指的是诗。

若说到文学欣赏的过程，乃是一种"追体验"的过程。体验是指作者创作时的心灵活动状态。读者对作品要一步一步地追到作者这种心灵活动状态，才算真正说得上是欣赏。陆机《文赋》说："余每观才士之所作，窃有以得其用心。"及刘彦和《文心雕龙·知音》篇中说"观文者，披文以入情"，这即是今日所说的"追体验"。

在追体验的过程中，可以运用许多观点与方法，因而可以得到不同的意境与效果。但应当有一个共同起步的基点，这即是对作品结构的把握。

在西方，亚里士多德首先在《诗学》一书中提出 plot 的问题。现今除了意识流的作者以外，没有不重视 plot 问题的。Plot 究竟是甚么？在西方是指叙事诗及戏剧中的故事情节；后来小说当然更要触到这个问题。为什么由亚里士多德以至现今，都那么注重 plot？这是由于作者的想象、叙述、描写，须通过 plot 而始能令作品得到完整、统一。所以 plot 问题，即是文学的结构问题。有了结构，才有了内容与形式的统一，这是形成文学的起码条件，也是文学欣赏的基点。

中国文学，从历史的发展上来说，有与西方不同的地方。在中国文学史上，叙事诗、戏剧、小说，虽然不是没有，但未能得到适当的发展，所以过去用故事情节来批评文学的很少。但是，其必有一适当的结构以求文章之统一，与西方文学是绝对相同的。

《文心雕龙·附会》篇，曾正式讨论到结构问题。《附会》篇中说："夫才量（童）学文，宜正体制，必以情志为神明，事义为骨髓，辞采为肌肤，宫商为声气……"这是以文章来与人相比。人是由神明（精神）、骨髓、肌肤、声气等，结构而成为一个统一体的生命。文章是由情志、事义、辞采、宫商等，结构而成为一个统一体的作品。这与西方文学所谈之 plot，在表面上虽似不同，实则彼此是相通的。

文学作品的内容，可分为许多部分。但其中必有一部分最为主要，亦即是主题之所在，这在《附会》篇，便称为"纲领"。其他有关部分，都是为纲领来效力，使纲领能表达得更为清楚明白而有力。也即是说，纲领必贯通于各部分之中，这便形成一篇作品的结构。

一个作品是否成功，首须视其纲领表现的程度而定。没有主题，没有纲领，固然不成为作品。但有主题，有纲领，而表现得暧昧、软弱，这便是在结构上有了问题，依然不是一个成功的作品。纲领好比是人的大脑，其他各部分好比是人的四肢百体。大脑在分量上比四肢百体小得多，但大脑必贯通于四肢百体之中，否则形成麻木。纲领在一篇文字中所占的分量也比较少，但如何能使这分量少的字句，通过某种脉络而贯通于全篇文字之中，使全篇文字，皆为此少数字句的纲领效命，这便是文章结构的问题，这便是欣赏某篇作品所首须把握到的基点。

到此，应当进一步问："由少数字句所构成的纲领，到底要安排、呈显在作品中哪一个地方，才为适合？"

凡是有创造性的作家，其表现纲领的方法是不断变化的。但在变化中亦未尝不可以提出若干典型。现在提出四种典型来稍加讨论：

（一）《文心雕龙·镕裁》篇："是以草创鸿笔，先标三准。履端于始……举正于中……归余于终。"彦和的意思是把作品分为三个部分，而把纲领安放在作品的中段。这是一种最普通的结构形式，和亚里士多德在《诗学》中所提出的不谋而合。这种结构，是来龙在前，去脉在后，高峰在中间。至于首段如何引出纲领，则可用反面、正面、侧面等方法。但来龙去脉两部分，用笔既不能太少，否则不够清楚；但亦不能太繁，否则喧宾夺主，减轻了纲领的分量。

（二）把纲领安放在作品开始的地方。以简练的一句或几句话，把全文的内容加以概括，因而把全文提挈起来。以后的文字，都是开端一句或几句话的发挥。并且在气势上要能振拔跌宕，对全文有登高一呼之势。例如李斯上秦王书，一开首便写"臣闻吏议逐客，窃以为过矣"，此一句的内容与气势，即可笼罩全篇。用此种方法并不容易，要酝酿得够，提炼得精。并且多适于写短篇文章。韩昌黎在这种地方，最为杰出。

（三）作连锁性的呈现。即是把纲领分成几部分，逐步呈现。写学术性的长篇文章，多用此法。但纲领一定要"分而能合"，"断而能续"，才能算是好文章。司马迁在此种地方最为特出。《史记》中的《平准书》、《货殖列传》，真可谓千载伟构。

（四）把纲领安放在文章最后面，前面的文章，只是一层层地逼，直到最后，才把纲领逼出来。电影中的侦探片，常用此种手法，前面是疑云重重，逼到最后才用一两个镜头点破。此一方法，须最后点出的纲领，可以逆流而上，一直贯通到开首的第一句，使全篇为之通彻光明。贾谊《过秦论》上，即用此法。

写好文章不容易，欣赏好文章也不容易。我这里说出一个欣赏的基点，聊供各位同学参考。

漫谈鲁迅

——在香港中文大学新亚书院文学会的讲演稿

一、我与鲁迅作品的因缘

我在一九二六年以前读的多是线装书。对五四运动，虽曾扛着反日的旗子到街头去演讲，但对当时的文艺思潮却是很隔膜的。后来国民革命军到武汉，我的态度开始改变了，自问读的那些古书有什么用处，渐渐对线装书甚至对整个中国文化，发生很大的反感。在当时，偶然看到鲁迅的《呐喊》，便十分佩服。因为他所批评的，也是我所要批评而不能表达出来的。他的文字泼辣生动，不同于线装书里的陈腔滥调，一下子我便变成鲁迅迷了。自一九二六至二八年间，凡能买到的鲁迅作品，我都热心地读过了。不过，我是一个肯用脑筋的人。读完了鲁迅的作品以后，感到对国家、对社会，只是一片乌黑乌黑。他所投给我的光芒，只是纯否定性的光芒，因而不免发生一种空虚怅惘的感觉。

一九二八年三月到日本，一九二九年春开始阅读京都帝大教授河上肇的《经济学大纲》一书，在两相比较之下，鲁迅的分量显得太轻了。

河上氏《经济学大纲》规模宏大，组织、论证严密，曾由陈豹隐译成中文，在中国也发生很大的影响。此外他对经济思想史、唯物论与唯物辩证法等，都有光辉的著作。他的《贫乏第二物语》，曾给我以在文学作品中不容易得到的感动。他不断地与当时日本的经济学界及思想界展开论战。文字的泼辣犀利，与鲁迅有点相像。但从文字的规模、气势来说，则河上氏的文章是大家，而鲁迅却只能算是名家。这样一来，我由鲁迅迷一变而为河上肇迷了。一九六〇年我在京都旧书店里买到一本河上肇评点的《陆放翁诗》，由此可以了解这位理想的共产主义者的兴趣之广，治学规模的宏大。

一九四四年我在重庆认识了熊十力先生，对中国文化的态度开始有了转变。但有空时，还是看些日译的西方东西。一九五五年我到东海大学中文系教书，自己又回到线装书里去。一九六九年我到香港，才知道鲁迅被中共捧为偶像，于是再拿他的作品来读。由于他已被捧为偶像，要开口讲他，就非常困难，并且也不必去讲。我今天并不打算当他是一个偶像，而当他是一个中国有成就的作家来讲。这样才可能把他当作一个被研究的对象，作客观性的处理。假定因此而冒犯了许多崇拜者，也是没有办法的。

二、鲁迅的家庭

首先要说的是八股制度这个东西，可以说是一种统治阶级用以笼络、欺骗知识分子的毒辣手段。它本身既不是文学，更不是什么知识，而只是一种被制式所限定的文字魔术、把戏。所以过去的人，一定要丢开八股才能做点学问。由于这个制度存在时间很长，故社会中它的毒害的亦至深且巨，尤其是知识分子。

我们不必美化鲁迅的家庭。鲁迅的祖父是个翰林，后来为帮人买通关节而被判坐牢，由此可见他是出生于一个中八股之毒很深的家庭。鲁迅的父亲，是生在这个家庭中不耕不读、不工不商的典型寄生虫。后来得了重病，在鲁迅的少年时候便死了。鲁迅说他是出生于"小康"之家，但在他十三岁以前，祖父没有坐牢时，应当是功名加地主的家庭。因为鲁迅是出生在这种家庭，所以他一直是由一名女工"阿长"抚育长大的。由此我们应当知道，鲁迅的家庭，是堕落的、黑暗的。这为了了解鲁迅，有重要的意义。

三、鲁迅的经历（生于一八八一年九月，卒于一九三六年十月）

他七岁开始读私塾，十八岁进南京水师学堂，十九岁改进矿务学堂，廿二岁毕业后，于一九〇二年三月，官费留学日本。先在东京弘文学院学日语，一九〇四年九月，进仙台医学专门学校。至一九〇七年春退学返东京，决心改学文学。我对他退学的原因，是因为在上课将完时，课室放演日俄战争影片，中间有中国人帮俄国当间谍，被日军捉到杀头，受到这种刺激，感到学实用科学救国，不如学文学救国的意义大的这一套说法，感到怀疑。因为：（一）日俄战争发生于一九〇三年，结束于一九〇四年，即鲁迅赴仙台学医之年。就常情说，日本以战争材料作宣传最烈的时候，应当在战争正在进行之时。鲁迅不在一九〇四至〇五年受刺激退学，却在一九〇七年春才下此决心，这种说服力不够强。（二）他退学回到东京后，除了因听章太炎先生讲《说文解字》，因而加入了光复会外，他不是一个热心救国运动的人。我的推测，刺激成分一定是有的。留学日本而不受到刺激，便不是中国人。但退学的主要的原因，恐怕还是来自他的个性、兴趣。

鲁迅一九〇九年九月返国后，在浙江两级师范当生理学、化学教员兼翻译。一九一〇年当绍兴府中学教务长。一九一一年任绍兴师范校长。一九一三年入教育部当部员，提升金事，直至一九二五年八月，因女师大学潮，遭章士钊免职。这中间兼在北大、女师大等校讲中国小说史。一九二六年九月应聘为厦门大学教授。一九二七年一月应聘到中山大学，是年十月由广州回上海。中间除短期到了一下北京外，一直到一九三六年死时为止，都住在上海。

四、鲁迅的写作过程

一九一八年以前，他把精力用在钞书上面，钞的多是会稽郡的文献。至一九一八年四月在《新青年》发表《狂人日记》，这是他的创作开始。后来先后写了《阿Q正传》等十数篇小说，在一九二三年汇印为《呐喊》，这是他创作的高峰，其中又以《阿Q正传》为高峰之顶点。

同时他亦开始写杂文，在这段时期所写的后来收集为《热风》。由一九二四年写了《祝福》、《酒楼上》，一直到一九二五年写《离婚》等，于一九二六年九月汇印为《彷徨》。这中间还写了些散文诗，后来汇印为《野草》。自此以后，他的创作能力已经衰耗，除了《故事新编》外，写的只以杂文为主。

五、鲁迅的论敌

鲁迅的创作生活，由他三十八岁至四十五岁告一段落，并不算长久。而在论战方面，耗费了他很多的时间与精力。他的主要论敌可分为：

（一）现代评论派——主要是在北京时，一批曾留学外国而有点成就的学者，被人称为"正人君子"的，最为鲁迅所痛恨。此外则是免他职的章士钊。但是章士钊恢复《甲寅》杂志后，所发生的影响不大。南京的《学衡》，也是鲁迅重要论敌之一。

（二）革命文学派——他到了上海，被太阳社、创造社围剿，被骂为"封建余孽"、"失意的法西斯分子"。

（三）新月派——一九二九年，上海出现了新月派，由梁实秋做中坚，提出"普遍的人性"，向革命文学派进攻。太阳社、创造社们觉形势不妙，乃联合鲁迅，组织左翼作家联盟。自此以后的鲁迅，除了反封建外，更加入了反资产阶级及小资产阶级，完全站在共产党的立场写杂文，对苏共的捍卫，可以说是无微不至。但他一直到死，也不是共产党党员。

六、作品之内容

鲁迅作品的内容，实际可由《狂人日记》加以概括，即是中国的社会是"礼教吃人"的社会。兄弟姊妹之间，也是用各种方式来互吃的。他对中国历史的看法，简化为两个时代：一个是"想做奴隶而不得的时代"，一是"暂时做稳了奴隶的时代"。他的小说、杂文，都是环绕着上述的主题来加以发挥。他对凡是属于中国的，都认为是丑恶的。他口头上经常以"诗云子曰"作讽刺的对象，绝不感到在"诗云"中有极高的文学意义。可以说，在一九三〇年以前，他是一无肯定的。

一九三〇年以后，他开始肯定了共产党，肯定了苏联，肯定了无产阶级。他晚年的靠拢到共产党，和法国实存主义者萨特的归入到共产党，有相同之处。但他对共产党的理论了解得很少，他在这一方面，可以说完全没有贡献。这或许对他的身后倒有好处。

七、鲁迅的成就

（一）在思想方面：他出身于一个黑暗堕落的家庭，他能意识到这一点而反省过来，终其一生总是向黑暗、腐败进攻，奋斗于黑暗堕落中，决不妥协。并且他所掌握到的黑暗、腐败的一面，没有脱离现实的立场，就这一点说是了不起的。可以说，他是新时代向封建势力宣战中的一位勇士、一位急先锋。

（二）在表现技巧方面：他最大的成就是在人物典型的创造。中国现代小说的基础，可以说是由鲁迅奠定的。而他在文字应用方面，更可以说是"惜墨如金"，全篇无一句废句，无一个闲字，精炼泼辣，能以寸铁杀人。他自己形成了他独特的文体。

八、他的限制

（一）不能创作长篇小说，并且创作的时期不长。而他的短篇小说，向外的锐角很强，但向内的深度不足，有刺激力而没有感动力。

（二）他的思考是"直线型思考"，对问题的处理，使用彻底的二分法，好的便是彻底的好，坏的便是彻底的坏。当他写《一件小事》时，应该引起他更多的反省；但他对那位车夫，只能算引起了同情的反应，并没有真正的反省，最低限度，他没有把对一件事的反省扩充出去。除太阳社、创造社的人以外，与他作过论战的人，他认为都是彻底的坏人。又如他因父亲之死，吃了两位中医的亏，后来到了北京，虽然那里有很多出色的中医，但仍不能使他消除成见，对中医中药，一生都深恶痛绝。可见他是一个缺乏反省能力的人。

（三）他尖刻而缺乏人情味，这一点可以从他与他的原配朱夫人的情形看出。朱夫人对他的母亲很孝顺；但一同住在北京时，他整年整月，不和她讲话。又如他对带他长大的"阿长"的描述，对邻居豆腐西施的描述，都显出他缺乏原恕的同情心。虽然后来他对青年们很好，可能是出于一种"自我同一"的心理。

九、他受限制的原因

（一）他童年是由女工"长妈妈"抚育大的，女工对"小少爷"没有恩情，但不能不百般将就，这可能养成他"任性"的性格。

（二）由于他祖父的入狱，家道突变，使他在少年时代，深感世态的炎凉。这一点，他在文字中曾吐露出来。

（三）他是一个感性很强的人，但思考能力却不足。例如他攻击"国粹"所持的理由，只要稍加分析，便多不能成立的，但他却坚持到底，永远不能发现自己所说的漏洞。固然，感性是文艺工作者的重要条件，但是要进而成为一个思想性的人物，则必须具备足够的思考能力。鲁迅常把他所见到的部分现象，当作全般现象来处理。他感到自己家庭，及与自己家庭相关的腐败与黑暗，遂把这个观念扩及全中国，扩及全历史。故在他靠拢到共产党之前，他对中国看不出一点光明，所以有彷徨之感。真正说，他是一个虚无主义者。他之靠拢共产党，我怀疑苏共对他精神的影响大过于中共。因为苏联是外国人。

（四）他性好生僻，喜欢阅读带有古董趣味的东西。对中国及西方的古典文学作品，他接触得很少。在他阅读的书单中，找不出一两部真正有分量的中西著作，这就使他的思想得不到开扩的机会。

（五）受俄国革命前的作家影响很大，尤其是果戈里。《狂人日记》的名称，就是借用果戈里的一篇小说名称。俄国在大革命前的确出了几位了不起的文学家。但俄国没有和中国可以比拟的历史文化；俄国地主与农奴的社会结构，与中国的社会，完全属于两个异质的形态，中国的佃农不等于农奴。中国在地主佃农的生产关系之外，还有大量的自耕农和半自耕农。鲁迅不能以俄国文学家处理他们的社会的态度来处理中国的社会，因此鲁迅只能把握到中国社会的一个角落，并没有深入进中国的社会中去。所以他的作品不能与大革命前的俄国文学家作品比其高度与深度。在世界文坛上，我认为他只能算三流的作家。八股下的知识分子，鲁迅是把握到了。但中国农民的伟大品质，几乎没有进入到他的心灵，所以他便将民族的"劣根性"都塑造到一个雇农"阿Q"的形象上去，这是非常不公平的。

十、结论

我们应当向他学习对黑暗腐败奋斗的精神，应当学习他写作的严肃态度及其写作的技巧，尤其可以学习他简炼的文笔。但要了解，文体是有各种各样的。中共把鲁迅捧为偶像，乃出于此一阶段的政策要求。假定将来中共的政策有了变更，则偶像的香火将会消退，让鲁迅坐在历史的正常坐位。所以我们应学习鲁迅之所长，而不必把他当作偶像，以至自己封闭了自己。

附录 林语堂的《苏东坡与小二娘》

一

中央社约了若干人士，写广义的新闻稿，称为特约稿，分发各报采用，用意甚嘉，但可看的文章甚少。最近各报所刊的林语堂氏的《苏东坡与小二娘》，即其中的一篇。林氏在中央社所约集的阵容中，要算是顶尖儿的人物。但我看了他这篇大作后，不免发生奇异之感。

林氏文章开首的一段，引了苏东坡《贺新郎》的词，想由东坡对当时官妓的温柔宽厚，以证明他此文说苏东坡与其"堂妹"小二娘恋爱，乃当然之事。所以他在前一段文章写完后，便说"我之所以拉这些话，是不要有人又来为东坡雪什么耻"。在林氏的脑筋里面，是认为一个人对公娼的态度，和对自己血亲亲属的态度，完全相同。所以一位嫖妓的人，便会和自己的血亲恋爱。这是属于林氏私人观念的问题，且不必去管它。但林氏这篇文章，是立足于考据之上。只要考据站得住脚，苏东坡再大的耻，他在九泉下也只有俯首认罪，林氏不必另外多心。为了看林氏的考据是否能站住脚，先不得不简述他文章的要点。凡与他论证有关的，都一字不遗地抄上。

小二娘系苏东坡的堂妹，嫁柳瑾（子玉）之子柳仲远。这堂兄妹之间，有一段关系，未为人所道着……但东坡年轻倅杭时有一段行为及一两首诗，不大易解。东坡对这位堂妹，一向是很好的。也可以说是倾慕，是不可以告人的幽恨。

　　说爽快点，林氏在八百年后，发现东坡兄妹之间，曾发生过不可以告人的爱情。林氏这一新发现有两个论证。一是因为东坡从三十六岁到三十九岁之间，亦即是从熙宁四年辛亥到七年甲寅之间，为杭州通判时，"有一段行为……不大易解"。是如何不易解呢？且听林氏道来：

　　且说东坡年三十六，来杭做副州长……那时柳仲远夫妇，及柳子玉，住在镇江附近。到了第三年（按指东坡三十八岁时的癸丑），他的诗兴大发。又自癸丑冬天到甲寅春天，留在常（武进）、润（镇江）间不回杭。其间与柳子玉次韵和诗不少，也有诗记载子玉家晏。对于仲远一字不提。

　　林氏认为这段行为的不可解，就上文推之，应当一是东坡为什么到了第三年而诗兴大发，二是东坡为什么自癸丑冬到甲寅春，留在小二娘夫妇住家附近的常、润，而不回杭，三是东坡为什么只跟小二娘的公公作诗，而不跟小二娘的丈夫作诗。因为有这三大不易解的情形，林氏实际认为东坡从到杭之第三年起，与小二娘的旧情复发，所以追到常、润去和小二娘恋爱。和她的公公柳子玉多所唱和，是为了掩护。不和她的丈夫作诗，是为了避嫌或吃醋。

二

　　但我觉得东坡这一段行为，并没有不可解之处。（一）据《施注苏诗》及《补注》，东坡是辛亥年十一月到杭，两月之间，约有四十一首诗。次年壬子，约有六十九首。第三年癸丑，约有一百二十多首；因为他这年到了姑苏，又经过秀州（嘉兴）到了常、润，环境的变迁大，所以作的诗也便多。第四年甲寅，约有一百三十多首，也是因为此年环境的变迁大——迁密州。且是不是恋爱，只能以诗的内容作证；与诗作得多少，不可能有关系。

　　（二）据邵长蘅重订王宗稷所编《东坡先生年谱》，东坡在癸丑冬是"运司又差先生往润州（镇江），道出秀州（嘉兴）"。他自癸丑冬到甲寅春，"留在常、润间不回杭"，只是奉命出差公干。并且这种出差，他是感到很不愉快的。只看《常、润道中有怀钱塘寄述古》五首中"年年事事与心违"，"经营身计一生迁"等句，即可明了。把此事想到他是特别跑到那里去和小二娘恋爱，未免太想入非非了。

　　（三）在这段期间为什么只和小二娘的公公柳子玉作诗，而不和她的丈夫仲远作诗呢？第一，据东坡《祭柳子玉文》，他是一位"独以诗鸣"，而又"才高绝俗"，曾经"谪居穷山"的人。因为他是一位诗人，又对东坡很倾倒，所以当东坡三十岁离凤翔归京师时，他便与东坡相唱和。从东坡和他的许多诗中看，他与东坡之间，名为亲戚，实系一位亲密的朋友。第二，当东坡通判杭州时，柳子玉已经"投弃缨绥"，归老故乡；而又曾特别跑到杭州，"相从半载，日饮醇酎"（以上皆见祭文）。再加之东坡又出差到了柳子玉的故乡，在这段时间里，两人的唱酬便多了起来，乃自然之事。第三，从东坡《祭柳仲远文》看，仲远是"久而不试"，在文学上没有什么成就，而又"崎岖有求"，苦于谋生的人。在这种情形之下，东坡只和会作诗的父亲作诗，而不曾和不会作诗的儿子作诗，这有什么不大易解呢？

三

但是，林语堂氏还有另一论证是东坡有"一两首诗，不大易解"。一首诗是《杭州牡丹开时，仆犹在常、润，周令作诗见寄，次其韵。复次一首送赴阙》。诗是：

> 羞归应为负花期，已是成阴结子时。
> 与物寡情怜我老，遣春无恨赖君诗。
> 玉台不见朝酣酒，金缕犹歌空折枝。
> 从此年年定相见，欲师老圃问樊迟。

林氏虽说这首诗不易解，实际他已代为作解了。他解道：

> 这诗很怪。"空折枝"、"结子时"、"朝酣酒"、"金缕衣"，明明是悔念情人已嫁夫生子的句，用事出杜牧及古诗句。况且已经次韵，再次韵，以掩其迹。牡丹又不结子，更不合。东坡的诗很工，不至如此粗糙。小二娘那时，已有二子，故于事甚合。那末，不是咏小二娘，是咏谁呢？第三句是说他的无聊，第四句说他过这春天的安慰。第七

句"从此年年定相见",是诀别的语气,非回杭即得相见之意,更非说与周令的话。第八句"欲师老圃问樊迟",是有求田问舍,卜居邻近意。东坡离黄第一步便是来常、润买舍,后来因忽报移汝州,才没有住下去。

我看了林氏的妙解后,发生的第一个疑问是,东坡与妹妹恋爱,为什么会作诗透露给周令?此诗可被八百年后的林先生猜透,为什么当时的周令和他身边的许多朋友却猜不透?第二,东坡自己写得清清楚楚地"复次(和)一首"是送周令"赴阙"的,诗的内容也正是如此。所以纪晓岚批前一首是"此首赋牡丹",批后一首是"此首送赴阙"。林氏从什么地方可以看出后一首是掩前一首恋爱之迹呢?即使在今天,和妹妹恋爱,总不是很名誉的事吧。东坡一面作首诗透露出来,又同时作首诗去掩盖,岂非有神经病?第三,林氏既知道牡丹不结子,又知道小二娘已有二子,为什么东坡用一个不结子的牡丹去象征一位已结子的小二娘?这未免太"粗糙"了一点吧。况且东坡此时有《柳氏二外甥求笔迹》二首的诗,以"读书万卷始通神"勉劝他们,大概已经有十好几岁,这是以"结子"谈爱情的时候吗?第四,东坡甲寅春仍出差在常、润,曾作前面提到的《常、润道中有怀钱塘寄述古》五首的诗,第五首有"惠泉山下土如濡,阳羡溪(按即荆溪,在宜兴)头米胜珠"之句,他在阳羡买田归隐之念,动于此时。据元祐八年东坡辨御史黄庆基论买田事谓"责黄州日,买得宜兴姓曹人一契田段"。按东坡出狱责黄州之命,为元丰二年十二月二十九日,以元丰三年二月一日到黄州,时年四十五岁。因受此打击,决心归隐,在宜兴买田,当属于此年。宜兴距润州(镇江),隔着今日的三个县,就当时的交通说,绝不算近。但林氏为了把东坡买田归隐的动机，罗织成是为了便于与小二娘恋爱的动机，不惜捏造东坡的田是买在常州、润州，使东坡成为跨越两州的大地主。元丰七年甲子东坡四十九岁，四月有命量移汝州，东坡途中上书自言："有饥寒之忧；有田在常（按宜兴当时属常州），愿得居之。书朝入，夕报可。"（苏辙《东坡先生墓志铭》）这段行程，周必大《题楚颂帖》说得最清楚。据周所记，东坡是在元丰八年（东坡五十岁）正月四日由黄州起程赴汝州；三月六日到南京，被旨从所请，回次维扬，又归宜兴；《留题竹西》三绝，盖五月一日也。以元丰八年五月到常州。是月起守文登（登州），林氏对此事的叙述，是不是完全颠倒而错误呢？

其实，前面那首诗，没有一点可怪之处。首先应了解东坡之倅杭，是为避祸而请求外调，当然有不少的牢骚。再加以奉檄差遣于常、润道中，这种牢骚更多了。这只要看他《常、润道中有怀钱塘寄述古》五首的诗，最后以"莫怪江南苦留滞，经营身计一生迂"两句作结，便可了解。其次，东坡在杭州第一年有《吉祥寺赏牡丹》的诗。次年有《吉祥寺花将落而述古不至》的诗，又有《述古闻之，明日即来……》的诗。第三年有《和述古冬日牡丹》四首的诗。所以赏牡丹是他在杭州时与朋友间每年欢聚的机会。第四年因离杭而未得参加这一欢聚，周令来诗中一定会提到。这便更引起他的一番感慨。把这些背景弄清楚了，对于上述那首诗，有什么不易解呢？"已是成阴结子时"，只是于点明季节之中，略带感伤之意。这是最寻常的用典。东坡《祭柳子玉文》中有"翻然失去，覆水何救"之语，照林氏解典的方式，一定是以为东坡有位离了婚的太太留在柳家了。其实，东坡只不过以"覆水"喻柳子玉死而不可复生罢了。

另一首是《刁景纯赏瑞香花，忆先朝侍晏次韵》的诗中有"厌从年少追新赏，闲对宫花识旧香"一联，林氏对此也发奇想说"厌新赏，识旧香，总是诗人有所为而发的"。林氏实际也认为上一句是东坡表明自己对小二娘用情甚专，下一句的"旧香"即指的是小二娘这位旧情人。据东坡《祭刁景纯墓文》，他大东坡四十二岁，却与东坡"谓我昆弟"，而刁又退身甚早，崖岸自高；前一句正说刁的这种情形。而下句分明是由"忆先朝侍晏"引起，如何能拉到女人身上？即使拉到女人身上，如何可以联想到小二娘身上呢？

四

上面林氏所说的东坡的行迹及两首诗，照常情去看，里面不可能含有风怀的成分。即使含有风怀的成分，又何从推到柳仲远之妻小二娘身上？所以引起林氏如上妙想的，恐怕还是东坡写给小二娘的一封信。林氏却没有想到，东坡这封信，只能证明小二娘并不是柳仲远之妻，而是胡仁修之妻。不是东坡的堂妹，而是东坡的堂侄女。林氏此文最大的笑话，正出在这种李代桃僵上面。

《东坡全集》卷之六十，《苏长公外集》卷八十，及《东坡七集续集》卷七，皆列有《与胡郎仁修》三首的书札，并附注有"以下皆北归"字样，是说明与胡仁修及以后各书，都是东坡由南海得赦北归的信。此时东坡六十六岁，是年七月二十八日，即病死于常州（武进）。兹照《东坡全集》原式将《与胡郎仁修》三首简录于下：

（一）

某启，得彭城书，知太夫人捐馆……某本欲居常，得舍弟书，邀归许下甚力，今已决计溯汴至陈留，陆行归许矣。旦夕到仪真暂留，令迈一到常州款见矣……

（二）

某慰疏言，不意变故，奄离艰疚……某未获躬诣灵帷，临书哽咽……

（三）

小二娘知。持服不易，且得无恙。伯翁一行甚安健……今已到太平州。相次一到润州金山寺。但无由至常州看小二娘。有所干所阙，一一早道来。万万自爱。

按东坡由南海北归，原欲住宜兴（当时属常州）；在途中接子由信，坚邀他居颍昌（许州），他遂变计拟经仪真到瓜州，等宜兴的行李北上。他在仪真停留期间，因早约好运使程德孺到润州一同游金山寺，所以他曾往润州会晤程氏和几位亲戚。相谈之后，知道北方对他的空气仍不好，而颍昌又距京师颇近，所以他又写信给子由，依然决定住常州；并有位姓孙的要借房子给他住（以上参阅《续集》卷七东坡《与程德孺运使》三首、《答钱济明》三首，《与子由》二首各书札）。上面三封信，是在中途的当涂（太平州）写的。三封信主要是为了胡仁修的母亲死了。所以除报道自己的行程外，特表吊唁之意。写给小二娘的信上所说的"持服不易"的"持服"，正指的是守婆婆的丧服而言。死的是胡仁修的母亲；假定小二娘是柳家的媳妇，为什么要为胡家"持服"呢？因此，"小二娘"只能解释为胡仁修的太太。同时，林语堂氏也承认柳家是住在润州（镇江）。但东坡给胡仁修的信中是说"令迈（东坡的长子）一到常州（武进）款见"，即是派大儿子到常州去看胡仁修。在给小二娘的信中也说"无由至常州看小二娘"，则小二娘也分明是住在常州。更重要的是，若小二娘是东坡的堂妹，是柳仲远之妻，则她已死于东坡六十岁在惠州之日，距东坡北归时已有六年。东坡的情书，只有烧给鬼看了。

目前我对东坡家族的情形，不能完全明了。但何以能推断这位小二娘不是东坡的堂妹而是东坡的堂侄女呢？第一，因为据苏子由的《伯父墓表》，他的伯父苏涣，在外官至提点利州路刑狱。有三子四女，最小的女儿嫁给柳子文（仲远）；她既是行四而不是行二，断无称为"二娘"之理。第二，东坡称柳仲远之妻，在给外甥柳闳和祭妹夫柳仲远文中，都是称"令妹"、"贤妹"。按唐宋人用"娘"字，略等于今人之所谓"小姐"。日人仍保持此种称呼。家族之间，则指的是晚辈的女子。"小二娘"的称呼，是东坡对自己晚辈女子的称呼。《东坡七集续集》卷十有为自己的孙符向子由的女婿王子立之女的《求婚启》，称王子立的女儿为"第十四小娘子"。又有为自己第二个儿子《谢求婚启》，称对方为"伏承令子第二小娘子"。但东坡自己没有女儿，而信中说"伯翁一行甚安健"；"伯翁"是东坡的自称。所以"小二娘"是东坡的侄女，最可能是苏子由的女儿。第三，对小二娘的丈夫胡仁修称"胡郎仁修"。除此之外，只有对王子立有这种称法。例如《生日王郎以诗见庆，次其韵并寄茶二十一片》诗，次公注"王郎，王子立也，为子由婿，故云耳"。是当时称婿为"郎"。胡仁修是他的侄女婿，故称之为"胡郎",这与小二娘是他的侄女正合。而东坡在仪真给子由的信中,提到"胡郎亦有书来",正可证明胡仁修是苏子由的女婿。

五

小二娘是东坡的侄女,胡仁修的太太,在上述材料中是这样的明白。然则林语堂以何种方法,竟在八百年后,硬逼着她改嫁给柳仲远,而又派上她与堂伯恋爱呢?第一,林氏捏造东坡给小二娘的信是"托胡仁修转的";这样便轻轻地把小二娘从胡仁修手上嫁到柳仲远手上去了。第二,林氏硬把东坡给小二娘的信,一面与她的丈夫胡仁修脱离关系,再在另一封《与外甥柳闳》的信上,私加上一个"又"字,而成为"又与外甥柳闳",这便把与柳闳的信和与小二娘的信连上,硬把柳闳降低一辈,过继给小二娘为子了。但不论怎样捏造,其奈柳仲远之妻此时已死六年,而柳本人也死了四年何!

林语堂又对东坡祭妹夫柳仲远文二首"觉得特别"。文中有"痛我令妹,天独与贤。德如召南,寿甫见孙。矧我仲远,孝友恭温……"林氏说"先痛其妹,然后矧我仲远,矧字用得特别"。据王氏所编年谱,东坡《祭妹德化县君(柳仲远之妻)文》,是绍圣三年写的,东坡时在惠州,年六十岁。据傅氏《纪年录》,祭柳仲远的第一篇祭文,是元符元年十一月二十日作的,东坡时在琼州,年六十三。据祭文"讣来逾年"的话,则柳仲远是死于东坡六十二岁的时候。妹妹死在前,妹夫死在后,在文章叙述的顺序上,为什么不可以"先痛其妹"?妹妹死了,妹夫也接着死了,在这种悲惨故事发展中，用上一个"矧"字，岂非是太寻常不过的常识吗？

林氏还引第二篇祭文中"云何两逝，不憖遗一"，而觉得"不憖遗一之句，我也觉得特别"。东坡的话，用白话译出来是"为什么夫妇两人都死掉，一个也不留"。这种出自可哀之事、可哀之情的可哀之语，而林氏"觉得特别"；大概是他以为东坡之意，是痛惜怎么没有把自己的堂妹留下，以便继续他两人的旧欢。林先生！东坡第二篇祭文，是由岭海南还，暂停仪真，到润州晤程德孺游金山，顺道吊柳氏夫妇之墓时写的。所以祭文中有"我归自南，宿草再易"的话。东坡此时是六十六岁的颓龄，还会有林先生那种想法吗？林先生在上述的妙文后，接着是"后六年"云云，是他把祭柳仲远的第二篇祭文，以为是东坡六十岁在惠州时写的。东坡在惠州时，柳仲远只死了太太，他自己并没有死，东坡如何会有祭文呢？林先生的绮思沉酣，所以对摆在自己面前极明白的材料，也视而不见。这是幽默，还是滑稽？以林先生这种阅读的能力，听说还写有《苏东坡传》，那真只有天晓得了。

我对东坡，可以说是毫无研究。这次因拜读林氏的大文，觉得林氏的论证方法，过于奇怪，便把有关的材料，稍稍翻阅一下，感到东坡一生，除了太爱开玩笑的这一点外，他的宽厚、纯洁、洒脱的心灵，正代表了一个伟大文学艺术家的人格。一定要以捏造的方式去诬蔑他，我不知对林氏有何益处。但林氏正是代表目前中国的学术风气；由这种风气来看，今日的知识分子，我不知道究竟会走到什么地方去。